Ein großer Historienroman, der uns unsere Gegenwart verstehen lässt: »Die Nächte der Pest« ist eine mitreißende Geschichte über die Epidemie auf einer von Christen und Muslimen bewohnten Insel im Mittelmeer. Orhan Pamuk beschreibt darin das von Nationalismus und Aberglaube gefährdete Osmanische Reich, das am Vorabend des Ersten Weltkriegs zum Spielball der Kolonialmächte Europas wird. Ein einzigartiges Epos, in dem sich Fantasie und Wirklichkeit, Vergangenheit und Gegenwart, Ost und West vereinen und sich die Frage stellt: Kann eine alles erschütternde Katastrophe die Menschen einen?

Orhan Pamuk, 1952 in Istanbul geboren, studierte Architektur und Journalismus und lebte mehrere Jahre in New York. Für seine Romane erhielt er 1990 den Independent Foreign Fiction Award, 1991 den Prix de la découverte européenne, 2003 den International IMPAC Dublin Literary Award, 2005 den Friedenspreis des Deutschen Buchhandels und in demselben Jahr den Ricarda-Huch-Preis, 2006 den Nobelpreis für Literatur und 2007 die Ehrendoktorwürde der Freien Universität Berlin als »Ausnahmeerscheinung der Weltliteratur«.

Gerhard Meierlebt seit 1986 in Lyon und übersetzt aus der Sprache seiner Wahlheimat sowie aus dem Türkischen, das er ins Herz geschlossen hat. 2014 wurde er mit dem Paul-Celan-Preis ausgezeichnet.

Weitere Informationen finden Sie auf www.fischerverlage.de

Beim Nahen einer Gefahr sprechen immer zwei Stimmen gleich stark in der Seele des Menschen: die eine sagt ganz vernünftig, der Mensch solle die Art der Gefahr und die Mittel zur Rettung davor genau bedenken; die andere sagt noch vernünftiger, es sei viel zu schwer und quälend, über die Gefahr nachzudenken, wo es doch nicht in des Menschen Macht steht, alles vorauszusehen und sich vom allgemeinen Gang der Dinge zu retten, und deshalb sei es besser, sich von all dem Schweren abzuwenden, solange es nicht eingetroffen ist, und an Angenehmes zu denken.

Lew Tolstoi, *Krieg und Frieden*

Kein Autor späterer Zeiten hat sich vorgenommen, diese Berichte zu prüfen und zu vergleichen, um aus ihnen eine zusammenhängende Reihe von Ereignissen zu gewinnen und eine Geschichte jener Pest zu schreiben.

Alessandro Manzoni, *Die Brautleute*

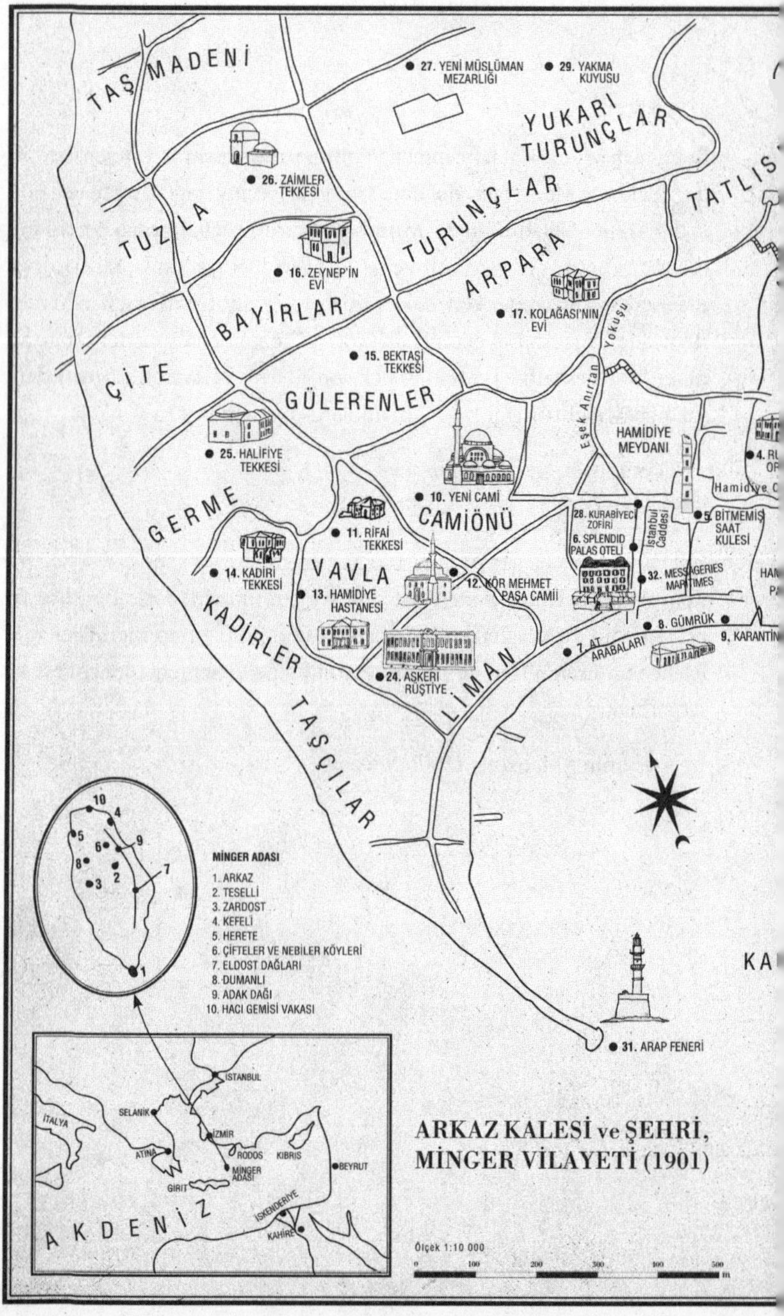
ARKAZ KALESİ ve ŞEHRİ,
MİNGER VİLAYETİ (1901)
TAŞ MADENİ
TUZLA
ÇİTE
GERME
BAYIRLAR
GÜLERENLER
TURUNÇLAR
YUKARI TURUNÇLAR
ARPARA
TATLIS
VAVLA
CAMİÖNÜ
KADİRLER
TAŞÇILAR
LİMAN
KA
27. YENİ MÜSLÜMAN MEZARLIĞI
29. YAKMA KUYUSU
26. ZAİMLER TEKKESİ
16. ZEYNEP'İN EVİ
17. KOLAĞASI'NIN EVİ
15. BEKTAŞİ TEKKESİ
25. HALİFİYE TEKKESİ
10. YENİ CAMİ
11. RİFAİ TEKKESİ
14. KADİRİ TEKKESİ
13. HAMİDİYE HASTANESİ
12. KÖR MEHMET PAŞA CAMİİ
24. ASKERİ RÜŞTİYE
Eşek Anırtan Yokuşu
HAMİDİYE MEYDANI
28. KURABİYECİ ZOFİRİ
6. SPLENDID PALAS OTELİ
İstanbul Caddesi
32. MESSAGERIES MARITIMES
5. BİTMEMİŞ SAAT KULESİ
Hamidiye C
8. GÜMRÜK
9. KARANTİN
7. AT ARABALARI
31. ARAP FENERİ
MİNGER ADASI
1. ARKAZ
2. TESELLİ
3. ZARDOST
4. KEFELİ
5. HERETE
6. ÇİFTELER VE NEBİLER KÖYLERİ
7. ELDOST DAĞLARI
8. DUMANLI
9. ADAK DAĞI
10. HACI GEMİSİ VAKASI
İSTANBUL
SELANİK
İTALYA
İZMİR
ATİNA
RODOS
KIBRIS
BEYRUT
MİNGER ADASI
GİRİT
İSKENDERİYE
KAHİRE
AKDENİZ
Ölçek 1:10 000
0 100 200 300 400 500 m

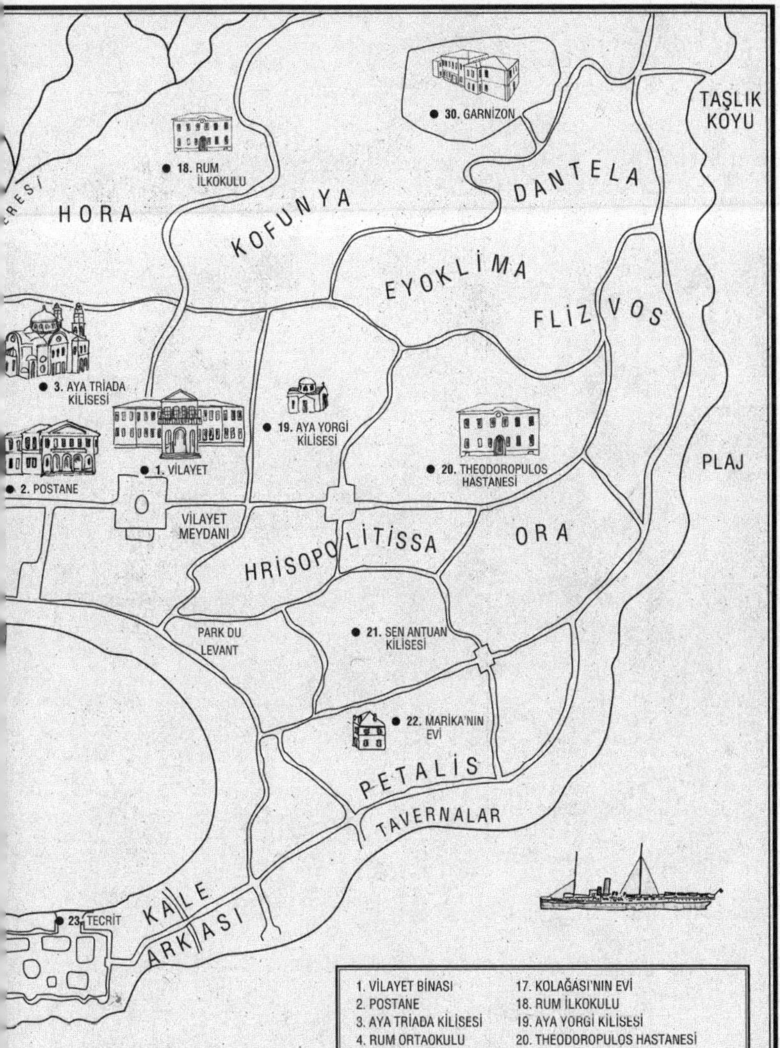

30. GARNİZON
TAŞLIK KOYU
18. RUM İLKOKULU
DANTELA
KOFUNYA
HORA
EYOKLİMA
FLİZVOS
3. AYA TRİADA KİLİSESİ
19. AYA YORGİ KİLİSESİ
20. THEODOROPULOS HASTANESİ
1. VİLAYET
2. POSTANE
PLAJ
VİLAYET MEYDANI
HRİSOPOLİTİSSA
ORA
PARK DU LEVANT
21. SEN ANTUAN KİLİSESİ
22. MARİKA'NIN EVİ
PETALİS
TAVERNALAR
KALE ARKASI
23. TECRİT
1. VİLAYET BİNASI
2. POSTANE
3. AYA TRİADA KİLİSESİ
4. RUM ORTAOKULU
5. BİTMEMİŞ SAAT KULESİ
6. SPLENDİD PALAS OTELİ
7. AT ARABALARI
8. GÜMRÜK
9. KARANTİNAHANE
10. YENİ CAMİ
11. RİFAİ TEKKESİ
12. KÖR MEHMET PAŞA CAMİİ
13. HAMİDİYE HASTANESİ
14. KADİRİ TEKKESİ
15. BEKTAŞİ TEKKESİ
16. ZEYNEP'İN EVİ
17. KOLAĞASI'NIN EVİ
18. RUM İLKOKULU
19. AYA YORGİ KİLİSESİ
20. THEODOROPULOS HASTANESİ
21. SEN ANTUAN KİLİSESİ
22. MARİKA'NIN EVİ
23. TECRİT
24. ASKERİ RÜŞTİYE
25. HALİFİYE TEKKESİ
26. ZAİMLER TEKKESİ
27. YENİ MÜSLÜMAN MEZARLIĞI
28. KURABİYECİ ZOFİRİ
29. YAKMA KUYUSU
30. GARNİZON
31. ARAP FENERİ
32. MESSAGERIES MARITIMES ACENTESİ

Aufmerksamen Leserinnen und Lesern wird nicht entgehen, dass auf dem Umschlag die Stadt Arkaz vom Regierungsplatz aus abgebildet ist, jedoch im Hintergrund Burg und Stadt erneut zu sehen sind. Ich danke sowohl dem Maler Ahmet Işıkçı, der mich mit seiner anhaltenden Faszination für die Fernansicht der Burg Arkaz zu diesem optischen Widerspruch bewog, als auch meinem Freund, dem Historiker Edhem Eldem, der mich in der Endphase des Romans mit Vorschlägen und Korrekturen begleitet hat. O. Pamuk

EINLEITUNG

Das Vorliegende ist sowohl ein historischer Roman als auch ein Geschichtsbuch in Romanform. Eingebettet in einen historischen Rahmen werden die erschütterndsten sechs Monate geschildert, die meine geliebte Heimat, die Insel Minger, die Perle des östlichen Mittelmeers, je erlebt hat.

Bei der Untersuchung der Ereignisse während des Pestausbruchs auf der Insel im Jahr 1901 kam ich zu der Auffassung, dass die Geschichtswissenschaft nicht ausreiche, um zu begreifen, wie die Handelnden in dieser kurzen, dramatischen Zeitspanne zu ihren Entscheidungen gelangten, sodass ich auch die Kunst des Romans zu Hilfe zog und versuchte, die beiden Ansätze zu verquicken.

Die Leserinnen und Leser mögen daher nicht davon ausgehen, zu Beginn meines Unterfangens hätten hochliterarische Überlegungen gestanden. Es war vielmehr so, dass mir zuerst jene Briefe in die Hände fielen, deren ganzen Reichtum ich in diesem Buch wiederzugeben suche. Ich war gebeten worden, die 113 Briefe, die Pakize Sultan, die dritte Tochter des 33. osmanischen Sultans Murat V., zwischen 1901 und 1913 an ihre Schwester Hatice Sultan geschrieben hatte, in einer kommentierten Ausgabe zu veröffentlichen. Der Anfang dieses Buches war ursprünglich nur als »Vorwort der Herausgeberin« gedacht.

Das Vorwort weitete sich immer mehr aus, wurde durch eigene Forschungen angereichert, und so entstand schließlich dieser Band. Von Anfang an faszinierten mich Stil und Klugheit der hochempfindsamen, charmanten Pakize Sultan. Sie verfügte über eine Erzählerleidenschaft, eine Detailfreude und eine Beschreibungskraft, wie sie nur wenigen Historikern oder auch Schriftstellern gegeben sind. Ich hatte Jahre damit verbracht, in britischen und französischen Archiven von Diplomaten verfasste Berichte über die Küstenstädte des Osmanischen Reichs zu studieren, und mit akademischen Arbeiten darüber habe ich auch promoviert. Nie hat ein Konsul mit solcher Anschaulichkeit ähnliche Fälle von Cholera- oder Pestausbrüchen geschildert, und aus jenen Berichten ist auch nie herauszuspüren, wie es in einer solchen Küstenstadt duftet, wie auf dem Markt die Farben leuchten und wie es sich anhört, wenn die Möwen schreien und über das Pflaster ein Pferdewagen holpert. Die Inspiration, ein Vorwort in einen ganzen Roman zu verwandeln, mag ich aus der unheimlich lebendigen, sensiblen Art bezogen haben, in der Pakize Sultan an die Menschen, die Dinge und die Ereignisse heranging.

Beim Lesen der Briefe fragte ich mich, ob Pakize Sultans Schilderungen wohl deshalb bunter und detailfreudiger waren als die der Historiker und Diplomaten, weil sie nun mal eine Frau war? Wir dürfen nicht vergessen, dass sie ihr Zimmer im Gästehaus des Regierungsgebäudes während des Seuchenausbruchs so gut wie nie verließ und von den Geschehnissen in der Stadt nur erfuhr, was ihr Mann, der Arzt, ihr davon erzählte! Sie beschrieb, was in der Männerwelt aus Politikern, Bürokraten und Ärzten vorging, indem sie sich erfolgreich in sie hineinversetzte. Ich wiederum habe mich bemüht, in meinem historischen Roman jene Welt auf meine Weise zum Leben zu erwecken. Wobei es natürlich schwer ist, so anschaulich, so brillant und so lebendig zu sein wie Pakize Sultan.

Die Briefe, die in einer Gesamtausgabe mindestens 600 Seiten umfassen, faszinieren mich nicht zuletzt deshalb, weil ich selbst von Minger stamme. Ob in Schulbüchern, in Zeitungsartikeln oder vor allem in den einheimischen Kinderzeitschriften (*Wir und unsere Insel, Unsere Geschichte*) stieß ich schon als Kind immer wieder auf Pakize Sultan und hatte viel für sie übrig. So wie die Insel Minger für viele ein legendärer, ja märchenhafter Ort ist, war Pakize Sultan für mich eine Märchenfigur. Durch diese Briefe auf einmal mit ihren Alltagssorgen, ihren wahren Gefühlen und vor allen Dingen mit ihrer starken Persönlichkeit und ihrem aufrichtigen Wesen in Berührung zu kommen, verzauberte mich geradezu. Der geduldige Leser wird am Schluss des Buches von meiner persönlichen Begegnung mit ihr erfahren.

Über die geschichtlichen Tatsachen wusste ich aus Archiven in Istanbul, auf Minger, in Großbritannien und Frankreich sowie aus zahlreichen Memoirenschriften Bescheid, doch beim Verfassen des Romans konnte ich nicht anders, als mich immer wieder mit Pakize Sultan zu identifizieren, als schriebe ich meine eigene Geschichte nieder.

Die Kunst des Romans liegt ja in der Fähigkeit, unser eigenes Leben so zu erzählen, als wäre es die Geschichte einer fremden Person, und die Geschichten Fremder so, als hätten wir sie selbst erlebt. Mich beim Schreiben wie die Tochter eines Sultans zu fühlen, erscheint mir daher durchaus einer Schriftstellerin würdig. Viel schwerer fiel mir, mich in die an der Macht stehenden Männer hineinzuversetzen, die Paschas und Ärzte, die den schweren Kampf gegen die Pest führten.

Damit ein Roman von Charakter und Form her nicht so sehr eine persönliche Geschichte, sondern Geschichte an sich darstellt, ist es bestimmt von Vorteil, wenn er aus mehreren Perspektiven erzählt wird. Dennoch teile ich die Auffassung des großen Henry James, des feminsten aller männlichen Autoren, laut dem es für die Glaubwürdigkeit eines Romans am besten sei, alle Details würden aus der Perspektive einer einzigen Figur geschildert.

Da es sich hier aber auch um ein Geschichtsbuch handelt, habe ich mich an die Regel der einzigen Perspektive nicht immer gehalten. An den innigsten Stellen habe ich den Leser mit Fakten und Zahlen versorgt oder die Geschichte einer Institution erzählt. Oder bin ohne Scheu von den intimsten Gefühlsschilderungen einer Figur zu den Gedanken einer anderen Figur übergegangen, von denen die erste nichts wissen konnte. Und obwohl ich der festen Überzeugung bin, dass Sultan Abdülaziz nach seiner Entmachtung ermordet wurde, habe ich erwähnt, dass manche seinen Tod für einen Selbstmord halten. Aus der in Pakize Sultans Briefen geschilderten bunten Welt habe ich weitere Zeitzeugen auftreten lassen, um dem Buch etwas mehr historische Glaubwürdigkeit zu verleihen.

Seit Jahren werde ich gefragt, wie ich an die Briefe gelangt bin, wie ernst ich die Kriminalgeschichte darin nehme oder warum ich die Briefe nicht schon früher veröffentlich habe, und zwei dieser Fragen möchte ich hier beantworten. Unterstützung für die Romanidee bekam ich aus akademischen Kreisen, denen ich von den Verbrechen, die in den Briefen erwähnt werden, und von Abdülhamits Faible für Romane und insbesondere Krimis berichtet hatte. Auch war ich von dem Interesse angespornt, das ein angesehenes Verlagshaus wie Cambrigde University Press sowohl dem Kriminalistischen als auch der Geschichte der kleinen Insel Minger entgegenbrachte. Dass ich jahrelang unermüdlich den Geheimnissen dieser Wunderwelt und ihrem Sinn auf der Spur war, ist selbstverständlich von tieferer Bedeutung als die bloße Frage nach dem Mörder. Dessen Identität kann höchstens als ein Zeichen gedeutet werden. Angefangen mit dieser Einleitung und dem Zitat Tolstois, des großartigsten Autors historischer Romane, soll durch die Neugierde am kriminellen Geschehen dieses Buch zu einem Meer an Indizien werden.

Mir ist vorgeworfen worden, ich hätte mich mit einigen namhaften Historikern (deren Namen allerdings nichts zur Sache tun) allzu sehr angelegt. Das mag durchaus stimmen, doch waren die Auseinandersetzungen nötig, da ich populärwissenschaftliche Geschichtsbücher nun mal ernst nehme.

Im Vorwort zu Büchern über die Geschichte des Orients und der Levante bzw. des östlichen Mittelmeers wird oft auf Fragen der Transliteration eingegangen, also darauf, wie andere Schriften ins lateinische Alphabet übertragen werden sollen. Ich bin jedoch froh, nicht auch so ein langweiliges Buch geschrieben zu haben. Ohnehin sind Sprache und Alphabet von Minger unvergleichlich! Ortsnamen habe ich teils buchstabengetreu wiedergegeben, teils so, wie sie eigentlich ausgesprochen werden. Dass es in Georgien eine Stadt gibt, deren Name so ähnlich geschrieben wird, ist purer Zufall. Nicht Zufall, sondern Absicht ist dagegen, dass in meinem Buch den Leserinnen und Lesern so manches vertraut vorkommen wird wie eine allmählich verblassende Erinnerung.

Mîna Mingerli, Istanbul, 2017

KAPITEL 1

Wenn 1901 ein in Istanbul ablegendes Dampfschiff vier Tage lang schwarze Kohlenschwaden hinter sich lassend Kurs auf Süden nahm und in den gefährlichen, stürmischen Gewässern hinter Rhodos noch einen halben Tag in Richtung Alexandria weiterfuhr, konnten die Passagiere die eleganten Türme der Burg Arkaz auf Minger sehen. Da die Insel auf der Schiffslinie Istanbul-Alexandria lag, kamen recht viele Reisende in den Genuss, auf die geheimnisumwitterte, umschattete Silhouette neugierige, bewundernde Blicke zu werfen. Sobald der erhabene Bau – von Homer in der *Ilias* als »grüner Diamant aus rosafarbenem Stein« gewürdigt – am Horizont sichtbar wurde, lud so mancher feinfühlige Kapitän seine Passagiere an Deck, damit sie sich an dem überwältigenden Anblick erfreuen konnten, und in den Orient ziehende Maler bildeten die romantische Szenerie eifrig ab und reicherten sie mit dunklen Gewitterwolken an.

Nur wenige Schiffe legten auf Minger an, denn es gab damals nur drei Dampfer, die regelmäßig einmal in der Woche die Insel ansteuerten: zwei von der Schifffahrtsgesellschaft Messageries Maritimes, nämlich die *Saghalien*, die jedermann in Arkaz an ihrer grellen Sirene erkannte, die *Equateur* mit ihrem tieferen Ton und die nur selten und sehr kurz pfeifende, elegante *Zeus* der griechischen Reederei Pantaleon. Dass am 22. April 1901, an dem unsere Geschichte beginnt, zwei Stunden vor Mitternacht ein außerfahrplanmäßiges Schiff auf die Insel Minger zufuhr, ließ demnach auf ein besonderes Ereignis schließen.

Bei dem Dampfer, der sich still und leise wie ein Spionageschiff näherte, handelte es sich um die unter osmanischer Flagge fahrende *Aziziye* mit ihrem schmalen weißen Schornstein und dem spitzen Bug. Auf

Anordnung von Sultan Abdülhamit II. war sie in besonderer Mission unterwegs, um eine hochkarätige osmanische Delegation nach China zu befördern. Zu den siebzehn Fes, Turban oder Hut tragenden Militärs, religiösen Würdenträgern, Dolmetschern und Bürokraten waren im letzten Moment noch Abdülhamits Nichte Pakize Sultan und ihr Gatte Damat Doktor Nuri Bey dazubeordert worden. Das jungvermählte Paar war glücklich und sehr aufgeregt, wunderte sich aber, was es als Teil der China-Delegation eigentlich sollte.

Pakize Sultan konnte genau wie ihre Schwestern ihren Onkel Abdülhamit nicht ausstehen und war sich gewiss, jener habe sie und ihren Gatten aus reiner Bosheit mitgeschickt, nur wusste sie nicht, worin genau diese Bosheit bestand. Bei Hof kursierte damals das Gerücht, der Sultan habe das junge Paar aus Istanbul entfernen lassen, auf dass es irgendwo in Asien an Gelbfieber oder in der Wüste Arabiens an Cholera zugrunde gehe, während andere darauf verwiesen, beim Sultan wisse man immer erst im Nachhinein, was seine finstere Absicht gewesen sei. Damat Doktor Nuri Bey – den Titel »Damat«, »Schwiegersohn«, trug er seit seiner Hochzeit mit einem Mitglied des Herrscherhauses – war etwas zuversichtlicher. Er war ein achtunddreißigjähriger, enorm fleißiger und erfolgreicher Quarantänearzt und hatte das Osmanische Reich bereits auf mehreren internationalen Hygienekongressen vertreten. Dadurch hatte er die Aufmerksamkeit Abdülhamits auf sich gezogen, diesen persönlich kennengelernt und festgestellt, was viele Quarantäneärzte schon wussten, nämlich dass der Sultan sich ebenso sehr für die Fortschritte der westlichen Medizin interessierte wie – das war allgemein bekannt – für Kriminalromane. Er ließ sich über Entwicklungen im Bereich Bakterienforschung, Labors und Impfstoffe informieren und wollte jeweils die letzten medizintechnischen Errungenschaften nach Istanbul und in die osmanischen Gebiete holen. Desgleichen war er im Bilde darüber, welche Seuchengefahr Europa aus Asien und China drohte, und ließ gegenüber Doktor Nuri durchblicken, wie sehr er darüber in Sorge war.

Da im östlichen Mittelmeer Windstille herrschte, kam die *Aziziye*, des Sultans Promenadenschiff, schneller voran als erwartet. Sie ging auch in Izmir vor Anker, obgleich die Stadt nicht auf ihrer Route lag. Als sie in deren nebelverhangenen Hafen einlief, erfuhren die Delegationsteilnehmer, die ab und an die schmale Treppe zur Kommandobrücke hinaufstiegen, um beim Kapitän Erläuterungen einzuholen, dass in Izmir ein geheimnisvoller Passagier an Bord gehen werde. Der russische Kapitän versicherte, selbst er wisse nicht, um wen es sich dabei handle.

Nun, es war der namhafte Chemiker und Apotheker Bonkowski Pascha, der Generalinspektor für das Gesundheitswesen des Osmanischen Reiches. Der mit seinen sechzig Jahren etwas müde gewordene, aber immer noch sehr aktive Mann war der Chefchemiker des Sultans und der Begründer der modernen osmanischen Pharmazie. Früher war er auch als mittelmäßig erfolgreicher Unternehmer und Besitzer diverser Firmen in Erscheinung getreten, die Rosenwasser und andere Düfte herstellten, Mineralwasser abfüllten und Arzneimittel produzierten. Seit zehn Jahren übte er nur noch das Amt des Generalinspektors aus, verfasste an den Sultan Berichte über Cholera- und Pestfälle und war von Seuche zu Seuche unterwegs, von Hafen zu Hafen, von Stadt zu Stadt, um dort jeweils im Namen des Sultans die Hygiene- und Quarantänemaßnahmen zu prüfen.

Bonkowski Pascha, der ebenfalls auf internationalen Kongressen auftrat, hatte vier Jahre zuvor ein Konzept darüber erstellt, was im Falle einer aus Asien drohenden Pestseuche im Osmanischen Reich für Vorkehrungen getroffen werden sollten. Als nun in den Vierteln der Griechen von Izmir die Pest ausgebrochen war, hatte man ihn sofort dorthin entsandt. Nach einigen Choleraausbrüchen war also der neue Pestbazillus, dessen Gefährlichkeit, also »Virulenz«, wie Fachleute das nannten, mal höher, mal niedriger lag, nunmehr auch ins Osmanische Reich gelangt!

In Izmir, der größten osmanischen Hafenstadt im östlichen Mittelmeer, hatte es Bonkowski Pascha innerhalb von sechs Wochen geschafft, die Pestepidemie zu besiegen. Gelungen war das dadurch, dass die Bevölkerung die Ausgangssperren und anderen Beschränkungen willig hinnahm und sich zusammen mit Polizei und Stadtverwaltung an der

Jagd auf Ratten beteiligte. Unter eifriger Beteiligung der Volksfeuerwehr wurden in der ganzen Stadt Desinfektionsmittel versprüht. Nicht nur Izmirer Zeitungen wie *Ahenk* und *Amaltheia* oder Istanbuler Gazetten wie *Tercüman-ı Hakikat* oder *İkdam*, sondern auch französische und englische Blätter, in denen die Ausbreitung der Pest von Hafen zu Hafen aufmerksam verfolgt wurde, berichteten ausführlich über die Erfolge der osmanischen Quarantäneorganisation. Der polnischstämmige, aber in Istanbul geborene Bonkowski Pascha galt dort als Europäer und stand in hohem Ansehen. Beim Pestausbruch in Izmir waren lediglich siebzehn Menschen gestorben, und inzwischen waren sowohl der Hafen als auch der Zoll, die Läden und Märkte sowie die Schulen wieder geöffnet.

Als die erlesenen Passagiere der *Aziziye* aus ihren Kabinenfenstern oder von Deck aus beobachteten, wie Bonkowski und sein Assistent an Bord gingen, waren sie über den Erfolg der Quarantänepolitik schon informiert. Der Ehrentitel Pascha war Bonkowski fünf Jahre zuvor von Sultan Abdülhamit verliehen worden. Beim Besteigen des Schiffes trug Stanislaw Bonkowski einen Ölmantel, dessen Farbe im Dunkel nicht auszumachen war, ein Jackett, das seinen langen Hals und seinen leichten Buckel noch mehr zur Geltung brachte, und in der Hand die bleigraue Tasche, die er so beständig bei sich führte, dass sie seinen Studenten seit dreißig Jahren ein Begriff war. Sein Assistent Doktor Ilias wiederum schleppte den Laborkoffer, mithilfe dessen sein Chef jedenorts Cholera- oder Pestbazillen untersuchte, Trinkwasser von verunreinigtem Wasser unterschied und so in den Genuss kam, im gesamten osmanischen Reich das Wasser zu probieren. Ohne ihre Reisegefährten auf der *Aziziye* zu grüßen, zogen Bonkowski und sein Assistent sich auf ihre Kabinen zurück.

Mit diesem distanzierten Verhalten zogen die beiden neuen Mitreisenden erst recht die Neugier der Delegierten auf sich. Was verbarg sich hinter dieser Heimlichtuerei? Warum sandte Seine Hoheit mit demselben Schiff gleich zwei der bedeutendsten Pest- und Seuchenspezialisten des Osmanischen Reichs nach China? Bald aber erfuhren die Männer, dass Bonkowski Pascha und sein Assistent gar nicht nach China unterwegs waren, sondern auf der Insel Minger von Bord gehen würden, und sie wandten sich wieder ihren eigenen Angelegenheiten zu. Sie hatten noch drei Wochen Zeit, um darüber zu beratschlagen, wie sie den chinesischen Muslimen ihre Auffassung vom Islam nahelegen sollten.

Dass Bonkowski Pascha an Bord war, erfuhr Damat Doktor Nuri Pascha von seiner Frau. Die beiden hatten den Mann unabhängig voneinander kennengelernt und mochten ihn. Zuletzt hatte Doktor Nuri mit dem über zwanzig Jahre älteren Bonkowski gemeinsam an einem Hygienekongress in Venedig teilgenommen. Außerdem war Bonkowski an der medizinischen Fakultät in der früheren Demirkapı-Kaserne in Sirkeci Nuris Chemieprofessor gewesen. Wie die meisten Studenten hatte Nuri den in Paris ausgebildeten Bonkowski Bey bewundert und an seinen Laborkursen sowie seinen Vorlesungen in organischer und anorganischer Chemie teilgenommen. Bonkowski scherzte im Unterricht viel, hatte wie ein Renaissance-Mensch weitgefächerte Interessen, und neben seinem umgangssprachlichen Türkisch beherrschte er drei europäische Sprachen wie ein Muttersprachler, was ihm bei den Studenten viel Achtung eintrug. Geboren war er in Istanbul als Sohn eines polnischen Offiziers, der nach der Niederlage gegen die Russen ins Exil gegangen war und sich der osmanischen Armee angeschlossen hatte.

Pakize Sultan erinnerte sich, wie sie ihn kennengelernt hatte. In den Frauengemächern des Palasts, in dem sie eingesperrt lebte, hatten im Sommer vor elf Jahren ihre Mutter und andere Frauen mit Fieber daniedergelegen. Abdülhamit war zu dem Schluss gekommen, es müsse da eine Bakterie am Werk sein, und hatte seinen obersten Chemiker angewiesen, er solle sich eine Probe davon besorgen. Ein andermal war Bonkowski beauftragt worden, das Trinkwasser Pakize Sultans und ihrer Familie im Çırağan-Palast zu untersuchen. Abdülhamit hielt Murat V. dort zwar gefangen und ließ ihn überwachen, doch im Falle einer Krankheit schickte er ihm die besten Ärzte. Als Kind hatte sie im Palast oft den Leibarzt von Sultan Abdülaziz, den schwarzbärtigen Griechen Marko Pascha, und Abdülhamits eigenen Leibarzt Mavroyeni Pascha gesehen.

»Und in den Yıldız-Palast kam dann wieder Bonkowski Pascha«, sagte sie. »Er analysierte das Wasser und schrieb einen neuen Bericht. Meinen Schwestern und mir lächelte er aber nur noch aus der Ferne zu und scherzte nicht mehr mit uns wie damals, als wir Kinder waren.«

Damat Doktor Nuri Paschas Begegnungen mit Bonkowski waren offizieller Natur gewesen. Auf dem Kongress in Venedig, auf dem sie gemeinsam das Osmanische Reich vertreten hatten, war Nuri dem Professor durch seinen Fleiß und seine Erfahrung aufgefallen, und Nuri vermutete, vor allem von Bonkowski sei er anfangs als Quarantänearzt weiterempfohlen worden. Auch später hätten sich ihre Wege noch mehrfach gekreuzt; so hätten sie etwa auf Anweisung von Bürgermeister Blacque Bey hin die Hygienezustände der Schlachthöfe überprüft, die in Istanbul mitten auf der Straße betrieben wurden. Ein andermal habe Bonkowski Pascha einen Bericht über die topografischen und geologischen Eigenschaften des Terkos-Sees und seine Trinkwasserqualität verfasst und dabei die Studenten und jungen Ärzte in seiner Begleitung durch seine Intelligenz, seinen Arbeitseifer und seine Disziplin beeindruckt. So freute sich das junge Paar nun, Bonkowski Pascha wiederzubegegnen.

KAPITEL 2

Damat Doktor Nuri ließ Bonkowski über einen Steward eine Nachricht zukommen, und der Kapitän lud die beiden Ärzte in den sogenannten »Gästesalon« zu einem Abendessen, bei dem allerdings kein Alkohol serviert wurde. Daran nahm auch Pakize Sultan teil, die ansonsten ihre Mahlzeiten in ihrer Kabine aß und sich vor allen Dingen den mitreisenden Mollas nie zeigte. Vergessen wir nicht, dass zu jener Zeit eine Frau, und sei sie eine Prinzessin, nur äußerst selten mit Männern zusammensaß. Sie nahm an einem Tischende Platz, und was sie danach sah und hörte, darüber wissen wir heute Bescheid, da sie hinterher alles ihrer Schwester schrieb.

Bonkowski Pascha hatte ein bleiches Gesicht, eine kleine Nase und riesige Augen, die man nicht leicht vergaß. Sobald er seinen früheren Studenten erblickte, umarmte er ihn. Vor Pakize Sultan verneigte er sich ehrerbietig, als hätte er es mit einer Edeldame in einem europäischen Schloss zu tun, doch ergriff er nicht ihre Hand, um sie nicht in Verlegenheit zu bringen.

Er hatte etwas für europäische Umgangsformen und Etikette übrig und trug am Revers den Sankt-Stanislaus-Orden zweiter Klasse, den er erst kürzlich vom Zaren erhalten hatte, und daneben den goldenen Osmanischen Verdienstorden, den er gern zur Schau stellte.

Damat Doktor Nuri sagte: »Verehrter Professor, darf ich Ihnen meine Bewunderung für Ihren Erfolg in Izmir aussprechen.«

Seit in den Zeitungen darüber berichtet wurde, dass die Pest in Izmir im Abklingen begriffen war, nahm Bonkowski Pascha huldvoll lächelnd Gratulationen entgegen. »Ich darf aber auch Sie beglückwünschen!«, entgegnete er und sah dabei Doktor Nuri tief in die Augen. Der lächelte, ahnte er doch, dass die Gratulation sich nicht auf seine Tätigkeit in den Quarantänestationen im Hedschas oder als Vertreter des Osmanischen Reichs bezog, sondern vielmehr darauf, dass er eine Prinzessin aus dem osmanischen Herrscherhaus, die Tochter eines Sultans, geheiratet hatte. Abdülhamit hatte ihn zwar deshalb mit seiner Nichte verheiratet, weil er ein brillanter, erfolgreicher Arzt war, doch seither war kaum mehr davon die Rede, sondern nur noch von seiner Eigenschaft als »Damat«.

Daran hatte er sich aber schon gewöhnt. Mit seiner Frau war er viel zu glücklich, um in jener Hinsicht empfindlich zu sein. Vor seinem Professor, der stets mit Disziplin und Methodik vorging (die beiden in der türkischen Sprache aus dem Französischen stammenden Begriffe erfreuten sich unter osmanischen Intellektuellen gerade großer Beliebtheit), hatte er außerdem Hochachtung und wollte ihm schmeicheln.

»Dass Sie die Seuche in Izmir so schnell besiegt haben, beweist doch, wie gut das osmanische Quarantäneprogramm funktioniert«, sagte er. »Damit haben Sie all jenen, die vom ›kranken Mann am Bosporus‹ faseln, die gehörige Antwort versetzt. Die Cholera haben wir zwar noch nicht ausrotten können, doch einen ernsthaften Pestausbruch hat es in den osmanischen Ländern seit achtzig Jahren nicht gegeben. Früher hieß es, die zivilisatorische Scheidelinie, die seit zweihundert Jahren Europa vom Osmanischen Reich trenne, sei nicht die Donau, sondern die Pest. Ihnen ist zu verdanken, dass in Medizin und Seuchenbekämpfung diese Linie nicht mehr existiert.«

»Leider ist die Pest aber nun auf Minger aufgetreten«, erwiderte Bonkowski Pascha etwas betreten, als würde er seinen Studenten nur ungern auf einen Fehler hinweisen. »Und die Virulenz ist außergewöhnlich hoch.«

»Tatsächlich?«

»Die Seuche ist in den muslimischen Vierteln ausgebrochen, Damat Pascha. Dass Sie über den Hochzeitsvorbereitungen davon nichts mitbekommen haben, ist nicht weiter verwunderlich, denn die Sache wird verheimlicht. Ihrer Hochzeitseinladung konnte ich übrigens deshalb nicht Folge leisten, weil ich in Izmir war.«

»Ich habe bisher verfolgt, was die Seuche in Hongkong und Bombay angerichtet hat.«

»Die Berichte darüber kommen nicht an die Wirklichkeit heran«, sagte Bonkowski Pascha entschieden. »Für Tausende von Toten in Indien und China ist ein und derselbe Bazillus verantwortlich, ein und dieselbe Seuche. So wie auch in Izmir.«

»Aber in Indien gehen die Menschen zugrunde, Sie jedoch haben in Izmir die Seuche besiegt!«

»Weil ich dort Bevölkerung und Presse auf meiner Seite hatte«, entgegnete Bonkowski Pascha, und nach einer Kunstpause sagte er: »In Izmir ist die Krankheit im Griechenviertel ausgebrochen, und die Leute dort sind aufgeklärt und zivilisiert. Auf Minger sind eher Muslime von der Pest betroffen, und es sind jetzt schon fünfzehn Menschen daran gestorben. Wir werden es dort nicht so leicht haben.«

Aus Erfahrung wusste Doktor Nuri, dass Christen sich eher an Quarantäneregeln hielten als Muslime, doch hatte er genug davon, dass christliche Spezialisten wie Bonkowski Pascha das immer wieder aufs Tapet brachten. Er ging also nicht darauf ein. Als sich ein verlegenes Schweigen breitmachte, fühlte Pakize sich bemüßigt, dem Kapitän eine Erklärung abzuliefern: »Ein ewiges Thema!«

»Sie kennen doch die Geschichte mit dem armen Doktor Jean-Pierre!«, sagte Bonkowski Pascha mit einem lehrerhaften Schmunzeln. »Sowohl vom Palast als auch von Gouverneur Sami Pascha bin ich mehrmals darauf hingewiesen worden, dass Seine Hoheit die Nachricht vom Pestausbruch auf Minger für politisch motiviert hält und ich daher den Grund meines Besuchs dort verheimlichen soll. Den Gouverneur kenne ich ja noch aus der Zeit, als er Landrat und später Provinzstatthalter war.«

»Fünfzehn Tote, das ist viel für so eine kleine Insel«, sagte Doktor Nuri.

»Nicht mal mit Ihnen darf ich darüber sprechen, Pascha!«, rief Bonkowski und tat eine spöttische Handbewegung in Richtung Pakize Sultan, als wollte er andeuten, dass dort eine Spionin säße. Dann verfiel er wieder in den onkelhaften Gestus, mit dem er den verwestlichten Prinzessinnen in ihrer Kindheit begegnet war, bei einer Theatervorstellung im Yıldız-Palast etwa oder beim Staatsbesuch von Kaiser Wilhelm.

»Dass eine Sultanstochter Istanbul verlassen darf, erlebe ich zum ersten Mal!«, rief er mit übertriebener Verwunderung aus. »Das Osmanische Reich gestattet den Frauen mehr Freiheit und tut mal wieder einen Schritt in Richtung Westen!«

Aus den Briefen, die noch veröffentlicht werden sollen, wird zu ersehen sein, dass Pakize Sultan durchaus nicht entging, wie viel Ironie und gar Spott hinter diesen Worten steckten. Sie war ebenso intelligent und empfindsam wie ihr Vater Murat V. »Statt nach China würde ich ja lieber nach Venedig fahren«, sagte sie und lenkte damit das Gespräch auf die Stadt, die die beiden Männer von dem Kongress her kannten. »Stimmt es, dass man dort wie auf dem Bosporus mit dem Boot von Villa zu Villa und fast bis ins Haus hinein fährt?« Dann unterhielten sie sich darüber, wie schnell die *Aziziye* fuhr, wie viel Leistung sie brachte und wie bequem man es in den Kabinen hatte. Anders als sein Neffe Abdülhamit war dessen Vorvorgänger Sultan Abdülaziz (von dem das Schiff seinen Namen hatte) dreißig Jahre zuvor eine hohe Staatsverschuldung eingegangen, um die osmanische Marine auszubauen, und hatte sich dabei auch jenes prächtige Schiff anfertigen lassen. Die mahagonivertäfelte, mit Goldrahmen und Spiegeln reichlich verzierte Sultanskabine hatte ein Pendant auf der Panzerfregatte *Mahmudiye*. Der Kapitän erläuterte, das Schiff fasse 150 Passagiere und könne bis zu vierzehn Knoten schnell fahren, doch leider bringe Seine Hoheit nicht einmal die Zeit auf, damit eine Bosporus-Tour zu unternehmen. Alle am Tisch wussten, dass der Sultan sich aus Furcht vor einem Anschlag auf keinerlei Schiff traute, doch vorsichtshalber wurde darüber geschwiegen.

Als der Kapitän verkündete, sie hätten nur noch sechs Stunden Fahrzeit vor sich, fragte Bonkowski Pascha Doktor Nuri, ob er denn schon mal auf Minger gewesen sei.

»Nein, denn bisher ist dort nie eine Seuche ausgebrochen, weder Cholera noch Gelbfieber.«

»Ich war leider auch noch nie dort. Dennoch habe ich über Minger Erkundigungen eingezogen. Plinius der Ältere geht in seiner *Naturalis Historia* ausführlich auf die einzigartige Flora der Insel ein, auf die Bäume, die Blumen, den steilen Vulkanberg und die Felsbuchten im Norden. Obwohl ich also selbst noch nicht dort war, habe ich vor Jahren Seiner Hoheit einen Bericht über die Möglichkeit einer Rosenzucht auf der Insel verfasst.«

»Und was ist daraufhin geschehen, Pascha?«, fragte Pakize Sultan.

Bonkowski Pascha begnügte sich mit einem nachdenklichen Lächeln. Pakize Sultan schloss daraus, dass selbst der Pascha das furchtsam strafende Gehabe des argwöhnischen Sultans schon hatte zu spüren bekommen, und schweifte lieber auf das Thema ab, über das sie sich mit ihrem Mann schon unterhalten hatte, nämlich ob es Zufall sein könne, dass die beiden renommiertesten Quarantänespezialisten des Osmanischen Reichs eines Mitternachts vor der Küste Kretas auf dem Privatschiff des Sultans aufeinandertrafen?

»Ich kann Ihnen versichern, dass es Zufall ist«, erwiderte Bonkowski Pascha. »Dass ausgerechnet die *Aziziye* der Insel gerade am nächsten ist, weiß nämlich nicht einmal der Gouverneur von Izmir, Kıbrıslı Kâmil Pascha. Natürlich würde ich gerne mit Ihnen fahren und den chinesischen Muslimen vorpredigen, wie essentiell es ist, sich den Vorgaben der modernen Medizin und der Quarantäne zu fügen. Wer die Quarantäne akzeptiert, nimmt damit ein Stück Verwestlichung in Kauf, und je weiter man in den Orient gelangt, umso schwerer fällt den Menschen das. Seien Sie aber nicht betrübt, denn ich kann Ihnen versichern, dass es auch in China Kanäle wie in Venedig und in Istanbul gibt, und zwar noch viel breitere und längere, und auf sehr eleganten Booten kann man darauf bis in die Häuser und Villen hineinfahren.«

Das junge Paar konnte sich nur wundern, wie viel Bonkowski Pascha auch über China wusste, obwohl er dort genauso wenig gewesen war wie auf Minger. Nach dem Abendessen gingen die beiden in ihre Kabine zurück, die mit ihren aus Frankreich und Italien importierten Tischchen, Uhren, Spiegeln und Lampen wie ein Saal in einem Palast wirkte.

»Etwas betrübt Sie«, sagte Pakize Sultan, »das lese ich Ihnen vom Gesicht ab.«

Doktor Nuri hatte es als Nadelstiche empfunden, dass Bonkowski ihn immer mit »Pascha« angeredet hatte. Den Titel hatte ihm Abdülhamit sofort verliehen, weil dies nach der Hochzeit mit einer Prinzessin nun mal so üblich war, doch Doktor Nuri hatte ihn bisher noch nie verwendet, da es auch nicht nötig gewesen war. Dass nun auch hochrangige, angesehene Militärs, die jenen Titel aus gutem Grund trugen, ihn ebenso damit ansprachen, ließ in ihm das Gefühl aufkommen, er habe ihn nicht wirklich verdient. Doch kamen sie gemeinsam zu dem Schluss, dass bei Bonkowski Pascha dahinter keine böse Absicht stecke.

Seit dreißig Tagen waren sie nunmehr verheiratet. Beide hatten lang davon geträumt, einen angemessenen Ehepartner zu finden, aber die Hoffnung darauf schon fast aufgegeben. Dann hatte Abdülhamit aus einer Eingebung heraus die beiden einander vorgestellt und sie innerhalb von zwei Monaten miteinander verheiratet, und dass sie nun so glücklich waren, lag offensichtlich daran, dass sie am Liebesspiel mehr Gefallen fanden, als sie sich je hätten denken können. Seit sie abgereist waren, hatten sie die meiste Zeit im Bett ihrer Kabine verbracht, und nichts erschien ihnen natürlicher.

Als gegen Morgen das Schiff eine Art Wimmern von sich gab, erwachten sie. Draußen war es noch stockdunkel. An den hohen Eldost-Bergen vorbei, deren spitze Zacken sich von Norden nach Süden erstreckten, fuhr die *Aziziye* auf Arkaz zu, die größte Stadt und das Verwaltungszentrum von Minger. Sobald mit bloßem Auge der blasse Lichtschein des Arabischen Leuchtturms zu sehen war, hatte der Kapitän das Steuerrad nach Westen gedreht, in Richtung auf den Hafen. Da am Himmel ein riesiger Vollmond stand und das Meer in silbriges Licht getaucht war, konnten die Passagiere aus ihren Kabinen gleich hinter der Burg von Arkaz den wie ein Gespenst aus dem Dunkel emporragenden Weißen Berg sehen, den geheimnisvollsten Vulkan des Mittelmeerraums.

Als Pakize Sultan die spitzen Türme der imposanten Burg ausmachte, gingen sie an Deck, um den Vollmond besser zu genießen. Die Luft war feucht und mild. Vom Meer stieg ein Duft nach Iod, Algen und Mandeln auf. Da wie so mancher osmanische Küstenort Arkaz nicht über eine größere Anlegestelle verfügte, wartete der Kapitän auf Höhe der Burg draußen ab.

Es kam eine tiefe, merkwürdige Stille auf. Die beiden Jungvermählten erschauderten unter dem Zauber der üppigen Landschaft. Von den mondbeschienenen Bergen und der geheimnisvollen Lautlosigkeit ging eine imponierende Tiefe aus. Es war, als ob es neben dem silbrigen Mondenschein noch eine Lichtquelle gäbe und sie entrückt danach suchten. Eine Weile genossen sie den herrlich schimmernden Anblick, als läge darin der eigentliche Grund für ihr Glück. Da sahen sie aus dem Dunkel eine Bootslaterne auftauchen, dann die weit ausholenden Ruderer. Auf dem Unterdeck standen am Fallreep Bonkowski Pascha und sein Assistent, fern wie in einem Traum. Als das vom Gouverneur gesandte Boot die *Aziziye* erreichte, hörten sie Gesprächsfetzen auf Griechisch und auf Mingerisch, dann Schritte. Das Boot nahm Bonkowski Pascha und seinen Assistenten an Bord und verschwand wieder in der Dunkelheit.

Wie auch andere Passagiere auf Kommandobrücke und Deck blickten die beiden noch eine Weile auf die Burg und die wie aus einem Märchen emportauchenden prachtvollen Berge, die schon so manchen romantischen Reiseschriftsteller ins Schwärmen versetzt hatten. Hätten sie genauer auf das Fenster eines der südwestlichen Türme geachtet, wäre ihnen aufgefallen, dass dort eine Laterne brannte. Nach den Kreuzfahrern hatten Venezianer, Byzantiner, Araber und Osmanen die Burg mit diversen Anbauten angereichert, und ein Teil davon wurde seit Jahrhunderten als Kerker genutzt. Zwei Stockwerk unter dem Zimmer, in dem die Laterne brannte, lag in einer leeren Zelle eine wichtige Persönlichkeit dieses Kerkers, der Wärter Bayram Efendi, und rang mit dem Tode.

KAPITEL 3

Als Bayram Efendi fünf Tage zuvor die ersten Anzeichen der Krankheit verspürt hatte, wollte er sie nicht ernst nehmen. Er hatte Fieber, sein Herz pochte, und es überliefen ihn kalte Schauer. Musste er sich am Morgen eben in den windigen Türmen und Höfen erkältet haben! Am folgenden Nachmittag kamen zum Fieber Erschöpfung und Appetitlosigkeit hinzu, und einmal ließ er sich im Hof auf den Steinboden sinken, streckte sich aus, sah zum Himmel empor und meinte schon, er würde sterben. Als ob da jemand in seine Stirn Nägel einschlüge.

Seit fünfundzwanzig Jahren war er im Kerker der berühmten Burg von Arkaz als Wächter tätig. Er hatte miterlebt, wie angeschmiedete Gefangene in ihren Zellen vergessen worden waren, wie Festungshäftlinge im Hof ihre schweren Ketten geschleppt hatten und wie vor fünf Jahren Abdülhamit politische Häftlinge auf die Insel gesandt hatte. Da er den früheren, primitiven Zustand des Kerkers kannte (an dem sich eigentlich kaum was geändert hatte), glaubte er an die modernen Bestrebungen, den Kerker in ein Gefängnis oder gar eine Besserungsanstalt zu verwandeln, und unterstützte sie. Und obwohl er, wenn Istanbul kein Geld schickte, manchmal monatelang keinen Sold bekam, hatte er keine Ruhe, wenn er beim abendlichen Abzählen nicht anwesend war.

Als ihn am folgenden Tag in einem der engen Korridore wieder eine lähmende Schwäche überfiel und ihm das Herz schlug wie wild, ging er nicht nach Hause, sondern legte sich in einer leeren Zelle aufs Stroh und krümmte sich vor Schmerzen. Diesmal zitterte er auch und hatte entsetzliches Kopfweh, ganz besonders an der Stirn. Am liebsten hätte er geschrien, doch biss er die Zähne zusammen, da er glaubte, falls er sich still verhielt, würde der seltsame Schmerz von selbst verschwinden. Es war, als pressten Zwingen und Schraubstöcke seinen Kopf zusammen.

Er blieb in jener Nacht auf der Burg. Mit dem Pferdewagen waren es zehn Minuten bis zu ihm nach Hause, doch seine Frau und seine Tochter Zeynep waren es gewöhnt, dass er wegen Nachtwachen, Streitereien oder kleinen Aufständen manchmal nicht heimkam. Die Hochzeit seiner Tochter stand kurz bevor, und wegen der Vorbereitungen und Feilschereien gab es Abend für Abend Zank und Groll, und entweder Zeynep weinte oder seine Frau.

Als Bayram Efendi am Morgen in der Zelle wach wurde und seinen Körper abtastete, stieß er in der Schamgegend links oben über der Leiste auf eine weißliche Beule von der Größe eines kleinen Fingers. Wie ein Gürkchen sah sie aus. Als er mit seinem dicken Zeigefinger darauf drückte, tat es weh, als wäre Eiter darin, und sobald er den Finger wegnahm, war es wie zuvor. Solange man die Beule nicht anfasste, schmerzte sie also nicht. Irgendwie fühlte Bayram Efendi sich schuldig. Bei nüchterner Betrachtung musste die Beule etwas mit seiner Erschöpfung zu tun haben, mit dem Zittern, dem Delirium.

Was sollte er tun? Christen, Beamte, Militärs und Paschas suchten in solchen Fällen einen Arzt auf oder wenn vorhanden ein Krankenhaus. Manchmal kam es in einer Gemeinschaftszelle zu einer ansteckenden Durchfall- oder Fiebererkrankung, dann wurde die Zelle unter Quarantäne gestellt. Falls sich jemand dagegen auflehnte, beschwerte sich der Stubenälteste, und die renitenten Häftlinge wurden bestraft. Während des Vierteljahrhunderts, das Bayram Efendi in der Burg verbracht hatte, waren zum Teil venezianische Anbauten und Höfe nicht als Kerker, sondern auch als Zollstelle und Quarantänestation benutzt worden, daher waren ihm solche Maßnahmen nicht fremd. Er merkte aber, dass ihm mit einer Quarantäne auch nicht mehr gedient wäre. Er fühlte sich in den Klauen einer seltsamen Macht und verfiel in langen, fiebrigen Schlaf. Dann kam wieder wellenartig der Schmerz, und voller Angst musste er einsehen, dass jene Macht viel stärker war als er.

Am nächsten Tag raffte er sich auf und ging zum Mittagsgebet in die Kör-Mehmet-Pascha-Moschee, wo er zwei Bekannte zum Gruß umarmte. Unter großer Mühe lauschte er der Predigt, bekam aber nicht viel davon mit. Ihm war schwindlig, ihm drehte sich der Magen um, und kaum noch vermochte er sich auf den Beinen zu halten. Der Prediger sprach nicht über Krankheiten, sondern immer nur davon, dass alles von Gott komme. Als die Gläubigen danach auseinandergingen, wollte Bayram Efendi sich auf dem Teppich ausstrecken, um sich ein wenig auszuruhen, da merkte er aber schon, dass er das Bewusstsein verlor. Später weckten Leute ihn auf, da riss er sich zusammen und verheimlichte ihnen, dass er krank war (vielleicht hatten sie es auch schon gemerkt).

Er begriff, dass er sterben würde, und empfand das als Ungerechtigkeit. Warum gerade er, fragte er sich weinend. Er verließ die Moschee und machte sich auf den Weg ins Viertel Germe zu einem Scheich, bei dem man Gebetszettel und Amulette bekam. Der Scheich sprach mit jedermann über Themen wie die Pest und den Tod, doch war der dicke Mann, dessen Namen Bayram Efendi vergessen hatte, gerade nicht da. Statt seiner gab ein junger, freundlicher Mann mit einem schief sitzenden Fes sowohl Bayram Efendi als auch zwei anderen Männern, die wie er aus der Moschee gekommen waren, je ein besprochenes Amulett und einen Zettel mit einem Gebet darauf. Bayram Efendi versuchte, das Gebet zu lesen, doch verschwammen ihm die Zeilen. Wieder kam panikartig das Gefühl in ihm hoch, er sei an seinem Tod selbst schuld.

Als der Scheich kam, fiel Bayram Efendi ein, dass er ihn zuvor schon in der Moschee gesehen hatte. Nicht nur war er dick, sondern er hatte auch lange weiße Haare und einen langen weißen Bart. Aufmunternd lächelte der Scheich Bayram Efendi an und erklärte ihm, wie die Gebetszettel zu lesen seien: Wenn einem in der Nacht der Pestgeist erscheine, solle man dreiunddreißigmal hintereinander drei der Namen Allahs wiederholen, nämlich »Recep«, »Muktedik« und »Baki«. Falls man den Gebetszettel und das Amulett dem Geist entgegenhalte und die Namen neunzehnmal lese, könne man ihn sich ebenso vom Leib halten. Als der Scheich merkte, wie mitgenommen Bayram Efendi von seiner Krankheit schon war, trat er ein wenig zurück, was jenem nicht entging. Wenn man keine Zeit habe, die Namen Allahs aufzuzählen, solle man sich das Amulett um den Hals hängen und es mit dem Zeigefinger der rechten Hand berühren, dann tue es auch seine Wirkung. Wenn die Pestbeule auf der rechten Körperhälfte auftrete, solle man den Zeigefinger der linken Hand benutzen, wenn sie links auftrete, den der rechten Hand. Falls man anfange zu stottern, solle man das Amulett in beide Hände nehmen, sagte der Scheich noch, aber Bayram Efendi war nicht mehr in der Lage, all diese Vorschriften aufzunehmen, und ging nach Hause; er wohnte nicht weit weg. Seine liebe Tochter war nicht da. Als seine Frau merkte, wie krank er war, fing sie an zu weinen. Sie holte die Bettsachen aus dem Wandschrank und richtete ihm das Lager, und Bayram Efendi legte sich zitternd hin. Er wollte noch etwas sagen, doch aus seinem ausgetrockneten Mund kam kein einziges Wort.

In seinem Kopf brach ein Sturm los. Er zuckte mit den Armen, als sei er völlig verschreckt und jemand hinter ihm her. Beim Anblick dieses Fuchtelns weinte seine Frau Emine noch mehr, und da begriff Bayram Efendi, dass er dem Tode nahe war.

Als am Abend Zeynep heimkehrte, kam er ein wenig zu sich. Er sagte, das Amulett um seinen Hals beschütze ihn, dann verfiel er wieder in fiebrigen Schlaf und hatte die seltsamsten Albträume. Darin wogte er auf dem Meer dahin, umgeben von sprechenden Fischen und einer flammenumzüngelten Hundemeute. Das Feuer griff auf Ratten über, und brennende Teufel zermalmten Rosen. Eine Brunnenwinde, eine Mühle und eine offene Tür drehten sich unentwegt auf immer engerem Raum. Von der Sonne tropfte auf sein Gesicht Schweiß herab. Verstört wollte er davonlaufen, mal überschlug sich alles in seinem Kopf, mal stockte es. Und schlimmer noch, die Scharen von Ratten, die vor ein paar Wochen den Kerker, die Burg, ja ganz Minger gepeinigt hatten, über Küchen hergefallen waren, Matten, Stoffe und Bretter zernagt hatten, waren auf einmal in den Verliesen des Kerkers hinter ihm her. Bayram Efendi lief davon, fürchtete er doch, ihnen die falschen Gebete vorzulesen. Um in den letzten Stunden seines Lebens gehört zu werden, schrie er die Dinge in seinem Traum so laut an, wie er nur konnte, brachte aber kaum einen Ton hervor. Zeynep kniete neben ihm und unterdrückte ein Schluchzen.

Wie es bei Pestkranken oft geschieht, kam er noch einmal kurz zu sich. Seine Frau reichte ihm eine Schale mit herrlich duftender, heißer Suppe. Es war Tarhana-Suppe mit roten Paprikaschoten, wie sie in den Dörfern auf Minger oft zubereitet wurde (ein einziges Mal war Bayram Efendi von der Insel weggekommen). Er schlürfte seine Suppe, als wäre sie ein Zaubertrank, dann las er die Gebete, die der dicke Scheich ihm ans Herz gelegt hatte, und fühlte sich gleich besser.

Beim Abzählen im Kerker durfte am Abend kein Fehler unterlaufen; er musste da sofort hin. Er sagte das mehr zu sich selbst, und ohne sich von Frau und Tochter zu verabschieden, ging er das letzte Mal aus dem Haus, als wollte er nur kurz in den Garten oder auf den Abort. Seine Frau und seine Tochter glaubten nicht, dass er genesen sei, und weinten ihm hinterher.

Zur Zeit des Abendgebets ging Bayram Efendi erst zum Ufer hinunter. Vor den Hotels Splendid Palas und Majestik warteten Kutschen, Portiers und Herren mit Hut. Er kam an den Büros der Reedereien vorbei, die Verbindungen nach Izmir, Chania und Istanbul anboten, dann am Zollgebäude. Als er an der Hamidiye-Brücke anlangte, war er so schwach, dass er schon meinte, auf der Stelle sterben zu müssen. Zu dieser buntesten, belebtesten Stunde des Tages, zwischen Palmen und Platanen, sonnigen Straßen und freundlich blickenden Menschen war das Leben eigentlich schön. Unter der Brücke floss paradiesgrün der Fluss Arkaz, dahinter waren die alten Markthallen und gegenüber die Burg, deren Kerker er sein Leben lang bewacht hatte. Still weinte er vor sich hin, bis ihm die Tränen vor lauter Müdigkeit versiegten. Im goldenen Sonnenlicht sah die Burg noch rosafarbener aus als sonst.

Mit letzter Kraft ging er am Telegrafenamt vorbei die staubige Straße bis zum Meeresufer hinunter. Durch die gewundenen Gassen der Altstadt gelangte er an venezianischen Häusern vorbei zur Burg. Laut Augenzeugen habe er in der Gemeinschaftszelle Nummer zwei die Abzählung vorgenommen und danach im Wärterraum einen Lindenblütentee getrunken.

Nach Einbruch der Dunkelheit wurde er von niemandem mehr gesehen. Zu der Zeit, als die *Aziziye* in den Hafen einlief, vernahm zwar ein junger Wärter aus einer Zelle weiter unten ein Schreien und Weinen, das er in der folgenden Stille jedoch vergaß.

KAPITEL 4

Nachdem Bonkowski Pascha und sein Assistent auf Minger von Bord gegangen waren, steuerte die hochherrschaftliche *Aziziye* mit voller Kraft auf Alexandria zu. Die Delegation sollte den wütenden Muslimen in China gut zureden und sie davon abhalten, sich am rasch anwachsenden Volksaufstand gegen die westlichen Mächte zu beteiligen.

1894 hatte Japan China angegriffen, und die nach westlichen Maßstäben reformierte japanische Armee hatte dem traditionellen Methoden verhafteten chinesischen Heer in kurzer Zeit eine überraschend deutliche Niederlage beigebracht. Angesichts der Forderungen, die Japan nach dem Sieg stellte, hielt die chinesische Kaiserinwitwe es ebenso wie zwanzig Jahre zuvor Sultan Abdülhamit nach einer ähnlich gearteten Niederlage gegen die moderne russische Armee, nämlich bat sie die westlichen Mächte um Hilfe. Großbritannien, Frankreich und Deutschland verbündeten sich daraufhin, um China vor Japan zu beschützen. Allerdings verschafften sie sich im Gegenzug bedeutende wirtschaftliche und rechtliche Privilegien, teilten das Land allmählich in Kolonialgebiete auf (die Franzosen in Südchina, die Briten in Hongkong und Tibet, die Deutschen im Norden) und gewannen über Missionare immer mehr politischen und geistigen Einfluss.

Im einfachen Volk und insbesondere in konservativen und religiösen Kreisen gärte es. Es kam zu Aufständen gegen die regierenden Manschus und gegen »Fremde«, vor allem Christen und Europäer. Ausländern gehörende Betriebe wurden angezündet, Banken, Postämter, Klubs, Restaurants, Läden, Kirchen. Auf offener Straße wurden Missionare und zum Christentum bekehrte Chinesen getötet. Hinter der wachsenden

Rebellion stand eine im Westen als »Boxer« bezeichnete Sekte, die ihre Anziehungskraft aus martialischen Ritualen bezog. Der zwischen konservativen und liberalen Kräften zerrissene chinesische Staat vermochte der Revolte nicht Herr zu werden, teilweise schlug sich die Armee auf die Seite der Aufständischen, und letztendlich tat dies sogar die Kaiserinwitwe. So wurden 1900 die ausländischen Gesandtschaften in Peking von chinesischen Soldaten umstellt, und auf den Straßen wurde Jagd auf Christen und Ausländer gemacht. Bevor die westlichen Verbündeten einschreiten konnten, wurde etwa der deutsche Botschafter Clemens von Ketteler ermordet, der eine aggressive Politik vertreten hatte.

Kaiser Wilhelm II. reagierte darauf mit harter Hand. Er entsandte neue Truppen als Teil eines internationalen Expeditionskorps und hielt bei deren Verabschiedung in Bremerhaven seine berühmte »Hunnenrede«, in der er den Soldaten anordnete, sich wie der Hunnenkönig Etzel »ohne Pardon« zu betragen und keine Gefangenen zu machen. Die westlichen Zeitungen waren voller Berichte darüber, was die aufständischen Boxer und die an ihrer Seite kämpfenden Muslime an barbarischen, primitiven Verbrechen begingen.

Wilhelm II. wandte sich telegrafisch an Abdülhamit und bat ihn um Unterstützung. Die aus der Region Gansu stammenden Soldaten, die den deutschen Botschafter ermordet hatten, waren nämlich Muslime. Dem Kaiser zufolge müsse Sultan Abdülhamit als Kalif und damit geistliches Oberhaupt aller Muslime auf der Welt etwas tun, um solche blinden Angriffe rasender muslimischer Soldaten auf Christen zu unterbinden, indem er etwa selbst mit Truppen zum Expeditionskorps beitrage.

Es fiel Abdülhamit schwer, den Wunsch der Franzosen, die ihm gegen Russland halfen, der Engländer, die zusammen mit jenen in China kämpften, und der Deutschen, deren Kaiser ihn sogar in Istanbul besucht hatte, einfach abzuschlagen. Er wusste nur zu gut, dass die drei Mächte auch koalieren und sich den kranken Mann am Bosporus (der Spruch stammte von Zar Nikolaus) einfach einverleiben und in lauter Kleinstaaten aufteilen konnten, in denen jeweils eine andere Sprache gesprochen würde.

Abdülhamit verfolgte die muslimischen Aufstände gegen die westlichen Großmächte mit gemischten Gefühlen. Soweit er sich aus Berichten ein Bild davon machen konnte, interessierte er sich für die zahllosen muslimischen Rebellionen in China sowie für das Wirken Mirza Ghulam Ahmads in Indien gegen die Briten. Verständnis brachte er für den Widerstand des »Mad Mullahs«, wie die Briten ihn nannten, in Somaliland und für diverse andere islamistische Aufstände in Afrika und Asien auf. Zur Beobachtung bestimmter Rebellionen gegen den Westen und das Christentum entsandte er Militärattachés und ließ manchen Aufständischen ohne Wissen seiner eigenen Bürokratie (es wimmelte ja überall von Spionen) unter der Hand Unterstützung zukommen. Wegen des schleichenden Zerfalls des Osmanischen Reiches speziell auf dem Balkan und den Mittelmeerinseln spielte die orthodoxe Bevölkerung eine immer geringere Rolle, was Abdülhamit dazu bewog, mehr auf den Islam zu setzen (was er eigentlich schon immer tat), um damit die muslimischen Massen diverser Staaten gegen den Westen auf seine Seite zu bringen und den Großmächten ein wenig drohen zu können. Kurz gesagt entdeckte Abdülhamit für sich, was wir heute den »politischen Islam« nennen.

Ein überzeugter und konsequenter Islamist und Glaubenskrieger war der Opern- und Krimiliebhaber Abdülhamit jedoch keineswegs. Während des Aufstands von Urabi Pascha in Ägypten hatte der Sultan von Anfang an begriffen, dass die Rebellion sich im Grunde nicht nur gegen die Briten, sondern gegen Ausländer im Allgemeinen und damit auch gegen die Osmanen richtete, und insgeheim hatte er sich gewünscht, die Briten würden den Aufstand niederschlagen. Den Mahdi-Aufstand im Sudan, der mit dem Tod des unter den Muslimen sehr beliebten, als »Gordon Pascha« bekannten Charles Gordon zu Ende gegangen war, hatte Abdülhamit, nicht zuletzt unter dem Druck des britischen Botschafters in Istanbul, als »Auflehnung des Gesindels« abgetan, womit er sich faktisch auf die Seite der Briten schlug.

Abdülhamit wollte einerseits die europäischen Großmächte nicht gegen sich aufbringen und sich andererseits als Oberhaupt sämtlicher

Muslime der Welt gerieren. Um diese widersprüchlichen Ziele einigermaßen in Einklang zu bringen, beschloss er, keine osmanischen Soldaten zur Bekämpfung muslimischer Aufständischer zu entsenden, den chinesischen Muslimen jedoch über eine Delegation zu vermitteln, dass sie gegen die Europäer nicht Krieg führen sollten.

Den Leiter der Delegation, der nunmehr in seiner Kabine keinen Schlaf fand, hatte Abdülhamit selbst ausgewählt und dem erfahrenen Brigadegeneral zwei Hodschas zur Seite gestellt, die er ebenfalls persönlich kannte und schätzte, nämlich einen Lehrer der Islamkunde und einen umsichtigen islamischen Rechtsgelehrten, der eine mit einem schwarzen, der andere mit einem weißen Bart. Die beiden Hodschas saßen den ganzen Tag in der geräumigen Gemeinschaftskabine der *Aziziye* vor einer an der Wand angebrachten riesigen Karte des Osmanischen Reiches und diskutierten darüber, mit welcher Logik die chinesischen Muslime am ehesten zu überzeugen wären. Der Historiker vertrat die Auffassung, ihre eigentliche Aufgabe bestünde nicht darin, die chinesischen Muslime zu besänftigen, sondern ihnen die Macht des Islams und seines obersten Hüters Abdülhamit vor Augen zu halten. Der bedächtige weißbärtige Rechtsgelehrte gab zu bedenken, dass von einem Heiligen Krieg erst dann die Rede sein könne, wenn der König oder Sultan des betreffenden Landes sich daran beteilige, wogegen die chinesische Kaiserinwitwe den Aufständischen ihre Unterstützung schon versagt habe. Manchmal nahmen an der Diskussion auch andere Mitglieder der Delegation teil, etwa Dolmetscher und Militärs.

Als die *Aziziye* im Schein des Vollmonds Kurs auf Alexandria nahm, sah Damat Doktor Nuri in seiner Kabine noch Licht und holte daraufhin seine Frau in den großen Salon vor die Wandkarte. Diese stellte die aktuelle Verbreitung des von Pakize Sultans Urahnen sechshundert Jahre zuvor gegründeten Osmanischen Reiches dar. Abdülhamit hatte sie im Herbst 1880 anfertigen lassen, vier Jahre, nachdem er als Vierunddreißigjähriger den Thron bestiegen hatte. Auf dem Berliner Kongress hatte das Reich mithilfe der Briten gerade einen Teil der an die Russen verlorenen Gebiete zurückbekommen. Kaum war Abdülhamit nämlich an die Macht gelangt, war ein Krieg ausgebrochen, durch den die Osmanen große Landesteile eingebüßt hatten (Serbien, Thessalien, Montenegro, Rumänien, Bulgarien, Kars, Ardahan). Nach diesen enormen Verlusten hatte Abdülhamit sich geschworen, damit sei nun Schluss, das Reich werde keine Gebiete mehr abtreten, und aus dieser Einstellung heraus hatte er die Karte erstellen und sie mit Kutschen und Zügen, auf Kamelen und Schiffen bis in die entlegensten Landesteile schaffen lassen, in jede Garnison, jeden Landkreis, jede Botschaft. An vielen Orten des Reiches, das sich von Damaskus bis Janina, von Mossul bis Saloniki und von Istanbul bis in den Hedschas erstreckte, hatten die Delegierten die Karte schon gesehen und waren jedes Mal von der Größe des Reiches beeindruckt gewesen, wenn sie auch einsehen mussten, dass mit der Zeit leider ein sich beschleunigender Schrumpfungsprozess eingetreten war.

Es sei hier von einer Anekdote berichtet, die Pakize Sultan im Yıldız-Palast vernommen und sowohl ihrem Mann erzählt als auch ihrer Schwester brieflich noch mal zum Besten gegeben hatte. Demnach sei Sultan Abdülhamit eines Tages ins Zimmer seines etwa zehnjährigen Sohnes Selim gegangen, den er sehr liebte, und habe sich gefreut, den Jungen mit einer kleineren Ausgabe jener Karte beschäftigt zu sehen. Als der Sultan näher getreten sei, habe er bemerkt, dass manche Landesteile wie in einem Malbuch schwarz ausgemalt waren, und als er noch näher hingesehen habe, sei ihm aufgefallen, dass die schwarz angemalten Gebiete gerade die waren, die er seit seiner Thronbesteigung verloren beziehungsweise unter Wahrung des Gesichtes kampflos übergeben hatte (auch wenn sie auf der Karte noch als osmanisch ausgewiesen waren). Da habe den Sultan auf den missratenen Sohn, der seinen Vater für die Schrumpfung des Reiches verantwortlich machte, eine maßlose Wut gepackt. Pakize Sultan, die auf ihren Onkel Abdülhamit eine ebensolche Wut hatte, schrieb ferner, zehn Jahre darauf habe sich die Wut des Sultans noch gesteigert, als eine junge Haremsfrau, auf die er ein Auge geworfen habe, sich ausgerechnet in seinen Sohn Selim verliebt habe.

Als Kind hatte Pakize Sultan immer wieder von den katastrophalen Gebietsverlusten reden hören, die kurz nach der Absetzung ihres Vaters begonnen hatten. Innerhalb von vierzehn Monaten hatte das Osmanische Reich einen großen Teil der Besitzungen auf dem Balkan verloren, die es vierhundert Jahre lang innegehabt hatte. Russische Soldaten in blaugrünen Uniformen standen im nur vier Stunden von Istanbul entfernten San Stefano, und in Istanbul selbst wurden auf Plätzen und in Parks Armeezelte für die hellhäutigen, grünäugigen Balkan-Muslime aufgebaut, die vor dem russischen Heer geflüchtet waren.

Ohne Tränen zu vergießen, erinnerten die beiden Jungvermählten einander an die anderen Katastrophen, die damals in aller Munde waren. Noch vor dem Ende des Berliner Kongresses 1878 war das östlich von Minger gelegene Zypern mit seinen duftenden Orangengärten, seinen Olivenhainen und Kupferminen unter britische Kontrolle geraten. Ost-Rumelien und Thessalien verblieben unter einem christlichen Gouverneur formell Bestandteil des Osmanischen Reiches, waren jedoch im Gegensatz zu dem, was die Karte anzeigte, genauso wie Ägypten längst nicht mehr osmanischer Boden. Ägypten wurde 1882 von den Briten besetzt, nachdem diese während des antieuropäischen Aufstands von Urabi Pascha die Stadt Alexandria von Kriegsschiffen aus beschossen hatten, weil die dort lebenden Christen angeblich bedroht würden. (Der immer mehr unter Verfolgungswahn leidende Abdülhamit argwöhnte schließlich, die Briten hätten den Aufstand überhaupt erst in Szene gesetzt, um Ägypten an sich zu reißen.) Bereits 1881 hatten die Franzosen Tunesien erobert. Wie der Zar schon vierzig Jahre zuvor geunkt hatte, brauchten die Großmächte sich lediglich zusammenzutun, um das Erbe des »kranken Mannes« unter sich aufzuteilen.

Die Delegierten, die den ganzen Tag vor der veralteten Karte verbrachten, sorgten sich allerdings um etwas, das darauf gar nicht verzeichnet war: Die europäischen Staaten unterstützten die christlichen Minderheiten des Reiches, die sich mit der Zentralmacht immer wieder nationalistisch-separatistische Scharmützel lieferten, doch waren jene Staaten dem Osmanischen Reich nicht nur militärisch überlegen, sondern auch an Wirtschaftskraft, Verwaltungseffizienz und Bevölkerung. 1901 lebten auf dem Boden des riesigen Osmanischen Reiches lediglich neunzehn Millionen Menschen, von denen fünf Millionen keine Muslime waren. Trotz der höheren Steuern, die man jenen abverlangte, wurden sie als Bürger zweiter Klasse behandelt, sodass sie »Gerechtigkeit«, »Gleichheit« und »Reformen« forderten und sich von den europäischen Staaten Schutz erhofften. Russland, mit dem das Reich sich immer wieder bekriegte, hatte siebzig Millionen Einwohner, das freundschaftlich verbundene Deutschland an die fünfundfünfzig Millionen. Die Wirtschaftsleistung der europäischen Länder mit Großbritannien an ihrer Spitze betrug das Fünfundzwanzigfache der kümmerlichen osmanischen Produktion. Die Muslime, die die Hauptlast der Verwaltungs- und Militäraufgaben schulterten, verloren überdies an Einfluss gegenüber der griechischen und armenischen Kaufmannsschicht, die auch in den Provinzen außerhalb Istanbuls immer mehr erstarkte. Die dortigen Statthalter hatten den freiheitlichen Bestrebungen dieser aufsteigenden Bourgeoisie nichts entgegenzusetzen, und das Militär kannte auf die Forderungen der Christen, höchstens so viele Steuern zu bezahlen wie die Muslime und ihre Gebiete selbst zu verwalten, keine andere Antwort, als die regelmäßig aufflammenden Aufstände brutal niederzuschlagen und ihre Anführer zu foltern, zu töten oder in die Verbannung zu schicken.

Als Pakize und Nuri wieder in ihrer Kabine waren, sagte Pakize: »Da ist wieder dieser böse Geist in Sie gefahren! Woran dachten Sie gerade?«

»Wie schön es doch ist, dass wir das alles mal hinter uns lassen und nach China fahren!«

Seine Frau hatte ihm aber angesehen, dass er an Bonkowski Pascha dachte, an die Seuche auf Minger.

KAPITEL 5

In dem für Minger typischen Boot aus Kiefernholz mit spitz zulaufendem Bug fuhren Bonkowski Pascha und sein Assistent Doktor Ilias an den hohen Mauern der Burg entlang. Es war nichts zu hören außer dem Knarzen der Riemen und dem Schwappen der Wellen an die Felsen, auf denen die Burg seit sieben Jahrhunderten ruhte. Nur in ein paar Fenstern brannte Licht, doch im zauberhaften Mondschein wirkte die Hauptstadt von Minger wie eine weißlich-blassrote Fata Morgana. Als Positivist lag Bonkowski Pascha jeglicher Aberglaube fern, doch jenem Anblick schien etwas Verhängnisvolles anzuhaften. Obwohl Sultan Abdülhamit ihm schon vor Jahren das Privileg erteilt hatte, auf der Insel Rosen zu züchten, war dies sein erster Besuch dort. Jahrelang hatte er sich diesen als etwas Fröhliches, Feierliches vorgestellt, und nie wäre ihm in den Sinn gekommen, sich einmal mitten in der Nacht wie ein Dieb in den dunklen Hafen zu schleichen.

Als das Boot eine kleine Bucht erreichte, verlangsamte der Ruderer die Fahrt. Vom Ufer wehte ein feuchter Duft nach Lindenblüten und Algen herüber. Das Boot fuhr nicht zu der Anlegestelle, an der ansonsten Reisende vom Zoll abgefertigt wurden, sondern zum alten Fischerpier am Arabischen Leuchtturm, der aus der Zeit der arabischen Besatzung stammte. Das hatte der Gouverneur Sami Pascha so angeordnet, denn der Ort war nicht nur dunkler und einsamer, sondern auch vom Regierungsgebäude weit entfernt.

Bonkowski Pascha und Ilias reichten zwei schwarzberockten Beamten ihr Gepäck, dann ließen sich von ihnen auf die Anlegestelle helfen. Ungesehen bestiegen sie die vom Gouverneur gesandte Kutsche, einen gepanzerten Landauer, den Sami Pascha für geheime Besucher benutzte, oder wenn er vom Volk unbehelligt sein wollte. Sein Vorgänger, ein fülliger, argwöhnischer Mensch, hatte nicht nur die Drohbriefe romantisch veranlagter griechischer Anarchisten ernst genommen, die die Insel den Osmanen entreißen wollten, sondern auch deren Neigung, tatsächlich Attentate zu verüben, und so hatte er von Köse Kudret, dem angesehensten Schmied von Arkaz, Panzerplatten anfertigen lassen und das Geld dafür dem stets defizitären Regierungsetat entnommen.

Der Kutscher Zekeriya lenkte das Gefährt am Ufer entlang an dunklen Hotels und Zollgebäuden vorbei, fuhr dann aber nicht in den Istanbul-Boulevard weiter, die Prachtstraße der Insel, sondern bog nach links in eine Seitenstraße ab. Durchs Kutschenfenster sogen Bonkowski Pascha und Doktor Ilias den Duft von Geißblatt und Kiefern ein. Im Mondschein sahen sie moosbewachsene alte Steinmauern, Holztüren, Häuserfronten mit rosafarbenen Dachziegeln und geschlossenen Fenstern. Als die Kutsche über gewundene Steilstraßen den Hamidiye-Platz erreichte, erblickten sie den Uhrturm, der zum 31. August, dem fünfundzwanzigsten Jahrestag der Thronbesteigung Abdülhamits, hätte fertig werden sollen, nun aber leider unvollständig emporragte. Vor der griechischen Mittelschule und dem früher als Telegrafenamt bekannten Postamt fielen ihnen brennende Fackeln auf, desgleichen die Wächter, die Sami Pascha nach Aufkommen der Pestgerüchte an diversen Straßenecken hatte aufstellen lassen.

»Sami Pascha ist ein seltsamer Mensch«, sagte Bonkowski, als sie in ihrem Zimmer des Gästehauses alleine waren. »Dennoch hätte ich nicht gedacht, die Stadt in so blühendem, friedlichem Zustand anzutreffen. Falls wir uns im Dunkel nicht versehen haben, ist das alles sein Verdienst.«

Der aus Istanbul stammende griechische Doktor Ilias diente dem Chefchemiker des Sultans seit neun Jahren als Assistent. Gemeinsam hatten sie überall im Reich Seuchen bekämpft und dabei in allen möglichen Hotelzimmern, Garnisonen und Krankenhäusern übernachtet. Vor fünf Jahren hatten sie mit einem per Schiff herangeschafften Desinfektionsmittel ganz Trabzon eingesprüht und damit von der Cholera befreit. Ein andermal, 1895, waren sie zur Bekämpfung der Cholera in der Gegend von Izmit und Bursa von Dorf zu Dorf gezogen und hatten in Armeezelten übernachtet. Doktor Ilias war Bonkowski per Zufall von Istanbul zugewiesen worden, doch mittlerweile hatte der Pascha sich angewöhnt, seinem Assistenten rückhaltloses Vertrauen zu schenken. Wegen ihres immensen Wissens und ihres rastlosen Wirkens in allen Gefilden des Reiches galten sie bei der osmanischen Bürokratie und insbesondere den Gesundheitsbehörden als zwei »gelehrte Retter«.

»Als ich vor zwanzig Jahren von Seiner Hoheit beauftragt wurde, in Dedeağaç eine Choleraepidemie einzudämmen, war Sami Pascha dort Gouverneur. Ich musste damals dem Sultan berichten, Sami Pascha habe mir und meinen Quarantäneärzten gegenüber ein abweisendes Verhalten an den Tag gelegt und somit unsere Maßnahmen verzögert, was zum Verlust von mehr Menschenleben geführt habe. Davon hat er Wind bekommen, und womöglich ist er mir nun feindlich gesinnt.«

Diese Worte äußerte Bonkowski in einem Türkisch, das unserem heutigen ziemlich ähnelt. Da er sein Chemiestudium aber in Paris absolviert und Doktor Ilias ebenfalls in Paris Medizin studiert hatte, unterhielten die beiden sich manchmal auf Französisch. Während sie sich in den Räumlichkeiten, die sie im Dunkeln betreten hatten, zu orientieren versuchten, sagte der sechzigjährige Bonkowski jedenfalls wie im Traum auf Französisch: »Mir schwant hier nichts Gutes.«

Wegen eines beständigen Geräusches, das sie als ein Huschen von Ratten interpretierten, fanden sie kaum Schlaf. Schon in Izmir war der Kampf gegen die Pest gewissermaßen ein Kampf gegen die Ratten gewesen. Sie wunderten sich, dass der Gouverneur in einem unter seiner Verwaltung stehenden Gästehaus keine Rattenfallen aufgestellt hatte. Dass die Pest sich durch Ratten und die auf ihnen nistenden Flöhe übertrug, war schließlich schon in unzähligen Telegrammen an sämtliche Provinzen und Quarantänedirektionen vermeldet worden.

Am Morgen merkten sie, dass nicht Ratten sie wach gehalten hatten, sondern Möwen, die auf das Dach des baufälligen Holzhauses flogen und von dort wieder davonflatterten. Um die beiden vom neugierigen

Journalistenvolk der Insel, von den klatschsüchtigen Geschäftsleuten und den niederträchtigen Konsuln erst mal fernzuhalten, hatte Sami Pascha sie nicht im großen Gästehaus des neuen Regierungsgebäudes untergebracht, sondern in dem alten Holzgebäude, das er dazu hatte herrichten und bewachen lassen.

Als der Gouverneur sie am Vormittag unangemeldet aufsuchte, entschuldigte er sich für den Zustand des Gebäudes. Bonkowski, der den Mann zum ersten Mal nach Jahren wiedersah, hatte auf einmal das Gefühl, er werde ihm vertrauen können. Von der geradezu majestätischen Leibesfülle Sami Paschas, den noch nicht ergrauten Schläfen, der Nase und den buschigen Augenbrauen ging eine besondere Kraft aus, eine Standfestigkeit.

Doch schon bald mussten die beiden bekümmert feststellen, dass Sami Pascha auf den Ausbruch einer Seuche nicht anders reagierte als die meisten Regierenden dieser Welt.

»Wir haben hier in der Stadt gar keine Seuche«, verkündete er. »Obwohl bei uns zum Glück keine Pest herrscht, habe ich Ihnen das Frühstück aus der Garnison bringen lassen, die verzehren dort nämlich nicht mal frisch gebackenes Brot, ohne es zu desinfizieren.«

Bonkowski Pascha warf einen Blick auf das Tablett im Nebenzimmer mit Oliven, Granatäpfeln, Walnüssen, Ziegenkäse und Kommissbrot und lächelte den Gouverneur an. Ein Diener mit Fes nahm den Kaffee vom Herd und schenkte ihn in die Tassen auf dem Tisch. »Für Klatsch und Tratsch sind hier Muslime und Griechen gleichermaßen zu haben«, sagte der Gouverneur. »Sie streuen jede Art falscher Gerüchte. Wo keine Krankheit ist, erfinden sie eine, und wo eine ist, leugnen sie sie, und dann steht in der Zeitung, ›Bonkowski Pascha hat das so gesagt‹, und das alles nur, damit Sie es so schwer haben wie in Izmir. Der Zweck ist natürlich, zwischen Muslimen und Christen Unfrieden zu stiften und diese ruhige Insel aufzuhetzen, bis sie uns genauso weggeschnappt wird wie Kreta.«

Damit spielte er auf die internationale Intervention an, durch die vier Jahre zuvor das benachbarte Kreta unter dem Vorwand einer Befriedung des muslimisch-christlichen Verhältnisses aus dem Verband des Osmanischen Reichs ausgegliedert worden war.

»Da das Volk von Minger nicht aufrührerisch ist, bemühen sie hier den Vorwand einer Seuche«, sagte der Gouverneur, um die Dinge zurechtzurücken.

»Ob Grieche oder Muslim oder orthodox oder sonst etwas, hat in Izmir keine Rolle gespielt!«, beschied Bonkowski Pascha den sechs Jahre jüngeren Gouverneur. »Sowohl die griechische Zeitung *Amaltheia* als auch das osmanische Blatt *Ahenk* und sogar die mit Griechenland Handel treibenden Geschäftsleute, alle haben an einem Strang gezogen und sich an die Quarantänemaßnahmen gehalten. Zum Erfolg geführt hat dieser gute Wille.«

»Mit dem Schiff der Messageries bekommen wir Zeitungen und Nachrichten aus Izmir, wenn auch mit Verspätung. Gestatten Sie mir daher anzumerken, dass es sich nicht ganz so verhalten hat, verehrter Pascha. Die Konsuln, allen voran der griechische und der französische, haben sich Tag für Tag über die Quarantäneregeln beschwert. Mithilfe der Presse haben sie sich andauernd als Quertreiber betätigt. Dass so etwas auch in den Zeitungen von Minger vorkommt, werde ich zu verhindern wissen.«

»Ganz im Gegenteil hat die Bevölkerung von Izmir, sobald Nutzen und Notwendigkeit einer Quarantäne sich erwiesen hatten, mit den Behörden und der Quarantänekommission Hand in Hand gearbeitet. Von Seiner Exzellenz, dem Gouverneur Kıbrıslı Kâmil Pascha, soll ich Ihnen übrigens die besten Grüße übermitteln. Über meinen Besuch hier ist er selbstredend informiert.«

»Als Kıbrıslı Kâmil Pascha vor fünfzehn Jahren Großwesir war, durfte ich als sein Minister für fromme Stiftungen wirken«, erläuterte Sami Pascha in stolzem Verweis auf seine früheren Erfolge. »Ich kenne ihn als äußerst fähigen, kompetenten Mann, der seinem Namen Kâmil, der Vollkommene, alle Ehre macht.«

»Als solcher hat er in Izmir die Nachrichten über die Seuche frei zirkulieren lassen und daran gut getan«, versetzte Bonkowski Pascha.

»Wäre es nicht besser, in der Presse von Minger würde darüber ebenfalls berichtet? Die Bevölkerung muss aufgerüttelt werden und die Geschäftswelt in Furcht geraten, damit die Leute sich an die Verbote auch halten.«

»Keine Sorge, Pascha, ich bin hier seit fünf Jahren Gouverneur. Die Bevölkerung von Minger, und zwar nicht nur die orthodoxe und katholische, sondern auch die muslimische, ist mindestens ebenso zivilisiert wie die von Izmir. Was der Staat anordnet, wird befolgt. Solange ein Pestausbruch aber noch nicht offiziell bestätigt ist, braucht man die Menschen nicht unnötig zu beunruhigen.«

»Lassen Sie lieber jetzt schon über die Themen Seuche, Pest, Quarantäne und Tod in der Presse berichten, dann werden etwaige Maßnahmen erst recht befolgt«, sagte Bonkowski Pascha geduldig. »Ohne die Mitwirkung der Zeitungen lässt sich in osmanischen Gefilden ohnehin kaum regieren, Pascha, das wissen Sie selbst.«

»Minger ist nicht Izmir!«, rief der Gouverneur aus. »Hier herrscht keine Krankheit vor. Darum hat Seine Hoheit Ihren Besuch hier auch geheim gehalten. Für den Fall allerdings, dass es sich tatsächlich um eine Seuche handelt, ist Anweisung ergangen, dass Sie wie in Izmir die entsprechenden Quarantänemaßnahmen ergreifen. Seine Hoheit ist jedoch besorgt über die bösen Absichten der Konsuln und auch darüber, dass die griechischen Ärzte es zu sehr mit Griechenland halten, und somit ist es Ihnen einstweilen nicht gestattet, mit der Quarantänekommission von Minger Kontakt aufzunehmen.«

»Davon bin ich unterrichtet, Pascha.«

»Von jenen betagten Ärzten gehen die Gerüchte nämlich aus, und sie versorgen damit immer sofort die Istanbuler Zeitungen. Es gibt nicht wenig Menschen, die angestachelt von den Konsuln unsere Insel genauso wie Kreta vor vollendete Tatsachen stellen und uns entreißen wollen, Pascha. Mit Verlaub, wir stehen unter Beobachtung, geben Sie also acht.«

Verbarg sich dahinter etwa eine Drohung? Die drei osmanischen Beamten, der eine Muslim, der zweite Katholik, der dritte Orthodoxer, musterten einander schweigend.

»Was in den Zeitungen von Minger zu stehen hat, darüber habe obendrein wohl eher ich als Gouverneur zu befinden als Sie!«, erkühnte Sami Pascha sich zu sagen. »Sie wiederum sollten, ohne sich von mir beeinflussen zu lassen, in Ihrem Bericht festhalten, was es an chemischen und medizinischen Tatsachen zu ermitteln gibt. Bevor am Abend die *Bagdat* von den Messageries Maritimes nach Izmir ausläuft, können Sie von drei Patienten, einem Muslim und zwei Orthodoxen, Gewebeproben entnehmen. Gestern Abend ist da noch ein altgedienter Wächter verstorben, bei dem hatten wir gar nicht bemerkt, dass er krank war. Für Ihre Krankenbesuche heute werde ich Ihnen mit Ihrer Erlaubnis zwei Begleiter mitgeben.«

»Wozu sollte das nötig sein?«

»Das ist hier ein kleiner Ort, wissen Sie. Sie suchen als Arzt Kranke auf, und wenn Sie das auch noch so unauffällig tun, spricht es sich rasch herum. Auf die Leute hat das eine demoralisierende Wirkung, denn von einer Seuche will niemand etwas hören. Jeder weiß, was eine Quarantäne zu bedeuten hat. Geschäfte werden geschlossen, der Handel erlahmt, bei den Menschen kreuzen zu Hause Ärzte und Soldaten auf. Sie wissen besser als ich, wie es einem christlichen Arzt ergeht, wenn er in einem muslimischen Viertel unter Militärschutz ein Haus betreten will. Wenn Sie auf der Aussage bestehen, dass hier die Pest ausgebrochen ist, werden geschädigte Geschäftsleute Sie als Verleumder darstellen oder gar behaupten, Sie hätten die Pest hier eingeschleppt. Wir sind nicht viele hier auf der Insel, aber jeder hat seine eigene Meinung.«

»Wie viele Menschen leben hier?«

»Laut der letzten Volkszählung 1897 sind es achtzigtausend, davon fünfundzwanzigtausend in Arkaz. Die Verteilung auf Muslime und Nichtmuslime ist in etwa gleich. Durch die Zuzügler aus Kreta in den letzten drei Jahren ließe sich sogar sagen, die Muslime seien nunmehr in der Mehrheit, aber darauf lege ich mich nicht fest, sonst gibt es sofort Proteste.«

»Wie viele Tote hat es bisher gegeben?«

»Manche sagen fünfzehn, andere behaupten, es seien mehr. Es gibt

Leute, die ihre Toten verstecken, weil sie befürchten, ansonsten kommen die Quarantänebeamten, machen ihnen das Haus und den Laden zu und verbrennen ihre Sachen. Wieder andere führen jeglichen Todesfall auf die Pest zurück. Wir haben hier jeden Sommer eine Durchfallepidemie. Der alte Nikos, der Leiter der Quarantänedirektion, will dann immer gleich nach Istanbul telegrafieren, bei uns sei die Cholera ausgebrochen. Ich muss ihn dann bremsen und lasse ihn erst mal mit der Kübelspritze die Innenstadt, das mitten auf der Straße ablaufende Abwasser, die ärmeren Viertel und die Brunnen desinfizieren, bis dahin ist die Epidemie auch schon wieder vorbei. Wenn wir die Verstorbenen in Istanbul als Choleratote melden, mischen sich augenblicklich die Konsuln und Botschafter ein; wenn wir dagegen ›Sommerdurchfall‹ schreiben, ist alles schnell vergessen, und niemandem fällt etwas auf.«

»Die Bevölkerung von Izmir ist achtmal so groß wie die von Arkaz, Pascha, aber schon jetzt gibt es hier mehr Tote als in Izmir.«

»Den Grund dafür sollen eben Sie herausfinden«, erwiderte Sami Pascha geheimnisvoll.

»Ich habe auch tote Ratten herumliegen sehen. In Izmir haben wir die Ratten bekämpft.«

»Unsere Ratten sind ganz anders als die in Izmir!«, rief der Gouverneur in einem Anflug von Lokalstolz. »Die Bergratten der Insel sind viel wilder. Vor zwei Wochen sind sie vor Hunger in die Städte und Dörfer eingefallen und haben sich über Häuser und insbesondere Küchen hergemacht. Wo sie nichts zu fressen fanden, haben sie Bettzeug, Seife, Korbwaren, Baumwolle, Teppiche angenagt, sogar Holz. Die Leute haben sich sehr vor ihnen gefürchtet. Dann aber hat Gott sie zur Strafe umkommen lassen. Irgendeine Seuche haben sie jedoch nicht eingeschleppt.«

»Wer dann, Pascha?«

»Offiziell gibt es noch gar keine Seuche!«

»In Izmir fing es auch mit toten Ratten an. Bekanntlich ist medizinisch und naturwissenschaftlich erwiesen, dass der Pesterreger durch Ratten und Flöhe übertragen wird. Nach Izmir hatten wir aus Istanbul

Rattenfallen mitgebracht. Für zehn tote Ratten wurde als Belohnung ein kleines Goldstück ausgeschrieben. Auch den Jagdverein von Izmir haben wir herangezogen. Die Menschen machten sich daran, auf den Straßen nach Ratten zu jagen. Doktor Ilias und ich haben dabei mitgewirkt, und so haben wir die Seuche besiegt.«

»Vor vier Jahren haben zwei wohlhabende Honoratioren, Mavroyenis Efendi und Karkavitsas Efendi, mich um Unterstützung für die Gründung eines Klubs gebeten. In London sei das so Mode, sagten sie. Aber hier auf unserer bescheidenen Insel wurde nichts daraus, und einen Jagdverein haben wir selbstverständlich auch nicht. Wie wir Ratten jagen sollen, um die Pest loszuwerden, müssen Sie uns also erst mal beibringen!«

Von der leichtsinnigen Haltung des Gouverneurs waren die beiden Ärzte peinlich berührt, doch ließen sie sich das nicht anmerken. Sie verwiesen hingegen auf die letzten Erkenntnisse in Sachen Pest und Bazillen. Während eines Pestausbruchs im Jahre 1884 habe der Franzose Alexandre Yersin entdeckt, dass sowohl Ratten als auch Menschen durch ein und denselben Pestbazillus getötet würden. Yersin sei einer der Ärzte und Bakteriologen, die ausgehend von den Arbeiten Louis Pasteurs in den Krankenhäusern französischer Kolonien und in den Armenvierteln asiatischer Städte im Kampf gegen ansteckende Krankheiten Großartiges leisteten. Der auf dem gleichen Gebiet tätige deutsche Arzt Robert Koch habe durch seine Forschungen dazu beigetragen, dass in Europa innerhalb kurzer Zeit die Erreger für Krankheiten wie Typhus, Diphtherie, Lepra, Tollwut, Tripper, Syphilis und Wundstarrkrampf entdeckt und Impfstoffe dagegen entwickelt wurden.

Ein anderer der erfindungsreichen Ärzte des Pariser Institut Pasteur, denen ständig neue Entdeckungen zuzuschreiben seien, Émile Roux nämlich, sei als ausgewiesener Spezialist für Diphtherie und Cholera vor Jahren von Sultan Abdülhamit nach Istanbul geladen worden. Er habe dabei ein Etui mit Diphtherieserum vorgestellt und mit einer kurzen, charmanten Einführung in die Welt der Bazillen und der ansteckenden Krankheiten bei Abdülhamit und seiner Entourage Bewunderung hervorgerufen. In einem Labor in Nişantaşı habe er aufgezeigt, wie durch bestimmte Vorrichtungen das Diphtherieserum kostengünstiger und in größeren Mengen hergestellt werden könne. Bonkowski Pascha bemerkte, dass der Gouverneur nun eine besorgtere Miene aufsetzte, und kam seinerseits in sehr ernstem Ton auf den wichtigsten Aspekt der Angelegenheit zu sprechen.

»Obwohl also schon zahlreiche Impfstoffe existieren und in osmanischen Labors auch produziert werden, gibt es, wie Sie wissen, gegen die Pest noch immer keinen. Weder die Chinesen haben einen gefunden noch die Franzosen. In Izmir haben wir die Pest mit herkömmlichen Methoden besiegt, mit Isolierung, Quarantäne und Rattenfallen. Andere Mittel gegen die Pest gibt es nicht! Eine Heilung ist meist unmöglich, lediglich die Schmerzen der Patienten können etwas gelindert werden, aber selbst das ist nicht gewiss. Darum frage ich Sie, Pascha, ob die Bevölkerung Ihrer Insel dazu bereit ist, sich an Quarantänemaßnahmen zu halten? Sowohl für Minger als auch für das gesamte Osmanische Reich ist das eine Frage von Leben und Tod.«

»Wenn Sie das Vertrauen der Menschen gewinnen, wird sich die Inselbevölkerung, ob Grieche oder Muslim, als folgsamster Menschenschlag der Welt erweisen!«, versetzte Sami Pascha, und als habe er damit sein letztes Wort gesprochen, stand er mit der von einem Diener frisch gefüllten Kaffeetasse in der Hand auf, trat zum einzigen Fenster des Gästehauses, das auf die Burg hinausging, und blickte auf das herrliche Meeresblau, das ins Zimmer strömte wie pure Glückseligkeit.

»Gott möge uns alle schützen, unsere Insel und unser Volk. Doch bevor wir uns um Minger und das Osmanische Reich kümmern, müssen wir erst einmal Sie schützen und dafür sorgen, dass Sie gesund bleiben.«

»Vor wem wollen Sie uns denn schützen?«, fragte Bonkowski Pascha.

»Das wird Ihnen unser Überwachungsbeauftragter Mazhar Efendi erläutern!«

KAPITEL 6

Mazhar Efendi gebot über das engmaschige Netz an Spionen, Spitzeln und Zivilpolizisten, das der Gouverneur über die ganze Insel gespannt hatte. Vor fünfzehn Jahren war er mit einem ganz anderen, von den Großmächten aufgezwungenen Auftrag von Istanbul auf die Insel versetzt worden, und zwar sollte er das veraltete Gendarmenwesen in eine moderne Polizeiorganisation umwandeln. Dieses Reformbestrebens entledigte er sich durchaus mit Erfolg (so wurden etwa von da an über Kriminelle alphabetisch angeordnete Akten angelegt), und wie jeder, der mit über dreißig auf der Insel eintrifft, verliebte er sich in die Menschen von Minger, in die Luft, in einfach alles, und heiratete schließlich die Tochter von Hacı Fehmi Efendi, einem alteingesessenen Muslim. In den ersten Jahren seiner Ehe organisierte er mit anderen Bewohnern Erkundungsfahrten auf der Insel und verfiel darauf, die alte Sprache des ursprünglich auf Minger ansässigen Stammes zu erlernen. In der Amtszeit des misstrauischen Gouverneurs, der seinen Landauer panzern ließ, entstand ein Überwachungswesen, wie es in anderen Provinzen seinesgleichen suchte. Mazhar Efendi zog das ohnehin schon vorhandene Spitzelnetz noch enger, und bei seinem Vorhaben, separatistische Nationalisten systematisch zu erfassen und ins Gefängnis zu befördern, konnte er auf seine früh geknüpften Beziehungen auf der Insel zurückgreifen.

Von Mazhar Efendi waren Bonkowski Pascha und Doktor Ilias weit weniger beeindruckt als von Sami Pascha. Mit seinem abgewetzten Rock, seinem Schnauzbart und seinem treuherzigen Blick wirkte er auf sie wie ein Bürokrat. Im Bürokratenton informierte er sie denn auch gleich über die diversen religiösen, politischen, wirtschaftlichen und nationalistischen Vereinigungen, die er mit seinen Spitzeln durchsetzt hatte, um ihnen auf den Puls zu fühlen. Konsuln, griechische und türkische Nationalisten, Anhänger einer Entwicklung wie auf Kreta und noch andere Gruppierungen seien ihm zufolge daran interessiert, dass das ganze Verderben mit der Pest und der Quarantäne sich weiter auswachse und internationale Dimensionen erreiche. Außerdem gebe es auf den Dörfern fanatische Sektenanhänger, die wegen einer als »Pilgerschiffaufstand« firmierenden alten Geschichte am Gouverneur gerne Rache üben und dazu für Unruhe sorgen würden.

»Wegen all dieser Gefahren fahren Sie zu Ihren Krankenbesuchen am besten mit dem gepanzerten Landauer.«

»Fällt das nicht noch mehr auf?«

»Durchaus. Die Kinder der Insel lieben es, dem Landauer hinterherzulaufen und den Kutscher Zekeriya zu foppen. Aber es ist nun mal das Angebrachteste. Keine Sorge, wo Sie auch hinkommen, steht jedes Haus, jedes Gebäude unter enger Beobachtung durch Regierungsbeamte, als Verkäufer verkleidete Spitzel und andere Leute von uns. Nur um eines möchte ich Sie bitten: Stören Sie sich nicht daran, von so vielen Leibwächtern umgeben zu sein. Und versuchen Sie vor allem nicht, sich abzusetzen. Zwar würde das ohnehin nicht gelingen, denn unsere Leute sind auf Draht und erwischen Sie sofort. Und fallen Sie nur ja nicht auf Menschen herein, die Sie anflehen, unbedingt mit ihnen mitzukommen, weil sie einen Schwerkranken zu Hause hätten.«

Wie zwei neugierige europäische Reisende ließ der Gouverneur die beiden als Erstes zum Burgkerker kutschieren, der so berühmt war wie die Insel selbst. Um die Quarantäneärzte von ihnen fernzuhalten, gab er sie dem Gefängnisdirektor gegenüber als Gesundheitsinspektoren aus. Damit die Gefangenen durch die Fensterchen in den dicken Mauern die geheimnisvollen Besucher nicht erblicken konnten, führte der Direktor die beiden über dunkle Gänge und Höfe hinauf bis zu den Burgtürmen. Von Möwen umschwirrt stiegen sie von dort über eine gefährliche Steintreppe am felsigen Abgrund entlang in eine feuchte, dunkle Zelle hinab.

Erst als die angesammelten Menschen vor der Zellentür etwas beiseitetraten, fiel genügend Licht herein, und Bonkowski Pascha und sein Assistent mussten betrübt feststellen, dass der Wächter Bayram tatsächlich an der Pest gestorben war. An mindestens drei Toten in Izmir hatten sie die gleichen eingefallenen Wangen beobachtet, die bleiche Haut, die entsetzt aufgerissenen Augen und die schmerzverzerrt an die Kleidung gekrallten Finger. Auch die Flecken von Blut und Erbrochenem und der seltsame Geruch waren gleich. Doktor Ilias löste vorsichtig die Hemdknöpfe des Wärters und zog ihm das Hemd aus. Am Hals und unter den Achseln waren keine Beulen anzutreffen, doch als sie Bauch und Beine freimachten, entdeckten sie eine in der linken Leiste. Sie war so weit entwickelt, dass kein Zweifel bestehen konnte. Als der Arzt mit den Fingerspitzen leicht darauf drückte, stellte er fest, dass sie nicht mehr ganz hart und somit mindestens drei Tage alt war. Der Mann musste unter starken Schmerzen gelitten haben.

Doktor Ilias entnahm seiner Tasche eine Spritze und ein Skalpell und säuberte die Instrumente mit einem Desinfektionsmittel, während Bonkowski die an der Tür Stehenden etwas entfernte. Wäre der Patient noch am Leben gewesen, hätten sie die Beule aufschneiden können, damit der Eiter abfließen und das Leiden ein wenig gelindert werden konnte. Doktor Ilias stach mit der Spritze in die Beule und zog ein paar Tropfen einer gallertartigen gelblichen Flüssigkeit heraus, die er auf ein eingefärbtes Glasblättchen träufelte und dieses in seiner Tasche verwahrte. Damit war ihre Arbeit im Kerker beendet. Um sicherzugehen, dass es sich nicht um die Cholera, sondern wirklich um die Pest handelte, mussten sie die Probe nach Izmir schicken.

Bonkowski Pascha ordnete an, dass alle Sachen des Wärters verbrannt werden sollten. In einem unbemerkten Augenblick schnitt er mit dem Skalpell das kleine Amulett ab, das der Mann um den Hals trug, und nahm es an sich. Er würde es desinfizieren und genauer in Augenschein nehmen. Als er wieder ans Tageslicht trat, verspürte er einen Schmerz in der Magengrube. Durch die Leiche war er zu der Gewissheit gelangt, dass die Seuche sich rasch auf der Insel ausbreiten und noch viele Menschenleben kosten würde.

Als Bonkowski Pascha und Doktor Ilias wieder auf den gewundenen Gassen der Altstadt unterwegs waren, fiel ihnen auf, dass die Läden geöffnet und Kupferschmiede, Schlosser und Schreiner schon am Werk waren. Das Leben schien weiterzugehen, als ob nichts geschehen wäre. Auch ein Lokal, in dem die Handwerker ringsum sich verköstigten, hatte auf die Gerüchte nichts gegeben und bot seine Dienste an. Als Bonkowski sah, dass auch die eher an einen Gewürzladen gemahnende Apotheke eines gewissen Kocias Efendi aufhatte, ließ er die Kutsche anhalten und ging hinein.

»Haben Sie Arsensäure?«, fragte er ohne Umschweife den Inhaber.

»Rattengift haben wir keines mehr«, erwiderte Kocias Efendi etwas angespannt, hatte er doch begriffen, dass er eine bedeutende Persönlichkeit vor sich hatte.

Bonkowski Pascha ließ den Blick über alle möglichen Gewürze, Farbstoffe, Körner, Kaffee- und Teesorten schweifen und sah, dass der Apotheker doch auch Salben, Pasten und Hausmittelchen anfertigte. Auch als Bonkowski Pascha im ganzen Reich geschäftig als oberster Hygieneinspektor unterwegs gewesen war, hatte er nie vergessen, dass er eigentlich Chemiker und Apotheker war. In Regalen und auf Tischen erblickte er auch Präparate, wie sie in den schicksten Apotheken von Istanbul und Izmir anzutreffen waren. Früher pflegte er den Provinzapothekern, die vor allem Hausmittel feilboten, Vorträge über das moderne Apothekenwesen zu halten. Für so etwas war nun keine Zeit.

In der kleinen Hafenbucht saßen unter bunten Hotelmarkisen und in Gartenlokalen fröhliche Menschen. Durch Seitenstraßen voller Lindenduft kam der Landauer zu den höher gelegenen griechischen Villen und bog schließlich in den breiten Hamidiye-Boulevard ein, auf dem unter Platanen und Akazien sowohl Herren mit Hut oder Fes als auch Dorfleute mit Bauernschuhen unterwegs waren. Ungläubig sahen die beiden am Fluss entlang in Richtung Innenstadt die Häuser, die Warenlager, die Hotels, die Pferdewagen mit den dösenden Kutschern, sahen, wie auch am Istanbul-Boulevard bis hinunter zu Hafen und Zoll das Leben einfach weiterging. In der griechischen Mittelschule hatte der Unterricht begonnen, an den Reisebüros hingen Reklamen für Reedereien aus. Als Bonkowski Pascha vom Hotel Majestik über die in rosafarbenen, gelben und orangefarbenen Tönen prangende Stadt blickte, fühlte er sich irgendwie mitschuldig daran, dass jenes herrliche Leben schon bald zu Ende gehen würde, und inständig hoffte er, er habe sich doch geirrt.

Bald aber musste er einsehen, dass dem nicht so war. Der erste Patient, den sie aufsuchen sollten, wohnte in einem Steinhaus zwischen Olivenbäumen im Viertel Aya Triada. Es handelte sich um einen Kutscher namens Vasili, der seit fünfzehn Jahren mit dem Pferdewagen durch die Stadt fuhr, nun aber auf seinem Matratzenlager vor Schmerz benommen dalag. An seinem Hals wölbte sich eine riesige Beule. In Izmir hatten sie oft erlebt, wie Patienten durch die betäubende, zerstörerische Wirkung des Pestbazillus nicht mehr richtig sprechen konnten und nur noch ein Stottern zustande brachten. Wer in diesem Zustand war, starb in der Regel bald darauf.

Als die verweinte Frau des Kranken ihn am Arm fasste, kam er zu sich und versuchte, etwas zu sagen, doch er bekam seinen ausgetrockneten Mund nicht richtig auf und konnte nur stammeln.

»Was sagt er?«, fragte Bonkowski Pascha.

»Er spricht auf Mingerisch«, erwiderte Doktor Ilias. Die Frau des Kutschers weinte wieder los, und Doktor Ilias ließ dem Kranken die einzig mögliche Behandlung zukommen, die sie auch in Izmir angewandt hatten. Mit dem Skalpell schnitt er die noch frische, harte Beule vorsichtig auf und betupfte sie geduldig mit Wattebäuschen, bis der herausquellende gelbliche Eiter gänzlich abgeflossen war. Wegen der zuckenden Bewegungen des Kranken fiel eines der Glasblättchen für die Gewebeprobe zu Boden und wurde verunreinigt. Sie waren sicher, dass es sich um die Pest handelte, dennoch entnahmen sie sorgfältig eine Probe, um sie ins Labor in Izmir zu schicken.

»Er soll viel abgekochtes, gezuckertes Wasser trinken, und wenn er kann, soll er Joghurt essen«, sagte Bonkowski Pascha beim Hinausgehen. Er machte noch schnell das Fensterchen des dunklen Zimmers auf. »Ganz wichtig: Lüften Sie oft durch und waschen Sie seine Kleider in kochendem Wasser. Und viel schlafen soll er und sich nicht anstrengen.«

Das Gleiche hatte er in Izmir zu verhältnismäßig wohlhabenden Geschäftsleuten gesagt, doch war er sich bewusst, dass diese Worte hier nicht viel Sinn hatten. Trotz all der Fortschritte, die in Europa im Verlauf der letzten zehn Jahre auf dem Gebiet der Bakterienforschung gemacht worden waren, glaubte er immer noch daran, dass es einem Pestkranken wenigstens »ein bisschen« helfen konnte, in einer trauten Umgebung mit frischer Luft zu leben und nicht den Mut zu verlieren.

Sie kamen danach an der bei romantischen Malern so beliebten Marmoranlegestelle vorbei (im Hintergrund schroffe schwarz-weiße Berge) und bogen in das Viertel Taşçılar ab, wo der Landauer vor der Gartentür zu einem der dort aneinandergereihten ärmlichen Häuschen hielt. Der von Mazhar Efendi mitgeschickte Führer berichtete, dort wohnten junge Muslime, die vor drei Jahren aus Kreta geflüchtet seien. Die drei verdingten sich am Hafen als Gelegenheitsarbeiter, doch obwohl der Gouverneur sie gütigerweise hier einquartiert habe, machten sie leider nichts als Scherereien.

Drei Tage zuvor war einer von ihnen gestorben. Ein Zweiter lag seit gestern mit heftigen Kopfschmerzen danieder, aber sein von Zuckungen durchgeschüttelter Körper widerstand noch. In Izmir waren von fünf infizierten Patienten zwei gestorben. Allerdings gab es auch Infizierte, die nicht erkrankten oder nichts davon merkten. Doktor Ilias war der Meinung, den jungen Mann retten zu können, und machte sich daran, ihn zu behandeln.

Als Erstes verabreichte er ihm eine fiebersenkende Spritze. Sie zogen dem Kranken die verblichenen gelben Kleider aus, doch so gründlich Doktor Ilias den jungen Mann auch untersuchte, machte er weder unter den Achseln noch im Schritt oder an der Innenseite der Oberschenkel irgendwelche Beulen aus. Er tauchte die Finger immer wieder in ein Desinfiziermittel und tastete lange herum, doch an den Achseln und Halsdrüsen fanden sich weder eine Verhärtung noch eine empfindliche Stelle. Ein über den Pestausbruch uninformierter Arzt hätte aus dem rasch schlagenden Puls, dem vom Fieber ausgetrockneten Körper, den geröteten Augen und dem Gestammel des Patienten nie und nimmer auf eine Pesterkrankung geschlossen.

Bonkowski Pascha merkte, dass die Hausbewohner ihn aufmerksam beobachteten und nach dem Tod ihres Freundes zu Recht Todesangst verspürten, doch kam ihm das zupass, denn aus Erfahrung wusste er, dass man auf einen Quarantänearzt nur dann hörte, wenn man sich fürchtete. Er begriff allerdings nicht, warum die jungen Männer sich einerseits sehr um einen Arzt bemühten, andererseits die Sachen ihres toten Kameraden weiterbenutzten.

Im Grunde durfte es nicht nur in diesem Haus, sondern auf der ganzen Insel nur noch eine Devise geben, und die hätte Bonkowski Pascha am liebsten laut hinausgeschrien: »Leute, haltet so viel Abstand wie möglich!« Von europäischen Ärzten hatte er vernommen, in China seien Zehntausende an der Pest verstorben, und in manchen Gegenden seien ganze Familien, ganze Dörfer, ja ganze Stämme ausgelöscht worden, noch bevor sie überhaupt begriffen hätten, was vor sich gehe. Nun fürchtete er, eine solche Katastrophe könne über diese ruhige, reizvolle Insel hereinbrechen.

Er war sich im Klaren darüber, dass der Bazillus sich in Arkaz festsetzte, sich überall einschlich und aus diesem Haus auch mit Kübelspritzen voller Desinfektionsmittel nicht mehr zu vertreiben war. Angebracht wäre gewesen, infizierte Häuser zu räumen, und falls die Bewohner sich dagegen sträubten, so vorzugehen wie vor Jahrhunderten und die Häuser erbarmungslos mit allen Leuten darin zuzunageln. Eine weitere zuverlässige Lösung bestand darin, in Gegenden mit vielen Infizierten die Häuser mit aller Habe darin niederzubrennen.

Am Nachmittag stellten sie in einem Haus im Viertel Çite bei einem vierzehnjährigen Barbierlehrling an Hals und Leiste Beulen fest. Der Junge wurde von Wellen grässlicher Kopfschmerzen erfasst, und wenn er wieder vor Schmerzen aufschrie, weinte seine Mutter, und der Vater flüchtete sich verzweifelt in den Garten, wo er es aber auch nicht lange aushielt. Erst nach einer Weile kam heraus, dass im Nebenzimmer der

Großvater krank auf dem Sofa lag, um ihn allerdings kümmerte sich niemand.

Doktor Ilias ritzte die harte, aber nicht angeschwollene Beule am Hals des Jungen auf und desinfizierte die Wunde. Dabei fiel ihm auf, dass der Vater an den Körper des Jungen einen mit einem Gebet beschriebenen Zettel hinhielt. Bonkowski Pascha hatte oft miterlebt, dass bei Seuchen die Menschen sich von solchen Gebetszetteln Abhilfe erhofften. Auch Christen nahmen manchmal Zuflucht zu von Priestern angefertigten Amuletten. Als sie das Haus verließen, fragte Bonkowski Pascha den Führer, wer auf der Insel solche Zettel ausgebe.

»Am meisten Vertrauen genießt Hamdullah Efendi, der Scheich des Halifiye-Ordens, niemand versteht sich auf das Besprechen und Behauchen solcher Zettel so gut wie er. Er fertigt aber nicht jedem Dahergelaufenen gegen Entgelt einen Talisman an, wie so mancher betrügerische Scheich dies tut. Einige fälschen seine Gebetszettel auch, und um einen solchen Zettel muss es sich hier handeln.«

»Also wissen die Leute über die Pest Bescheid und treffen Vorkehrungen.«

»Sie haben davon gehört, ahnen aber nicht, wie schlimm es schon steht. Manche Leute bitten um einen Talisman, um eine Liebesgeschichte zu befördern, andere wollen ihr Stottern loswerden oder sich vor dem bösen Blick schützen. Sami Pascha lässt von unseren Spitzeln sämtliche Scheichs überwachen, desgleichen alle Hodschas, die Talismane anfertigen, ob nun wirkungsvolle oder völlig nutzlose, außerdem jeden, der sich in einem Kloster ähnlichen Praktiken hingibt. Er schickt zu ihnen vorgebliche Kunden, Anhänger oder gar Fanatiker und horcht die echten Anhänger damit aus.«

»Wo ist der Orden von Scheich Hamdullah? Ich möchte auch das Viertel sehen.«

»Wenn Sie dort hinfahren, wird es zu Gerüchten kommen«, erwiderte der Führer. »Und ohnehin verlässt der Scheich den Orden kaum.«

»Vor Gerüchten brauchen wir uns nicht mehr zu fürchten. In Ihrer Stadt herrscht die Pest, und jeder muss das auch erfahren.«

Bonkowski Pascha und Doktor Ilias übergaben die Gewebeproben eigenhändig an die Besatzung der nach Izmir auslaufenden *Bagdat* und sandten nach Izmir auch zwei Telegramme. Am Nachmittag bat Bonkowski um eine rasche Unterredung mit Gouverneur Sami Pascha, wurde von diesem jedoch erst zur Zeit des Abendgebets empfangen.

»Wir hatten dem Sultan doch versprochen, Ihren Besuch geheim zu halten!«, sagte der Gouverneur mit bedauernder Geste.

»Der Sinn der Geheimhaltung bestand darin, in der neunundzwanzigsten Provinz unseres Sultans keine falschen Gerüchte aufkommen zu lassen, sonst wären womöglich politische Verwicklungen entstanden. Heute haben wir allerdings feststellen müssen, dass es sich sehr wohl um die Pest handelt und sie schon weit verbreitet ist. Wir können mit Bestimmtheit sagen, dass es sich hier um die gleiche Seuche handelt wie in Izmir, in China und in Indien.«

»Aber die *Bagdat* mit den Proben an Bord hat doch eben erst abgelegt?«

»Seine Exzellenz, das offizielle Ergebnis wird uns morgen per Telegramm mitgeteilt. Ich stehe hier jedoch als oberster Gesundheitsinspektor und ehemaliger Oberchemiker des Sultans und spreche aus vierzigjähriger Erfahrung mit Seuchen. Es liegt hier keinerlei Zweifel vor. Wissen Sie noch, wie wir uns vor etwa zwanzig Jahren kurz vor dem Russisch-Osmanischen Krieg in Dedeağaç begegnet sind, wo Sie Gouverneur waren? Vielleicht war es damals ein Sommerdurchfall, vielleicht auch ein kleiner Choleraausbruch!«

»Wie sollte ich das vergessen haben! Dem Augenmaß des Sultans und Ihrer außerordentlichen Aufmerksamkeit ist es zu verdanken, dass wir rechtzeitig handeln und die Stadt damit retten konnten. Die Bevölkerung von Dedeağaç ist Ihnen heute noch verbunden.«

»Indem wir aus der Vergangenheit Lehren ziehen, gewinnen wir die Anerkennung Seiner Hoheit, sodass uns neue Aufgaben anvertraut werden. Berufen Sie daher unverzüglich die Presse ein und verkünden Sie, dass in der Stadt die Pest herrscht und Quarantänemaßnahmen ergriffen werden. Schicken Sie überall Ausrufer umher.«

»Bis die Quarantänekommission zusammentreten kann, dauert es eine Weile«, gab der Gouverneur zu bedenken.

»Verhängen Sie die Quarantäne, noch bevor wir aus Izmir das Ergebnis bekommen.«

KAPITEL 7

Trotz all der Aufregung konnte die Quarantänekommission am folgenden Morgen noch keine Sitzung abhalten. Die muslimischen Mitglieder waren alle bereit, doch der französische Konsul war auf Kreta unterwegs, der Kommissionsvorsitzende Doktor Nikos war zu Hause nicht anzutreffen, und der britische Konsul ließ sich im Vertrauen auf sein gutes Verhältnis zum Gouverneur unter einem fadenscheinigen Vorwand entschuldigen. Bonkowski, der sich wegen der Wächter vor dem Gästehaus ein wenig eingesperrt fühlte, wurde schließlich von Sami Pascha in sein Amtszimmer geladen. Er solle sich vorläufig in Geduld üben. »Wir haben uns gedacht, Sie möchten vielleicht einstweilen Ihren Freund und früheren Teilhaber Nikiforo aus Istanbul aufsuchen«, sagte der Gouverneur.

»Ist er denn hier? Auf meine Telegramme habe ich keine Antwort bekommen.«

Auf einen Blick des Gouverneurs hin bemerkte Bonkowski Pascha da erst, dass in einer Ecke wie ein schemenhafter Schatten Mazhar Efendi saß. »Nikiforo ist auf der Insel, und Ihre beiden Telegramme hat er erhalten, das wissen wir«, sagte jener seelenruhig, als ginge er davon aus, Bonkowski Pascha werde es als selbstverständlich ansehen, dass jedes seiner Telegramme von den Spitzeln des Gouverneurs mitgelesen werde.

»Er gab keine Antwort, weil er befürchtete, Sie würden ihn auf Ihre früheren geschäftlichen Differenzen und die Sache mit den Privilegien ansprechen«, sagte der Gouverneur. »Jetzt aber wäre es ihm eine Ehre, seinen alten Freund in seiner Apotheke zu empfangen. Seit er die hier auf der Insel betreibt, hat er es zu großem Wohlstand gebracht.«

Bonkowski Pascha und Doktor Ilias machten sich zu Fuß auf den Weg zur Apotheke. Die zum Hrisopolitissa-Platz hinaufführenden Gassen wirkten noch schmaler, als sie es ohnehin schon waren, weil die Ladeninhaber mit blau, weiß und grün gestreiften Markisen vor der Morgensonne schützten, was sie in ihren Auslagen zur Schau stellten: bunte Stoffe, Spitzen, in Saloniki und Izmir beschaffte Konfektionsware, Melonenhüte, Regenschirme und Schuhe nach europäischer Machart. Die beiden trafen wieder an, was sie schon in zahlreichen Städten kurz nach Ausbruch einer Seuche beobachtet hatten: Niemand auf der Straße schien zu fürchten, sich durch Berührung mit anderen zu infizieren. Die Frauen, die mit Kindern an der Hand zum Einkaufen unterwegs waren, die Straßenhändler, die Walnüsse, Törtchen, den Mingerer Rosenkuchen und Zitronen feilboten, der Barbier, der einen vornehmen Kunden schweigend rasierte, und der Zeitungsjunge, der die frisch eingetroffenen Athener Blätter ausrief, sie alle waren der lebende Beweis dafür, dass das Treiben in der Stadt seinen gewohnten Gang ging. Beim Anblick des gediegenen Viertels und des vielfältigen Angebots, unter dem die griechische Bourgeoisie von Arkaz auswählen konnte, dachte Bonkowski Pascha, sein alter Freund Nikiforo habe wohl seine Schäfchen ins Trockene gebracht.

Kennengelernt hatte Bonkowski Pascha den aus Minger gebürtigen Nikiforo vor fünfundzwanzig Jahren in Istanbul, als jener eine kleine Apotheke im Stadtteil Karaköy besaß. Sie war in einer der Seitenstraßen gelegen, die zur Osmanischen Bank hinaufführten; vorne prangte das Schild »Pharmacie Nikiforo«, während in einem »Kesselraum« genannten Hinterzimmer allmählich ein Produktionsbetrieb entstand. Nikiforo stellte dort nach Rosen duftende Handcremes sowie süßlich schmeckende grüne Mentholhustenpillen her und vertrieb sie in den Hafenstädten und dank der Eisenbahnpolitik Sultan Abdülhamits sogar in entfernteren Gefilden des Reiches.

Als der Russisch-Osmanische Krieg von 1877–78 mit einer weiteren Niederlage und damit verbundenen Gebietsverlusten geendet hatte und hilfsbedürftige Flüchtlinge in die Stadt geströmt waren, hatten die beiden Apotheker sich 1879 zusammengetan und den Istanbuler Apothekerverband gegründet, die »Société de Pharmacie de Constantinople«, die bald über siebzig Mitglieder griechischer Abkunft zählte. Durch ihre erfolgreiche Verbands- und Weiterbildungstätigkeit wurde der noch junge Sultan Abdülhamit auf sie aufmerksam und betraute Bonkowski, dessen Vater er schon als Offizier kannte, mit Aufgaben wie etwa der Verfassung eines Berichts über Mikroben und die Qualität des Istanbuler Trinkwassers.

Im Rahmen seiner Vision, das Osmanische Reich von häuslicher Fertigung auf Industrieproduktion umzustellen, fasste Abdülhamit irgendwann auch die Produktion von Rosenwasser in den Blick. Seit Jahrhunderten pflegten Istanbuler Familien Rosenblüten aus dem eigenen Garten zu destillieren und daraus winzige Mengen von Rosenwasser herzustellen, die beim Backen, Marmeladeeinkochen und Ähnlichem verwendet wurden. Der Sultan überlegte, ob es nicht möglich sei, das vorhandene Fachwissen und die Erfahrung für eine Produktion im großen Stil nach europäischem Vorbild zu nutzen und dazu in den entsprechenden Mengen Rosen zu züchten. Auch zu diesem Thema forderte der Sultan beim vielseitigen Chemiker seines Vertrauens ein Gutachten an.

Innerhalb eines Monats stellte Bonkowski Bey einen Plan und ein Budget für eine Fabrik auf, in der in Istanbul große Mengen von Rosenöl produziert werden könnten, und erläuterte ausführlich, dass abgesehen von den Gewächshäusern des Sultans in Beykoz am Bosporus lediglich ein Ort für die tonnenweise Zucht von Rosen infrage komme, und zwar die Insel Minger. Bei der Ausarbeitung dieses Projekts hatte Bonkowski Bey selbstverständlich auf die Ideen und Vorschläge seines Kollegen Nikiforo zurückgegriffen, der für seine Handcreme bereits Rosen von der Insel benützte. Bald darauf wurden Bonkowski und Nikiforo zu Seiner Hoheit einbestellt. Der Sultan fragte eindringlich nach, ob eine bestimmte Rosensorte mit schwerem, betörendem, süßlichem Duft auf Minger in ausreichender Menge produziert werden könne, und als die beiden zitternd vor ihm stehenden Apotheker, der Katholik und der Orthodoxe, ihm dies versicherten, verließ er den Raum.

Kurz darauf wurde Bonkowski Bey und Nikiforo Bey durch einen Kurier des Istanbuler Gouverneurs eine Urkunde über das Privileg ausgehändigt, in der Provinz Minger Rosen zu züchten und deren Ertrag an die vom Sultan noch zu gründende Rosenwasserfabrik zu verkaufen. Steuern würden von den Inhabern des Privilegs dafür nicht erhoben.

Nikiforo legte auf diese Förderung durch den Sultan mehr Wert als Bonkowski. Im darauffolgenden Jahr gründete er auf der Insel eine Firma zur Herstellung von Rosenwasser, während Bonkowski als Teilhaber zehn Goldlira in das Unternehmen einbrachte und seine Beziehungen im Landwirtschafts- und Handelsministerium nutzte, um für die Sache zu werben. Innerhalb von zwei Jahren brachten sie den Betrieb ordentlich in Schwung, und nach dem Russisch-Osmanischen Krieg trieb Bonkowski zusätzlich einen Flüchtling aus dem Balkan auf, der sich auf die Rosenzucht hervorragend verstand, und schickte ihn samt seiner Familie auf die Insel.

Allerdings mussten sie einen heftigen Rückschlag hinnehmen, als Bonkowski Bey plötzlich beim Sultan in Ungnade fiel. Vordergründig war das darauf zurückzuführen, dass er sich eines Tages im Wartesaal der Apotheke Apery in Istanbul in Gegenwart zweier oppositioneller Journalisten gegenüber zwei Ärzten und einem Apotheker mit wissender Miene zu der Bemerkung hinreißen ließ, der Sultan habe Beschwerden in der linken Niere (achtzehn Jahre später sollte Abdülhamit an Nierenversagen sterben). Über die Verbreitung einer solchen Information hinaus missfiel dem Sultan, dass über seine Niere überhaupt mit solcher Nonchalance geredet wurde.

Noch viel eher aber hatte Stanislaw Bonkowski sich durch den Erfolg missliebig gemacht, den sein moderner Apothekerverband erzielte. Der neue Typus gut ausgebildeter Apotheker stand nämlich in Konkurrenz zu den Händlern, die althergebrachte Salben, Gewürze, Kräuter, Wurzeln, Gifte, Opium und andere Rauschmittel feilboten. Auf Bonkowski Beys Vorschlag hin und mit anfänglicher Unterstützung Abdülhamits war eine neue Apothekenordnung ausgearbeitet worden, die jenen

Händlern verbot, selbst auf Rezept hin giftige, betäubende oder sonstige ungesunde Substanzen zu verkaufen.

Die vorwiegend muslimischen Händler, deren Einkünfte daraufhin schwanden, begehrten auf. An den Sultan ergingen zahlreiche Beschwerdebriefe, mal unterschrieben, mal anonym. Man solle sich doch mal fragen, hieß es da etwa, warum die griechischen Apotheker für sich das alleinige Recht beanspruchten, Gift und Betäubungsmittel zu besitzen! Abdülhamit mochte dadurch ins Grübeln kommen; unserer Auffassung nach wollte er Bonkowski Bey auch für seine Indiskretion bestrafen; jedenfalls bedachte er ihn von da an nicht mehr mit Aufträgen. Erst nach fünf Jahren ließ er sich auf das Flehen von Vermittlern hin erweichen, schenkte ihm wieder sein Vertrauen und schickte ihn los, um das Wasser des Terkos-Sees zu analysieren oder herauszufinden, warum es in Adapazarı jeden Sommer zu Choleraausbrüchen kam. Bonkowski verfasste dann auch Berichte über die nötigen Kräuter zur Herstellung von Gift im Garten des Yıldız-Palasts und über die preisgünstigsten europäischen Geräte zur Desinfizierung des heiligen Zemzem-Wassers aus der Großen Moschee in Mekka.

In den fünf Jahren aber hatte Bonkowski zu seinem Kollegen Nikiforo den Kontakt verloren, und jener hatte seine Apotheke zugemacht und war auf seine Heimatinsel gezogen.

Als Bonkowski nun sah, was für einen imposanten Laden Nikiforo direkt am Hrisopolitissa-Platz besaß, freute er sich für seinen alten Freund. Auf dem Schaufenster stand »Nikiforo Ludemis – Pharmacien«, und hinter der Scheibe lag an prominenter Stelle sein Fes mit dem Bild einer Rose darauf. In den Istanbuler Apotheken galt das als Symbol, damit auch des Lesens unkundige Patienten wussten, wo sie mit ihrem Rezept anklopfen mussten. Daneben herrschte im Schaufenster ein buntes Durcheinander. Neben Nikiforos in elegante Fläschchen abgefülltem Rosenwasser standen darin Behältnisse mit Fischöl, Kampfer und Glyzerin, aus Frankreich importierte Evian- und Vittel-Flaschen und Konserven, Hunyadi-János-Bitterquelle, Atkinson Eau de Cologne, Aspirin aus Deutschland und zahlreiche Produkte aus Athen.

Als der Ladeninhaber bemerkte, wie die beiden staunend vor seinem Schaufenster standen, ging er hinaus und bat sie hinein. Auf Abstand bedacht, ließ er sie Platz nehmen und bestellte Kaffee. Als wären inzwischen nicht ganze zehn Jahre vergangen, fanden die beiden alten Freunde warme Worte füreinander und tauschten vergnügt Erinnerungen aus.

»Gouverneur Sami Pascha hat behauptet, Sie würden mich nicht sehen wollen.«

»Mit Gouverneur Sami Pascha ist es so, dass er mich nicht mag.«

»Das Privileg, das Seine Hoheit uns damals verliehen hat, beschäftigt mich längst nicht mehr.«

»Schauen Sie sich doch mal die Erzeugnisse jener Firma an, die wir damals gemeinsam gegründet haben.«

Nikiforo zeigte die zierlichen Fläschchen vor, die er eigens in Istanbul anfertigen ließ. Er hatte nach Rosen duftende Handcremes und Salben im Angebot, desgleichen bunte Seifen und Zerstäuber mit Rosenessenz.

»Unsere Salben sind nach denen von Edhem Pertev die gefragtesten. Und unsere Handcreme wird nicht nur in den griechischen Apotheken hoch geschätzt, sondern auch unter den muslimischen Damen, die bei Ali Haydar am Divanyolu, bei Beşir Kemal in Sirkeci und in der Istikamet-Apotheke in Beyazıt einkaufen.«

Über jenes Gespräch wissen wir so genau Bescheid, weil es von einem Spitzel Mazhar Efendis Wort für Wort mitgeschrieben wurde. Nikiforo erläuterte, wie erfolgreich er seine Rosenwasserpräparate in den Hafenstädten des östlichen Mittelmeers vermarktete, und mit besonderem Stolz verwies er auf das einträglichste Geschäft, das jenes Privileg damals ihm beschert hatte: Mehr als die Hälfte der Rosenzüchter auf Minger verkauften ihre Produktion nämlich an die Firma, die er mit seinen Söhnen betrieb. Sein ältester Sohn Todoris aus der Ehe mit seiner hiesigen Gattin Mariantis stand im Dorf Pergalo im Norden der Insel an der Spitze einer großen Rosenzucht, während der jüngere, Apostol, die Geschäfte in der Athener Niederlassung leitete.

»Was denn, Sie produzieren hier, verkaufen ins Ausland, bringen Geld auf die Insel, und da soll der Gouverneur Sie nicht mögen?«, sagte Bonkowski Pascha.

»Na ja, in der Gegend von Pergalo kommt es ständig zu Auseinandersetzungen zwischen griechischen und muslimischen Banden. Es gibt da einen bei den Bergbewohnern ziemlich beliebten griechischen Räuber namens Pavlo, wenn der auf den Hof kommt, auf dem wir unsere Rosen züchten, und Schutzgeld verlangt, kann mein Sohn schlecht Nein sagen. Falls er es doch tut, ist es um unseren Hof geschehen, entweder er brennt nieder oder jemand wird umgebracht. Jeder weiß, dass dieser schlimme Pavlo liebend gerne osmanische Beamte tötet, muslimische Dörfer überfällt und daraus Mädchen entführt, die angeblich ›sowieso nur zwangsweise zum Islam bekehrte Griechinnen sind‹, und wenn ihm danach ist, sticht er einem ein Auge aus oder schneidet einem ein Ohr ab.«

»Und der Gouverneur schafft es nicht, den Kerl festzusetzen?«

»Seine Exzellenz, der Gouverneur«, sagte Nikiforo und gab den beiden mit einem schelmischen Zwinkern zu verstehen, dass sie von nebenan abgehört wurden, »setzt gegen den grausamen Pavlo den verrückten Scheich des Terkapçılar-Ordens im nahen muslimischen Nachbardorf Magribiye und seinen Handlanger, den Räuber Memo, an. Memo ist genauso grausam wie Pavlo, und dazu ein fanatischer Muslim. Im Ramadan bestraft er Lokale, die zu öffnen wagen.«

»Na so was!«, sagte Bonkowski Pascha und lächelte dabei Doktor Ilias an. »Wie geht er da vor, dieser Memo?«

»In dem Städtchen Dumanlı etwa hat er einen Koch, der mittags Essen anbot, öffentlich ausgepeitscht, um ein Exempel zu statuieren.«

»Wie können die Muslime von Minger, die Beamten und die alteingesessenen Familien so etwas dulden?«

»Ob sie es dulden oder nicht ...«, erwiderte der Apotheker resigniert. »Als gute Muslime missbilligen sie es natürlich. Aber Memo beschützt sie eben vor Pavlo. Und bis aus der Hauptstadt Truppen anrücken, dauert es immer zu lang. Der Gouverneur beschränkt sich also darauf, die Namen und Standorte der griechischen Dörfer, von denen der Ärger ausgeht, sorgsam zu notieren und an die osmanische Marine weiterzugeben, zu dem Zweck nämlich, dass die Panzerkreuzer *Mahmudiye* und *Orhaniye,* die sommers manchmal vor der Insel kreuzen, auf jene Dörfer Salven abgeben. Zum Glück kommen die Schiffe nur selten.«

»Sie haben es ja wirklich nicht leicht!«, rief Bonkowski aus. »Gott sei Dank floriert Ihr Laden!«

»Vor etwa vierzig Jahren ist hier die Epoche des weltbekannten Minger-Marmors zu Ende gegangen, die ein Vierteljahrhundert angehalten hatte; Sie haben vielleicht davon gehört? Der rosafarbene Minger-Marmor wurde von steinernen Kais verladen und bis nach Deutschland und gar Amerika verschifft. In den achtziger Jahren des letzten Jahrhunderts wurden die Boulevards winterkalter Städte wie Chicago, Hamburg und Berlin mit Gehsteigen aus frostsicherem Minger-Marmor versehen. Der Handel mit Europa wurde damals über Izmir abgewickelt. In den letzten zwanzig Jahren hat die Nachfrage nach unserem Marmor aber stark nachgelassen, und nicht zuletzt auf Initiativen Griechenlands hin haben sich unsere Ausfuhren ganz allgemein mehr in Richtung Athen verlagert. Die feinen Damen dort und in Europa haben ein Faible für unsere Handcreme mit Rosenduft und benutzen sie beinahe wie ein teures Parfüm. In Istanbul dagegen ist Rosenwasser so billig, dass die Leute es in Cafés löffelweise zu sich nehmen. Nun ja, wenn unser Privileg von damals für Sie wirklich keine Bedeutung mehr hat, sind Sie anscheinend wirklich gekommen, um der Pest Einhalt zu gebieten.«

»Die verbreitet sich, weil sie verschwiegen wird«, sagte Bonkowski Pascha.

»Irgendwann wird sie genauso offenbar sein wie das Rattensterben.«

»Fürchten Sie sich davor nicht?«

»Wir stehen vor einer großen Katastrophe, und da ich mir die nicht genau vorstellen kann und will, rede ich mir lieber ein, dass ich mich täusche, werter Freund. Der Gouverneur hat sich so sehr mit diesen fadenscheinigen Orden eingelassen, dass wegen der verwöhnten, ungebildeten Scheichs die Menschen sich wahrscheinlich an keine Quarantäne halten werden. Davor habe ich eher Angst. Die Scheichs werden den

Nutzen der Quarantänemaßnahmen herunterspielen und alles mit ihren Gebetszetteln und Amuletten bewältigen wollen.«

Bonkowski Pascha zog das Amulett aus der Tasche. »Das habe ich dem verstorbenen Wächter abgenommen. Keine Sorge, ich habe es desinfiziert.«

»Mein lieber Stanislaw«, erwiderte Nikiforo, »darauf verstehen Sie sich natürlich am besten. Holt man sich die Pest wirklich nur über eine Ratte oder einen Floh? Kann man nicht auch durch einen Menschen angesteckt werden? Oder eben ein Amulett?«

»Letztes Jahr in Venedig konnten selbst die angesehensten Ärzte und Quarantänefachleute nicht sagen, ob die Pest nicht doch auch von Mensch zu Mensch oder gar nur durch ein Tröpfchen Speichel in der Luft übertragen wird. Solange diese Ungewissheit besteht, hilft nichts anderes, als auf altbewährte Manier die Menschen zu isolieren und die Ratten zu fangen. Geimpft werden kann man gegen diese Plage noch nicht. Die Engländer und die Franzosen arbeiten daran, heißt es. Mal sehen.«

»Dann mögen uns Jesus und Maria beistehen!«, rief der Apotheker aus.

Von der Kirche her schlug es zwölf Uhr. »Haben Sie Rattengift?«, fragte Bonkowski Pascha. »Was wird auf der Insel verwendet? Arsen?«

»Die hiesigen Apotheken führen Zyankali-Produkte aus Izmir, aus den großen Apotheken Büyük Britanya und Aristoteles. Die sind nicht mal teuer. Mit einer Schachtel kommt man sieben, acht Wochen aus. Viele besorgen sich beim Krämer Euphorbienkraut oder Arsen und legen das aus. In der Apotheke Pelagos ist erst neulich aus Saloniki eine Lieferung mit Lösungen eingetroffen, in denen eher Phosphor enthalten ist. Aber was erzähle ich Ihnen da, Sie sind ja Chemiker und kennen sich mit Giften besser aus als ich.«

Die beiden Jugendfreunde blickten sich versonnen an. Bonkowski Pascha merkte, wie sehr er sich im Gegensatz zu Nikiforo immer noch mit Abdülhamit und dem Osmanischen Reich verbunden fühlte. Die Leserinnen und Leser der Briefe werden allerdings feststellen, dass das so ganz nun auch wieder nicht stimmte. Bonkowski Pascha begriff Nikiforos Haltung nicht und wollte nicht einsehen, dass dieser sich von Abdülhamit und Istanbul tatsächlich ganz gelöst hatte.

»Als die Ratten«, sprach Nikiforo weiter, »nach ihren aggressiven Auftritten auf einmal von selbst verendeten, kümmerte niemand sich mehr um Fallen oder Gift. Nun aber ist dieses Pestgerücht in Umlauf, und in Izmir soll man Jagd auf Ratten gemacht haben, daraufhin hat etwa die Schwiegertochter von Yanboydakis zwei Fallen aus Saloniki gekauft, und der Gärtner von Frangiskos hat sich von Schreiner Hristo zwei gefederte Fallen machen lassen.«

»Bestellen Sie bei diesem Hristo so viele Fallen, wie er nur machen kann!«, rief Bonkowski Pascha lebhaft aus. »Wenn Sie aus Kreta oder Izmir welche kommen lassen, wie lange dauert das?«

»Fahrplanmäßige Schiffe gibt es seit den Gerüchten weniger, außerfahrplanmäßige dafür umso mehr. Manche reichen Familien haben sich schon abgesetzt, um hier nicht hängen zu bleiben. Andere sind von Reisen gar nicht zurückgekommen. Von Kreta braucht eine Lieferung Rattengift einen Tag, aus Izmir vielleicht zwei.«

»Als Apotheker ist Ihnen doch klar, dass hier bald alle angesteckt werden, dass die Krankenhausbetten nicht ausreichen und die Ärzte mit dem Behandeln und die Totengräber mit dem Bestatten nicht hinterherkommen werden.«

»Aber in Izmir sind Sie doch der Seuche rasch und leicht Herr geworden.«

»Dort haben sich der Inhaber der größten Apotheke von Izmir, der Grieche Lazarides, und ein Muslim von der Apotheke Şifa zusammengesetzt, und anstatt sich gegenseitig zu beschuldigen, haben sie an einem Strang gezogen. Sagen Sie mal, wie sieht es auf der Insel mit Desinfektionslösungen aus?«

»In der Garnison stellen sie aus Kalk ihre eigene Lösung her. Der Gouverneur lässt aus Istanbul und Izmir fässerweise Desinfektionsmittel kommen, aber manche Hotels und Lokale schwören auf ein bestimmtes aus der Apotheke von Nikolas Aghapides in Istanbul. Oft werden die Türen von Lokalen zwar desinfiziert und duften so herrlich nach Lavendel, dass sie besonders sauber wirken, doch ob der Alkoholgehalt in diesen Lösungen ausreicht, um die Bazillen abzutöten, weiß ich selbst nicht. Mitsos, der Besitzer der Apotheke Pelagos, sitzt in der Quarantänekommission, und wenn ein Hotel ihm zum entsprechenden Preis sein Desinfektionsmittel abnimmt, drückt er bei Quarantänemaßnahmen auch mal ein Auge zu.«

»Haben Sie Kupfersulfat?«

»Das nennen sie hier Augenstein. Ich kann Ihnen binnen eines Tages aus anderen Apotheken so viel davon beschaffen, dass wir daraus eine Lösung herstellen können. Aber dass sich hier langfristig eine Quarantäne durchsetzen lässt, kann ich Ihnen viel weniger garantieren.«

KAPITEL 8

Bonkowski Pascha war beeindruckt, wie genau Nikiforo darüber Bescheid wusste, was wo auf der Insel an Mitteln vorhanden war. »In der Quarantänekommission sollte nicht nur jener Mitsos sitzen, sondern unbedingt auch Sie.«

»Zu viel der Ehre, Pascha«, erwiderte Nikiforo. »Ich mag diese Insel sehr, aber diese Konsuln, die nichts anderes im Sinn haben, als Schiffsfahrkarten zu verhökern, Schmuggel zu betreiben und einander übers Ohr zu hauen, sind mir unerträglich. Es sind ja nicht einmal Konsuln, sondern Vizekonsuln. Und überhaupt, solange der Gouverneur gemeinsame Sache mit jenen Scheichs macht, ist eine Quarantäne ein Ding der Unmöglichkeit.«

»Welcher von den Scheichs ist denn am striktesten dagegen?«

»Es steht uns Griechen nicht an, uns in den Glauben der Muslime einzumischen, aber hier auf der Insel sitzen wir alle im gleichen Boot. Die Pfeile der Pest fragen nicht danach, ob einer Christ oder Muslim ist. Falls die Muslime sich nicht an die Quarantäne halten, sterben nicht nur sie, sondern auch die Christen.«

Nikiforo stand auf und ging zum Schaufenster mit seinen Rosenwassererzeugnissen, woraus Bonkowski Pascha schloss, dass es Zeit zum Gehen war.

»Am meisten Nachfrage herrscht noch immer nach La Rose de Minguère und La Rose du Levant!«, sagte Nikiforo. Er fasste ins Schaufenster und reichte Bonkowski Pascha ein zierliches Fläschchen und ein mittelgroßes Glasgefäß.

»La Rose de Minguère, unsere rosenduftende Handcreme, und La Rose du Levant, unser hochwertigstes Rosenwasser. Wissen Sie noch, wie wir vor etwa zwanzig Jahren diese Namen eines Abends in Istanbul gemeinsam erfunden haben?«

Bonkowski Pascha lächelte wehmütig, denn er erinnerte sich sehr wohl daran. Als ihnen so unerwartet Abdülhamits Privileg zuteilgeworden war, hatten sie im Hinterzimmer von Nikiforos Apotheke bei Raki zusammengesessen und vom großen Geld geträumt. Als Erstes würden sie das Rosenwasser von Minger in Flaschen abfüllen, dann daraus eine Handcreme anfertigen. Es waren die goldenen Jahre der »spécialités pharmaceutiques«, wie die Europäer das nannten. Nicht mehr die bunten, duftenden Geschäfte waren gefragt, die eigentlich nur bessere Gewürzläden waren, sondern die modernen, ganz in Weiß gehaltenen Apotheken mit holzvertäfelten Auslagen, in denen man sich auf Rezept seine Arznei mischen ließ. Aus dem Ausland wurden auch Fertigprodukte wie Warzentinkturen, Magenmittel, Färbestoffe für Haar und Bart, Zahnpasten, Wundsalben und dergleichen importiert, und manche Apotheken in Istanbul oder Izmir führten sogar Toilettenwasser und Abführmittel aus Europa. Pfiffige Apotheker verlegten sich darauf, solche Erzeugnisse in heimischer Produktion herzustellen. Sogar Bonkowski Bey gründete eine kleine Firma, um sein eigenes »einheimisches Abführwasser« und seinen »Fruchtsaft mit Kohlensäure« zu produzieren. Damals musste er allerdings die Erfahrung machen, dass auch für einheimische Präparate und Getränke die Flaschen, die Verschlüsse, die schicken Dosen und selbst die Etiketten in Europa hergestellt wurden, meist in Paris. Und sogar für die Abbildungen auf den Etiketten nahmen sie in Paris Geld. Da wandte Bonkowski Bey sich an seinen Freund, den Maler Osgan Kalemciyan.

»Das Etikett, das Ihr Freund Osgan damals für unser Rosenwasser entworfen hat, haben wir nie verändert«, sagte Nikiforo. »Ich weiß noch, wie wir in der einzigen Druckerei von Arkaz gleich tausend Stück davon drucken ließen und auf unsere Flaschen klebten.«

»Osgan war ja zugleich Apotheker und einer der gesuchtesten Reklamezeichner der damaligen Zeit. Für Luxushotels und berühmte Läden wie Lazzaro Franco machte er Entwürfe, und natürlich auch für die Katalogabbildungen und Verpackungen von Apothekenprodukten.«

»Und schauen Sie doch mal hier!«, sagte Nikiforo übertrieben laut, dann zog er Bonkowski in eine Ecke und fuhr flüsternd fort: »Der Gouverneur sollte sich vor allem vor dem Scheich des Rifai-Ordens in Acht nehmen, das ist der ärgste Gegner von Quarantänemaßnahmen. Und Scheich Hamdullah unterstützt ihn heimlich auch.«

»In welchem Viertel sind diese Orden?«

»Fahren Sie nach Vavla und Germe. Übrigens, erinnern Sie sich noch an das Emblem auf den Fläschchen mit La Rose du Levant? Das war rein symbolisch. Darauf waren der spitze Turm der Burg, der Weiße Berg und eine Minger-Rose.«

»Natürlich weiß ich das noch!«, rief Bonkowski Pascha aus.

»Ich lasse dem Herrn Gouverneur mit seinem Landauer immer Proben unserer Erzeugnisse zukommen«, sagte Nikiforo und deutete auf die zwei Fläschchen La Rose du Levant, die er in einen Korb gelegt hatte. »Die Abbildung auf dem Etikett hatte ich auf ein Stück Stoff sticken lassen und als Reklame ins Schaufenster gehängt. Leider Gottes hat Sami Pascha das falsch aufgefasst und den Stoff nicht nur abhängen lassen, sondern ihn auch konfisziert. Und nur wenn ich den zurückbekomme, bin ich bereit, mich der Quarantänekommission anzuschließen. In der Geschichte unserer Firma spielt dieser Stoff eine bedeutende Rolle.«

Als Bonkowski Pascha eine halbe Stunde später darauf bestand, zum Gouverneur vorgelassen zu werden, brachte er diesem als Erstes Nikiforos Wunsch vor.

»Was, das hat er Ihnen erzählt?«, rief Sami Pascha aus. »Was für ein undankbarer, elender Mensch, dieser Nikiforo. Da ist er dank der Gnade unseres Sultans mit seinen Rosen und seinen Apotheken reich geworden, aber was tut er, er macht sich mit dem griechischen Konsul und dem Athener Handelsminister gemein und begeht dadurch Verrat am Sultan. Ich sollte ihm eigentlich einen Revisor auf den Hals hetzen, ihn mit Steuern und Strafen überziehen und sein Rosenwasserschloss zusammenkrachen lassen.«

»Tun Sie das bitte nicht, Eure Exzellenz«, sagte Bonkowski Pascha mit übertrieben demütiger Geste. »In der Quarantäne muss man zusammenhalten. Ich habe ihn erst mühsam überreden müssen, sich der Quarantänekommission anzuschließen.«

Der Gouverneur öffnete die Tür zu einem Nebenzimmer, klappte dort einen Truhendeckel hoch, holte ein in blassem Minger-Rot gefärbtes Stück Stoff heraus und faltete es auf wie ein Betttuch.

»Sehen Sie selbst, das könnte gut und gerne eine Fahne darstellen!«

»Ich begreife Ihre Besorgnis, Pascha, aber das ist keine Fahne, sondern das Emblem des pharmazeutischen Betriebs, den wir damals gemeinsam gegründet hatten. So wie das Etikett auf den Flaschen!«

Gleich darauf fügte er hinzu: »Könnten Sie bitte noch einmal im Telegrafenamt nachfragen?« Nicht um das Thema zu wechseln, sagte er das, sondern weil er wirklich nicht glauben konnte, dass aus Izmir immer noch kein Telegramm eingetroffen sei. Dann ging er mit seinem Assistenten ins Gästehaus zurück. Doktor Ilias schärfte ihm nochmals ein, er solle trotz seiner Ungeduld nicht allein zum Telegrafenamt gehen.

»Was soll daran gefährlich sein? Ist etwa irgendjemand darauf aus, dass die Pest sich hier weiter verbreitet? Hier wie überall sonst lassen die Menschen angesichts der Pest ihre Feindschaften ruhen.«

»Es kann aber gut sein, dass jemand sich aus reiner Geltungssucht mit Ihnen anlegt. Denken Sie nur an Edirne zurück, wo Sie innerhalb eines Monats die Cholera niedergerungen haben. Als Sie danach die Stadt verließen, behaupteten immer noch welche, Sie hätten die Cholera überhaupt erst nach Edirne gebracht.«

»Das ist hier eine beschauliche grüne Insel!«, sagte Bonkowski Pascha. »Die hiesigen Menschen sind so mild wie das Klima.«

Als der Gouverneur auch weiter nichts verlauten ließ, beschlossen Bonkowski Pascha und sein Assistent schließlich doch, sich auf den Weg zu machen, ohne jemandem Bescheid zu sagen. Bis ihre Aufpasser das merkten und ihnen hinterhereilten, hatten die beiden schon den Regierungsplatz erreicht. Es war ein warmer Frühlingsmorgen, und über dem Platz stand ein makellos blauer Himmel. Zur Linken sahen sie die mächtige Burg, zur Rechten den legendären, steil aufragenden Weißen

Berg, ein Anblick, der Bonkowski Pascha ins Schwärmen brachte. Im Schatten der Gewölbe entlang des Platzes gingen sie weiter. Vor dem Postamt und dem schicken Textilladen Dafni stand je ein Mann mit einer Kübelspritze, um regelmäßig die Türen zu desinfizieren, doch abgesehen davon verwies nichts darauf, dass in der Stadt die Pest herrschte. Während die Kutscher auf dem Platz sich die Wartezeit mit Plaudereien vertrieben, dösten ihre Pferde im Stehen.

Am Eingang zum Postamt besprühte ein Angestellter sie mit einer nach Rosen duftenden Lysoform-Lösung. Dann ging Bonkowski Pascha auf einen älteren Telegrafenbeamten zu, der etwas abzählte und dabei immer wieder die Finger in Essigwasser tunkte.

»Das Telegramm, auf das Sie warten, ist eingetroffen, und das für die Quarantänekommission auch«, sagte der Beamte, dann zählte er weiter seine Papiere.

Bonkowski Pascha hatte nämlich aus Neugier an den Quarantänedirektor von Izmir zusätzlich ein persönliches Telegramm gesandt und sich nach dem Ergebnis der Proben erkundigt. Nun war es offiziell: Wie schon vermutet, handelte es sich um die Pest.

»Bevor die Quarantänekommission zusammentritt, sehe ich mich in Vavla und Germe ein bisschen um«, sagte Bonkowski Pascha. »Als Quarantänefachmann muss man sich einen persönlichen Eindruck verschaffen.«

Hinter dem Telegrammschalter war ein Raum, in dem die Pakete in Empfang genommen wurden. Die Tür dazu stand auf, ebenso die hintere Tür, die in den sattgrünen Garten hinausführte.

Unter den verblüfften Blicken von Doktor Ilias trat Bonkowski Pascha hinter den Schalter und ging in jenen Raum (Amtsstellenleiter Dimitris und ein weiterer Beamter wandten ihm den Rücken zu). Ohne Zögern und Zaudern ging er durch die Hintertür und verließ das Telegrafenamt.

Doktor Ilias hätte ihn nicht allein lassen dürfen, doch geschah alles so plötzlich, dass er wie verzaubert stehen blieb. Nun, sein Kollege würde schon wiederkommen.

Bonkowski Pascha freute sich draußen, seinen Bewachern entkommen zu sein, wenn auch wohl nicht für lange. Er trat auf eine ziemlich steil ansteigende Gasse hinaus. Bald würden sie hinter ihm her sein und ihn finden, doch einstweilen war er hochzufrieden, in seinem Alter allen ein Schnippchen geschlagen zu haben.

Zwei Stunden später wurde auf einem Grundstück schräg gegenüber von der Apotheke Pelagos seine blutige Leiche aufgefunden. Was der oberste Gesundheitsinspektor des Osmanischen Reichs, der Oberchemiker der persönlichen Apotheke von Sultan Abdülhamit, in jenen zwei Stunden tat und von wem und unter welchen Umständen er entführt und getötet wurde, darüber wird in Mingerer Historikerkreisen auch heute noch manchmal diskutiert, wenn auch nur halbherzig.

Schwer atmend stieg Bonkowski Pascha den Weg hinauf, entlang einer zerbröckelnden Mauer, über die Weinreben, Traubenkirschen und die Zweige einer Trauerweide herabhingen, während auf der anderen Seite Frauen zwischen Bäumen laut lachend Wäsche aufhängten, umgeben von halb nackt herumtollenden kleinen Kindern. Im Efeu der Mauer paarten sich zwei Eidechsen. Er kam an der griechischen Marianna-Theodoropulos-Oberschule vorbei, in der noch immer Unterricht stattfand, wenn auch anscheinend nur etwa die Hälfte der Schüler anwesend war. Durch die schwarzen Gitterstäbe blickte er wie in ein Gefängnis. Aus Erfahrung wusste er, dass viele Eltern bei Seuchengefahr auf ihre Kinder nicht aufpassen konnten oder sie auch nur zur Schule schickten, damit sie dort ein warmes Essen bekamen. Er sah den Schülern an, dass sie im stets engeren Kreis ihrer Kameraden eigentlich nur die Zeit herumbrachten und beunruhigt waren.

Kurz darauf betrat Bonkowski Pascha den Innenhof der Dreifaltigkeitskirche, in dem es nun ruhig zuging, nachdem soeben die Trauergemeinden zweier Verstorbener mit deren Särgen zum orthodoxen Friedhof des Viertels Kora gezogen waren. Bonkowski Pascha erinnerte sich daran, dass vor zwanzig Jahren die Diskussionen um den Bau der Kirche sich bis nach Istanbul vernehmen ließen. An der Stelle der Kirche war zuvor ein eilig errichteter Friedhof für die Opfer der schlimmen

Choleraepidemie von 1834 gewesen. Die mit Marmorhandel reich gewordenen Griechen wollten jene grauenhaften Tage vergessen und dazu auf dem Gelände eine große Kirche erbauen. Unter dem Vorwand hygienischer Bedenken wegen der Choleratoten schob der damalige Gouverneur die Sache auf die lange Bank. Abdülhamit wiederum befragte seinen jungen Chemiker, der gerade mit dem Istanbuler Trinkwasser beschäftigt war, und für den Bau der Kirche wurde daraufhin die Genehmigung erteilt. Im Rahmen von Reformbestrebungen war sechzig Jahre zuvor den Christen erlaubt worden, Kuppeln zu errichten, und so wie die meisten osmanischen Kirchen bekam auch diese einen stattlichen Glockenturm und eine so große Kuppel, dass der Gouverneur schon befürchtete, in den Hafen einfahrende Reisende könnten Minger für eine rein griechische Insel halten. Die Kuppel der Neuen Moschee war zwar noch größer, doch leider nicht so ideal gelegen!

Bonkowski Pascha dachte sich, falls er das Gebäude betrat, würden der Mann mit der Kübelspritze davor und die Kirchenbesucher ihn vermutlich behelligen, und so sah er sich weiter in dem großen Innenhof um. Neben ein paar kleinen Läden sah er ein von der Kirchenstiftung finanziertes Knabengymnasium. Ihm fiel wieder ein, wie er vor dreißig Jahren in diversen Istanbuler Gymnasien als externer Lehrer Chemie unterrichtet hatte, und hätte nun den müßigen Schülern am liebsten etwas über Bazillen und die Pest beigebracht.

Nachdem er den Kirchenhof verlassen hatte, fragte er einen schick gekleideten älteren Griechen auf Französisch nach dem Weg nach Vavla. Der Mann (ein entfernter Verwandter der reichen Familie Aldoni) brachte nur stammelnd eine Antwort zustande, doch wie er zehn Jahre später einer Athener Zeitung berichten sollte, habe er zwei Stunden nach Auffinden von Bonkowskis Leiche bei der Polizei zu Protokoll gegeben, er habe den Pascha gesehen und dessen Frage beantwortet, worauf er jedoch als Verdächtiger angesehen und misshandelt worden sei.

Bonkowski Pascha kam danach an mehreren Krämer- und Gemüseläden vorbei, von denen manche bis heute, ins Jahr 2017, überdauert haben, etwa die auf Mandelgebäck spezialisierte Konditorei Zofiri. Er bog in eine bergab führende Gasse ein, die ihrem Namen »Wo der Esel ins Keuchen kommt« alle Ehre machte. Als eine kleine Trauergemeinde einen riesigen Sarg die Steigung hinaufschleppte, musste er kurz beiseitetreten. Dabei sah ihn der Barbier Panayot aus seinem Laden an der Ecke zum Hamidiye-Boulevard. Die Moschee, von der die Trauernden losgezogen waren, lag nun still da. Erbauen lassen hatte sie 1776 der berühmte frühere Großwesir Ahmed Ferit Pascha, ein Sohn der Insel. Ihre Kuppel war kleiner als die der Kirche zuvor. Durch eine aufs Meer hinausgehende Tür betrat Bonkowski Pascha die Moschee, danach setzte er seinen Weg fort und gelangte durch Gassen, in denen es nach Lindenblüten duftete, zum Hamidiye-Krankenhaus, das zwar noch nicht fertiggestellt war, aber schon Patienten aufnahm. Er vermutete, dass die Häscher von Mazhar Bey ihn dort bestimmt suchen würden, daher ging er sofort weiter nach Kadirler und von dort nach Germe.

Die Seuche hatte in diesen Vierteln schon Todesopfer gefordert, dennoch liefen die Kinder noch barfuß auf den Straßen, auf denen das Abwasser offen dahinfloss. Eine Weile sah Bonkowski Pascha zwei Brüdern zu, die sich aus irgendeinem Grund prügelten, dann ging er weiter und kam an der Tür des Scheichs vorbei, dessen Amulett er in der Tasche trug. Wir wissen davon durch einen Bericht eines Zivilpolizisten, der davor Posten stand.

Der Polizist wusste nicht, um wen es sich bei Bonkowski Pascha handelte, doch wurde er Zeuge, wie jener von einem jungen Mann angesprochen wurde.

»Doktor, bei uns ist jemand krank, kommen Sie bitte mit.«

»Ich bin kein Arzt …«

Die beiden sprachen noch weiter, doch der Polizist verstand nicht mehr, was sie sagten, und schließlich verschwanden sie.

Bonkowski Pascha und der aufgeregte junge Mann gingen rasch eine niedrige Mauer entlang, bis sie durch eine türlose Öffnung in einen Garten gelangten. Wie im Traum versuchte Bonkowski Pascha, die nicht vorhandene Tür zu öffnen, in dem Bewusstsein noch dazu, dass es nichts helfen würde, wenn es ihm gelänge.

Sie kamen an ein Haus, dessen Tür sogleich aufging, und sie traten ein. Drinnen roch es stark nach Schweiß, Erbrochenem und schlechter Atemluft, wie stets im Haus von Pestkranken. Bonkowski Pascha hatte das Gefühl, wenn nicht sofort die Fenster geöffnet würden, würde er sich selbst anstecken, und er atmete so wenig wie möglich. Es machte aber niemand die Fenster auf. Wo war eigentlich der Kranke? Anstatt ihm diesen zu zeigen, starrten alle Bonkowski Pascha so vorwurfsvoll an, dass er schon meinte, er würde ersticken.

Da trat ein Mann mit braunen Haaren und grünen Augen vor ihn hin und sagte: »Ihr kommt schon wieder mit einer Seuche und einer Quarantäne, um uns zu schaden! Aber diesmal wird euch das nicht gelingen!«

KAPITEL 9

Zwei Tage, nachdem Bonkowski Pascha in Minger von Bord gegangen war, lief die *Aziziye* in den Hafen von Alexandria ein und wurde dort von Würdenträgern des Deutschen Kaiserreichs begeistert empfangen. Erbost über die Ermordung des deutschen Botschafters in China, gab sich das Reich alle Mühe mit einer Begrüßungsfeier und einer Pressekonferenz, an denen auch die Konsuln anderer europäischer Staaten teilnahmen. Ziel war es, die Absichten der osmanischen Delegation zunächst den auf Englisch erscheinenden ägyptischen Zeitungen wie *The Pyramids* oder *Egyptian Gazette* zu vermitteln und darüber hinausgehend der (hauptsächlich muslimischen) Presse von Indien und China, die die Meldungen übernehmen würde. Kaiser Wilhelm sah die Niederschlagung des Aufstands in China als willkommene Gelegenheit, um der Welt seine eigene Stärke zu demonstrieren, daher sollte – noch bevor die Delegation in Peking überhaupt eintraf – allseits verkündet werden, dass der Kalif und Sultan des Osmanischen Reiches nicht etwa aufseiten der rebellischen chinesischen Muslime stehe, sondern vielmehr Hand in Hand mit den westlichen Mächten arbeite.

Auch in Alexandria verbrachten Pakize Sultan und ihr Gatte ihre Tage und Nächte in ihrer Kabine auf der *Aziziye*. Als das Schiff an der neu gestalteten Kaimauer angelegt hatte, waren barfüßige Beduinen in langem Gewand ungebeten auf das Deck gestürmt und hatten sich über das Gepäck hergemacht, und da freute Pakize Sultan sich regelrecht, dass es ihr aufgrund ihres Status verboten war, das Schiff zu verlassen. Zu ihrem persönlichen Schutz war ihr vom Palast Major Kâmil unterstellt worden, der ihr nicht von der Seite weichen durfte, wenn die *Aziziye* in einen Hafen einlief.

Als das Ehepaar am ersten Abend vom Schiff aus den Sonnenuntergang beobachtete, erzählte Pakize Sultan ihrem Gatten von der Zeit, als ihr Vater im Çırağan-Palast gefangen gehalten wurde. Obwohl der Palast eigentlich voller Menschen sei, hätten ihr Vater, ihre Schwester und sie oft alleine zusammengesessen und Klavier gespielt. Ihr Vater sei ein sehr empfindsamer Mensch gewesen. In harmloser, guter Absicht sei er heimlich Freimaurer geworden, doch habe man ihm das leider falsch ausgelegt. Als die Schwestern einmal in einem Atlas auf die Afrikakarte gesehen hätten, sei ihr Vater ins Zimmer gekommen und habe den Mädchen erzählt, wie er als junger Prinz vor zwanzig Jahren einmal in Ägypten gewesen sei, und zwar mit dem damaligen Sultan, nämlich ihrem Onkel Abdülaziz, und dessen jüngerem Bruder, dem zukünftigen Sultan Abdülhamit (später hätten sie gemeinsam auch eine Reise nach Paris, London und Wien unternommen). In Ägypten seien der Sultan und seine beiden Nachfolger auf Kamelen zu den Pyramiden geritten und hätten zum ersten Mal im Leben einen Zug bestiegen. »Hoffentlich gibt es eines Tages im Osmanischen Reich auch eine Eisenbahn!«, hätten sie damals gesagt. Als die Mädchen vor dem Atlas gesessen hätten, habe ihr Vater ihnen erzählt, die osmanischen Sultane seien bei den Ägyptern sehr beliebt gewesen. Als er neunzehn Jahre zuvor von der Besetzung Ägyptens durch die Briten erfahren habe, sei er denn auch sehr traurig gewesen.

Pakize Sultan war die jüngste der drei Töchter von Murat V. Im Jahre 1876 war Murat V. drei Monate nach seiner Thronbesteigung abgesetzt worden. Die Bürokratie der Hohen Pforte hatte ihn für psychisch schwach, ja für geistesgestört erklärt und an seine Stelle den nunmehrigen Sultan Abdülhamit gesetzt. Murat V. war durch ähnliche Umstände gerade erst auf den Thron gekommen, denn sein Vorgänger Sultan Abdülaziz, der Onkel von Murat und Großonkel von Pakize Sultan, war von Regierungsmitgliedern zur Abdankung gezwungen und danach ermordet worden, wenn dies auch als Selbstmord deklariert wurde. Laut Pakize Sultan war es nicht weiter verwunderlich, dass nach diesen entsetzlichen Ereignissen die Nerven ihres Vaters zerrüttet waren. Als Prinz

Abdülhamit Efendi, in der Thronfolge auf Platz zwei und eigentlich weniger beliebt als sein älterer Bruder Murat, so unerwarteterweise zum Sultan ausgerufen wurde, plagte ihn von Anfang an die Angst, er könne ebenfalls abgesetzt und eingesperrt oder gar umgebracht werden, und so bescherte er Murat ein Gefangenendasein.

Im vierten Jahr dieser seit achtundzwanzig Jahren andauernden Existenz ihres Vaters kam Pakize Sultan zur Welt und lernte somit von der Welt außerhalb des Palastes nichts kennen (wogegen ihre geliebte ältere Schwester Hatice noch vor Murats Thronantritt in seiner Villa in Kurbağalıdere geboren war und während seiner kurzen Zeit als Sultan im Dolmabahçe-Palast bei ihrem Vater und ihrem Onkel Prinz Abdülhamit auf dem Schoß gesessen hatte). Nun sollte verhindert werden, dass Murat mit Oppositionellen in Kontakt kam oder gar wieder den Thron bestieg, und dazu wurde er, so wie auch alle Prinzen, von der Außenwelt völlig isoliert.

Die Frage, wen und unter welchen Umständen seine drei Töchter einmal heiraten sollten, trieb Murat beständig um. Für den Fall, dass eine seiner Nichten sich mit Heiratsabsichten trüge, hatte Abdülhamit sich ausbedungen, dass sie von ihrem Vater getrennt und bei ihm im Yıldız-Palast untergebracht werde. Der Sultan argwöhnte, im Zuge der Hochzeitsvorbereitungen könne es ansonsten zu unerwünschten Kontakten mit Murat kommen. Pakize Sultan fand diese Bedingung sehr ungerecht, noch dazu, da ihr Vater und ihr Onkel sich doch in ihrer Kindheit ausgezeichnet verstanden hätten. Murat sagte zu den Mädchen immer wieder, einen Vater von seinen Töchtern zu trennen sei ein Akt der Grausamkeit, doch andererseits bestehe das höchste Glück im Leben darin, zu heiraten und Kinder zu bekommen. Am vernünftigsten sei es daher, die drei Mädchen lebten eine Weile von ihrem Vater getrennt, stellten damit unter Beweis, dass sie sich mit ihrem Onkel ausgesöhnt hätten, und suchten sich im Yıldız-Palast einen Ehemann, der sowohl ihrem Aussehen als auch ihren Vorstellungen entspreche.

Die auf die Dreißig zugehende Hatice Sultan und die etwas jüngere Fehime Sultan ließen sich das eingehen, doch die neunzehnjährige Pakize Sultan weigerte sich zunächst, von den Eltern getrennt zu werden. Nach zwei Jahren aber fügte sich alles, Abdülhamit fand schließlich doch noch einen Gatten für Pakize Sultan, »wenn auch nur einen Arzt«, und die drei Schwestern heirateten gemeinsam im Yıldız-Palast. Im Gegensatz zu den beiden anderen war Pakize Sultan mit dem ihr so plötzlich zugefallenen Mann sogar glücklich (gerade weil sie nicht so schön und so wählerisch war wie ihre Schwestern, behaupteten manche).

Auf dem Schiff verbrachten sie die meiste Zeit in ihrer Kabine und lernten sich näher kennen. Ein bis dahin völlig unbekanntes Vergnügen bereitete es Pakize Sultan allein schon, Doktor Nuris dunklen Teint und seinen stark behaarten, massigen Körper zu betrachten. Wie sie ihrer Schwester Hatice auch schrieb, machte es sie ungeheuer glücklich, wenn ihr Mann beim Erzählen leicht ins Schwitzen geriet oder durch die Nase heftiger atmete. Wenn er aus dem Bett aufstand, um den Wasserkrug zu holen, blickte sie ihm nach und sah voll staunender Bewunderung auf seine stämmigen Beine, die für einen Mann unerwartet kleinen Füße und den riesigen Hintern.

Meist lagen die beiden im Bett und liebten sich. Die restliche Zeit über genügte ihnen schon, in der feuchtwarmen Kabine still nebeneinanderzusitzen und eine Weile Ruhe von den Stechmücken zu haben. Wenn sie mal auf ein heikleres Thema zu sprechen kamen, bemühten sie sich beide, die Sache herunterzuspielen. Manchmal stiegen sie aus dem Bett, zogen ihre feinsten Kleider an und sprachen so weiter, doch sobald wieder ein gefährliches Thema aufkam, verstummten sie.

Zu den gefährlichen Themen zählten selbstredend Pakizes Hass auf Abdülhamit und die Jahre, die sie im Palast als Gefangene verbracht hatte. Damat Nuri begriff, dass seine Frau sich so manches von der Seele reden wollte, zugleich befürchtete er, das könne ihrem gemeinsamen Glück schaden, sodass er seine Neugier in dieser Hinsicht bezähmte. Wenn seine Frau von betrüblichen Ereignissen erzählte, verspürte er obendrein das Bedürfnis, seinerseits von seinen schrecklichen Erlebnissen im Hedschas zu berichten, vom üblen Schicksal vieler Mekka-Pilger, und das war nun ebenfalls angetan, die arme Pakize Sultan zu erschüttern. Andererseits wollte er sich der klugen, selbstsicheren Frau an seiner Seite natürlich mitteilen. Sie sollte wissen, wie es in den nach und nach abfallenden Provinzen, über die ihr Onkel herrschte, so zuging, wie etwa dort die Menschen unter verheerenden Seuchen litten.

Am dritten Tag nach ihrer Ankunft in Alexandria ging Damat Nuri am Morgen in die Stadt und suchte gleich hinter dem Mohammed-Ali-Platz einen aus Istanbul stammenden griechischen Uhrmacher auf. Der Mann hatte sein Geschäft in der Straße, in der sich auch das Hotel Zizinia befand; dort logierten die britischen Ärzte und Beamten (vor dem Eingang waren Männer mit Kübelspritzen postiert). Der Uhrmacher erkundigte sich zunächst nach der Lage in Istanbul, dann erzählte er wie jedes Mal davon, wie die Briten unter dem Vorwand, den Aufstand Urabi Paschas niederzuschlagen, von ihren Kriegsschiffen aus die Stadt stundenlang beschossen hätten; der Kanonendonner sei furchtbar gewesen, auf dem Platz sei alles in eine Staubwolke gehüllt gewesen und vieles kaputt geschossen worden, darunter selbst britische und französische Gebäude. Christen und Muslime hätten sich bewaffnet und sich auf der Straße gegenseitig umgebracht, und in den Randbezirken hätten die Christen es nicht einmal mehr gewagt, einen Hut aufzusetzen. Nach den Plünderungen sei einmal Gordon Pascha zu ihm gekommen, und als der Pascha später in Khartum von den muslimischen Truppen des Mahdi getötet worden sei, habe er eine Uhr der Marke Teta bei sich getragen, die er, der Uhrmacher, damals mit eigenen Händen repariert habe. »Meiner Meinung nach kann Ägypten weder von den Franzosen noch von den Osmanen oder den Deutschen regiert werden, allein die Briten schaffen das!«, sagte er abschließend.

Bei ihren früheren Begegnungen hatte Damat Nuri widersprochen, wenn er sich einer Meinung des Uhrmachers nicht anschließen konnte, und hatte etwa eingewendet, die Osmanen hätten Ägypten gar nicht aufgegeben, sie hätten ohnehin das Land nie im Griff gehabt, oder er verwies dezent darauf, dass nicht die Araber mit dem Abschlachten von Christen begonnen hätten, sondern vielmehr Christen mit dem Abschlachten von Arabern. Nun aber, da er seit einem Monat mit der

Nichte des Sultans verheiratet war, hielt er sich mit Richtigstellungen und politischen Bemerkungen wohlweislich zurück.

Bei seinem diesmaligen Besuch konnte Damat Nuri weder die Unterhaltung mit dem Uhrmacher genießen noch das unter Quarantäne stehende Alexandria. Er hatte nun ein ganz neues Leben vor sich, wusste aber noch nicht, wie genau das aussehen würde. Bald schon kehrte er ungeduldig zum Hafen zurück.

Als er durch den Zoll war und die *Aziziye* bestieg, wurden ihm vom Steward zwei chiffrierte Telegramme der Firma Thomas Cook überreicht.

Vor ihrer Abfahrt hatte ihm der Sultan über einen Palastsekretär einen Chiffrierschlüssel aushändigen lassen, wie dies üblich war, wenn Abdülhamit die Bürokratie der Hohen Pforte umgehen und mit jemandem direkt kommunizieren wollte, sei es ein Botschafter oder aber ein Stammesführer oder ein Spion im In- oder Ausland, dem er dadurch seine Gunst erweisen wollte.

Doktor Nuri umarmte erst seine Frau und sagte ihr Bescheid, dann holte er von ganz unten aus seinem Koffer den Chiffrierschlüssel heraus und machte sich daran, das erste Telegramm Buchstabe für Buchstabe, Ziffer für Ziffer zu entschlüsseln. Da er aus der Übung war, machte es ihm Mühe herauszufinden, welchen Buchstaben und Wörtern die einzelnen Zahlen entsprachen. Schließlich bat er seine Frau um Hilfe: Sie bekamen rasch heraus, dass bestimmte häufig vorkommende Wörter durch zweistellige Zahlen ausgedrückt wurden, und so entschlüsselten sie den Wortlaut der Telegramme.

Das erste stammte direkt aus dem Palast. Auf den Tod von Bonkowski Pascha hin wurde Doktor Nuri damit beauftragt, in der Provinz Minger und ihrer Hauptstadt Arkaz die Leitung der Pestbekämpfung zu übernehmen; er habe sich unverzüglich dorthin zu verfügen. Der Kapitän der *Aziziye* wurde aufgefordert, Pakize Sultan, Damat Doktor Nuri und den Major umgehend auf die Insel zu bringen. Im zweiten, ausdrücklich vom Sultan höchstpersönlich gesendeten Telegramm hieß es, beim Tod Bonkowski Paschas könne es sich durchaus um ein »Attentat« handeln, und zur Erhellung des Sachverhalts solle Doktor Nuri sich an den von Gouverneur Sami Pascha durchgeführten Ermittlungen »wie ein Detektiv« selbst beteiligen.

»Wusste ich doch, dass mein Onkel uns von dieser Reise abhalten will!«, rief Pakize Sultan aus. »Für mich gibt es keinen Zweifel: Er selbst hat Bonkowski Pascha umbringen lassen!«

»Nicht so voreilig!«, erwiderte Doktor Nuri. »Lassen Sie mich erst etwas vom internationalen Quarantänewesen berichten, und urteilen Sie dann!«

So lief die *Aziziye* mit ihren drei Passagieren an Bord aus und hielt die ganze Nacht über Kurs auf Norden. Nach Einbruch der Dunkelheit kam ein heftiger Nordostwind auf und verlangsamte ihre Fahrt. Doktor Nuri redete einstweilen auf seine Frau ein und versuchte, sie davon zu überzeugen, dass am Tod des armen Bonkowski Pascha auch jemand anders die Schuld tragen könne als ihr Onkel; das sei zumindest denkbar. Um dies zu unterfüttern, erläuterte er Pakize Sultan, was es mit der weltweiten Quarantänepolitik auf sich habe.

Nach dem Dafürhalten der Briten, Franzosen, Russen und Deutschen, die 1901 sowohl militärisch und politisch als auch medizinisch dominierten, ging die Ausbreitung von Pest und Cholera nach Europa und den Rest der Welt von Mekka und Medina aus. Nach Kleinasien, Südeuropa und Nordafrika würden die Krankheiten nämlich durch Mekka-Pilger eingeschleppt. Somit galten als Ursprungsort von Pest und Cholera China und Indien und als Verteilerzentrum die osmanische Provinz Hedschas. Sämtliche Ärzte, seien es Christen, Muslime oder Juden, die auf dem Gebiet des Osmanischen Reiches auf Quarantänefragen spezialisiert waren, wussten genau, dass diese These leider zutraf. Manche allerdings, insbesondere jüngere muslimische Ärzte, waren der Ansicht, aus politischen Gründen würden jene Behauptungen von westlicher Seite ziemlich zugespitzt und dazu benützt, außereuropäische Staaten und Völker geistig, psychisch und militärisch niederzuhalten. Hinter der Aussage der Engländer, »Wenn ihr die indischen Mekka-Pilger, also britische Untertanen, nicht schützen könnt, müssen eben wir das tun«, steckte nicht nur medizinische Herablassung, sondern auch eine verkappte militärische Drohung, das war im Osmanischen Reich jedermann bewusst, und insbesondere dem Sultan. Darum hatte Abdülhamit (»Ihr Onkel!«, sagte Doktor Nuri und sah seiner Frau dabei in die Augen!) im Hedschas viel Geld für Quarantänemaßnahmen ausgegeben. Auf der Insel Kamaran am Eingang zum Roten Meer waren neue Zivil- und Militärgebäude sowie Anlegestellen errichtet worden, und der Sultan entsandte seine fähigsten Ärzte dorthin.

Kamaran gehörte zur Provinz Jemen, und die dortige Quarantänestation war sowohl von der Fläche als auch von der Zahl der beherbergten Personen her die weltweit größte. Mit Tränen in den Augen erzählte Doktor Nuri, wie er sieben Jahre zuvor dort eingetroffen war, nachdem mitten in der Pilgersaison eine Choleraepidemie ausgebrochen war. Noch Jahre danach plagte ihn die Erinnerung an den furchtbaren Zustand der vor allem aus Indien und Java ankommenden Pilger, die in die Frachträume unter britischer Flagge fahrender Seelenverkäufer gepfercht waren. Später sollte Doktor Nuri miterleben, dass es auf Schiffen indischer Provenienz oft noch schlimmer zuging. Britische Reiseagenturen in Karatschi, Bombay und Kalkutta verlangten den Pilgern den Kauf von Rückfahrkarten ab, dabei kam jeder fünfte Reisende unterwegs ums Leben oder schaffte es aus anderen Gründen nie wieder nach Hause.

Doktor Nuri sah mit an, wie auf vierhundert Reisende ausgelegte Passagierschiffe mit tausend oder tausendzweihundert Pilgern vollgestopft waren. Habgierige Kapitäne schreckten nicht davor zurück, sogar auf dem Dach der Kommandobrücke und an anderen abwegigen Orten Menschen unterzubringen. Die meisten mussten stehen, und die wenigen, die sich hinkauern oder gar ausstrecken konnten, rührten sich nicht vom Fleck, um ihren Platz nicht zu verlieren. Doktor Nuri setzte sich auf den Boden und machte nach, wie die Leute dasaßen.

Wenn er damals mit seinem Boot der Gesundheitsbehörde auf so ein heruntergekommenes, in der Sonne brütendes Schiff zufuhr, erschrak er oft regelrecht angesichts der vielen Männerköpfe, die ihn von den Decks, aus den Bullaugen und allen möglichen Öffnungen anstarrten.

Zusammen mit Soldaten bestieg er das Schiff, stellte dort fest, dass die darauf gedrängte Menschenmenge bis zu dreimal so groß war, wie man beim ersten Anblick vermutet hätte, und dass die Pilger völlig erschöpft und zum Teil jetzt schon erkrankt waren.

Um sich einen Weg bis zum Kapitän zu bahnen, bedurfte er der Hilfe der begleitenden Soldaten. Auf eine Frage seiner Frau hin gab er an, die meisten jener Dampfer seien nicht einmal Passagier-, sondern reine Frachtschiffe, auf denen es ohnehin keine Sitzplätze gebe. Er sei in fensterlose, finstere Frachträume hinabgestiegen und habe in Hunderte angsterfüllte Gesichter geblickt. Manche Pilger hätten gewimmert oder Gebete gemurmelt, andere ihn nur in stummer Neugier angestarrt. Es war so dunkel dort unten, dass die Ärzte nach Sonnenuntergang nicht mehr hinunter durften. »Ich will Sie aber nicht weiter betrüben«, sagte Doktor Nuri.

»Verheimlichen Sie mir bitte nur ja nichts!«, erwiderte Pakize Sultan.

Da sie jene Menschen rundweg für arme Tröpfe zu halten schien, fühlte Doktor Nuri sich bemüßigt, die Dinge etwas zurechtzurücken. Für die Verhältnisse ihrer Herkunftsländer seien jene Pilger nämlich relativ wohlhabend, auch wenn manche von ihnen, um sich die Reise leisten zu können, jahrelang hätten sparen oder dafür ein Feld oder gar ihr Haus verkaufen müssen. Trotz allen Aufwands nahmen einige die Strapazen auch ein zweites Mal in Kauf. Durch das Aufkommen der Dampfschiffe und die dadurch gesunkenen Fahrtkosten hatte sich innerhalb von zwanzig Jahren die Pilgerzahl auf eine Viertelmillion vervielfacht. Von Java bis Marokko kamen erstmals Muslime aus aller Welt in solcher Zahl zusammen. Damat Nuri schilderte, was für ein Bild an einem Feiertag das Meer der Schirme und Zelte abgab, durch die die Pilger sich von der Sonne schützten. Jenen herrlichen Anblick müsse »Ihr Onkel« doch sehr schätzen, ließ er sich doch für die Sache von Islam und Kalifat als Trumpf verwenden.

»Wie nett, dass Sie mir meinen Onkel schmackhaft machen wollen. Sie fühlen sich ihm wohl zu Dank verpflichtet, weil er uns beide zusammengebracht hat?«

»Nun, er schickt uns nach Minger, um ein Verbrechen aufzuklären. Die Behauptung, er selbst habe Bonkowski Pascha töten lassen, erscheint mir nicht statthaft.«

»Gut, dann werde ich das nicht mehr sagen. Sie aber dürfen mir ruhig auch die schlimmsten Cholerageschichten erzählen.«

»Ich fürchte jedoch, dann werden Sie erschrecken und mich nicht mehr so lieben.«

»Ganz im Gegenteil! Für Ihren Einsatz in schwierigster Mission werde ich Sie noch mehr lieben. Erzählen Sie also gleich die fürchterlichste Geschichte.«

Die beiden gingen an Deck, und Doktor Nuri berichtete seiner Prinzessin von den an der Reling befestigten Abtritten, in denen die Pilger auf dem Arabischen Meer ihre Notdurft verrichten konnten. Da die wenigen Schiffstoiletten entweder ohnehin kaputt oder wegen des ungeheuren Andrangs nach wenigen Tagen verstopft waren, behalfen die raffinierten europäischen Kapitäne sich damit, dass sie zu beiden Seiten des Schiffes mit Seilen eine Art Hängegerüst hinausragen ließen. Davor bildeten sich jeweils lange Schlangen, in denen es zu Streit kam, und in Nächten mit viel Seegang kam es auch vor, dass ein Pilger bei der Verrichtung seines Geschäfts ins Meer fiel und den Haien zum Fraß wurde. Vorsorgende Pilger führten einen Nachttopf oder einen Eimer mit sich und leerten ihn durch ein Bullauge ins Meer. Konnten aber die Bullaugen an stürmischen Tagen nicht geöffnet werden, schwappte es in den Eimern und schwappte auch über. In den dunklen Frachträumen mischte sich dann der Leichengeruch an Cholera verstorbener Pilger mit dem Gestank ungeleerter Nachttöpfe. Nachdem Doktor Nuri das berichtet hatte, verstummte er.

Nach längerem Schweigen sagte Pakize Sultan: »Erzählen Sie weiter!«

In der Annahme, seine Frau würde sich darüber weniger grämen, machte Doktor Nuri sich nach ihrer Rückkehr in die Kabine daran, von den Pilgern aus Nordafrika zu erzählen. Jene wurden in Häfen wie Alexandria oder Tripolis feierlich verabschiedet, und da sie auf dem kurzen Weg über den Suez-Kanal anreisten, hatten sie weit weniger Mühsal auf sich zu nehmen. Aufgrund ihrer Vergnügungssucht und der Missachtung von Vorsichtsmaßnahmen trugen sie allerdings zur Verbreitung von Krankheiten bei. Doktor Nuri hatte miterlebt, dass jene reicheren, mit ihrer Dienerschaft losgezogenen Pilger an Deck Oliven, Käse und Fladenbrot auftischen oder gar in einer Ecke Fleisch grillen ließen. In Alexandria hatte ein britischer Sanitätsoffizier bei einer Schiffsinspektion Grill- und Kochgerät ins Meer werfen lassen, was zu einer lautstarken Auseinandersetzung geführt hatte.

»Sagen Sie mir nun, wer sich hier richtig und wer sich falsch verhalten hat?«, fragte Doktor Nuri.

»Auf einem Schiff, das der Quarantäne unterliegt, darf natürlich nicht ungenehmigt Obst und Gemüse verzehrt werden«, erwiderte Pakize Sultan, die die Sachlage rasch erfasst hatte.

»Aber der britische Beamte hatte doch kein Recht, die Sachen einfach ins Meer zu werfen, oder?«, entgegnete Doktor Nuri dozierend. »Ein Sanitätsbeamter sollte nicht nur Verbote aufzwängen, sondern auch die Menschen davon überzeugen, sich aus eigenem Antrieb an jene Verbote zu halten. Der Pilger, dessen Sachen weggeworfen werden, sieht den hartherzigen Briten als Feind. Er wird sich danach erst recht nicht an die Verbote halten, und nach und nach wird die Quarantäne dadurch untergraben. Wegen solch harter und demütigender Verhaltensweisen der Briten ist es in Bombay zu einem Aufstand gekommen. Es wurden Krankentransporte mit Steinen beworfen und Ärzte angegriffen, und britische Beamte wurden auf offener Straße ermordet. Um den Aufstand nicht ausarten zu lassen, behaupteten die Briten schließlich nicht mehr, dass die Cholera sich durch den Ganges verbreite.«

»Wenn das so ist, dann fahren wir von Minger aus lieber nicht über Bombay, sondern direkt nach China«, sagte Pakize Sultan.

KAPITEL 10

Eng umschlungen schliefen sie ein. Als gegen Morgen die nie aufhörenden Kolbenstöße des Dampfschiffs schwächer wurden, gingen sie gemeinsam an Deck. Im ersten Tageslicht zeichnete sich zur Rechten des Schiffes am blauen Horizont der schwarze Schatten der Insel Minger ab. Es wehte eine leichte Brise, die den beiden das Wasser in die Augen trieb. Allmählich ragte die Silhouette der Insel auf.

Der Ostteil der Insel mit seiner schroffen Bergkette wurde von der aufgehenden Sonne zartrosa beschienen, während die Hügel im Westen noch in violettem Dunkel lagen. Es war der verzaubernde Anblick, den ab den 1840er Jahren Maler verzückt festgehalten und Reiseschriftsteller in poetischen Worten gewürdigt hatten.

Als der Arabische Leuchtturm mit bloßem Auge zu erkennen war, hielt der Kapitän direkt auf die Insel zu, und sie hatten vor sich, was manche als »märchenhaft« bezeichneten, andere wiederum als »beängstigend schön«.

Je näher sie kamen, umso beeindruckender wirkten die aus blassrotem und weißem Minger-Stein errichtete mächtige Burg mit ihren spitzen Türmen und die aus demselben Stein erbauten Häuser und Brücken. Die grün überwachsenen Felsen, die roten Dachziegel, die weißen Mauern, alles war in ein geheimnisvolles Licht getaucht.

Der für die Sicherheit der Sultanstochter zuständige Major gesellte sich zu den beiden.

»Ich bin ganz aufregt, ich bin nämlich in Arkaz geboren und aufgewachsen«, sagte er auf einmal.

»Was für ein schöner Zufall«, erwiderte Doktor Nuri.

Um den Eindruck zu vermeiden, er spreche Pakize Sultan in ungebührlicher Weise direkt an, blickte der Major zu Doktor Nuri und sagte: »Vielleicht ist es gar kein Zufall. Vielleicht weiß Seine Hoheit, dass ich von hier abstamme, und hat mich deshalb mitgeschickt.«

»Seine Hoheit hat vielfältige Interessen, lernt viel und vergisst nichts davon!«, sagte Doktor Nuri.

»Was mögen Sie am liebsten auf der Insel?«, fragte Pakize Sultan.

»Ich mag alles daran«, erwiderte der Major diplomatisch. »Am schönsten ist einfach, dass alles hier genauso ist, wie ich es kenne und mag.«

Sie fuhren südlich an dem felsigen Inselchen vorbei, das Kızkulesi, »Mädchenturm«, hieß und mit seinem hübschen venezianischen Gebäude früher zu Quarantänezwecken genutzt worden war. Die Hügel, die Dächer, selbst das Grün der Palmen und die einzelnen Häuser mit ihren blauen Fensterläden waren wie lauter kleine Sprenkel allmählich auszumachen. Deutlich sah man nun die drei Kuppeln, die von der venezianischen, der byzantinischen und der osmanischen Vergangenheit Mingers kündeten. Im Osten der Stadt standen die katholische Sankt-Antonius-Kirche und die orthodoxe Dreifaltigkeitskirche, während die Neue Moschee auf der ersten Anhöhe der etwas niedrigeren Hügel des westlichen Stadtteils erbaut war. Die drei Kuppeln indes lagen in etwa auf gleicher Höhe und boten dem Auge des Betrachters drei Fixpunkte, zwischen denen ein Auf und Ab herrschte, dessen Silhouette gerade europäischen Malern in letzter Zeit besonders reizvoll erschienen war. Dominiert aber wurde die Stadt – neben dem Weißen Berg – von der imposanten Kreuzritterburg. In jener Ecke der Levante ragte die Burg so auffällig empor, als wollte sie vorbeikommenden Schiffen den Weg versperren, und sie erinnerte einen daran, dass auf der Insel schon in märchenhaften Vorzeiten Menschen gelebt, gearbeitet und einander erbarmungslos bekämpft hatten.

Nun wurden auch kleinere Gebäude des hübschen Städtchens erkennbar, einzelne Häuser und Bäume, und man ahnte schon das Leben, das auf den Straßen und Plätzen herrschte. Das Regierungsgebäude mit seinem Säulenbalkon, daneben das neue Postamt, das griechische Gymnasium, der neue Uhrturm, an dem noch gebaut wurde. Der Kapitän drosselte die Geschwindigkeit, und den Passagieren der *Aziziye* drängte sich auf, dass hier alles von besonderer Intensität war, das Sonnenlicht, das Grün der Palmen und Feigenbäume, das Meeresblau. Als Pakize Sultan den Duft von Orangenblüten einsog, hatte sie nicht mehr das Gefühl, auf eine Stadt am Rande einer Pestepidemie und blutiger politischer Auseinandersetzungen zuzufahren, sondern vielmehr auf ein ruhiges Küstenstädtchen, das seit Jahrhunderten in der Sonne vor sich hin döste.

Allzu viel tat sich noch nicht in der Morgensonne. In den Villen und den rosafarbenen Steinhäusern, die sich auf den gleich hinter dem Ufer ansteigenden bewaldeten Hügeln entlangreihten, waren die Fensterläden meist noch geschlossen. Im Hafen lag außer einem französischen und einem italienischen Frachter sowie ein paar Segelbooten kaum ein nennenswertes Wasserfahrzeug vor Anker. Doktor Nuri fiel auf, dass die Schiffe keine Quarantäneflagge trugen und auch am Ufer keine Maßnahmen gegen eine Seuchenausbreitung getroffen waren. Beim Anblick der links von der *Aziziye* im Westteil der Stadt gelegenen heruntergekommenen Anlegestellen, der alten und neuen Zollgebäude, der Bretterverschläge und Ruinen, die wohl Armen als Schlafplatz dienten, dachte er sich gleich, von solchen Orten könne eine Seuchengefahr ausgehen.

Seine Frau neben ihm sah wie verzaubert in das türkisblaue Wasser, auf die Felsen am Meeresgrund, die handgroßen stacheligen Fische, die wie zarte Blumen wirkenden blauen und grünen Algen, als blickte sie tief in ihre Vergangenheit. Auf der windstillen Wasseroberfläche spiegelten sich rosafarbene, gelbe, orangefarbene Häuser, Bäume in allen Grüntönen, die spitzen Burgtürme und die glänzenden Bleikuppeln der Kirchen und Moscheen. Damat Doktor und Pakize Sultan hörten das Rauschen am Bug der *Aziziye*, und auf einmal wurde es so still, dass sie das Krähen eines Hahns vernahmen, heiseres Hundegebell, ja sogar den Schrei eines Esels.

Der Kapitän ließ zweimal die Schiffssirene ertönen. Man wurde in der Stadt aufmerksam, wenn die Sirene eines Schiffes zu hören war, das nicht zu denen zählte, die einmal pro Woche aus Istanbul und zweimal aus Izmir, Alexandria und Saloniki eintrafen. Wie jedes Mal war der Widerhall des Sirenentons zwischen zwei Hügeln zu vernehmen. Der Major spürte, dass in den Straßen, in denen er seine Kindheit verbracht hatte, sich etwas zu regen begann. Auf der Uferpromenade mit ihren Hotels, Reisebüros, Restaurants, Vergnügungslokalen und Kaffeehäusern zockelte ein Pferdewagen dahin. Weiter oben, am Boulevard, an dem sich das Regierungsgebäude und das Postamt befanden, wehte hinter Bäumen leise eine osmanische Flagge. Verbunden wurden die beiden parallel zum Hafen verlaufenden Straßen durch den kurzen, steilen Istanbul-Boulevard, auf dem schon ein paar Leute unterwegs waren. Deren Hüte und Fese zu erblicken, und sei es nur von Weitem, machte den Major ganz glücklich. Die Reklameschilder für die Osmanische Bank und für Thomas Cook, die ihm bei seinem letzten Aufenthalt aufgefallen waren, hingen noch immer da. Auf dem Dach des großen Hotels stand nun in riesigen Lettern Splendid Palas. Das Haus seiner Familie war vom Hafen aus nicht zu sehen, doch freute er sich, das gedrungene Minarett der kleinen Sofu-Saim-Pascha-Moschee auszumachen, die am Anfang der zum Markt hinunterführenden Steilstraße stand.

Der Hafen von Arkaz war eine natürliche Bucht in Form einer Mondsichel. An ihrer südöstlichen Spitze war von Kreuzfahrern die mächtige Burg errichtet worden, die gleich den Festungen von Malta und Bodrum früher eine Stadt und Garnison für sich gewesen war. Die Burg mochte aber noch so groß und der Hafen noch so natürlich sein, eine neue, auf größere Schiffe ausgelegte Anlegestelle war dennoch nicht errichtet worden. Die alten Anlagen, vor dreißig Jahren, zur Blütezeit des Marmorexports, hastig gebaut, damit Tag für Tag Schiffe nach Izmir, Marseille und Hamburg auslaufen konnten, waren für die nunmehrigen Passagierschiffe nicht tauglich. Noch dazu war sieben Jahre zuvor ein kleines russisches Schiff beim Versuch, an einem solchen Pier anzulegen, auf einen Felsen aufgelaufen, worauf man den immer ausladenderen Dampfschiffen die Einfahrt in den Hafen gänzlich verboten hatte.

Wie alle in Arkaz eintreffenden Passagierschiffe musste die *Aziziye* daher außerhalb der Hafenbucht vor Anker gehen und warten. Das war der Moment, den der Major in seiner Kindheit am meisten geliebt hatte. Mit einem Dampfschiff kam neue Post in die Stadt, neue Reisende, neue Geschichten, neue Waren für die Geschäfte, neue Aufregung. Sobald das Schiff geankert hatte, machten sich Ruderer und Lastenträger daran, Passagiere und Fracht an Land zu bringen. Sie waren jeweils einem Bootsführer unterstellt und wetteiferten untereinander, wer mehr Personen und Waren ans Ufer beförderte und mehr Trinkgeld bekam.

Sobald Kâmil, der damals eine Militärschule besuchte, und seine Freunde eine Schiffssirene hörten, eilten sie wie viele andere Kinder und Erwachsene zum Kai hinunter und sahen sich das dortige Gewimmel an. Die Kinder wussten um das Gerangel zwischen den Bootsführern und wetteten um ein Mandelgebäck oder ein Nusstörtchen mit Rosenwasser aus der Konditorei Zofiri, wessen Boot ein Schiff als Erstes erreichte. Bei schwerem Seegang verschwanden die Boote manchmal zwischen den Wellen, und alle bekamen es mit der Angst zu tun, doch mit der nächsten Welle wurden sie wieder emporgetragen und setzten ihren Weg fort. Am Kai drängten sich abholende Familien, Diener und Lastenträger sowie Menschen, die mit dem Schiff die Insel verlassen wollten. Den Ankömmlingen wurde von Hoteliers, Führern, Trägern, die die Koffer geradezu an sich rissen, und nicht zuletzt auch von Bettlern, Betrügern und Taschendieben so sehr zugesetzt, dass auf Beschluss von Gouverneur Sami Pascha jeweils Ordnungskräfte an den Kai entsandt wurden, die des argen Treibens und der Streitereien allerdings auch nicht Herr wurden.

Als der Major an all das zurückdachte, kam in ihm die Befürchtung auf, Pakize Sultan, die am Arm ihres Gatten tapfer das Fallreep in eines der Boote hinunterstieg, könne durch das Gedränge, den Staub und den Lärm am Kai belästigt werden. Früher waren oft auch freche Jungen zu beobachten gewesen, die europäische Reisende und reiche Araber mit allerlei Schabernack unterhielten, um ihnen Geldmünzen zu entlocken, auch das mochte Pakize Sultan behelligen. Als sie sich jedoch dem Ufer näherten, stellte der Major fest, dass es dort überraschend geordnet zuging. Offensichtlich sollte der Prinzessin ein besonderer Empfang bereitet werden.

Sami Pascha hatte zwar die Insel seit drei Jahren nicht mehr verlassen, doch über die Zeitungen und Besuche von Freunden, die in der Hauptstadt erquickliche Posten ergattert hatten, war er über die in Istanbul umlaufenden Gerüchte meist gut unterrichtet und erfuhr so, wenn auch mit Verspätung, welcher Pascha wegen welcher Dummheit in Ungnade gefallen war, welcher Minister hingegen mit welcher List Abdülhamits Vertrauen gewonnen hatte, von welchem Wahn der Sultan gerade geplagt wurde und wer wohin als Botschafter entsandt worden war. So hatte er auch vernommen, die drei Töchter des in Gefangenschaft allmählich dem »Wahnsinn« verfallenden früheren Sultans Murat V. seien von Abdülhamit einen Monat zuvor mit Gatten von niedrigem Rang verheiratet worden, und auch die in der Presse erscheinenden offiziellen Verlautbarungen dazu hatte er gelesen. Nicht zuletzt war ihm zu Ohren gekommen, beim Gatten der jüngsten Tochter handele es sich um einen brillanten Quarantänearzt.

Um der ersten Sultanstochter in der Geschichte, die aus Istanbul zu einer Reise aufbrach, einen würdigen Empfang zu bereiten, hatte Gouverneur Sami Pascha den Garnisonskommandanten ersucht, sein Musikkorps an den Kai zu schicken. Die meisten Unteroffiziere auf der Insel waren ältere Soldaten, die keine Kriegsschule besucht hatten und zum Teil nicht einmal des Lesens und Schreibens kundig waren. Nach dem auf eine missglückte Quarantänemaßnahme hin ausgebrochenen Pilgerschiffaufstand hatte Abdülhamit aus Damaskus zwei Kompanien Soldaten auf die Insel geschickt, die des Türkischen nicht mächtig waren. Vor zwei Jahren wiederum hatte ein wegen eines Disziplinarvergehens auf Minger verbannter Hauptmann aus lauter Langeweile aus diesen Soldaten ein bescheidenes Musikkorps aufgebaut, war allerdings danach begnadigt worden und nach Istanbul zurückgekehrt. Im letzten Jahr hatte Sami Pascha den Musiklehrer Andreas vom griechischen Gymnasium dazu bewegen können, in Vorbereitung auf das fünfundzwanzigste Thronjubiläum des Sultans mit jenen Musikern wieder zu proben.

So kam es, dass Pakize Sultan und ihr Gatte beim Betreten der Insel zunächst mit dem für den Vater des Sultans komponierten Mecidiye-Marsch, anschließend mit dem für den Sultan selbst verfassten Hamidiye-Marsch empfangen wurden. Den von Seuchensorgen geplagten Menschen ging bei diesen Märschen das Herz auf. Neugierig auf das Schiff, waren viele an den Kai gekommen, Müßiggänger, Kutscher, Ladenbesitzer, Telegrafenbeamte und andere Schaulustige sahen von Fenstern und Balkons aus zu. In den Gärten und Terrassen der Hotels an Kai und Straße standen Tee trinkende Europäer und wohlhabende Inselbewohner von ihren Stühlen auf und wunderten sich, was es mit den Märschen wohl auf sich habe. Da wurde ein drittes Stück angestimmt, der schwungvolle Bahriye-Marsch, in früher Jugend komponiert vom Klaviervirtuosen Burhanettin Efendi, dem Liebling unter den acht Kindern Abdülhamits, den der Sultan immer um sich haben wollte.

Nach einer ganzen Reihe ruhiger, friedvoller Jahre waren die Insel Minger und insbesondere ihre Hauptstadt Arkaz seit nunmehr zwei Jahren von Auseinandersetzungen, Verbrechen und anderem Ungemach heimgesucht, und durch die Pestgerüchte wurde der allgemeine Unfriede noch verschärft. Als Gouverneur Sami Pascha nun sah, mit welcher Ergriffenheit sowohl Christen als auch Muslime jenen Märschen lauschten, wuchs in ihm wieder die Zuversicht, dass die Menschen sich keinesfalls wünschten, in bürgerkriegsähnliche Zustände verwickelt zu werden, wie dies auf anderen Mittelmeerinseln des Osmanischen Reiches der Fall war, sondern darauf vertrauten, dass auf Minger Staat und Gouverneur das Heft in der Hand behielten.

Der Gouverneur begrüßte Doktor Nuri am Kai und stellte sich vor. Noch wusste er nicht genau, wie er sich der Sultanstochter gegenüber verhalten sollte, ohne bei ihrem Onkel Abdülhamit irgendeinen Verdacht zu wecken; am klügsten war es wohl, das Auftreten ihres Gatten zu beobachten und das eigene darauf abzustimmen.

In der kurzen Zeit, in der Damat Pascha nun mit einem Abkömmling des Herrscherhauses verheiratet war, hatte er bereits gelernt, ausuferndes Zeremoniell und endlose Lobhudelei gleichmütig über sich ergehen zu lassen. Dass sie unmittelbar nach dem Aussteigen aus den Ruderbooten mit dem Abspielen von Märschen empfangen wurden, überraschte ihn nicht weiter, obwohl eine solche Tradition nicht bestand, und er nahm auch ergeben hin, dass Sami Pascha ihm ausführlich zu seiner Hochzeit gratulierte. Schon bald war eine Griechisch, Französisch, Türkisch, Arabisch und Mingerisch sprechende Menge um sie versammelt. Der Gouverneur hatte den gepanzerten Landauer vorbereiten lassen, mit dem auch Bonkowski Pascha und sein Assistent abgeholt worden waren, und ihnen einen Trupp erfahrener Leibwächter zur Seite gestellt. Da die martialisch aussehenden Männer mit ihren mächtigen Schnurrbärten auffällig genug waren, wurde der Landauer bei seiner Abfahrt vom Hafen von den Herren mit Hut und Fes auf den Straßen neugierig beäugt. Mit Ausnahme von Izmir, Saloniki oder Beirut ließ sich selbst in den fortschrittlichsten Städten der osmanischen Provinz beobachten, dass es sich bei Männern mit Hut und Krawatte grundsätzlich um Christen handelte. Doktor Nuri wusste das aus Erfahrung, seine Frau indes begriff es durch ihre rasche Auffassungsgabe. Beide ahnten, dass die Muslime der Insel nicht entlang der Boulevards und in der Umgegend der Hotels wohnten, sondern irgendwo weiter hinten. Doktor Nuri sah schon voraus, wie schlimm es in der Stadt beim Ringen mit der Seuche bald zugehen werde, doch behielt er das einstweilen für sich.

Durch die Fenster des Landauers sahen sie auf die europäisch geprägten Gebäude des Istanbul-Boulevards hinaus, auf die Hotels, die Lokale, die Reisebüros, die stattlichen Geschäfte. Im östlichen Abschnitt der Straße befanden sich Kleider-, Schuh-, Kurzwaren- und Buchläden (eigentlich nur ein Buchladen namens Medit, der einzige der ganzen Insel, in dem es griechische, französische und türkische Bücher gab), daneben Geschäfte, die Geschirr, Stoffe und Möbel aus Izmir oder Saloniki führten. Die bunt gestreiften Markisen der Läden waren ganz aufgespannt. In weitläufigen Gärten mit Palmen, Kiefern, Linden und

Zitronenbäumen prangte eine botanische Vielfalt. Der Duft der malvenfarbigen, roten und violetten Rosen war betörend. Sie verspürten den Zauber der engen, stufigen Gassen, die sich zwischen Felsen hügelauf oder am Fluss entlang bis zu den dunkelsten Stellen der Stadt hinab schlängelten. Beeindruckt sahen sie Moscheen mit einem einzigen Minarett an sich vorbeiziehen, kleine Kirchen, efeubedeckte Häuser mit Steinfundament und hölzernen Erkern, venezianische Bauten mit gotischen Fenstern, byzantinische Gewölbe aus roten Ziegeln. Beim Anblick müßig auf dem Fensterbrett lehnender Alter und friedlich dösender Katzen wurde Pakize Sultan und ihrem Gatten sehr bewusst, dass dies doch eine weit vertrautere Umgebung war als das China, das ihnen vorschwebte. Von der Ruhe in den Straßen, den überschaubaren Dimensionen und der in der Luft liegenden Furcht vor der Seuche ging etwas Märchenhaftes aus.

In aller Eile hatte der Gouverneur das Gästehaus des Regierungsgebäudes für sie herrichten lassen, mit dem sie einstweilen vorliebnehmen sollten. Falls es ihnen dort nicht genehm sei, würde sich etwas anderes finden lassen. Sich in unmittelbarer Nähe des Gouverneurs und damit des Staates zu befinden flößte ihnen gleich Vertrauen ein.

Das zweistöckige Regierungsgebäude war ein imposanter Bau mit Säulen, Bögen, Erkern und einem Balkon. Errichtet worden war es sieben Jahre zuvor, 1894, aus einem Fonds, den Abdülhamit, der damals Bandenbewegungen und armenische Aufstände blutig niederschlug, persönlich bewilligt hatte. Der elegante neoklassische Stil wirkte auf die beim Einkaufen Griechisch parlierenden wohlhabenden Herren ebenso sehr wie auf Müßiggänger, die sich seit der Aufgabe der Steinbrüche die Zeit auf dem Hamidiye-Boulevard oder am Kai vertrieben, oder auf die Bauern, die ab und an in der Hauptstadt zu tun hatten. Wer auf die schmucke, vielfältig verzierte Fassade blickte, auf den für Ansprachen bestens geeigneten Balkon, den mit weißen Säulen und Treppen gestalteten Eingang, der mochte meinen, das zerfallende Osmanische Reich halte sich noch gut, und ferner der Ansicht sein, man habe sich beim Bau ehrliche Mühe gegeben, sowohl muslimisch als auch modern zu wirken. Sami Pascha war zufrieden damit, die Sultanstochter in dem Gebäude untergebracht zu haben, das in einem Flügel auch seine Wohnung und seine Amtszimmer beherbergte.

Die Gästeunterkunft bestand aus zwei ineinander übergehenden Zimmern, in denen es, wie Pakize Sultan sofort bemerkte, nach »Rosenseife und Holz« duftete, und als sie an einem Fenster einen Tisch sah, von dem aus man einen herrlichen Blick auf die Burg, den Hafen und die Gärten der Stadt hatte, fiel ihr wieder ein, was sie ihrer Schwester Hatice versprochen hatte, die ihr am letzten Tag in Istanbul, nach einer Reihe freudiger Ereignisse, einen Packen Umschläge, schickes Briefpapier und eine elegante silberne Schreibgarnitur geschenkt hatte. Zum Abschied hatte sie zu ihrer geliebten kleinen Schwester gesagt: »Ach, Pakize, du gehst so weit fort, nach China, in ein Märchenland, wer weiß, was du dort erlebst! Versprich mir, dass du mir alles schreibst, was du dort siehst und fühlst! Schau, zwei Stoß Papier gebe ich dir, damit du deiner Hatice auch gewiss jeden Tag schreibst!« Pakize Sultan hatte ihr das versprochen, dann waren sie sich weinend in die Arme gefallen.

KAPITEL 11

Zwei Stockwerke unter dem Tisch, an dem Pakize Sultan ihren ersten Brief schrieb, wurde in einem Lagerraum, eingepackt in aus der Küche herbeigeschafftes Eis, der Leichnam Bonkowski Paschas aufbewahrt. Nach dem Mord war er zunächst ins Theodoropulos-Krankenhaus verbracht worden, das allerdings schon voller Pestkranker war, sodass man die Leiche auf einen zweiten Befehl des Gouverneurs hin ins Regierungsgebäude transportiert hatte. Der Gouverneur hatte vor, die Beerdigung Bonkowski Paschas aufwendig zu gestalten, um damit sowohl die Oppositionellen auf der Insel als auch Abdülhamit und die Istanbuler Bürokratie zu beschwichtigen und zugleich die Hintermänner der Tat ein wenig einzuschüchtern.

Sobald Sami Pascha von dem Verbrechen erfahren hatte, war er zum Hrisopolitissa-Platz geeilt. Der Anblick des übel zugerichteten Leichnams mit dem völlig entstellten Gesicht hatte ihm sehr zugesetzt, und kaum zurück im Regierungsgebäude hatte er Verhaftungen angeordnet. In den zwei Tagen, bis Damat Doktor Nuri auf der Insel eintraf, hatte er insgesamt fast zwanzig Personen aus drei verschiedenen Gruppierungen festnehmen lassen.

Bevor die von Istanbul angeordneten Quarantänesitzungen beginnen konnten, wollte der Gouverneur das Thema mit Doktor Nuri und dem Überwachungsbeauftragten Mazhar in seinem Büro erst einmal durchgehen.

»Ich bin der Meinung, dass hinter diesem Verbrechen ein Komplott steckt«, sagte der Gouverneur. »Solange der Mord an Bonkowski Pascha nicht aufgeklärt ist und die Mörder und Anstifter nicht hinter Schloss und Riegel sind, können wir auch dieser Seuche nicht Herr werden.

Seine Hoheit scheint diese Auffassung zu teilen, sonst wären Sie nicht mit diesem Doppelauftrag hierherbeordert worden. Wenn Sie den politischen Aspekt der Sache nicht berücksichtigen, werden Sie von den Konsuln hier ohnehin nicht ernst genommen.«

»Ach wissen Sie, im Hedschas ging es in der Quarantänekommission in jedem zweiten Fall um Politisches.«

»Freut mich sehr, dass Sie das auch so sehen. Auch hinter Angelegenheiten, die auf den ersten Blick völlig unpolitisch wirken, können üble Machenschaften stecken. Gestatten Sie mir, dass ich von einer größeren Sache berichte, mit der ich es vor fünf Jahren gleich bei meinem Antritt als Gouverneur zu tun bekam. Damals war es so, dass die aus Ruderern und Lastenträgern bestehenden Mannschaften, die Schiffsreisende im Hafen empfingen, jeweils einer ausländischen Reederei unterstanden. Der Lloyd zum Beispiel arbeitete nur mit dem Bootsführer Aleko und seinen Leuten, während Pantaleon alles von Kozma Efendi erledigen ließ. Die größte Firma, Thomas Cook, und ihr Vertreter hier aus der alteingesessenen Familie Theodoropulos wiederum hatten Istepan Efendi und seine Mannschaft unter Vertrag.

Jeder der reichen Griechen, der als Vertreter einer Reederei auftrat, war zugleich Vizekonsul eines ausländischen Staates. Der für die Messageries Maritimes zuständige Zyperngrieche Andon Hampuri war französischer Konsul und ist es auch heute noch. Der Kreta-Grieche Franguli arbeitet für den Lloyd und ist Konsul Österreich-Ungarns und Deutschlands, und der für die Firma Fraissinet tätige Monsieur Takela ist italienischer Vizekonsul. Allesamt spucken sie große Töne, wollen mit Herr Konsul angeredet werden, und den muslimischen Bootsführer Seyit nannten sie einen groben, ungebildeten Kerl und wollten ihm und seinen Leuten unter allerlei Vorwänden keine Arbeit geben. Dabei muss das Entladen sämtlicher in den Hafen einlaufender Schiffe, ob sie nun unter osmanischer Flagge fahren oder nicht, unter allen Ruderern und Lastenträgern gleichmäßig verteilt werden. Den Muslimen unter ihnen wurde aber so wenig Arbeit gelassen, dass manche sogar ihre Boote verkaufen mussten. Als ich die Interessen dieser Leute zu wahren suchte, wurden an den Palast und Seine Hoheit Beschwerdeschreiben gegen mich gerichtet. In den Zeitungen hieß es, wenn der Staat eine bestimmte Volksgruppe bevorzuge, leiste dies dem Zerfall des Reiches Vorschub. Sind Sie etwa auch dieser Ansicht?«

»Nun, in gewisser Hinsicht schon. Es ist alles eine Frage des Augenmaßes.«

»Die Konsuln bevorzugen aber systematisch die Christen. Und ist es nicht vielsagend, dass Seine Hoheit sich um die Denunziationen gegen mich nicht gekümmert und mich auf diesem Posten behalten hat, obwohl Gouverneure doch andauernd versetzt werden? Der Sultan hat mich darin bestärkt, auf das Gerede der Konsuln nichts zu geben, und der Mord an Bonkowski Pascha ist eine Reaktion sowohl darauf als auch auf die unselige Sache mit dem Pilgerschiff.

Meiner Ansicht nach stecken hinter dem Mord der Stiefbruder von Scheich Hamdullah, Ramiz, und sein albanischer Handlanger Memo, der griechische Dörfer überfällt. Die beiden tun alles, um die christlichen Ärzte als Feinde darzustellen und zwischen Christen und Muslimen Zwietracht zu säen. Dass es im Fall solcher Auseinandersetzungen den Muslimen eher schlechter ergehen würde, kommt den Kerlen nicht in den Sinn. Bald wird sich herausstellen, wer den Mord in Auftrag gegeben und wer ihn ausgeführt hat und was in diesen wirren Köpfen vorgeht. Mazhar Efendi wird sie in den Kerkerzellen schon zum Sprechen bringen, dann werden sie ihre Hintermänner preisgeben.«

»Aber für Sie stehen ja die Schuldigen schon jetzt fest!«

»Seine Hoheit verlangt sofortige Ergebnisse. Wenn die Verantwortlichen für diese Schandtat nicht augenblicklich bestraft würden, könne das als Schwäche des Staates ausgelegt werden, und eine erfolgreiche Quarantäne würde dadurch verunmöglicht.«

»Aber es darf doch nur verhaftet und verurteilt werden, wer das Verbrechen tatsächlich begangen oder geplant hat!«

»Ich schlussfolgere, dass die griechischen Nationalisten mit der Sache nichts zu tun haben«, erwiderte der Gouverneur, »denn sie wollen ja nicht, dass die Griechen auf der Insel an der Pest sterben. Also möchten sie, dass Bonkowski Pascha bei der Bekämpfung der Seuche Erfolg hat, und kämen gar nicht auf den Gedanken, ihn ermorden zu wollen. Sie sind ein ausgezeichneter junger Arzt, der das Vertrauen Seiner Hoheit gewonnen hat. Lassen Sie mich im Interesse unseres Staates ganz offen reden. Der Sultan hat zunächst einen christlichen Chemiker geschickt. Der ist ermordet worden, was mir für immer auf dem Gewissen lasten wird. Daraufhin sind Sie uns geschickt worden, ein muslimischer Arzt, und ich werde alles daransetzen, Sie zu beschützen. Sie müssen aber auf mich hören.«

»Ich bin ganz Ohr.«

»Es sind ja nicht nur die Konsuln allein! Falls Sie etwa morgen bei der Beerdigung von einem Journalisten angesprochen werden, egal, ob Grieche oder Muslim, dann lassen Sie sich ja nicht auf ein Gespräch ein. Die auf Griechisch erscheinenden Zeitungen agieren samt und sonders auf Anordnung des griechischen Konsulats. Griechenlands Endziel besteht darin, auf einen Aufruhr hin die Intervention ausländischer Mächte zu erwirken und die Insel zu annektieren oder sie zumindest wie Kreta dem Verbund des Osmanischen Reiches zu entreißen. Dazu schrecken die auch vor erfundenen Nachrichten nicht zurück. Wenn ich sie dann wegen Falschmeldungen und Beleidigungen zur Rechenschaft ziehe, werden an die Botschaften in Istanbul und an die Hohe Pforte sofort Protesttelegramme geschickt. Der Palast hält sie erst ein wenig hin, dann bekomme ich ein chiffriertes Telegramm, in dem es heißt, ich solle den betreffenden Journalisten wieder freilassen. Wenn etwas später eine von mir verbotene Zeitung von denselben Leuten unter einem anderen Namen wieder aufmacht, drücke ich ein Auge zu.

So unbarmherzig wie in Saloniki, Izmir oder Istanbul geht es bei uns nicht zu. Wenn ich solche Journalisten irgendwo treffe, gehe ich ganz freundschaftlich mit ihnen um. Sowieso haben wir in jeder Zeitung, auch in den türkischen, unsere Spitzel. Falls einer der Konsuln Ihnen gegenüber behauptet, die Orthodoxen seien auf der Insel in der Mehrheit, dann widersprechen Sie ihm aber! Das Zahlenverhältnis zwischen Christen und Muslimen ist hier sehr ausgewogen. Darum hat auch der

Großvater Ihrer Gattin, Sultan Abdülmecit, er möge in Frieden ruhen, unsere Insel, damals noch ein bescheidener Sandschak der Provinz Cezayir, kurz nach dem Edikt der Tanzimat-Reformen zu einer eigenständigen Provinz erhoben. Während auf den anderen Inseln das Verhältnis zwischen Muslimen und Christen eins zu zehn betrug, war es hier auf der Insel schon fast ausgeglichen. Dazu trug natürlich bei, dass unsere Vorfahren diverse aufständische Stämme und widerspenstige Sekten per Schiff hierher verfrachten ließen, wo sie dann in die nördlichen Bergtäler verbannt wurden. Von diesen zwei Jahrhunderte lang währenden Zwangsansiedlungen ist unsere Insel bis heute geprägt. Als die Briten und Franzosen verlangten, auf diesen Brauch solle verzichtet werden, änderte der Sultan 1852 plötzlich den Status der Insel und verblüffte sie damit. Die hiesige Bevölkerung ist natürlich erfreut darüber, dass wir trotz unserer geringen Größe als selbstständige Provinz gelten dürfen. Es leben hier etwas mehr Orthodoxe als Muslime, aber das ist nicht weiter von Bedeutung. Die Orthodoxen und die Katholiken stammen nämlich von hier ab und sprachen vor der byzantinischen Besetzung zu Hause Mingerisch, und viele tun das bis heute. Das Glück der Insel ist, dass so viele Familien zu Hause und auf der Straße noch Mingerisch sprechen und somit – wie der Archäologe Selim Sahir Bey das einmal ausdrückte, als er zu Ausgrabungen auf der Insel war – die Nachfahren eines vor Tausenden von Jahren aus ihrer ursprünglichen Heimat im Norden des heutigen Aral-Sees hierher gezogenen Stammes sind. Dass diese Orthodoxen für griechische Annäherungsversuche anfällig sind, glaube ich kaum. Viel mehr Sorgen bereiten mir die Familien, die sich seit byzantinischen Zeiten ihre griechische Identität bewahrt haben und zu Hause auch Griechisch sprechen, und daneben auch die heutigen Zuwanderer aus Griechenland und insbesondere Athen. Die sind nämlich ein und desselben Geistes. Es gibt auch aus Kreta oder direkt aus Griechenland stammende Banden, die sich durch die kürzlichen Erfolge auf Kreta ermutigt fühlen. Die haben sich in den griechischen Dörfern im Norden der Insel eingenistet und verlangen, dass Steuern an sie gezahlt werden und nicht mehr an die osmanischen Beamten. Sie zetteln allerlei Aufruhr an. Morgen bei der Beerdigung werde ich Ihnen diese Leute zeigen.«

»Halten Sie es denn für richtig, dass Sie auch Doktor Ilias in den Kerker geworfen haben, der doch mindestens ebenso geschätzt wird wie Bonkowski Pascha?«

»Ihn haben wir ebenso festgenommen wie den Apotheker Nikiforo Bey. Ich bin fest davon überzeugt, dass die beiden unschuldig sind, doch Nikiforo hatte sich am Vorabend des Verbrechens lange mit Bonkowski Pascha unterhalten, das allein war schon Grund genug, um ihn zu verhaften.«

»Wenn Sie sich die Griechen abspenstig machen, wird es schon bei der Verkündung der Quarantäne Probleme geben.«

»Als Bonkowski Pascha aus dem Postamt plötzlich verschwand, blieb Doktor Ilias laut Zeugenaussagen dort zurück, also kann er nicht schuldig sein. Er ist aber so erschrocken, dass er sich sofort nach Istanbul davonmacht, falls ich ihn freilasse. Dabei ist er selbst ein hochwichtiger Zeuge, er darf den Mördern nicht in die Hände fallen, sonst wird er umgebracht. Schon jetzt droht man ihm, er solle nur ja nicht aussagen.«

»Wer droht ihm?«

Der Gouverneur warf dem Überwachungsbeauftragten einen vielsagenden Blick zu. Dann erklärte er, da die Konsuln sich Zeit ließen, könne die erste Sitzung der Quarantänekommission erst am folgenden Tag einberufen werden. »Ein Untertan des Sultans darf nicht Konsul eines anderen Staates werden, also sind sie allesamt nur Vizekonsuln, doch wenn ich sie so nenne, sind sie beleidigt. Dieses freche, dumme Händlerpack hat das Gerede von einer Seuche nur so aufgebauscht, um mir damit zu schaden.«

Das neue Krankenhaus, das im Vorjahr zum Thronjubiläum fertig sein sollte, hatte der Gouverneur denn auch eigenmächtig eröffnet, obwohl es dort noch an jeglicher Ausstattung mangelte. Nun sagte er beiläufig, Nikiforo und Doktor Ilias würden am folgenden Morgen freigelassen. Doktor Nuri könne mit seinem Kollegen dann nach Gutdünken auf Krankenbesuch gehen.

KAPITEL 12

Pakize Sultan schätzte als eine der Ersten die Gefahr richtig ein, die einem während einer Epidemie auf den Straßen drohte. Sie verließ das Regierungsgebäude nicht und schärfte dem Major ein, er solle ihrem Gatten draußen nicht von der Seite weichen. Beim Bericht darüber, wie der Major auf seiner Insel – um es mit Hegel zu sagen – die »Geschichtsbühne« betrat, halten wir uns teilweise daran, wie dies in den Schulbüchern von Minger festgehalten ist, jedoch mit einigen Korrekturen.

Wenn man sein Alter in Betracht zieht, hatte es der 1870 geborene Major in seiner Militärkarriere leider nicht weit gebracht. Als Erstes hatte er die Militärmittelschule besucht, deren rosafarbene Dachziegel vom Hafen aus zu sehen waren. Von vierundfünfzig Schülern hatte er sie als Jahrgangsdritter verlassen und war auf die Militäroberschule in Izmir gewechselt. Als er in den Sommerferien einmal auf die Insel fuhr, musste er erfahren, dass sein Vater inzwischen gestorben war. (Diesmal hatte er wie bei jedem Besuch seither gleich am ersten Tag das Grab seines Vaters aufgesucht.) Zwei Jahre darauf wurde er damit konfrontiert, dass seine Mutter wieder geheiratet hatte, und da er den dicken, oberflächlichen Hazım Bey nicht ausstehen konnte, blieb er zwei Jahre lang auch den Sommer über in Istanbul; dann verstarb Hazım Bey, und seine Mutter nahm ihm das heilige Versprechen ab, von nun ab wieder jeden Sommer auf die Insel zu kommen. Bis zum Türkisch-Griechischen Krieg vor vier Jahren, bei dem er eine Tapferkeitsmedaille verliehen bekam, hatte er keine militärischen Meriten erworben. Als seine Mutter in jenem Sommer schon auf ihn zu warten begann, tauchte er plötzlich durch die Hintertür in der Küche auf. Erst erschrak sie, dann sah sie seine Medaille und weinte los.

Mit Ausnahme der Stunden, die er mit Doktor Nuri im Regierungsgebäude saß, verbrachte Major Kâmil fast die ganze Zeit auf den Straßen seiner Kindheit und zu Hause bei seiner Mutter. Die präsentierte ihm gleich am Tag seiner Ankunft eine Kurzfassung all des Klatsches, der das vergangene Jahr über auf der Insel umgegangen war, und sie erzählte ihm, wer wen geheiratet hatte und warum. Dabei flocht sie auch die Frage ein, ob ihr Sohn denn zu heiraten gedenke.

»Durchaus!«, erwiderte der. »Aber ist da auch ein Mädchen, das zu mir passt?«

»Und ob! Aber natürlich muss auch sie dich sehen wollen.«

»Natürlich! Wer ist es denn?«

»Du bist wohl sehr einsam, Junge?«, sagte die Mutter, ganz gerührt davon, wie ernst es ihm zu sein schien, und sie setzte sich neben ihn und küsste ihn.

Hätte man ihm dieselbe Frage zehn Jahre zuvor gestellt, hätte er im Brustton der Überzeugung gesagt, er sei gegen arrangierte Ehen. Nach seinem Studium auf der Kriegsschule in Istanbul war er gleich vielen seiner Offizierskameraden idealistisch veranlagt und daher dagegen gewesen, dass Frauen ihr Gesicht so streng verhüllten wie die Araberinnen. Es war ihm ein Gräuel, wenn irgendwelche Geldsäcke sich vier Frauen hielten oder junge Mädchen an Greise verheiratet wurden. Wie viele junge Offiziere war er der Ansicht, nach jahrhundertelangen Eroberungen sei das Osmanische Reich nur deshalb gegenüber Europa so ins Hintertreffen geraten, weil es sich nicht von gewissen verhängnisvollen Traditionen befreien könne. Dass er überhaupt so fortschrittlich dachte, lag auch daran, dass er aus Minger war, aus dem Mittelmeerraum mit seinem starken griechisch-orthodoxen Einfluss. Auf der Kriegsschule hatte er auch die Pamphlete gelesen, in denen revolutionäre Studenten über den Sultan herzogen. Eine von Hand zu Hand gehende Napoleon-Biografie hatte er innerhalb einer Nacht verschlungen. Er hatte begriffen, was die Helden der Französischen Revolution mit ihrem Ruf »liberté, égalité, fraternité« meinten, und manchmal musste er ihnen von Herzen recht geben.

Andererseits hatte es in den Provinznestern, in die er versetzt wurde, auch so manche elende Nacht voller Einsamkeit und Alkohol gegeben, in der er aus quälender Sehnsucht nach einer Frau einige seiner hehren Ideale vergessen hatte. Gleich vielen Offizieren begann auch er aufzuhorchen, wenn es hieß, da sei doch eine Witwe, die zu ihm passe.

So war er mit dreiundzwanzig Jahren in Mossul auf solch einen Rat hin mit einer zwölf Jahre älteren, des Türkischen kaum mächtigen arabischen Witwe die Ehe eingegangen, ohne dies allerdings seine Mutter wissen zu lassen. Es war die Art von Ehe, von der man sich beim Verlassen der Stadt durch das Aussprechen einer schlichten Formel ganz offiziell wieder lossagen konnte, und Kâmils Frau hatte genug Erfahrung, um das auch zu wissen. Als der Major nach Istanbul versetzt wurde, ließ er sich von seiner arabischen Schönheit ohne Gewissensbisse scheiden. In den folgenden Jahren jedoch sollte er sich oft nach seiner Aysche zurücksehnen, nach ihren riesigen Augen, ihrem sanften, neugierigen Blick, dem herrlich festen Körper.

Wenn in jenen Jahren ledige, einsame Beamten oder Soldaten in einem Provinzstädtchen neu ankamen, galt ihr Augenmerk sogleich der Frage, wo passende Frauen zu finden waren, bei denen man sich weder Tripper noch Syphilis holte, und für den Fall, dass man sich doch ansteckte, tat man gut daran, sich rechtzeitig mit einem guten Arzt anzufreunden. Die Offiziere und höheren Beamten, deren einziges Ziel es meist war, so rasch wie möglich nach Istanbul zurückzukehren, fanden in der Provinz immer gleich zusammen. Überhaupt bildete die osmanische Bürokratie ein von Stadt zu Stadt ziehendes Völkchen für sich, und eine vorübergehend geschlossene Ehe galt als Lösung für die Einsamkeit, die sich daraus ergab. Nicht nur in Bezug auf Frauen empfand der Major diese Einsamkeit, sondern auch, wenn er – oft genug – miterleben musste, wie es in den Weiten des Osmanischen Reiches zu Versagen, Zerrüttung und Gräueln kam. Leute wie er sollten das Staatsschiff durch allerlei Fährnisse lenken, doch das Schiff war im Begriff zu sinken, und das zu verhindern, war schier unmöglich. Sollte es tatsächlich untergehen, würden sie die ersten Leidtragenden sein. So wie die meisten Beamten und Soldaten schon keinen Blick mehr auf die große osmanische Karte warfen, wollten viele sich auch gar nicht vorstellen, wie es mit dem Osmanischen Reich weitergehen sollte.

Sich als Soldat ein kleines persönliches Glück zu verschaffen, war natürlich ein Behelf, doch auf seinem Weg von Kontinent zu Kontinent, von Ost nach West, von Krieg zu Krieg war der Major kaum auf einen Offizier gestoßen, der durch eine Ehe wirklich glücklich geworden wäre. Manchmal hätte er sich aber auch nur gewünscht, mit einer Ehefrau zwar vielleicht nicht glücklich zu werden, in ihr doch aber eine Gefährtin zu finden, mit der er sein Leben teilen, mit der er schlafen und manchmal einfach zwanglos plaudern könne, so wie seine Eltern das miteinander getan hatten.

Lang saß er neben seiner Mutter schweigend auf dem Sofa. Draußen im Garten flatterten lärmend Krähen auf (er kannte das aus seiner Kindheit). Nachdem der Major noch einmal versichert hatte, wie ernst es ihm sei, verkündete ihm seine Mutter, das für ihn ausersehene Mädchen heiße Zeynep und sei die Tochter des vor vierzehn Tagen verstorbenen Kerkerwächters.

Da die Mutter ihm jedes junge Mädchen immer als »wunderschön« anpries, gab der Major nicht viel darauf, dass sie auch diese Heiratskandidatin nicht genug loben konnte. Als aber dann bei jedem seiner Besuche die Mutter wieder etwas Neues von Zeynep zu berichten wusste, begann er sich allmählich für das Mädchen zu interessieren.

Erst lauschte er jeweils seiner Mutter, dann vertiefte er sich wieder in das alte Buch *Die Französische Revolution und die Freiheit* von Mizancı Murat, das in Genf auf Türkisch gedruckt und heimlich nach Istanbul geliefert worden war. Er ließ das Buch immer auf der Insel, denn damit erwischt zu werden, hätte bedeuten können, dass sein Leben für immer verpfuscht war, und so teilte er auch mit niemandem die Gedanken, die er darin fand.

KAPITEL 13

Als Doktor Nuri im gepanzerten Landauer durch enge Gassen zur Quarantänedirektion fuhr, kam er sich vor wie an einem ganz gewöhnlichen Tag in der Provinz und nicht wie kurz nach dem Ausbruch einer Pestepidemie. Auf einer zum Meer hinunterführenden Steilstraße hörte er über die niedrigen Gartenmauern hinweg die Vögel zwitschern, sog den Duft von Lorbeer und Anis ein und staunte über die mächtigen Schatten riesiger Bäume, wie er sie in keiner anderen osmanischen Stadt je gesehen hatte.

Doktor Nuri gehörte seit über zehn Jahren der Osmanischen Quarantäneorganisation an und war in dieser Zeit zur Bekämpfung von Seuchen eiligst in zahlreiche Provinzen und Städte gesandt worden, zwischen denen man oft wochenlang unterwegs war. Den Ausbruch einer Seuche nach Istanbul zu vermelden, war eigentlich Aufgabe der örtlichen Quarantäneorganisation, doch meist übernahmen diese notwendige Pflicht nicht die zuständigen Beamten, sondern vielmehr griechische Ärzte, die in ihren Privatpraxen oder in Apotheken und kleinen Krankenhäusern auf entsprechende Patienten stießen. Die Angehörigen der Quarantäneeinrichtungen waren nämlich Staatsbeamte und als solche wenig geneigt, die Verantwortung für eine Nachricht zu übernehmen, die in Istanbul erfahrungsgemäß auf wenig Gegenliebe stoßen würde.

Doktor Nikos hingegen, der Leiter der Quarantäneorganisation von Minger, hatte die notwendige Eile an den Tag gelegt und die Seuche als Erster gemeldet. Der Gouverneur zeigte daran zunächst kaum Interesse, sodass Doktor Nikos so inständig nach Istanbul telegrafierte, bis schließlich Bonkowski Pascha auf die Insel geschickt wurde. Als der

Gouverneur von diesen Telegrammen erfuhr, behauptete er, der Quarantänedirektor, dem er ohnehin misstraute, da er aus Kreta war, sei ein griechischer Nationalist und kehre auch den jährlich auf der Insel grassierenden Sommerdurchfall stets völlig übertrieben als Misserfolg osmanischen Regierens heraus.

Als Doktor Nuri eintraf, öffnete ihm Doktor Nikos sogleich den Kutschenschlag. Doktor Nuri erkannte den leicht buckligen Mann mit dem Ziegenbärtchen sofort wieder. »Wir hatten uns doch in Sinop kennengelernt, vor neun Jahren, als die Garnison dort alle Mann hoch verlaust war«, sagte er lächelnd. »Und vor sieben Jahren, bei der Cholera in Üsküdar, da waren Sie auch dabei.«

Der Quarantänedirektor bereitete Doktor Nuri einen überschwänglichen Empfang. Sie betraten das Gebäude und nahmen in einem weiß getünchten Kuppelraum Platz. »Ich habe zuvor in Saloniki und später auf Kreta als Arzt und Quarantänedirektor gearbeitet und stamme nicht von hier. Ich spreche auch kein Mingerisch, ich habe es nicht geschafft, das zu lernen, aber trotzdem mag ich die Insel sehr«, sagte Doktor Nikos.

Das Gesundheitsamt von Minger war in einem über vierhundert Jahre alten gotischen Steingebäude aus venezianischen Zeiten untergebracht. Es war ein Ausläufer des für den Dogen von Venedig erbauten Schlosses. Im 17. und 18. Jahrhundert war es von den Osmanen als primitives Lazarett verwendet worden.

»Wie haben Sie denn versucht, Mingerisch zu lernen?«

»Ach, eigentlich überhaupt nicht. Ich habe keinen Lehrer gefunden. Wer für die Sprache Interesse zeigt, wird vom Überwachungsbeauftragten sofort als Nationalist eingestuft. Es ist eine alte, sehr ursprünglich gebliebene Sprache, die sich schwer erlernen lässt.«

Sie schwiegen eine Weile. Doktor Nuri sah sich in dem Raum um und war beeindruckt, wie akribisch die Akten aufgeräumt waren. So ein ordentliches Gesundheitsamt habe er noch nie gesehen, sagte er.

Als Antwort darauf zeigte Doktor Nikos seinem Kollegen den kleinen botanischen Garten, den sein Vorgänger aus Edirne zum Zeitvertreib im Hinterhof des historischen Gebäudes angelegt hatte. In einer seuchen- und sorgenfreien Zeit habe der Mann zusammen mit seinem Hausmeister in Töpfchen kleine Palmen, Feigen- und Tamarindenbäume, Mimosensetzlinge sowie Hyazinthen- und Amaryllis-Zwiebeln gepflanzt, und lächelnd zeigte Doktor Nikos den Schnabeleimer vor, mit dem die Pflanzen gegossen worden seien. Dann holte er ein paar sorgfältig geführte Akten hervor. Da in den letzten beiden Jahren nicht viel zu tun gewesen war, hatte er mit der Gründlichkeit eines osmanischen Bürokraten einst aus Minger nach Istanbul gesandte Briefe und Telegramme nach Themen geordnet. Doktor Nuri hatte in so mancher Provinz beobachten müssen, dass die Gesundheitsbehörden chronisch unterfinanziert und in erbärmlichem Zustand waren, und mit umso größerer Bewunderung für den Eifer und die Akribie jenes Mannes las er daher in den zum Teil auf Französisch verfassten Texten, die über dreißig Jahre hinweg über ungeklärte Todesfälle, Tierkrankheiten und -epidemien und über den allgemeinen Gesundheitszustand in Arkaz und Umgebung informierten, und er kam sich dabei vor, als führte er sich beliebige Vierzeiler aus einer längeren Verserzählung zu Gemüte.

Zu den frühesten Quarantänemaßnahmen war es siebzig Jahre zuvor gekommen, als Istanbul 1831 von der ersten größten Choleraepidemie erschüttert wurde. Dass damals Frauen ärztlich untersucht und Tote mit Kalk begraben wurden, befremdete viele Muslime, was zu allerlei Gerüchten und Auseinandersetzungen, ja zu Aufruhr führte. 1838 ließ der reformfreudige Sultan Mahmut II. vom obersten Religionshüter eine Fatwa herausbringen, laut der Quarantänemaßnahmen mit dem Islam zu vereinbaren seien. Die Fatwa wurden zusammen mit einem Artikel über erfolgreiche Seuchenbekämpfung im staatlichen Organ *Takvim-i Vakayi* veröffentlicht, und aus Europa wurden Ärzte ins Land gerufen. Der Sultan ließ ferner eine Kommission gründen, in der die westlichen Botschafter sich zu seinen Reformen äußern sollten. Aus der Kommission, der auch hohe Beamten und christliche Ärzte angehörten, ging der erste Quarantäneausschuss und somit praktisch ein Gesundheitsministerium hervor. Unter Federführung der Kommission wurden in allen Provinzen und insbesondere in Häfen Ableger davon geschaffen, sodass im Laufe von siebzig Jahren allmählich eine Quarantäneorganisation entstand.

Doktor Nuri begriff sofort, dass er in Doktor Nikos ein distinguiertes Mitglied dieser Organisation vor sich hatte. Ohne Umschweife fragte er: »Was meinen Sie, wer ihn umgebracht hat?«

»Bestimmt jemand, der die Geschichte von Doktor Jean-Pierre kennt«, erwiderte Doktor Nikos bedächtig. Offensichtlich hatte er sich diese Antwort schon länger zurechtgelegt. »Der Mörder wollte, dass es heißt, Bonkowski Pascha sei von primitiven muslimischen Quarantänegegnern getötet worden.«

Die tragische Geschichte von Doktor Jean-Pierre war allen christlichen, jüdischen und muslimischen Ärzten des Quarantänewesens ein Begriff. Seit einem halben Jahrhundert wurde sie als abschreckendes Beispiel dafür erzählt, wie christliche oder jüdische Ärzte sich in muslimischen Vierteln auf keinen Fall verhalten sollten. In Amasya war 1842 die Pest ausgebrochen, und der junge Sultan Abdülmecit hatte aus Paris einen berühmten Arzt kommen lassen, der in Amasya die von Mahmut II., dem Vater des Sultans, im Osmanischen Reich bereits eingeführten modernen Quarantänemaßnahmen umsetzen sollte. Doktor Jean-Pierre war ein eifriger Leser von Voltaire und Diderot und hinterfragte die Religion. Gegenüber den muslimischen Sekretären, die ihn begleiteten, führte er aus, wenn man alle Vorurteile beiseitelasse und logisch denke, müsse man eigentlich zu dem Schluss kommen, dass alle Menschen gleich seien und ähnlich fühlten und glaubten, und es kümmerte ihn nicht, dass er wegen dieser Worte ausgelacht wurde. Als der Gouverneur und seine Beamtenschaft Quarantänemaßnahmen ergreifen wollten und die Leute daraufhin muslimische Ärzte verlangten, war Doktor Jean-Pierre darüber zwar nicht verwundert, ließ sich aber auch nicht abschrecken. »In Wissenschaft und Medizin gibt es kein christlich oder muslimisch mehr!«, hielt er den Menschen entgegen und bestand darauf, auch erkrankte Frauen zu untersuchen.

Die Wohlhabenden und die Christen hatten die Stadt schon verlassen, Läden und Bäckereien waren geschlossen, und die verbliebenen hungrigen und wütenden Muslime machten dem Arzt ihre Häuser nicht auf und ließen ihn nicht zu ihren Kranken vor. Als die Pest sich immer mehr verbreitete, wusste Doktor Jean-Pierre sich nicht mehr anders zu helfen, und mithilfe des Militärs ließ er die Häuser aufbrechen, trennte Mütter von ihren Kindern, stellte vor pestverdächtigen Häusern Wachen auf, ließ die Toten grob mit Kalk überschütten und jeden verhaften, der sich den Maßnahmen widersetzte. Wenn die Muslime sich beschwerten, fertigte er sie damit ab, dass alles mit Zustimmung und sogar auf Befehl Sultan Abdülmecits geschehe. Als Doktor Jean-Pierre eines regnerischen Abends zu Fuß in einem Randviertel der Stadt unterwegs war, »verschwand« er ganz einfach.

Jeder Quarantänearzt wusste sehr genau, dass Doktor Jean-Pierre damals ermordet worden war, doch wenn sie sich die Geschichte erzählten, lächelten sie einander gequält an, als könne der idealistische Arzt jederzeit um die nächste Ecke kommen.

»Im Osmanischen Reich kann seither kein christlicher Arzt mehr in ein muslimisches Viertel gehen, ohne einen Revolver bei sich zu tragen«, sagte Doktor Nikos.

»Gibt es auf der Insel denn muslimische Ärzte?«, fragte Doktor Nuri.

»Zwei gab es. Der eine ist vor zwei Jahren nach Istanbul zurück, weil er sich sagte, das Hamidiye-Krankenhaus werde wohl nie fertig. Wenn man ihm auf der Insel eine Frau gefunden hätte, wäre er bestimmt geblieben. Und der andere, Ferit Bey, müsste noch im Hamidiye-Krankenhaus tätig sein.«

Gleich vielen im letzten Jahrhundert im Osmanischen Reich zur Lösung eines Problems mit viel gutem Willen und europäischen Ideen gegründeten, aber letztlich nicht viel bewirkenden Institutionen war auch die Quarantäneorganisation mittlerweile selbst zum Teil des Problems geworden. In jeder Provinz wurden zur Verwaltung der Organisation zahlreiche Beamte, Sekretäre, Bürodiener und Wächter eingestellt, die aber schon bald darauf, genauso wie die Ärzte, ihr Gehalt nicht mehr regelmäßig bezogen, sodass etwa die Ärzte, um über die Runden zu kommen, in Apotheken Patienten behandelten oder sich anderweitig Arbeit suchten.

Im Osmanischen Reich waren 1901 ganze 273 niedergelassene und angestellte Ärzte tätig, die meisten davon orthodoxe Griechen. Insbesondere in muslimischen Gegenden herrschte eklatanter Mangel, und die wenigen vorhandenen Ärzte hatten wenig Lust, sich mit der Seuchenbekämpfung zu beschäftigen, die Opferbereitschaft, Mut, ja Heldentum erforderte. Vor allen Dingen fehlte es schmerzlich an erfahrenen muslimischen Ärzten, deren Aufgabe es gewesen wäre, fromme, vorurteilsbehaftete Menschen davon zu überzeugen, sie sollten auch ihre Frauen und Töchter untersuchen lassen und ihre Toten beim Bestatten mit Kalk überschütten. Wer in die mittlerweile fünfundsechzig Jahre alte Quarantäneorganisation neu eingegliedert wurde, begriff rasch, was man höheren Orts von ihm verlangte, nämlich nicht so sehr, eine Choleraepidemie zu stoppen, sondern vor allem die Gerüchte über eine solche. Wegen des außenpolitischen Rufes, den es zu wahren galt, war denn anfangs die Organisation auch direkt dem Außenministerium unterstellt gewesen.

»Minger hat drei große Choleraepidemien erlebt«, sagte Doktor Nikos, als wollte er das Thema wechseln. »1838, 1867 und in geringerem Maße im Sommer 1886. Da die Insel seither an den Handelsströmen weniger teilhat, sind wir in den letzten zehn Jahren verschont geblieben, aber Istanbul hat uns daraufhin auch vergessen. Wir können an die Gesundheitsbehörden schreiben, sooft wir wollen, aber sie schicken uns nicht, was wir brauchen. Neulich wurde uns telegrafiert, ein auf die Insel versetzter junger muslimischer Arzt sei schon zu uns unterwegs, da liefen wir voller Freude zum Kai hinunter, doch dem Schiff der Messageries entstieg niemand. Entweder der junge Arzt hatte gekündigt, oder er verfügte über Beziehungen im Palast, die seine Versetzung rückgängig gemacht hatten.«

»Sie haben schon recht«, erwiderte Doktor Nuri. »Aber schauen Sie doch, einen muslimischen Arzt hat der Sultan Ihnen jetzt doch geschickt, und der hat tatsächlich das Schiff auch verlassen.«

»Ach, Sie werden es nicht glauben, aber wir haben nicht mal genug Geld, um uns den nötigen Kalk zu kaufen. Entweder muss ich den Gouverneur oder den Garnisonskommandanten darum anbetteln, oder die Quarantänesteuer muss erhöht werden, damit wir uns das Erforderliche endlich aus eigenen Mitteln besorgen können.«

Gemäß internationalen Vereinbarungen durften Quarantäneorganisationen von Schiffen und ihren Passagieren eine Steuer erheben. Sinn und Zweck der damit finanzierten »Quarantäne« war es, Infizierte zu isolieren, um Ansteckungen zu verhindern. Im Verlauf der Erkenntnisse, die über Jahrhunderte hinweg in Europa und im Mittelmeerraum mit diversen Epidemien gewonnen wurden, setzte man die Quarantänezeit von vier auf zwei Wochen herunter, und je nach Seuche und Ort des Ausbruchs sogar auf noch kürzere Zeitspannen. Seit der Entdeckung der Keime durch Louis Pasteur vierzig Jahre zuvor wurden die Quarantänemaßnahmen noch weiter differenziert. Immer wieder änderten sich die Kriterien, laut denen ein Hafen als »sauber« oder als infiziert gelten durfte, wie mit Passagieren und Fracht umzugehen war, welches Schiff die gelbe Quarantäneflagge aufzuziehen hatte, wie viele Quarantänetage eingehalten werden mussten und in welcher Höhe Steuern erhoben wurden.

Bei all dem detaillierten Regelwerk verfügten die Quarantäneärzte, die die Schiffe inspizierten, doch über einen gewissen Ermessensspielraum. Wenn ein Arzt wie Doktor Nikos ein unter der Flagge des Deutschen Reiches fahrendes Schiff des Lloyd bestieg und gegen Zahlung einer bestimmten Summe einen dort angetroffenen Fieberkranken geflissentlich übersah, konnte er durch die fünf bis acht eingesparten Tage einen Händler vor dem Konkurs bewahren, während man umgekehrt auf den leisesten Verdacht, nicht nur die Besatzung, sondern auch die ganze Fracht eines Schiffes sei infiziert, einen entsprechenden Bericht schreiben und damit mehrere Geschäftsleute zugleich in den Ruin treiben konnte.

Auch konnte ein Mekka-Pilger jahrelang gespart und gar sein Haus verkauft haben, um die beschwerliche zweimonatige Reise anzutreten, nur um dann auf das Zeichen eines Arztes hin von seinen Kameraden getrennt und trotz allen Flehens, Wütens und Drohens vom Schiff genommen, in ein Quarantänelager gesteckt und damit um seine Pilgerschaft gebracht zu werden. Damat Doktor Nuri wusste nur zu gut, dass in abgelegenen Küstenstädten darbende Quarantänedirektoren diese Macht immer wieder nutzten, um sich für erlittene Unbill schadlos zu halten und reichen Schnöseln mal einen Schrecken einzujagen oder allzu rasch zu Wohlstand gelangte Geschäftsleute zu bestrafen. Zugleich war diese Macht schlicht und einfach ihre Einkommensquelle.

Statt die naheliegende Frage zu stellen, wann Doktor Nikos denn sein letztes Gehalt bekommen habe, schlug Doktor Nuri den eher herablassenden Ton an, mit dem Gouverneure den Klagen von Beamten und Ärzten über mangelnde staatliche Unterstützung zu entgegnen pflegten.

»Wenn wir im Hedschas keinen Kalk zur Verfügung hatten, behalfen wir uns damit, die Latrinen mit Kohlenstaub zu bedecken.«

»Aber ist das heute noch zeitgemäß? Da lösche ich den Kalk lieber mit zwanzig oder dreißig Prozent Wasser anstatt mit zehn Prozent.«

»Was benutzen Sie als Desinfektionsmittel?«

»Ich habe noch ein wenig Kupfersulfat übrig, und beim Apotheker Nikiforo ist auch welches erhältlich. Bei einer Seuche reicht solch eine Menge aber nicht aus. Ein bisschen Karbolsäure und Quecksilberchlorid hätten wir auch noch. Unter den Muslimen reicht das Bewusstsein für eine Ansteckungsgefahr durch Keime gerade mal so weit, dass sie Gold oder Silber mit Essig einreiben. Allerhöchstens auf Räucherwerk aus Schwefel oder Salpeter lassen sie sich noch ein. In Vierteln wie Çite und Bayırlar tun sie so, als würden sie viel auf dieses unnütze Zeug und auf die von Scheich Efendi besprochenen Amulette geben. Wir werden also viel Desinfektionsmittel brauchen.«

»Die Leute, die das versprühen sollen, und die Ärzte, die muslimische Viertel aufsuchen, werden es nach dem Mord an Bonkowski Pascha schwer haben«, sagte Doktor Nuri, um wieder auf ihr eigentliches Thema zurückzukommen.

»Auf der Medizinhochschule habe ich die Vorlesungen Bonkowski Beys über organische und anorganische Chemie besucht. Als ich später im Libanon Dienst tat, war er inzwischen zum Generalinspektor aufgestiegen und ein renommierter Wissenschaftler geworden. Und so einen Menschen haben sie umgebracht! Wenn Sie auf Krankenbesuch gehen, verlassen Sie sich lieber nicht darauf, dass Sie Muslim sind, nehmen Sie lieber einen Beschützer wie den Major mit.«

»Keine Sorge, ich passe schon auf. Aber falls es denen darum geht, die Quarantänearbeit zu sabotieren, sollten Sie sich auch in Acht nehmen. Nur vor wem eigentlich genau?«

»Der Gouverneur hat ganz zu Recht diesen Ramiz in den Kerker geworfen, den Stiefbruder von Scheich Hamdullah. Obwohl der Gouverneur sich vor Hamdullah scheut, mehr noch als vor den anderen Scheichs. Ramiz macht sich das zunutze. Ich glaube aber, den armen Bonkowski Pascha hat jemand umgebracht, der hofft, das Ganze bleibt an Ramiz hängen.«

»Es spielt doch aber auch der Zufall mit, denn Bonkowski Pascha hat sich im Postamt vor aller Augen aus freien Stücken davongemacht, das konnte weder ein Ramiz ahnen noch sonst jemand.«

»Auch jemand, der ihn zufällig sah, konnte ihn umgebracht haben, damit der Verdacht auf die Muslime fällt. Es gibt – zwar nicht hier auf der Insel, aber manchenorts – griechische Ärzte, die sich nicht mal dazu herablassen, mit Muslimen Türkisch zu sprechen.«

»Die Muslime haben durchaus recht, wenn sie sich über grobe, respektlose christliche Ärzte beschweren«, sagte Doktor Nuri nachdrücklich. »Und wie Sie vorhin andeuteten, können Muslime auch aus reiner Unwissenheit gegen Quarantänemaßnahmen sein.«

»Das können sie in der Tat, und sie tun es auch. Aber zugleich fürchten sie sich vor der Pest. Aus Angst, sich anzustecken, können sie durchaus jemanden um Rat fragen, zu dem sie Vertrauen haben. Es ist aber ein Riesenunterschied, ob man sich nur über etwas beschwert oder ob man deswegen jemanden tötet. Bonkowski Pascha und Doktor Ilias haben jene Viertel lediglich betreten, um Menschen zu untersuchen und zu behandeln, und es waren keine Soldaten dabei, die Haustüren eingetreten hätten. Bonkowski Pascha hat keinem Muslim etwas zuleide getan, wieso sollten sie ihn da umbringen? Was bei den Ermittlungen herauskommen wird, kann ich Ihnen aber jetzt schon sagen!«

»Nämlich?«

»Wer genau der Mörder ist, weiß ich natürlich nicht. Aber auf jeden Fall ist es ein herzloser Mensch, den es überhaupt nicht kümmert, wenn das Volk der Mingerer darüber zugrunde geht. Ich mag die Mingerer sehr und lasse nichts auf sie kommen.«

»Sind die Mingerer denn wirklich ein Volk für sich?«

»Wenn der Überwachungsbeauftragte wüsste, dass Sie so eine Frage gestellt haben, würde er Sie unter einem Vorwand einsperren und Sie beim Verhör mit einem Schraubstock bearbeiten. Ja, ein Teil der Leute hier spricht jene alte Sprache bei sich zu Hause, aber nur so gut, dass es zum Einkaufen auf dem Markt reicht.«

KAPITEL 14

Als Damat Doktor Nuri ins Gästehaus zurückkehrte, begegnete er an der Tür dem Major, der den ersten von Pakize Sultan geschriebenen Brief zum Postamt brachte.

Am Abend saß das Paar zum ersten Mal seit der Vermählung ganz allein am Esstisch. Der Koch hatte ihnen auf einem Tablett Böreks und Joghurt serviert. Die allgemeinen Umstände, die Sorge wegen der Pest und die im Raum aufgestellten Rattenfallen drückten auf ihre Stimmung. Ihnen wurde klar, dass die unbeschwerten Tage nach ihrer Hochzeit vorbei waren. Bis zehn Uhr wurden das Regierungsgebäude, der Hamidiye-Boulevard, die Hotels und das Hafenviertel mit Petroleumlaternen noch schwach beleuchtet. Als danach die Straßen im Dunkel lagen, traten die beiden ans Fenster und lauschten auf das leise Schlagen der Wellen, das Zirpen der Zikaden und auf den Igel, der unten durch den Garten raschelte.

Am nächsten Morgen traf Doktor Nuri sich in der Quarantänestation mit dem soeben freigelassenen Doktor Ilias.

»Bonkowski Pascha stand mir näher als mein Vater«, sagte Doktor Ilias. »Dass ich als Verdächtiger eingesperrt wurde, hat den Eindruck erweckt, ich könnte mit dem Mord etwas zu tun haben. Das hätten die bedenken müssen!«

»Aber man hat Sie doch freigelassen!«

»Es stand aber schon in den Istanbuler Zeitungen. Um meine Unschuld zu beweisen, muss ich so schnell wie möglich nach Istanbul zurück. Hat Seine Hoheit etwa auch schon erfahren, dass ich hier in Haft war?«

Bevor Doktor Ilias Bonkowski Pascha als Assistent zugeteilt wurde, war er ein unauffälliger Internist gewesen. Als Mitarbeiter des Generalinspektors für Gesundheit kam er dagegen in prominenter Position überall im Reich herum und schrieb zudem Artikel zu Seuchen- und Hygienefragen. Er war mit einem üppigen Gehalt ausgestattet und hatte vor fünf Jahren die jüngere Tochter einer wohlhabenden griechischen Familie in Istanbul geheiratet. Auf Zuraten Bonkowski Paschas hatte der Sultan ihm den Osmanischen Verdienstorden verliehen. Durch den brutalen Mord war sein bisheriges Leben voller Ruhm und Abenteuer plötzlich dahin.

Doktor Nuri kam in den Sinn, dass Doktor Ilias wohl schon des Öfteren in den Genuss einer Audienz bei Seiner Hoheit gekommen war, womöglich schon öfter als er selbst (bei ihm waren es seit der Hochzeit nur drei Mal gewesen).

»Seine Hoheit wünscht bestimmt, dass Sie auf der Insel bleiben und uns bei der Aufklärung dieser teuflischen Tat behilflich sind.«

Am Nachmittag traf ein anonymer Zettel ein, auf dem stand, als Nächster sei Doktor Ilias an der Reihe.

Der Gouverneur erklärte: »Das haben bestimmt Opportunisten geschrieben, Geschäftsleute, die was gegen die Quarantäne haben, da bin ich mir sicher.« Um den völlig verängstigten Doktor Ilias zu beschwichtigen, ließ er ihn aus dem baufälligen Haus, in dem er immer noch wohnte und wo man auch den Zettel eingeworfen hatte, ins Gästehaus der Garnison bringen, in dem er vor potentiellen Mördern eher gefeit war und wegen der vielen Rattenfallen dort auch vor der Pest.

Wie von Gouverneur und Quarantänedirektor vorgeschlagen, suchten Doktor Nuri und Doktor Ilias an jenem Tag mit dem Landauer zunächst die beiden Krankenhäuser von Arkaz auf. Es gab zum einen das kleine, noch immer nicht offiziell eröffnete Hamidiye-Krankenhaus, in dem sich die Soldaten und die bessergestellten Muslime behandeln ließen, und zum anderen das von der griechischen Gemeinschaft errichtete Theodoropulos-Krankenhaus. Letzteres war von der Familie des mit Marmorhandel reich gewordenen Izmirer Griechen Stratis Theodoropulos erbaut worden und verfügte über dreißig Betten. Ebenso wie das Hamidiye-Krankenhaus wurde es auch als Unterschlupf für Arme und Obdachlose genutzt, und mit seinem duftenden Zitronengarten und dem herrlichen Blick auf die Burg galt es in der Stadt als friedlicher, ja richtiggehend angenehmer Ort. Seit Beginn der Seuche kamen dorthin auch Muslime, die sich einen Arztbesuch ansonsten nicht leisten konnten.

Als die beiden Ärzte zusammen mit dem Major und Beamten des Gouverneurs dort eintrafen, fanden sie das Krankenhaus in großer Betriebsamkeit vor. Vor der Tür wartete eine aufgeregte Menschenmenge. Drei Tage zuvor war wegen des vermehrten Andrangs der größte Saal des Krankenhauses mit einem Wandschirm zweigeteilt worden, um die Pestkranken von den anderen Patienten zu trennen. Der Anteil der von der Pest Befallenen war jedoch ständig angewachsen, und inzwischen lagen sie alle in dem Raum dicht gedrängt. Die anderen Patienten fühlten sich davon gestört, wie die Pestkranken vor Schmerzen wimmerten, sich übergaben, im Schlaf fantasierten und in der Endphase ins Delirium verfielen. Die meisten Armen und Obdachlosen hatten sich daher im Verlauf der Woche schon eine andere Bleibe gesucht. Der Direktor des Krankenhauses, der alte Doktor Mihailis, berichtete Doktor Nuri, dass es zwischen an Asthma oder Herzkrankheiten leidenden Patienten und ihren Familien einerseits und Pestkranken andererseits schon zu heftigem Streit um Betten kam.

Nachdem er Doktor Nuri und Doktor Ilias sehr freundlich empfangen hatte, gestand Doktor Mihailis, er habe bis vor Kurzem selbst nicht geglaubt, dass es sich bei der Seuche um die Pest handle. Zunächst habe er den Bericht eines Labors abgewartet, in dem man über ein Mikroskop verfügte, und inzwischen die Symptome wie Fieber, Erbrechen, Pulsschwäche und Erschöpfung eher als Anzeichen für Cholera gedeutet. Mit düsterer Miene erzählte er, vor sieben Jahren habe er in Izmit schon einmal eine Choleraepidemie miterlebt. Im Umgang mit den Patienten wirkte er einerseits ein wenig einschüchternd, vermittelte ihnen aber mit seiner Miene, es würde schon wieder werden, sodass die Pestkranken zu ihm Vertrauen fassten und ihm willig die eitrigen Beulen am Hals, unter den Achseln und in der Leiste zeigten oder gar voller Schmerzen nach ihm schrien. Im Saal war noch ein zweiter Arzt zugegen, der finster dreinblickende junge Doktor Alexandros aus Saloniki.

Jener klärte sie über einen alten Patienten auf, einen Fischer (das Fischerviertel von Arkaz mit seiner Anlegestelle lag neben dem Pier für den Minger-Marmor), der vor zwei Tagen ins Krankenhaus gekommen sei und seitdem unentwegt schlafe, doch wenn er kurz erwache, fange er sofort zu wimmern und zu weinen an. Vom Saalwärter erfuhren sie, die alte Frau, die schon halb bewusstlos dem Tod entgegendämmere, sei nicht die Gattin des mit verweinten Augen neben ihr sitzenden Mannes, sondern seine Schwester. Fast alle Patienten hatten hohes Fieber und fantasierten. Ein Mann, der am Hafen als Lastenträger arbeitete, versuchte aufzustehen, brachte aber nicht mehr als ein paar schwankende Schritte zustande und fiel wieder aufs Bett zurück. Doktor Ilias bemühte sich sehr um den kämpferischen Mann und wies ihn auf den prächtigen Ausblick aus dem Fenster hin, auf die neckischen Türmchen der Burg, um seinen Lebensmut zu stärken und ihn anzuregen, immer wieder frische Luft zu schnappen.

Bei allen Patienten konstatierten sie blutunterlaufene Augen, seltsame Zuckungen und unerträgliche Kopfschmerzen. Manche wurden von plötzlichen Ängsten gepackt, andere drehten andauernd den Kopf hin und her (ein Zollbeamter, der am Fenster saß) oder vollführten irgendwelche Zwangshandlungen, als wollten sie etwa aus dem Bett aufspringen (ein Töpfer mit müden Augen, der am Hamidiye-Boulevard einen Laden betrieb). Die meisten wiesen am Hals, hinter den Ohren, unter den Achseln oder in der Leiste eine Beule von der Länge eines halben Zeigefingers auf. Die beiden Ärzte berichteten aber auch von Patienten ohne irgendwelche Anzeichen von Beulen oder blauen Flecken, die hohes Fieber bekamen, völlig erschöpft waren und plötzlich entweder tot umfielen oder wieder genasen.

Ein abgemagerter Kranker (seines Zeichens Dachdecker) brachte aus dem ausgetrockneten Mund nichts weiter als ein Gestammel hervor. Doktor Nuri sah mit an, dass viele Patienten sich heftig beschwerten, und versuchte zu verstehen, was sie plagte. Er wusste, dass es den Kranken oft Linderung verschaffte und sie Kraft schöpfen ließ, wenn man ihre Beulen aufschnitt, damit der Eiter abfließen konnte. Danach verlangten selbst die Kranken, bei denen es gar nicht nötig war, doch eine richtiggehende Behandlung war es nicht. Manche Patienten zerdrückten und zerknitterten, von einem Anfall gepackt, ihr von Schweiß und Erbrochenem besudeltes Bettlaken derart, dass ihre Haut und das Laken gleichsam eins wurden. Das Wimmern der Kranken, ihr schmerzvolles Aufschreien, das resignierte Seufzen, all das zerfloss zu einem trüben, todesseligen Rauschen, und durchzogen wurde es vom Dampf des am Eingang kochenden Kessels, denn eines der Symptome, die manchmal eine Verwechslung mit der Cholera aufkommen ließen, war der ständige Durst der Kranken.

Als Doktor Nuri im Hedschas miterlebt hatte, wie die armen, ungebildeten Pilger aus Indien oder Java von den Briten nicht als richtige Menschen angesehen wurden, hatte er als gut ausgebildeter, des Französischen mächtiger Arzt sich irgendwie schuldig gefühlt. Nun fühlte er sich wieder schuldig, weil er den meisten der Patienten, die um den tödlichen Ausgang ihres Leidens wussten, nichts weiter zu bieten hatte als billige Vertröstungen und weil ihm klar war, dass in den kommenden Tagen die Lage sich nur noch verschlimmern würde.

Im Hamidiye-Krankenhaus bot sich ihnen ein ähnliches Bild. Wieder war Doktor Nuri beeindruckt, wie Doktor Ilias trotz seiner Angst und des Schmerzes um den verlorenen Freund sich rührend um jeden einzelnen Patienten kümmerte und eingehend mit ihm sprach.

Als die beiden einen Moment allein waren, sagte Doktor Ilias allerdings: »Das kann aber nicht lange so weitergehen. Die werden mich auch umbringen. Vergessen Sie bitte nicht, dass Seine Hoheit mich so bald wie möglich in Istanbul sehen will!«

Als sie danach zur Apotheke von Nikiforo unterwegs waren, baten sie den Kutscher, einen Umweg zu fahren, um zu sondieren, wie es auf den Straßen so zuging. In der Gegend der Hotels und den zum Hafen hinabführenden Gassen konnten sie sich nur wundern, wie das europäisch geprägte Leben dort weiterging, als ob nichts geschehen wäre. Die Mingerer saßen seelenruhig in Cafés, in Restaurants, beim Friseur, lachten und scherzten, verabredeten sich zum Angeln, baldowerten Geschäfte aus. Als Doktor Nuri in den staubigen, verwahrlosten Gassen des Viertels Vavla fröhliche Kinder barfuß herumlaufen sah, wähnte er sich in einer fernen, heißen orientalischen Stadt.

In der Apotheke kam Nikiforo sofort darauf zu sprechen, dass Bonkowski Pascha – Friede seiner Seele – von ihm keinerlei Entschädigung für die damaligen Firmenanteile verlangt hatte.

»Was meinen Sie, wer davon profitiert, dass Bonkowski Pascha ermordet wurde?«, fragte Doktor Nuri ihn.

»Morde werden nicht unbedingt begangen, weil jemand davon profitiert. Manche Verbrechen geschehen aus Verzweiflung oder weil jemand sich ungerecht behandelt fühlt, und man kann auch zum Mörder werden, ohne das irgendwie geplant zu haben, aus reinem Zufall heraus. Bei der berühmt gewordenen Sache mit dem Pilgerschiff ließ der Gouverneur damals Leute aus den Dörfern Çifteler und Nebiler und vom Terkapçılar-Orden ins Gefängnis werfen, und die sind seither auf Ärzte und die Quarantänebehörden nicht gut zu sprechen. Da braucht nur einer zum Eierverkaufen in die Stadt gekommen und in Vavla auf Bonkowski Pascha gestoßen zu sein, und schon ist es passiert. Ich hatte meinem werten Freund ja nahegelegt, er solle sich in Germe und Vavla ein bisschen umsehen. Da die Kerle das wissen, haben sie den Leichnam hierhergeschafft, weil sie denken, dann fällt der Verdacht auf mich.«

»Sie zählen tatsächlich zu den Verdächtigen«, sagte Doktor Nuri.

»Aber das ist ein Komplott«, erwiderte der Apotheker und sah dabei Doktor Ilias an.

»Ich hatte Bonkowski Pascha vielmehr davor gewarnt, allein dorthin zu gehen«, sagte Doktor Ilias. »Aber wenn er sich in einer der Provinzen, in denen wir tätig waren, nicht mit dem zufriedengab, was der Gouverneur oder der Quarantänedirektor ihm zu zeigen gewillt waren, machte er sich alleine auf Erkundungstour.«

»Wozu genau?«

»Es ist ja niemand auf eine Quarantäne aus, weder ein Gouverneur noch Geschäftsleute oder wohlhabende Bürger. Niemand will sich eingestehen, dass es mit dem schönen Leben auf einmal vorbei ist und man an der Seuche sogar sterben kann. Man sträubt sich gegen Beweise, die einem die Behaglichkeit verderben, man leugnet, dass es Tote gegeben haben soll, oder ist auf die Toten sogar wütend. Hat man aber auf einmal den berühmten Generalinspektor Bonkowski Pascha und seinen Assistenten vor sich, wird einem klar, dass in Istanbul der Ernst der Lage erkannt wurde. Hier war das aber bisher noch nicht der Fall. Wir sollen hier mit niemandem reden.«

»Das hat wohl Seine Hoheit höchstselbst so veranlasst.«

»Als vor vierzehn Tagen gegen Mitternacht Bonkowski Pascha in aller Heimlichkeit von Bord der *Aziziye* gebracht wurde, war diese Maßnahme ihm selbst am allerpeinlichsten«, sagte Nikiforo. »Eine Insel, auf der man seine Toten versteckt und die Seuche leugnet, wird man nur schwer auf eine Quarantäne vorbereiten können. Erst recht, wenn eine Macht darauf abzielt, den Quarantäneärzten den Garaus zu machen. Wir befürchten nicht zu Unrecht, dass noch ein Mord geschehen kann.«

»Machen Sie sich da keine Sorgen!«, sagte Doktor Nuri, doch insgeheim irritierten, ja beschämten ihn die Befürchtungen von Nikiforo und Ilias. Dass die beiden Griechen sich mehr ängstigten als die Muslime, mochte daran liegen, dass sie Christen waren, das ahnte Doktor Nuri nun. Da unser Buch schließlich ein Geschichtsbuch ist, haben wir auch keine Bedenken, an dieser Stelle auf Entwicklungen einzugehen, die sich erst später ergeben sollten. Unsere werten Leser werden nämlich leider erfahren müssen, dass die Vorahnung Damat Doktor Nuris sich erfüllen würde und sowohl der Apotheker Nikiforo als auch sein Malerfreund in Istanbul und Doktor Ilias zu Opfern politischer Attentate werden sollten.

Als Nikiforo den beiden Ärzten kleine Präsente mit seinen Produkten überreichte und deren Besonderheiten erläuterte, kam er wie geplant auf das Emblem zu sprechen, das die Fläschchen mit La Rose de

Minguère und La Rose du Levant zierte, und erwähnte das vom Gouverneur konfiszierte Stück Stoff.

»Der Gouverneur hat das fälschlicherweise für eine Fahne gehalten!«

Als Doktor Nuri und Doktor Ilias später im Büro des Gouverneurs saßen, erklärte dieser, er werde dem Apotheker den Stoff überreichen, sobald die Quarantänekommission zum ersten Mal zusammentrete. Weiter kam er mit seinen Ausführungen nicht, denn es wurde ihm der plötzliche Tod eines seiner Sekretäre gemeldet.

Am Abend wurde in der bescheidenen, anmutigen Sankt-Antonius-Kirche für Bonkowski Pascha eine kleine Trauerfeier abgehalten. Es erschienen dazu keine griechischen Journalisten, obwohl Bonkowski Pascha in der Istanbuler Presse in den höchsten Tönen gelobt worden war und selbst der Sultan ein Beileidstelegramm geschickt hatte. Von der katholischen Gemeinde saß neben ein paar alten Gläubigen lediglich der in Minger lebende Sohn eines vom polnischen zum osmanischen Heer übergewechselten Offiziers in der Kirche. Am innigsten trauerte Doktor Ilias, der schließlich weinend am mit roten Rosen geschmückten Grab stand.

KAPITEL 15

Zum besseren Verständnis unserer Geschichte möchten wir nun auf den sogenannten Pilgerschiffaufstand eingehen, der sich drei Jahre zuvor ereignet und den Gouverneur in arge Bedrängnis gebracht hatte.

Um die Choleraepidemien zu unterbinden, die sich in den 1890er Jahren durch indische Pilgerschiffe erst in Mekka und Medina und von dort in die ganze Welt ausbreiteten, verfielen die Großmächte unter anderem darauf, über in die Heimat zurückkehrende Pilgerschiffe eine zehntägige Quarantäne zu verhängen. Dies handhabten vor allem Länder so, die in muslimisch geprägten Gegenden Kolonien hatten. So vertrauten etwa die Franzosen der im Hedschas von den Osmanen angewandten Quarantäne nicht und verlangten den Passagieren des Schiffes *Persepolis* der Messageries Maritimes noch eine zweite Quarantäne ab, bevor sie in ihre Dörfer und Städte im französischen Algerien zurückkehren durften.

Selbst die Osmanen gingen so vor und begegneten somit ihren eigenen Maßnahmen im Hedschas mit Misstrauen. Ob nun ein mit Pilgern zurückkehrendes Schiff die gelbe Flagge gehisst und somit Kranke an Bord hatte oder nicht, die Istanbuler Quarantänekommission ließ überall im Reich eine »Vorsichtsquarantäne« walten.

Nach der Rückkehr von einer beschwerlichen Reise, die ohnehin schon zahlreiche Teilnehmer das Leben gekostet hatte, noch einmal zehn Tage warten zu müssen, brachte manche Pilger in Rage. (Bei Schiffen aus Bombay oder Karatschi wurde etwa eine Todesrate von zwanzig Prozent als normal angesehen.) Vielerorts mussten die Ärzte daher bei der Durchsetzung die Hilfe von Polizei und Militär in Anspruch nehmen. Waren – wie im Fall von Minger – keine hinreichenden Quarantäneunterkünfte vorhanden, wurden dafür alte Schiffe und Boote requiriert. In Chios, Kuşadası, Saloniki und anderen Orten zog man die Schiffe in entlegene Buchten und baute davor Militärzelte auf.

Die Pilger, die so schnell wie möglich nach Hause wollten, klagten sehr über diese Maßnahmen. Nicht selten geschah es, dass ein Pilger die lange Reise gut überstanden hatte, doch an einem dieser letzten zehn Tage verstarb. Zwischen den griechischen, armenischen und jüdischen Ärzten und den Pilgern kam es vielfach zu Auseinandersetzungen. Jene entrüstete, dass sie noch dazu eine Quarantänesteuer zu bezahlen hatten. Vollends die Geduld verloren die meisten, wenn sie mit ansehen mussten, wie manche wohlhabenden oder gerissenen Pilger die Ärzte bestachen und so um die Quarantäne herumkamen.

Die Unfähigkeit jedoch, mit der vor drei Jahren die Behörden von Minger mit dem Fall umgegangen waren, führte zu einem der schlimmsten Vorkommnisse im Osmanischen Reich und löste die größte Wut auf die Quarantäne aus. Das unter britischer Flagge fahrende Pilgerschiff *Persia* war auf ein Telegramm aus Istanbul hin nicht in den Hafen von Arkaz gelassen worden. Quarantänedirektor Nikos hatte einen alten Schleppkahn aufgetrieben, mit dem die siebenundvierzig Pilger in eine kleine Bucht im Norden der Insel geschafft wurden; dort ging der Kahn vor Anker. Die Bucht war ausersehen worden, weil sie von steilen Felsen umgeben war und somit ein natürliches Gefängnis bildete. Allerdings war es aufgrund ebenjener Felsen ein schwieriges Unterfangen, die Pilger mit Nahrung, frischem Wasser und Medikamenten zu versorgen.

Das Aufstellen der Zelte, in denen Ärzte, Soldaten und Material untergebracht werden sollten, verzögerte sich erheblich durch einen fünf Tage andauernden Sturm, durch den die Pilger von den Wellen geschüttelt wurden, während ihnen allmählich Proviant und Wasser ausgingen. Unmittelbar danach mussten sie in sengender Hitze auf dem Kahn ausharren. Die meisten Pilger waren ältere Olivenbauern aus den Bergdörfern Çifteler und Nebiler, die zuvor die Insel nie verlassen hatten. Manche wurden von ihren Söhnen oder Enkeln begleitet, frommen, bärtigen jungen Männern.

Nach drei Tagen brach auf dem überbesetzten Kahn die Cholera aus. Von den ohnehin geschwächten Pilgern, die über keine Widerstandskraft mehr verfügten, wurden Tag für Tag einer oder zwei dahingerafft. Dass dennoch von den Beamten und Ärzten, die sie an jenen Ort gezwungen hatten, keiner sich blicken ließ, brachte auch den langmütigsten Pilger um seine Geduld.

Zwei griechische Ärzte schafften es schließlich, zu Pferde über die Felsen bis in die Bucht hinunterzugelangen, doch hatten sie es danach nicht besonders eilig, mit einem Ruderboot zu dem Kahn überzusetzen, um die Pilger zu untersuchen, denn diese waren sehr wütend und der Kahn ein Hort von Schmutz und Ansteckung. Manche Pilger wussten zwar nicht genau, warum sie dort festgehalten wurden, ahnten aber sehr wohl, dass sie dem Tode nahe waren. Als die Ärzte den Kahn betraten und die daniederliegenden Pilger mit Desinfektionsmittel besprühen wollten, weigerten sich viele gegen das Treiben jener Männer mit den Spitzbärten und den seltsamen Brillen. Die beiden mühsam herbeigeschafften Kübelspritzen gingen ohnehin gleich am ersten Tag kaputt. Zusätzlich verausgabten sich die Pilger mit dem Streit darüber, was mit den Leichen geschehen sollte. Während die einen sie ins Meer werfen wollten, hielten andere dagegen, das seien doch ihre Verwandten, sie seien eines Märtyrertodes gestorben und müssten in ihrem Dorf bestattet werden.

Weder konnte die Ausbreitung der Seuche unterbunden werden, noch wurden die Leichen begraben, die man nicht schon ins Meer geworfen hatte, sodass sie nun den Fischen und Vögeln zum Fraß wurden, und da wurde es nach einer Woche den Menschen auf dem Kahn zu viel und sie lehnten sich auf.

Als Erstes überwältigten sie die beiden Soldaten, die inzwischen auf sie aufpassen sollten, und stürzten sie ins Wasser. Jene konnten allerdings nicht schwimmen (wie im Übrigen auch sämtliche Pilger und die übergroße Mehrheit der das Osmanische Reich dominierenden Muslime), und einer der beiden ertrank. Der Gouverneur initiierte daraufhin gemeinsam mit dem Garnisonskommandanten eine übertrieben ausfallende Strafaktion.

Ein paar junge Pilger lichteten inzwischen den Anker, doch anstatt auf die Felsen aufzufahren, trieb der schrottreife Kahn weiter aufs offene Meer hinaus und schaukelte dort wie betrunken umher. Nach stundenlanger Irrfahrt lief der Kahn in einer anderen Bucht weiter westlich auf einen Felsen auf. Der Kahn füllte sich mit Wasser, doch die erschöpften Pilger konnten sich nicht sofort einfach in ihre Dörfer davonmachen. Wäre ihnen dies gelungen, hätte die Sache vielleicht trotz des toten Soldaten damit ihr Bewenden gehabt. Die Pilger steckten aber auf dem noch stets von Wellen durchgeschüttelten Kahn fest, umgeben von den immer stärker riechenden Toten, und sie wollten auch nicht auf ihre Gepäckbündel verzichten, auf die Mitbringsel aus Mekka, auf die Flaschen mit choleraverseuchtem Wasser aus dem heiligen Zemzem-Brunnen.

Ihr Schicksal war vom Ufer aus beobachtet worden, und nun bezogen Soldaten hinter Felsen und auf einer Anhöhe Stellung. Ihr Kommandant rief die Pilger auf, sich zu ergeben, sich an die Quarantäneregeln zu halten und nicht an Land zu gehen.

Ob diese Aufforderung wirklich vernommen wurde, lässt sich schwer sagen. Die Pilger waren in heller Aufregung: Sie begriffen, dass sie wieder in Quarantäne genommen wurden und diesmal gewiss sterben würden. »Quarantäne« bedeutete ihnen nichts anderes als eine teuflische europäische Erfindung, mit der gesunde Pilger bestraft, ausgebeutet oder gar umgebracht werden sollten.

Wer noch einigermaßen bei geistigen und körperlichen Kräften war, kam zu dem Schluss, dass ein Verharren in der Situation den sicheren Tod bedeutete und somit ein Ausbruchsversuch gewagt werden musste.

Als die Pilger sich daranmachten, hinter Felsen Schutz suchend auf schmalen Pfaden nach und nach auf den Berg hinauf zu gelangen, wurden die Soldaten nervös und begannen zu schießen, als wollten sie ein feindliches Heer zurückschlagen, und manche dachten dabei vielleicht auch an ihren ertrunkenen Kameraden. Bis die Soldaten sich wieder beruhigt hatten und das Schießen einstellten, vergingen gute zehn Minuten. Zahlreiche Pilger waren getroffen worden, einige auch in den Rücken. Manche waren auf die osmanischen Soldaten, von denen sie auf ihrer eigenen Insel beschossen wurden, mit offener Brust zugelaufen wie vaterlandsliebende Rekruten, die sich in feindliches Maschinengewehrfeuer stürzen.

Da der Gouverneur Meldungen über den Vorfall oder auch nur Anspielungen darauf strikt untersagte, können wir selbst heute nicht mit Bestimmtheit sagen, wie viele Pilger dabei erschossen wurden und wie viele schließlich ihr Dorf erreichten.

Immer wieder wurde der Gouverneur seither wegen seiner Verantwortung für das Geschehen kritisiert, verachtet und als böswillig angesehen. Er erwartete eigentlich, von Abdülhamit dafür bestraft zu werden, doch stattdessen wurden der alte Kommandant und seine Soldaten gemaßregelt und von der Insel verbannt. Manchmal träumte Sami Pascha von einem weißbärtigen Mann, der zu ihm sagen wollte, »Hast du als Gouverneur denn gar kein Gewissen!«, aber diese Worte nicht herausbrachte. Wenn jemand ihm direkt Vorwürfe machte, sagte er, zum Schutz der Insel vor der Cholera sei es die richtige Entscheidung gewesen, auf die Pilger Soldaten anzusetzen, und außerdem sei es mit seinem Gewissen nicht zu vereinbaren gewesen, die Banditen, die das Schiff und damit Staatseigentum entführt und den Soldaten getötet hätten, einfach laufen zu lassen, und jedes Mal betonte er, den Schießbefehl habe nicht er gegeben, sondern die unerfahrenen Soldaten hätten eigenmächtig gehandelt.

Der Gouverneur kam zu dem Schluss, die beste Verteidigung bestehe darin, Gras über die Sache wachsen zu lassen. Daher achtete er sehr darauf, dass in den Zeitungen so wenig wie möglich darüber zu lesen war, was ihm lange Zeit auch gelang. Er betonte ferner, wer während der Pilgerreise zu Tode komme, sei unserer Religion zufolge als »Märtyrer« zu betrachten, und zu höheren Weihen könne man es gar nicht bringen. Wenn Familienangehörige Getöteter nach Arkaz kamen, um Schadensersatz zu fordern, empfing er sie in seinem Büro im Regierungsgebäude und erklärte, wer »den Kelch des Märtyrertodes getrunken« habe, dem sei ein Platz im Paradies gewiss, und im Falle eines Schadensersatzprozesses werde er entschieden an der Seite der Angehörigen stehen, nur sollten sie doch bitte nicht mit den griechischen Journalisten reden und die Sache unnötig aufbauschen.

Kaum aber begann die Sache ein wenig in Vergessenheit zu geraten, läutete Sami Pascha eine zweite Phase ein. Zehn Pilger, die ihm als Anführer galten, ließ er in ihren Dörfern festnehmen und einsperren. In plötzlich ganz unversöhnlicher Manier machte er sie für die Entführung des Schiffes und den Tod des Soldaten verantwortlich und schmetterte alle Schadensersatzforderungen der Pilger ab.

In Çifteler und Nebiler setzte daraufhin ein gegen den Gouverneur gerichteter, religiös motivierter Widerstand ein. Man unterstützte dort fortan den Bandenchef Memo, der in den griechischen Dörfern im Norden der Insel Angst und Schrecken verbreitete, dies im Einvernehmen mit dem Terkapçılar-Orden. Viele vermuteten, hinter jenem wiederum stecke die mächtigste Sekte von Minger, nämlich die Halifiye mit Scheich Hamdullah an ihrer Spitze.

Den Gouverneur ärgerte nicht wenig, dass griechisch-nationalistisch gesinnte Journalisten nicht versäumten, immer wieder auf jener Sache herumzureiten, die als Symbol für die Entfremdung zwischen muslimischer Verwaltung und Volk galt. Einmal benützte der Gouverneur in einem Gespräch mit der ihm eigentlich wohlgesinnten griechischsprachigen Zeitung *Neo Nisi* im Zusammenhang mit einem von Pilgern in ihrem Dorf gebauten Brunnen den Ausdruck »diese armen Pilger«, was ihm augenblicklich negativ ausgelegt wurde. Im Grunde wäre der Begriff keinem weiter aufgefallen, doch der griechische Journalist Manolis verwies in seinem Blatt polemisch darauf, dass die Pilger eigentlich keine armen Leute seien, sondern dass ganz im Gegenteil viele wohlhabende Muslime der Insel der neuen Mode verfielen, ihren Besitz zu verkaufen und mit dem Erlös nach Mekka zu pilgern, auf die Gefahr hin, unterwegs an irgendeiner Krankheit zugrunde zu gehen. Da das Bildungsniveau der Muslime doch weit unter dem der Orthodoxen liege, wäre es da nicht sinnvoller, wenn die reichen Muslime, anstatt ihr Geld in der arabischen Wüste und auf britischen Schiffen zu vergeuden, für eine neue Schule auf der Insel zusammenlegten oder wenigstens in ihrem eigenen Viertel das Minarett ihrer Moschee reparieren ließen?

Einer Schule gegenüber einer Moschee den Vorzug zu geben war im Grunde auch Sami Pascha ein Anliegen, doch als er jenen Artikel las, schoss ihm das Blut in den Kopf.

Nicht nur regte er sich darüber auf, wie Manolis die Muslime von oben herab behandelte, sondern er musste voller Betrüben feststellen, dass das Thema »Pilgerschiffaufstand« schon wieder aufgewärmt wurde.

KAPITEL 16

Als Doktor Nuri an dem Tag, an dem die erste Quarantänesitzung stattfinden sollte, frühmorgens am Hamidiye-Krankenhaus eintraf, stritt sich vor dem Eingang eine muslimische Familie mit einem Beamten, den er aus dem Regierungsgebäude kannte, und er sorgte dafür, dass dem kranken Mann, einem Hufschmied, im vollen Krankensaal ein frei werdendes Bett zugewiesen wurde.

Innerhalb der letzten drei Tage hatte die Zahl der Patienten sich verdoppelt. Hatten die Ärzte früher als Todesursache »Diphterie« oder »Keuchhusten« eingetragen, schrieben sie nun immer öfter das Wort »Pest«.

Auch die zwei Tage zuvor aus der Garnison herbeigeschafften Betten waren schon fast alle belegt. Doktor Ilias und der einzige muslimische Arzt der Insel, Doktor Ferit, legten Verbände an, schnitten Beulen auf und eilten von Bett zu Bett.

Ein junger Mann, der Doktor Nuri erkannte, rief ihn ans Bett seiner Mutter, die schweißgebadet und delirierend dalag und den Arzt gar nicht wahrnahm. Doktor Nuri öffnete das Fenster, und wie so mancher Arzt, der Pestkranke behandelte, fragte er sich, ob das mit dem Fenster überhaupt einen Sinn habe. Manche Ärzte widmeten sich den Schmerzen ihrer Patienten geradezu heldenhaft und ließen sehr viel Nähe zu.

Oft standen die Ärzte in der Ecke zusammen, in der sie sich die Hände mit einem Desinfektionsmittel einrieben. »Keine Ahnung, ob das hilft«, sagte Doktor Ferit einmal und deutete leise lächelnd auf die Schüssel mit der Essiglösung, »aber ich nehme es trotzdem her.« Dann berichtete er, der junge Doktor Alexandros aus Saloniki habe am Vortag Fieber gehabt und gezittert, daraufhin habe er ihn nach Hause geschickt und ihm geraten, dort auch zu bleiben, falls das Fieber am Morgen nicht gefallen sei.

Im Theodoropulos-Krankenhaus war Doktor Nuri schon aufgefallen, mit welcher Hingabe Doktor Alexandros sich um die Kranken kümmerte und sich ihnen furchtlos näherte. »Die Ärzte und Saalwärter kennen sich mit der Cholera aus«, sagte Doktor Ilias, »aber wie sie sich vor der Pest schützen sollen, wissen sie nicht. Kranke können einem unvermittelt ins Gesicht husten, und schon ist es passiert. Es sollte für Ärzte ganz bestimmte Verhaltensregeln geben.«

Als sie vor der Sitzung der Quarantänekommission mit dem Landauer zum Theodoropulos-Krankenhaus im Viertel Ora unterwegs waren und dabei Arkaz gewissermaßen vom einen Ende bis zum anderen abfuhren, saßen sie stumm da und sahen den vielen in den Gassen betroffen schweigenden Menschen an, dass es in der Stadt noch mehr Kranke und Tote geben musste, als sie eigentlich gedacht hatten. Die Stadt wurde allmählich von Todesfurcht ergriffen, doch brach noch nicht die Panik aus, die die beiden Ärzte bei großen Epidemien schon erlebt hatten. Die für ihr Mandelgebäck berühmte Konditorei Zofiri war leer, aber beim Friseur Panayot saß wie jeden Morgen der Wirt Dimosteni auf dem Korbstuhl und ließ sich rasieren. Am Hamidiye-Boulevard und auf dem großen Platz standen die Türen der Restaurants, der Läden und der Kaffeehäuser offen. In einer Gasse kurz vor dem Platz sahen sie, wie in einem Garten ein dunkelhaariger Junge herzzerreißend schluchzte, während an der Haustür Frauen auf Beileidsbesuch einander umarmten.

Als sie am Krankenhaus eintrafen, erschraken sie über die vor dem Eingang wartende Menschenmenge. Es stand also wirklich schlimmer als gedacht. Durch den Mord an Bonkowski Pascha und die sofortige Entsendung eines neuen Quarantänefachmanns hatte sich bei den Leuten der Gedanke festgesetzt, dass es sich wohl doch um die Pest handeln müsse.

Doktor Nuri stellte fest, dass in den vollen Krankensälen viel Unordnung und Aufregung herrschten. Der Hafenarbeiter, der vor zwei Tagen ständig geschlafen hatte, war inzwischen gestorben und bereits beerdigt worden. Die Griechin, die seinen Platz eingenommen hatte, war gleich von drei Personen begleitet, zwei Frauen und einem Mann.

»Wir dürfen hier keine Angehörigen mehr hereinlassen!«, verlangte Doktor Nuri.

Doktor Mihailis versammelte alle Ärzte in einem Raum im Kellergeschoss. Dort schilderte Doktor Nuri ihnen, wie es in China so manchem Kollegen zum Verhängnis geworden sei, wenn ein Patient bei der Untersuchung oder beim Aufschneiden einer Beule plötzlich angefangen habe zu spucken, zu niesen oder sich zu erbrechen. Ferner erzählte er ihnen eine Geschichte, die er beim Kongress in Venedig von einem britischen Kollegen gehört hatte. In Bombay habe ein fälschlicherweise als Diphtheriepatient diagnostizierter Pestkranker im letzten Delirium vor dem Tod einer Krankenschwester ins Auge gehustet. Das Auge sei sofort mit reichlich Diphtherieantitoxin ausgewaschen worden, doch dreißig Stunden später sei die Krankenschwester erkrankt und vier Tage darauf in einem ebensolchen Delirium verstorben.

Es entspann sich eine Diskussion über die Frage, ob es wirklich dreißig Stunden dauerte, bis nach der Infizierung des Körpers mit dem Keim die ersten Symptome wie Kopfschmerzen, Fieber oder Erbrechen auftraten. Doktor Ilias sagte, in Izmir sei dies von Patient zu Patient verschieden gewesen. Weder der Ansteckende noch der Angesteckte wisse um seinen Zustand Bescheid, und so könne die Seuche sich heimtückisch rasch verbreiten. Wie zuvor die Ratten würden auch die Menschen an allen Ecken und Enden der Stadt dahingerafft werden.

»So sieht es leider aus!«, sagte Doktor Nikos.

Doktor Nuri bekam auf diese Weise mit, dass der Quarantänedirektor nicht nur den Gouverneur und die Regierung in Istanbul dafür kritisierte, nicht genügend auf die Lage zu reagieren, sondern auch seine eigenen Kollegen.

»Dann sollten alle Märkte und Geschäfte geschlossen werden«, befand Doktor Ilias.

»Meiner Meinung nach wäre jede Art von Isolierung hilfreich und notwendig«, erwiderte Doktor Nuri. »Doch selbst wenn die Menschen sich erst mal an solche Verbote halten, wird wegen der Verbreitung des Keimes weitergestorben, und zwar bei den Leuten zu Hause. Dann wird es heißen, die Maßnahmen brächten nichts.«

»Ich wäre da nicht so pessimistisch«, sagte Doktor Ilias.

Bald redeten sie alle durcheinander. Wer Pakize Sultans Briefe liest, wird begreifen, dass in dem Kellerraum des Theodoropulos-Krankenhauses im Grunde die erste Sitzung der Quarantänekommission stattfand. Alle daran Teilnehmenden wünschten sich von Istanbul zusätzliche Ärzte – nach Möglichkeit natürlich muslimische – sowie mehr Ausrüstung.

Da die Krankheit sich so rasch verbreitete und es insbesondere in Vierteln wie Vavla oder Germe sehr schwer sein würde, sie zu stoppen, fragte einer der Ärzte Doktor Ilias, welche Maßnahmen Bonkowski Pascha wohl in so einem Fall ergriffen hätte.

»Bonkowski Pascha schwor auf alle Arten von Isolierung und Quarantäne. Mit der Bekämpfung von Ratten ist es ja nicht getan. Wo mit Desinfektionsmitteln nichts mehr auszurichten war, empfahl er auch, Behausungen vom Militär räumen und niederbrennen zu lassen. Vor sieben Jahren hat denn auch Seine Hoheit mit großem Interesse verfolgt, wie die Choleraepidemie in Üsküdar und Izmit erst dadurch beendet werden konnte, dass die verseuchtesten Viertel in Schutt und Asche gelegt wurden.«

Auf die Erwähnung des Sultans hin verfielen alle in Schweigen, da keiner einem Spitzel zum Opfer fallen wollte, und so ging die Versammlung zu Ende.

KAPITEL 17

Das Hauptpostamt von Minger war zwanzig Jahre zuvor, als Kâmil zehn war, mit einer großen, unvergesslichen Feier eröffnet worden. (Ein griechischer Lehrer war dabei ins Meer gefallen und ertrunken.) Zuvor hatte es im alten Regierungsgebäude ein Telegrafenamt gegeben, einen geheimnisvollen Raum, in dem es immer leise klapperte, und davon unabhängig ein ans Zollgebäude angrenzendes kleines Postamt, in dem vor allem Pakete abgefertigt wurden. Beide hatte der kleine Kâmil nie betreten.

Sobald es aber das Hauptpostamt gab, war dem Jungen jeder Vorwand recht, um mit seinem Vater dorthin zu gehen, und sei es nur, um die imposante Fassade zu sehen. Drinnen waren Rahmen mit Gebührenlisten, bunte Briefumschläge, Postkartenmodelle, Briefmarken mit einheimischen und ausländischen Ziffern darauf, diverse Aushänge, und zur Gebührenermittlung hing auch eine Karte des Osmanischen Reiches da. Leider zeigte auch sie nicht den aktuellen Stand der Dinge an, was einmal zu einem Streit zwischen einem Postbeamten führte, der Auslandstarif verlangte, und einem Kunden, der mit Verweis auf die Karte auf einem Inlandstarif bestand.

Das osmanische Post- und Telegrafenwesen war eigentlich schon dreißig Jahre lang vereinigt, und Sultan Abdülaziz (von dem es hieß, er möge die Insel nicht) hatte schon in den 1870er Jahren, als das Reich noch viel größer gewesen war, damit begonnen, Hauptpostämter errichten zu lassen, doch Minger war erst in der Amtszeit von Abdülhamit an die Reihe gekommen. Dass Abdülhamit, der in Minger das neue Regierungsgebäude, ein Krankenhaus, ein Polizeirevier, eine Brücke und eine Militärschule bauen ließ, auf der Insel beliebt war, ist noch untertrieben formuliert.

Wenn Major Kâmil nun die hohe Eingangstür zur Hauptpost von ferne sah oder die Stufen dazu emporstieg, war er wieder so aufgeregt wie damals als Kind. Das Eintreffen der Postsäcke aus Istanbul, Saloniki oder Izmir stellte den Höhepunkt der Woche dar. Wer einen Brief erwartete oder für sein Geschäft etwas bestellt hatte, kam dann ebenso vor die Tür des Postamts wie all die Dienstmädchen, Lehrlinge und Angestellten, die man auf Glück dorthin schickte, ob nicht vielleicht doch was dabei war. Einschreibebriefe wären von Postboten auch zugestellt worden, doch da sie teurer waren und die Zustellung länger dauerte, sandte jeder irgendjemanden zum Postamt. (Adressen schrieb man damals nach Gutdünken, und manche fügten ein kleines Gebet hinzu, damit der Brief auch ja ankomme.)

Kinder und neugierige Passanten bildeten das Gros der Wartenden. Manche der Säcke und Pakete wurden vor der Verteilung von Zollbeamten zur Prüfung geöffnet. Dem Pferdewagen, der sich mit den Postsäcken vom Hafen her die steile Gasse hinaufquälte, liefen meist Kinder hinterher. Zur Glanzzeit des Marmorhandels gab es ein italienisches Schiff namens *Montebello*, das Triest und viele Inseln anlief. Es verfügte über eigene Briefmarken und ein eigenes Verteilungsnetz, das Pakete bis in ferne Dörfer beförderte.

Aus dem Postamt trat meist der ältere Sekretär auf den Treppenabsatz heraus, auf dem der Namenszug von Sultan Abdülhamit angebracht war, las die Namen der Empfänger vor, gab die Briefe und Pakete aus, dann las er die übrig gebliebenen Namen noch mehrmals vor und rief: »Sagt den Leuten Bescheid, dass für sie etwas gekommen ist!« Schließlich verkündete er, sonst sei nichts mehr da, und die nächste Post komme mit dem Schiff aus Saloniki am Donnerstagmorgen.

Seit die Seuche sich verbreitete, stand am Eingang jemand und versprühte Lysoform. Der Major betrat das Postamt und stellte mit Befriedigung fest, dass die große Uhr der Marke Teta noch immer an Ort und Stelle war.

Er hörte seine Schritte in dem großen Raum widerhallen und warf einen Blick auf die Schalter, an denen Briefe und Pakete aufgegeben wurden. Auf Ständern, auf denen groß gewachsene Kunden die Ellbogen aufstützten, befanden sich Schälchen mit Essig, die einen angenehmen Duft verbreiteten. Nach allem, was der Major von Doktor Nuri gehört hatte, musste das eine Schutzmaßnahme sein, wahrscheinlich die einzig nennenswerte. (Unsere Leserinnen und Leser seien darauf verwiesen, dass der Major bei diesem Gedanken *zufällig* an genau der Stelle stehen blieb, an der auch Bonkowski Pascha kurz verharrte, bevor er durch die Hintertür verschwand.)

Wie jeder in Arkaz wusste auch Postdirektor Dimitris Efendi über die Ankunft des Majors mit der *Aziziye* und über die Gerüchte zu den drei frischverheirateten Töchtern Murats V. Bescheid. Beim Abwiegen des schweren, versiegelten Umschlags war er sich bewusst, dass jener von Prinzessin zu Prinzessin ging, und behandelte ihn mit besonderer Sorgfalt.

Der Major hatte schon oft aus Hafenstädten des Reiches Briefe nach Istanbul versandt. Für einen gewöhnlichen Brief von Hafen zu Hafen genügte das Aufkleben einer 20-Para-Marke. Wenn in der winzigen Poststation eines kleinen Provinzbahnhofs (Aynaroz, Karaferye, Alasonya) der Beamte keine 20-Para-Marke zur Hand hatte, schnitt er kurzerhand von einer 1-Kurusch-Marke die Hälfte ab und klebte sie auf den Umschlag. Nach einem Blick auf die Gebührentabelle verlangte Dimitris Efendi zusätzlich zum Normaltarif von 40 Para noch 1 Kurusch für das Einschreiben und 1 Kurusch für den Rückschein.

Der Major war überzeugt, dass die Seuche bald unter Kontrolle sei und sie dann mit der *Aziziye* nach China weiterreisen würden. Das hatte er auch Pakize Sultan erklärt, um sie davon abzubringen, für einen Rückschein unnötigerweise Geld auszugeben. Wer einmal voller Verwunderung diese Briefe liest, dem wird jener Satz als Beweis dafür gelten, dass der junge Offizier damals noch nicht die geringste Ahnung von der bedeutenden Rolle hatte, die die Historie ihm dereinst zudenken würde.

Die Briefmarken, auf denen der Namenszug Abdülhamits, Stern und Halbmond und zarte blaue Verzierungen prangten, wurden vom Major mit einem Pinselchen eingeleimt und aufgeklebt. Dimitris Efendi stempelte den Brief zweimal, dann ging der Major wieder zur Wanduhr.

Ihm wurde bewusst, dass ihn am Postamt am meisten jene Uhr anzog und ihm diese als Erstes einfiel, wenn er in fernen Städten an seine Heimat dachte. Woran genau das lag, hätte er auch nicht zu sagen gewusst. Als er vor zwanzig Jahren zum ersten Mal hierhergekommen war, hatte sein Vater ihn zunächst voller Ehrfurcht auf den Namenszug Abdülhamits am Eingang hingewiesen und ihn gleich danach mit einer Attitüde, in der ebenso viel Dankbarkeit und Bewunderung mitschwangen, vor die Wanduhr geführt und erläutert, auch dies sei ein Geschenk des Sultans. Der Vater zeigte ihm, dass auf der Uhr genauso wie auf den osmanischen Briefmarken sowohl arabische als auch europäische Ziffern standen. Als »zwölf Uhr« gelte den Europäern überdies nicht wie den Muslimen der Zeitpunkt von Sonnenauf- und -untergang, sondern die Stunde, in der die Sonne im Zenit stehe. Das wusste der kleine Kâmil zwar schon vom Läuten der Kirchenglocken her, doch wusste er eigentlich nicht, dass er es wusste, und deshalb rief es bei ihm eine Art »metaphysisches« Unbehagen hervor. Konnten zwei verschiedene Uhren in zwei unterschiedlichen Ziffern den gleichen Augenblick anzeigen? Wenn es dem Sultan, der in jeder Provinzhauptstadt einen Uhrturm errichten ließ, darauf ankam, dass jene Uhren überall die gleiche Zeit anzeigten, warum standen darauf dann arabische und europäische Ziffern?

Jenes damalige »metaphysische« Unbehagen stellte sich beim Major nunmehr ein, wenn er wie jeden Sommer wieder aufs Geratewohl in dem zerfledderten Buch über die Französische Revolution und die Freiheit las. Als er zum Regierungsgebäude zurückkehrte, um an der Sitzung der Quarantänekommission teilzunehmen, ging er in den Gassen rund um den Uhrturm, der zum fünfundzwanzigsten Jubiläum der Thronbesteigung erbaut, aber immer noch nicht fertiggestellt worden war, so traumwandlerisch herum, als hätte er sich verlaufen.

KAPITEL 18

Die Quarantänekommission, die neunzehn Mitglieder und einen Vorsitzenden umfasste, begann ihre Arbeit am 1. Mai um zwei Uhr nachmittags. Da es sich um die erste ernsthafte Seuche in den letzten fünfundzwanzig Jahren handelte, war es auch die erste ernsthafte Sitzung der bisher nur auf dem Papier bestehenden Kommission. Das Oberhaupt der griechisch-orthodoxen Gemeinde und zugleich Oberpriester der Dreifaltigkeitskirche, der bärtige Konstantinos Laneras, und der Oberpriester der Sankt-Georgs-Kirche, der asthmatische Istavrakis Efendi, waren in vollem Ornat erschienen, mit Tunika, Kopfhaube, Stola und großem Kreuz auf der Brust.

Mit Ausnahme von Doktor Ilias und Doktor Nuri kannten alle Kommissionsmitglieder sich untereinander. Der Gouverneur versammelte sie manchmal in dem Saal, wenn es etwa wegen einer Frauengeschichte zu Streit zwischen den Religionsgemeinschaften gekommen war. Er hörte sich dann die Sache an, erteilte Ermahnungen und versuchte, den Streit zu schlichten, ohne jemanden einsperren zu müssen. Wenn zur Erweiterung des Telegrafennetzes ins Landesinnere ein großer Bedarf an Baumstämmen bestand und der Gouverneur der Ansicht war, dazu müssten auch die Bewohner ihren Beitrag leisten, versammelte er ebenfalls Leute um den alten Holztisch und schwang eine so anrührende Rede über die Liebe zum Sultan, dass es ihnen die Tränen in die Augen trieb.

Die Vertreter aller Gemeinschaften, die Apotheker, die Konsuln, die Militärs, der Gouverneur, alle kamen zu der Auffassung, dass die Krankheit sich vom Hafen her bis in die höher gelegenen muslimischen Viertel schon sehr weit verbreitet habe und es zum Stoppen dieser verhängnisvollen Entwicklung unbedingt vonnöten sei, die Viertel Germe, Çite und Kadirler unter Quarantäne zu stellen. Tag für Tag stürben vier, fünf Menschen, doch mit der Krankheit schon Infizierte liefen in der Stadt noch immer frei herum.

Einig waren sich alle auch in Bezug auf das Thema, über das sie sich vor Beginn der Sitzung bereits flüsternd unterhalten hatten, nämlich dass der Mord an Bonkowski Pascha einen politischen Hintergrund habe. Die meisten ergingen sich dabei in Anspielungen, doch niemand wollte mit dem Finger auf jemand Bestimmten zeigen. Lediglich der französische Konsul Monsieur Andon hatte vor der Sitzung zu den anderen Konsuln, Priestern und Sekretären gesagt, das Verbrechen sei das Werk eines blutrünstigen Fanatikers, das gegen die Wissenschaft, die Medizin und den Westen gerichtet sei. Falls der Gouverneur den Mördern und ihren Hintermännern nicht schleunigst auf die Spur komme, müsse dies als eine Art Kampfansage gegen den Willen der europäischen Staaten aufgefasst werden.

Per Telegramm war der Quarantänekommission bereits vom Osmanischen Gesundheitsministerium in Istanbul übermittelt worden, was für Beschlüsse gefasst werden sollten. Die ständig wechselnden Maßnahmen, denen täglich neue hinzugefügt wurden, bekam Istanbul wiederum telegrafisch von der Internationalen Quarantäneorganisation mitgeteilt. Aufgabe der Kommission war es, die Beschlüsse an die Lage auf der Insel anzupassen und umzusetzen.

Alle Schulen wurden geschlossen. Darüber brauchte nicht groß diskutiert zu werden, denn die meisten Familien schickten ihre Kinder sowieso nicht mehr hin. Auf den Schulhöfen hingen nur noch die zwielichtigen Sprösslinge gleichgültiger, unglücklicher Familien herum. Welche Behörden dagegen wie bisher weiterarbeiten sollten und welche nur eingeschränkt, blieb den betreffenden Ämtern und ihren Leitern überlassen. Ferner wurde beschlossen, dass ab dem übernächsten Tag alle aus Alexandria, den nordafrikanischen Küsten, dem Suezkanal, den umliegenden Inseln und dem Orient eintreffenden Schiffe unter Quarantäne gestellt werden sollten. Sämtliche Passagiere jener als »infiziert« geltenden Schiffe würden dort vierzehn Tage verbringen müssen, bevor sie die Insel betreten durften. Den von der Insel ablegenden Schiffen wurde eine Quarantänefrist von fünf Tagen auferlegt.

Eine lange Debatte entspann sich darüber, welche Waren auf die Insel gelassen und in den Läden geführt werden durften (ähnlich war es schon bei der Verbotsliste in Cholerafällen gewesen). »Gehen uns die Verbote hier nicht ein bisschen leicht von der Hand?«, wandte der deutsche Konsul Franguli ein, der ansonsten wenig sprach. »Als ob die Seuche umso schneller besiegt wäre, je mehr Dinge wir verbieten?«

Sami Pascha empfand ebenfalls, dass die Kommissionsmitglieder gleich vielen Bürokraten am Verbieten geradezu Freude empfanden. »Keine Sorge, Franguli Efendi«, sagte er, »wenn die Verbote erst mal überall ausgehängt sind, werden die Leute sich so sehr fürchten, dass wir weder Polizei noch Militär zu schicken brauchen.«

Dass die Toten unter behördlicher Aufsicht mit Kalk bestreut und begraben werden sollten, führte zu Diskussionen. Der betagte griechische Arzt Tasos Bey gab zu bedenken, dass es bei der Durchführung dieses Beschlusses insbesondere mit strenggläubigen Muslimen in ärmeren Vierteln unweigerlich zu Streit kommen würde. Da genüge es dann nicht mehr, muslimische Ärzte und Quarantänebeamten hinzuschicken, sondern es würden Soldaten aus der Garnison vonnöten sein. So kam das Thema auf, dass zum Schutz der Ärzte das Militär erforderlich sein würde. Der Gouverneur dachte insgeheim, dass ein Staat, der es nicht einmal schaffe, ein verseuchtes Haus desinfizieren und eine Leiche mit Kalk bestreuen zu lassen, eine Epidemie nur schwerlich in den Griff bekommen werde.

Wie von Istanbul auferlegt, wurde beschlossen, dass die Habseligkeiten von Seuchentoten desinfiziert werden sollten. Der Preis für die dafür nötigen Desinfektionsmittel sollte von der Stadtverwaltung festgelegt werden, um Schwarzhandel zu unterbinden. Es wurde verboten, den Besitz eines Pesttoten an sich zu nehmen, zu benützen oder zu verkaufen oder sein Haus ohne behördliche Genehmigung und vorherige Desinfizierung zu betreten. Trödlerläden würden desinfiziert und danach geschlossen.

Konsuln und Ärzte warfen sorgenvoll die Frage auf, ob denn zu diesem Behufe ausreichend Feuerwehrleute und Beamte sowie Desinfektionsmittel vorhanden seien, doch der Gouverneur ging darauf kaum ein und diktierte seinen Sekretären Punkt für Punkt die Beschlüsse. Was die Ratten anging, sollten aus Izmir, Saloniki und Istanbul Fallen und Gift besorgt und die Bevölkerung durch die Aussetzung einer Belohnung von sechs Kurusch auf jede tote Ratte zur Jagd auf die Tiere ermuntert werden.

Auf die zweifelnden Blicke hin, die diese Maßnahme auslöste, erläuterte Damat Doktor Nuri, den Bewegungsradius der Ratten einzuschränken, sei sogar höchste Priorität. In Indien habe die Pest sich nicht etwa im Rhythmus der ins Landesinnere flüchtenden Bevölkerung ausgebreitet, sondern in dem Tempo, in dem Ratten von Dorf zu Dorf gelangt seien. Wo Züge verkehrten, seien Ratten und Flöhe darin als blinde Passagiere noch viel schneller vorwärts gekommen. Wo den Menschen das bewusst sei, sie sich von Ratten fernhielten beziehungsweise diese im Verein mit der Verwaltung bekämpften, und wo auch die Schiffe gründlich von Ratten gesäubert würden, da werde die Pest zurückgehen und schließlich verschwinden, dessen könne man sich ganz gewiss sein.

Doktor Nuri erinnerte daran, dass zwar der Pestbazillus entdeckt sei, doch leider noch kein wirksamer Impfstoff dagegen. Das Pestserum, das dieses Jahr in Krankenhäusern in Bombay Kranken in diversen Dosierungen injiziert worden sei, habe kein probates Ergebnis geliefert. Wer sich mit dem Bazillus anstecke, könne dies, je nach Widerstandskraft, entweder überleben (manche wurden nicht einmal richtig krank) oder er sterbe innerhalb von fünf Tagen. In seltenen Fällen komme es sogar in rattenfreien Gegenden zu Ansteckungen von Mensch zu Mensch über Speichel oder Blut. Aufgrund dieser ungewissen, bedrückenden Ausgangslage sähen sich selbst die fortschrittlichsten, erfahrensten Quarantäneärzte gezwungen, auf die vor vierhundert Jahren von den Venezianern erfundenen Isolierungsmaßnahmen und andere althergebrachte Methoden zurückzugreifen. Und obwohl die Briten in London Quarantänemaßnahmen als »unnötig« bezeichneten, setzten sie diese in Bombay mit militärischem Zwang durch.

Doktor Nuri sah, wie viel Verwirrung in den Köpfen der Teilnehmenden herrschte, und wollte mit einem konkreten Beispiel aufwarten. Der Gouverneur hielt gerade einen Brief, den ein Sekretär kurz zuvor aus dem Postamt gebracht hatte, über ein Räuchergefäß. Als das von Hand zu Hand weitergereichte Gefäß bei Doktor Nuri anlangte, tat er so, als würde auch er es benützen. Eine filigranere Ausgabe jenes Modells hatte er vor Jahren in Paris in der berühmten Galerie Colbert erstanden.

»Sehen Sie, ich mache es wie jeder andere auch und behandle Dokumente, die ich frisch bekomme, die Zeitung, die ich kaufe, oder Geldmünzen manchmal mit Weihrauch. Dabei ist man auf dem letzten Quarantänekongress in Venedig zu dem Schluss gekommen, dass Papiere, Briefe oder Bücher selbst dann nicht desinfiziert zu werden brauchen, wenn sie aus dem Haus eines Kranken stammen. Dennoch werde ich zu einem Patienten oder seinen Angehörigen, die verzweifelt im Krankenhaushof herumstehen, nicht sagen, dass das mit dem Weihrauch völlig unnütz ist. Und tun Sie das bitte auch nicht, meine Herren! Sonst glauben die Leute auch an keine Desinfektion mehr.« (Auf Französisch sagte einer am Tisch zu seinem Nachbarn: »Die glauben doch sowieso nur an besprochene Zettel und Amulette!«)

Um zu unterstreichen, was für eine fürchterliche Ungewissheit darüber sogar in der Medizin herrschte, erzählte Doktor Nuri die frappierende Geschichte eines Hongkonger Arztes, der beweisen wollte, dass die Pest sich einzig und allein über Ratten und Flöhe übertrug. Er verkündete, das Tung Wah Krankenhaus sei »sauber«, und verbrachte eine Nacht im gleichen Saal wie seine pestkranken Patienten. Obwohl es dort tatsächlich weder Ratten noch Flöhe gab, war der Arzt drei Tage später tot.

Doktor Nuri blickte in die resignierten Gesichter seiner Kollegen und setzte nach: »Meiner Meinung nach bringt es auch nichts, Geldmünzen in Essigwasser zu tauchen. Manche Hongkonger Ärzte sollen aber, bevor sie einem Patienten den Puls fühlen, die Fingerspitzen in Essig stecken. Solche Maßnahmen sind nicht ganz umsonst, solange sie dem Arzt und dem Patienten Hoffnung verleihen. Wo keine Hoffnung mehr ist, kann man noch so viele Soldaten aufmarschieren lassen und die Leute doch nicht dazu bringen, sich an die Verbote zu halten, weil sie an diese nicht mehr glauben, und dann wird eine Quarantäne unmöglich. Quarantäne muss eigentlich bedeuten, dass man widerstrebende Menschen erzieht und ihnen beibringt, wie sie sich selbst schützen können.«

»Und das Militär brauchen wir also gar nicht?«, fragte der deutsche Konsul spöttisch. »Die Leute werden auch so gehorchen?«

»Ohne Angst vor dem Militär lassen die Menschen sich gar nichts vorschreiben«, warf der französische Konsul ein. »Von wegen eine Quarantäne oder sonst ein Verbot einhalten ... In Çite, Germe oder Kadirler darf sich ein christlicher Arzt nicht mal einfallen lassen, sich mit seiner Arzttasche als solcher kenntlich zu machen, sonst wird er gleich angegriffen. Gut, dass Sie diesen Ramiz eingesperrt haben. Lassen Sie ihn nur ja nicht wieder raus.«

Der Gouverneur bat darum, man solle doch gegenüber Gemeinschaften, Orden oder auch Einzelpersonen keine Vorurteile hegen (wobei er das französische Wort für »Vorurteil« benutzte). Die Kommissionsmitglieder sollten sich keine Sorgen machen, es würden alle notwendigen Maßnahmen ergriffen.

»Dann muss als Erstes der Zugang zu Kadirler, Çite und Germe geregelt werden«, versetzte der französische Konsul. »Da gibt es welche, die ziehen sich die Kleider eines verstorbenen Angehörigen an und spazieren damit unbehelligt den Hamidiye-Boulevard entlang, gehen in die Läden, auf den Markt, hinunter zum Hafen. Wenn wir dem nicht augenblicklich einen Riegel vorschieben, hat binnen einer Woche jeder auf der Insel den Pestbazillus im Leib.«

»Vielleicht haben wir ihn ja jetzt schon«, sagte der Priester Istavrakis, schlug das Kreuzzeichen und begann leise zu beten.

»Glauben Sie mir schon mal«, sagte der Gouverneur, »dass Scheich Hamdullah keine Amulette und besprochenen Zettel verteilt und nicht wie manche falschen Hodschas armen Kranken mit einer Bürste irgendwas auf Hand oder Brust kritzelt!«

Die Konsuln waren einigermaßen beruhigt darüber, dass der Gouverneur den Scheich anscheinend überwachen ließ und dieses Geheimnis auch mit ihnen teilte. Als noch einmal die Frage nach der Einhaltung der Verbote aufs Tapet kam, sagte der Gouverneur: »Wenn die Maßnahmen morgen erst mal angeschlagen sind, werden Sie sehen, dass unsere braven Inselbewohner sich aus freien Stücken daran halten. Gestern sind sechs Menschen gestorben, fünf Muslime und ein Grieche. Durch unsere Maßnahmen werden diese Zahlen aber sinken, wie das ja auch in Izmir der Fall war.«

»Und wenn die Leute doch nicht gehorchen, werden dann die Soldaten auf sie schießen wie auf die Mekka-Pilger?«, fragte der französische Konsul.

Da hatte Sami Pascha aber eine gerade hereingekommene Nachricht vor sich, die er ausgiebig beräucherte (gern hätte er den Inhalt im Weihrauch verschwinden lassen). Dann aber las er betrübt vor.

»Meine Herren, leider muss ich Ihnen mitteilen, dass der allseits beliebte Doktor Alexandros Bey aus Saloniki verstorben ist. Die Todesursache …«

»Ist natürlich die Pest …«, unterbrach ihn Quarantänedirektor Nikos.

»Hätten Sie von Anfang an eingesehen, dass wir es mit der Pest zu tun haben, müssten wir Doktor Alexandros vielleicht jetzt nicht beweinen«, klagte der französische Konsul.

»Meine Herren, an der Pest ist nicht der Staat schuld!«, rief der Gouverneur aus.

Die Kommissionsmitglieder redeten aufgeregt untereinander weiter. Mit den Worten »Wir beraten lieber morgen früh weiter« beendete der Gouverneur die Sitzung, bevor sie ausarten konnte. Ruckartig erhob er sich, und mit den für ihn so charakteristischen kleinen, raschen Schritten ging er zur Tür hinaus.

KAPITEL 19

Im Nebenraum überprüfte er, ob die nötigen Vorbereitungen getroffen worden waren. In der Erwartung, dass die Sitzung sich hinziehen würde, hatten die Amtsdiener schon Petroleumlampen herbeigeholt, ihnen die mit Blumenmotiven verzierten birnenförmigen Glaszylinder aufgesetzt und die auf Befehl des Garnisonskommandanten in der Militärbäckerei gebackenen Oliven- und Thymianbrote zum Verteilen an die Kommissionsmitglieder bereitgelegt. Im Innenhof hatten sich Sekretäre, Gendarmen, Konsulatsangestellte, Wächter, Journalisten, Soldaten und junge Priester versammelt. Manche hatten am Rand auf Stühlen und Bänken Platz genommen, die meisten standen, doch allen gemeinsam war, dass sie von Feuerwehrleuten ausgiebig mit Desinfektionsmittel eingesprüht worden waren.

Kaum saß der Gouverneur am Schreibtisch, ersah er aus den Mitteilungen, die seine Sekretäre ihm vorgelegt hatten, dass viele der muslimischen und christlichen Honoratioren sich erhofften, er würde ihnen einen Platz auf einem der Schiffe besorgen, die noch ausliefen. Da wurde ihm erst klar, wie viele Menschen von der Insel wegwollten und dass die Schiffe schon alle ausgebucht waren. Zahlreiche Wohlhabende hatten als Bittsteller ihre Diener oder Hausmeister geschickt, die nun im Hof oder vor der Tür standen.

Der Gouverneur sah ein chiffriertes Telegramm auf seinem Schreibtisch, aber auch ohne seinen Dechiffrierer zu bemühen, ahnte er, dass seine Frau wieder einmal geschrieben hatte, sie werde auf die Insel kommen. Wie viel war über den Mord an Bonkowski Pascha und die Seuche auf der Insel wohl bis in ihre Villa in Üsküdar gedrungen? Wollte seine Frau andeuten, aus heldenhaftem Streben heraus werde sie ihren Gatten in einer so schwierigen Lage nicht alleinlassen? Der Gouverneur sah ihr geduldiges, liebevolles Gesicht vor sich.

Sami Pascha war vor fünf Jahren zum Gouverneur von Minger ernannt worden. Er war albanischer Abstammung und in seiner Jugend per Zufall nach Ägypten geraten, wo er bei der Familie des Khediven als Sekretär, Adjutant und Dolmetscher (für Französisch) tätig gewesen war und sich dabei so anstellig emporgearbeitet hatte, dass ihm der Weg nach Istanbul offenstand. Dort trat er direkt in den Dienst des Osmanischen Reiches ein und arbeitete an Orten wie Aleppo, Skopje oder Beirut als Landrat, Provinzstatthalter und schließlich Gouverneur. Aufgrund seiner Nähe zu Kıbrıslı Kâmil Pascha war er vor fünfzehn Jahren während dessen erster Amtszeit als Großwesir in die Regierung gerufen, dann aber aus irgendeinem Grund, den er sich bis heute nicht zu erklären wusste, aus seinem Amt entfernt und von da an als Gouverneur in diverse Ecken des Reiches geschickt worden. Da er sich einredete, was immer seine Schuld gewesen sein mochte, würde von Sultan Abdülhamit irgendwann vergessen werden, rechnete er fest damit, eines Tages wieder nach Istanbul gerufen und mit einer wichtigen Aufgabe betraut zu werden, denn es ging ihm wie den meisten osmanischen Gouverneuren, die in einer Versetzung nicht etwa den Ausdruck für ihre Unfähigkeit auf dem letzten Posten sahen, sondern vielmehr den Beweis dafür, dass Abdülhamit ihrer immerhin noch gedachte.

Als Sami Pascha nach Minger versetzt worden war, war seine Frau Esma nicht mitgezogen. Es war in der letzten Zeit zu so vielen Ortswechseln und damit verbundenen Mühen gekommen, dass ihre Ehe darunter gelitten hatte. Da seine Frau es satt war, immer wieder den ganzen Hausstand woandershin schaffen zu müssen und in Gegenden, in denen kaum Türkisch gesprochen wurde, meist ein einsames Leben zu führen, war sie mit dem Argument, kaum wären sie in Minger, würde ihr Mann ja doch schon wieder woandershin versetzt, diesmal in ihrem Haus in Istanbul geblieben. Nun hatten sich aber der Verbleib von Sami Pascha und somit ihre Trennung unerwarteterweise über fünf Jahre hingezogen. Da Sami Pascha mit dem Alleinsein nicht zurechtkam, war er mit Marika, der Witwe eines griechischen Geschichtslehrers, eine »heimliche« Beziehung eingegangen, über die man sich auf der Insel hinreichend das Maul zerriss.

Sami Pascha ließ ein Telegramm chiffrieren, in dem er betonte, wie sehr er sich nach seiner Frau und seinen beiden verheirateten Töchtern sehne, nur möchten sie doch bitte keinesfalls auf die Insel kommen. Dann wartete er ab, bis es draußen richtig dunkel war. Der Hafen war vermutlich noch voller Menschen auf der Suche nach einer Schiffsfahrkarte. Als er sicher war, dass sich zumindest auf dem Platz vor dem Regierungsgebäude die Menge zerstreut hatte und keine Kutschen mehr unterwegs waren, verließ er durch eine Hintertür das Gebäude. Auf der Straße roch es nach frischem Pferdemist. (Wie die meisten Inselbewohner liebte er diesen Geruch.) Die wie immer säumigen Laternenanzünder waren ihrer Aufgabe noch nicht nachgekommen, und auch ansonsten hätten sie den Gouverneur wohl im Dunkeln nicht erkannt.

Auf den Straßen sah Sami Pascha Frauen, die mit ihren Kindern nach Hause eilten, Bettler, die vom Markt kamen und jeden Passanten anflehten, Leute, die mit sich selbst redeten, und alte Männer, die sich die Augen ausgeweint hatten. An der Tür zum Kaufhaus Dafni stand auf einem Schild, aus Izmir seien Rattenfallen eingetroffen, doch war das Geschäft den ganzen Tag nicht geöffnet worden. Der Gouverneur wunderte sich nicht weiter über die vielen geschlossenen Läden, war ihm doch von seinen Spitzeln zugetragen worden, viele Metzger, Gemüsehändler oder Teppichhändler hätten es schlau angefangen und ihre Geschäfte leer geräumt, bevor die Quarantänebeamten darüber befinden konnten. Die Lokale, aus denen es nach Kochdunst und gebratenem Olivenöl roch, waren noch geöffnet, und am Hafen standen Alte und Arbeitslose herum und gafften. In diesem Teil der Stadt ging es zu, als ob nichts wäre. Oder aber die Menschen fürchteten sich, und der Gouverneur merkte das nur nicht. Er ging gerne nach Einbruch der Dunkelheit inkognito herum, wenn auch durch die Wächter, die ihm dennoch folgten, offenkundig war, um wen es sich bei ihm handelte.

Der alte Kutscher Zekeriya wartete mit seinem unscheinbaren Gefährt am Hrisopolitissa-Platz auf ihn. Die Apotheke des schändlichen Nikiforo war schon geschlossen. Bestimmt war auf dem Platz ein Polizist in Zivil, doch wo? Der Überwachungsbeauftragte Mazhar Efendi war ein hervorragender, treuer Beamter, der seine Polizisten und Spione bestens heranzog. Dass Sami Paschas Treffen mit Marika, diese ganze unvergleichliche Situation, sich noch nicht zu einem politischen oder diplomatischen Eklat entwickelt hatten, war dem Umstand zu verdanken, dass Mazhar den Klatsch darüber mit Strafen belegte, das wusste der Gouverneur nur zu gut. Manchmal stellte er sich vor, Mazhar Efendi würde vielleicht nicht an den Sultan, aber doch direkt an den Palast Telegramme senden.

Auf dem kleinen Platz stieg er in die Kutsche ein. Im Grunde hatte es nicht viel Sinn, den restlichen Weg in einer Kutsche zurückzulegen. Im Winter allerdings, wenn sich nach Regenfällen die Gasse in ein Schlammfeld verwandelte, durfte er das Haus der Witwe mit seinen besudelten Stiefeln nicht betreten, und mit der Zeit war die Kutschenfahrt zu einer Gewohnheit geworden, die in den Sommer übergelappt war. Wie jedes Mal bog die Kutsche vor dem Anwesen der reichen griechischen Familie Mimiyanos in die Gassen von Petalis ab; der Gouverneur stieg aber nicht an der von Kastanien in Dunkel getauchten Ecke aus, sondern auf dem Platz mit den Tavernen, von denen man den Hafen überblickte.

Im Romantika und den beiden anderen Tavernen waren kaum Menschen, vor dem Eingang des Buzuki wurden die Gäste mit Lysol besprüht. Ohne sich darum zu kümmern, ob jemand ihn erkannte, ging der Gouverneur zum Haus seiner Geliebten.

Dass er wegen der Seuchenlage, die doch immerhin eine tödliche Gefahr bedeutete, seine »geheime« Beziehung, über die jedermann Bescheid zu wissen glaubte, nunmehr eigentlich erst recht wie ein Dieb hätte verstecken müssen, empfand er als unnötig und erniedrigend. Wie immer trat er durch die Gartentür hinter dem Haus und spürte dabei, wie die Hühner, die aus Angst vor Füchsen zunächst losgackerten, ihm danach stumm hinterherblickten. Die Küchentür des einstöckigen Hauses ging wie stets von selbst auf. Jedes Mal schlug dem Gouverneur ein Geruch nach muffiger Küche und feuchtem Stein in die Nase, doch eigentlich war dies der Geruch von Liebe und Schuldgefühl.

Sofort umarmten die beiden sich stürmisch und liebten sich in der dunklen Kammer. Sami Pascha erschien es übertrieben, dass er sich der Liebe jedes Mal so rückhaltlos hingab, und lieber hätte er wie ein kluger Staatsmann den Gang der Dinge verlangsamen und das Gefühl vermitteln wollen, er sei stets Herr der Lage. Dabei stürzte er sich auf Marika wie eine Mutter, die ihr verloren geglaubtes Kind wiederfindet! Nach einem Tag voller schlechter Nachrichten hatte er mehr Angst vor der Einsamkeit als davor, sich jemandem anzuvertrauen. So schlief er mit Marika, wie er nur gerade Lust hatte.

Als sie danach am Esstisch saßen, sagte er: »In den oberen Vierteln wie Ora oder Flizvos sperren immer mehr Familien ihre Häuser zu. Die Familie Angelos, die jeden Frühling aus Izmir kommt, hatte schon ihr Faktotum damit beauftragt, ihr Haus in Yukarı Turunçlar aufzusperren und herzurichten, dann haben sie per Telegramm alles storniert. Und für ihre Neffen auf der Insel bemühen sie sich jetzt um Schiffsfahrkarten. Der Marmorkönig Sabahattin will auch weg.«

Marika erzählte, was der Schwiegertochter der zwei Straßen weiter oben wohnenden Familie Karkavitsas aus Saloniki widerfahren war, die ebenfalls mit Marmor reich geworden war. Die junge Frau sei wie jedes Jahr vor Ostern in die palastartige Villa gezogen, die man für sie schon vorbereitet hatte, dann sei sie mit ihrer Schwester und dem Hausknecht zum Alten Markt hinuntergegangen, den sie so liebte, zum berühmten Gewürzladen von Arif und in die Konditorei Zofiri. Da habe sie auf einmal vor einer Hühnerbraterei den Besitzer wie benommen dasitzen sehen und an seinem Hals eine Beule entdeckt. Schnurstracks sei sie in ihr Viertel zurückgekehrt, habe die Villa wieder zusperren lassen und am nächsten Morgen den Dampfer nach Saloniki bestiegen.

»Und ist bestimmt nicht weggekommen«, versetzte der Gouverneur. »Die haben nämlich weder beim Lloyd noch bei den Maritimes Fahrkarten bekommen und sich dann an mich gewandt. Dabei stehen diese Familien doch den Konsuln viel näher als mir.«

Sie schwiegen. Marika war von schlichtem Ernst. Sie war etwas über vierzig, hochgewachsen, und wie die Mutter Sami Paschas hatte sie eine helle Haut und dunkelblondes dichtes Haar. Dazu eine zierliche, ganz eigenwillige Stupsnase, an der Sami Pascha sich nicht sattsehen konnte.

Marika schob dem Gouverneur einen vorbereiteten Teller hin und betonte, sowohl das Hühnchen als auch die Pflaumen seien aus dem eigenen Garten und das Mehl sei ihr vor zehn Tagen aus der Garnisonsbäckerei geliefert worden. »Die Hefefladen von dort schmecken herrlich«, sagte sie. »Kann man die Pest auch vom Essen kriegen?«

»Das weiß ich nicht!«, erwiderte der Gouverneur seufzend. »Das Hühnchen hättest du aber nicht schlachten sollen«, fügte er hinzu, als hätte er selbst einen blutigen Tag hinter sich. Mit einer Offenheit, die ihn selbst verwunderte, sagte er dann, was ihm gerade in den Sinn kam.

»In ein paar Tagen fängt die Quarantäne an. Andernfalls werden die Briten und Franzosen garantiert genau wie in Izmir von allen ein- und auslaufenden Schiffen verlangen, dass Passagiere und Fracht fünf Tage lang isoliert werden. Von der Insel wegzukommen wird danach noch mühsamer und teurer werden. Außerdem werden überhaupt weniger Schiffe verkehren. Daher der Ansturm auf die Reisebüros von lauter Menschen, die das ähnlich sehen wie ich. Ich habe aber noch Fahrkarten besorgen können, für das Schiff der Messageries Maritimes, das morgen nach Saloniki ausläuft. Für dich, deinen Bruder und deine Nichte.«

Eigentlich hatte er nicht genau drei Fahrkarten reserviert, aber er wusste, dass er noch ein paar bekommen würde.

»Ich verstehe nicht?«

»Marika, wenn du bis morgen mit den Vorbereitungen nicht fertig wirst, bleibt noch übermorgen, da geht das letzte quarantänefreie Schiff ab, von der Reederei Pantaleon. Wenn du willst, besorge ich dir augenblicklich eine Fahrkarte dafür.«

»Aber was ist mit Ihnen? Wann kommen Sie nach?«

»Was redest du da? Solange diese Heimsuchung nicht beendet ist, bin ich hier Gouverneur.«

Sami Pascha wollte die Miene der schweigenden Frau sehen, aber es war zu dunkel dafür.

»Mein Platz ist an Ihrer Seite.«

»Das ist kein Scherz! Die haben den mächtigen Bonkowski Pascha umgebracht!«

»Was meinen Sie, wer das getan hat?«

»Es kann natürlich ein unglücklicher Zufall gewesen sein. Aber Leute, die darauf aus sind, dass die Pest sich verbreitet, dass Muslime und Christen aufeinander einprügeln und wir dann einschreiten müssen, die bedrohen nach Bonkowski Pascha nun offensichtlich auch Doktor Ilias. Der Arme fühlte sich im Gästehaus nicht mehr in Sicherheit.«

»An Ihrer Seite habe ich keine Angst.«

»Das solltest du aber!«, sagte Sami Pascha und legte seiner Geliebten die Hand aufs Knie. »Die Konsuln, die Geschäftsleute, unsere Hodschas, alle werden gegen die Verbote protestieren. Und die Seuche breitet sich weiter aus, das sehe ich schon kommen. Wir werden zugleich mit der Pest kämpfen und uns vor Mördern in Acht nehmen müssen.«

»Seien Sie nicht so pessimistisch. Ich werde Ihre Beschlüsse befolgen. Ich werde aufpassen, was ich esse, und niemanden ins Haus lassen, dann passiert auch nichts.«

»Doch, du wirst deinen Bruder hereinlassen, deine Nichte, die Leute, die dir Brot oder Kirschen bringen, oder irgendein Nachbarskind, das dir leidtut. Und mich doch auch, oder? Die Pest kann dir auch mit mir ins Haus kommen.«

»Eine Krankheit, mit der Sie sich anstecken, will ich auch bekommen. Lieber will ich sterben, als Sie in solcher Not nicht ins Haus zu lassen.«

»Es kann sein, dass es draußen zugeht wie beim Jüngsten Gericht«, sagte Sami Pascha unerbittlich. »Und am Tag des Jüngsten Gerichts kennt weder die Mutter ihren Sohn mehr, noch die Tochter ihren Vater oder die Frau ihren Mann, so steht es im Koran …«

»Dass Sie so darauf bestehen, fasse ich allmählich als Beleidigung auf.«

»Ich wusste, dass du das sagen würdest.«

»Warum verletzen Sie mich dann mit einem solchen Vorschlag?«

Erleichtert nahm Sami Pascha wahr, dass jener letzte Satz wohl in eine ihrer kleinen Streitereien und Kokettierereien münden würde. Wäre Marika Muslimin gewesen, hätte er es halten können wie so mancher in die Provinz entsandte Statthalter, nämlich hätte er sie einfach zu seiner Zweitfrau nehmen können, ohne seine Gattin in Istanbul überhaupt davon zu unterrichten. Nun hatte Sami Pascha allerdings in der osmanischen Bürokratie eine hohe Stellung inne, und zudem hatten die Konsuln und Botschafter in den letzten Jahren immer häufiger moniert, die Bekehrung von Christen in Muslime sei »unter Zwang« erfolgt, sodass man bei Hofe schon unruhig zu werden begann und Sami Pascha vor solch einem Schritt denn auch zurückschreckte.

»Ach, was soll dann aus uns werden? Was haben wir verbrochen? Was sollen wir nur tun?«

»Höre auf mich, höre auf den Staat und nicht auf irgendwelche Gerüchte. Der Staat hat die Lage in der Hand.«

»Wenn Sie nur wüssten, was alles geredet wird!«

»Was denn bitte schön?«, fragte der Gouverneur in förmlichem Ton.

»Zum Beispiel, dass Bonkowski Pascha die Pest eingeschleppt hat. Und dass jetzt, wo er tot ist, die Pest umherirrt wie ein Kind, das sich verlaufen hat. Und dass noch andere sterben müssen.«

»Was noch?«

»Leider sagen manche noch, auf der Insel gebe es gar keine Pest. Auch unter den Griechen.«

»Daran glaube ich gar nicht mehr. Und weiter?«

»Einige behaupten, an Bord der *Aziziye* seien Ratten und deshalb hätten wir nun die Pest am Hals.«

»Und sonst?«

»Die Sultanstochter soll sehr schön sein! Stimmt das?«

»Das weiß ich nicht!«, erwiderte Sami Pascha, als müsste er ein Staatsgeheimnis hüten. »Aber niemand ist schöner als du!«

KAPITEL 20

Zu Beginn der Quarantänesitzung am folgenden Morgen zeigte der Gouverneur den kleinen Nebenraum vor, in dem nach einem Beschluss vom Vortag ein Stadtplan aufgehängt worden war. In Befolgung epidemiologischer Erkenntnisse sollten darauf alle Häuser angezeichnet werden, aus denen Pesttote stammten, damit man beschließen konnte, welche Straßen und Viertel zum Sperrgebiet erklärt werden sollten.

Der Apotheker Nikiforo nutzte die Gelegenheit, um den Gouverneur in ausgesucht höflicher Form um die Rückgabe seines Reklametuches zu bitten. »Ich werde auch an sämtlichen Sitzungen teilnehmen und jeweils in Ihrem Sinne abstimmen«, fügte er hinzu.

»Sie sind aber schon ein sehr hartnäckiger Mensch, Nikiforo Efendi«, erwiderte der Gouverneur und öffnete den Schrank. Er nahm das Tuch heraus und zeigte es den Kommissionsmitgliedern. »Da ist es!«

Doktor Nuri, der Major, der Überwachungsbeauftragte, die Priester, alle besahen sich das rötliche Stück Stoff, das kunstvoll mit einer Minger-Rose bestickt war. Der Gouverneur beobachtete genau, wie es auf die Betrachter wirkte.

»Ihr Tuch scheint jedem zu gefallen, Nikiforo Efendi«, sagte er.

»Die Idee dazu stammte von Bonkowski Pascha«, sagte der Apotheker.

»Sie werden es ganz bestimmt zurückbekommen, es ist ja seit der Beschlagnahmung ordnungsgemäß bei uns registriert. Selbst wenn ich wollte, könnte ich es Ihnen momentan nicht aushändigen, doch sobald die Pest vorbei ist und wir das gebührend feiern, werde ich Ihnen das Tuch vor den Augen der Bevölkerung zurückgeben. Die hier anwesenden Hodschas, Priester und Militärs seien mir Zeuge.«

»Wie Sie meinen, Herr Gouverneur.«

»Das Tuch gehört natürlich Ihnen, die Minger-Rose aber dem ganzen Volk.«

Ob mit dem »ganzen Volk« nur die Inselbewohner gemeint waren oder aber das Volk des gesamten Osmanischen Reiches, darüber sind die Historiker sich nicht einig.

Der Gouverneur verstaute das Tuch wieder im Schrank und nahm seinen Platz am Besprechungstisch ein. Rasch ließ er die Punkte niederschreiben und genehmigen, über die er sich zuvor schon mit Doktor Nuri und Doktor Ilias verständigt hatte. Dabei ging es um die Verwendung eines Teils der Burganlage, nämlich eines Gebäudes und eines großen Hofes, als Isolierstation, um die Anlegung neuer Friedhöfe außerhalb der Stadt, um die Bewachung geräumter Häuser und Ähnliches. Einige dieser prompten Beschlüsse sollten durch die völlige Umgestaltung mancher Viertel für die Insel von geradezu historischer Bedeutung sein. Als die Verbote veröffentlicht wurden, überraschte am meisten, dass es von nun an nicht mehr erlaubt sei, eine »Menschenmenge« zu bilden, ja dass sogar nicht mehr als zwei Personen »zusammenstehen« durften.

»Sind dann auch die Freitagsgebete beliebter Prediger untersagt, zu denen die Menschen nur so strömen?«, fragte der russische Konsul Mihailow.

»Auch dazu wären wir befugt, doch einstweilen wird noch kein solcher Beschluss gefasst«, erwiderte der Gouverneur. »Unter welchem Vorwand sollte aber ein Arzt etwas dagegen haben, wenn ein Gläubiger allein in die Moschee kommt, seine rituelle Waschung vornimmt und dann betet, ohne irgendjemanden zu berühren?«

»Allein die schmutzigen Teppiche dort sind doch schon ein Bazillennest«, ließ sich jemand halb spöttisch, halb kritisch vernehmen.

»Die Griechisch-Orthodoxe Gemeinschaft kann ihre sonntäglichen Gottesdienste suspendieren«, sagte deren Oberhaupt Konstantinos Efendi. »Die Gläubigen würden sich daran halten.«

Seit Ausbruch der Seuche waren die Kirchen noch leerer als sonst.

Die Moscheen dagegen waren besser besucht denn je, und auch bei Bestattungen drängten sich die Menschen.

»Wenn die Krankheit doch vor allem an der alten Marmoranlegestelle und in den Baracken der Flüchtlinge aus Kreta grassiert, warum muss dann bei mir in Eyoklima ein Steppdeckenhändler seinen Laden zusperren?«, fragte der französische Konsul Monsieur Andon.

»Weil du nah an der Garnison dran bist«, ließ jemand verlauten, doch niemand griff das auf.

Während der Sitzung wurden die Kommissionsmitglieder durch hereingebrachte Meldungen über die Entwicklung in der Stadt auf dem Laufenden gehalten. Umgekehrt verbreiteten sich die behandelten Themen, insbesondere über die Geschäftsleute, rasch in der Stadt, nicht ohne aber auf ihrem Weg durch Missverständnisse, Empfindlichkeiten und falsche Gerüchte angereichert und durch eine Portion Beschuldigungen zusätzlich gepfeffert zu werden.

Am meisten wurde darüber geredet, ob nicht eigentlich viel mehr Menschen starben, als offiziell vermeldet wurde, und ob nicht vor allem arme Muslime und Flüchtlinge aus Kreta ihre Toten versteckten, damit die Quarantänebeamten nicht ihre Häuser zusperren und die Ware in ihren Läden beschlagnahmen konnten.

Jene vielfach geäußerte Meinung konterte der Gouverneur mit der Bemerkung, die Muslime legten auf ihre Toten und deren Bestattung sehr viel Wert. »An den Behauptungen, Menschen von dieser Insel würden mitten in der Nacht ohne Totenfeier, ohne Gebet und ohne vorherige Waschung einen Verstorbenen einfach verscharren, ist daher nicht das Mindeste dran.«

»Wenn Eure Exzellenz den gepanzerten Landauer zur Verfügung stellen, kann ich Sie sogleich zur alten Marmoranlegestelle bringen«, versetzte der französische Konsul.

»Ich weiß durchaus Bescheid«, entgegnete der Gouverneur, »dass Sie dort gestern mit dem griechischen Vizekonsul Leonidis unterwegs waren. Die Leute dort stammen aber nicht von der Insel, das sind Flüchtlinge.«

»Haben Sie dort auch den Kreter gesehen, der in der Nacht mit einem Korb voller Ratten die Pest verbreitet?«, sagte der für seinen Mutterwitz bekannte britische Konsul Monsieur Corc (eigentlich George, ein echter Brite, und auch ein echter Konsul).

»An so etwas glauben schon so viele, dass ich am Ende noch selbst daran glaube.«

»Wir wussten ja schon, dass ein Teufel die Pest verbreitet, aber noch nicht, dass es ein kretischer ist!«

»Wenn in früheren Zeiten in Florenz oder Marseille die Pest ausbrach«, warf Doktor Nuri ein, »und die Bürger begriffen, dass die Stadtoberen dagegen nichts auszurichten vermochten, meldeten sie sich, ob jung oder alt, freiwillig dazu, sämtliche Häuser zu durchkämmen, um somit ihre Stadt zu retten. Und Menschen, die sich nicht nur um ihrer selbst willen, sondern auch für das Leben ihrer Stadt heldenhaft aufopfern, gibt es auf dieser Insel genauso gut.«

»So wie Doktor Alexandros?«

»Mag sein, dass es hier Leute gibt, die sich für die Insel aufopfern würden. Aber wohl kaum, solange die Atmosphäre hier so vergiftet ist.«

»Der Gouverneur kann anstellen, was er will, aber heutzutage wird kein Muslim sich so leicht für einen Christen opfern, und kein Christ sich für einen Muslim. Da sollten sich die an der Nase fassen, die uns so weit gebracht haben.«

»Für die muslimischen Viertel werden sich Muslime finden, und für die griechischen Viertel Griechen«, entgegnete der britische Konsul.

»Die zweite Möglichkeit bestünde in dem, was den Briten in Indien gelungen ist.«

»Ich höre ja zum ersten Mal, dass den Briten gegen die Pest in Indien irgendetwas gelungen ist.«

»Wenn sich irgendwo keine Freiwilligen melden oder niemand begreift, dass man überhaupt Freiwillige braucht …«

»Dann zwingt man die Leute zur Freiwilligkeit!«

»Nein, das nicht«, beschied Doktor Nuri den russischen Konsul Mihailow lächelnd. »Man schickt keine Freiwilligen los, sondern Soldaten.«

Schweigen breitete sich aus. »Unsere arabischen Soldaten werden in kein Haus eindringen«, sagte dann der Überwachungsbeauftragte.

Nach dem Pilgerschiffaufstand hatte Abdülhamit die vier auf der Insel stationierten Kompanien mitsamt ihren Kommandanten woandershin versetzt und stattdessen aus dem Fünften Heer in Damaskus zwei Kompanien mit arabischen Soldaten zusammengestellt und nach Minger gesandt. Deren Auftrag bestand darin, Jagd auf griechische Banden zu machen und sich nur ja nicht in die Politik und die Quarantäneregeln auf der Insel einzumischen.

»Wir sollten nicht so pessimistisch sein«, sagte der Gouverneur. »Wenn wir die Häuser durchkämmen lassen, brauchen die Soldaten ja nur draußen auf der Straße Wache zu halten und erst dann einzugreifen, wenn es zu Streit kommt. Mit Pulver und Munition müssen wir sie aber schon ausrüsten.«

»Wie sollen wir verhindern, dass diese sprachunkundigen Soldaten nicht wieder aus Versehen auf Leute schießen?«, wandte der französische Konsul ein.

»Damit das Heer der Quarantänefreiwilligen, das sich auf Minger herausbilden wird, aufs Vortrefflichste in die militärische Organisation eingegliedert wird, hat Seine Hoheit der Sultan uns aus Istanbul Major Kâmil geschickt«, erläuterte Sami Pascha. »Und dieser junge, couragierte Offizier ist heute unter uns.«

Major Kâmil, der neben Sekretären und anderen Soldaten auf einem Stuhl an der Wand saß, stand nun auf und präsentierte sich errötend den Kommissionsmitgliedern. (Dabei schoss ihm wieder durch den Kopf, dass er für sein Alter nur einen so niedrigen Rang besaß.) Als er sich wieder setzte, war er Kommandant einer zu Quarantänezwecken zu bildenden Sondereinheit. Aus Dringlichkeitsgründen sollte mit der Rekrutierung unmittelbar begonnen werden.

»Für den Sold des Freiwilligenheeres ist schon jetzt in Istanbul ein Budget bewilligt!«, log der Gouverneur.

»Eure Exzellenz, diese Budgets schaffen es doch nie bis zu uns!«, wagte Monsieur Corc einzuwenden und brachte damit die gemeinsame Auffassung aller zum Ausdruck. Wenn auch keiner es aussprach, spürte doch jeder, dass sowohl Istanbul als auch der Sultan höchstpersönlich vor allen Dingen an sich selbst dachten. Der Gouverneur fühlte sich bemüßigt, etwas zu sagen, um das allgemeine Unbehagen zu zerstreuen. »Unsere ganze Insel steht in der Verantwortung dafür, dass die Menschen, die morgen mit fahrplanmäßigen und gemieteten Schiffen auslaufen wollen, die Krankheit nicht nach Istanbul, ins ganze Osmanische Reich, ja bis Europa schleppen.«

Schon während er diese Worte sprach, fühlte er einen stummen Protest im Raum und merkte, dass er diesen eigentlich auch im eigenen Herzen verspürt hatte. Die von Istanbul vorgeschlagenen Quarantänemaßnahmen zielten mehr auf den Schutz des Staates als auf den von Minger ab.

Die unterschwellige Wut auf Istanbul wurde manchmal am Gouverneur ausgelassen. Dennoch konnte trotz des Drängens der Konsuln und Ärzte auch in der zweiten Sitzung nicht durchgesetzt werden, dass die am meisten infizierten Straßen in den Vierteln der Muslime und insbesondere der Kreter einer harten Quarantäneregelung unterworfen wurden. Das mochte daran liegen, dass der Gouverneur, der ja Scheich Hamdullahs Bruder Ramiz ins Gefängnis gesteckt hatte, nun befürchtete, der Scheich könne aus Wut darüber die Quarantänemaßnahmen sabotieren.

Aus Istanbul stammte auch die Anregung, wo eine Desinfizierung wegen zu starker Verseuchung nicht ausreiche, sollten die betreffenden Häuser niedergebrannt werden. Um eine gerechte Verteilung der dadurch fällig werdenden Schadensersatzzahlungen zu gewährleisten, sollte aus Vertretern der Gemeinschaften und der Finanzbehörde eine siebenköpfige Kommission gebildet werden, gegen deren Entscheidungen es keinen Widerspruch geben sollte.

»Tja, falls aus dem Budget für jene armen Tröpfe noch was übrigbleibt!«, spottete der deutsche Konsul.

»Ein Staat, der sich nicht traut, ein Viertel abzuriegeln, wird wohl kaum die Villa eines wohlhabenden Muslims niederbrennen«, schob der französische Konsul hinterher.

»Doktor Ilias hat uns gestern noch erzählt, Seine Hoheit wisse sehr gut darüber Bescheid, dass man der Choleraepidemie in Üsküdar und Edirne nur dadurch Herr geworden sei, dass man die am schlimmsten verseuchten Viertel niedergebrannt habe.«

Doktor Nikos sah Doktor Ilias an und sagte: »Ja, Sie haben sogar behauptet, Seine Hoheit sei ganz und gar für diese Methode und habe das Bonkowski Pascha persönlich mitgeteilt.«

»Das habe ich nicht so gesagt!«, protestierte Doktor Ilias.

»Haben Sie sehr wohl, leugnen Sie nicht! Haben Sie etwa Angst?«

»Hier geht es nicht um Courage, sondern um Augenmaß«, warf Doktor Nuri ein, um Doktor Ilias beizustehen. »In den Dörfern rund um Bombay mag es zum Zurückdrängen einer Krankheit ausreichen, Unrat und verkommene Häuser zu verbrennen, doch zehn Kilometer weiter, im Zentrum von Bombay, kann die Seuche nur dann zurückgehen, wenn die Viertel, in denen sie am schlimmsten wütet, gänzlich abgeriegelt werden.«

Doktor Nuri las am Mienenspiel der Mitglieder ab, was seine Worte für eine Wirkung auslösten, dann sagte er: »Es kommt immer darauf an, welche Maßnahme zu welchem Ort passt. In Arabien, im Hedschas, in China und in Indien werden die Habseligkeiten der Verstorbenen und andere infizierte Gegenstände noch immer verbrannt. Dort sieht man einen Choleraausbruch auch als stadtplanerische Gelegenheit an, um heruntergekommene Viertel dem Erdboden gleichzumachen, die dort wohnenden Armen, Flüchtlinge, Arbeitslosen und Streuner von dort zu vertreiben und an der Stelle moderne Plätze und Parks anzulegen.«

»So etwas wollen wir hier nicht!«, rief der Gouverneur aus.

»Es kann aber sein, dass die Seuche nicht bis zum Ende des Sommers von selbst vorbeigeht wie die früheren Choleraepidemien«, gab Quarantänedirektor Nikos zu bedenken.

»Woran liegt es eigentlich, dass in Indien die Sache so sehr zu einem Zwist zwischen Engländern und Einheimischen ausgeartet ist? Stimmt es, dass englische Offiziere und Ärzte auf offener Straße ermordet wurden?«

»Das liegt vor allem an der Härte, mit der die britischen Kolonialoffiziere vorgegangen sind. Auf ungebildetes Volk, das von Pest und Bazillen keine Ahnung hat, haben sie die berittene Polizei losgelassen und auf die Wahrung familiärer Intimität keine Rücksicht genommen. Wenn Familien auseinandergerissen, verdächtige Fälle isoliert und Infizierte in Krankenhäuser geschickt wurden, gab man sich keine Mühe, den Leuten zu erklären, wer warum wohin gebracht wurde. Manche Menschen stellten sich vor, im Krankenhaus würden sie vergiftet und unter dem Vorwand der Seuche wolle man ihren Körper in Stücke schneiden.«

»Die Leute sind unwissend, ja primitiv, und in ihrer Wut auf die Engländer sabotieren sie sämtliche Maßnahmen«, sagte der Quarantänedirektor. »›Unser Krankenhaus ist die Moschee!‹, soll es sogar geheißen haben.«

»Billigen Sie das etwa?«, fragte der russische Konsul Mihailow. »Sollen Ärzte darauf verzichten, die moderne Medizin anzuwenden, nur weil ungebildete Menschen sich der Wissenschaft verweigern?«

»Von wütenden Indern wurden sogar irgendwelche Europäer oder einfach Weiße nur erschlagen, weil man sie für Ärzte hielt. Daraufhin wurden die Verbote gelockert, worauf auch die Aufstände nachließen, die Pest sich jedoch wieder schneller verbreitete. Um sich weitere Rebellionen zu ersparen, wandten die Engländer schließlich folgende Logik an: Wenn die Einheimischen sich jeglicher Quarantäne widersetzen, dann tun wir eben nichts, solange sie uns nicht darum bitten. So wurde es in Kalkutta mit der Pest noch schlimmer.«

»Dürfte ich mich bitte zu Wort melden«, sagte da Konstantinos Efendi, Oberpriester der Dreifaltigkeitskirche und Oberhaupt der Griechisch-Orthodoxen Gemeinde. Alle wandten sich aufmerksam dem Priester zu, der in den letzten beiden Tagen kaum das Wort ergriffen hatte. Nun sprach er gemessen aus, was ihm wohl schon länger auf der Zunge lag: »Unsere Insel Minger ist nicht Indien, meine Herren! Jeder Vergleich damit ist unangebracht. Unser stolzes Inselvolk, ob nun Christ oder Muslim, ist gebildet und zivilisiert und wird in diesen dunklen

Tagen diszipliniert und treu respektieren, was unser Sultan uns auferlegt und unser Gouverneur eifrig in die Tat umsetzt.«

»Bravo!«

»Richtig schlimm würde es auf der Insel erst zugehen, falls wir das medizinisch Notwendige nicht durchführen sollten, nur weil irgendwelche Fanatiker dagegen rebellieren könnten«, fuhr er fort. »Es stimmt, dass viele Griechen die Insel verlassen wollen, die Seuche hat uns Angst eingejagt. Manche behaupten gar, es seien nur Gerüchte über eine Seuche gestreut worden, damit viele Griechen sich davonmachen und wir somit auf der Insel zu einer Minderheit werden, die keine Unabhängigkeit mehr fordert.«

»Meine Herren, unsere Insel ist weder eine osmanische noch sonst irgendeine Kolonie!«, sagte der Gouverneur. »Die Insel mit ihrem muslimischen Bevölkerungsanteil von mehr als der Hälfte ist untrennbarer Bestandteil des Osmanischen Reiches, und sowohl die Christen als auch die Muslime sind unserer Hoheit treu ergeben.«

Als wären diese Worte gar nicht gefallen, drehte sich die Debatte noch eine Weile um das Thema, ob Minger nun wie Indien sei oder nicht, und Doktor Nuri erzählte, vor drei Jahren sei ein Drittel der fast eine Million zählenden Bevölkerung von Bombay in Panik vor der Pest geflohen.

»Falls die infizierten muslimischen Orden von Germe und Kadirler nicht abgeriegelt werden, wird die griechische Gemeinde ebenso die Insel verlassen, und zwar vollständig«, sagte da Konstantinos Efendi. »Und leider hat dieser Exodus sogar schon begonnen.«

KAPITEL 21

Kurz nachdem die Sitzung zu Ende gegangen war, wurden die Reedereien am Istanbul-Boulevard und am Hafen von Regierungssekretären davon unterrichtet, dass ab Sonntag um Mitternacht alle von der Insel ablegenden Schiffe einer fünftägigen Quarantäne unterzogen würden. Bis dahin sollten offiziell eigentlich nur noch zwei Schiffe auslaufen, doch würde es in jenen dreieinhalb Tagen zu einer massiven Fluchtbewegung von der Insel kommen.

Die Reedereien beorderten augenblicklich andere Schiffe herbei, mieteten irgendwo noch welche und boten zusätzliche Überfahrten an, deren Fahrkarten sogleich heiß begehrt waren. Schon bald versammelten sich am Hafen viele Menschen, die auf Fahrkarten aus waren oder sich von der Lage erst einmal ein Bild verschaffen wollten oder ganz einfach neugierig waren (wohl die Mehrzahl). Die meisten Familien, die bereits ihre Häuser zusperrten und mit Sack und Pack am Hafen standen, als wollten sie die Insel nur etwas früher verlassen als sonst, gehörten dem wohlhabenden Teil der griechischen Gemeinschaft an. Darunter waren etwa die mit Marmorhandel reich gewordenen Aldonis, die mit Olivenöl neuerdings gute Geschäfte betreibenden Hristos sowie Tomadis Efendi, der in seinem Laden namens Dafni die feinsten Tischdecken, Unterröcke und Kanevas aus Saloniki führte. (Eines Abends hatte dieser den Laden dichtgemacht und sämtliche Ware in sein Haus außerhalb der Stadt schaffen lassen, damit sie nicht durch eine Desinfizierung ruiniert wurde.)

Auch Vertreter führender muslimischer Familien stellten sich am Hafen ein, etwa der aus dem Geschlecht von Kör Mahmut Pascha stammende Zollbeamte Fehim Efendi und der eigentlich in Istanbul lebende, doch wegen Reparaturarbeiten in seinem Haus auf der Insel weilende Feritzade Celâl … Das Gros der Muslime blieb jedoch von jener ersten Aufregung unbeeindruckt, was wir aber nicht, wie so mancher orientalistische Historiker, auf eine »Schicksalsergebenheit« der Muslime angesichts der Seuche zurückführen. Es war vielmehr so, dass die Muslime der Insel im Vergleich zu den Christen ärmer, ungebildeter und über das Weltgeschehen weniger informiert waren.

Als die Mitglieder der Quarantänekommission hinaustraten, wurden sie von einem Gewitter erfasst. Das Donnern aus den bis zu den Burgtürmen herabwehenden schwarzen Wolken schien vom Tod zu künden. Ein vor dem Arabischen Leuchtturm ins Meer hinunterzuckender grellgrüner Blitz mochte den durchs Gitterfenster ihres Kerkers blickenden Häftlingen wie eine ferne Erinnerung erscheinen. Dann prasselte ein Regen los, den manche später als »Sintflut« bezeichneten und ihm symbolische Bedeutung zuschrieben.

Während sich unter fortwährendem Donner das Regenwasser über Rinnen und an Mauern herab auf die Straße ergoss, sich dort mit den Abflüssen der Häuser vermischte und auf den Hafen zuströmte, waren in einer auf Türkisch und einer auf Griechisch erscheinenden Zeitung Schriftsetzer damit beschäftigt, die Lettern für die Quarantänebeschlüsse zusammenzustellen. In denselben Druckereien wurden dieselben Texte für die Plakate gesetzt, aus denen jeweils groß die Wörter PEST und QUARANTÄNE herausstachen. Ein weiterer Aushang kündete verlockend davon, für jede tote Ratte würden sechs Silberkurusch bezahlt.

Der Quarantänedirektor und der Gouverneur wussten durch Denunziationen Bescheid darüber, dass viele Ladeninhaber ihre Ware vor der Desinfizierung retteten und die Geschäfte im Alten Markt schon zur Hälfte leer standen. Zu zwei Trödlerläden dort schickte Doktor Nuri zwei im Desinfizieren sehr geschickte Feuerwehrleute, zwei riesige, durchsetzungsfähige Kerle. Die Läden nutzten die Brache hinter dem Markt als Lager und verhökerten dort die Sachen von Pesttoten: alte Uhren, Ikonen, Tabakspfeifen, Kleider, Wollsachen, pestverseuchtes Bettzeug. Dort wurde auch feilgeboten, was Diebe in leerstehenden Häusern fanden, die sie ausraubten oder regelrecht leer räumten, und somit verseuchte Kleider, Teppiche, Steppdecken und Wollsachen einem tödlichen Kreislauf überantworteten. Der Gouverneur sah in jenen Läden, die von geschäftstüchtigen Kretern geführt wurden, nichts weiter als Schmutz- und Bazillennester und hatte längst vorgehabt, sie einmal dichtzumachen, doch war er vor der Reaktion der Kreter zurückgeschreckt.

Im Handumdrehen luden Quarantänebeamte mit Gesichtsmasken und Handschuhen die Sachen der beiden Trödler und noch einiger kleiner Läden ein paar Straßen weiter auf einen großen Pferdewagen und zuckelten damit den Fluss entlang zum Dikili-Hügel hinauf. Dort wurden gerade zwei große Gruben ausgehoben, in denen Stoffe, Wollsachen oder was sonst noch verseucht sein mochte, verbrannt und mit Kalk überschüttet werden sollten.

Das erinnerte an das Vorgehen in früheren Zeiten und hatte doch seine Berechtigung. Anstatt nämlich die Gegenstände, die von den verängstigten Angehörigen der Toten ausgehändigt wurden, umständlich mit dem ohnehin nur spärlich vorhandenen Karbolwasser oder Lysol einzusprühen und dann zurückzugeben, war es viel einfacher und billiger, sie zu verbrennen.

Ließen die Beamten sich vom Jammern geiziger Geschäftsleute in der Regel nicht beeindrucken, so kamen manche Ladenbesitzer doch glimpflich davon, da es einen Schadensersatzausschuss gab, der für leer geräumte Geschäftsräume oftmals großzügig Entschädigungen versprach. Den Schustern und Lederhändlern an der Alten Brücke half jedoch alles Zetern und Wettern nichts. Immer wieder waren Dinge zu hören wie: »Die Quarantäne ist doch bloß da, um uns Christen zu vergraulen, und die Pest haben uns die muslimischen Pilger eingebrockt.«

Die Desinfektionsbeamten mit ihrer Kübelspritze auf dem Rücken, der breiten Maske und dem Überwurf aus Wachstuch boten einen furchterregenden Anblick, der Kinder oft jahrelang verfolgen sollte. Die ersten zwölf Beamten waren Feuerwehrleute, die sich mit Pumpen auskannten. Als vor Jahren jemand zum Versprühen von Desinfektionsmittel gebraucht wurde, war man sofort auf die Feuerwehrleute gekommen, die im Volksmund ohnehin »Pumpenspritzer« hießen, und danach waren dergleichen Aufgaben bei der Feuerwehr hängen geblieben. Nach der Entdeckung der Keime war es ja auch zur Mode geworden, mit schicken Gerätschaften alles Mögliche aus Hygienegründen einzusprühen, ob es nun einen Sinn hatte oder nicht. Kiryakos Efendi, der Besitzer des luxuriösen Bazar de l'Isle, hatte aus Saloniki zwei verschiedene Modelle eines fürs Heim gedachten Desinfektionszerstäubers bestellt.

Gleich dem Hotelpersonal vor dem Splendid Palas und dem Levant standen vor allen öffentlichen Gebäuden nun Beamte und sprühten Karbolwasser, Lysol oder ein anderes Gemisch in die Luft. Diese Maßnahme, von der wir heute wissen, dass sie ohne nennenswerten Nutzen ist, sollte den Passanten einen zusätzlichen Anstoß dazu geben, möglichst auf Sauberkeit zu achten, doch löste sie bei vielen auch die fälschliche Annahme aus, es handle sich bei der Krankheit eben doch nur um eine harmlose Angelegenheit, vor der man sich schützen könne, indem man wie ein Parfüm irgendein Mittelchen versprühe.

In Arkaz war es kein ungewöhnlicher Anblick, wenn es insbesondere in Germe oder Çite oder unter den am Hafen quasi auf Müllhalden lebenden Menschen zu solch einer Durchfallwelle kam und daraufhin ein älterer Feuerwehrmann schweren Schrittes umherging und mückenumschwirrte Wasserlöcher und Aborte mit einer dunkelgrünen Flüssigkeit einsprühte. Die Kinder hatten keine Angst vor dem freundlichen Mann, der tapfer den Durchfall bekämpfte, und liefen Gasse um Gasse hinter ihm her. Wenn er jemanden aufforderte, etwas zu öffnen oder vorzuzeigen, dann wurde das anstandslos geöffnet und vorgezeigt, und jeder half bei der Sache bereitwillig mit.

Den Feuerwehrleuten, die nun ihre Pumpen betätigten, kam jedoch niemand näher. Lag es an ihren breiteren Masken? An ihrem Überwurf, dessen Wachstuch in der Abendsonne so merkwürdig glänzte? Oder daran, dass sie an jeder Straßenecke immer gleich mindestens zu fünft auftraten? Die Kinder jedenfalls scherzten mit den Maskenmenschen nicht herum, sondern liefen vor ihnen davon, als hätten sie Zyklopen vor sich, die Brunnen und Türklinken mit der Pest verseuchten. Gemüse- und Getränkehändler, Metzger und Wirte wiederum waren keineswegs an einer Zusammenarbeit mit den Männern interessiert, sondern nur daran, ihre Läden und Waren vor ihnen zu schützen.

Ein Gemüsehändler auf dem Markt meinte, er brauche doch nur das Kreuzzeichen zu machen und schon glaube man ihm auf der Stelle, dass sein Salat und seine Gurken ausschließlich aus seinem eigenen Garten stammten. (Später sollte er unter der Folter gestehen, mit griechischen Nationalisten unter einer Decke zu stecken.) Als er mit ansehen musste, wie zwei Feuerwehrleute in schwarzem Wachstuch seinen ganzen Marktstand gründlich einsprühten, erlitt er einen Schwächeanfall. Der beliebte Kosti Efendi, der das beste Sorbet von Arkaz verkaufte, war ebenfalls der Meinung, mit einem bisschen gutem Willen könne er sich aus der Affäre ziehen. Als in seine berühmte Eisdiele, die vor allem auch Kinder entzückte, Ärzte und schwarz maskierte Quarantänebeamte traten, stürzte Kosti ostentativ vier Gläser flüssiges Sorbet in den Geschmacksrichtungen Rosenwasser, Orange, Pomeranze und Kirsche hinunter, um den Eindruck zu vermitteln, mit seinem Sorbet sei alles in Ordnung. Quarantänebeamte und Feuerwehrleute machten jedoch kurzen Prozess, leerten den Inhalt sämtlicher Karaffen auf den Boden und sprühten den ganzen Laden mit einer Karbolsäuremischung ein. Kurz darauf traf ein anderer Trupp ein, verstreute Kalk im Laden, nagelte die Tür zu, und bis zum Ende der Epidemie durfte das Geschäft nicht mehr geöffnet werden.

»Was ihr verschüttet habt, kriegt ihr von mir geschenkt!«, rief Kosti. »Aber was sollen wir jetzt zu Hause essen? Wovon sollen wir leben?«

Der Gouverneur ließ sich über das Geschehen in der Stadt minütlich informieren (so wie Abdülhamit aus dem Yıldız-Palast die Geschicke des ganzen Reiches lenkte), und als er von den Worten des Sorbethändlers hörte, sandte er per Telegramm wieder mal einen Hilferuf nach Istanbul. Da er in diesen Telegrammen stets den gleichen Stil pflegte und die gleichen Ausdrücke verwendete, brauchte sein Chiffriersekretär oft schon gar nicht mehr in sein Büchlein zu blicken, um die entsprechenden Ziffernfolgen zu finden. Die häufigsten Wörter lauteten Desinfizierung, Lösung, Zelt, Sterilisator, Lira, Arzt und Freiwilliger.

Doktor Nuri hatte in anderen Städten beobachtet, wie schnell bei Feuerwehrleuten so wie bei den früheren Istanbuler »Pumpenspritzern« das Verhalten von ausgesuchter Höflichkeit in rücksichtslose Grobheit umschlagen konnte. Manche Feuerwehrleute desinfizierten mit so eleganter, sparsamer Geste, als würden sie Blumen gießen, und entschuldigten sich gar bei den Ladenbesitzern. Ein flehendes »Bitte nicht dahin!« konnte ihr Herz erweichen und den Strahl ihrer Spritze woandershin lenken. Manchmal aber verhielt es sich genau umgekehrt. An einem der Nebentore zum Alten Markt beobachtete Damat Doktor Nuri einmal aus der Ferne einen Disput zwischen einem Händler und einem Quarantänebeamten. Nach einem heftigen Wortwechsel hielt der Beamte seine Spritze wie den Lauf einer Waffe hoch und sprühte nicht nur die gerupften und zum Räuchern aufgehängten Hühner und Wachteln, die Eingeweide und den blutigen Schlachttisch ein, sondern auch den Händler und seinen Lehrling. In arabischen Städten hatte Doktor Nuri oft genug eingreifen müssen, um Streit zwischen osmanischen Soldaten und arabischen Krämern oder Kameltreibern zu schlichten, darum wusste er, wie wichtig es für die Rettung der Insel war, solche Reibereien im Keim zu ersticken.

Bei der Desinfizierung des Derwischklosters von Scheich Hamdullah ließ der Gouverneur höchste Vorsicht walten und zunächst einmal von seinen Spionen einen genauen Plan des Klosters anfertigen. Die Beamten und Feuerwehrleute wurden vor dem Zugriff genau instruiert, wo Scheich Hamdullah schlief, in welchen Räumen gebetet wurde (und die daher tabu waren), wo die Gästezimmer waren, wo die Wolle gesponnen und die fertige Wolle aufbewahrt wurde, wo die Küche, der Abort im Garten und die Zellen der Derwische. »Geht einfach rein, ohne um Erlaubnis zu bitten«, schärfte der Gouverneur ihnen ein. »Falls man euch aber mit Gewalt daran hindert, dann prügelt euch mit den Leuten nicht, sondern verlasst sofort das Grundstück. Und lasst euch auf keinen Streit ein.«

Im Hinterhof des Regierungsgebäudes hatten zwölf kräftige Soldaten des Fünften Heeres schon ihre Gewehre geschultert und standen in Habachtstellung bereit. Ihre Uniformen waren alt und abgetragen, aber sauber. Man hatte sie ausgewählt, weil sie wenigstens ein paar Brocken Türkisch sprachen, und befehligt wurden sie von einem Unteroffizier aus Sinop, der genauso wenig schreiben und lesen konnte wie sie.

Mit den kämpferisch wirkenden Soldaten, den maskierten Feuerwehrleuten und den Beamten mit ihren Rattenfallen in der Hand sah die Gruppe aus wie eine regelrechte Quarantänestreitmacht. Als eine Art Beobachter hatte ihr Doktor Nuri den Major hinterdrein geschickt. Was im Kloster genau geschah, schilderte der Major danach dem Doktor und der wiederum seiner Frau, sodass wir heute darüber Bescheid wissen.

Der Trupp drang überfallartig auf das Grundstück ein. Bevor die Ordenswächter, die Derwische und die Jünger des Scheichs überhaupt begriffen, was los war, machten sich die Feuerwehrleute bereits über die zuvor ins Auge gefassten Ziele her und ließen über die Wollspinnerei, die Küche und den zu den Zellen führenden Hof einen scharf riechenden, dichten Lysol-Regen herniedergehen.

Als sie auf den kleinen Gebetsraum und die Zellen zumarschierten, kam es zu einem Handgemenge. Die Wächter stießen einen älteren Feuerwehrmann um und schlugen mit Holzprügeln auf ihn ein. Auf das allgemeine Geschrei hin liefen aus den Zellen Jünger und Derwische herbei, manche halb nackt, manche mit kahl geschorenem Kopf, einige mit einem Beil in der Hand, und mischten sich in die Prügelei ein.

Als der Unteroffizier merkte, dass es auf dem Gelände zu einem Gefecht kam, gab er trotz der Ermahnungen des Gouverneurs aus militärischem Instinkt heraus seinen Soldaten den Befehl zum Kampf.

Da ertönte auf einmal die Stimme Scheich Hamdullahs. »Willkommen, was für eine Ehre!« Als seine Jünger, die gewähnt hatten, der Scheich sei krank und schlafe, das vernahmen, hörten sie sofort auf zu kämpfen. Auf Arabisch sagte der Scheich daraufhin etwas zu den Soldaten. Dass es ein Vers aus der Hudschurat-Sure des Korans war und »Die Gläubigen sind nur Brüder« bedeutete, begriffen zunächst nicht viele, doch da es Arabisch war und so innig klang, kamen alle sogleich zu der Überzeugung, ihr Streit sei doch sinnlos.

Ein paar übereifrige Feuerwehrleute machten sich dennoch daran, in den Zellen weiterzusprühen. Manchen zufolge setzte es Scheich Hamdullah weniger zu, dass man seinen Stiefbruder Ramiz nach dem Mord an Bonkowski Pascha als Verdächtigen verhaftet hatte (er war nämlich überzeugt, Ramiz werde bald freigesprochen werden), als dass nach seinen sanften Worten zwar alle innehielten, doch jene Feuerwehrleute sich erfrechten, das Schloss zum Allerheiligsten des Ordens, nämlich dem Wollraum, aufzubrechen und in sämtliche Ecken ihr stinkendes Lysol zu sprühen.

Das stellte für den Orden eine so unentschuldbare Entweihung dar, dass mancher ältere Inselbewohner nur die Brauen zusammenzog und behauptete, so etwas sei bestimmt nicht vorgefallen, es müsse sich da um eine üble Verleumdung handeln. Auf diese Linie schwenkte auch der Gouverneur ein, der fürchtete, die Sache würde sich auswachsen. Andere wiederum hielten den Affront für wahr, der heilige Ort sei tatsächlich mit Lysol besudelt worden. Insbesondere griechische Journalisten sowie die Konsuln brachten vielmehr das Gerücht in Umlauf, ganz im Gegenteil habe der Gouverneur das Kloster verschont und es nur oberflächlich mit Lysol behandelt, wofür als Zeuge einer der Feuerwehrleute stand.

Jener habe beim Desinfizieren in einer Zelle zwei pestkranke Jünger angetroffen, an deren Zustand es wegen der Beulen am Hals und ihres fiebrigen Deliriums keinen Zweifel habe geben können. Auf dieses Gerücht gestützt, verlangten einige Konsuln, nicht nur das Kloster selbst, sondern das ganze Viertel solle abgesperrt werden, und sie sandten entsprechende Telegramme an den Sultan. Der Gouverneur jedoch war der Ansicht, eine solche Maßnahme würde Scheich Hamdullah erst recht erzürnen, und wie schon beim Pilgerschiffaufstand kam er zu dem Schluss, es sei wohl am besten, geduldig abzuwarten und die Gerüchte zum Verstummen zu bringen. Einigkeit bestand darin, dass die arabischen Soldaten aus dem Fünften Heer von Damaskus als Quarantänekräfte fortan nicht mehr eingesetzt würden.

So drängten der Gouverneur und Doktor Nuri bei Major Kâmil noch mehr darauf, er solle eine militärische Einheit, ja ein kleines Heer aufstellen, das sich ausschließlich mit der Seuchenbekämpfung befassen sollte. Dem Major, der schon im Voraus zum Kommandanten ernannt worden war, gelang es trotz aller Widrigkeiten, innerhalb von drei Tagen zu bewerkstelligen, was normalerweise gute zwei Wochen gedauert hätte, nämlich ganze vierzehn »Rekruten« auszuheben. Als deren Hauptquartier sollte eine Baracke neben der Garnisonsbäckerei dienen, die bisher als Scheune genutzt und nun geräumt wurde. Auch im Rekrutierungsbüro am Kai wurde ein größerer Raum neben dem Eingang vorübergehend den Quarantänebehörden zugewiesen. Dem Major wurde dort ein Schreibtisch aufgestellt, an dem die Freiwilligen registriert werden sollten. Quarantänedirektor Nikos merkte an, das hübsche venezianische Gebäude sei bei der Bevölkerung sehr beliebt, und ob Grieche oder Muslim, würden wohl viele Männer sich dem vorübergehenden Heer als Freiwillige anschließen, sofern man ihnen nur ein Gehalt bewillige und sich nicht dagegen sperre, dass sie abends bei sich zu Hause schlafen dürften.

»Da dieses Hauptquartier Bestandteil der Garnison ist«, sagte der Gouverneur entschlossen, »werden die Rekruten des Quarantänebataillons gemäß der osmanischen Tradition unter den Muslimen der Insel ausgewählt. Seine Hoheit der Sultan hat die von den Großmächten und insbesondere Frankreich und Großbritannien geforderten Reformen durchgeführt und zum Zwecke der Gleichstellung von Christen und Muslimen ebenso viel Eifer und guten Willen an den Tag gelegt wie seine Onkel und Großväter, sodass im Osmanischen Reich und auf Minger im Besonderen die Christen in den Bereichen Bildung und Handwerk den Muslimen den Rang abgelaufen haben und zu Wohlstand gelangt sind. Auf eines aber hat unser Sultan sich nicht eingelassen, nämlich darauf, Christen die unteren Ränge der Armee zu öffnen. Und während wir uns hier unter uns den Kopf zerbrechen, wie wir die Quarantäneregeln durchsetzen können, sollten wir uns nicht streiten, als hätten wir es gerade mit den Konsuln zu tun.«

KAPITEL 22

Da der Chefredakteur der griechischen Zeitung *Adekatos Arkadi* im Gefängnis saß, rief der Gouverneur den Chefredakteur von *Neo Nisi* zu sich und diktierte ihm Wort für Wort, wie er über die Desinfizierung des Klosters von Scheich Hamdullah berichten solle. Auch ihn hatte er schon in den Kerker werfen lassen und mehrmals seine Zeitung verboten. Nun kredenzte er dem jungen, idealistischen Journalisten getrocknete Pflaumen und Walnüsse zum Kaffee und tischte ihm dabei überflüssigerweise die Lüge auf, die Sachen kämen gerade »frisch aus dem Sterilisator«, als hätten sie es mit einer Choleraepidemie zu tun. Als er ihn zur Tür begleitete, sagte er dem Journalisten, sie erlebten da gerade eine ungeheure Krise, und nicht nur Istanbul, die ganze Welt sei in dieser Hinsicht sehr hellhörig, da sei es die Pflicht der Presse, den Staat zu unterstützen, und er wolle doch bestimmt nicht irgendetwas Falsches schreiben und sich dadurch um Kopf und Kragen bringen.

Am nächsten Tag brachte ihm der leitende Sekretär die neueste Ausgabe der *Neo Nisi*, und der Dolmetscher übersetzte ihm die betreffende Meldung laut ins Türkische.

Alles, was der Journalist nicht hatte erwähnen sollen, hatte er in aller Ausführlichkeit dargestellt. Übersteigert wurde beschrieben, wie Feuerwehrleute und Derwische mit Prügeln aufeinander losgegangen seien, und die ganze Insel wusste nun Bescheid darüber, dass das Allerheiligste des Ordens mit Gestank entweiht worden war. Dem Gouverneur war bewusst, dass die dadurch befeuerten Gerüchte sich vor allem unter Muslimen verbreiten würden. Die falschen Hodschas, die Amulette verhökerten, die Bauern, die an diese Amulette glaubten, die wütenden jungen Flüchtlinge aus Kreta, ja überhaupt alle Muslime, selbst die »aufgeklärtesten«, würden gegen die Quarantäne und den Gouverneur aufgebracht.

Dabei hatte sich zwischen Manolis, so hieß der Journalist, und dem Gouverneur schon einiges abgespielt. Vor drei, vier Jahren hatte der Mann eine Weile unerschrocken über den Schmutz auf den Straßen, über Korruptionsverdacht und faule, ungebildete Beamte berichtet und damit versucht, den Gouverneur und die osmanische Verwaltung zu diskreditieren. Der Gouverneur begann allmählich die Geduld zu verlieren, doch um nicht intolerant zu wirken, hatte er die Zähne zusammengebissen und sich über Vermittler bemüht, den Mann zur Einsicht zu bringen, und als er schließlich mit dem Verbot der Zeitung drohte, lenkte der Journalist ein wenig ein.

Eine Weile später brachte er aber wieder den Pilgerschiffaufstand aufs Tapet und schrieb »systematisch« gegen die damalige Quarantäneverwaltung und den Gouverneur an, da ließ dieser ihn unter einem Vorwand verhaften, dann aber auf Druck des britischen und des französischen Botschafters sowie auf ein Telegramm des Palastes hin wieder laufen.

Verbittert musste der Gouverneur begreifen, dass all die Gunst, die er Manolis nach seiner Freilassung bezeugt hatte, umsonst gewesen war! Als die beiden sich einmal im Hotel Splendid begegnet waren, hatte Sami Pascha Manolis zu einem Artikel über den Streit zwischen Kutschern und Lastenträgern beglückwünscht, ihm zu seinen Informationsquellen gratuliert und ihm sogar angeboten, den Artikel auch in der auf Türkisch erscheinenden Regierungszeitung *Havadis-i Arkata* zu veröffentlichen und sich aus dem Regierungsbudget zwei Artikel im Voraus bezahlen zu lassen. Als sie sich ein andermal im Restaurant Degüstasyon begegnet waren, hatte Sami Pascha ihn vor aller Augen äußerst zuvorkommend behandelt, ihn an seinen Tisch gebeten, ihm eine Meeräschensuppe bestellt und laut vernehmbar zu ihm gesagt, seine Zeitung sei das bemerkenswerteste Presseerzeugnis der ganzen Levante.

Nach alledem beschloss der Gouverneur, den undankbaren Manolis wieder mal in einer feuchtkalten Zelle schmachten zu lassen und aus ihm herauszukriegen, wer ihn dazu veranlasst hatte, sowohl über die Sache mit dem Scheich als auch über die Pilger zu schreiben. Die Zivilpolizisten fanden Manolis nicht in der Redaktion vor, wo sämtliche Exemplare der letzten Ausgabe beschlagnahmt wurden, und auch nicht in seinem Haus in Hora, sondern im Garten seines Onkels, in dem er seelenruhig dasaß und Hobbes' *Leviathan* las. Er wurde augenblicklich in den Kerker geworfen, aber kurz danach, als der Gouverneur schon etwas milder gestimmt war, in den Westteil des Gefängnisses verlegt, in dem er vor der Seuche etwas sicherer war.

Am Abend suchte Sami Pascha Marika auf, schlief mit ihr, wenn auch nicht voller Leidenschaft, sondern eher aus Gewohnheit, dann ließ er sich von ihr über die neuesten Gerüchte informieren. Sie begann auch gleich mit dem unglaublichsten.

»Griechische und muslimische Waisenkinder sollen eine Bande gegründet haben und in der Nacht bei braven Bürgern läuten. Es heißt, man muss ihnen dann was zu essen geben, und wenn man das tut, wird man von der Pest verschont.«

»Das mit den Kindern habe ich gehört, aber nicht, dass sie bei den Leuten klingeln.«

»Die Pest soll ihnen nichts anhaben können, sogar dann nicht, wenn sie mit ihren sterbenden Eltern im Bett lagen.«

»Aha. Und hat inzwischen jemand anders als du den Mann mit dem Sack gesehen, der in der Nacht überall tote Ratten auslegt?«

»Diesen Teufel habe ich wirklich gesehen, durchs Fenster, aber da Sie ihn mir ausreden, will ich gerne glauben, dass es ihn doch nicht gibt. Man spricht auch weniger von ihm, seit die maskierten Desinfizierer unterwegs sind.«

»Das soll also bedeuten, unsere Feuerwehrleute haben den Teufel vertrieben!«

»Es wird Sie betrüben, aber immer mehr Leute glauben nun, dass die Krankheit mit dem Schiff der Sultanstochter gekommen ist.«

»An diese schamlose Lüge glaubst du doch nur, um mir wehzutun«, erwiderte Sami Pascha so dünnhäutig, dass ihn das selbst überraschte.

»Kann ein Mensch sich denn vormachen, er glaube an etwas, an das er nicht wirklich glaubt?«

»Soll das heißen, du glaubst diese Lüge wirklich?«

»Jeder glaubt das!«

»Jeder glaubt aus reiner Bosheit daran! Um die Menschen hier zu retten, schickt der Sultan uns seinen fähigsten Quarantänearzt und lenkt dazu sein nach China fahrendes Schiff um, und hier trompeten die griechischen Nationalisten, die Pest stamme von dem Schiff, nur weil sie Seiner Hoheit und dem Osmanischen Reich schaden wollen. Gib dich für so etwas nicht her!«

»Verzeihung! Es heißt aber auch, die Seuche sei von den Pilgern eingeschleppt worden, die aus der Quarantäne flohen.«

»Das mit den Pilgern war vor drei Jahren, und es war nicht die Pest, sondern die Cholera!«

»Und manche sagen, wer fünf Goldlira herausrückt, darf sein Geschäft ungeniert offen halten.«

»Das ist infam!«

»In Kofunya sollen Kinder gesehen haben, wie Leute sich in geräumten Häusern eingenistet haben. Die Väter der Kinder haben das gemeldet, aber anscheinend ist kein Beamter gekommen, kein Polizist und gar nichts.«

»Die kommen schon noch, warum sollten sie nicht kommen?«

»Weil sie um ihr Leben fürchten und außerdem keine Disziplin kennen.«

»Weiter, was sonst noch?«

»Man hört so, dass eigentlich viele Schiffe kommen und Leute wegschaffen wollen, aber Sie dafür keine Erlaubnis geben.«

»Und warum sollte ich das nicht tun?«

»Damit die Seuche sich weiter verbreitet und alle Griechen von der Insel flüchten. Zweimal habe ich gehört, dass die Engländer und die Franzosen im Norden eine Landung planen, in Kefeli.«

»Und warum in Kefeli und nicht gleich hier?«

»Das weiß ich auch nicht.«

»Heute sind sieben Menschen gestorben, ist dir das denn eigentlich klar?«

»Der Teilhaber meines Bruders hat weder für die *Bagdat* noch für die *Persepolis* Fahrkarten gefunden. Er hält große Stücke auf Sie, ja verehrt Sie. Ansonsten hat er ja seinen Stolz, und wenn es nicht lebenswichtig wäre, wäre er nicht zu mir gekommen.«

»Mal sehen, ob das Schiff *Pantaleon* wirklich kommt. Die gierigen Reisebüros haben jeden Platz darauf dreimal verkauft, aber ich sage ja nichts.«

»Dann ist da noch so ein Gerücht, da reden alle drüber. Ich wollte erst nichts sagen, damit Sie sich nicht aufregen, aber es ist wohl mehr als ein Gerücht.«

»Um was geht es?«

»Zwischen den Feuerwehrleuten, die das Kloster von Scheich Hamdullah desinfizieren sollten, und den Derwischen soll es zu einer Auseinandersetzung gekommen sein. Seit sich herumgesprochen hat, dass die Derwische sich nicht an die Quarantäne halten und die Seuche somit nicht aufhören wird, haben schon etliche Griechen die Insel verlassen. Aber es geht auf der Insel nicht ohne Griechen! Genauso wenig, wie es ohne Muslime geht!«

»Natürlich. Aber mach dir keine Sorgen, wir werden diesen Scheich schon in die Schranken weisen. Eigentlich ist er ziemlich aufgeschlossen.«

Als am folgenden Morgen Doktor Nuri und Doktor Ilias damit beschäftigt waren, die Häuser von sieben neuen Pesttoten und die Orte, an denen sie sich eventuell infiziert hatten, auf der Karte einzuzeichnen, sagte der Gouverneur entschlossen: »Solange dieser Scheich Hamdullah weiter von Istanbul gehätschelt und beschützt wird, ist es sehr schwer, eine richtige Quarantäne durchzusetzen, an die die Muslime sich auch halten. Und wenn sie das nicht tun, machen die Christen es auch nicht, und dann geht es hier zu wie in Indien, und im Lauf der Jahre bringt die

Pest uns alle um. Lieber Herr Doktor, wie kommt es nur, dass alles und alle auf einmal so pessimistisch sind?«

Doktor Nuri entgegnete, die zu Anfang getroffenen Maßnahmen seien eigentlich ganz erfolgreich. Einzige Ausnahme sei die Festnahme des Scheunenbesitzers, bei dem die Kutscher der Stadt sich mit Heu versorgten, aber die sei nun mal notwendig gewesen. Bei dem Mann hatte ein junger Bursche gearbeitet, fast noch ein Kind, der war unter so großen Qualen an der Pest gestorben, dass niemand seine Tränen zurückhalten konnte. Danach hatten die Ärzte befunden, eine Desinfektion des Heus sei nicht ausreichend, sondern vielmehr müsse dieses verbrannt werden. Als der Wagen eintraf, auf den die zu verbrennenden Sachen aufgeladen werden sollten, hatte der Scheunenbesitzer sich in einem Wutanfall auf die schmutzigen Kleider des Jungen und die Heuballen gelegt und versucht, sich selbst anzuzünden, was ihm zum Teil auch gelungen war. Als er sich dann auf die Beamten stürzte, um sie anzustecken, wurde er festgenommen.

Der Gouverneur befand, die ganze Quarantänepolitik stehe und falle mit dem Begriff »Gehorsam«, der in den Köpfen erst wieder mal verankert werden müsse. Dem Bruder Scheich Hamdullahs werde noch am gleichen Nachmittag der Prozess gemacht. »Wenn Ramiz und seine zwei blutrünstigen Spießgesellen erst mal auf dem Regierungsplatz baumeln, werden auch noch die Frechsten und Verzogensten begreifen, wer auf der Insel das Heft in der Hand hat.«

»Wir sind keine Konsuln, also braucht hier nicht behauptet zu werden, der Staat behandele Christen und Muslime gleich«, sagte Quarantänedirektor Nikos. »Auf unserer schönen Insel ist noch nie jemand zur Abschreckung auf dem Regierungsplatz aufgehängt worden, wie das in Europa üblich ist, und ich bin mir sicher, dass es auf so manchen Spitzbuben seine Wirkung tun wird. Ob es aber der Quarantäne weiterhilft, wage ich zu bezweifeln.«

»Es hilft ihr überhaupt nicht weiter, Seine Exzellenz«, sagte Doktor Ilias. »Bonkowski Pascha war seit jeher der Meinung, weder durch Einsperren noch durch Schlagen und Aufhängen leiste man der Seuchenbekämpfung einen Dienst oder dürfe als modern und europäisch gelten.«

»Zum einen trauen Sie sich also nicht aus der Garnison hinaus, und zum anderen treten Sie als Fürsprecher der Fanatiker auf, von denen Sie bedroht werden.«

»Ach, wenn ich mir wenigstens sicher wäre, dass tatsächlich die mich bedrohen!«

»Ich bin mir sicher. Falls einem von uns je etwas zustoßen sollte, dann gewiss von der Hand dieses Ramiz oder eines seiner Leute.«

»Durch unbewiesene Beschuldigungen und Ungerechtigkeit löst man beim Volk erst recht Widerstand und Ungehorsam aus!«, versetzte Doktor Nikos.

»Ich kann mich nur wundern, wie dieser Strolch überhaupt so viele Anhänger findet, nur weil sein Bruder Scheich ist«, sagte der Gouverneur und blickte dabei den Major an.

Der Major erwiderte jedoch nichts. Als eine Stunde später Doktor Nuri den Gouverneur allein in seinem Amtszimmer antraf, sprach er das Thema noch einmal an.

»Sie wissen ja, dass Seine Hoheit mich nicht nur zur Organisation der Quarantäne auf die Insel geschickt hat, sondern auch, damit ich den Mörder von Bonkowski Pascha finde.«

»Selbstverständlich.«

»Weder ich selbst noch die Untersuchungskommission, deren Vorsitz ich innehabe, verfügen über den mindesten Beweis für die Schuld von Ramiz. In der Zeitspanne von dem Moment, als Bonkowski Pascha durch die Hintertür das Telegrafenamt verließ, bis zum Auffinden seiner Leiche am Hrisopolitissa-Platz war Ramiz nach Aussage mehrerer Zeugen zunächst im Garten hinter der Fischeranlegestelle, danach beim Barbier Panayot, wo er sich rasieren ließ, und schließlich mit Freunden zusammen im Garten des Hotels Levant.«

»Wenn Sie mal überlegen würden, was es zu bedeuten hat, dass jemand wie Ramiz, der sich sonst kaum irgendwo blicken lässt, sich ausgerechnet zu der Zeit, als Bonkowski Pascha ermordet wurde, an den belebtesten Orten geradezu zur Schau stellt, dann würden Sie vielleicht nicht so voreilige Schlüsse ziehen«, sagte der Gouverneur spöttisch lächelnd. »Sie werden schon sehen, sobald auf dem Platz erst mal die Galgen aufgestellt werden, wird niemand mehr die Quarantänegesetze verhöhnen!«

KAPITEL 23

Immer wenn der Gouverneur das Thema Ramiz anschnitt, hörte der Major aufmerksam zu, behielt aber seine Gedanken für sich. Seine Mutter hatte ihm zu Hause schon so viel von Ramiz' früherer Freundin Zeynep erzählt, dass er sich für das Mädchen zu interessieren begann. Ihn sprachen dabei weniger die Schwärmereien seiner Mutter an als vielmehr der Eigensinn, mit dem Zeynep ihre Verlobung mit Ramiz aufgelöst hatte.

Ihr Vater, der Gefängniswächter, war sich mit Ramiz schon über das Finanzielle handelseinig geworden und hatte einen Teil des Geldes seinen beiden Söhnen übergeben, doch als bis hin zu den Details der Hochzeitsvorbereitungen alles geregelt war, war er plötzlich an der Pest gestorben, und Zeynep hatte innerhalb von zwei Tagen beschlossen, doch nicht zu heiraten. Da der Heiratskandidat ein Bruder – wenn auch nur Stiefbruder – von Scheich Hamdullah war, mochte diese Entscheidung größere Ausmaße annehmen.

Nach Ansicht von Kâmil Paschas Mutter konnte Zeynep darauf aus sein, so schnell wie möglich einen anderen zu heiraten und von der Insel fortzuziehen, um sich so aus ihrer Lage zu befreien. Und als die Mutter ihren gutaussehenden, tüchtigen Sohn so einsam und melancholisch vor sich sah, war ihr gleich in den Sinn gekommen, das könne doch eine Gelegenheit sein.

Der in der Geschichte von Minger umstrittensten und daher sowohl beliebtesten als auch vielfach verfälschten romantischen Liebesgeschichte soll auch in unserem Buch etwas Raum gewidmet werden. Dabei werden wir uns bemühen, die historischen und die romantischen Aspekte jener Liebe auseinanderzuhalten. Je »romantischer« historische

Geschichten sein mögen, umso weniger »wahr« sind sie meist, und je »wahrer« sie sind, umso weniger sind sie – leider – »romantisch«.

Weit auseinander gehen die Meinungen allein schon darüber, warum genau Zeynep auf einmal nicht mehr heiraten wollte. Laut Kâmil Paschas Mutter hatte sie im letzten Augenblick erfahren, Ramiz habe im Norden der Insel, in dem Dorf Nebiler, bereits eine Ehefrau (zum Teil hieß es gar, es seien derer zwei gewesen). Daran wollte der Major gerne glauben, doch böse Zungen behaupteten, Zeynep habe von der anderen Ehefrau längst gewusst, habe sich aber aus Furcht vor ihrem Vater und ihren Brüdern nicht vor der Ehe zu widersetzen getraut. Erst als ihr Vater gestorben sei, habe sie den ihr schon bekannten Grund als neu vorgeschoben, und zwar auch, weil dieser das empfangene Brautgeld an die beiden Söhne ausgehändigt habe und sie ihr nichts davon abgegeben hätten. Das fachte Zeyneps Wut erst so richtig an, und sie setzte sich in den Kopf, von der Insel wegzugehen, und zwar nach Istanbul, wo sie noch nie gewesen war. Dass im Jahr 1901 ein siebzehnjähriges muslimisches Mädchen in einer Provinzstadt überhaupt auf so einen Gedanken kam, war ein Anzeichen von Wagemut und mag dem Major den Kopf verdreht haben.

Die Anhänger von Ramiz wiederum waren der Ansicht, die beiden schwer Verliebten habe der Gouverneur auseinandergebracht, und zwar aus politischen Gründen. Er habe damit Ramiz eins auswischen und Scheich Hamdullah zeigen wollen, wer auf der Insel das Sagen habe; außerdem habe er – wie ein männlicher Historiker sich ausdrückte – »Charisma und Format« des Majors ausgenützt, um seine Macht zu stabilisieren.

Zeyneps Mutter Emine und Kâmils Mutter Satiye stammten zwar nicht aus demselben Viertel, waren aber seit fünf Jahren miteinander befreundet. Satiye hatte Emines Tochter somit schon als zwölfjähriges Mädchen gekannt. Jene war bereits damals sehr hübsch gewesen, aber würde sie auch dem Major gefallen? Und würde Zeynep sich für den Major erwärmen können? Sie hatten einander ja noch nicht einmal gesehen.

Andererseits herrschten in Zeyneps Haus Trauer und in der Stadt – zumindest ein bisschen – eine Atmosphäre der Angst vor der Seuche, beides nicht gerade förderlich für die Anbahnung einer Eheschließung. So kam die Mutter des Majors auf den Gedanken, am geschicktesten sei es wohl, ihr Sohn statte dem Trauerhaus einen – wenn auch verspäteten – Beileidsbesuch ab. Zeyneps Mutter war ja der Auffassung, ihre Tochter könne ihre Ehre und die ihrer Familie nur dadurch retten, dass sie von der Insel fliehe. Sie hatte denn auch als Erste den Plan ersonnen, ihre Tochter solle mit dem vom Sultan geschickten gutaussehenden Helden des Türkisch-Griechischen Krieges nach Istanbul gehen, und hatte Zeynep diesen Floh ins Ohr gesetzt.

Ramiz allerdings war tatsächlich hoffnungslos in Zeynep verliebt, und dem Major, der darüber Bescheid wusste, war bei seinem Antrittsbesuch in voller Uniform deswegen etwas unwohl. Es war ja nicht das erste Mal, dass er auf Drängen seiner Mutter einem Mädchen seine Aufwartung machte. Kaum hatte er in Istanbul die Kriegsschule absolviert, hatte seine Mutter einen Besuch von ihm bei einer Familie im Stadtteil Vefa organisiert (»Die sind aus Minger und mit uns verwandt!«). Das Mädchen in dem heruntergekommenen Haus hatte ihm überhaupt nicht gefallen, doch an der Wand hing etwas, was er bis dahin noch in keinem Istanbuler Haus gesehen hatte, nämlich ein gerahmtes Meeresstück, das er jahrelang nicht vergessen konnte.

Zeyneps Familie wohnte im Westteil von Bayırlar, gleich hinter dem muslimischen Friedhof. Als Kâmil klein gewesen war, hatte es zwischen den Jungs aus seinem Viertel Arpara und Kindern aus Bayırlar kleine Bandenkämpfe gegeben. Mit Schleudern hatten sie Kiesel und unreife Feigen abgefeuert oder waren direkt wie im Bajonettkampf mit Prügeln in der Hand aufeinander losgegangen. Manchmal aber hatten sie sich zu einer muslimischen Bande zusammengetan und waren wie Stoßtrupps in orthodoxe Viertel jenseits des Flusses wie Hora oder Aya Triada eingefallen, um dort aus Gärten Pflaumen und Kirschen zu stehlen. Sobald im Winter der Fluss anschwoll und nicht mehr so leicht zu überwinden war, zogen sich wieder alle in ihr eigenes Viertel zurück.

Von Bayırlar sah der Major einen Leichenzug herannahen. An die fünfzehn, zwanzig Männer schleppten sich schweigend die Straße herauf. Die Hälfte trug einen Fes auf dem Kopf, der Rest waren Kinder, und hinterdrein schlich ein Hund. Durch ein Gartentor sah er einen still, gleichsam schuldbewusst vor sich hin weinenden Jungen. Über die Gartenmauer blickten ihn misstrauische Gesichter an. Sein Traum von der Heirat mit einem schönen Mädchen enthob ihn aber jeglicher Furcht.

Mit seiner Mutter hatte er einen simplen Plan ausgeheckt: Sobald von der Dreifaltigkeitskirche her das blecherne Mittagsläuten ertönte, sollte er die Steilstraße emporgehen. Seine Mutter, die schon in Zeyneps Haus saß, sollte eine Klage über das heiße Wetter ausstoßen und das kleine Erkerfenster öffnen. Unter irgendeinem Vorwand würde sie Zeynep zu sich ans Fenster rufen, und just in dem Moment würde draußen der Major vorbeikommen, den sie dann nur noch ins Haus zu rufen brauchten.

Der Major hatte sich eingeredet, stolz wie er war, würde er nicht befürchten, abgewiesen zu werden. Er trug die prächtige Uniform mit den Medaillen am Leib, die auf Mädchen gemeinhin ihren Eindruck machte. Wie er da so hinaufstieg, merkte er aber, wie schnell ihm das Herz schlug. Die Mutter hatte schon das sonnenbeschienene Fenster geöffnet, und als sie ihren Sohn unten erblickte, rief sie ihm zu. Er verlangsamte seine Schritte.

Als er die Haustür aufgehen sah, meinte er, gleich die hübsche Zeynep vor sich zu sehen, und tat einen Blick voller Zuversicht.

Es ließ ihn aber ein kleiner Junge ins Haus hinein. Im Obergeschoss saßen die beiden Mütter zusammen. Emine weinte ein wenig. Dann fasste sie sich und beglückwünschte den Major, wie gut ihm doch die Uniform stehe. Dann kamen sie auf die Sache mit den Ratten zu sprechen. Eines Morgens vor etwa zehn Tagen hätten auf der ins untere Viertel führenden Straße lauter tote Ratten gelegen. Zeyneps Mutter erzählte das Gerücht, an das der Major und unter seinem Einfluss auch seine Mutter überhaupt nicht glaubten, dass nämlich Abend für Abend aus einem christlichen Viertel klammheimlich ein in einen schwarzen Umhang gehüllter schwarzbärtiger Priester mit blutunterlaufenen Augen in den Straßen und Gärten muslimischer Viertel tote Ratten auslege und an Brunnen, Wände und Türklinken eine pestverseuchte Paste schmiere. In Kadırler sei ein Junge ihm eines Nachts begegnet und habe gesehen, dass der Priester ein Zyklopenauge hatte, daraufhin habe er zwei Tage lang gestottert. Emine erzählte, sie habe ein von Scheich Hamdullah besprochenes Amulett, und wenn man das dem einäugigen Pestteufel entgegenhalte, laufe er davon, ohne die Ratten verteilen zu können.

Was der Major nicht sah, war das hübsche Mädchen, von dem seine Mutter geschwärmt hatte. Er saß da wie ein Junge, den die Unterhaltung von Erwachsenen langweilt, und sah zum Fenster hinaus, auf das blaue Meer, die letzten Häuser von Arkaz und spärliche Olivenhaine. Von all der Aufregung war er so durstig wie die Kranken in einem Feldlazarett.

Das ahnte seine Mutter und sagte: »Lass dir von Beşir unten Wasser geben.«

Er ging die Treppe hinunter in den Flur und betrat die gleich neben dem Stall liegende dunkle Küche.

Es war dort so finster, dass er schon meinte, er werde das Wassergefäß und den Schöpflöffel nicht finden, da ging auf einmal eine Öllampe an und gleich darauf wieder aus. In der einen Atemzug währenden Helligkeit flüsterte eine Frau, ein Schatten, auf Mingerisch: »Akva nukaru!« (Da ist das Wasser!)

Es war dann aber Beşir, der den Holzdeckel des Wassergefäßes abhob und dem Major mit dem Schöpflöffel zu trinken gab. Der trank das nach Staub riechende Wasser und ging wieder hinauf. Als seine Mutter dort so seltsam dreinblickte, begriff er, dass das Mädchen unten Zeynep gewesen war. Und befand, dass sie schön war. Zeynep ging zwar auch nach oben, setzte sich aber nicht zu ihnen.

So weit, was in Pakize Sultans Briefen über jene erste Begegnung steht. Wir sind geneigt, diese »Version« für die richtige zu erachten. Dass die beiden sich danach lange auf Mingerisch unterhielten, ist eine später vom Major selbst in die Welt gesetzte Legende. Genährt wurden solche Lügen durch Geschichts- und Schulbücher sowie die in den dreißiger

Jahren an Hitler und Mussolini orientierte nationalistische Presse. Entgegen solchen Behauptungen war das Mingerische im Jahr 1901 noch längst nicht so weit entwickelt, dass man damit so elaborierte Sätze wie »Ach wären wir uns doch schon früher begegnet!« oder »Lass uns doch alles in der Sprache der Kindheit neu benennen!« hätte bilden können!

Obendrein hätte ein osmanischer Offizier aus der Provinz damals ein Mädchen, das er beeindrucken wollte, nicht in lokaler Mundart angesprochen, sondern im prestigeträchtigeren Türkisch. Das Gleiche gilt auch für Zeynep. Dass ihr die ersten Worte (»akva nukaru«) auf Mingerisch entfuhren, war nicht Absicht gewesen. »Akva« ist übrigens das älteste und schönste Wort unserer herrlichen mingerischen Sprache, und bekanntlich ist es von dort ins Lateinische und alle europäischen Sprachen übernommen worden.

KAPITEL 24

Wie überall im Osmanischen Reich wurden auch auf der Insel Minger Prozesse zwischen ausländischen Staatsangehörigen in deren Konsulaten abgehalten. Wenn der Besitzer der Buchhandlung Medit, der französische Staatsangehörige Monsieur Marcel, mit einem britischen Staatsangehörigen (dem Konsul Monsieur Corc) uneins über die Rückzahlung von Schulden war, galt – da Monsieur Marcel als Kläger auftrat – für das betreffende Gerichtsverfahren das französische Konsulat als zuständig. Prozesse zwischen ausländischen und osmanischen Staatsangehörigen fanden vor einem osmanischen Gericht statt, doch Konsuln durften als Dolmetscher oder Nebenkläger auftreten. Der Gouverneur wusste, dass er lediglich bei Fällen von Körperverletzung und Schulden- oder Grundstücksstreitigkeiten zwischen Muslimen ein Mitspracherecht hatte und das Urteil in seinem Sinne beeinflussen konnte. Diese Macht übte er liebend gerne aus und teilte dem Richter mit, wie er über die jeweilige Sache dachte.

Wenn es zwischen osmanischen Staatsangehörigen um Fälle wie Mord oder die Entführung eines Mädchens ging, die auch das Interesse der Istanbuler Presse wecken konnten, ließ Abdülhamit, der gerne alles unter Kontrolle hatte, den Prozess gleich nach Istanbul verlegen. Als drei Jahre zuvor der Bandit Nadir ein griechisches Mädchen entführt und zwei Männer getötet hatte, machten nicht nur die Konsuln vor Ort, sondern selbst die Botschafter in Istanbul viel Aufhebens um die Sache, galt sie ihnen doch als schlagender Beweis dafür, dass im Osmanischen Reich auf dem Papier zwar Reformen durchgeführt wurden, aber die alten Gewohnheiten und Gewalttätigkeiten fortdauerten. Schließlich wurde der Mörder ohne Zutun des Gouverneurs nach Istanbul geholt und in einem dunklen Verlies der Selimiye-Kaserne stillschweigend aufgeknüpft. Im Jahr davor wiederum wurde auf einen Hinweis des Archäologen Selim Sahir ein gewisser Ramos Terzakis bei dem Versuch ertappt, eine Venusstatue zu entwenden. Frech wollte er alles leugnen und versuchte sich mit gefälschten Dokumenten als Mitarbeiter eines Konsulats auszugeben. Als man in Istanbul auf den Fall aufmerksam wurde, wurde sein Prozess ebenfalls dorthin verlegt. (Nicht nur begnadigte Abdülhamit den Mann, sondern er verlieh ihm sogar den Verdienstorden dritter Klasse und beschenkte ihn mit Gold, wie er es des Öfteren mit ehemaligen Feinden handhabte, die er damit als Spitzel in seine eigenen Dienste nahm.)

Obwohl der Tod Bonkowski Paschas in der Istanbuler Presse Aufsehen erregt hatte, verlangte Abdülhamit keine Verlegung des Verfahrens. Der Gouverneur führte das auf die Sanitätslage und die Gefahr zurück, mit dem Militärschiff könne die Pest eingeschleppt werden. Er schloss daraus ferner, dem Sultan sei daran gelegen, dass die Schuldigen in aller Stille bestraft würden und der Fall so bald wie möglich in Vergessenheit geriete. So teilte er dem Gerichtspräsidenten mit, es sei ein Befehl Seiner Hoheit, dass sie – ohne den Bericht der Untersuchungskommission abzuwarten – den Prozess zu Ende brächten und die drei Verdächtigen unverzüglich zum Tode verurteilten.

Noch am gleichen Nachmittag wurden Ramiz und die beiden anderen Männer in einem geschlossenen Wagen von der Garnison ins Regierungsgebäude verbracht und dort im Kellergeschoss eingesperrt. In einem stinkenden Loch ließ man sie zwei Stunden warten, ehe man sie vor Gericht holte. Ramiz war bei den Verhören gefoltert worden und wollte dennoch die ihm zugeschriebene Schuld auf keinen Fall zugeben (was selten vorkam), sodass der erst zwei Monate zuvor aus Istanbul eingetroffene Richter von der würdigen Haltung des Angeklagten zwar beeindruckt, aber zugleich auch genervt war. Der hochgewachsene, grünäugige, gutaussehende Ramiz war, im Gegensatz zu den meisten anderen, aus der Folter nicht geschwächt hervorgegangen.

Beim Verfassen der Anklage wurde aus den Spitzelberichten alles herangezogen, was Ramiz sich im Lauf der Zeit gegenüber dem Gouverneur und dem Osmanischen Reich hatte zuschulden kommen lassen. Dass Ramiz beim Pilgerschiffaufstand aufseiten der wütenden Dorfbevölkerung stand, dass er Widerstand gegen die Soldaten geleistet hatte, dass er den über griechische Dörfer herfallenden Banditen Memo unterstützte (was auch der Gouverneur selbst klammheimlich tat), wurde alles als Beweis dafür gewertet, dass Ramiz durchaus vom Schlag war, auf Bonkowski Pascha ein Attentat zu verüben, während Ramiz' Alibi für die Tatzeit dem Gericht zufolge keinen Beleg für seine Unschuld darstellte. Laut Anklage wurde Bonkowski Pascha in den Vierteln, in denen die Derwischklöster lagen und viele Amulette getragen wurden, ohnehin von Ramiz' Leuten erwartet. Ziel des Anschlags sei gewesen, die Sanitätsmaßnahmen zu untergraben und auf der Insel einen Aufruhr herbeizuführen. Daraufhin würden wie auf Kreta die Großmächte einschreiten und Minger dem Osmanischen Reich entreißen. Ramiz gab darauf nicht einmal eine Antwort, hatte er doch mit der Unterstützung der Überfälle auf griechische Dörfer genau das Gegenteil bezweckt.

Als er nach seinem letzten Wort gefragt wurde, sagte er: »Die Folter und die Verleumdungen habe ich mir nicht mit politischen Aktivitäten eingehandelt, da stecken vielmehr Frauengeschichten dahinter, Liebe und Eifersucht.«

»Mit der Liebe meint er Zeynep!«, rief Pakize Sultan aus, als Doktor Nuri ihr von der Aussage erzählte. »War der Major auch dabei?«

Ihr Mann berichtete, an der Sitzung, auf der das Urteil gefällt wurde, habe der Major teilgenommen, doch im Gericht selbst habe er sich nicht blicken lassen. Für Pakize Sultan war die Liebesgeschichte zwischen Zeynep und dem Major von höchstem Interesse. Von Ramiz' letzten Worten war sie nicht weniger überrascht als ihr Gatte. Den beiden war der Mann eher als roher Galgenstrick geschildert worden.

In ihrem Zimmer redeten sie viel über die Suche nach Bonkowski Paschas Mörder. Die von der Untersuchungskommission beauftragten Beamten konzentrierten sich bei ihren Ermittlungen fast ausschließlich auf die Anhänger der Derwischorden Terkapçılar und Halifiye und auf die Kaufleute, die dort ein und aus gingen, doch an entscheidende Beweise gelangten sie damit nicht.

Nach Dafürhalten Doktor Nuris war der Gouverneur so sehr in seinen politischen Vorurteilen befangen, dass er andere Möglichkeiten gar nicht in Betracht zog und entsprechende Details völlig vernachlässigte, also von der grundsätzlichen Methode her schon falschlag. Nach der Logik des Gouverneurs hätte auch der griechische Konsul Leonidis der Mörder sein können, weil er darauf aus war, dass die Seuche sich verbreitete, oder irgendein anderer Konsul, der sich ausrechnete, dass die Tat ja doch jemandem wie Ramiz in die Schuhe geschoben würde.

Pakize Sultan bemühte sich damals sehr darum, zusammen mit ihrem Gatten den Mord aufzuklären und dabei so vorzugehen, wie dies in den von ihrem Onkel so geliebten Detektivromanen geschah. Manchmal aber verfiel sie aus Wut auf den Onkel in eine gar nicht zu Sherlock Holmes passende affektive Unlogik und war sich plötzlich sicher, das Verbrechen habe der grausame Abdülhamit begehen lassen. Einmal konnte sie nicht verhehlen, wie unsinnig und entwürdigend sie es fand, dass ihr Mann jene Wahrheit nicht nur nicht einsehen wolle, sondern für ihren Onkel auf der Insel sogar Spitzeldienste verrichte.

»Wenn Sie immer noch nicht begriffen haben, dass er genauso wie beim Mord an Mithat Pascha die Schuld immer auf andere abwälzt, dann kann ich mich – mit Verlaub – über Ihre Blauäugigkeit nur wundern! Sie sind wirklich sehr naiv!«

Zum ersten Mal in ihrer jungen Ehe war Doktor Nuri von den Worten seiner Frau so richtig gekränkt und stürmte aus dem Zimmer. Er ging gerne aufs Geratewohl durch die Stadt und hing dabei seinen Gedanken nach, und auch diesmal wollte er wieder auf die seltsame Stille in den Straßen horchen, nach Anzeichen der Krankheit spähen und sich vergewissern, wie die Menschen auf die Seuche reagierten. Selbst am Zittern der Blättern an den Bäumen war zu erkennen, dass in der Stadt die Angst umging. Bei manchen Häusern schien das Gartentor verrammelt, doch im zweiten Stock verrieten offene Fenster, dass jemand zu Hause war. Es herrschte eine gewisse Atmosphäre, ein ganz besonderer Geist, in dem sich die Ausbreitung der Seuche und das Verhalten des Mörders miteinander verquickten. In dem einen Garten stapelte sich Hausrat, in einem anderen waren ein Vater und sein Sohn eifrig mit Schreiner- und Reparaturarbeiten beschäftigt. Doktor Nuri wertete das als Vorbereitungen darauf, dass die Lage sich verschlimmern werde; vielleicht planten Vater und Sohn, sich in dem Haus zu verbarrikadieren. Der Arzt achtete auf das mindeste Detail, das mit der Krankheit irgendwie in Zusammenhang stehen konnte, auf einen Pumpenschwengel, eine Klinke, ein Türschloss, eine Öllampe, einen in der Sonne ausgebreiteten Teppich, um zu sehen, was sonst niemandem auffiel, obwohl es doch offen zutage lag.

Gerne hätte er dem Gouverneur erzählt, was zwischen der Aufklärung eines Verbrechens und dem Eindämmen einer Epidemie für Ähnlichkeiten bestanden, doch als er am Abend den Gouverneur in seinem Amtszimmer aufsuchte, konnte er nur zum Ausdruck bringen, was ihn an dem Gerichtsurteil vom Moralischen her am meisten empörte.

»Soll der Mann wirklich der Mörder sein? Hat er nicht etwa nur gesagt, ich war's, weil ihm das harte Verhör so zusetzte?«

»Aus dem Telegrammwechsel mit Seiner Hoheit wissen Sie vermutlich genauso gut wie ich, dass der Sultan ausdrücklich wünscht, der Mörder möge so schnell wie möglich gefasst werden«, entgegnete Sami Pascha. »Zu diesem Zweck sind Sie ja hierhergeschickt worden. In einer Provinz geschieht ein Mord, die Sache wächst sich aus, und sobald sich einmal Istanbul und der Sultan eingeschaltet haben, ist der Gouverneur nicht mehr Herr der Lage. Einfach zu sagen, man suche zwar nach dem Täter, finde ihn aber leider nicht, wäre früher dem Eingeständnis der eigenen Unzulänglichkeit gleichgekommen, es hätte geheißen, man habe seine Provinz nicht in der Hand, und unverzüglich wäre man abberufen worden. So mancher Sultan hätte geargwöhnt, man wolle einen seiner Feinde vor ihm beschützen und stecke mit jenem unter einer Decke, da war man schnell einen Kopf kürzer!«

»Aber heute ist es nicht mehr so. Seit den Tanzimat-Reformen ist nicht mehr die Gemeinschaft verantwortlich, sondern das Individuum. Genau deshalb hat Seine Hoheit mich geschickt.«

»In so einem wichtigen Fall muss der Staat selbst entscheiden, wer die Verantwortung trägt, sonst nützt eine Minderheit, die das Wirtschaftsleben und vieles andere beherrscht, das nur aus. Wir haben den Mörder gefunden, und der hat öffentlich seine Schuld eingestanden.«

»Seine Hoheit möchte aber nicht, dass auf solche Weise bestimmt wird, wer an Bonkowski Paschas Tod schuld ist.«

»Sie reden, als wüssten Sie ganz besonders darüber Bescheid, was Seine Hoheit will und was nicht.«

»So ist es auch. Seine Hoheit möchte, dass sich die Ermittlungen des Falles wie in den Geschichten von Sherlock Holmes auf die Details des Mordes und auf Beweise stützen und nicht auf Prügel und Folter.«

»Wer ist Sherlock Holmes?«

»Ein englischer Detektiv, der Indizien sammelt, sie zu Hause aneinanderreiht und so das Verbrechen aufklärt. Seine Hoheit möchte, dass wir das auch so handhaben. Wie Europäer.«

»Seine Hoheit schätzt vielleicht englische Erfolge, aber nicht die Engländer an sich. Das sollten Sie auch bedenken.«

Dem Leser sei nur gerade so viel verraten, dass jene Worte des Gouverneurs geradezu etwas Prophetisches an sich hatten.

KAPITEL 25

Was meinte der Sultan mit »wie Sherlock Holmes«? Schon vor seiner Hochzeit hatte Doktor Nuri diesen Ausdruck aus dem Munde Abdülhamits vernommen. Zum besseren Verständnis unserer Geschichte sei an eine Tatsache erinnert, die sämtlichen Spezialisten osmanischer Geschichte der zweiten Hälfte des 19. Jahrhunderts geläufig ist: Der letzte große osmanische Sultan war ein begeisterter Krimileser. Er traute sich kaum aus dem Yıldız-Palast hinaus, ließ sich aber mit den bedeutendsten internationalen Zeitungen und Zeitschriften beliefern und versuchte, sich über neue Bücher und Ideen auf dem Laufenden zu halten. Im Palast war ein eigenes Übersetzerbüro eingerichtet worden, das für den Sultan nicht nur politische Texte übertrug, sondern auch Nachrichten und Werke aus der Welt von Wissenschaft, Technik, Ingenieurwesen oder Medizin. 1897 waren etwa aus dem Französischen drei Bücher über das russische Militär, über Julius Cäsar und über ansteckende Krankheiten übersetzt worden. Am meisten aber war das Übersetzungsbüro mit Detektivromanen beschäftigt.

Manchmal verlangte der Sultan nach den anderen Werken von Krimiautoren, die er neu für sich entdeckt hatte (Eugène Bertol-Graivil, Edgar Allan Poe, Maurice Leblanc), oder er erfuhr über seinen Botschafter in Paris, Münir Pascha, dass von einem seiner Lieblingsautoren (Emile Gaboriau, Ponson du Terrail) ein neues Buch erschienen war, das ließ er sich eiligst schicken (eine andere Aufgabe des Botschafters bestand – wie er in seinen Memoiren schilderte – übrigens darin, den Sultan mit Unterwäsche aus dem Kaufhaus Bon Marché zu versorgen), und die Übersetzer machten sich unverzüglich ans Werk. Der spätere Ehemann von Pakize Sultans Schwester Hatice Sultan hatte als Palastsekretär ebenfalls schon in aller Eile aus dem Französischen übersetzen müssen, damit der gewünschte Roman bis zur abendlichen Lektüre fertig war. Der Sultan hatte auch Beamte, die aus dem Englischen übersetzten, und als einer von ihnen einen in der Zeitschrift *Strand* erschienenen Artikel über Abdülhamit (»Roter Sultan«, »Despot«) übertrug, füllte er aus einer Eingebung heraus die Rückseite der Blätter mit einer Sherlock-Holmes-Geschichte (»Der Daumen des Ingenieurs«). Der Sultan war angetan und wollte von da an alle Werke Arthur Conan Doyles lesen.

Wenn die Palastübersetzer mit ihrer Arbeit nicht hinterherkamen, wurden auf Vermittlung bekannter Istanbuler Buchhändler auch professionelle literarische Übersetzer herangezogen. So kam es, dass Jungtürken, Revolutionäre, Freiheitskämpfer und Journalisten, denen Abdülhamit verhasst war, für ihn Romane übersetzten. Auch des Französischen mächtige griechische und armenische Medizinstudenten, denen Abdülhamit als Roter Sultan galt, der alles verbot und jedermann ins Gefängnis steckte, leisteten für ihn Übersetzungsarbeiten, und wenn auch manche leise ahnten, wer hinter jenen Aufträgen stecken mochte, dachten die meisten doch, sie seien lediglich für den armenischen Buchhändler Karabet tätig. Abdülhamit ließ sich dicke Wälzer wie *Die drei Musketiere* oder *Der Graf von Monte Christo* übersetzen, die man ihm abends vorlesen musste, und manchmal verbot er danach das ganze Buch oder zensierte einzelne Seiten daraus. Später, zu Republikzeiten, wurden jene Übersetzungen mit dem reklameträchtigen Vermerk »Für Abdülhamit übersetzt« versehen, und es fehlten die zensierten Stellen.

Da Abdülhamits Herrschaftszeit in etwa mit der Epoche zusammenfällt, in der das Genre der Detektivromane und Krimis in Frankreich entstand, in Großbritannien seine Blütezeit erlebte und sich durch Übersetzungen weltweit verbreitete, lässt sich mit Fug und Recht behaupten, dass die heute in der Istanbuler Universitätsbibliothek versammelten circa fünfhundert übersetzten Werk einen schönen Überblick über die »Anfangsjahre des Kriminalromans« darstellen.

Etwas mehr als hundert Jahre später versuchen die politischen Machthaber der Türkei Abdülhamit zum zwar absolutistischen, aber

… beliebten, frommen und nationalistischen Sultan hoch-
…en, und sogar neue Krankenhäuser werden nach ihm benannt. …gige Historiker haben sich mit der Lektüre des Sultans befasst, u… Geschmack des von ihnen bewunderten Mannes herauszufiltern. So habe der dreiunddreißig Jahre regierende letzte große Osmanensultan nichts von melodramatischen Wendungen wie etwa in *Die Geheimnisse von Paris* von Eugène Sue gehalten und schätzte es ferner nicht, wenn die eigentliche Kriminalgeschichte und ihre innere Logik von billigen Liebesgeschichten verwässert wurden wie bei Xavier de Montépin. Am liebsten waren ihm Geschichten, in denen ein intelligenter Detektiv in Zusammenarbeit mit den Behörden die Berichte diverser Spitzel klug auswertet und den Schuldigen so überführt.

Abdülhamit las jene Bücher nicht selbst. Ein Sekretär oder ein alter Hofbediensteter, der sich die Wertschätzung des Sultans erarbeitet hatte und über eine angenehme Stimme verfügte, nahm abends neben dem Bett des Sultans hinter einem Wandschirm Platz und las Seiner Hoheit vor. Eine Zeit lang war der Vorleser der Garderobendiener, der den Sultan einkleidete, später übten vertrauenswürdige Paschas diese Funktion aus. Wenn Abdülhamit von der Müdigkeit übermannt wurde, sagte er, »Es genügt«, und schlief bald darauf ein. Oder aber der Vorleser zog aus einem langen Schweigen des Sultans den Schluss, jener müsse eingeschlafen sein, und zog sich auf Zehenspitzen aus dem Gemach zurück. Wenn ein Roman zu Ende gelesen war, versah der Vorleser ihn auf der letzten Seite mit dem Vermerk »Gelesen«, so wie der Kaiser von China ein Landschaftsbild, das ihm gefallen hatte, mit einem roten Stempel und der Aufschrift »Gesehen« kennzeichnen ließ. Bei Abdülhamit lag der Grund für jene Gewohnheit darin, dass er wie alle argwöhnischen und hasserfüllten Menschen über ein ausgezeichnetes Gedächtnis verfügte und einen Vorleser, der sich anschickte, einen bereits gelesenen Roman sieben Jahre später ein zweites Mal zu präsentieren, erst aus dem Palast entließ und ihn danach sogar nach Damaskus verbannte.

Als Doktor Nuri dem Sultan seinen ersten Besuch im Yıldız-Palast abstattete, wusste er über solche Geschichten zum Großteil schon Bescheid. Empfangen wurde er zunächst vom Verlobten seiner zukünftigen Schwägerin Hatice Sultan, der ihm, während er wartete, noch einmal in aller Ausführlichkeit erzählte, dass er von den französischen Professoren der Medizinhochschule, Prof. Nicolle und Prof. Chantemesse, ebenso wie von Bonkowski Pascha in den höchsten Tonen gelobt worden war und man ihm daher mit Erlaubnis Seiner Hoheit gestattet hatte, den Harem zu betreten und die von einem chronischen Leiden geplagte Ehefrau von Murat V. zu untersuchen. Schließlich, nachdem er dort Pakize Sultan begegnet war, hatte Abdülhamit über ihn Nachforschungen einziehen lassen und seine Einwilligung zu einer Ehe zwischen den beiden gegeben, ja diese sogar gefördert. Der Sultan sei beeindruckt, wie weit es Doktor Nuri in Mikrobiologie und Laborforschung gebracht habe.

Hatice Sultans Verlobter wies seinen künftigen Schwager ferner darauf hin, dass im Gegensatz zur allgemeinen Auffassung Seine Hoheit nur sehr wenige Menschen empfange und selbst der Großwesir, der Kriegsminister oder die Botschafter der mächtigsten Staaten manchmal stundenlang vor seiner Tür warten müssten, sodass er es als große Ehre auffassen solle, dass ihm jene Audienz gewährt werde. Dennoch ließ man Doktor Nuri damals einen halben Tag lang warten, und dann hieß es, er möge sich doch ins Gästehaus des Palastes verfügen, denn Seine Hoheit werde ihn erst am folgenden Tag empfangen, da sei es am zweckmäßigsten, wenn er im Palast übernachte. Doktor Nuri schwelgte zwar einerseits in Gedanken an seine bevorstehende Hochzeit mit einer Sultanstochter, war sich aber zugleich bewusst, dass er wie so mancher in den Palast bestellte junge Arzt gut und gerne auch verhaftet werden konnte. Wäre ihm das widerfahren, hätten weder seine Kollegen noch seine Mutter sich gewundert.

Am folgenden Tag betrat ein Palastsekretär das Antichambre und verkündete, Doktor Nuri werde nun von Seiner Hoheit empfangen. Doktor Nuri folgte dem buckligen Sekretär über einen leicht ansteigenden Weg in ein einstöckiges Gebäude. Es wimmelte darin vor Sekretären und Adjutanten, doch in dem Saal, in dem er Sultan Abdülhamit schließlich ge-

genübertrat, war außer den beiden nur noch der oberste Palastsekretär Tahsin Pascha anwesend.

Es war eine Pein, den Sultan auch nur anzublicken. Doktor Nuri konnte nur den einzigen Gedanken fassen, dass er nun vor Seiner Hoheit stand, dem großen, unvergleichlichen Sultan der Osmanen. Er verneigte sich bis zum Boden und küsste dem Sultan die kleine, knochige, warme Hand. Durch die dunkelgrünen Vorhänge und Teppiche war der Raum in Halbdunkel getaucht. Doktor Nuri lauschte den Worten des Sultans und sagte sich immer wieder vor, er dürfe nur ja nichts falsch machen.

Abdülhamit bekundete, er freue sich, dass die Gattin seines Bruders wieder genesen sei, und noch mehr darüber, dass dies dem Institut für Bakteriologie in Nişantaşı zu verdanken sei. Obendrein habe jene Krankheit ja auch noch zu »etwas Gutem« geführt. Pakize Sultan ließ sich diese Unterhaltung später von ihrem Gatten wieder und wieder erzählen, denn sie galt ihr als Beweis dafür, dass dem Sultan mit dieser Verehelichung abgegolten erschien, dass er die drei Schwestern fünfundzwanzig Jahre lang eingesperrt hatte, sodass es mit seinem Schuldgefühl nicht weit her sein konnte.

Nachdem der Sultan sich vergewissert hatte, dass mit der im Palast ausgestellten Aussteuer der drei Schwestern und den weiteren Hochzeitungsvorbereitungen alles in Ordnung war, schnitt er das Thema an, das ihn eigentlich interessierte, und fragte Doktor Nuri nach Details der Quarantäneorganisation im Hedschas aus. Da Doktor Nuri damit fünf Jahre lang befasst gewesen war, berichtete er ohne Rückhalt von seinen Erfahrungen. Der Sultan ermunterte ihn, nur weiter so offen zu erzählen. Mit seinem sanften Blick wirkte der Sultan müde, doch hörte er sehr aufmerksam zu. Doktor Nuris Aufgeregtheit legte sich allmählich; zwar pochte ihm noch immer das Herz, doch er fürchtete sich nicht mehr. Einer Eingebung folgend erzählte er, was sich die britischen Schiffskapitäne, die indische Pilger nach Mekka transportierten, alles zuschulden kommen ließen. Dann berichtete er von den Schwierigkeiten beim Bestatten von Choleratoten und breitete in allen Einzelheiten aus, was der Scherif von Mekka und seine Familie den armen Pilgern für verseuchte Unterkünfte zuwiesen. Auf einmal wurde ihm bewusst, dass er bis vor Kurzem noch den Sultan für all diese Missstände verantwortlich gemacht hatte und sie ihm nun erzählte, als sei jener der einzige Mensch, der für Abhilfe sorgen könne. Rasch wollte er noch zwei Umstände erwähnen, die ebenfalls der Verbesserung bedurften, da unterbrach ihn der Sultan.

»Ich habe viele ehrende Worte über Sie vernommen!«, sagte der Herrscher über Himmel und Erde zu dem jungen Arzt, als dienten die zuvor erwähnten Missstände nur dazu, den wahren Wert Doktor Nuris hervorzuheben. »Erzählen Sie mir doch nun, was Sie alles über Keime wissen.«

»Sämtliche Krankheiten werden von Keimen verursacht«, erwiderte Doktor Nuri. Da er wusste, dass der Sultan für teures Geld renommierte Cholera- und Quarantänespezialisten nach Istanbul geholt hatte und auf die Gründung des Instituts für Bakteriologie in Nişantaşı nicht wenig stolz war, fügte er die Bemerkung hinzu, das Institut sei nach seinem Pariser Vorbild das am besten ausgerüstete weltweit. Auf den Lippen des Sultans zeichnete sich ein stolzes Lächeln ab, und Doktor Nuri fügte hinzu, von den beiden dort lehrenden französischen Professoren Chantemesse und Nicolle hätten alle Ärzte und Medizinstudenten sehr viel gelernt. Er wusste, dass der Sultan sich erst kürzlich ein aus dem Französischen übersetztes Buch über ansteckende Krankheiten hatte vorlesen lassen, etliche Passagen daraus sogar mehrmals, und dass er überhaupt ein grundsätzliches Interesse an den neuesten Entwicklungen in Naturwissenschaft und Medizin hegte. »Hinter Krankheiten wie Cholera, Gelbfieber oder Lepra stecken natürlich Keime und Bakterien«, sagte er. »Zur Eindämmung einer Seuche genügt allerdings nicht die Bakteriologie allein (er hoffte, das Wort so französisch wie möglich ausgesprochen zu haben), sondern die Briten haben eine eigene Seuchenkunde erfunden, die sogenannte Epidemiologie.«

Der Sultan lauschte aufmerksam, und als Doktor Nuri auch den Blicken Tahsin Paschas ablas, dass er sich auf nichts Verfängliches einließ, vertiefte er das Thema und erzählte, ihren Anfang genommen habe die Epidemiologie vor fünfundvierzig Jahren während einer in London grassierenden Choleraepidemie. Die Ärzte hätten sich bemüht, Straße um Straße die Häuser der Erkrankten abzusperren und die Habe der Toten zu verbrennen, aber ein Arzt sei völlig anders vorgegangen: Er habe sämtliche zu der Seuche eingehenden Informationen auf einem großen Londoner Stadtplan eingezeichnet. »Schon bald kam man darauf, dass die meisten Anhäufungen dunkelgrüner Tüpfelchen in der Nähe großer Brunnen auftraten«, berichtete Doktor Nuri aufgeregt. »Und besonders fiel auf, dass in einer Straße sämtliche Bewohner von der Cholera befallen waren, während in der Straße daneben unter den Angestellten einer Brauerei kein einziger Fall zu verzeichnen war. Die Ärzte gingen der Sache auf den Grund und fanden heraus, dass die Brauereiarbeiter nicht das städtische Leitungswasser tranken, sondern abgekochtes Wasser aus der Brauerei. So stellte sich heraus, dass für die Cholera weder die feuchte, verschmutzte Londoner Stadtluft noch das Kanalisationssystem oder private Brunnen verantwortlich waren, sondern Verunreinigungen, die ins städtische Trinkwassernetz geraten waren. Ihre Hoheit, ein Epidemiologe kommt also der Verbreitung einer Seuche nicht dadurch auf die Spur, dass er Patienten untersucht und behandelt, sondern indem er einen Stadtplan studiert, ohne je sein Arbeitszimmer zu verlassen!«

»Wie Sherlock Holmes!«, rief da Abdülhamit, der nie seinen Palast verließ.

Diesen in unserer Geschichte bedeutsamen Satz äußerte der Sultan selbstredend unter dem Einfluss der ihm vorgelesenen Krimis. Und eigentlich war damit gemeint, dass man eine komplizierte Angelegenheit auch vom Schreibtisch aus lösen konnte, fern vom Geschehen.

Kaum waren jene Worte gesprochen, flüsterte Tahsin Pascha dem Sultan etwas ins Ohr, und ein Sekretär bedeutete Doktor Nuri, die Audienz sei beendet, was dem Ausspruch Abdülhamits noch zusätzliche Bedeutung verlieh. Rückwärts gehend und unter Aufbietung sämtlicher ihm geläufigen Verbeugungen verließ Doktor Nuri den Saal. Noch sehr lange sollte ihm diese Begegnung nachgehen.

Was genau hatte Abdülhamit mit »Wie Sherlock Holmes!« gemeint? Darüber nachzudenken, fanden Damat Nuri und Pakize Sultan im Trubel um die Hochzeit nicht viel Zeit. Es mochte ja sein, dass die Worte eine scherzhafte Anspielung darauf waren, dass einer der Palastübersetzer niemand anders als Doktor Nuris künftiger Schwager war.

Als Doktor Nuri auf die Insel entsandt wurde, um den Mord an Bonkowski Pascha aufzuklären, musste er an den Spruch aber immer wieder denken. Abdülhamit hatte auf Bonkowski Pascha große Stücke gehalten, und er wollte, dass sein Mörder mit den Methoden von Sherlock Holmes überführt würde.

Darüber, was mit dem Spruch gemeint war, musste Doktor Nuri so manche Diskussion mit dem Gouverneur führen, nicht nur in Bezug auf den Mord, sondern auch auf einer theoretischen Ebene, so sehr sie auch auf praktisches Handeln hinauslief. Im Grunde ging es darum, dass Doktor Nuri das Vorgehen des Gouverneurs bei den Ermittlungen und überhaupt seine ganze »Methode« für falsch hielt. Der Gouverneur hatte einen der mit Ramiz verhafteten Männer durch Folter so weit bringen lassen, dass er den Mord gestand. Der Mann war geprügelt und mit einer Zange bearbeitet worden und hatte sich in seiner völligen Erschöpfung dem Tode nahe gewähnt, sodass er schließlich – wie so mancher dies in seiner Situation getan hätte – die Schuld auf sich genommen und auch »zugegeben« hatte, er sei von Ramiz dazu beauftragt worden, dies alles in der Hoffnung, der Gouverneur werde ihn dafür begnadigen. Doch wäre auch dieses (im Übrigen vom Folterknecht frei erfundene) Versprechen nicht gewesen, war der Verhaftete doch so übel zugerichtet worden, dass er auch gestanden hätte, niemand anderer als er sei der Mann, der des Nachts durch die Straßen zog und Moscheehöfe, Brunnen, Mauern, Grabstätten und natürlich auch Türklopfer mit der Pest infizierte.

Aus Pakize Sultans Briefen an ihre Schwester war zwar leiser Spott über den Übereifer und das salbungsvolle Getue des Gouverneurs herauszulesen, doch anfangs auch noch eine gewisse Achtung vor seinem Fleiß und seinem staatsmännischen Verantwortungsbewusstsein. Nun aber befürchtete Doktor Nuri, Sami Pascha könne aus reiner Willkür heraus und ohne Rücksprache mit Istanbul Ramiz und seine Leute hinrichten und dadurch Scheich Hamdullah in einen eingefleischten Gegner von Quarantäne und Gouverneur verwandeln.

Laut der osmanischen Gesetzgebung, die sich unter dem Einfluss der Großmächte allmählich europäisierte, mussten 1901 sämtliche im Reich verhängten Todesurteile vom Obersten Gericht in Istanbul bestätigt werden. Aufgrund von Krieg, Aufständen, Kommunikationsschwierigkeiten oder Zeitnot gab es jedoch vielerlei Ausnahmen. Da das osmanische Heer quasi ständig irgendwo Krieg führte oder Rebellionen von Minderheiten niederschlug, war es beinahe zur Regel geworden, dass Gouverneure nachts zur Abschreckung Menschen aufhängen ließen, ohne vorher in Istanbul nachzufragen. Manche Gouverneure taten dies insbesondere, wenn sie von vornherein wussten, dass sie aus Istanbul keine Genehmigung bekommen würden, und da der Staat nicht den Eindruck vermitteln durfte, als redete er mit zwei Zungen, blieb dem Obersten Gericht dann nichts übrig, als die Todesurteile nachträglich zu bestätigen. Da viele separatistisch gesinnte griechische, serbische, armenische und bulgarische Anarchisten und Banditen (Araber und Kurden würden erst später kommen) auf diese Weise, also ohne Zustimmung Istanbuls hingerichtet wurden und der britische und der französische Botschafter den Sultan mit ihrem Bestehen auf Menschen- und Minderheitenrechten, Meinungsfreiheit und Rechtsreformen unter Druck setzten, musste dieser sie beschwichtigen, indem er verkündete, er werde jene ungerechten, ja grausamen Beschlüsse nicht gutheißen, sondern vielmehr den betreffenden Gouverneur unverzüglich seines Amtes entheben. Im Grunde aber war es dem Sultan am liebsten, wenn Todesurteile vollstreckt wurden, ohne dass man ihn und den Palast damit behelligte.

Da in fernen Provinzen die osmanischen Beamten und Soldaten selbst eine Minderheit darstellten, wurden Hinrichtungen vornehmlich in Gefängnishöfen und Garnisonskerkern vollzogen, erst danach wurden Bevölkerung und Honoratioren in Kenntnis gesetzt. Nun aber, vielleicht aus dem erhebenden Gefühl heraus, dass die Muslime auf der Insel doch eigentlich die Mehrheit bildeten, redete der Gouverneur davon, die drei Galgen mitten auf dem Regierungsplatz aufzustellen. Beobachter hatten darauf hingewiesen, dass die ersten Gehenkten auf Minger Muslime gewesen waren. Und jedes Mal, wenn Doktor Nuri wieder hörte, der Gouverneur wolle für die öffentliche Hinrichtung am Regierungsgebäude einen extra Balkon anbringen lassen, von dem aus die Konsuln der Vollstreckung beiwohnen könnten, brachte er bei Sami Pascha wieder zur Sprache, wie falsch er das alles finde.

»Mein Gott!«, rief der Gouverneur einmal aus. »Die ganze Stadt weiß, dass wir den Mörder Bonkowski Paschas gefasst haben. Wenn wir den Mörder jetzt laufen lassen, nur weil irgendein englischer Detektiv sich das so einbildet, wie soll dann noch irgendjemand den Gouverneur und die Quarantäne ernst nehmen?«

KAPITEL 26

Am letzten Abend, bevor über Schiffe eine Quarantäne verhängt wurde, waren am Kai so viele Menschen unterwegs, dass am Istanbul-Boulevard alle Läden bis Mitternacht offen blieben. Die Auffassung mancher Historiker, jene Menschenmenge zeuge von den Anfängen eines spezifisch »mingerischen Bewusstseins«, entbehrt jedoch jeder Grundlage. Laut den Aufzeichnungen Pakize Sultans herrschte an jenem Abend nicht etwa ein »Nationalbewusstsein« vor, sondern vielmehr bloße Aufregung und Unentschlossenheit. Die Griechen und die Gebildeteren unter den Muslimen fühlten sich am Rande einer Katastrophe.

Manche allerdings fürchteten sich nicht, da es ihnen schlicht an Vorstellungskraft mangelte. Pakize Sultan, die sich die Außenwelt einundzwanzig Jahre lang nur hatte ausmalen können, meinte nun, jene Menschen seien einfach unfähig, die Zukunft bildhaft vor sich zu sehen und darüber glücklich oder unglücklich zu werden. Sie unterhielt sich darüber mit ihrem Mann, und hin und wieder gingen sie zum Fenster und beobachteten die am Kai versammelte Menge, die wohl bei Weitem nicht nur aus Menschen bestand, die tatsächlich von der Insel flüchten wollten.

»Sehen Sie sich nur diese Leute an!«, sagte der Gouverneur, als er danach in seinem Amtszimmer mit Doktor Nuri zusammenstand. »Mir ist leider so, als würden die nur der Peitsche gehorchen!«

Zwischen denen, die die Insel verlassen, und jenen, die bleiben wollten, tat sich an jenem Abend ein Graben auf. Und wer blieb, schien ein »echter Mingerer« zu sein, ob nun Grieche oder Muslim. Die anderen Leute gehörten zu jenen, die nach Hause gingen, wenn es zu kämpfen galt.

Der Gouverneur bestieg zusammen mit Doktor Nuri und dem Major den gepanzerten Landauer. Erst wollten sie die Aufregung am Hafen so richtig ermessen.

In Ora und Hrisopolitissa war schon so manche wohlhabende griechische Familie fort, etwa die Marmorhändler Aldoni und die Mimiyanos, die im Norden der Insel mehrere Dörfer besaßen und sich großzügig an der Finanzierung von Krankenhäusern, Schulen und Wohlfahrtseinrichtungen beteiligten (die Fensterläden an ihrem Haus waren alle zu). Gefolgt von den Wächtern fuhr der Landauer durch den Hamidiye-Boulevard zum Zollgebäude hinunter. Vor den Reisebüros standen die Leute Schlange, am ganzen Hafen herrschte Aufruhr, doch in den Hotelgärten und Cafés saßen immer noch Gäste und lasen seelenruhig in alten Zeitungen. Die Apotheke Pelagos, die größte der drei auf der Insel, konnte die Nachfrage der Kunden nicht mehr befriedigen, und um sich mit den Leuten nicht länger herumstreiten zu müssen, hatte der Besitzer Mitsos sie kurzerhand geschlossen. Vor dem Betreten des Splendid Palas und des Levant wurden die Herren in Fes und Hut noch immer mit Desinfektionsmittel besprüht, und mit Pumpen bewehrte Männer standen auch vor dem teuren Restaurant Istanbul und dem Bazar de l'Isle, wo aus Marseille und Izmir importierte Zigaretten, Schokoladesorten und Möbel verkauft wurden. In den höher gelegenen Vierteln hatte sich kaum etwas verändert. Manche Läden waren zu, manche Häuser verrammelt. Sie sahen, dass die Krankheit sich in alle Straßen vorgearbeitet und tiefe Spuren hinterlassen hatte.

Weil Inselbewohner, die sich zu Hause oder irgendwo in der Abgeschiedenheit verbarrikadieren wollten, Zwieback, Mehl, Kichererbsen, Linsen, Bohnen und dergleichen horteten, konnten Krämer und Getreidehändler sich über ihre Geschäfte nicht beschweren. Der Gouverneur wusste, dass manche Krämer und Bäcker Waren zurückhielten beziehungsweise überteuert verkauften. Von einem Schwarzmarkt konnte bisher noch nicht die Rede sein, doch über kurz oder lang würde es dazu kommen. Unheimlich wirkte tagsüber auf den Straßen vor allem, dass die Schulen geschlossen waren. Der Gouverneur hatte auch vernommen, es liefen immer mehr muslimische Kinder herum, die durch die Seuche ihre Eltern verloren hätten. Als der Kutscher Zekeriya sein Gefährt eine steile Straße hinauf lenkte, hörten sie, wie jemand auf dem Klavier Chopin spielte; kurz wurden an dem Haus aufblühende Minger-Rosen, nach Grünspan und Kiefer riechende Kletterpflanzen und Alpenveilchen sichtbar, dann waren sie auch schon vorbei.

So traurig hatte der Gouverneur die Stadt, die er seit fünf Jahren regierte, noch nie gesehen. In dieser Jahreszeit, in der die Orangenbäume blühten, die Straßen nach Geißblatt, Linden und Rosen dufteten, die Luft vor Vögeln und Insekten schwirrte und sich auf den Dächern eifrig die Tauben paarten, herrschten in der Stadt sonst Auftrieb und Fröhlichkeit, nun hingegen Stille und Angst. An den Straßenecken, wo früher Arbeitslose und Streuner herumsaßen und die Passanten ansprachen, in den Kaffeehäusern, wo man lachte und scherzte, auf den Trottoirs, auf denen Griechinnen und Kindermädchen Jungen in Matrosenanzügen spazieren führten, in den beiden vom Gouverneur nach europäischem Vorbild errichteten Parkanlagen, dem Hamidiye-Park und dem Parc du Levant: nichts als Leere. Während der Landauer durch die Stadt zuckelte, erörterten die drei Passagiere von der Verhinderung eines Schwarzmarktes bis hin zur Sicherheit der Isolierstation alle möglichen Themen: Wo sollten all die Waisen und Halbwaisen untergebracht werden? Wie konnten Diebe daran gehindert werden, in leerstehende Häuser einzudringen? Woher sollte der Major Freiwillige für seine Kompanie bekommen? Warum war der französische Konsul schon wieder so wütend? Sie waren sich einig, dass alle Häuser durchkämmt, alle griechischen und türkischen Schmierereien auf den Quarantäneplakaten überdeckt und die aufgehäuften Rattenkadaver so bald wie möglich hinter dem Rathaus verbrannt werden mussten. Bei den Freitagsgebeten, zu denen sich besonders viele Gläubige einfanden, musste die Desinfizierung nicht am Eingang zum Moscheehof, sondern vor der Moschee selbst stattfinden. Und der eine unverschämte Feuerwehrmann, über den es ständig Beschwerden gab, sollte endlich von seinem Posten abgezogen werden.

Vor allem aber musste man sich fragen, wozu wohl die vielen Menschen imstande waren, die an jenem Tag um jeden Preis auf eines der letzten quarantänefreien Schiffe gelangen wollten. Aus heutiger Sicht müssen wir den damals so aufgeregt am Hafen Stehenden recht geben, wissen wir doch, dass im Jahr 1901, also vor der Erfindung der Antibiotika, Flucht die vernünftigste Reaktion eines Menschen auf die Pest war. Allerdings führte dieser verständliche Instinkt unter dem marktschreierischen Einfluss der Reisebüros zu einem allgemeinen »Rette sich, wer kann!«.

Die Vertreter der großen Reedereien gehörten in ihrer Eigenschaft als Konsuln der Quarantänekommission an, verschafften sich jedoch aus rein persönlichen und nur angeblich humanitären Gründen mit der Verschiebung der Frist um einen Tag wertvolle Zeit, um Schiffe aufzutreiben und damit gutes Geld zu verdienen.

Angefangen von den Messageries, dem Lloyd, der Hidiviye und der Russischen Schifffahrtsgesellschaft telegrafierten die Büros sämtlicher größeren und kleineren Reedereien in die benachbarten Häfen, um Schiffe aufzustöbern, und manche warteten gar nicht erst einen positiven Bescheid ab, sondern kündigten eine zusätzliche Fahrt schon an und verkauften Fahrkarten dafür. Den großen Reedereien war es lieber, wenn in den Zeitungen nicht erwähnt wurde, dass ihre Schiffe in einer verseuchten Insel unter Quarantäne gestellt wurden.

Manche warteten das Einlaufen ihres Schiffes lieber zu Hause ab, während andere sich mit Kind und Kegel nicht vom Kai wegrührten. Zwei orthodoxe Familien aus Flizvos und Ora wollten sich zu Verwandten nach Saloniki aufmachen und hatten schon ihre Häuser auf der Insel verrammelt und die für den Sommer dort nötigen Möbel, Decken, Vorhänge sowie Säcke voller Haselnüsse auf eine Kutsche laden und zum Hafen hinunterfahren lassen. Dort mussten sie feststellen, die Fahrt, für die sie gebucht hatten, habe sich »verzögert«, und anstatt alles wieder zurückzutransportieren, ließen sie sich neben dem Zoll in dem vom Gouverneur angelegten Park nieder.

Manche Familien standen schon mit Kisten und Koffern vor den Unterständen der Ruderer Schlange, die sie in ihren Booten zu den draußen vor Anker liegenden Schiffen bringen sollten. Um möglichst viel Trinkgeld einzuheimsen, speisten die Ruderer und Lastenträger die Wartenden mit allen möglichen Lügen ab und behaupteten ständig, die zusätzlichen Schiffe könnten jeden Augenblick hinter der Burg zum Vorschein kommen. Manche vertrieben sich die Wartezeit in den Kaffeehäusern am Kai, manche dachten wehmütig an ihre Villa zurück, andere schickten einen Dienstboten noch mal zurück ins Haus um einen vergessenen Teekessel. Manche Unvernünftigen klapperten noch immer Büro um Büro nach übrig gebliebenen Fahrkarten ab, während besonders Verzagte sich zur Sicherheit längst bei jeder Reederei Fahrkarten besorgt hatten.

Abgesehen von der griechischen Oberschicht verließ ja kaum jemand die Insel. Die meisten Muslime blieben, sogar die wenigen, die wirklich begriffen, wie ansteckend die Pest war. Inwiefern steht es uns, hundertsechzehn Jahre später, eigentlich zu, jenes Verhalten mit Gründen wie Mittellosigkeit, Ausweglosigkeit, Teilnahmslosigkeit, Schicksalsergebenheit, Unerschrockenheit, Religion oder Kultur zu erklären? Dieses Buch soll keine »Erklärung« für jenen kuriosen Umstand liefern, doch Tatsache ist, dass die wenigen Muslime, die damals die Insel verließen, allesamt in Istanbul oder Izmir Verwandte, Häuser oder eine Arbeit hatten. Dass indessen so viele nicht weggingen, ist vor allem auch darauf zurückzuführen, dass ihnen die herannahende Katastrophe, die wir hier so getreu wie möglich zu schildern suchen, nicht bewusst war und sie sich somit nicht vorstellen konnten. Das wiederum war der Auslöser dafür, dass die Katastrophe schließlich eintrat und die Geschichte einen ganz bestimmten Verlauf nahm.

Als der Landauer in die engen Gassen des Alten Marktes einbog, sahen sie, dass die Stände der Trödler und Gemüsehändler weggeräumt waren. In Tatlısu spielten bei Einbruch der Dämmerung noch immer Kinder auf der Straße. Hinter dem Gebäude des Bektaşi-Ordens vermischten sich Lindenblütenduft und Kadavergeruch. Die vom Gouverneur zur Verhinderung von Plünderungen eingesetzten Patrouillen waren bereits unterwegs. Während sie an der griechischen Mittelschule entlang wieder zum Kai hinunterfuhren, berichtete der Major von den Quarantänesoldaten, die er rekrutierte. Weit war er damit noch nicht gekommen, doch der Gouverneur bestand darauf, sich in der Garnison mit eigenen Augen von der geleisteten Arbeit zu überzeugen, um auch zu demonstrieren, wie sehr er diese Kompanie unterstützte.

Man konnte sich ja auch einreden, die Katastrophe werde sich nicht verschärfen, irgendwann werde sie wie alle großen Seuchen zu Ende gehen, und wenn man sich in ein stilles Eckchen zurückziehe und sich von dort eine Weile nicht davonrühre, werde man ungeschoren davonkommen.

Es wurden später Berichte von Menschen veröffentlicht, die aus Arkaz fortgingen, obwohl sie in keinem Dorf irgendwelche Bekannten hatten, und die von den Dorfbewohnern als Pestbringer verscheucht wurden. Oder sie versuchten nicht einmal, in ein Dorf zu gelangen, und lebten in Wald und Bergen eine ganze Weile wie Robinson Crusoe.

Da traf die *Bagdat* ein, fahrplanmäßig und pünktlich, und obwohl sie nur auf fünfhundert Passagiere ausgelegt war, nahm sie zweieinhalbmal so viele Menschen an Bord, also tausendzweihundertfünfzig. Von den fünf für danach angekündigten Schiffen ließ sich indes keines blicken, wenn es auch stets hieß, jene würden noch kommen. Schließlich näherte sich dem Hafen ein Schiff, dessen Zugehörigkeit sich nicht ausmachen ließ, doch ging es weit draußen vor Anker. Der Gouverneur ließ den Landauer an einer Ecke des Hamidiye-Boulevards anhalten und versuchte, mit zusammengekniffenen Augen durch das kleine Kutschenfenster zu erkennen, was sich am Hafen tat. Er sah, wie sich ein mit Menschen und Kisten beladenes Boot auf das draußen ankernde Schiff zubewegte. Die Leute am Kai blickten rufend und schreiend hinterher. Trotz ihrer Proteste fuhr das Boot weiter, bis es auf der Höhe des Arabischen Leuchtturms anhielt und von den Wellen geschüttelt abwartete. Kurz darauf kam von der Burg her ein mit Koffern, Truhen und Körben voll beladener Pferdewagen herangerumpelt. Ihm entstieg eine orthodoxe Familie mit Kindern und Dienstboten, so ruhig allerdings, als hätten sie von der Aufregung um die Pest erst jetzt etwas mitbekommen. Gleich ging ein Feuerwehrmann auf sie zu und sprühte sie alle mit Desinfektionsmittel ein, was zu einer heftigen Diskussion führte, in die sich auch Kutscher und Lastenträger einmischten.

»Doktor Ilias drängt sehr darauf, von der Insel wegzukommen«, sagte der Gouverneur, ohne den Blick vom Fenster zu wenden. »Er will nicht begreifen, dass es nicht nur um eine Fahrkarte oder um die Frage geht, inwiefern er für die Quarantäneverwaltung unentbehrlich ist. Seine Hoheit wünscht, dass er auf Minger verbleibt. Er aber traut sich nicht einmal aus der Garnison hinaus. Bei der Vereidigung der Soldaten morgen müssen Sie ihm Mut zusprechen.«

»Eigentlich sind wir weder von der Anzahl noch von der Ausrüstung her für eine Inspektion bereit«, erwiderte der Major verlegen, obwohl er selbst die Feier angeregt hatte, um seine Soldaten anzuspornen.

»Gestern habe ich Ihnen doch Feldwebel Hamdi Baba geschickt, der ist allein schon ein Heer für sich.«

Der Landauer fuhr weiter durch Gassen, in denen es immer stiller wurde. Menschen waren kaum mehr unterwegs, doch an einer Gartenmauer und mitten auf einer staubigen Straße fanden sie je eine vor Kurzem erst verendete Ratte vor. Wie hatten die Tiere den Kindern entgehen können, die eingegangene Ratten immer gleich an die Behörden verkauften?

»Wie erklären Sie sich das?«, fragte der Gouverneur Doktor Nuri.

»Wenn hier jetzt sowohl Ratten als auch Pestkranke zunehmen, weiß ich wirklich nicht, was geschehen wird!«

Schließlich fuhren sie durch leere Straßen zum Regierungsgebäude zurück. Das Streiten am Kai dauerte noch bis spät in die Nacht an. Pakize Sultan und Doktor Nuri in ihrem Zimmer im Gästehaus und der Gouverneur in seinem Amtszimmer bekamen noch sehr gut mit, wie gerufen und geflucht wurde, als die letzten Boote zu den wartenden Schiffen hinausfuhren. Geprellte Fahrkartenkäufer bedrängten die Angestellten des Lloyd, dessen Schiff nicht gekommen war. Als sie einen davon regelrecht verprügelten und ihm dabei die bei Essel in Saloniki gekaufte neue Brille demolierten, mussten Ordnungskräfte eingreifen.

Zu einer Auseinandersetzung kam es auch vor dem in Orange- und Rottönen gehaltenen, mit exotischen Bildern aus fernen Gegenden geschmückten Büro der Messageries Maritimes, die die Insel am häufigsten anliefen. Der Chef der Agentur, der ehrgeizige Monsieur Andon aus einer alteingesessenen griechischen Familie – zugleich war er französischer Konsul –, stellte sich tapfer der Situation und wandte sich an die wütende Menge, der er zu verstehen gab, das Schiff sei ja unterwegs, doch der Gouverneur verweigere ihm die Erlaubnis, die Insel anzusteuern.

Noch vor zwei Tagen hatten jene Familien sich ausgemalt, wie sie mit ihrer Habe nach Kreta, Saloniki, Izmir oder Istanbul fliehen würden, nun waren sie von unbeschreiblicher Seelenpein geplagt. In ihre Häuser, deren Türen und Fenster sie vernagelt hatten, wollten sie nicht mitten in der Nacht zurückkehren. Auch hatten sie nicht wie so mancher, der auf der Insel bleiben wollte, in ihren Küchen an für Ratten unzugänglichen Stellen Zwieback, Nudeln, getrocknete Forellen und eingesalzene Sardellen gebunkert.

Da die ärmeren Schichten der Insel, zum Großteil Analphabeten, viel weniger vom Geschehen mitbekamen, wurden sie auch von der Atmosphäre der Angst nicht so in Mitleidenschaft gezogen. Dies nur als Begründung für die besondere Aufmerksamkeit für das Schicksal der Begüterten (von denen die meisten ohnehin eher in Istanbul oder Izmir lebten und ihren Besitz auf der Insel verwalten ließen). Von den Menschen, die in jener Nacht verzweifelt am Kai ausharrten und in den frühen Morgenstunden gramerfüllt in ihre Häuser zurückkehrten, hatte etwa die Familie des streitbaren Pangiris und die von Sifiropulos schon die meisten Familienmitglieder durch die Pest verloren, und die von Faros aus Zypern immerhin schon einige.

Das Gerücht, der Gouverneur wolle die zusätzlich angeheuerten Schiffe nicht in den Hafen lassen, wurde allmählich von der Behauptung abgelöst, der Quarantänebeginn werde verschoben, damit die Schiffe eben doch anlegen könnten. Inmitten der Menge stand ein Mann ohne Koffer, ohne Korb, ohne alles, und schien die anderen nur zu beobachten. Zwischen dem Zollgebäude und den Kutschen setzte der Mann sich erst auf den Boden, und als er auf einmal wie von Kopfschmerzen gefällt ohnmächtig umsank, gerieten alle um ihn herum in helle Aufregung. Im bleichen Schein der Öllampen war nicht recht zu erkennen, wie es um ihn stand. Ein paar der umhergehenden Feuerwehrleute traten an ihn heran, sodass sich die Menge zuerst ein wenig zerstreute. Andere aber eilten herbei, hatten sie doch gehört, der Mann, der die Pest in die Stadt gebracht und überall die toten Ratten verteilt habe, sei gefasst worden und werde gerade öffentlich verprügelt.

Als der Gouverneur erfuhr, dass ein paar Übereifrige im Café Cenup am Istanbul-Boulevard eine Eingabe zur Verschiebung der Quarantäne aufgesetzt hätten und diese noch in der Nacht von den Besitzern der Reisebüros, den Konsuln und überhaupt von jedem, der die Insel zu verlassen gedachte, unterschreiben lassen wollten, um sie ihm selbst und am besten auch gleich Doktor Nuri zu überreichen, schickte er ein paar Feuerwehrleute in das Café und ließ die Versammlung mit ätzend riechendem Lysol auseinanderspritzen. Später wurde ein junger Mann als Anstifter der Aktion ausgemacht und zusammen mit seinem Onkel in den Burgkerker gesteckt.

Nicht zuletzt wegen dieser Begebenheit herrschte gegen zehn Uhr am Kai geschäftiges Treiben, als auf einmal ein freudiger Ruck durch die Menge ging: Draußen vor der Burg wurde das letzte Schiff der Messageries Maritimes gesichtet, das noch eine Genehmigung bekommen hatte, die *Persepolis*. Genau war sie nicht zu erkennen, doch wer im zittrigen Licht der Lampen ganz genau hinschaute, nahm ihren Schemen wahr. Jeder rannte zu seinen Schachteln, seinen Truhen, seiner Familie. Schon bald war ein erstes Boot des Bootsführers Lazar mit einer Ladung Menschen und Gepäck zum Schiff unterwegs. Auf das zweite Boot herrschte ein derartiger Andrang, dass es zwischen den Menschen, die mit aller Gewalt die Insel verlassen wollten, und den Feuerwehrleuten, Polizisten und Wächtern zu einem lautstarken Handgemenge kam. Nach einer Weile aber legte auch das zweite Boot ab und verschwand in der endlosen Dunkelheit.

Dies war ein Moment fürchterlicher Einsamkeit. Die etwa fünfhundert Personen, die auf dem Kai zurückblieben, begriffen so recht, dass sie nach der Abfahrt des letzten Schiffes auf der Insel mit der Pest alleine waren. Manche Familien glaubten an die Gerüchte, die sie selbst in Umlauf gebracht hatten, und hofften bis zum Morgen noch immer auf die Ankunft neuer Schiffe. Andere blieben einfach, weil sie nicht in der Nacht den beschwerlichen Heimweg antreten wollten. Die meisten aber luden im Dunkel ihre Habe auf Pferdewagen, und wer keinen Wagen mehr fand, kehrte still und leise zu Fuß nach Hause zurück. (Und merkwürdigerweise begegnete in jener Nacht niemand dem Mann, der auf der Straße tote Ratten verteilte.) Für Anfang Mai war es eine kalte Nacht. Der Wind pfiff durch die leeren Häuser.

KAPITEL 27

Beim Auslaufen ließ die *Persepolis* zweimal ihr Horn ertönen, worauf der dumpfe, melancholische Klang von den Bergen Mingers widerhallte. Der Gouverneur saß da gerade mit dem Gefängnisdirektor und dem Überwachungsbeauftragten in seinem Amtszimmer und erörterte mit den beiden, wie genau die Hinrichtung der Verurteilten ablaufen sollte. Sami Pascha war noch etwas zögerlich, denn falls er insbesondere Ramiz ohne vorherige Einwilligung Istanbuls aufhängen sollte, konnte das zu größeren politischen Verwicklungen führen. Der Gefängnisdirektor und der Überwachungsbeauftragte bestätigten ihm, dass der Dieb Şakir sich bereit erklärt habe, die drei Hinrichtungen vorzunehmen, doch sei er ständig betrunken und daher nicht gerade zuverlässig. Er wolle sein Geld im Voraus, dabei sei gar nicht sicher, ob er dann überhaupt im Gefängnis auftauchen werde.

»Dann lasst ihn schon morgen vor der Dämmerung in den Burgkerker kommen, und dort soll er bleiben!«, ordnete der Gouverneur an. »Erst nach Mitternacht soll er seinen Wein bekommen. Aus welcher Taverne besorgt er sich den?« Da hörten sie das Horn der *Persepolis*, und alle drei gingen zu dem großen Fenster, das auf den Hafen hinausging. Wenn auch die Lichter kaum zu erkennen waren, begriff man doch, dass das Schiff die Insel verließ, oder erfühlte es vielmehr in seiner ganzen Bedeutungsschwere.

»Jetzt sind wir mit der Pest allein!«, sagte Sami Pascha. »Machen wir morgen früh weiter.«

Da die beiden anderen diesen plötzlichen Entschluss des Gouverneurs schon erwartet hatten, vergaßen sie, ganz in seinem Sinne, auf der Stelle, was noch zu besprechen gewesen wäre. Alle drei verließen das

Amtszimmer, sperrten es zu, ließen jedoch die Öllampe darin brennen. Der Gouverneur war der Ansicht, wenn in schweren Zeiten das Licht bis zum Morgen brannte, konnten die Menschen den Eindruck gewinnen, der Staat sei immer wachsam. Außerdem würden Attentäter ihn, den Gouverneur, dadurch nicht so leicht finden.

Wie so mancher, der nicht zum Kai gegangen war, hörten auch Pakize Sultan und Doktor Nuri das Schiffshorn, traten ans Fenster und hatten voller Wehmut den Anblick vor sich, der an jenem Abend bei so vielen Menschen eine Mischung aus Todesfurcht, Verlassenheit und seltsamer Reue auslöste. Alles war dunkel, nur die Burg war zu sehen. Pakize Sultan sah die Lichter der im seidigen Dunkel davonziehenden *Persepolis* als Anzeichen dafür an, dass sie mit ihrem Mann zum ersten Mal so richtig allein war. Doktor Nuri wiederum, der sich wie alle Ärzte andauernd Hände, Arme und Hals desinfizierte, erachtete sich als »nicht ansteckend«. So lässt sich mit geradezu historischer Exaktheit behaupten, dass die beiden glückselig miteinander schliefen.

Doktor Nuri erwachte vor der Morgendämmerung. Beim Anziehen sah er gerührt auf seine noch schlafende Frau und dachte sich zugleich, die Lästermäuler hätten doch recht gehabt und Sami Pascha habe vor, wie in Ausnahmezeiten Ramiz und seine Leute ohne die Bewilligung Istanbuls hinrichten zu lassen.

Unter den respektvollen Blicken der Nachtwächter ging er die Treppe hinunter und trat aus einem Instinkt heraus in den Innenhof. In Innenhöfen staatlicher Gebäude wurden schließlich die meisten Hinrichtungen vollzogen. Es war aber niemand dort. Der an einen Eisenring vor der Küche angebundene riesige Schäferhund, der bis vor Kurzem noch Nacht für Nacht unaufhörlich gebellt hatte, war seit Beginn der Seuche verschwunden.

Wütend hatte der Gouverneur einmal aus dem Fenster auf die leerste Stelle mitten auf dem Regierungsplatz gezeigt und ausgerufen: »Dort lasse ich die Banditen aufhängen!« Doktor Nuri sah dort nun weder einen Galgen noch einen Menschen. Im Dunkel war nicht mal ein Schatten zu sehen.

Schwerfällig ging Doktor Nuri unter den Gewölben des Platzes dahin und kam sich dabei vor wie ein Gespenst. Er war ständig darauf gefasst, jemandem zu begegnen, doch die Nacht schien ein dunkler, zweidimensionaler Raum zu sein; er selbst kam gleichsam Schritt für Schritt nicht voran und aus der dunklen Schachtel nicht heraus, doch manchmal glitt der Schatten eines Baumes oder eine verwaschene Farbe still an ihm vorbei. Er ließ die Quarantäneplakate und die heruntergelassenen Rollläden hinter sich, bog in eine Seitengasse ab und wanderte lange durch die endlosen Straßen der pestverseuchten Stadt.

In jedem Viertel empfing ihn wieder eine neue Hundemeute, heulte wie tollwütig, je weiter er ins Zentrum des Viertels vorrückte, doch kam nie einer der Hunde so nahe an ihn heran, dass er sein Keuchen und Knurren vernommen hätte. Manchmal ging er eine steile Gasse hinunter, sog Algengeruch vom Meer her ein und hörte Möwen kreischen, dann folgte er aufs Geratewohl einem Rosenduft und stieg eine andere Gasse bergauf. In einem Garten hörte er einen Mann und eine Frau lachen und auf Griechisch flüstern, lauschte einer Eule, die lange die unsichtbaren Wolken anheulte, und auf einmal war ihm, als hörte er seine eigenen Schritte nicht mehr. Wo war nur diese Straße, in der er auf Sand lief? Er ging eine Treppe hinunter, kam am Hotel Minger vorbei, verlief sich wieder. Als er auf einmal die geschlossenen Fensterläden eines Steinhauses vor sich hatte, merkte er, dass er aus Versehen in einen Garten geraten war. Er folgte dem Quaken von Fröschen, das sich aus der Ferne anhörte wie das Rauschen eines kleinen Wasserfalls, und als er nahe genug kam, hüpften die Frösche einer nach dem anderen ins Wasser, ohne dass er den Teich hätte glänzen sehen noch seine Kühle hätte spüren können.

Als er einmal vermeinte, einen Einbrecher zu überraschen, drückte er sich an eine Wand, doch in der Dunkelheit, die alles wie ein kohleschwarzer Nebel überzog, sah er schließlich niemanden. Er wähnte sich schon auf dem Weg zum Regierungsplatz, da merkte er irgendwann, dass er sich eigentlich davon wegbewegte, und so dauerte es lange, bis er wieder bei seiner Frau war.

Am Morgen erzählte er ihr, dass er auf den Platz hinausgegangen war, weil er Befürchtungen wegen der Hinrichtung hatte.

»Mein Onkel«, erwiderte sie, »ist darauf aus, dass seine Feinde, die er bestraft und in die Verbannung geschickt hat, dort von treuen, übereifrigen Gouverneuren auf eigene Verantwortung hingerichtet werden. Er selbst gibt solch einen Befehl nie, erst recht nicht, wenn es um einen Muslim geht. Er ist vorsichtig und verschlagen.«

Dann ließ sich Pakize Sultan von der metaphysischen Erfahrung ihres Mannes in den dunklen Gassen von Arkaz berichten. Als sie sich an jenem Tag an den Schreibtisch setzte, griff sie zu einem neuen Blatt Papier, betitelte es mit »Die Nächte der Pest« und schrieb ausführlich nieder, was ihrem Gatten widerfahren war. Die beiden hatten schon darüber gesprochen, wie lange es vermutlich dauern würde, bis von nun an ein Brief an ihre Schwester auch tatsächlich nach Istanbul gelangen würde, nachdem das letzte Schiff die Insel verlassen hatte. »Ich weiß auch nicht warum, aber ich will ihr jetzt noch detaillierter schreiben, also erzählen Sie mir alles!«

Bald darauf trug ein Sekretär in den großen Stadtplan mit grünem Stift acht neue Tote ein. Der Gouverneur informierte Doktor Nuri, sie würden heute zu zweit unterwegs sein, denn Doktor Ilias und der Major wollten an der Vereidigung in der Garnison teilnehmen. Er lobte Fleiß, Geschick und Disziplin des Majors und fügte hinzu, eine Ehe des Majors mit Zeynep sei für die Insel ein Segen.

Der Gouverneur wusste bereits von allen am Vortag Verstorbenen. Ein bei der Stiftungsverwaltung tätiger Beamter, der bei Ausbruch der Seuche angekündigt hatte, er werde in sein Dorf zurückkehren, war anscheinend mit seiner Familie doch geblieben und hatte sich in seinem Haus in Çite eingeschlossen. Auf zwei Todesfälle hin war das Haus nun geräumt und desinfiziert worden. Im Viertel Taş Madeni war ein Hufschmied und in Turunçlar der allseits beliebte, redselige Barbier Zaim gestorben; beide hatten es nicht einmal mehr ins Krankenhaus geschafft. Von seinen Leuten hatte der Gouverneur außerdem erfahren, im Hamidiye-Krankenhaus sei ein am gleichen Tag eingelieferter alter Bauer gestorben, desgleichen eine Frau, die noch im Sterben herzzerreißend um ihre Kinder geweint habe, ferner sei im Garten des Theodoropulos-Krankenhauses ein Mann tot aufgefunden worden, und auch der Kellner eines griechischen Restaurants in Petalis sei der Krankheit erlegen. Durch den Tod des Kellners flammte zwischen den Ärzten wieder die Diskussion auf, ob die Pest auch über Nahrungsmittel übertragen werde. Den Verzehr von Wassermelonen, Honigmelonen und überhaupt Obst und Gemüse zu verbieten, war ja eher eine Maßnahme gegen Cholera.

»Bonkowski Pascha – er möge in Frieden ruhen – sagte oft, durchs Essen übertrage die Pest sich nicht, und Doktor Ilias sagt das auch«, gab Doktor Nuri zu bedenken. »Am besten wir fragen ihn in der Garnison noch einmal.«

»Was halten Sie von der Lage auf dem Stadtplan?«, fragte der Gouverneur.

»Es ist noch zu früh, um über die Maßnahmen zu urteilen.«

»Zum Glück! Sonst wäre jetzt schon deutlich, dass die Maßnahmen nichts bringen.«

»Sie bringen nur nichts, wenn Leute sich nicht daran halten. Was sie allerdings das Leben kosten kann.«

»Da haben Sie recht!«, rief der Gouverneur, als käme ihm gerade eine Erleuchtung. »Wir werden aber nicht sterben! Die Quarantänesoldaten des Majors sind schlagkräftig, entschlossen und tüchtig, das bekomme ich immer wieder zu hören.«

Sie stiegen in den Landauer, und Sami Pascha ließ den Kutscher Zekeriya nicht den steilen Weg über Kofunya nehmen, sondern den längeren am Ufer entlang. Erst kamen sie an der Sankt-Antonius-Kirche vorbei, dann an Marikas Haus (schön, dass die Läden aufstanden!), und schließlich schlängelten sie sich bis zum Ufer hinunter an einer Mauer entlang, an die ein paar Hühnerställe angrenzten. Es war nichts zu hören außer den Hufschlägen, dem Knarren der Räder und dem »Brrrr!« des Kutschers, wenn er am Hintergeschirr zog, damit der Landauer bergab nicht zu schnell wurde. Dem Gouverneur fiel auf einmal auf, dass nicht einmal Möwen oder Krähen zu vernehmen waren. Und die Stille schien sogar das zwischen Tavernen und Hotels immer wieder kurz erscheinende Meer seiner Farbe beraubt zu haben.

»Als ob das alles mit dem letzten Schiff der Messageries Maritimes weg wäre«, sagte der Gouverneur voll kindlicher Traurigkeit. »Ganz allein sind wir jetzt auf der Insel.« So treuherzig sah er dabei drein, dass Doktor Nuri fast gerührt war.

Als sie an den Hotels und Restaurants vorbei waren, hatten sie rechter Hand ganz nah, ganz weiß, das Meer! Der Gouverneur liebte diese Straße, die sich am Ufer entlang durch das Viertel Ora in Richtung Norden zog, mal bergauf und mal bergab. Es war ihm eine Wohltat, wenn jede Bucht umständlich ausgefahren werden musste und er sich währenddessen an den Palmen zur Linken und zur Rechten ergötzen konnte. Er liebte den Rosenduft aus den Gärten der Reichen, den neu gestalteten Strand mit den blau-weiß gestreiften Badekabinen, die kleine Anlegestelle, die Imkereien, die Rosenhonig herstellten. Den Bau der prächtigen Wohnhäuser hatte er sich selbst angelegen sein lassen.

»Als ich damals hier ankam, wie oft habe ich da zu den muslimischen Honoratioren rund um den Hamidiye-Platz gesagt: ›Macht es doch wie die Griechen, lasst euch an der Uferstraße von Kadirler aufwärts Villen bauen und zieht mit euren Familien dorthin; die Stadt wird an beiden Ufern nach Norden hin wachsen. Bleibt nicht in der Altstadt und zwischen den alten Moscheen eingepfercht.‹ Aber vielleicht gerade weil ich sagte, ›Macht es wie die Griechen‹, haben sie nicht auf mich gehört. Die Familienältesten wollten nicht weg von der Kör-Mehmet-Pascha-Moschee und den anderen alten Moscheen, um dort fünfmal am Tag ihr Gebet verrichten zu können! Als es mit dem Marmor vorbei war, hat sich an der Anlegestelle, in den Verwaltungsgebäuden und den Arbeiterunterkünften lauter Gesindel und Spinnenzeug niedergelassen. Dann aber sind die Flüchtlinge aus Kreta gekommen, die sind dort eingezogen, und ich muss zugeben, dass ich das damals sogar unterstützt habe. Die Leute hatten ein Dach über dem Kopf, und es kam wieder Leben ins Viertel. Wie hätte ich ahnen sollen, dass die Leute sich so aufführen und unbedingt an den Griechen würden Rache nehmen wollen! Um sie wieder loszuwerden, könnten wir heute unter dem Vorwand der Pest dort alles niederbrennen, aber nicht einmal das geht, denn die Gebäude sind natürlich aus bestem Minger-Stein, da brennt überhaupt nichts. Aber was rede ich hier vom Brennen, ich wollte Ihnen doch diese herrliche Uferpromenade zeigen.«

Nach dem leeren Strand begann die Straße wieder anzusteigen. Zur Linken reihten sich die ansehnlichen Villen der reichen griechischen Familien von Flizvos aneinander. Jene Gebäude nötigten dem Gouverneur seit jeher Respekt, ja Bewunderung ab. In Anlehnung an die Burg waren sie mit Vordächern und spitzen Türmchen versehen, und von den Terrassen war es ein wahrhaft herrlicher Anblick, wenn morgens die Sonne dem Meer entstieg. Einige dieser europäisch orientierten Familien kannte der Gouverneur von Empfängen her, die sie in ihren palastartigen Villen immer wieder gaben. Sie hatten einen Klub, den Cercle du Levant, an dessen Gründung er sogar mitgewirkt hatte, obwohl dort keine Muslime verkehrten und man nur auf Einladung hin Mitglied werden konnte. Er sah darüber hinweg, dass dort auch Glücksspiel betrieben wurde, doch als er erfuhr, dass bei Silvesterlotterien Geld für den Banditen Pavlo und für im Burgkerker einsitzende griechische Nationalisten gesammelt wurde, ließ er den Initiator der Aktion, den blasierten Sohn des Besitzers des Bazar de l'Isle, dafür in Untersuchungshaft nehmen, dass er angeblich unverzollte Waren verkauft habe, und nachdem der junge Mann in der übelsten Zelle ein paar Tage lang die Schreie Gefolterter mit angehört hatte, war die Sache erledigt, ohne dass man den Klub hätte schließen und diplomatische Telegramme verschicken müssen. Der Überwachungsbeauftragte Mazhar Bey verstand sich bestens darauf, solche Konspiranten auch ohne politisches Aufsehen zum Schweigen zu bringen.

Als sie langsam die Buchten des schicken Viertels Dantela entlangfuhren und der Gouverneur in Richtung Garnison blickte, entdeckte er ein kleines weißes Haus. Manchmal stellte er sich vor, er werde sich eines Tages von allem zurückziehen oder vielmehr von Abdülhamit abgesetzt werden, dann aber nicht nach Istanbul zurückkehren, sondern sich in solch einem Viertel niederlassen, dort Minger-Rosen züchten und sich unten in der Bucht mit den griechischen Fischern anfreunden.

Hinter dem Kutschenfenster verschwamm über dem dunstigen Meer der Horizont, sodass die Insel von der Welt wie abgeschnitten schien, ganz allein unter dem Himmel. Sonne und Stille ließen im Gouverneur ein Gefühl von Einsamkeit und Bedeutungslosigkeit wachwerden. Da kam durch das rechte Fenster, das Doktor Nuri wegen der Hitze geöffnet und mit dem ledernen Sonnenschutz versehen hatte, eine fahrige Wespe hereingebrummt und stieß sogleich wütend an das andere Fenster, sodass die beiden Männer ganz nervös wurden und umherfuchtelten. Bis die Wespe endlich wieder hinausfand, hatte der Kutscher schon die Pferde etwas gezügelt, da das Gewackle der Passagiere ihn beunruhigte.

»Nur eine Wespe, Zekeriya, ist schon wieder draußen, das Mistvieh«, rief der Gouverneur. »Fahr uns zur Garnison.«

Schwerfällig quälte sich die Kutsche die Pflasterstraße empor, die von der Taşlık-Bucht zur Garnison hinaufführte. Auf den roh gehauenen Pflastersteinen aus Minger-Marmor verursachten Hufe und Räder ein metallisches Klappern. Angelegt worden war die Straße sechzig Jahre zuvor, damit im Fall eines nationalistischen Aufstands aus Istanbul eintreffende Streitkräfte ohne Umweg über die Burg rasch zur Garnison gelangen konnten, doch war sie nie zu diesem Zweck benutzt worden. Auf dem grünen Abhang sahen sie Villen und alte Landgüter. Auf Ästen mit spitzen, stacheligen Blättern tummelten sich Eidechsen; freche Papageien übertönten mit ihrem Krächzen das melodiöse Zwitschern zaghafter Vögel. Die Männer sogen die angenehm feuchte Luft der schattigen Straße ein.

»Halt, Zekeriya, halt an!«, rief der Gouverneur auf einmal und hatte dabei einen silbrig grünen Garten im Blick.

Die Kutsche hielt, rutschte aber auf der steilen Straße ein Stück zurück. Wie üblich wartete Sami Pascha ab, bis der neben dem Kutscher sitzende Wächter abstieg und ihm den Wagenschlag öffnete. Der Gouverneur deutete auf einen Weidenbaum, zwischen dessen Ästen zwei schwarzhaarige Jungen in verblichenen Kleidern sie beobachteten.

Der eine Junge warf wütend einen Stein in ihre Richtung, während der andere versuchte, ihn davon abzuhalten. Dann waren die beiden auf einmal weg. Wie in einem Traum hatten sie keinerlei Laut von sich gegeben; vielleicht waren sie nur reine Einbildung.

Der Gouverneur befahl den Wächtern, den Jungen hinterherzusetzen. »Das ist ein verlassenes Haus, über das haben sich Diebe hergemacht!«, sagte er, als sie die Kutsche wieder bestiegen. »Die kommen von außerhalb, aus den Dörfern. Diesen Banditen allesamt das Handwerk zu legen, ist eigentlich so gut wie unmöglich.«

»Wenn Doktor Ilias hier wäre, würde er uns erzählen, was Bonkowski Pascha in so einer Situation gesagt hätte.«

»Finden Sie nicht auch, dass Doktor Ilias ein Angsthase ist?«

Der Garnisonskommandant Mehmet Pascha aus Edirne hatte für die Gäste der Vereidigung einen kleinen Empfang vorbereitet. Eine Abordnung von vierzig ausgewählten Soldaten des Fünften Heeres marschierte salutierend am Gouverneur vorbei. Dann inspizierten sie die Geschützbatterie, die im vergangenen Jahr zum fünfundzwanzigsten Thronjubiläum Sultan Abdülhamits fünfundzwanzig Schuss mit Platzpatronen abgegeben hatte. Ihr Befehlshaber Sadri Çavuş erläuterte stolz, er habe genug Pulver für noch einmal hundert Schuss. Dann nahmen sie am sorgfältig gedeckten Tisch Platz, auf dem neben der von der Regierung herausgegebenen *Havadis-i Arkata* auch die immer noch erscheinenden Zeitungen *Necm-i Cezire*, *Neo Nisi* und *Adekaton Arkadi* auslagen. Doktor Ilias stand in einem olivgrünen Überrock da.

»Heute Morgen vor dem Stadtplan konnten wir Ihre Meinung nicht einholen«, sagte der Gouverneur zu ihm. »Die Zahl der Toten steigt an, alle muslimischen Viertel sind verseucht und die Hälfte der griechischen Viertel auch. Und was ist nun damit, dürfen wir das essen?«

Als Doktor Ilias dem Blick des Gouverneurs folgte, stellte eine Ordonnanz gerade eine große Schüssel mit schwarzen Maulbeeren auf den Tisch, die von dem riesigen, alten Baum auf dem Garnisonsgelände stammten. Daneben standen Nusstörtchen mit Rosenwasser bereit.

»Verlassen Sie sich einfach auf mich, Herr Gouverneur«, erwiderte

Doktor Ilias fröhlich, »und essen Sie das, was ich auch esse. Bei den Maulbeeren weiß ich ja nicht, aber die Törtchen kommen gerade aus dem Ofen.«

Da wurde auf einmal Geschrei laut, und ein durchgegangener Rotfuchs galoppierte an ihnen vorbei, gefolgt von zwei zu den Vorbereitungen abkommandierten Soldaten, die beim Anblick des Gouverneurs und ihres Vorgesetzten jäh stehen blieben und verlegten salutierten. Der Gouverneur, dem es zu heiß war, stand auf und sah dem Pferd hinterher. Als er die vom Major versammelten Quarantänesoldaten erblickte, hob seine Laune sich wieder, und ohne auf den Kaffee zu warten, ging er hinüber. Die Wächter, die Sekretäre und die zur Feier geladenen Offiziere folgen ihm auf der Stelle.

In den letzten beiden Tagen hatte der Major weitere siebzehn Rekruten in seine Einheit eingegliedert. Beraten wurde er dabei von Hamdi Baba, einem bärtigen Haudegen unbestimmbaren Alters, der nach seinem Wehrdienst bei der Armee geblieben war und es dort weit gebracht hatte, obwohl er kaum lesen und schreiben konnte. Er stammte aus Minger, und als er einmal dorthin versetzt wurde, gelang es ihm, auf der Insel auch zu bleiben. Er verstand sich darauf, mit den Leuten zu reden, ob nun auf Arabisch, Griechisch, Mingerisch oder Türkisch, stets mit großer Überzeugungskraft.

Mit aufrichtigem Ernst sah der Gouverneur zu, wie Hamdi Baba in übertriebener Manier Vollzugsmeldung erstattete und seine Rekruten in Viererreihen gliederte. Seine im Voraus entlohnten »Freiwilligen« rekrutierte Hamdi Baba vorwiegend unter Vertrauten aus den Vierteln Bayırlar und Gülerenler, in denen er seine Kindheit verbracht hatte und damit, wie Historiker hervorhoben, unter Leuten, die zu Hause Mingerisch sprachen. Die Idee dazu ging allerdings nicht, wie vielfach angenommen, auf den Major zurück.

Jener kam seit drei Tagen nachmittags in die Garnison und bildete die Rekruten aus, worunter jedoch weniger militärischer Drill zu verstehen war als vielmehr die Anweisung, sich an die Quarantänemaßnahmen zu halten, gemäßigt aufzutreten, Schutzkleidung zu tragen, sich regelmäßig zu desinfizieren und zwar auf die Ärzte zu hören, aber letztendlich immer dem Kommandanten zu gehorchen. Auch Doktor Nuri war einmal dazugestoßen, hatte die Soldaten kennengelernt und war mit ihnen und dem Major nach Kadirler und Yukarı Turunçlar aufgebrochen. Dort gelang es ihnen, zwei Familien, die sich gegen die Quarantäne sträubten, gehörig einzuschüchtern. Einen jungen Ehemann, der partout mit seiner schwangeren Frau begraben werden wollte, beschwichtigten sie mit den Worten, alles, was angeordnet würde, geschehe »auf direkten Befehl des Sultans«.

Der Gouverneur befand, der Major habe mit den »Quarantänesoldaten« eine ausgezeichnete Wahl getroffen und sie in der kurzen Zeit erstaunlich gut ausgebildet. Die Rekruten wussten, wie es in den am meisten verseuchten Vierteln zuging, und sie kannten die Menschen, die die Anweisungen befolgten oder sich ihnen widersetzten. Vor allem bemühten die Rekruten sich darum, dass auch muslimischen Analphabeten (wenn auch letztlich nur sehr wenigen) bewusst wurde, wie sie sich zu verhalten hatten. Wenn der Verantwortliche eines Viertels oder einer der überall vorhandenen Spitzel anzeigte, in einem Haus befinde sich ein Pestkranker, ging als Erster Hamdi Baba dorthin. Hatten die Leute dann jemanden vor sich, der zwar Uniform trug, aber auch einen Bart, und der so redete wie sie, fügten sie sich den Verboten leichter.

Auf den raschen Erfolg der Rekrutierung und die gelungene Vereidigung hin drängte es den Gouverneur, eine Rede zu halten. Er sagte, die Osmanische Armee sei das Schwert des Islams, doch diesmal diene es nicht dazu, Ungläubigen den Kopf abzuschlagen, sondern den Pestteufel zu besiegen, und dies sei eine viel heiligere und menschlichere Aufgabe.

Über ihnen stand ein intensiver blauer Himmel mit einigen wenigen Wölkchen. Als der Gouverneur den Rekruten gerade einbläute, sie sollten sich nur ja nicht selbst anstecken, und er betonte, was ihr Kommandant für ein hervorragender Militär sei, trat auf einmal Mazhar Efendi ziemlich brüsk an ihn heran und flüsterte ihm etwas ins Ohr. Jedermann hielt den Atem an, denn wenn der Gouverneur so einfach unterbrochen wurde, musste es sich um etwas Wichtiges handeln.

»Doktor Ilias ist erkrankt«, sagte Mazhar Efendi dem Gouverneur ins Ohr.

Falls die Pest es bis in die Garnison geschafft hatte, würde es gänzlich unmöglich sein, sie unter Kontrolle zu bringen. Der Gouverneur wollte seine Rede zu Ende bringen, schätzte dabei aber im Hinterkopf schon die neue Lage ein. Es konnte gut sein, dass Doktor Ilias sich die Pest im Krankenhaus geholt und sie hierhergebracht hatte; es war ein Fehler gewesen, ihn in der Garnison unterzubringen. Schuldbewusst dachte der Gouverneur auf einmal, dass womöglich er selbst sie mit seinem Landauer eingeschleppt hatte. Dennoch setzte er seine Rede fort und rief den Rekruten zu, was für ein Glück es sei, zur Armee Seiner Hoheit des Sultans, des Stützpfeilers der Welt, zu gehören. Dabei dachte er: »Doktor Ilias kann doch nicht gut an der Pest gestorben sein, er stand doch gerade noch hinter mir?«

KAPITEL 28

Tatsächlich hatte Doktor Ilias gerade noch hinter dem Gouverneur gestanden, zufrieden lächelnd das Geschehen beobachtet und dabei hin und wieder an dem zuvor heimlich eingesteckten Nusstörtchen geknabbert. Nun lag er dreihundert Meter davon entfernt in seinem bescheidenen Gästezimmer auf dem Bett und wand sich unter unerträglichen Schmerzen. Im Magen verspürte er so heftige Stiche, dass er schon meinte, davon ohnmächtig zu werden, was ihm aber nicht vergönnt war. Die erste Übelkeit hatte er noch unter Aufbietung all seiner Kräfte unterdrücken wollen, um der Feier weiter beizuwohnen, doch dann war er in sein Zimmer fast gelaufen, hatte sich aufs Bett geworfen und sich kurz darauf übergeben. Das fühlte sich so an, als würde nicht er sich übergeben, sondern jemand anders. Alles, was er seit dem Frühstück zu sich genommen hatte, kam in gelben und weißen Klümpchen wieder heraus.

Dann setzte ein massiver Durchfall ein, und er hastete auf den Gang hinaus und zum Abort. Als er vor Schmerz wie benommen zurückkehrte, wäre er beinahe gestürzt. Ein Soldat bemerkte ihn und brachte ihn in sein Zimmer. Kurz darauf war an der Tür schon eine kleine Menschenmenge versammelt, und Doktor Ilias begriff, dass die Leute ihn als den Teufel ansahen, der ihnen die Pest gebracht hatte. Ihm selbst war noch nicht klar, was mit ihm los war.

Er begann zu zittern, und in einer Vision sah er sich in einen Brunnen stürzen. Der Garnisonsarzt knöpfte ihm behutsam das Hemd auf. Als Doktor Nuri eintraf und die metallblaue Gesichtsfarbe des Kollegen sah, mutmaßte er sogleich, es könne sich um etwas anderes als die Pest handeln. Pestkranke zitterten durchaus, übergaben sich andauernd und verfielen in ein Delirium, doch erst in einer späteren Phase der Krankheit. Doktor Nuri suchte Hals und Achseln des Kranken nach Beulen ab. In den übel riechenden Mund konnte er ihm nicht hineinsehen, da die Pest durch Tröpfchen in der Luft übertragen werden konnte.

Der Kranke versuchte, etwas zu sagen, brachte aber nur ein Gestammel heraus. Um ihn doch zum Sprechen zu bringen, sah Doktor Nuri ihm lange in die schmerzerfüllten Augen. Dann durchsuchte er die Taschen des Leidenden, brachte ein Stück Nusstörtchen zum Vorschein und begriff auf einen Schlag, was los war.

Er schoss aus dem Zimmer hinaus und rannte zum gedeckten Tisch.

Der Garnisonskommandant, die Offiziere und die Sekretäre waren im Begriff, dort wieder Platz zu nehmen, denn um das Auftreten der Pest in der Garnison möglichst zu verheimlichen, hatte der Gouverneur angeordnet, alle sollten jedes Aufsehen vermeiden und sich wieder setzen. Der Major ließ seine Rekruten abtreten, und der Gouverneur ging mit gutem Beispiel voran und setzte sich an den Tisch. Zögernd folgten ihm die anderen, und als einer der Küchenbullen erst dem Gouverneur, dann den anderen Gästen aus einer Schnabelkanne aus Messing herrlich duftenden Kaffee einschenkte, griff der Adjutant des Garnisonskommandanten auch sogleich zu einem Nusstörtchen.

»Halt, das ist vergiftet!«, schrie Doktor Nuri atemlos. »Nichts anrühren! Der Kaffee und die Törtchen sind vergiftet!«

Wie sich danach herausstellte, war der Kaffee aus Jemen tadellos, und auch am Wasser war nichts auszusetzen, es stammte aus einer sauberen Quelle im Norden von Arkaz.

Die Nusstörtchen standen unter dem schweren Verdacht, mit einem aus Pflanzen gewonnenen arsenhaltigen Rattengift versetzt zu sein. Zur damaligen Zeit gab es in Minger noch kein Labor, das in Blut oder Magensäften Spuren von Rattengift hätte nachweisen können, doch jedem Mingerer ist in lebhafter Erinnerung, dass selbst in den letzten fünfzig Jahren noch viele Menschen auf der Insel mit solchen herkömmlichen Methoden vergiftet worden sind.

Mazhar Bey und Doktor Nikos wurden Zeugen, wie ein Adjutant dem wild kläffenden Schäferhund, der hinter dem Gästehaus an eine Platane angekettet war, ein Nusstörtchen vorwarf und das Tier binnen Minuten qualvoll verendete.

Garnisonskommandant Mehmet Pascha wurde von Wut und zugleich Furcht gepackt, und nicht nur dem lästigen Hund, den er schon des Längeren loszuwerden gedachte, sondern auch dem Rotfuchs, der beim Durchgehen beinahe einen Rekruten niedergetrampelt hätte, ließ er somit ein Nusstörtchen vorwerfen und sah mit an, wie das Pferd erst auf die Vorderfüße niedersank, dann umsackte und sich am Boden wälzte, doch bevor es einging, wandte der Kommandant sich ab. Dem Leser sei verraten, dass der Garnisonskommandant beileibe kein Tierquäler war (wenn auch kein ausgewiesener Tierfreund), sondern lediglich ermessen wollte, ob jene Vergiftungsaktion darauf abzielte, der gesamten Führungselite der Insel den Garaus zu machen. Tatsächlich bestand der Teig sämtlicher Nusstörtchen zur Hälfte aus einem Rattengift, das von seiner Beschaffenheit her große Ähnlichkeit mit Mehl aufwies, bei Händlern auch in einer Art Mehlsäcken aufbewahrt wurde und beim Essen kaum zu riechen oder herauszuschmecken war.

Keiner der im Lauf des 19. Jahrhunderts im Osmanischen Reich aufgetretenen Fälle von Vergiftung war jedoch so rabiat ausgeführt worden (also mit Giftmengen, die auf der Stelle töteten) und hatte in so dreister Weise die Form eines umfassenden Angriffs angenommen. Vom Gouverneur über den Quarantänedirektor und Doktor Nuri bis hin zum Garnisonskommandanten hatte man es auf die gesamte Riege der hohen Inselbeamten abgesehen. Jene schlugen natürlich mit ähnlicher Härte zurück.

Die in der Garnisonsküche beschäftigten sieben Soldaten und ihr Vorgesetzter wurden sofort verhaftet, danach auch die fünf Rekruten, die den Tisch gedeckt hatten, sowie der Verpflegungsoffizier und seine beiden Untergebenen. Die höheren Ränge ließ der Gouverneur im Burgkerker einsperren, die im Küchendienst tätigen Soldaten dagegen in lauter Einzelzellen im Südflügel der Garnison, wo die Verhöre und

Folterungen stattfanden. Damit die neuen Rekruten davon nichts mitbekamen, ließ Mehmet Pascha die Verhafteten nicht in dem geschlossenen Gefängniswagen abtransportieren, sondern mit dem Gefährt, mit dem die Garnison in der Stadt Brot und Fladen verteilen ließ. Da der Wagen danach desinfiziert wurde, entstand der falsche Eindruck, jene Soldaten seien eingesperrt worden, weil sie die Pest eingeschleppt hätten. Das kam dadurch, dass Pestkranke oft wie Verbrecher behandelt und Infizierte in den Isoliertrakt neben dem Burgkerker gepfercht wurden, als hätte man sie verhaftet.

Im Herrschaftsbereich des Gouverneurs, der sich eigentlich auf die ganze Insel hätte erstrecken müssen, wurden die aus Istanbul gesandten Persönlichkeiten hingemetzelt wie die Fliegen, was nicht nur für das Osmanische Reich und die Quarantänebemühungen eine Provokation war, sondern auch für Sami Pascha persönlich. Statt aber Angriff mit Angriff zu beantworten, entschied sich der Gouverneur dafür, den Mingerern die Vergiftung von Doktor Ilias zu verheimlichen. Den Quarantänedirektor forderte er auf, der nach Istanbul telegrafierten Fallzahl nötigenfalls einen Pesttoten hinzuzufügen. Obwohl, Doktor Ilias war ja noch gar nicht gestorben, er verlor nur immer wieder das Bewusstsein, fantasierte von seiner Frau in Istanbul, wurde von einem Zittern gepackt, wie es auch Pestkranken eigen war, und verfiel dann wieder in erschöpftes Schweigen.

Sobald Pakize Sultans Briefe veröffentlicht sind, werden die Historiker daraus ersehen, dass der Disput, den der Gouverneur und Doktor Nuri eine Stunde später im Regierungsgebäude ausfochten, in ein philosophisches und politisches Paradox münden sollte. Die beiden verglichen, und dies nicht zum ersten Mal, das sogenannte induktive, also von Details ausgehend zu einem Ergebnis führende Vorgehen, das sie unter dem Einfluss von Abdülhamit die »Sherlock-Holmes-Methode« nannten, mit der deduktiven Methode, die vielmehr darin besteht, auf den Schuldigen aus einer allgemeinen, politisch motivierten Logik zu schließen und erst danach die dazu passenden Details herauszufinden.

»Die haben in der Küche vor aller Augen in das Mehl jede Menge

Rattengift gemischt«, sagte der Gouverneur. »Völlig klar, wer das getan hat. Und um herauszukriegen, von wem sie das Gift haben, brauchen weder der Sultan noch ich die Hilfe eines Sherlock Holmes. Der Staatsanwalt wird heute Nachmittag im Garnisonsgefängnis die in der Küche eingesetzten Soldaten verhören. Zusammen mit dem Überwachungsbeauftragten wird er dieses griechische Nationalistenpack zum Singen bringen.«

»Ich bin mir aber sicher«, wandte Doktor Nuri ein, »dass die Tat von einem Einzelnen begangen wurde. Kann es angehen, dass man fünfzehn Menschen foltert, um diesen einen zu finden?«

»Es wird alles ganz in Ihrem Sinne geschehen, denn aus Angst vor der Folter haben die alle angefangen zu reden und erzählen sogar Sachen, nach denen wir gar nicht gefragt haben. Hätte Ihr Sherlock Holmes so schnell Erfolg gehabt?«

Die Verhöre in Sachen Diebstahl oder Bandenwesen wurden im Burgkerker durchgeführt. Den Verdächtigen wurde die Bastonade verabreicht, bis ihnen die Fußsohlen aufplatzten, und ihr Gebrüll war bis nach draußen zu vernehmen. Mit der gleichen Methode ging man in der Garnison gegen griechische Nationalisten oder gegen Banden vor, die osmanische Soldaten angriffen. Da der Gouverneur wusste, dass die Soldaten etwas mitleidiger waren als die Gefängnisbeamten und die Staatsanwälte, ordnete er an, dass bei der Untersuchung des Falles auch der Überwachungsbeauftragte mitwirkte, der sich ausgezeichnet darauf verstand, von der Bastonade schon fast ohnmächtige Verdächtige mit Fangfragen derart in Widersprüche zu verwickeln, dass sie schließlich gestehen mussten. Solange nicht vollständig geklärt war, wer vom Küchenpersonal die Tat begangen hatte, durfte der Überwachungsbeauftragte die Garnison nicht verlassen.

Trotz der Bastonade und obwohl einigen mit der Beißzange die Fingernägel ausgerissen wurden, kam man nicht zu einem eindeutigen Ergebnis. Keiner der Gefolterten formulierte den Satz: »Ja, stimmt, ich habe gesehen, wie der kahlköpfige Ramiz das Rattengift reingemischt hat!« Dann hätte nämlich der Offizier, der das Verhör durchführte, von dem Betreffenden verlangt, in der Küche genau zu zeigen, was er da behauptete. Mir irgendeiner Lüge kam man also als Verdächtiger um die Bastonade nicht herum. Es war noch nicht einmal bewiesen, ob es sich bei dem verwendeten Mittel überhaupt um Rattengift handelte. Der Gouverneur war erzürnt, dass bei den Verhören nichts herauskam, doch geschlagen gab er sich nicht. Die Törtchen waren an jenem Morgen in der Garnisonsküche vorbereitet und gebacken worden, also mussten der Verpflegungsoffizier oder einer der alten Kellner hinter der Sache stecken. Die wiederum saßen im Burgkerker ein.

Sami Pascha ließ dem Gefängnisdirektor Sadrettin Efendi Bescheid sagen, er werde dem Kerker einen seiner üblichen nächtlichen Besuche abstatten. Nach Istanbul telegrafierte er wieder mal, man möge doch bitte baldmöglichst ein Hilfsschiff mit Ärzten und Material auf die Insel schicken. Dann befasste er sich mit der Beschwerde einer vierköpfigen Familie, die nach der Vereidigung von Quarantänesoldaten in die Isolierstation der Burg gesperrt worden war. Er beschloss, die Beschwerde zu ignorieren.

Schließlich musste er sich um eine Reihe von Angelegenheiten kümmern, die mit der Seuche nichts zu tun hatten. Er las eine Anzeige, laut der sich in Körben mit »Kirschen und Erdbeeren«, die der für den Lloyd tätige Vizekonsul sich unter Umgehung des Zolls direkt in sein Haus am Ufer habe liefern lassen, fünfundzwanzig Revolver befänden, und leitete die Anzeige an den Überwachungsbeauftragten weiter; aus Istanbul (vermutlich aus dem Harem) kam die Anordnung, es solle ein Paar der nur auf Minger heimischen grün gesprenkelten, geschwätzigen Papageien gefangen und dorthin geschickt werden; im Norden der Insel war die Maviaka-Brücke bei starken Regenfällen schwer beschädigt worden, was die Bewilligung von Geldern nötig machte. Ein weiteres Thema, das in den letzten Monaten durch Anzeigen immer wieder für Ärger gesorgt hatte, betraf gewisse Unregelmäßigkeiten in der Küche des Regierungsgebäudes. Damit das Mittagessen der Beamten nicht Tag für Tag in allgemeinen Tratsch ausartete, hatte der Gouverneur veranlasst, jede Abteilung solle ihr Essen für sich einnehmen. Der leitende Sekretär, der

Stiftungsverwalter und der Kanzleichef aßen jeweils mit ihren eigenen Beamten in ihren Büros zu Mittag und bekamen dafür Nahrungsmittel zugeteilt, die sie selbst kochen sollten. Nun war es aber so, dass – insbesondere, wenn die Gehälter aus Istanbul mal wieder nicht eintrafen – die Abteilungsleiter einen Teil ihres Essens mit nach Hause nahmen oder gar, wie der Überwachungsbeauftragte Mazhar Efendi, sich ungeniert im Keller des Gebäudes an den dort gelagerten Linsen und Bohnen bedienten und damit zu Hause ihren eigenen Keller auffüllten. Um diesem Missstand abzuhelfen, hatte der englische Konsul Monsieur Corc freundschaftlich angeregt, man solle doch das System der Table d'hôte einführen und allen Beamten zusammen ein festes Menü anbieten, wie das in Istanbul in manchen Kasernen schon gehandhabt werde, doch wurde befunden, es sei nicht der rechte Moment, damit zu beginnen, denn die Seuche könne sich dadurch erst recht ausbreiten und die Abteilungsleiter würden unnötig verärgert. Manche Beamten waren dreist genug und kamen nur zum Mittagessen ins Regierungsgebäude.

Daneben sinnierte der Gouverneur über seinen Besuch im Gefängnis nach und informierte Mazhar Efendi davon, als jener aus der Garnison zurückkehrte. Zur Abschreckung sollten für Ramiz und die beiden anderen Mörder Bonkowski Paschas nebeneinander drei Galgen aufgestellt werden. Eigentlich war für die drei ein Henker genug, doch fragte sich, ob der Trunkenbold Şakir die Sache nicht allzu sehr in die Länge ziehen würde.

KAPITEL 29

Kurz nach Einbruch der Dunkelheit sah Sami Pascha durchs Fenster, dass die Galgen nun tatsächlich auf dem Platz aufgestellt wurden, und aus irgendeinem Antrieb ging er zu Fuß zu Marikas Haus. Wie jedes Mal, wenn er die schwarzen Augen der Frau wiedersah, ihre feine Nase, gelang es ihm, seine dienstlichen Sorgen für eine Weile zu vergessen und glücklich zu sein. Als erstes Gerücht gab Marika diesmal von sich, Doktor Ilias sei in der Garnison von der Pest befallen worden. Dies sei ein weiterer Beweis dafür, dass die Pest von Bonkowski Pascha eingeschleppt worden sei.

»Doktor Ilias versteckt sich in der Garnison nicht, weil er die Pest hat, sondern weil er sich fürchtet«, erwiderte der Gouverneur.

Worauf Marika behauptete, gegen den Willen der Konsuln werde der Sultan eine Hinrichtung von Ramiz verhindern.

»Meine Güte, wie kommen die bloß darauf!«

»Aber sowohl die Griechen als auch die Muslime glauben, dass Zeynep nicht auf Ramiz warten wird. Stimmt es denn, dass der Leibwächter der Sultanstochter in Zeynep verliebt ist?«

»Ja!«

Als der Gouverneur wiederum zu Fuß und ohne Begleitung durch die sanfte Nacht zum Regierungsgebäude zurückkehrte, hielten ihn einmal Nachtwächter auf, die ihn nicht erkannt hatten. Danach erblickte er im Dunkel wieder die Galgen.

Der leitende Sekretär hatte drei aus Istanbul eintreffende Telegramme dechiffrieren lassen und sie dem Gouverneur auf den Schreibtisch gelegt. Im ersten hieß es, die Todesstrafe für die Bonkowski-Mörder solle nicht ohne ausdrückliche Genehmigung von Istanbul vollzogen werden. Das zweite Telegramm war die Antwort auf das am Morgen von Sami Pascha abgesandte: Bald werde ein Hilfsschiff namens *Sühandan* ablegen. Im dritten Telegramm stand, falls die Mörder Bonkowski Paschas geständig seien und Reue an den Tag legten, könne Seine Hoheit sich vorstellen, sie zu begnadigen, allerdings müssten für eine Entlassung triftige Gründe vorliegen. Der Gouverneur war über keines der drei Telegramme verwundert. Lange sah er vom Schreibtisch auf die in der Ferne leuchtende Burg.

Journalisten und Oppositionelle versuchte der Gouverneur, mit Prügeln und Haftstrafen einzuschüchtern, doch achtete er darauf, dabei all jenen, die sich tatsächlich abschrecken ließen, ein Hintertürchen in ihr vorheriges Leben offen zu lassen und ihnen gar lukrative Angebote für eine künftige Zusammenarbeit zu machen. (Dieses doppelte Spiel hatte er Abdülhamit abgeschaut und nannte es »barmherzige Durchtriebenheit«.) Am meisten liebte er dabei den Moment, wenn er des Nachts heimlich in den Burgkerker ging und einem Gefangenen in seiner Zelle eine Partnerschaft vorschlug. Auf den verzagt vor sich hin Brütenden tat das meist seine Wirkung. Am häufigsten griff Sami Pascha darauf zurück, wenn aus Istanbul ohnehin schon darauf gedrängt wurde, der Mann solle freigelassen werden.

Der Gefängnisdirektor war zur Berichterstattung ins Regierungsgebäude gekommen, nun fuhren sie gemeinsam zur Burg und erörterten unterwegs die Lage. Der Kerker von Minger zählte im Osmanischen Reich – nach jenen von Fessan, Sinop und Rhodos – zu den berüchtigtsten Gefängnissen. Die Zustände darin waren noch übler als anderswo, und die Gemeinschaftszellen, in die man einen kleinen Dieb ebenso steckte wie einen blutrünstigen Mörder, einen ruchlosen Betrüger genauso wie einen verleumdeten Unglückspilz, waren eine Art Schule des Verbrechens, in der man sich in kürzester Zeit vom harmlosen Häftling zum gewieften Kriminellen entwickeln konnte.

So wie viele reformorientierte osmanische Beamte richtete der Gouverneur auf Gefängnisse sein ganz besonderes Augenmerk. Als der pensionierte Brigadegeneral Hüseyin Pascha als Gefängnisinspektor auf die

Insel kam, saß er oft mit dem Gouverneur und dem Gefängnisdirektor zusammen und unterhielt sich mit ihnen über »Haftreformen«. Wie konnte man über lose Zustände in den Zellen, die Laxheit der Verwaltung und Unbotmäßigkeiten der Häftlinge schneller informiert werden und sie wirkungsvoller bekämpfen? Sollte man die Gucklöcher in den Türen niedriger anbringen? Von Gemeinschafts- zu Einzelzellen übergehen?

Ein weiterer Missstand war die Bestechlichkeit der Gefängniswärter. Manche Wärter steckten die Wertgegenstände ein, die die Häftlinge beim Eintritt abgeben mussten, andere pressten bestimmten Häftlingen immer wieder Geld ab oder ließen sich von ihnen »beschenken«, indem sie ihnen dafür Hoffnungen auf einen Straferlass oder einfach nur eine ruhige Haftzeit machten. Manche reichen oder mächtigen Häftlinge machten sich den Zellenchef, den Direktor oder die Wärter mit Bestechungsgeldern gefügig, verbrachten den Großteil ihrer Tage und Nächte bei sich zu Hause und kamen im Gefängnis nur hin und wieder vorbei. Der Gouverneur sagte, es beleidige sein Gerechtigkeitsgefühl, wenn arme Schlucker, die nur ein Brot gestohlen hatten, in feuchten Zellenlöchern vor sich hin moderten, während weit schwerere Kaliber draußen frei herumspazierten. In solchen Fällen musste der leitende Sekretär Faik Bey es auf sich nehmen, den Gouverneur an gewisse Tatsachen zu erinnern, über die jener eigentlich genau Bescheid wusste, etwa daran, dass die Wächter manchmal fünf Monate hintereinander kein Gehalt bekamen oder dass der Häftling Emrullah Ağa, der seine Haftzeit zu Hause verbrachte, so manchem Gefängnisbeamten finanziell unter die Arme griff, dass er ferner die auf den Hafen hinausgehenden Zellenfenster hatte verglasen lassen, dass er bei jedem seiner Besuche im Gefängnis großzügig Olivenöl, Feigen und Eier verteilte und dass er schließlich die verfallende Mauer am Haupttor auf eigene Kosten von seinen Leuten hatte reparieren lassen.

»Hoffentlich läuft er mit seinen Leuten nicht auf dem Hamidiye-Boulevard herum, wenn dort gerade Hochbetrieb ist!«, sagte der Gouverneur. »Wo doch jeder meint, er schmachtet im Kerker!«

Unterwegs begegnete ihnen im Dunkel eine bescheidene griechische Familie. Der Mann, der seine Habe auf dem Rücken trug, erkannte den Gouverneur an der Stimme. In gebrochenem Türkisch sprach er merkwürdig gefühlig, und der Gouverneur begriff so viel, dass bei ihm jemand mit Fieber krank daniederlag. Aber war es die Pest? Da begann die Frau zu weinen. Als die Familie in der Dunkelheit verschwand, fuhren sie weiter durch verwinkelte Gassen, vorbei an Sattlereien, Gerbereien, Restaurants und einst von Janitscharen betriebenen Geschäften. Vor dem Burgtor ergriff den Gouverneur wie jeden anderen auch wieder jenes erhabene Gefühl, einen sehr alten, sehr imposanten Ort zu betreten.

Bevor sie das Gefängnis aufsuchten, wollte der Gouverneur den Hof besichtigen, in dem Verdachtsfälle isoliert wurden. Es handelte sich dabei um einen nur halb überdachten, auf den Hafen hinausgehenden Bereich im Nordostteil des aus lauter Mauern und Türmen bestehenden Gebäudekomplexes. Vom anderen Ende der Bucht konnte man zu den Isolierten hinübersehen. Der Bereich befand sich in einiger Entfernung von dem für seine feuchten Zellen berüchtigten venezianischen Turm und den venezianischen und byzantinischen Bauten im Südwesten, die seit Jahrhunderten als Kerker verwendet wurden. Im Süden wurde er von der unter Kör Mehmet Pascha gebauten Janitscharen-Kaserne abgegrenzt. Von seinem Schreibtisch im Regierungsgebäude aus konnte der Gouverneur zu den Fenstern jenes anmutigsten Teils der Festungsanlage hinübersehen und beobachten, wie die Isolierten gelangweilt auf Uferfelsen saßen. Nun, in aller Dunkelheit, blickte er auf die gleiche Stelle einmal aus der Nähe und aus der anderen Richtung.

Mehr als die Hälfte der Isolierten stammte aus muslimischen Vierteln. Sie waren hierhergeschafft worden, weil bei ihnen zu Hause jemand an der Pest gestorben war und sie somit selbst als Infizierte galten. Die meisten waren wütend, da man sie ihren Familien entrissen hatte, nun aber mussten sie sich mit den Quarantänemaßnahmen abfinden. Innerhalb der ersten fünf Tage waren insgesamt siebenunddreißig Menschen herbeigeschafft worden. Es wurde für sie Essen von der Verpflegung der Gefängnisinsassen abgezweigt, doch erbat sich der Direktor vom Gouverneur zusätzliche Mittel.

Als sie ins zweite Geschoss der Kaserne hinaufstiegen, sah der Gouverneur durch eine Öffnung im Treppenhaus auf den Hafen hinaus und spürte in den Knochen die Kühle des dunklen Meeres. Wer sich lange in der Burg aufhielt, holte sich unweigerlich Rheuma. Der berühmte stotternde Dichter Sinoplu Saim musste im venezianischen Turm zwei Monate lang einsitzen und verfasste dort seine Spottverse auf Abdülmecit, doch wurde er in der Zeit auch ganz benommen vor lauter Rheuma. Da für die Verdachtsfälle nicht genügend Betten zur Verfügung standen, mussten die meisten sich ihre Matratze mit jemandem teilen. Als vor vierzehn Tagen die Leiche des Wärters Bayram gefunden worden war, hatten der Gouverneur und der Gefängnisdirektor aus der Befürchtung heraus, die Seuche könne auf die ganze Burg übergreifen, gleich mehrere Maßnahmen ergriffen.

Überall auf der Burg wurden Rattenfallen aufgestellt. Der Direktor wies immer wieder darauf hin, in die Falle gegangene Ratten müssten mit einer Zange aufgehoben und der Stadtverwaltung übergeben werden. Allerdings kam es in der Burg nie vor, dass – wie draußen in der Stadt – aus Maul und Nase blutende, an der Pest verendete Ratten angetroffen wurden. In einer Zelle lag ein angeketteter Mörder im Fieberdelirium, doch sein Mithäftling war allem Anschein nach gesund. Der Gouverneur vermutete stark, dass der freche Kerl sich nur pestkrank stellte, und eigentlich wäre es Sache des Direktors gewesen, den Mann mit der Bastonade zu dem Geständnis zu bewegen, dass er ihnen etwas vorspielte, doch hatte der Direktor Sorge, dabei könnte sich ein Wärter anstecken. Insgeheim hoffte der Gouverneur, die Angelegenheit würde sich dadurch auflösen, dass der Mann an der Pest starb und man ihn klammheimlich ins Meer warf, bevor irgendwelche Gerüchte aufkommen konnten. Ob wohl die Haie, die seine Leiche dann fraßen, sich auch ansteckten?

Sie überquerten den breiten Hof zwischen der von den Kreuzfahrern errichteten ersten und der von den Venezianern erbauten zweiten

Mauer, horchten dabei auf den Widerhall ihrer Schritte und betraten schließlich durch eine Seitentür das Gefängnis.

Der Gouverneur wollte zunächst in die zweite Gemeinschaftszelle, in der vor allem Schwerverbrecher eingesperrt waren, aber auch ein Vater und sein Sohn, die beim Prozess um das Pilgerschiff verurteilt worden waren. Kurz blickte er durch das Guckloch, als könne er im Dunkel etwas sehen, dann ging er weiter. Ihm war daran gelegen, den Vater und seinen Sohn unter irgendeinem Vorwand freizulassen, denn er befürchtete, im Gefängnis könne ihnen etwas zustoßen.

Wenn der Direktor sich über einen vorlauten Zellenchef immer wieder beschwerte, riss dem Gouverneur manchmal der Geduldsfaden, und er verlangte, der Mann solle als abschreckendes Beispiel bestraft werden, worauf die Wärter ihn aus der Zelle holten und verprügelten. Natürlich durfte der Häftling nicht erfahren, woher der Befehl dazu kam, sonst hätte man ein riesiges Gebiet wie das Osmanische Reich ja nicht regieren können! Aus seiner Zelle, die unter den Kreuzfahrern, den Venezianern und den Byzantinern bereits als Speise-, Waffen- und Schlafsaal gedient hatte, wurde der Mann dann in eine der aufs Meer hinausgehenden kalten Einzelzellen des hohen, dickmaurigen venezianischen Turms verlegt. Das seinerzeit als Beobachtungsturm errichtete Gemäuer wurde erst hundertsiebzig Jahre später erstmals als Kerker verwendet und bildete ab da den Kern des nunmehr vierhundert Jahre alten Gefängnisses. Vor allem die unteren Geschosse waren derart unerquicklich, dass selbst gesunde Häftlinge meist bald erkrankten und ältere oder bereits vorgeschädigte Gefangene innerhalb von einem oder zwei Jahren nur noch vor sich hin siechten. Weiter oben ging eine relativ erträgliche Zelle auf einen kleinen Hof hinaus. Doch ein Häftling, der dort den ganzen Tag von Ratten, Küchenschaben und Stechmücken geplagt wurde und neben sich die Präsenz der gleich ihm dahinsterbenden Mitgefangenen spürte, sah abends draußen in Ketten geschlagene Männer, die ihren Hofgang absolvierten wie Galeerensträflinge, und dann brütete er darüber, dass alles noch schlimmer werden konnte.

Sami Pascha trat vor die Zelle von Manolis, dem Chefredakteur von *Neo Nisi*. Laut einem Wärter, der seinen Besuch schon erwartet hatte, war Manolis nach einem der noch immer andauernden Verhöre erschöpft eingeschlafen. Der Gouverneur hatte angeordnet, sie sollten unbedingt herausfinden, wer Manolis dazu angestiftet hatte, wieder an den Pilgerschiffaufstand zu erinnern, denn er war überzeugt davon, dass derjenige zugleich auch hinter dem Mord an Bonkowski Pascha steckte. Diese Vermutung teilte er allerdings nicht mit dem Traumtänzer Doktor Nuri, der immer noch meinte, dem Mörder durch irgendwelche Indizien auf die Spur zu kommen. Sami Pascha war es auch lieber, wenn niemand erfuhr, dass der griechische Journalist gefoltert wurde. Dass die obersten Schichten des Osmanischen Reiches die schmutzige Arbeit gerne von anderen erledigen ließen und so taten, als wüssten sie von nichts, war dem Gouverneur genauso verhasst wie die Leute, die sich gerne als europäischer ausgaben, als sie es tatsächlich waren. Die ausführenden Organe, die sich die Hände schmutzig machten, leugneten noch dazu oft genug, dass der Auftrag dazu von höchster Stelle gekommen war, und glaubten tatsächlich, was sie da von sich gaben. Abdülhamit hatte Mithat Pascha, den brillanten proeuropäischen Gouverneur und Großwesir, der bei der Absetzung von Sultan Abdülaziz und seiner eigenen Thronbesteigung eine große Rolle gespielt hatte, zuerst in die Festung von Taif verbannt und ihn später dort erwürgen lassen, das Ganze aber so in Szene gesetzt, dass niemand ihn bindend als Anstifter ausmachen konnte. Sami Pascha kannte in der osmanischen Bürokratie so manchen naiven Beamten, der den reformfreudigen Mithat Pascha bewundert hatte, sich jedoch nicht vorstellen konnte, dass Abdülhamit ihn habe umbringen lassen.

Außer Manolis war noch ein Häftling in einer der Zellen, in die der Gouverneur griechische Bandenmitglieder, Journalisten oder sonst wie Verdächtige einsperrte, die er nicht gleich durchprügeln lassen wollte. Er hieß Pavli, und der Direktor musste Sami Pascha erst an ihn erinnern. Jener hatte ihn wegen der Falschmeldung, die Pest sei ausgebrochen, in den Kerker gebracht und ihn dann dort vergessen. Das heißt, nicht ganz vergessen, aber es hatte sich alles so schnell entwickelt, dass er nicht gewusst hatte, was er tun sollte.

Die Eisentür ging quietschend auf, und zwei Wärter mit Laternen betraten die Zelle.

»Herr Gouverneur!«, rief der Journalist und richtete sich von seinem Strohlager auf. »Das mit der Seuche stimmt!«

»Ja, Pavli Bey, deswegen sind wir auch hier. Sie hatten recht, und wir haben jetzt eine Quarantäne ausgerufen.«

»Aber zu spät! Hier ist die Seuche auch schon, und bald gehen wir alle daran zugrunde!«

»Aber, aber, sehen Sie doch nicht so schwarz! Der Staat findet für alles eine Lösung.«

»Sie haben mich eingesperrt, weil ich über die Seuche geschrieben habe … an der jetzt die Leute sterben!«

Sami Pascha erinnerte ihn daran, dass er nicht hier war, weil er die Wahrheit geschrieben hatte, sondern weil er sich dem Gouverneur widersetzt hatte.

»Und meinen Sie nur ja nicht, nur weil die Meldung stimmte, kommen Sie jetzt gleich wieder frei!«, setzte er barsch hinzu. »Man kann Sie immer noch wegen Vaterlandsverrats verurteilen. Um das zu verhindern, müssen Sie dem Überwachungsbeauftragten Mazhar Efendi schon ein bisschen helfen.«

»Wir sind seit jeher die größten Fürbitter und Helfer unseres Gouverneurs und unseres Sultans«, sagte der Journalist.

»Wir wissen Bescheid, dass der Bandit Haralambo, der sich in der Menoya-Bucht und den Defteros-Bergen eingenistet hat, von Arkaz aus unterstützt wird. Ich sage Ihnen nur das eine: Halten Sie sich fern von dem.«

»Der ist in den Bergen, und ich habe nichts mit ihm zu tun.«

»Er hat auch in Arkaz seine Leute und kann dort jederzeit unterkommen. Pavli Bey, wir wissen alles über die. Mir ist zu Ohren gekommen, wenn Haralambo nach Arkaz kommt, wohnt er in Hora.«

»Davon weiß ich nichts«, erwiderte Pavli mit einem Blick, der genau das Gegenteil sagte.

Der Gouverneur verließ abrupt die Zelle und ordnete an, sowohl Manoli als auch »der Kerl« sollten am folgenden Morgen entlassen werden. Dann folgte er dem Gefängnisdirektor in den Trakt, in dem Ramiz und seine Spießgesellen untergebracht waren.

Es war so still, dass ihre Schritte auf dem Steinboden und den Treppen widerhallten. Der Gouverneur vermutete, dass die Gefangenen, die ja alle möglichen Türen lautstark auf- und zugehen hörten, sich bange fragten, was es mit dem unerwarteten Besuch wohl auf sich hatte und ob ihnen nicht eine Zellenuntersuchung bevorstand, die auf eine Bastonade oder gar eine Hinrichtung hinauslief. Sami Pascha wiederum gefiel es, was die Laterne des hinter ihm gehenden Sekretärs für seltsame Schatten an die Wände warf.

Ramiz war auf den Besuch des Gouverneurs vorbereitet worden und hatte am Nachmittag in einem Raum der Direktion Meeräsche mit Gemüse und Brot zu essen bekommen. Man hatte ihm zu verstehen gegeben, wenn er sich in Gegenwart des Gouverneurs anständig aufführe und in jenem Vertrauen erwecke, könne es zu einer Strafminderung kommen. Zugleich wurde er aber auch darüber unterrichtet, dass man auf dem Regierungsplatz bereits drei Galgen errichtet habe, ohne dafür auf eine Zustimmung aus Istanbul zu warten. Dann schickte man ihn in eine bessere Zelle.

Wie der Gouverneur das bei seinen nächtlichen Besuchen so handhabte, betrat er auch die Zelle Ramiz' mit einem Ruck und sagte sofort herunter, was er sich zuvor schon zurechtgelegt hatte.

»Sowohl ich selbst als auch die Justizkommission, die dich verurteilt hat, sind von deiner Schuld überzeugt, doch um der Pest Herr zu werden, dürfen wir uns keinen Fehden hingeben, sondern müssen verzeihen und uns in Gehorsam üben. Sofern du also meine Fragen wahrheitsgemäß beantwortest, mir dein Ehrenwort gibst und schriftlich niederlegst, dass du deine Schuld zugibst und sie bereust, so kann deine Freilassung beantragt werden, aber nur unter der Bedingung, dass du den Boden von Arkaz nie wieder betrittst.«

Ramiz wurde seit drei Tagen immer wieder gefoltert und hatte in seiner kalten, unerträglich feuchten Zelle kaum schlafen können, dennoch erblickte der Gouverneur in seinen Augen einen Lebensfunken. War es Wut über die erlittene Unbill oder Vertrauen auf eine hochgestellte Persönlichkeit? Der Gouverneur stellte ihm gezielte Fragen über Haralambo, über den griechischen Konsul und über die Gerüchte, laut denen mit einem Schiff von Pantaleon Waffen angeliefert würden. Er behauptete, der Pilgerschiffaufstand sei von den Engländern angezettelt worden, doch Istanbul werde diesen Feinden des Sultans ihre gerechte Strafe zukommen lassen. Ramiz solle sich nichts darauf einbilden, dass die griechischen Banditen im Norden jetzt auch vom Militär bekämpft würden, und außerdem solle er gefälligst Zeynep in Frieden lassen, denn für die ganze Insel sei es besser, wenn sie den Major heirate, und den liebe sie schließlich auch.

»Wenn das stimmt, möchte ich lieber sterben!«, sagte Ramiz und blickte dabei zu Boden. Eigentlich sah er besser aus als der Major.

Der Gouverneur tat so, als wäre er über Ramiz' Worte verärgert, und verließ die Zelle. Am folgenden Morgen wurden Ramiz und seine zwei Männer in ein Militärboot verfrachtet und nach einer halben Tagesreise in einer Bucht im Norden der Insel ausgesetzt. Da Ramiz nicht unter den Fittichen eines Konsuls stand, war dem Gouverneur diese Art der Freilassung zweckmäßig erschienen. Zuvor hatte man noch schnell eine halbe Seite mit einem Schuldeingeständnis und Reuebezeugungen vollgekritzelt und ihn das unterschreiben lassen. Ramiz sollte nicht wieder zurückkehren dürfen, doch beide Seiten wussten, dass er sich daran nicht halten würde.

KAPITEL 30

Doktor Nuri, Doktor Nikos und zwei andere griechische Ärzte bemühten sich vergeblich, den Vergifteten zum Erbrechen zu bringen oder ein Gegenmittel zu finden. Doktor Ilias spuckte lediglich Blut, dann verfiel er ins Koma, und einen Tag, nachdem er von dem Nusstörtchen mit Rosenwasser gegessen hatte, verstarb er im Theodoropulos-Krankenhaus. Um die Quarantänemaßnahmen nicht durch Gerüchte zu gefährden, wurde die Todesursache verheimlicht und der Arzt zusammen mit Pesttoten beerdigt.

Pakize Sultan räumte in ihren Briefen jener Vergiftung und ihren »Begleitumständen«, wie sie es nannte, außergewöhnlich viel Raum ein. Gemeinsam mit ihrem Gatten versuchte sie, ganz wie von Abdülhamit gewünscht, jenes vertuschte Verbrechen nach Art von Sherlock Holmes aus der Ferne, nämlich von ihrem Schreibtisch aus, zu verstehen und aufzuklären.

Als Doktor Nuri ihr von dem Nusstörtchen erzählte, das sowohl Doktor Ilias als auch dem Hund und dem Rotfuchs zum Verhängnis geworden war, sagte sie: »Womit wir wieder bei meinem Onkel und den Prinzen wären.« Am meisten sprachen und stritten sie nämlich über Sultan Abdülhamit, und gleich danach über die müßiggängerischen Prinzen, von denen es im Palast immer mehr gab. Dass wir nun ebenfalls darauf eingehen, soll aber nicht den Eindruck erwecken, als würden wir von unserem eigentlichen Thema abschweifen.

Wer eine Sultanstochter ehelichte und damit in die Herrscherdynastie einheiratete, dessen Leben glich schon bald darauf dem untätigen, verantwortungslosen Dasein der osmanischen Prinzen. Damat Doktor Nuri wollte seinen Arztberuf nicht aufgeben, doch ahnte er, dass ihm das eines Tages notgedrungen blühen würde und er dann ebenso oberflächlich und stupide dahinleben müsste wie die Prinzen auch.

Abdülhamit hatte den Gatten jeder seiner drei Nichten zum Pascha ernannt, den Paaren aus der Staatskasse eine Villa am Bosporus vermacht und ihnen ein hohes Gehalt bewilligt. Die Villen der drei Schwestern sowie der Tochter Abdülhamits lagen alle in Ortaköy. Die bis dahin im Palast tätigen Gatten von Pakizes Schwestern wurden allmählich freigestellt und würden bald gar nicht mehr arbeiten, denn aufgrund ihrer Stellung innerhalb der Herrscherfamilie war es schwierig, ihnen Anordnungen zu erteilen oder irgendeine Verantwortung aufzuladen. Diese merkwürdige Konstellation hat natürlich ihre historischen Hintergründe.

In den ersten fünfhundert Jahren des Osmanischen Reiches gab es für Prinzen drei Stätten, an denen sie eine Ausbildung erfahren und sich bewähren konnten: die Palastschule, die Armee und die Provinzverwaltung. Im Zuge der Reformen, in deren Verlauf die Armee nach westlichem Vorbild modernisiert und die Verwaltung der Provinzen immer mehr erfahrenen Militärs und Bürokraten anvertraut wurde, blieben für die Prinzen allmählich keine angemessenen Aufgaben mehr übrig. Die Thronfolge wiederum ging seit der Gründung des Reiches vom Vater auf den Sohn über, sodass es geschehen konnte, dass beim Tod des Sultans der eine Sohn gerade als Statthalter in Trabzon war, ein anderer in Manisa, und dass jeder von ihnen mit einem Heer nach Istanbul zurückeilte, um dem anderen zuvorzukommen und die Thronreihenfolge in seinem Sinne zu gestalten. Aufgrund dieser unschönen Tradition, die Bürgerkriege auslösen konnte, sorgte man schließlich dafür, dass die Prinzen in Istanbul blieben. Allerdings kam danach eine noch schändlichere Tradition auf, da manche Sultane es hielten wie etwa Mehmet III., der am Tag seiner Thronbesteigung seine neun Brüder erdrosseln ließ. Irgendwann beschloss man, der Thron solle nicht mehr auf den Sohn des Sultans übergehen, sondern auf seinen Bruder. Argwöhnische Sultane wie Abdülhamit verfielen dann aber darauf, nicht nur den ersten und den zweiten Kronprinzen, sondern überhaupt sämtliche Brüder und Neffen in sogenannte »Prinzenwohnungen« wegzusperren, damit sie nicht mit der Opposition in Berührung kommen oder gar einen Putsch anzetteln konnten. Vom Leben draußen, von Istanbul, von der ganzen Welt waren sie damit abgeschnitten.

Einer der berühmtesten weggeschlossenen Prinzen der osmanischen Geschichte war Pakize Sultans Bruder, der vierzigjährige Mehmet Selahattin Efendi. Als Fünfzehnjähriger hatte er erleben dürfen, wie sein Vater Murat V. Sultan wurde, doch kaum drei Monate später wurde jener abgesetzt und zusammen mit seiner Familie eingesperrt. Das Gefangenendasein Mehmet Selahattin Efendis dauerte somit schon fünfundzwanzig Jahre an. Wie sein Vater und seine fünf Geschwister spielte auch er Klavier, und in Heften schrieb er Gedanken, Erinnerungen und Theaterstücke nieder. Gleich seinem Vater las er auch viel. Überhaupt bewunderte er seinen Vater. Um Pakize Sultan kümmerte er sich liebevoll. Diese merkte natürlich, dass er nicht so faul und verwöhnt war wie die anderen Prinzen, und wenn sie manchmal sah, wie melancholisch er unter all den Geschwistern, den Frauen und den Dienern dreinblickte, tat er ihr leid. Er hatte seinen eigenen Harem (aus etwa vierzig schönen Frauen diversen Ranges, die sich alle um seine Zuneigung bemühten) und sieben Kinder.

Pakize Sultan wollte keineswegs, dass ihr Gatte so wie einer jener faulen, ungebildeten Prinzen werde, allein schon deshalb nicht, weil sie stolz auf seine erfolgreiche Karriere als Quarantänearzt und seinen nicht ganz unerheblichen Bekanntheitsgrad in der internationalen Medizinwelt war. Böse Zungen behaupteten, da sie nicht mit der gleichen Schönheit und Ausstrahlungskraft gesegnet sei wie ihre Schwestern, finde sie sich nüchternerweise eher mit einer bürgerlichen Existenz an der Seite eines Arztes ab. Ein dritter Grund waren die Geschichten, die sie von ihren Schwestern über Prinzen schon vernommen hatte.

Hatice und Fehime, die etwas früher vom Vater weg waren, hatten sich im Harem des Yıldız-Palasts mit den noch unverheirateten Töchtern ihres Onkels angefreundet und dabei die Prinzen aus der Ferne kennengelernt. Die ins heiratsfähige Alter gekommenen Mädchen der

Herrscherfamilie klatschten gerne über die Söhne von Paschas und Wesiren und natürlich auch über die Prinzen. Seit auch in Palast und Harem Verwestlichungsprozesse eingesetzt hatten, wollten die Thronanwärter nicht mehr – wie dies jahrhundertelang üblich war – aus der Provinz herbeigeschaffte tscherkessische oder ukrainische Sklavinnen heiraten, sondern junge Frauen, die im Palastharem nach europäischer Manier Klavierstunden nahmen, Französisch lernten und Romane lasen. Auf jene gebildeten, aufgeweckten Mädchen machten die Prinzen allerdings einen groben, unbeholfenen, ja beschränkten Eindruck. (So kam es damals auch nur zu wenigen »Vermählungen« zwischen Prinzen und Prinzessinnen.) Es war gar nicht so einfach, einem jungen Mann, der einmal vom osmanischen Thron aus der Kalif von vierhundert Millionen Muslimen sein würde, eine anständige Bildung angedeihen zu lassen, denn dass man Disziplin auch ohne Prügel erreichen konnte, war im Osmanischen Reich noch völlig neu.

Mal amüsiert, mal eher wütend erzählten Pakize Sultan und ihre Schwestern sich Geschichten über die Prinzen, die genau wie sie Jahr um Jahr eingesperrt waren und aus Angst vor Abdülhamit nicht wagten, ihnen einen Heiratsantrag zu machen (so legten die Mädchen sich das zumindest zurecht). An siebter Stelle der Thronfolge stand Osman Celalettin Efendi, der in seinem Schlösschen in Nişantaşı seit dreiundzwanzig Jahren mit der Aufgabe befasst war, »zu sich selbst« zu finden, was ihm wichtiger erschien als die Sultanswürde, nur dass er dabei allmählich durchgedreht war. Der in der Thronfolge weit höher angesiedelte Mahmut Seyfettin Efendi verließ achtundzwanzig Jahre lang nie seine Gemächer im Çırağan-Palast, und als er einmal in den Innenhof trat und dort ein Schaf erblickte, schrie er, »Ein Ungeheuer!«, und rief entsetzt nach den Wächtern. (Über Mehmet Selahattin erzählte man sich allerdings ähnliche Geschichten.) Besonders eingebildet schien Ahmet Nizamettin Efendi zu sein, der zwar in der Thronfolge so gut wie keine Rolle spielte, sich aber bei Geldverleihern hohe Summen mit dem Versprechen ausborgte, »zu gegebener Zeit« werde er das mit Zins und Zinseszinsen zurückzahlen, und da es natürlich nie so weit kam, musste er vom Sultan zur Ordnung gerufen werden. Der unleidlichste und gefürchtetste aller Prinzen war fraglos Abdülhamits viertältester Sohn Mehmet Burhanettin Efendi. Er war viel jünger als Pakize Sultans Schwestern, hatte mit sieben schon einen Marinemarsch komponiert und durfte als Abdülhamits Liebling auf der Fahrt zum Freitagsgebet in der Staatskarosse neben dem Sultan sitzen. Vor den boshaften Scherzen und Grobheiten des verzogenen Jungen musste man sich stets in Acht nehmen, und seinen spitzen Bemerkungen war anzuhören, dass er der Sohn seines Vaters war. Siebzehn Jahre später tatsächlich auf den Thron gelangen sollte der unscheinbare, schreckhafte Mehmet Vahdettin Efendi, der in Briefen an Abdülhamit die anderen Prinzen (also seine Brüder und Neffen) denunzierte und dafür Geld, Grundstücke und Häuser einheimste. Dann war da noch der kunstbegeisterte, äußerst empfindsame und introvertierte Necip Kemalettin Efendi, der sich für Frauen und Mädchen nicht interessierte. Ganz unten in der Thronfolge rangierten Mehmet Hamdi Efendi und Ahmet Reşit Efendi, die sich daher in Istanbul frei bewegen durften, aber dennoch in ihrer überempfindlichen Art behaupteten, der Sultan lasse sie stets verfolgen. Obwohl überhaupt nicht infrage kam, dass sie je auf den Thron gelangten, hatten sie Angst davor, Abdülhamit könne sie vergiften wollen, sodass sie sich auch nie aus der Apotheke des Yıldız-Palastes versorgten.

»Waren Sie mal in dieser Apotheke?«, fragte Damat Doktor Nuri.

»Vor der Hochzeit war ich einen Monat lang im Yıldız-Palast«, erwiderte Pakize Sultan. »Für meine Onkel und uns gab es dort ja sogar eine extra Apotheke, da mein Onkel nicht weniger als die Prinzen befürchtet, vergiftet zu werden. Am besten wusste darüber natürlich Bonkowski Pascha selig Bescheid, denn er leitete diese Apotheke, die mein Onkel auch Labor nannte.«

»Auch Nikiforo könnte darüber etwas wissen.«

Den Jugendfreund Bonkowski Paschas konnte Doktor Nuri erst gegen Mittag dazu befragen.

Am Morgen sah er ihn zunächst zusammen mit anderen Ärzten und Apothekern am Krankenbett von Doktor Ilias im Theodoropulos-Krankenhaus. Doktor Ilias hob manchmal den Kopf und sagte, »Despina!«, den Namen seiner Frau in Istanbul. Ihm war ein von den Ärzten und Apothekern gemeinsam entwickeltes Gegenmittel eingeflößt worden, das den Patienten zumindest beruhigen sollte.

Kurz darauf trafen sich die beiden Männer in der nahegelegenen Pharmacie Nikiforo.

»Sie hatten erwähnt, Bonkowski Pascha habe früher einmal für Seine Hoheit einen Bericht über Kräuter verfasst, die im Yıldız-Garten angebaut und zur Herstellung von Gift verwendet werden könnten«, sagte Doktor Nuri ohne Umschweife.

»Als ich sah, dass Doktor Ilias vergiftet worden ist, fiel mir das auch wieder ein«, sagte Nikiforo. »Seine Hoheit fürchtete sich vor allem vor Giftstoffen, die sich aus Euphorbien gewinnen und in kleinsten Mengen nach und nach den Mahlzeiten beimischen lassen, ohne dass jemand Verdacht schöpft. Das stand sogar schon in englischen Zeitungen. Bei dem armen Doktor Ilias ist man ja ganz anders vorgegangen, mit schnell wirkendem Arsen.«

»Woher wissen Sie, dass es sich um arsenhaltiges Rattengift handelt?«

»Eine berechtigte Frage, für die Ihnen der Gouverneur sehr dankbar wäre, da sie auch mich verdächtig macht. Um jeden Zweifel aus dem Weg zu räumen, möchte ich Ihnen daher eine ausführliche Antwort geben.«

»Mit meiner Frage wollte ich keinerlei Verdacht unterstellen.«

»Verargen Sie mir bitte nicht, wenn ich Ihnen ein Übermaß an Angaben mache, aber ich bin nun mal Apotheker, da wird selbst beim Reden gewogen und abgemessen. Natürlich hat es in Minger keine so aufsehenerregenden Vergiftungsfälle gegeben wie in Europa, wo Staatsanwälte und Untersuchungskommissionen auf den Plan gerufen werden. Seit ich hier meine Apotheke führe, haben die Leute aber gelernt, wie man mit Rattengift jemanden langsam umbringt, ohne Spuren zu hinterlassen. Vor zwanzig Jahren etwa bemühte sich der älteste Sohn der reichen griechischen Familie Aldoni nach dem Tod seiner ersten Frau, die ihm keine Kinder geschenkt hatte, mit einem hübschen, jungen Mädchen eine zweite Ehe einzugehen, dazu legte er auch viel Geld auf den Tisch und bekam schließlich die Hand der Tochter von Tanasis zugesprochen, der in Ora eine Strandtaverne betrieb. Kurze Zeit nach der Hochzeit kam der frischgebackene Bräutigam zu mir in die Apotheke und klagte über Bauchschmerzen und Erbrechen. Die Ärzte kamen zu keiner rechten Diagnose. An Gesicht und Händen wurde seine Haut dicker und dunkler, und an den Armen und Fingern bekam er wunde Stellen. Wer aber nicht gerade französische Romane las, der kam nicht darauf, eins und eins zusammenzuzählen und daraus seine Schlüsse zu ziehen. Innerhalb eines Jahres verfiel der kaum vierzigjährige Mann vor aller Augen und starb schließlich. Da auf der Beerdigung, an der wir natürlich alle teilnahmen, die junge Witwe lauter weinte als alle anderen, schöpfte niemand Verdacht. Drei Monate später aber verscherbelte die Witwe ihren gesamten Besitz und zog mit ihrem jungen Geliebten nach Izmir, und da hieß es auf einmal, die beiden hätten ihn umgebracht. Mein Apothekerkollege Mitsos, ein begeisterter Leser französischer Romane in griechischer Übersetzung, wies mich als Erster darauf hin, es könne sich dabei um eine Vergiftung mit Arsen gehandelt haben. Wir sind nun mal Osmanen, und bei einem osmanischen Gericht gibt es auch heute nicht, geschweige denn vor zwanzig Jahren, irgendjemanden, der nach europäischer Logik eine Untersuchung durchführen und mit wissenschaftlichen Methoden feststellen könnte, ob eine Vergiftung vorliegt oder nicht. Wer bei uns in der Zeitung die Fortsetzungsromane liest, die in Europa so groß in Mode sind, ist daher auch immer voller Bewunderung für die schlauen Ärzte, die solche Fälle lösen. Damals wie heute ist jenes Rattengift unter dem Namen weißes Arsen frei verkäuflich. Direkt erwähnt wurde der Fall damals in der Zeitung nicht, doch unter dem Deckmäntelchen von Berichten über ›schlimme Zustände in Europa‹ gab es Anspielungen darauf.

Bei einem anderen bedeutenden und dennoch nie richtig untersuchten Fall ging es um ein geistig leicht verwirrtes, aber hübsches sechzehnjähriges Mädchen, das meinen Vermutungen nach gut vierzig Menschen vergiftet hat. Die Familie wollte das Mädchen verheiraten, das heißt eigentlich so gut wie verkaufen, doch wer immer im darauffolgenden Jahr an Heiratskandidaten, Kupplerinnen, Verwandten, Freunden und Neugierigen ins Haus kam, dem wurde von dem Mädchen im Kaffee eine leichte, nicht tödliche und anfangs unmerkliche Dosis arsenhaltiges Rattengift verabreicht. Und niemandem fiel das auf. Der damalige Gouverneur hatte ja auch verboten, dass in den Zeitungen über Vergiftungen berichtet wurde. Mit diesem weißen Arsen, das wie Mehl aussieht, jemanden nach und nach zu vergiften ist eine ziemlich raffinierte Idee, doch weit verbreitet ist so etwas auf der Insel beileibe nicht. Einer der Hilfsköche muss von der Methode gehört haben, oder jemand hat ihm einen Beutel mit dem Gift in die Hand gedrückt. In Istanbul hat die Apothekervereinigung dafür gesorgt, dass Arsen nicht mehr frei verkäuflich ist, und wir bemühen uns darum, das auch hier durchzusetzen.«

»Und was meinen Sie, warum das bisher nicht gelungen ist?«

»Da muss ich Sie schon um Geduld bitten. Der jetzige Gouverneur hat kurz nach seiner Amtsübernahme schon mal erlaubt, dass über den Fall des verrückten Arsen-Mädchens überhaupt berichtet wurde. Dadurch sollte sich der Gedanke festsetzen, der vorherige Gouverneur habe schlechte Arbeit geleistet. Vor allem die griechischen Zeitungen nutzten die Berichterstattung über den alten Fall dazu, um liebestolle Männer anzuprangern, die sich mit einer ganzen Delegation bei der Familie ihrer Angebeteten einstellten, weil die Muslime noch immer so rückständig seien, dass sie ohne Kuppler keine Ehe zustande brächten. Ansonsten sind Vergiftungen mit Arsen auf der Insel eher unbekannt, weil eben keiner französische Romane liest. Einmal wurde mir ein romantischer Einfaltspinsel gebracht, der aus Liebeskummer Rattengift in sich hineingestopft hatte, daher weiß ich, dass in solchen Fällen das Erbrochene weißliche Kügelchen aufweist. Und dass der Sterbende seine Tat bereut und zugibt, was er eingenommen hat. So eine seltsame Wirkung hat das Gift auch … Und die Schmerzen sind fürchterlich.« Nach kurzem Schweigen fügte er hinzu: »Die berühmte französische Romanheldin, die unmoralische, verwirrte Madame Bovary, hat ja auch so Selbstmord begangen.« Zu Recht vermutete der gebildete Freund Bonkowski Paschas, Doktor Nuri habe keine Ahnung, um wen es sich bei jener Frau handelte.

Schweigend blickten sie auf die Arzneigefäße in den Vitrinen, auf die bunten Schachteln importierter Medikamente, auf die meist dunkelbraunen Flaschen in allen Größen, die diverse Präparate enthielten. Auf dem Tisch davor waren Spirituslampen, ein Destillierapparat, Scheren, Bürsten, Mörser. Drei Kunden betraten die Apotheke und besahen sich ausführlich das Sortiment, als gäbe es in der Stadt keine Pest.

»Vor etwa zwanzig Jahren hat also Seine Hoheit von Bonkowski Pascha einen Bericht darüber angefordert, aus welchen Pflanzen im Palastgarten sich Gift gewinnen ließe.«

»Sehr richtig!«, erwiderte Nikiforo. »Ich wusste, dass Sie darauf zurückkommen würden, daher habe ich mein Gedächtnis ein wenig angestrengt und in Erinnerungen gegraben. Letztendlich hat die Sache ja mit der Entwicklung des modernen Apothekenwesens in Istanbul und auch auf Minger zu tun.«

Es standen sich zwei Gruppierungen gegenüber (jeweils vorwiegend christlicher Provenienz), auf der einen Seite in Paris und Berlin ausgebildete junge, »radikale« Apotheker wie Bonkowski und Nikiforo, die es mit der »wissenschaftlichen Pharmazeutik« hielten, ihren eigenen Verband hatten und sich dafür einsetzten, dass Medikamente nicht mehr rezeptfrei und giftige und andere schädliche Stoffe gar nicht mehr verkauft werden durften, und auf der anderen die großen, vorwiegend in Beyoğlu und Beyazıt angesiedelten Apotheken, die alles Mögliche an einheimischen und importierten Produkten feilboten. Jedermann ging in die englische Apotheke Kanzuk oder zu Rebul, und dort gab es neben den auch woanders erhältlichen traditionellen Produkten auch ein ständig wechselndes Angebot an in Europa hergestellten Medikamenten, an hübsch verpackten Salben, Sirups und Cremes sowie teuren europäischen Schokoladensorten.

Von seinen Spitzeln war Abdülhamit darüber unterrichtet, dass die Prinzen sich aus Angst, vergiftet zu werden, nicht in der Palastapotheke versorgten, sondern in den großen Apotheken in Beyoğlu. Der Sultan begriff sehr wohl, dass selbst die weit unten in der Thronfolge rangierenden Prinzen ihm nicht vertrauten oder einfach aus Angeberei dort einkauften, doch viel mehr interessierte ihn, ob die Prinzen dort auch Stoffe erstanden, die sich zur Herstellung von Gift verwenden ließen. Aus Pakize Sultans Briefen lässt sich ersehen, wie detailliert Seine Hoheit sich diesbezüglich von Bonkowski Pascha Bericht erstatten ließ.

Der Sultan wollte nicht nur überwachen, wo Gift verkauft wurde, sondern auch erfahren, was etwa in der Apotheke von Apéry in Galata zwischen Ärzten so gesprochen wurde (und das gelang ihm auch). In allen großen Apotheken hatten Ärzte Praxisräume und Wartezimmer eingerichtet. Bei Apéry hatte sich solch ein Wartezimmer zu einer Art Lesesalon entwickelt, in dem europäische medizinische Literatur auslag und alle griechischen oder muslimischen Ärzte Istanbuls vorbeikamen, um in neuen Zeitschriften zu blättern oder sich zu unterhalten.

Der Sultan unterstützte ausdrücklich von Muslimen geführte Apotheken wie Hamdi, Istikamet und Edhem Pertev und deren einheimische Produktion und wollte auch, dass sie dem Verband Bonkowski Beys beitraten. Vor allem aber lag ihm an Schutz und Kontrolle der großen Mehrheit herkömmlicher Drogerien, die alle möglichen Pülverchen, Pillen und Salben genauso feilboten wie Zimt oder Rattengift. Ihre Inhaber waren mehrheitlich Muslime, und Abdülhamit wollte sie als solche unterstützen, ihnen aber zugleich den Verkauf von Gift verbieten, und er wusste auch, dass darin ein Widerspruch bestand.

»Wie bei so vielem, mit dem er sich intensiv beschäftigt, ist Seine Hoheit auch hier im Widerstreit der Gefühle«, sagte Nikiforo zu Doktor Nuri. »Schon vor zwanzig Jahren hat der Sultan einerseits die muslimischen Apotheker gefördert, ihnen jedoch andererseits ziemlich zugesetzt, indem er europäisch orientierte Reformen und Verbote einführte, mit denen sie nur schwer zurechtkamen. Unter dem Druck der Europäer erließ er Verbote, an die er selbst nicht glaubte, und da sie den Muslimen schadeten, rückte er wieder davon ab. Und hat er nicht der gleichen Logik folgend das Parlament wieder aufgelöst, da durch die gewährten Freiheiten letztlich doch nur die Muslime ins Hintertreffen gerieten?«

Damat Doktor Nuri empfand, dass Nikiforo diese kecken Worte nur so gelassen aussprechen konnte, weil er sie vielleicht schon vorbereitet hatte, und kurz darauf teilte er diese Vermutung im Gästehaus seiner Frau mit. Beide waren sie überzeugt, dass Nikiforo wie jemand geredet hatte, der zum Sultan eine geheime Verbindung hatte, ja eventuell mit ihm einen chiffrierten Schriftwechsel führte.

Vor fünfzig Tagen bei der gemeinsamen Hochzeit der drei Schwestern, die mit großem Aufwand an Kutschen und Dienern gefeiert worden war, hatte Doktor Nuri einmal neben Hatice Sultans Ehemann gestanden und jener zu ihm gesagt: »Passen Sie bloß auf, wenn jemand offen schlecht über den Sultan redet, das ist garantiert ein *agent provocateur*. Wenn Sie ihm zustimmen, leitet er das sofort weiter. Fragen Sie sich lieber, wie jemand sich überhaupt traut, etwas auszusprechen, was andere nicht einmal zu denken wagen. Nur ein Spitzel fürchtet sich vor so was nicht.«

KAPITEL 31

Welche historische Rolle spielt der Charakter eines Menschen? Manche messen ihm kaum Bedeutung zu. Für sie ist Geschichte ein großes Rad, auf das einzelne Menschen kaum Einfluss haben. Manche Historiker aber erklären sich bestimmte geschichtliche Ereignisse aus dem Charakter der handelnden Personen heraus. Auch wir glauben, dass Charakter und Gemüt einer historischen Persönlichkeit die Geschichte manchmal durchaus beeinflussen können, wobei aber jene persönlichen Eigenschaften wiederum von der Geschichte geprägt sein können.

Gewiss war Sultan Abdülhamit so misstrauisch, dass die Europäer ihn mit Fug und Recht als »Paranoiker« bezeichneten. Zum misstrauischen Menschen aber machte ihn, was er erlebt und gesehen hatte, also die Geschichte selbst. Abdülhamit hatte Grund genug, argwöhnisch zu sein.

Im Jahr 1876 war er ein unscheinbarer, aber achtbarer (sparsamer, ehrlicher, frommer) vierunddreißigjähriger Prinz auf Platz zwei der Thronfolge. Sein Onkel Abdülaziz war Sultan. Bei einem von Mithat Pascha und Kriegsminister Hüseyin Avni Pascha inszenierten nächtlichen Putsch wurde Abdülaziz indes gestürzt und durch Abdülhamits älteren Bruder Murat V. ersetzt. Arabische Soldaten des Fünften Heeres umstellten den Dolmabahçe-Palast, der abgesetzte Sultan wurde mit einem Boot davongeschafft und einige Tage später mit aufgeschlitzten Pulsadern aufgefunden (man hatte ihn entweder getötet oder zum Selbstmord gezwungen), und Abdülhamit, der somit als unmittelbarer Thronfolger galt, musste von seinem Zimmer im Palast aus all dies voller Entsetzen miterleben und zu deuten suchen. Er bewältigte den Tod seines Onkels nicht, war erschüttert, dass in diesen modernen Zeiten noch ein Sultan gewaltsam abgesetzt und getötet wurde! Da griffen, kaum drei Monate später, Mithat Pascha und weitere Bürokraten und Soldaten wieder zu und setzten Sultan Murat V. (Pakize Sultans Vater!) ab, den der Tod seines Onkels so sehr erschüttert hatte, dass er psychisch zusammenbrach. So war Abdülhamit innerhalb von vier Monaten vom zweiten Thronfolger zum Sultan geworden und hatte zu spüren kommen, wie mächtig Mithat Pascha und die anderen Bürokraten waren, die ohne Weiteres auch ihm antun konnten, was sie mit seinen Vorgängern gemacht hatten.

Dabei hatte Abdülhamit schon lange vor seiner Thronbesteigung solche Ängste durchgemacht. So wie 1901 die Prinzen sich davor fürchteten, von Sultan Abdülhamit vergiftet zu werden, fürchteten sich etwa dreißig Jahre zuvor Abdülhamit und Murat, von ihrem Onkel Sultan Abdülaziz vergiftet zu werden. Abdülaziz wünschte sich nämlich als Nachfolger seinen Sohn Yusuf Izzettin Efendi, den er mit vierzehn schon zum Marschall und Kommandanten einer Heeresgruppe ernannt hatte.

Als Sultan Abdülaziz 1867 mit seinem Sohn und seinen beiden Neffen zu einer Europa-Reise aufbrach, kam es immer wieder zu Spannungen. Schon seit einer Weile verbrachte Murat, um der gereizten Stimmung zu entgehen, den Großteil seiner Zeit nicht im (heute als Dolmabahçe bekannten) Beşiktaş-Palast, sondern in seiner eigenen Villa in Kurbağalıdere. In einem nach dem Tod ihres Vaters an Hatice verfassten Brief ging Pakize Sultan auf ein Ereignis ein, von dem sie damals zusammen mit ihrem Bruder und ihren Schwestern direkt aus dem Munde des Vaters erfahren hatte, nämlich auf den ersten Hader, den es auf der Reise gleich bei einem Empfang im Pariser Élysée-Palast gegeben hatte. Thronfolger Murat hatte leicht bekleidete Französinnen um sich geschart, mit ihnen Französisch geplaudert und eine Quadrille getanzt, worauf er von seinem Onkel ermahnt werden musste.

In London wiederum, bei einem Empfang im Buckingham-Palast, kümmerte Prinz Edward, der unstete Sohn Königin Victorias, dem diese so manche Staatsgeheimnisse lieber vorenthielt, sich so herzlich um Murat und Abdülhamit, dass nach Angaben der beiden ihr Onkel »erzürnt und eifersüchtig« war. Am folgenden Tag klopfte an Murats Zimmer ein Adjutant des Sultans und stellte ihm mit den Worten »Eine kleine Aufmerksamkeit Seiner Hoheit!« einen Teller Weintrauben auf den Tisch. Murat kostete sogleich davon, bekam es aber bald darauf mit Magenschmerzen zu tun, sodass er aufgeregt zu seinem Bruder ins Nebenzimmer lief. Abdülhamit führte (mit seinen fünfzehn Jahren!) stets einen Bezoarstein mit sich, dem die Wirkung eines Gegengiftes zugesprochen wurde, davon kratzte er etwas in ein Glas Wasser und gab seinem Bruder dieses zu trinken. Dann rief er einen Arzt zu Hilfe und rettete somit den osmanischen Kronprinzen. Als Königin Victoria von dem Vorfall erfuhr, sandte sie Prinz Edward zu den beiden und ließ ihnen ausrichten, falls sie wirklich der Meinung seien, es habe sich hier um einen Vergiftungsversuch gehandelt, biete sie ihnen an, in Großbritannien zu bleiben und die Zeit bis zu ihrer jeweiligen Thronbesteigung dort abzuwarten. (Später sollten erst Edward und dann Murat Freimaurer werden und miteinander eine Korrespondenz pflegen. In dem Jahr, in dem unsere Geschichte spielt, bestieg Edward den britischen Thron.) Die beiden Prinzen mochten sich schließlich gedacht haben, das mit den Weintrauben hätten sie sich nur eingebildet, und angesichts der Auswirkungen, die der Vorfall nach sich ziehen konnte, allein schon der möglichen Schlagzeilen (Mitglieder der Herrscherfamilie vergiften sich im Buckingham-Palast gegenseitig!), beschlossen sie, die Sache auf sich beruhen zu lassen, bevor sie dem Sultan überhaupt zu Ohren kam.

Nach der Rückkehr nach Istanbul erfuhr Abdülaziz aber dennoch davon, und in seinem heiligen Zorn über den Prinzen, der »Schimpf und Schande« über sie brachte, verbannte er für eine Weile Murat gänzlich aus dem Dolmabahçe-Palast.

Eine frei erfundene Fortsetzung erfuhr der Zwischenfall nach Gründung der Republik, als in der Geschichtsrubrik türkischer Zeitungen immer wieder das Phantom auftauchte, Königin Victoria habe vorgehabt, die beiden osmanischen Prinzen während ihrer Wartezeit in London mit Prinzessinnen aus dem britischen Königshaus zu verehelichen. Dass eine englische Prinzessin keinen Mann heiraten wollte, der – wer immer er auch sei – vier Ehefrauen und daneben eine Heerschar von Konkubinen hatte und diese allesamt schlecht behandelte, und dass ferner die Königin nicht Frauen aus dem Herrscherhaus an Männer vergab, die kein Englisch sprachen und sich gegenseitig vergifteten, dürfte jedermann einleuchten, doch schwieriger zu begreifen ist, warum solche Ammenmärchen alle drei, vier Jahre aufgewärmt und erneut begierig gelesen wurden.

Als Abdülhamit neun Jahre nach jener Reise auf den Thron gelangte, wusste er vermutlich schon, dass jener Bezoarstein, den damals zahlreiche Herrscher und Despoten insbesondere orientalischer Länder bei sich trugen, damals in London vom wissenschaftlichen Standpunkt aus gesehen keinerlei Wirkung getan haben mochte. So sollte denn auch einer der ersten Berichte, die er von Bonkowski Pascha verlangte, sich wissenschaftlich damit befassen, aus welchen Pflanzen man Gifte herstellen konnte, gegen die es kein Gegengift gab und die keine Spuren hinterließen.

Zum ersten Mal auf Bonkowski Bey aufmerksam geworden war der Sultan durch die Société de Pharmacie de Constantinople, die jener zusammen mit Nikiforo gegründet hatte. Ihr gemeinsamer Verband führte einen Zwist mit den bisherigen Apothekervereinigungen und hatte ein besonderes Anliegen, für das er den Staat empfänglich machen wollte, und zwar die Forderung nach einem Verbot aller Arten von Pulvern, Salben, Kräutern und Wurzeln, die Gifte oder andere schädliche Stoffe enthielten, aber dennoch bei traditionellen Gewürzhändlern umstandslos erhältlich waren. Arsen, Rattengift, Karbolsäure, Kodein, Spanische Fliege (*Cantharis vesicatoria*), Äther, Jodoform, Veratridin, Kreosot, Opium, Morphin und andere Stoffe, insgesamt fast hundert, sollten nicht mehr in solchen zweifelhaften Läden verkauft werden, sondern ausschließlich in modernen, nach ganz bestimmten Vorschriften gestalteten Apotheken, die regelmäßig inspiziert wurden und in denen man rezeptpflichtige Medikamente bekam!

Dass man mit Arsen jemanden nach und nach vergiften konnte und dies äußerst schwer nachzuweisen war, wusste Abdülhamit schon aus den Kriminalromanen, die er damals zu lesen begann. Trug man ihm eine Stelle vor, an der es um solche Themen ging, wurde er besonders aufmerksam und ließ die Passage auch manchmal wiederholen. Dass er für die Aussaat giftiger Pflanzen sorgte, lässt sich auch so interpretieren, dass er sich gleich vielen modernen Herrschern des Orients den riesigen Garten seines Palastes als Welt in Miniatur vorstellte. Seine Frage an den jungen Bonkowski Bey aber lautete kurz und bündig: Aus welchen Pflanzen kann man Gift gewinnen?

Während Bonkowski Bey noch an seinem detaillierten Bericht schrieb, wurde er zum Leiter der manchmal auch Chemielabor genannten Apotheke des Palastes berufen. Da er zugleich auch im Apothekerverband sehr aktiv war und seinen Kampf gegen die herkömmlichen Läden führte, ging es in seinen Gesprächen mit Abdülhamit naturgemäß oft um Gifte und speziell darum, dass das Volk zu jenen so leicht Zugang hatte.

Abdülhamit wusste gut genug, dass *noch immer* so langsam wirkende Gifte erhältlich waren wie etwa jenes, durch das vierhundertzwanzig Jahre zuvor sein Vorgänger Mehmet II. zu Tode gekommen war. Im Archiv von Yıldız kann man heute nachlesen, welche Giftproben Beamte von den Märkten Yeniçarşı, Beyazıt, Fatih und vom Großen Basar ins Palastlabor brachten.

Als Doktor Nuri gegen Mittag von seinem Treffen mit Nikiforo ins Regierungsgebäude zurückkehrte, berief der Gouverneur ihn in sein Amtszimmer.

»Damit nichts von einer Vergiftung verlautet, lasse ich ihn zusammen mit Pesttoten mit Kalk bestreuen und begraben«, sagte Sami Pascha. »Dass Doktor Ilias nun genauso wie Bonkowski Pascha einem heimtückischen Anschlag zum Opfer gefallen ist, lässt den Staat hier vor Ort leider hilflos aussehen, und weder Istanbul noch ich können das so hinnehmen. Und wenn der Sultan erfährt, dass nun auch der Assistent Bonkowski Paschas ermordet wurde und wir beide den Täter nicht finden, kann er zu der Vermutung gelangen, dahinter stecke Absicht.«

»Sind Sie denn überzeugt, dass es sich um dieselben Täter handelt?«

»Sie wissen genau, dass wir das nicht herausfinden! Wenn Istanbul darauf bestanden hätte, hätten wir schon jemanden gefunden, der das Rattengift ins Mehl gemischt hat. Das ist nunmehr Ihre Aufgabe. Und da Sie wie dieser Sherlock Holmes vorgehen wollen, müssen Sie noch dazu ohne Folter und Bastonade auskommen. Wie jener Mensch, den Seine Hoheit anscheinend so schätzt, müssen Sie aus den Gewürzhändlern und Apothekern die Wahrheit herauskitzeln. Viel Glück dabei. Wir haben die entsprechenden Maßnahmen ergriffen, und die Leute erwarten Sie schon. Mal sehen, was sie diesmal von sich geben.«

Die in der Garnisonsküche tätigen Köche und Hilfsköche, die alle schon Folterverhöre hinter sich hatten, wurden nun den Inhabern, Gesellen und Lehrlingen aller größeren Läden vorgeführt, die Rattengift verkauften, aber niemand konnte sich an einen der Verdächtigen erinnern.

Doktor Nuri suchte indes als Erstes ein kleines Geschäft in Eyoklima auf, das den in Istanbul im Viertel Mahmutpaşa von Juden geführten herrlich duftenden Läden glich. Vor der Verkaufstheke standen Säcke voller bunter Pulver und Gewürze. In Glasgefäßen waren Kugeln, Früchte und Arzneien aufbewahrt. Von der Decke hingen Kräuterbündel und seltsame, schwammartige Gebilde herab. Anstatt eines Arztes, der wie in den Läden in Istanbul auf Patienten gewartet hätte, saß nur der Inhaber Vasil Efendi da, der über Doktor Nuris Besuch schon informiert worden war.

Vasil Efendi empfing den hochgestellten Gast mit einer ehrerbietigen Verneigung und sagte dann, was er schon bei seinem Verhör erzählt hatte, nämlich dass keiner der Köche oder Gehilfen in seinem Laden gewesen sei und ohnehin derzeit kaum Rattengift verkauft werde, da sich weder in den Häusern noch auf der Straße noch Ratten zeigten. Zudem habe die Stadtverwaltung draußen gratis Rattengift verstreut. In seinem holprigen Türkisch gab der Mann zu verstehen, dass es nunmehr viel leichter sei, sich bei der Stadtverwaltung Rattengift zu beschaffen. Immer wenn Doktor Nuri mit Auge oder Nase an die Flaschen auf den Regalen, die Säcke und Glasgefäße voller Pulver, die bunten Gewürze in Dosen und Kanistern, die Waagen und die Pflanzen mit den duftenden Wurzeln näher herankam, unterbrach der Mann seine Ausführungen und gab zu Jasmin, Senf, Rhabarber, Henna, Cocastrauch, Menthol, Weichselkirsche, Läusekraut oder Zimt Erläuterungen ab. Er zeigte Doktor Nuri auch, in welchem Beutel er das Arsen aufbewahrte, und beteuerte, dass er an giftige Stoffe niemanden heranlasse und auch stets dabei sei, wenn im Laden irgendwelche Salben oder Medikamente gemischt würden. In Izmir habe ein Ladeninhaber seinem Lehrling erklärt, wie ein bestimmtes Rezept anzurühren sei, und sei darauf nach Hause gegangen, doch habe sich der Lehrling aus Versehen nicht aus dem Beutel zu seiner Linken bedient, sondern stattdessen von dem weißen Pulver im rechten Beutel genommen, woraufhin der betreffende Patient verstorben sei. Er wisse von dem Fall, da sein Geschäftspartner in Izmir, der ihn über Schiffe der Messageries mit Würsten beliefere, seinen Laden in derselben Straße habe. Im Übrigen sei Vasil Efendi der Einzige auf der Insel, der aus Izmir Würste kommen lasse.

Dann rührte er für Doktor Nuri eine Paste an. Erst schnitt er acht kleine Galläpfel der Aleppo-Eiche klein, gab etwas Ingwer dazu und zerstieß die Mischung. Dazu kam etwas Harz vom Sadebaum, an dem Vasil Efendi den Arzt zuvor schon stolz hatte riechen lassen, sowie zerriebene geröstete Kichererbsen. Er vermischte das Ganze zu einer festen Paste, aus der er mit einer Form kleine Pillen herausdrückte. »Bei Durchfall eine davon auf nüchternen Magen, und die Sache ist erledigt«, sagte er selbstbewusst.

Ein ähnliches Sortiment an Gewürzen, Farben, Kaffee- und Zuckersorten traf Doktor Nuri noch in zwei anderen Läden an. Vor dem Laden von Vasili Efendi stand als Erkennungszeichen für Kunden, die nicht lesen konnten, ein Straußenei; vor der Tür eines Geschäftes am Alten Markt diente als Markenzeichen ein kleines Modell des Arabischen Leuchtturms, und ein Händler in Vavla hatte im Schaufenster eine riesige Schere aufgestellt. Am gefragtesten waren in jenen beiden Läden Abführmittel, Hämorrhoidenzäpfchen, Hustenbonbons, Wund- und

Rheumasalben und Magentabletten. Doktor Nuri fiel auf, dass dort – wie Nikiforo bereits erwähnt hatte – gewisse Medikamente und Rohstoffe wie etwa Bittermandelöl, Sadebaum, Verartrin und Stechapfel angeboten wurden, die in Istanbul auf Druck der Apotheker hin nur noch bei jenen verkauft werden durften. In der vagen Hoffnung, solcherlei Informationen könnten irgendwie doch auch zur Auffindung der Mörder beitragen, notierte Doktor Nuri sich ferner, dass bei der Zubereitung von Magenmitteln auch Kamille, Fenchel, Anis und Schwarzkümmel verwendet wurden. Der Händler mit der großen Schere im Schaufenster erzählte, die Scheichs, die als Hilfsmittel gegen die Pest besprochene Zettel und Amulette ausgäben, holten sich wiederum bei ihm eine Pomade aus Schwefel, Wachs, Olivenöl und Rosenblättern, und er reichte Doktor Nuri auch sogleich eine Probe davon.

Von den Phiolen und Döschen, die er ins Gästehaus mitbrachte, wollte Pakize Sultan zum Spaß das eine oder andere probieren, doch ihr Gatte ließ es nicht zu. Daraufhin wurde ein wenig gestritten, geschmollt und kokettiert, aber die Substanzen wurden beiseitegelegt. Dennoch suchte Doktor Nuri die Gewürzhändler hartnäckig weiter auf.

KAPITEL 32

Auf der *Odiyitis,* einem der letzten aus Minger ablegenden Schiffe, starb unterwegs ein Passagier, sodass sie bei der Ankunft in Athen mit Quarantäne belegt wurde. Die griechische Presse berichtete ausführlich darüber, worauf es in den europäischen Zeitungen wieder hieß, die Osmanen seien außerstande, die Ausbreitung der von China und Indien über den Hedschas und den Suezkanal in den Westen gelangenden Seuche aufzuhalten, und Europa bleibe daher nichts übrig, als die Sache selbst in die Hand zu nehmen. Im *Petit Journal* und im *Petit Parisien* in Paris und im *Daily Telegraph* in London war wieder die Rede vom »kranken Mann am Bosporus«. Daraufhin hatten alle aus Arkaz eintreffenden Schiffe die gelbe Flagge aufzuziehen, und ihre Passagiere wurden in den jeweiligen Ländern zehn Tage lang isoliert.

Jene Maßnahmen hatten den Beigeschmack von Strafaktionen. Die westlichen Großmächte beschwerten sich bei Abdülhamit über den Gouverneur von Minger, der die Quarantäneregeln zu nachlässig handhabe, und wie schon während des Choleraausbruchs im Hedschas sprachen sie ans Osmanische Reich deutliche Warnungen aus. Über ihre Botschafter bei der Hohen Pforte ließen sie ausrichten, sie würden mit ihren im Mittelmeer stationierten Kriegsschiffen intervenieren, falls der Gouverneur von Minger nicht unverzüglich die notwendigen Schritte unternehmen sollte.

Palast und Hohe Pforte unterrichteten den Gouverneur, dieser konferierte mit Damat Doktor Nuri, jener wiederum unterhielt sich darüber mit seiner Frau, die das Gehörte an ihre Schwester schrieb.

»Derzeit kommt ja kein Postschiff«, sagte Doktor Nuri einmal, »also sammeln sich Ihre Briefe wohl im Postamt in einem Korb an. Wäre es da nicht sinnvoller, Sie würden die Briefe einstweilen hier behalten?«

»Bevor ich mit einem neuen anfange, muss ich den alten unbedingt abschicken!«, erwiderte sie. »Ob mir wohl der Major von diesen Postkarten da noch zwanzig Stück bringen könnte?«

Sie hielt sieben in Istanbul gedruckte schwarz-weiße (also nicht von Hand nachgefärbte) Postkarten in der Hand, deren Aufschriften sie gerne laut vorlas, als wären es Gedichte: Citadelle de Minger, Hôtel Splendide Palace, Vue générale de la baie, Phare d'Arkaz et son port, Ville vue prise de la citadelle, Hamidié Palace et bazar, Église Saint-Antoine et la baie.

Einst hatte Pakize Sultan ihrem Vater ganze Romane auf Französisch vorgelesen und selbst viel Zeit mit Liebesromanen verbracht. Was ihr Mann ihr nun über den Major und seine Geschichte erzählte, hörte sie sich voller Genuss an wie einen Roman und schrieb es dann an ihre Schwester. Wenn auch ihr Großvater, ihr Onkel und ihr Vater jeweils an die sieben, acht Ehefrauen und daneben einen Harem voller Sklavinnen hatten, war sie dagegen, dass ein Prinz mehr als eine Frau heiraten durfte, und ihre Schwestern und die anderen Prinzessinnen waren der gleichen Meinung. Zum einen hatte sie ja eine beinahe westliche Erziehung genossen, zum anderen durfte jetzt schon jemand, der eine Prinzessin heiratete, daneben keine zweite Ehefrau haben.

Als Pakize Sultan hörte, Zeynep habe sich der Ehe mit dem von ihrem Vater ausersehenen Mann vor allem deshalb entzogen, weil sie von dessen Erstfrau erfahren habe, waren ihr die möglichen anderen Gründe ganz egal und sie schwärmte für diese Frau, die noch jünger war als sie. Zwei Tage später hörte sie von ihrem Mann, der Major und Zeynep seien sich zum ersten Mal begegnet und es habe zwischen den beiden auch gleich gefunkt. Wer Pakize Sultans Briefe liest, wird bemerken, dass die in Minger noch heute gerne nacherzählte Liebesgeschichte auf einer Reihe von Zufällen beruht.

Als der Major an jenem Tag vom Postamt zurückkehrte, machte er einen Umweg über die hauptsächlich von Muslimen bewohnten Viertel jenseits des Flusses. In Bayırlar erblickte er in einer einsamen Straße unter Olivenbäumen drei kleine Jungen, die weinten, zwei leise, der dritte laut schluchzend. Zwei Häuser weiter beschuldigten zwei Frauen mit Kopftuch einander lauthals, die jeweils andere habe sie mit der Pest angesteckt. In Tuzla beobachtete er, wie ein mit den Hygienemaßnahmen vertrauter Hafenarbeiter zwei Frauen nicht davon überzeugen konnte, sie sollten die Sachen eines Pesttoten nicht mehr verwenden. In der Straße sei auch, so erfuhr der Major, ein Derwischorden namens Zaim, in dem ein Hodscha Amulette gegen die Seuche anfertige, und wenn man dort vor dem Gartentor erst stumm abwarte und sich dann mit vor der Brust gekreuzten Armen dreimal verneige und dabei jeweils die Worte »Ihr ergebenster Diener« spreche, so werde man zu ihm vorgelassen. In einem Viertel verspürte er auf einmal, wie still es doch zuging, wo Tod und Todesfurcht herrschten, und wie hilflos die Ärzte und Beamten waren, und eine Straße weiter fand er sich plötzlich in den verschlafenen, staubigen Gassen seiner Kindheit wieder und fürchtete sich gleich etwas weniger.

Als er eine Straße hinunterging, in deren Mitte ein Rinnsal Abwasser dahinfloss, sah er von rechts oben eine Gruppe von neun, zehn Mädchen und Frauen daherkommen, und in ihrer Mitte Zeynep. Sie trugen bunte Kleider und weiße Kopftücher, und so unauffällig wie möglich ging der Major ihnen nach. Weit kam er aber nicht.

Plötzlich waren sie nämlich verschwunden. Um sie wiederzufinden, stolperte der Major zwischen efeubewachsenen Mauern durch das hohe Gestrüpp verwilderter Gärten. In einem Hinterhof hängte eine Frau mit Kopftuch ihre Wäsche auf, als gäbe es nichts Natürlicheres auf der Welt, während sich zu ihren Füßen zwei barfüßige kleine Jungs balgten.

Er trat auf eine staubige Gasse hinaus und kam sich vor, als sei er dort aufgewachsen. Ihm war, als würde er wie in einem Traum auf sich selbst herabsehen. Kaum wurde ihm das bewusst, da merkte er auch, dass er Zeynep hier nicht wiederfinden würde, und ging zurück zum Regierungsgebäude.

Als er am Nachmittag seine Mutter aufsuchte, war ihm klar, dass er ihr nicht länger verheimlichen konnte, wie verliebt er war. Die Mutter spielte ohnehin sofort darauf an, als könne es gar kein anderes Thema geben. »Du bist ihr also nachgegangen«, sagte sie. »Das scheint ihr gefallen zu haben.«

Der Major wunderte sich, wie schnell seine Mutter davon erfahren hatte, und erfreut hätte er am liebsten zu ihr gesagt, sie solle eine Hochzeit in die Wege leiten, doch wollte er seine Mutter nicht überrumpeln. Die aber las in seinem Gesicht. »Sie ist ein außergewöhnliches Mädchen«, sagte sie gelassen. »Eine Rose mit Dornen zwar, aber eine Gelegenheit, wie man sie im Leben nicht zweimal bekommt. Dass du sie zu schätzen weißt, zeigt, wie reif du geworden bist. Bist du bereit, alles für sie zu tun?«

»Was meinst du mit alles?«

»Nach all ihrem Ungemach möchte sie nach Istanbul, um Ramiz ein für alle Mal loszuwerden. Fest steht, dass ihre Brüder von dem Geld, das Ramiz ihrem Vater gezahlt hat, nichts oder fast nichts zurückgegeben haben. Und dass Ramiz ganz im Vertrauen auf Scheich Hamdullah immer noch sein Unwesen treibt.«

»Vor Ramiz habe ich keine Angst, aber nach Istanbul können wir wegen der Quarantäne momentan nicht. Sag ihr doch, ich bringe sie zusammen mit der Prinzessin nach China!«

»Von Istanbul wird sie sich leichter überzeugen lassen als von China«, erwiderte die Mutter. »Was sagt denn dein Lami dazu?«

Mit »seinem Lami« meinte die Mutter einen Jugendfreund des Majors, der über alle Gerüchte der Stadt Bescheid wusste. Durch rosenduftende, sonnige Straßen ging der Major im Schatten blühender Linden und Magnolien zum Splendid Palas und setzte sich dort mit Lami unter den orange gestreiften Markisen der Hotelterrasse an einen Tisch mit Blick auf den Hafen, wo ihnen der Duft von Rosen, Thymian und Lysol in die Nase wehte. Der schmalgesichtige Lami hatte eine orthodoxe Mutter und einen muslimischen Vater. Nach dem Tod seines Vaters war die Familie von der Insel weggezogen, Lami jedoch war geblieben und von Griechen aufgezogen worden. Nunmehr war er der Direktor des Splendid Palas und trug einen rotbraunen Baumwollanzug in den Farben des Hotels. In der großen Lobby und auf der Terrasse hatten bis vor zehn Jahren noch die italienischen Geschäftsleute verkehrt, die die Marmorsteinbrüche betrieben hatten, und noch immer war das Hotel ein Treffpunkt für reiche Griechen, osmanische Beamte, eitle Muslime, Sekretäre, Militärs in Zivil, und manchmal schaute auch der Gouverneur vorbei. Was auf Minger irgend von Bedeutung war, wurde dort besprochen.

Lami wusste, dass Zeynep ihre Verlobung aufgelöst hatte, und er befürchtete, Ramiz würde das Ansehen seines Stiefbruders ausnützen, um zu einem Gegenschlag auszuholen. Er warnte den Major vor den Verrücktheiten, zu denen der Mann imstande war; der Gouverneur habe völlig recht gehabt, ihn wegzusperren. Als Lami erfuhr, Ramiz sei unter der Bedingung, sich nicht mehr in Arkaz blicken zu lassen, auf Befehl Istanbuls freigelassen worden, rief er aus: »Am besten gleich wieder einsperren!«, fügte aber sofort hinzu, so leicht werde das nicht sein.

»Warum nicht?«

»Weil der Gouverneur Scheich Hamdullah zwar nicht mag, aber ohne dessen Billigung mit seinen Quarantänebemühungen nicht weit kommt.«

Historiker haben zu bedenken gegeben, wenn Sami Pascha sich so sehr gescheut habe, Scheich Hamdullahs Unmut zu erregen, dann sei das eine »unnötige Schwäche« gewesen, denn mit einer Garnison im Rücken habe ein osmanischer Gouverneur in der Provinz vom Scheich eines Derwischordens nie etwas zu befürchten gehabt. Sowohl auf Minger als auch in der später gegründeten türkischen Republik sind die Militärs immer stärker als die Scheichs gewesen, und darauf stützt sich auch die laizistische Verfassung der modernen Türkei und Mingers. Dennoch sind wir heute der Ansicht, um das Volk von den Quarantänemaßnahmen zu überzeugen, sei es tatsächlich der zweckmäßigere Weg gewesen, es dem Scheich gegenüber nicht an Achtung fehlen zu lassen.

»Die ganze Insel ist hinter dem Mädchen her, da hast du es nicht leicht«, sagte Lami.

»Ja, so verliebt, wie ich bin.«

»Zeynep hat zwei Brüder, Zwillinge, Hadid und Mecid. Bis vor Kurzem hatten sie eine Bäckerei, aber die ist jetzt zu. Nimm die zwei doch in dein Quarantänebataillon auf. Besonders klug sind sie zwar nicht, aber ehrlich. Das allerbeste Brot haben die uns ins Hotel geliefert!«

»Ich liebe Zeynep so sehr, da kann ich mir gar nicht vorstellen, dass ihre Brüder irgendwas Falsches tun!«, sagte der Major vertrauensvoll.

Durch dieses Gespräch war der Grundstein für eine Begegnung zwischen Zeynep, ihren Brüdern und dem Major gelegt. Drei Tage später kam es zustande, wiederum im Splendid Palas, auf der halb überdachten Terrasse, die auf den Istanbul-Boulevard hinausging. Als der Major Zeynep dort erblickte, war er sehr aufgeregt, wie er Doktor Nuri später anvertraute.

Um sich einen städtischeren Anstrich zu geben, hatten Mecid und Hadid frische Hemden angezogen und sich rasiert, doch wie sie mit dem Fes auf dem Kopf unruhig auf den Korbstühlen herumrutschten, sah man ihnen doch an, wie fremd sie sich dort fühlten. Da die beiden Mütter sich bereits einig geworden waren, was an Brautgeld, Geschenken und Gold zu entrichten war, wurde dieses Thema gar nicht angeschnitten. Im fast leeren Hotelrestaurant waren die Quarantäneplakate innerhalb kurzer Zeit schon so verblichen, dass man hätte meinen können, sie stammten aus alter Zeit, was allerdings die Pest irgendwie noch beängstigender erscheinen ließ.

»Eigentlich begeben wir uns durch so ein Treffen in Gefahr«, sagte der Major schließlich. »Laut den Quarantäneregeln dürfen nicht mehr als zwei Personen zusammenkommen.«

»Wir sind ganz in Gottes Hand«, erwiderte Mecid. »Wir glauben daran, dass unser Schicksal uns vorbestimmt ist, darum sind wir zuversichtlich, keine Sorge!«

»Wenn Sie an die Quarantänemaßnahmen glauben und sich als Freiwillige dem Quarantänebataillon anschließen, werden Sie noch zuversichtlicher sein. Gestern und heute Morgen sind insgesamt zwölf Menschen an der Pest gestorben. Ganz zu schweigen von den Toten, die von ihren Angehörigen versteckt werden.«

»Kâmil Bey«, sagte Zeynep, »das eine können Sie mir glauben, mehr als vor einem frühen Tod durch Pest fürchte ich mich davor, hier auf der Insel alt zu werden, ohne je gelebt zu haben.«

»Dass Sie so gut wissen, was Sie wollen, ist bemerkenswert.«

Die beiden saßen sich gegenüber, und ihre Gesichter kamen sich dabei so nah, dass sie einander lange nicht in die Augen zu sehen trauten. Der Major spürte, wie ausweglos er in das schwarzäugige Mädchen verliebt war und wie furchtbar er sich in einsamen Nächten in irgendeiner fernen Garnison nach ihr sehnen würde. Er wollte sie unbedingt heiraten.

Seine Mutter, die mit Zeyneps Mutter und ihren Brüdern im Hintergrund bereits über die Details der Verehelichung verhandelte, brachte denn auch alles zu einem glücklichen Abschluss. Bei allem, was einer Verlobung noch im Wege stehen mochte, erfuhr sie Unterstützung vom Gouverneur. Angehörige von Ramiz wiederum verbreiteten das Gerücht, Scheich Hamdullah sei verärgert über die Kränkung, die seinem Bruder da widerfuhr. Jedermann vermutete, Ramiz werde in die Stadt zurückkehren und einen Überfall verüben.

Für den Gouverneur war es eine Frage der Ehre, dass der Major heiraten konnte, wen er wollte, ohne irgendetwas befürchten zu müssen. Man kam überein, dass es einem jungverheirateten osmanischen Offizier am besten anstand, im Splendid Palas unterzukommen, das auch die meiste Sicherheit bot. Wie ein wohlhabender Europäer würde er mit seiner Frau im obersten Stockwerk des Hotels wohnen.

Sami Pascha verfolgte die Vorbereitungen aufmerksam und empfahl dem Major, sich die Hochzeitsrasur vom berühmtesten Barbier ganz Mingers verabreichen zu lassen, nämlich von Panayot in der Straße, »wo der Esel ins Keuchen kommt«. So ging der Major am Dienstag, dem 14. Mai, gegen Mittag zu Panayot, der sich erst rühmte, seit zwanzig Jahren suche jeder Bräutigam in Minger, ob Muslim oder Christ, vor seiner Hochzeit unweigerlich ihn auf, und dann fragte: »Herr Major, haben Sie etwa Bedenken? Sie sehen sich so misstrauisch in meinem kleinen Laden um, meinen Sie etwa, durch mein Werkzeug kriegten Sie die Pest? Keine

Sorge! Alle Scheren, Rasiermesser und Schleifsteine habe ich lange abgekocht, wie von den Quarantäneärzten empfohlen. Nicht weil ich selber Angst hätte, sondern weil vornehme Kunden wie Sie es so wollen.«

»Und warum haben Sie selber keine Angst?«

»Weil ich ganz auf Jesus und auf die Mutter Maria vertraue!«, erwiderte der Barbier und warf einen Blick in eine Ecke seines Ladens.

Der Major sah aber nicht die Ikone, auf die der Barbier so unerschütterlich setzte, sondern nur die Bürsten, Schüsselchen, Mörser, Messer, Scheren, Henkelbecher und Abziehsteine. Der Barbier erzählte, er wisse schon, dass Doktor Nuri, der mit einer Prinzessin verheiratet sei, zur Bekämpfung der Seuche auf die Insel gekommen sei und dass der Herr Major ihn beschützen solle. Dann führte er aus, wie sehr die Mingerer sich dem Sultan verbunden fühlten. Seit fast vierzig Jahren komme es jeden Winter und Frühling auf den Inseln des östlichen Mittelmeers zu Aufständen. Angezettelt würden sie von Griechen, die ihre Insel so wie Kreta von der osmanischen Verwaltung lösen oder direkt an Griechenland anschließen wollten. Sommer für Sommer schicke die osmanische Marine einen ihrer Kreuzer wie die *Mesudiye*, die *Osmaniye* oder die *Orhaniye* mit ihrem neuen Geschützturm, und auf Grundlage der Hinweise, die sie vom osmanischen Statthalter und von Spitzeln bekämen, beschössen sie griechische Dörfer. Danach rückten manchmal aus der jeweiligen Garnison Soldaten aus, veranstalteten in jenen Dörfern Razzien und sperrten Verdächtige ein. Oft würden die griechischen Ortschaften und Häfen auch nur als Strafmaßnahme für irgendetwas beschossen. Aber kein einziges Mal in den letzten zwanzig Jahren sei die *Orhaniye* mit ihren neuen Kanonen vor Arkaz aufgetaucht!

»Und warum nicht?« Weil Abdülhamit genau wisse, dass die Insel samt ihren Christen und ihren Flüchtlingen fest an der Seite des Sultans stünde! Weil vor fünfzehn Jahren Minger die reichste Insel des östlichen Mittelmeers gewesen sei und ihre Bevölkerung fast zur Hälfte aus Muslimen bestanden habe. »Wissen Sie was, Herr Major«, fuhr Panayot Efendi fort, »diese Bartwichse und so eine Bartschere gibt es höchstens noch in ein oder zwei Barbierläden in Istanbul. Die Wichse habe ich vor zehn

Jahren aus Berlin kommen lassen, und seither bringe ich den Herren auf der Insel bei, wie man damit seinen Schnurrbart behandelt. Die meisten meinen ja, um einen imposanten Kaiser-Wilhelm-Bart mit spitzen Enden hinzubekommen, genüge es schon, den Schnurrbart in der Mitte zu stutzen und die Enden hochzuzwirbeln, aber weit gefehlt. Wenn man ihn mit der erhitzten Brennschere in die gewünschte Form bringt, ist es überaus wichtig, die Barthaare geduldig mit Bartwichse einzureiben.«

Was der Barbier erzählte, vollführte er zugleich bedächtig am Major. Auf keinen Fall dürfe man versuchen, den Schnurrbart durch Barthaare auf den Wangen oder den Backenknochen aufzuplustern, das sehe schäbig aus. Leider gebe es sogar in Berlin und Istanbul Barbiere, die sich zu so etwas herabließen. Moderne, tüchtige Barbiere wüssten hingegen, dass vor der Behandlung des Schnurrbarts jene Barthaare zweimal gegen den Strich rasiert werden müssten. Die genaue Zusammensetzung der auf Bienenwachs basierenden und in Berliner Läden noch immer erhältlichen Bartwichse werde von dem Firmeninhaber hugenottischer Abstammung sorgsamst gehütet. Als der Vorrat des Barbiers zu Ende gegangen sei, habe er Eicheln der Vallonea-Eiche und Harz der Minger-Kiefer im Mörser zerstoßen, dazu Rosenwasser und geröstete und gemahlene Kichererbsen gemischt und damit die gleiche Wirkung erzielt. Wenn der Major es wünsche, könne er ihm die Schnurrbartspitzen noch strenger hochzwirbeln, doch sei es vielleicht besser, das eigenwillige Fräulein Braut nicht zu verschrecken.

Auf dem Rückweg zum Regierungsgebäude begegnete der Major mit seinem Kaiser-Wilhelm-Bart auf dem menschenleeren Istanbul-Boulevard einem Pestverrückten. Während seiner Kindheit in Arkaz hatte es stets ein paar von jedermann akzeptierte Simpel gegeben, gegen die er meist nichts gehabt hatte. Von Kindern wurden sie verspottet, von manchen Leuten bekamen sie Geld oder Essen zugesteckt. Da war etwa Dimitrios, der immer in Frauenkleidern herumlief, oder Zincirli Servet, der oft inmitten einer Menschenmenge laut zu schreien begann. Wenn die beiden sich irgendwo über den Weg liefen, überzogen sie sich in einem Mischmasch aus Griechisch, Mingerisch und Türkisch mit den derbsten Flüchen, dann schlugen sie aufeinander ein. Nicht nur Kinder, auch Erwachsene sahen ihren Streitereien liebend gerne zu. Seit Ausbruch der Seuche waren diese üblichen Verrückten auf einmal wie vom Erdboden verschluckt, und an ihre Stelle waren neue, noch närrischere getreten, die bei den Leuten nicht mehr Mitleid auslösten, sondern Abscheu und Furcht.

Einer der berüchtigtsten war der von Viertel zu Viertel ziehende Erinli Ekrem. Es hieß, er habe in Istanbul Theologie studiert, und neben seiner Arbeit als Beamter der Stiftungsverwaltung war er lediglich für seine Bücherliebe bekannt und führte ansonsten ein unscheinbares Dasein. Dann verstarben aber kurz hintereinander seine beiden Ehefrauen, mit denen er sehr glücklich gewesen war. Daraufhin verschrieb er sich ganz der Koranlektüre, und bald schon behauptete er, was Minger gerade erlebe, sei nichts anderes als der Jüngste Tag.

Als Ekrem Efendi den Major in seiner Uniform und mit den Orden auf der Brust vor sich sah, verhielt er sich wie jedes Mal, wenn er jemandem begegnete, nämlich blieb er stehen und rezitierte mit ausladenden Armbewegungen die Koransure vom Jüngsten Tag. Er tat dies voller Inbrunst, allerdings mit etwas näselnder, ja weinerlicher Stimme. Der Major hörte dem hochgewachsenen Mann im schwarzen Gehrock und mit dem violetten Fes aufmerksam zu. Beim sechsten Vers, der da lautete, »Und wann bricht der Jüngste Tag an?«, sah Ekrem den Major drohend an. Wenn die Menschen verblendet seien, der Mond im Dunkel versinke und Sonne und Mond aufeinanderträfen, dann breche der Jüngste Tag an! Darauf streckte der Mann seinen langen Arm zum Himmel empor, wo der Major jedoch nichts anderes entdeckte als herrlichstes Minger-Blau. Um sich mit dem Mann nicht herumzustreiten, tat er aber so, als hätte er etwas gesehen.

Daraufhin trug der Stiftungsbeamte die restlichen Verse der Sure vor, die davon kündeten, dass es am Jüngsten Tag keine andere Zuflucht geben werde als Gott den Herrn. Da seit Ausbruch der Seuche sämtliche Hodschas und Prediger immer wieder auf jene Sure zu sprechen kamen, waren alle muslimischen Ärzte und Quarantänehelfer damit schon vertraut, lauschten der Sure auch voller Ehrfurcht und gaben, was sie darüber wussten, an ihre Patienten weiter.

Als dem Gouverneur einmal nahegelegt wurde, mit dem Rezitieren jener Sure wolle Ekrem Kritik an den Quarantänemaßnahmen äußern, erwog er schon, den Mann in den Kerker werfen zu lassen, tat es aber letztendlich doch nicht. Der Major indes kümmerte sich nicht weiter um Ekrem, ging seines Weges, bewusster denn je, dass er nicht nur großes Glück hatte, sondern auch glücklich war. Das soll hier ausdrücklich betont werden, da wir die Geschichte eines kleinen Landes schreiben, in dem persönliche Gefühle und Entscheidungen wiederum Geschichte schreiben.

Die Hochzeit sollte im Splendid Palas stattfinden, doch aus Sicherheitsgründen (es waren Leute von Ramiz in der Gegend) wurde sie in den großen Versammlungssaal des Regierungsgebäudes verlegt. Die darüber etwas verstimmten Hochzeitsgäste mussten zunächst im nach Lysol riechenden Erdgeschoss des Gebäudes abwarten, dann wurden sie in den zweiten Stock und in den Saal vorgelassen, in dem sich ihre Laune wieder hob. Zeynep trug das in Minger traditionelle rote Brautkleid, ihre Brüder waren in Gehrock und Stiefeln erschienen. Der Major sah seiner eigenen Hochzeit zu wie in einem Traum. Als Nurettin Efendi, der Imam der Kör-Mehmet-Pascha-Moschee, die Namen von Braut und Bräutigam eintrug, sahen die beiden einander aus der Ferne an.

Erst beantwortete der Major die Fragen des Imams. Es wurde festgehalten, welchen Betrag er (abgesehen von Grundstückssumme und Brautgeld) den Usancen entsprechend entrichten werde, desgleichen, wie viel er seiner Frau bezahlen würde, falls die beiden sich trennen sollten. Währenddessen blickte er verzückt zu seiner Braut in ihrem roten Kleid hinüber und konnte gar nicht fassen, dass die Einsamkeit, unter der er sein Leben lang gelitten hatte, nun ein Ende nehmen sollte. Als Trauzeugen fungierten zum einen Kâmil Paschas Freund Lami, zum anderen – auf Drängen des Gouverneurs hin, der für ein Höchstmaß an Sicherheit sorgen wollte – der Überwachungsbeauftragte Mazhar Efendi. Der Gouverneur selbst zog sich aus irgendeinem Grund kurz vor der

Zeremonie in sein Amtszimmer zurück und verblieb dort. Mitten in der Zeremonie wiederum ging die auf den Hafen hinausgehende kleinere Tür des Versammlungssaals auf, und Pakize Sultan und Doktor Nuri traten ein. Sie waren ziemlich weit weg von der Hochzeitsgesellschaft, bei der selbst die Kinder elegant angezogen waren und einen Fes aufgesetzt hatten, aber durch die Gegenwart einer leibhaftigen Prinzessin waren die Gäste wie verzaubert. Der Imam sprach ein langes Gebet, und der Ehebund war geschlossen. Der Major legte seiner Frau den goldenen Armreif an, den seine Mutter ihm gereicht hatte, dann drückte er den Trauzeugen und einigen Gästen die Hand. Aus Angst vor der Pest kam es aber nicht zu den üblichen Umarmungen, und jeder wollte so bald wie möglich nach Hause.

So fiel die Zeremonie denn auch recht kurz aus, und das überglückliche Brautpaar wurde von Zekeriya zum Splendid Palas kutschiert. Lediglich der Gouverneur rechnete immer noch mit einem Überfall von Ramiz. In ihrem sehr persönlichen und gefühlvollen Brief an ihre Schwester vom 14. Mai 1901 schrieb Pakize Sultan, als sie Braut und Bräutigam aus dem Regierungsgebäude habe heraustreten sehen, hätten die beiden »trotz der Katastrophenstimmung ein Lächeln der Glückseligkeit nicht verhehlen können«.

KAPITEL 33

Jene Glückseligkeit erinnerte Pakize Sultan an ihre eigene Hochzeit und die ihrer Schwestern und an so manche spöttischen Blicke und Anspielungen, die sie voller Zorn über sich ergehen lassen mussten. »Anstatt dass die Leute darüber nachdenken, was uns für ein Unrecht widerfahren ist, dass wir jahrelang im Palast eingesperrt waren wie ein Vogel im Käfig, lästern sie darüber, wie wenig wir die Welt kennen, und lachen uns gar aus!«, klagte Pakize Sultan in einem anderen Brief. »Aber vielleicht haben sie ja recht, wenn sie über uns schmunzeln und sogar Geschichten über uns frei erfinden und Witze erzählen!« (Tatsächlich sahen Pakize Sultans Schwestern, als sie kurz vor ihrer Hochzeit vom Çırağan-Palast in den Yıldız-Palast umzogen, in ihrer Kutsche zum ersten Mal im Leben Pferdehintern vor sich und waren entsetzt darüber, wie hässlich und ordinär jene waren.)

»Zu den Menschen, die uns verspotten, möchte ich Folgendes sagen«, schrieb sie ein andermal. »Während unser Urahn Mehmet III., der – wie unser Vater gerne sagte – noch zu Shakespeares Zeiten lebte, nach dem Tod seines Vaters zur Vermeidung von Thronstreitigkeiten neunzehn unschuldige und unglückselige Prinzen, also seine eigenen Brüder, davon fünf noch im Kindesalter, dem Henker überantwortete, tat er den Prinzessinnen (denn er hatte ja wohl ungefähr ebenso viele Schwestern) kein Leid an, sondern machte es ebenso wie Abdülhamit mit uns, nämlich verheiratete sie mit Palastangestellten niedrigen Ranges und stattete sie mit einer kleinen Mitgift aus. Dass die Namen all dieser Mädchen keinerlei Eingang ins offizielle Register der osmanischen Herrscherfamilie fanden und somit nicht einmal die Tochter eines Sultans von irgendeiner Bedeutung war, konnte den Prinzessinnen also andererseits das Leben retten. Da auch bei deren Töchtern wiederum dafür gesorgt wurde, dass sie gute Ehemänner bekamen, setzte ihre Linie sich fort, und sie führten oft ein angenehmes Leben. Falls ihr Ehemann in eine andere Provinz versetzt wurde, lernten sie auch vom Land etwas kennen. Unser Onkel Abdülhamit behandelte etwa Seniye Sultan und Feride Sultan, die Enkelinnen von Sultan Mahmut II., wie seine eigenen Töchter, lud sie zu Feierlichkeiten in den Yıldız-Palast, bedachte sie mit Villen in Arnavutköy und stellte sie wegen ihres Alters mit den Prinzessinnen gleich. Da wir ja doch eines Tages mit einem Wesir oder einem Pascha verehelicht werden, ist es nicht weiter von Bedeutung, wenn wir von der Welt nichts wissen, doch ist es denn für die Zukunft des Osmanischen Reiches nicht weit schlimmer, wenn ein Prinz, von dem erwartet wird, dass er eines Tages über Länder, Berge und Inseln herrscht, die kaum auf eine Landkarte passen, wegen des Argwohns von Abdülhamit nie etwas anderes zu Gesicht bekommt als das Leben in ein, zwei von Spitzeln und Soldaten umgebenen Palästen und er dann sofort seine Wächter zu Hilfe ruft, sobald er aus dem Haremsfenster einmal ein Schaf sieht und es für ein Ungeheuer hält?«

Ihre Schwestern Hatice und Fehime waren vor ihr in den Yıldız-Palast gezogen und dort von Abdülhamit gut behandelt worden, ja er hatte sie gleich seinen eigenen Töchtern zu Zeremonien und Versammlungen mitgenommen, damit sie sich zeigen und von potentiellen Heiratskandidaten und deren Müttern und Tanten begutachtet werden konnten. So hatten die beiden zwei Jahre lang an zahlreichen Feierlichkeiten teilgenommen und sich dabei mit vielen Frauen unterhalten können. Leider fand sich dennoch kein Freier für sie ein, denn infrage kommende Männer und ihre Familien fürchteten sich allesamt vor Abdülhamit. Es ließ sich ja verstehen, dass unter dem Druck, den der Sultan tagtäglich auf seinen Bruder ausübte, für dessen Töchter, und mochten sie noch so hübsch und gebildet sein, kein Sohn eines reichen Paschas aufzutreiben war, doch für die Geschwister war es eine bittere Enttäuschung.

Auf jene Söhne von hohen Verwaltungsbeamten und Militärs hatten die drei Mädchen erst recht eine Wut, als es sich bei ihnen oft genug um ungebildete, flatterhafte Holzköpfe handelte. Dies alles sei nur erwähnt, weil der Plan, in Yıldız zumindest für die schon dreißigjährige, wunderhübsche Hatice Sultan einen Ehegatten zu finden, sich als gescheitert erwies. Da niemand den Mädchen einen Heiratsantrag machte, musste eben der Sultan die Sache in die Hand nehmen.

So machte Abdülhamit sich daran, unter den begabtesten, gehorsamsten Palastbeamten die geeignetsten auszusuchen. Aus dem Çırağan-Palast, in dem Murat eingesperrt war, wurde in jenen Tagen wieder ein Krankheitsfall vermeldet. Daraufhin beauftragte der Sultan den Quarantänespezialisten, von dessen Ruf er vernommen hatte, er solle das gesamte Steingebäude (das zu Republikzeiten lange als Beşiktaş-Mädchengymnasium dienen sollte) unter Hygieneaspekten in Augenschein nehmen. Gerüchteweise soll dies allerdings zu dem Zweck geschehen sein, dass Doktor Nuri dort Pakize Sultan zu Gesicht bekomme, und manche behaupten gar, Abdülhamit habe sich mit seinem Bruder Murat darüber heimlich verständigt, da jener auch für seine dritte Tochter einen guten Ehemann habe finden wollen.

Der sechzigjährige Murat hegte nicht mehr, wie in den ersten Jahren nach seiner Absetzung, den geheimen Wunsch, durch einen erneuten Putsch oder eine Entführung wieder auf den Thron zu gelangen, sondern hatte sich mit seinem Schicksal abgefunden. Die Nachmittage verbrachte er mit seinen vier Töchtern (von denen eine an Tuberkulose sterben sollte) und seinem Sohn Prinz Mehmet Selahattin, der bei einem Altersunterschied von nur zwanzig Jahren zugleich sein bester Freund war. Es wurde gelesen, Klavier gespielt, komponiert, und abends sprachen Vater und Sohn reichlich dem Alkohol zu.

Jeden Morgen machte Murat seiner Mutter Valide Şevkefza seine Aufwartung, deren Gemächer seiner eigenen Wohnung im mittleren Geschoss direkt gegenüberlagen. Sie war eine ehrgeizige Tscherkessin, mit der er in der Anfangszeit seiner Gefangenschaft flüsternd Komplotte schmiedete, die ihn wieder auf den Thron bringen sollten (es wurde erwogen, Murat in Frauenkleidern nach Europa zu schmuggeln, und selbst die Wasserleitungen des Palastes wurden in die Pläne einbezogen).

Nach dem Tod der Mutter wurden einige der frei werdenden Räume an Prinzessinnen vergeben, die unter den beengten Verhältnissen im Erdgeschoss litten und dort wegen der größeren Nähe zum Bosporus von Rheuma geplagt wurden.

Dem früheren Sultan Murat und seinem Sohn Mehmet Selahattin (selbst Vater von sechs Töchtern und zwei Söhnen) standen im Erdgeschoss fünfundvierzig Sklavinnen zur Verfügung, die gewissermaßen von Lehrling bis Meisterin drei Rangstufen durchliefen. Als der Journalist Ali Suavi Efendi 1878 Murat V. aus dem Palast entführen und wieder auf den Thron bringen wollte, nahm Mehmet Pascha, ein Gefolgsmann Abdülhamits, die Verfolgung der Putschisten auf und betrat dabei unversehens den Raum, in dem die Frauen wegen der Sommerhitze halb nackt oder auch ganz nackt dasaßen, und angesichts der knapp vierzig jüngeren und älteren Schönheiten erstarrte er und musste sich auf seinen Säbel stützen, um nicht in Ohnmacht zu fallen. Eine der Frauen namens Filizten, die zusammen mit Murat achtundzwanzig Jahre lang im Palast eingesperrt war, veröffentlichte Anfang der 1940er Jahre unter der Feder des populären Historikers Ziya Şakir ihre Erinnerungen, in denen sie in bemerkenswerter Offenheit ein pittoreskes Bild des letzten osmanischen Harems zeichnete und insbesondere zum Besten gab, wie die Haremsfrauen noch jahrelang die statuenhafte Pose Mehmet Paschas nachgemacht und sich darüber vor Lachen ausgeschüttet hätten.

Doktor Nuri indes wurde durch die manchmal von Frauen nur so wimmelnden Räumlichkeiten geleitet, »ohne irgendjemandem zu begegnen«. Als er im Mittelgeschoss in einem auf den Bosporus hinausgehenden Zimmer damit beschäftigt war, die seltsamen Rötungen zu untersuchen, die auf der Haut einer alten Dienerin sowie einer Enkelin Murats V., Celile Sultan, aufgetreten waren, ging auf einmal die Tür auf, und er stand Pakize Sultan gegenüber. Die Dienerin sagte zu jener, ihr Vater sei nicht da, worauf Pakize den Raum sogleich wieder verließ. Und doch hatten die junge Prinzessin und der Arzt Zeit genug gehabt, um sich – wie es in den frühen muslimischen Romanen immer hieß – »lange in die Augen« zu blicken. Als Pakize Sultan zwei Tage später gefragt wurde, ob sie den Arzt ehelichen und zu ihren Schwestern in den Yıldız-Palast ziehen wolle, sagte sie zu.

Es ist viel darüber gelästert worden, was Abdülhamit für die hübschen, willensstarken Töchter Murats doch für unscheinbare Ehemänner erwählt habe (wobei sich die Gerüchte meist auf die Männer der beiden älteren Geschwister bezogen). Zu späteren Zeiten wurde in Zeitungen und Geschichtsglossen erörtert, jene Gatten seien lediglich Palastsekretäre (und somit nicht reich) gewesen, ferner »schon recht alt« und nicht einmal gutaussehend. Einer der größten türkischen Autoren, der später auch als Palastbeamter tätige Halit Ziya, spielte in seinen unter dem Titel *Vierzig Jahre* publizierten Memoiren darauf an, dass die beiden »ältlichen«, mittellosen Schwiegersöhne beide in einer Waisenschule aufgewachsen seien. Am schlimmsten war das unter dem Volk weit verbreitete Gerücht, Hatice Sultan habe nach der Hochzeit ihren hässlichen Gatten nicht mal ins Ehebett gelassen. Selbst noch zu Republikzeiten wurden den Schwestern in der türkischen Presse nachträglich Sätze in den Mund gelegt, die in etwa so begannen: »Sogar für seine hässlichen Töchter hat unser Onkel gutaussehende, reiche Ehemänner gefunden, aber für uns …« Dabei findet sich in den uns vorliegenden Briefen nicht der geringste Hinweis darauf, dass die Schwestern etwa ihre Kusine Naime Sultan als »hässlich« bezeichnet hätten, und so etwas hätte allein schon ihre gute Kinderstube nicht zugelassen!

Damit soll lediglich noch einmal darauf angespielt werden, dass Pakize Sultan gewissen Klatschmäulern zufolge im Vergleich zu ihren Schwestern Hatice und Fehime nicht »schön« gewesen sei, beziehungsweise nicht »so schön« wie jene. Dadurch blieb Pakize Sultan von den spitzen Bemerkungen der Palastgegner eher verschont. Über sie wurde lediglich kolportiert, da Abdülhamit ihr im Palast keinen passenden Ehemann gefunden habe, habe sie sich mit einem wesentlich weniger »hochgestellten« Arzt abgefunden, und somit galt sie als nicht so anspruchsvoll und angeberisch wie ihre Schwestern, was ihr wiederum gnädiges Vergessen bescherte.

Bei der Hochzeit der drei Schwestern waren vom Palast und von den Häusern zahlreicher Wesire und Paschas aus prächtige Kutschen mit eleganten Hochzeitsgästen zu den Bosporusvillen zwischen Ortaköy und Kuruçesme gefahren, die der Sultan seinen Nichten zum Geschenk gemacht hatte. Für die Wesire, die Paschas, die Botschafter und die Prinzen hatte der Sultan davor in den Empfangsräumen des Palasts ein großes diplomatisches Essen gegeben. Da ihm überflüssige Ausgaben zuwider waren, hatte er sich allerdings auf das Nötigste beschränkt und auch nicht, wie zwei Jahre zuvor bei der Hochzeit seiner Tochter Naime Sultan, an der Seite der Bräutigame und aller Würdenträger des Palasts die Gäste an der Treppe empfangen.

Ein Jahr zuvor hatte er unter dem Eindruck des sechzigjährigen Thronjubiläums Königin Victorias seine eigenen fünfundzwanzig Jahre auf dem Thron noch üppig gefeiert, doch insgesamt konnte und wollte er für Zeremonien, Empfänge und Vergnügungen nicht mehr so viel Geld und Zeit aufwenden wie früher. War er den Nichten gegenüber oft ebenso freigebig gewesen wie gegenüber seinen Töchtern, ließ er sich nun mit der Übergabe der beiden Doppelspänner, die ihnen eigentlich zukamen, ziemlich viel Zeit. Ob es nun aus Geiz heraus geschah oder ob die Palastsekretäre die Sache aus Bosheit verschleppten, sei dahingestellt, jedenfalls lässt sich aus Pakize Sultans Briefen herauslesen, dass ihre beiden Schwestern mit den letztlich doch gelieferten Kutschen keineswegs zufrieden waren. Pakize Sultan war nicht nur die anspruchsloseste und bescheidenste der drei Schwestern, sondern sie reiste auch unmittelbar nach ihrer Hochzeit nach China ab, sodass sie sich um die ihr und ihrem Gatten überlassene Kutsche nicht weiter kümmerte.

Über vier der Prinzen, die am Hochzeitstag im Yıldız-Palast oder in den Villen in Ortaköy immer wieder mal auftauchten und verschwanden, finden sich in Pakize Sultans Briefen spöttische Worte. Prinz Mehmet Abdülkadir Efendi, der für Abdülhamit jegliche Art von Spitzeldiensten leistete und bei jeder Versammlung laut auf seiner Geige krächzte, galt ihr als »töricht«, Prinz Abid Efendi wiederum als »verstört«. Den Prinzen Seyfettin Efendi, den der Sultan mit Emine Sultan, der jüngsten Tochter von Abdülaziz, verheiraten wollte, nannte sie einen »Schürzenjäger«, und die junge Frau ließ sich auf die Ehe dann auch nicht ein. Burhanettin Efendi schließlich, der mit sieben den Marinemarsch komponiert hatte, den sie bei ihrer Ankunft auf Minger zu hören bekamen, wurde von Pakize Sultan nicht nur als »Wicht«, sondern auch als »verzogen« bezeichnet.

Ab dem siebten Brief an ihre Schwester las Pakize Sultan ihrem Mann das Geschriebene vor, bevor sie den Umschlag zuklebte. Somit nahm sie nicht nur à la Sherlock Holmes an den Ermittlungen ihres Gatten teil, sondern erzählte ihm indirekt auch von ihrem Palastleben, das bisher ihr einziges Leben gewesen war.

KAPITEL 34

Doktor Nuri lauschte aufmerksam, was es in der Vergangenheit seiner Frau an Zeremonien, Verschwörungen, Wutausbrüchen und Sehnsüchten gegeben haben mochte, enthielt sich aber fürs Erste jeglichen Kommentars und erzählte stattdessen seinerseits merkwürdige und erschreckende Begebnisse aus seiner Quarantänearbeit.

Nicht nur eilte er in jenen Tagen zwischen den Krankenhäusern hin und her, er musste auch vielerorts vermittelnd eingreifen, wo es mit den Quarantänemaßnahmen hakte. Es war nicht leicht, überall dort, wo Leute ihre Häuser räumen mussten und zeternd Widerstand leisteten, eine befriedigende Lösung zu finden. Mancher wollte noch einen letzten Tag mit seiner Familie verbringen, ein anderer schloss sich in seinem Haus ein, wieder ein anderer verlor den Verstand, weil ihm innerhalb von drei Tagen erst die Frau und dann die Tochter weggestorben waren, oder einer spielte den Durchgedrehten und schlug auf die Polizisten und Quarantänesoldaten ein, die ihn in der Burg einsperren wollten. Als sich die Lage verschlimmerte – Tag für Tag kam es nun zu mehr als fünfzehn Toten – zogen die einen Menschen sich völlig zurück, die anderen wurden immer wütender, böser. Vor lauter Gerüchten und Beerdigungen vermochte niemand mehr, nüchtern und logisch an die Sache heranzugehen. Immer mehr Leute denunzierten ihre Nachbarn wegen der darauf ausgesetzten Belohnung von fünf Goldstücken, weil diese angeblich einen Pestkranken bei sich versteckten, doch in drei von fünf Fällen handelte es sich um falschen Alarm. Anstatt sich effektiv zu schützen, reagierten die meisten Muslime mit bloßer Furcht und gegenseitigen Beschuldigungen.

Ob die Menschen nun dachten, man stecke sich über Ratten an oder über seine Mitmenschen, sie gingen nur noch auf die Straße, wenn es unbedingt nötig war. Der östliche Teil der Stadt und die Hafengegend waren schon so gut wie leer, da die dort lebenden Griechen sich zum Großteil davongemacht hatten. Die meisten Leute horteten nun säckeweise Mehl, Rosinen, Zwieback und Nudeln und verschanzten sich damit in ihren Häusern vor der Pest wie vor einer feindlichen Armee. Als ob die Ratten mit den Pestflöhen darauf sich nicht durch irgendein Loch in die Häuser hätten schleichen können!

Es war unheimlich, wie leer es auf den Straßen zuging, noch unheimlicher allerdings war es, wenn man vor einem Haus eine Ansammlung von Menschen sah, denn das bedeutete, dass dort schon wieder jemand gestorben war. Die Angehörigen berieten sich vielleicht noch darüber, ob sie den Todesfall sofort melden sollten oder erst später, und gerieten darüber in Streit. Manche Menschen schmiedeten in ihrer Angst alle möglichen und unmöglichen Pläne, wie sie sich retten könnten, und redeten unaufhörlich davon, andere ergaben sich ganz und gar ihrem Schicksal.

Insbesondere die Männer hielten es zu Hause oft nicht aus, sie standen ungeduldig am Fenster, öffneten das Holzgitter einen Spalt, spähten neugierig hinaus und sprachen die Passanten an. Andere machten wie die Christen ihre Fenster sperrangelweit auf und beobachteten den ganzen Tag, was draußen geschah. Wenn der Major am Nachmittag nicht beim Quarantänebataillon Dienst tat, sondern, wie Pakize Sultan dies wünschte, Doktor Nuri als Beschützer und Kamerad zur Seite stand, fassten die am Fenster Stehenden Vertrauen, wenn sie ihn in seiner Uniform vorbeikommen sahen. Als die beiden eines Tages in Eyoklima in einer steilen, herrlich duftenden Gasse dahingingen, rief aus einem Haus ein alter Mann den Major mit »Herr Soldat!« an, denn als Grieche kannte er sich mit den Offiziersrängen nicht so aus. »Können Sie mir sagen, ob das Schiff von den Maritimes in den Hafen eingelaufen ist?«

Doktor Nuri erlebte Dinge, die ihm bei Choleraepidemien nie untergekommen waren. In Häuser, in denen alte Leute alleine wohnten, brachen Banden ein und räumten alles leer. Oder ein Bandit stieg in ein leeres Haus ein, fand dort einen Pesttoten vor, meldete ihn aber nicht, damit die Quarantänebeamten nicht auftauchten, steckte sich an dem Toten jedoch selbst an und gestand dies erst im Krankenhaus Doktor Nuri. Manche Einbrecher machten sich das allgemeine Chaos insofern zunutze, als sie sich in solchen Häusern gänzlich niederließen. Dies geschah vor allem in entlegenen griechischen Vierteln wie Dantela und Kofunya, in die die Behörden kaum je gelangten.

Assistiert von einem griechischen Arzt, kümmerte Doktor Nuri sich im Theodoropulos-Krankenhaus fast zwei Stunden lang um die Patienten. Er verteilte Tabletten zur Linderung der Schmerzen und zur Stärkung der Widerstandskräfte, legte Verbände an und schnitt Beulen auf. Geduldig wies er immer wieder darauf hin, dass so viel wie möglich gelüftet werden sollte.

Zurück im Gästehaus sah er, dass seine Frau an einem Brief schrieb. Ihm selbst wurde per Notiz mitgeteilt, es sei für ihn eine chiffrierte Verfügung des Sultans eingetroffen.

Pakize Sultan war klug genug, um selbst aus der Umarmung ihres Mannes herauszuspüren, wie neugierig er auf die Verfügung war. »Nun gehen Sie schon los!«, sagte sie mit vorwurfsvollem Blick zu ihm. »Obwohl es mich schon betrübt, dass Ihre Treue zum Sultan schwerer wiegt als Ihre Verbundenheit mit mir.«

»Das ist eine völlig verschiedene Art von Treue«, erwiderte Doktor Nuri mit einer Einfalt, die er selbst ein wenig übertrieben fand. »Das eine ist ein Bund des Herzens, das andere ein Bund des Blutes.«

»Das mit dem Bund des Herzens bezieht sich hoffentlich auf mich, aber was hat Ihre Verbundenheit mit Abdülhamit mit Blut zu tun? Er ist schließlich mein Onkel, nicht Ihrer.«

»Ich bin ja nicht nur Seiner Hoheit, dem Sultan Abdülhamit verbunden, sondern allem, wofür sein hohes Amt steht, dem Staat, der osmanischen Dynastie, der Hohen Pforte, der ganzen Nation und nicht zuletzt der Quarantäneverwaltung.«

»Ich kann mich nur wundern, dass Sie allen Ernstes meinen, jenseits von Abdülhamit gäbe es auch noch eine Hohe Pforte, einen Staat und eine Nation«, sagte Pakize Sultan. »Was Sie den Staat nennen, also all die Paschas und Palastsekretäre, die führen lediglich aus, was der Sultan will, und Gerechtigkeit bedeutet ihm nichts anderes, als dass sein Wille geschieht. Gäbe es eine andere Gerechtigkeit, hätte er dann meinen Vater, meinen Bruder, meine Schwester und mich vierundzwanzig Jahre lang im Çırağan-Palast festhalten können wie in einem Vogelkäfig? Wenn es einen Staat gäbe, eine Gerechtigkeit und eine Nation, die nicht alles einfach schweigend hinnimmt, hätte dann mein Vater als verrückt erklärt und vom Thron gestoßen werden können? Und was soll das überhaupt sein, die Nation?«

»Meinen Sie das ernst?«

»Durchaus. Erklären Sie mir es.«

»Nun, die Nation, das sind die Menschen, die Ihre Neffen und die anderen vertrottelten Prinzen, von denen Sie immer erzählen, von ihren Palastfenstern aus sehen, also die Leute, die zwischen Kabataş und Beşiktaş unterwegs sind.«

»Schon gut, kümmern Sie sich um Ihr Telegramm«, sagte Pakize Sultan beleidigt. Doktor Nuri bemerkte in ihrem Gesicht einen seltsamen Ausdruck, den er dort noch nie gesehen hatte. Auf einmal hatte er das Bedürfnis, ihr wehzutun.

Erst wusste er nicht, wie er das anfangen sollte, dann sagte er in möglichst hartem Tonfall: »Solange wir nicht wissen, wie weit sich die Seuche schon verbreitet hat, ist Ihnen weiterhin verboten, auf die Straße hinauszugehen.«

»Das bin ich seit jeher so gewöhnt!«, versetzte sie stolz.

Mit dem Telegramm und dem Chiffrierschlüssel zog Doktor Nuri sich zurück, und schon bald war ihm klar: Auf sein Telegramm hin, dass unbedingt ein Hilfsschiff mit medizinischer Ausrüstung gesandt werden müsse, war lediglich die folgende Antwort gekommen: »Telegramm eingegangen.«

KAPITEL 35

Zehn Tage nach dem 6. Mai, als gegen Mitternacht das letzte Schiff ausgelaufen war, also am 16. Mai, starben zwölf Menschen. Als am folgenden Morgen die Fälle in die Epidemiologie-Karte eingetragen wurden, kamen der Gouverneur und der Major darin überein, dass die Quarantänebemühungen nicht »von Erfolg gekrönt« seien und sie dies bei der morgendlichen Besprechung zum Ausdruck bringen sollten.

Doktor Nuri dagegen war nicht so pessimistisch. Es konnte genauso gut sein, dass die Seuche mit den gleichen Maßnahmen in absehbarer Zeit gestoppt wurde. Alles war eine Sache von Maß und Ziel. Anstatt in Panik zu geraten und verkehrte Maßnahmen zu ergreifen, mussten sie die Lage eingehend analysieren und der Frage nachgehen, warum sie mit so viel Widerstand zu kämpfen hatten.

Kam es in einer muslimischen Familie zu einem Pesttoten, trafen die Ärzte nunmehr in Begleitung von Quarantänesoldaten ein, beschlagnahmten die Habe des Verstorbenen und trafen die notwendigen Vorkehrungen, damit jener unter Verwendung von Kalk im Neuen Friedhof bestattet werden konnte. Darin sah Damat Doktor Nuri einen der erfolgreichen Aspekte der Quarantäne. Von den Verantwortlichen für bestimmte Viertel bekam er aber immer wieder zu hören, dass selbst die augenfälligsten Absperrungen nicht respektiert würden. In Turunçlar und Çite konnte sich die Ablehnung bis hin zu Wut steigern. Symptomatisch sei der Fall eines zehn Jahre alten Jungen namens Tahsin, der ihnen versichert habe, seinem Vater und ihm könne die Pest nichts anhaben, denn sie hätten ja beide »das da«, worauf er Doktor Nikos stolz einen Zettel hingehalten habe, auf dem in winziger Schrift eine Fürbitte stand. Doktor Nikos hatte den Zettel behalten, und als der Junge daraufhin in Tränen ausbrach, schickte der Arzt zusätzliche Kollegen und Quarantänebeamte in jenes Viertel.

Der »Fall Tahsin« galt sowohl dem Gouverneur als auch den meisten Mitgliedern der Quarantänekommission als schlagende Antwort auf die Frage, warum Maßnahmen, die in Izmir solche Erfolge gezeitigt hatten, hier auf der Insel ins Leere gingen (Die Traditionen! Die Religion! Die Scheichs! Das unwissende Volk!). Dass man sich darauf so leicht verständigte, hatte auch mit Abdülhamits »Panislamismus« zu tun, mit der Furcht vor muslimischen Aufständen in den europäischen Kolonien in Asien und Afrika und mit anderen historischen Vorurteilen. Allerdings dachten nicht nur die Konsuln und die griechischstämmigen Ärzte so, sondern in gewisser Hinsicht auch Pakize Sultan, die im Harem eine westlichere und »rationalere« Erziehung genossen hatte als jene, sowie der von europäischen Professoren ausgebildete Doktor Nuri und der Gouverneur.

Letzterer ließ den Gebetszettel untersuchen und fand heraus, dass er von einem Rifai-Scheich in Vavla stammte. Doch inwiefern konnte ein solcher Trost spendender Zettel Schaden anrichten?

Über dieses Thema hatte sich Damat Doktor Nuri oftmals mit arabischen Scheichs und britischen Ärzten unterhalten, die im Hedschas die Cholera bekämpften. Selbstredend besaßen solche besprochenen Zettel und Amulette keinerlei »wissenschaftlichen Wert«, doch in schweren Zeiten konnten sie dem Volk dabei helfen, nicht zu verzagen. Wollte man ohne Umschweife gegen solche Praktiken vorgehen, würde das lediglich dazu führen, dass man sich das Volk abspenstig machte und der Widerstand gegen Quarantänemaßnahmen erst recht zunahm. Andererseits konnten die Leute, je mehr sie an derlei glaubten, sich für unverwundbar halten und sich allmählich einreden, durch ihre Nähe zu einem Derwischorden oder einem Scheich hätten sie übernatürliche, durch die Medizin nicht zu erklärende Kräfte.

»Natürlich kann ich diesen Spitzbuben von Scheich auf die Polizeiwache holen und ihm ordentlich Angst einjagen und sein Kloster, sein

Haus und alles, was er hat, derart mit Lysol einsprühen lassen, dass es nur so spritzt, aber dann nimmt das nur noch größere Ausmaße an«, sagte der Gouverneur. Doktor Nuri erinnerte sich, dass er über Scheich Hamdullah schon ähnlich gesprochen hatte. »Außerdem wird dem Sultan augenblicklich hinterbracht, dass wir einen Derwischorden belästigt haben. Am Tag darauf haben wir dann ein Telegramm aus Istanbul hier, dass wir den Scheich freilassen sollen.«

Am folgenden Morgen brachte Doktor Nuri den Zettel mit dem Gebet, das vor dem Pestgeist schützen sollte, zu der Familie zurück. Er wurde in dem Haus in Turunçlar gut empfangen und traf keinerlei Anzeichen für die Pest vor. Ihm war, als herrschten in dem Haus ein seltsames weißes Licht und eine Atmosphäre von innerem Frieden und Gottvertrauen. Der Vater des Jungen hatte in Hafennähe einen Stand, an dem er Pflaumen, Quitten und Walnüsse verkaufte. Wie sich herausstellte, wusste Tahsin, dass Doktor Nuri ein Schwiegersohn von Murat V. und damit der Ehemann der märchenhaften Sultanstochter war.

Sowohl in der Quarantänekommission als auch im Epidemiologie-Gremium verloren sie in jenen Tagen ziemlich viel Zeit mit einer eigenwilligen Theorie, die Doktor Nikos aufbrachte. Eines Morgens nämlich machte jener im Epidemiologie-Raum vor dem großen Stadtplan eine Entdeckung: Die Rattenart, durch die die Pest aus Alexandria eingeschleppt worden war, und selbst die davon angesteckten heimischen Ratten wurden sogar jetzt noch ausschließlich im Westen der Stadt angetroffen.

»In den christlichen Vierteln sind doch auch viele grüne Punkte!«, wandte der Gouverneur ein.

»Die fangen sich die Krankheit ein, wenn sie zum Hafen hinuntergehen, und wenn sie danach zu Hause sterben, bilden wir uns ein, in deren Vierteln sei die Pest auch schon ausgebrochen.«

»Ich habe mit eigenen Augen gesehen, dass in Petalis im fast waldgroßen Garten der Villa der Familie Karkavitsas aus Saloniki tote Ratten herumlagen.«

Die Leser werden sich wundern, wie lange jene Diskussion zwischen dem Gouverneur und Doktor Nikos sich hinzog. Doktor Nuri begriff, worauf sein Kollege hinauswollte, doch obwohl er die Dinge anders sah, widersprach er ihm nicht.

Selbst wenn der Gouverneur beteuerte, auch in den christlichen Vierteln würden tote Ratten gefunden und erst am Morgen hätten arme griechische Kinder wieder welche gebracht und sich ihre Belohnung dafür auszahlen lassen, rückte Doktor Nikos, der mehr Erfahrung mit der Cholera als mit der Pest hatte, von seiner »Entdeckung« nicht ab. Zwei junge griechische Ärzte namens Filipu und Stefanu und ein Sekretär versuchten drei Tage lange herauszubekommen, wie weit in den christlichen Vierteln jenseits des Flusses die Pest verbreitet war, doch ohne Erfolg.

Inzwischen stellte sich heraus, dass tatsächlich griechische Kinder aus armen Familien sich in muslimische Viertel aufmachten und dort gefundene tote Ratten an die Stadtverwaltung verkauften. Es waren Jungen, die ihre Eltern verloren hatten und von zu Hause weggelaufen waren; die erste Kinderbande. Dem Gouverneur kam auch zu Ohren, in Hora hätten muslimische und griechische Kinder sich um tote Ratten regelrecht geprügelt. Dem Oberpriester der Dreifaltigkeitskirche schwebte vor, zwei kircheneigene Schulen wieder zu öffnen, um griechische Kinder von Schlägereien und Bazillen fernzuhalten.

Daraus wurde allein deshalb nichts, weil ein Teil des Schulpersonals die Insel schon verlassen hatte. Mit der Erwähnung solcher Lösungsvorschläge soll nicht suggeriert werden, auf der Insel habe bereits pure Verzweiflung geherrscht, sondern vielmehr soll aufscheinen, wie es drei Wochen nach Einführung der Quarantänemaßnahmen um die geistige Verfassung der gebildeten Oberschicht bestellt war. In der damaligen Zeit glaubte man daran, der wissenschaftliche Fortschritt, der nicht zuletzt durch die Bereicherung am Kolonialismus möglich geworden war, könne das Leben der Menschheit umkrempeln, und der Mensch müsse in der Lage sein, Probleme auf die Art und Weise zu lösen, wie Samuel Morse den Telegrafen erfunden hatte und Edison die Glühbirne, oder wie Sherlock Holmes aus einer Eingebung heraus Verbrechen aufklärte. Aus dieser optimistischen Einstellung heraus verbrachten nicht wenige Familienväter ihre Zeit damit, bei sich zu Hause mit Essigdampf, Salzsäure und diversen Pülverchen an einer Mischung herumzuexperimentieren, mit der sich der Pest zu Leibe rücken ließe.

Die erste wirksame Impfung gegen die Pest sollte erst vierzig Jahre später entwickelt werden. In Bombay und Hongkong hatte man um 1900 in aller Hilflosigkeit noch versucht, Erkrankten den Pestbazillus als Serum zu verabreichen. Dass auch auf Minger all jene von Zufälligkeit geprägten Bemühungen erfolglos blieben, hinterließ bei Volk und Verwaltung seine Spuren und war der Entschlossenheit und der Zuversicht abträglich, mit der die Quarantäne hätte durchgeführt werden müssen.

Der Fehlschlag, auf den die epidemiologische Theorie von Doktor Nikos hinauslief, dämpfte auch ein wenig die Hoffnungen, die Mörder Bonkowski Paschas seien mit europäischen Vorgehensweisen zu ermitteln. Während einer Debatte darüber sagte der Gouverneur einmal kategorisch: »Europäische Methoden schlagen bei uns nicht immer an!« Doktor Nuri spürte deutlich, dass das auf ihn gemünzt war. Aber auch im Bewusstsein, dass man es in den Fußstapfen von Sherlock Holmes nicht leicht hatte, stattete er weiter Gewürzhändlern Besuche ab und versuchte, ihnen etwas zu entlocken.

Zwei Tage später erhielt der Gouverneur ein Telegramm von seiner Frau. Beunruhigt über die zunehmend schlechten Nachrichten aus Minger kündigte sie ihm an, sie werde mit dem erstbesten Hilfsschiff auf der Insel eintreffen. Der Gouverneur hatte läuten hören, dass für die Entsendung eines solchen Schiffes Vorkehrungen getroffen wurden, doch da ähnliche Unternehmungen bereits mehrmals versandet waren, hatte er die Sache wieder vergessen. Allein der Gedanke, seine Frau könne zusammen mit ihrem Bruder auf solch einem Schiff hier aufkreuzen, lähmte den Gouverneur. Ihm war völlig klar, dass er im Verlauf der ohne seine Frau verbrachten letzten fünf Jahre ein anderer geworden war und zudem keine Lust verspürte, zu seiner früheren Persönlichkeit zurückzukehren. Selbst für den Fall, dass es in Istanbul zu einem Regierungswechsel kommen und Kıbrıslı Kâmil Pascha als neuer Großwesir ihm wieder einen Ministerposten anbieten sollte, würde er von Minger nicht mehr wegwollen.

Daneben plagte den Gouverneur ein weiterer Zwist mit Istanbul. Es durften ja offiziell keine Schiffe mehr ablegen, ohne eine Quarantäne absolviert zu haben, was der Gouverneur auch erfolgreich durchzusetzen glaubte. Als er jedoch eines Abends zu seiner Geliebten Marika unterwegs war, sah er zunächst am Hafen und danach auch in Buchten und am Strand immer wieder Ruderboote, auf die das Gepäck von Reisenden verladen wurde und die dann auf draußen vor Anker liegende Schiffe zusteuerten. So wurde also im Schutz der Dunkelheit die Quarantäne unterlaufen. So wie es am ersten Tag noch die großen Schifffahrtsgesellschaften getan hatten.

Nun setzten Pantaleon (aus ideologischen Gründen) und kleinere Gesellschaften wie Fraissinet diese Praxis anscheinend fort. An windigen Tagen hatten die Ruderer ziemlich mit den Wellen zu kämpfen, bis sie die im Dunkel wartenden Schiffe erreichten. Über seine Spitzel erfuhr der Gouverneur später, besonders der Bootsführer Kozma und der vom italienischen Konsul protegierte Zakaryadis machten damit gute Geschäfte. Der unter dem Schutz des Gouverneurs stehende Bootsführer Seyit habe hingegen nichts damit zu tun.

Da Sami Pascha die Sachlage erst so spät erkannte, argwöhnte er zu Recht, in den Augen der Hohen Pforte und des Sultans werde er als fahrlässig, wenn nicht gar als Mittäter dastehen. Es war, als wäre ihm jeglicher Weitblick abhandengekommen, sodass er nichts mehr richtig machen könne. Ihm schoss sogar in den Kopf, er werde nach Istanbul telegrafieren und die Menschenschmuggler von der *Mahmudiye* beschießen lassen. Menschenschmuggel war ja auch schon gewesen, was noch vor zwei Monaten die Schiffe betrieben hatten, die an die Nordküste der Insel griechische Separatisten geschafft hatten. Am liebsten hätte der Gouverneur die Besitzer sämtlicher Passagierreedereien, ob groß oder klein, wegen Verstoßes gegen die Quarantänemaßnahmen und das Reiserecht verhaften lassen. Damit wäre er aber doch zu weit gegangen. So verharrte er lange in unschlüssigem Nichtstun.

Die von der Insel ablegenden Schiffe wurden samt und sonders an ihren Ankunftsorten (Kreta, Saloniki, Izmir, Marseille, Ragusa), in etwa wie zu Beginn unserer Geschichte am Beispiel des Pilgeraufstands geschildert, in abgelegenen Buchten zum Zwecke der Quarantäne isoliert. Das offenbare Scheitern der Behörden von Minger gereichte somit vor den Augen aller Welt den osmanischen Diplomaten und Bürokraten und dem Sultan zur Schande.

Manchmal empfand der Gouverneur die unaufhaltsame Macht der Pest als eine übernatürliche, riesige Welle und beglückwünschte insgeheim Doktor Nuri, die Quarantänebeamten und nicht zuletzt sich selbst dazu, dass sie genügend Gelassenheit, Mut und Widerstandskraft aufbrachten, um sich darauf überhaupt so lange halten zu können. Dann aber wieder verzettelte er sich mit Zänkereien mit den Konsuln, mit diplomatischen und politischen Scharmützeln, die in keinerlei Hinsicht dazu geeignet waren, der Seuche Einhalt zu gebieten, sowie mit beliebigen Zeitungsmeldungen, die ohnehin kein Mensch las, und er verbrachte viel zu viel Zeit und Energie damit, anderen ihre Doppelzüngigkeit und ihre Widersprüche vorzuhalten.

So klagte etwa der Vertreter der Messageries Maritimes, Andon Hampuri, wegen der Quarantäne dürfe er keine Menschen von der Insel wegbringen, was nur durch die Gewährung gewisser Privilegien wiedergutgemacht werden könne, während er andererseits, wenn auch etwas leiser, im Namen der französischen Regierung forderte, dass niemand ohne vorherige Quarantäne Minger verlassen dürfe. Da er den darin liegenden Widerspruch selbst erkannte, sprach er die beiden Themen nie zur gleichen Zeit an und lächelte den Gouverneur manchmal verlegen an. Der wiederum begriff sehr wohl, was dahinter für politische Zwänge steckten, da er selbst fortwährend ähnlich handelte. Zum einen behauptete er Tag für Tag, jedermann im Osmanischen Reich besitze die gleichen Rechte und so etwas wie »Ungläubige« gebe es nicht mehr, zum anderen ließ er keine Gelegenheit aus, um Muslime zu bevorzugen, oder glaubte zumindest ganz ehrlich, so müsse er vorgehen, und wenn er das nicht hinreichend tue, werde er sich schuldig fühlen.

Und dennoch war dem Gouverneur die Scheinheiligkeit der Konsuln zuwider. Dem Vertreter der Messageries und seinen beiden Sekretären konnte er nichts anhaben, da sie auf dem Papier als Konsulatsangehörige galten, doch die anderen Angestellten ließ er eines Morgens bei einer Razzia verhaften und die Agentur und den Fahrkartenschalter versiegeln. In der Agentur fanden sich genügend Belege für zu viel ausgestellte Fahrkarten und ähnliche Delikte. Als wegen Beihilfe zum Menschenschmuggel auch der griechische Bootsführer Lazar in den Kerker gesteckt wurde, dachte der Gouverneur an seine Anfangszeit auf der Insel und seinen Antrieb zurück, die muslimischen Bootsführer zu bevorzugen. Ohne dass jemand in den Kerker geworfen wurde, ließ sich im Osmanischen Reich anscheinend kein Problem regeln.

Am folgenden Tag musste er auf den Druck des französischen Botschafters in Istanbul, Marquis de Moustier, und die daraufhin von Palast und Hoher Pforte eingehenden Telegramme hin die Angestellten der Reederei wieder freilassen. Einer allerdings hatte sich im Kerker mit der Pest angesteckt und starb kurz danach, worauf der Gouverneur einen von ihm damals häufig geäußerten Satz wiederholte: Wenn es keine Telegramme gäbe, würde er der Anarchie auf der Insel und der Pest innerhalb von zwei Wochen den Garaus machen.

In einem Ton, als sei man über die letzten medizinischen und bakteriologischen Entwicklungen in Indien und China durchaus auf dem Laufenden, verwies der Palast in einem Telegramm an Quarantänedirektor Nikos Bey darauf, dass sich die Pest nicht über einen Zettel oder ein Amulett vom einen Menschen auf den anderen übertrage und man daher von Maßnahmen absehen solle, die lediglich das Volk rebellisch machten und es gegen die Quarantäne aufbrächten. Dass das Telegramm nicht vom Gesundheitsministerium stammte, sondern eben vom Palast, ließ den Gouverneur vermuten, es sei eigentlich vom Sultan an ihn gerichtet.

Er war es satt, immer wieder aus Istanbul per Telegramm gehemmt zu werden, und der Versuch, bei der Anwendung der Quarantänemaßnahmen Gerechtigkeit walten zu lassen, schien ihm allmählich zum Scheitern verurteilt. Auch die von Istanbul aufgenötigte nächtliche Ausgangssperre zeitigte nicht den gewünschten Erfolg. Da strikt verboten wurde, mit einer Laterne draußen herumzulaufen, ging tatsächlich niemand mehr auf die Straße, doch stellte sich bald heraus, dass der Schutz der Dunkelheit vor allem Dieben nützte, die verlassene Häuser ausräumten. Und was sie da an Bettdecken und Hausrat mitnahmen, wurde dadurch etwa die Pest nicht noch mehr verbreitet?

Nach Ansicht mancher griechischer Historiker habe der Gouverneur gar nichts dagegen gehabt, dass Griechen mit Booten von der Insel flüchteten. Damit würden die einflussreichen orthodoxen Familien, die sich nicht so leicht etwas sagen ließen, immer weniger, und die Muslime würden auf der Insel die Mehrheit bilden. Andere wiederum befürchteten, die auf der Insel verbleibenden Muslime würden an der Pest zugrunde gehen und danach würden die geflüchteten Griechen zurückkehren, nunmehr ihrerseits deutlich in der Mehrheit sein und zunächst die Unabhängigkeit und danach einen Anschluss an Griechenland fordern. Völlig zu Recht befanden wieder andere, dass die Inselgriechen solche Listen gar nicht nötig hätten, da sie ohnehin in der Mehrheit seien.

Zum besseren Verständnis unserer Geschichte versuchen wir, hier mit schriftstellerischen Mitteln herauszuarbeiten, dass ganz grundsätzlich der Gouverneur dem Sultan gram war. Sami Pascha wollte nicht hinnehmen, dass er eigentlich mehr damit beschäftigt war, eine Ausbreitung der Krankheit nach Istanbul und Europa zu verhindern, als seine eigene Bevölkerung zu schützen. Es war dies das für die traditionelle osmanische Lebenswelt ganz typische Gefühl des einsamen Menschleins, das vom Vater vernachlässigt und von höherer Stelle nicht genügend gewürdigt wurde. Die Muslime von Minger meinten oft, sie würden von Istanbul nicht hinreichend geliebt. Dabei hatte doch Sultan Abdülmecit in einem gegen die Europäer gerichteten diplomatischen Vorstoß Minger vom einfachen Regierungsbezirk zu einer eigenständigen Provinz aufgewertet, und gab es etwa einen schöneren Liebesbeweis?

KAPITEL 36

Da der Major entweder seine Quarantänesoldaten ausbildete und mit ihnen zu problematischen Häusern loszog oder aber Doktor Nuri nicht von der Seite wich, kam er tagsüber nur selten in sein Hotelzimmer. Wenn er endlich wieder mit Zeynep vereint war, redeten und lachten die beiden viel, liebten einander und gingen nur selten hinaus. Eng umschlungen schliefen sie schließlich ein. Sie empfanden einen inneren Frieden, wie sie ihn beide zuvor nicht gekannt hatten. Der Major horchte auf Zeyneps Atem und staunte, wie sie in seinen Armen entschlummerte und wie er sich so gänzlich geborgen fühlen konnte. Die Läden der beiden hohen Fenster hatten sie schamhaft geschlossen.

Zum ersten Mal im Leben hatte sich Zeynep jemandem voll und ganz hingegeben, und drei Tage später fühlte sie sich dem Major so vertraut, als würden sie sich seit zwanzig Jahre kennen, und so begann sie mit ihm zu sprechen, wie sie es mit ihren Brüdern tat, nämlich schnell und manchmal auch ziemlich laut, und das war denn auch das Einzige, was den Major bisher an ihr störte. In diesem lauten Ton redete sie gern davon, dass sie in Istanbul leben wollte.

Wenn nachmittags die Sonne durch die Fensterläden ihr Gittermuster hereinsandte, schmiegte der Major sich an seine Frau und hatte jeweils das Gefühl, dieses Glück und diesen Schatten würde er niemals vergessen. Zusammen würden die beiden fünfzig Jahre lang glücklich sein. Manchmal lagen sie auch einfach nur schweigend nebeneinander. Dann umfasste der Major von hinten eine der birnenförmigen Brüste seiner Frau und wartete ab. Oder seine Frau legte eine seiner Hände in die ihren, dann regten sie sich beide wieder nicht und lauschten auf die Geräusche, die vom Hafen und vom Istanbul-Boulevard her zu ihnen drangen. Es war viel stiller als sonst, und abgesehen von hie und da einem Pferdewagen vernahmen sie kaum etwas. Die Stadt war in eine derartige Peststille versunken, dass sie das Zwitschern der Spatzen hörten, die sich auf den Pinien hinter dem Hotel tummelten.

Der Major konnte sein Glück kaum fassen. Andererseits merkten seine Frau und er durch dieses Glück erst, wie wichtig ihnen auf einmal ihr Leben war. Da sie glücklicher waren als jedermann sonst, standen sie auch größere Ängste aus.

Und dennoch trieb das Glück ihrer Ehe sie manchmal dazu, »unvorsichtig« zu sein. Zeynep besah sich gern ihre Aussteuer, die ihre Mutter im Lauf der Jahre für sie angesammelt hatte, die bestickten Tischtücher, das italienische Kaffeeservice, die silbernen (inzwischen etwas angeschwärzten) Zuckerdosen, die Lampen, doch all das befand sich noch im Haus ihrer Mutter, ebenso wie die Hochzeitsgeschenke, die sie von der Familie des Majors bekommen hatten. So gingen sie eines Tages zu Zeyneps Mutter, doch auf dem Rückweg begegnete ihnen ein Pestverrückter ganz in der Art jenes Erinli Ekrem. »Zu zweit rumlaufen ist verboten, wisst ihr das etwa nicht?«, plärrte der riesige Kerl, den das Ehepaar noch nie gesehen hatte. Der Major wollte seiner Frau ja verbieten, aus dem Haus zu gehen, wenn es nicht unbedingt nötig war, doch die erinnerte ihn daran, dass er doch den ganzen Tag draußen unterwegs sei und in die Häuser von Pestkranken gehe.

»Ich mache mir keine besonderen Sorgen«, sagte Zeynep einmal. »Was geschehen muss, wird geschehen.«

Dass sogar seine Frau jene Schicksalsergebenheit an den Tag legte, mit der die Quarantänebeamten sich herumplagen mussten, wunderte den Major schon ein wenig, doch da er mit Zeynep so glücklich war, wollte er kein Aufhebens davon machen. Viel mehr beschäftigte ihn, wie er seine Frau auf der Insel halten sollte, sobald der Schiffsverkehr wieder einsetzte.

Er selbst nämlich ahnte, dass ihn das Leben nie mehr von der Insel weglassen würde. Auf seinen vielen Wegen ins Regierungsgebäude, in die Krankenhäuser, zu den Behausungen der Infizierten, verspürte er die Kluft zwischen dem Seelenzustand der Stadt und seinem eigenen Glück, doch entwickelte er deswegen keine Schuldgefühle. Er hatte sein kleines Quarantänebataillon zusammengestellt (stolz sprach er von »seinen Quarantänesoldaten«), er genoss die väterliche Zuneigung des Gouverneurs und die Freundschaft mit Damat Doktor Nuri, und aus alledem erwuchs ihm ein nie gekanntes Selbstbewusstsein, aus dem heraus er dem Gouverneur am liebsten auch gesagt hätte, vor den Derwischen brauche er sich gar nicht so zu scheuen, denn falls es wie auf anderen Inseln einmal endgültig zu einer blutigen Auseinandersetzung mit den Christen kommen sollte, würde doch niemand anders die Derwischorden schützen als die osmanische Armee, das wüssten jene ganz genau.

Der Major erzählte seiner Frau gerne, wie er mit Leuten redete, die ihn anraunzten, wenn er in seiner osmanischen Uniform unterwegs war, oder die scheinheilig taten, als hätten sie vor jener Respekt, aber eigentlich dagegen anstichelten.

»Sagen Sie ja niemandem, dass wir hier sind!«, flehte ihn einmal jemand aus dem Anbau eines leerstehenden Hauses an.

Und aus dem zweiten Stock eines anderen Hauses rief ein Mann in seinem Alter auf Mingerisch zu ihm hinunter: »He, Soldat! Wie soll das alles enden?«

»So wie Gott es will. Halten Sie einfach die Quarantäneregeln ein.«

»Das machen wir ja! Aber wir sind hier wie eingesperrt! Was tut sich denn unten am Hafen und auf dem Platz?«

»Gar nichts tut sich da! Bleiben Sie einfach zu Hause!«, sagte der Major streng. Wenn er Uneinsichtige zu verwarnen hatte, blieb ihm oft nichts anderes übrig, als sich mit ihnen herumzustreiten und lauter zu werden. Zeynep merkte ihm sehr wohl die »moderne Einsamkeit« an, die er deswegen empfand.

Wenn der Major spürte, dass er aus einem Haus heraus beobachtet wurde, wandte er manchmal den Kopf und erwiderte den Blick, ohne aber etwas zu sagen. Anfangs kamen ihm jene ängstlichen Blicke ganz seltsam, ja verzaubernd vor.

»Was glotzt du so!«, schrie ihn einmal einer an.

Die Todesfurcht, die selbst den gläubigsten Muslim in Angst und Schrecken versetzte, kehrte in den Menschen das Niederste nach oben und verwandelte sie in andere Wesen. Jeder wurde zu einem feigeren, unvernünftigeren und egoistischeren Abbild seiner selbst, dachte der Major.

In den Reihenhäusern im Zentrum war oft die Haustür fest verschlossen und die Hintertür verriegelt, als sollte sie nie wieder geöffnet werden, doch Kinder und von irgendeiner Eile Geplagte schlichen sich nach dem Motto »einmal ist keinmal« eben doch hinaus. Dass die Verbote so leicht umgangen wurden, wussten weder Doktor Nuri noch die griechischen Quarantäneärzte, und auch nicht, dass leer geräumte Häuser oft gleich darauf wieder bezogen und aus der Isolierstation in der Burg manchmal nachts Leute mit Ruderbooten herausgeholt wurden. »Das wissen die nicht, weil sie eben nicht hier geboren und aufgewachsen sind!«, dachte der Major. Wenn lauter von der Insel stammende Ärzte und Soldaten die Sache in die Hand genommen hätten, wäre die Seuche nie so weit fortgeschritten.

Der Major nahm nun regelmäßig an der Versammlung teil, die morgens im Epidemiologie-Raum vor dem großen Stadtplan abgehalten wurde. Auf Betreiben von Doktor Nuri war der Raum zu einer zentralen Stelle geworden, an der sämtliche Informationen über die Seuche zusammengefasst wurden. Auf dem Stadtplan waren innerhalb der letzten fünfundzwanzig Tage Villen, Grundstücke, Derwischklöster, Moscheen, Kirchen, Brunnen, Plätze, Schulen, Krankenhäuser, Polizeiwachen und Läden angekreuzt worden, und obwohl so viele Menschen die Stadt verlassen hatten, nahm die Zahl der Toten noch immer nicht ab. Die Krankheit verbreitete sich, und die Panik nahm zu, da gab es keinerlei Zweifel.

Die Pest war über die frühere Marmoranlegestelle nach Arkaz gelangt. Mithilfe des großen Stadtplans hatte Quarantänedirektor Nikos die Ausbreitung des Bazillus ermittelt und herausgefunden, dass er mit dem unter griechischer Flagge fahrenden Lastkahn *Pilotos* aus Alexandria angekommen war. (Die flachen Lastkähne durften in den Hafen einfahren und dort anlegen.) Vom Hafen aus hatte sich die Pest in die nächstgelegenen muslimischen Viertel ausgebreitet, vor allem nach Vavla, Kadirler, Germe und Çite. Die Toten dort waren die ersten, die auf der Karte verzeichnet waren. Man mochte es als himmlische Fügung erachten, dass das Hamidiye-Krankenhaus – wenn auch unfertig – ausgerechnet in Vavla stand. Inwiefern das so war, sei dahingestellt, Tatsache ist aber, dass damals die Menschen begieriger denn je waren, hinter allem und jedem ein Zeichen zu sehen.

Jeder, aber wirklich jeder bemühte sich, aus einem Zufall, aus den Sternen, der Form einer Wolke oder der Richtung des Windes etwas herauszulesen. Selbst die jungen Ärzte, der Gouverneur oder Doktor Nikos, allesamt Anhänger von Positivismus und Wissenschaft, achteten auf solche Details, und ein bisschen glaubten auch sie daran. Fragte man nach, winkten sie ab und meinten, sie gäben da nichts drauf, nur »ein bisschen komisch« sei es schon, dann taten sie ohne zu zögern, was vom Wissenschaftlichen und Medizinischen her erforderlich war, nur um anschließend wieder irgendwie doch daran zu glauben, jene violette Wolke bei Sonnenuntergang am Horizont oder die ungewöhnlich früh davonziehenden Störche seien vielleicht doch ein Anzeichen dafür, dass am folgenden Tag weniger Menschen sterben würden.

Jene Zeichen, an die sich selbst die Gebildetsten in ihrer Verzweiflung klammerten, bedeuteten Pakize Sultan so viel, dass uns das selbst heute noch betrübt. Jene Lügenmärchen und Zerrbilder haben in unserer Schilderung schon mehrfach Erwähnung gefunden, denn sie schmieden an der Geschichte mit. Der Hang des Volkes, aus dem Kaffeesatz oder in den Sternen zu lesen, oder gar die Bestrebungen Scheich Hamdullahs, in den Büchern alter Derwische oder den Buchstaben des Korans nach Mitteln gegen die Pest zu fahnden, haben aber wohl die Reaktionen der Menschen auf die Pest nicht allzu sehr beeinflusst. So sei denn Wahrsagungen aller Art hier nicht viel Platz eingeräumt, denn beim Umgang mit der Pest in Minger spielten sie bei Weitem nicht so eine Rolle wie etwa nationalistische Vorurteile. Mochte während der Sitzungen der Quarantänekommission so mancher (meist mit einem

Lächeln) solche Weissagungen erwähnen, so wandte man sich, sobald es um die Frage der Verbreitung der Krankheit und die Rettung davor ging, ausschließlich dem großen Stadtplan und dem darauf Eingezeichneten zu: Die Ratten aus der *Pilotos* mussten als Erstes einen Lastenträger angesteckt haben, der in einem kleinen Holzhaus hinter der Kör-Mehmet-Pascha-Moschee lebte. Als der Mann starb, erregte das kein weiteres Aufsehen, da niemand die Pest im Sinn hatte. Von seinen Symptomen her konnte er der Diphtherie, einer Lungenentzündung oder sonst einer Krankheit erlegen sein.

Damat Doktor Nuri zeigte den anderen Ärzten und dem Gouverneur anhand des Stadtplans noch einmal auf, wie sich die Krankheit im Tempo der ausströmenden Ratten vom Hafen aus über die Stadt verbreitet hatte. An jener Strecke lag auch die militärische Mittelschule, die der Major besucht hatte. Sie war zwei Tage vor Ausrufung der Quarantäne geschlossen worden, sodass die Quarantänebeamten keinen der Schüler hatten isolieren können. Doktor Nuri vermutete, einige der gewiss infizierten Schüler würden allmählich erkranken und sich dann melden. Auf Veranlassung des Kriegsministeriums, das sich über die Lage auf dem Laufenden halten ließ, wurden zwei in der Garnison stationierte Unteroffiziere, die sich mit Unterrichtsstunden in der Militärschule etwas hinzuverdienten, nach Verkündung der Quarantäne zu ihrem Regiment zurückbeordert. Dies wurde als erneuter Beweis dafür angesehen, dass Abdülhamit auch nach dem Fiasko mit dem Pilgeraufstand und trotz der raschen Verbreitung der Pest entschlossen war, die Armee aus der Bekämpfung der Seuche herauszuhalten und mehr ans Osmanische Reich zu denken als an Minger und seine Bevölkerung.

Was am 28. Mai, einem Dienstag, in Germe vorfiel, war ein gutes Beispiel für die Unentschlossenheit, durch die Staat und Quarantänebeamte gelähmt wurden. Dort war am Vortag der zwölfjährige Sohn eines Muslims gestorben, der vor der Stadt Weizen und Gerste anbaute. Am Morgen danach befanden die Ärzte, die große Schwester des Jungen sei bestimmt auch infiziert und müsse ins Krankenhaus, während die Eltern in der Burg isoliert werden sollten. Noch dazu waren in der Nähe des Hauses zwei frisch verendete Ratten mit blutigem Maul gefunden worden. Doch die Eltern, die gerade ihren blauäugigen Sohn verloren hatten, wollten ihre blauäugige – und vermutlich dem Tod geweihte – Tochter nicht herausgeben! Im Viertel stand bald jeden Tag eine Beerdigung an, und der Mutter gelang es heulend und zeternd, die Leute auf ihre Seite zu bringen. Die Quarantänebeamten vermochten die jungen Männer, die sich ihnen in den Weg stellten, nicht einzuschüchtern und fragten Doktor Nikos, wie sie sich verhalten sollten. Der wiederum bekam vom Gouverneur keine eindeutigen Anweisungen. Was als banale Hausräumung hätte vonstattengehen sollen, entwickelte sich zu einem Krawall, der das Viertel den ganzen Tag beschäftigte.

Als der französische Konsul davon erfuhr, telegrafierte er sofort nach Istanbul und verwendete dabei den Begriff »les maladroits« (die Tölpel). Den Gouverneur verärgerte das sehr, doch Doktor Nuri fand, das habe er sich selbst zuzuschreiben.

KAPITEL 37

Dass insbesondere junge Leute, die als Verdachtsfälle oder gar Infizierte galten, sich den Quarantänebeamten entzogen, kam immer öfter vor und lag nicht zuletzt daran, dass in der Burg, wo sie isoliert werden sollten, furchtbare Zustände herrschten. Die Isolierstation galt mittlerweile als Ort ohne Wiederkehr, obwohl nach den neuen internationalen Standards der Aufenthalt nur fünf Tage dauern sollte. In den achtundzwanzig Tagen seit Ausrufung der Quarantäne hatten sich nach unseren Berechnungen hundertachtzig Personen angesammelt, wovon mehr als die Hälfte – obwohl nicht krank – seit über fünf Tagen dort war.

Auf ärztliche Anweisung hin in die Isolierstation abgeführt zu werden, erschien den Muslimen, als würden sie zu lebenslänglichem Kerker verurteilt. Früher schickten einen Richter in dieses finstere, feuchte Loch, nun waren es Ärzte, das war der einzige Unterschied. Und vielleicht noch der, dass die Isolierstation auf den Hafen hinausging, während die Sträflinge im Venedig-Turm und den osmanischen Bauten mit Blick auf das offene Meer saßen.

Problematisch war vor allem, dass in der Isolierstation die Verdachtsfälle mit Menschen in Kontakt kamen, bei denen die Krankheit nur noch nicht diagnostiziert war, und sie sich also dort erst recht ansteckten. Um dergleichen zu verhindern, hatte man zwar versucht, die Menschen je nach Ansteckungsgefahr in Gruppen einzuteilen, doch stellte sich rasch heraus, dass eine Gefängnisdisziplin nicht aufrechtzuerhalten war. Man schaffte es nicht einmal, die Frauen von den Männern zu trennen, da viele Männer keine Ruhe gaben, bevor sie nicht mit eigenen Augen sahen, wie ihre Frauen und Kinder untergebracht waren. Allmählich kam es jedermann gelegen, dass die Leute sich nach Familien und kleinen Gruppen organisierten. Doktor Nikos hatte die Innenhöfe so besser unter Kontrolle, und den Isolierten fiel ihr Aufenthalt im Kreis der Familie leichter. Allerdings steckten die Leute sich dadurch nur umso schneller an, und die Burg entwickelte sich von einer Isolierstation, die die Krankheit aufhalten sollte, zu einem Ort, an dem sie sich erst recht verbreitete. »Als er hinkam, hatte er noch nichts, und jetzt ist er krank«, hieß es immer öfter, und nicht zu Unrecht. Auf die Quarantänebemühungen wirkte das zersetzend, und die Isolierstation verkam zu einer zweiten Gefängnisstadt.

Sami Pascha und Doktor Nikos sandten wieder Telegramme nach Istanbul und forderten ärztliche Unterstützung an. Da die Furcht vor dem Kerker zu einem allgemeinen Ungehorsam gegen die Quarantänemaßnahmen führte, kamen der Gouverneur und die Ärzte darin überein, dass es politisch zweckmäßig wäre, die Isolierstation unter Einhaltung der gebotenen medizinischen Vorsicht zu räumen. Es waren ja nicht einmal genügend Betten, Decken und Stühle vorhanden. Anfangs hatte die Garnison zur Linderung der ärgsten Not noch Zwieback, Bohnen und Brot geschickt. Der Kommandant Edirneli Mehmet Pascha war allerdings nicht davon zu überzeugen, dass ohne Ratten auch keine Pestübertragung stattfand, und weigerte sich daher unter diversen Vorwänden, seine Soldaten und Köche ins Regierungsgebäude und die Krankenhäuser zu schicken oder bei der Versorgung der Isolierstation mitzuwirken. Von Abdülhamits Linie, sich ins Quarantänegeschäft nicht einzumischen, wollte auch er nicht abweichen. Der Gouverneur wiederum sah aus seinem Amtszimmer zu, wie in der Isolierstation auf der gegenüberliegenden Hafenseite immer mehr Menschen eingepfercht waren und manchmal Männer zum Strand hinuntergingen und sich mit Angeln die Zeit vertrieben.

Unter dem Druck von Gouverneur und Garnisonskommandant wurden schließlich »Entlassungen« aus der Isolierstation erleichtert. Doch abgesehen von ein paar Glücklichen, die ihre Familie vorfanden, wie sie sie verlassen hatten, wurden so manche Heimkehrer mit neuen

Problemen konfrontiert. In einigen Vierteln galten sie als infiziert und wurden wie Aussätzige behandelt, während man sich andernorts fragte, ob jemand, der als seltene Ausnahme von jenem ominösen Ort zurückkehrte, nicht mit dem Gouverneur unter einer Decke steckte und als Spitzel zu betrachten war. Das Hauptproblem aber bestand darin, dass viele Rückkehrer inzwischen ihr Heim und ihre Familie verloren hatten. Die meisten hatten sich ja sowieso in Isolation begeben müssen, da aus ihrer Familie jemand an der Pest verstorben war. Bei manchen war nun niemand mehr lebendig, oder aber die Familie hatte sich davongemacht, da sie auf eine Rückkehr des Isolierten keine Hoffnung mehr hatte. Wer feststellen musste, dass sich in seinem Haus inzwischen andere eingenistet hatten, stritt sich entweder mit jenen herum, oder aber aus Angst vor Einsamkeit war er sogar froh, eine neue Familie gefunden zu haben.

Unter all jenen betrüblichen Geschichten setzte dem Gouverneur am meisten zu, dass insgesamt sechs Personen, die bei sich zu Hause niemanden mehr angetroffen hatten und auch sonst bei keinem Angehörigen unterkamen, nach einer Weile tatsächlich zur Burg zurückkehrten und wieder um Aufnahme in die Isolierstation baten.

Als zwei Tage darauf wieder die Toten im Stadtplan eingezeichnet wurden, sahen die Mitglieder der Quarantänekommission voller Kummer, dass die Seuche, anstatt zurückzugehen, nun bis in die abgelegensten christlichen Viertel vordrang, und ihnen stand deutlich vor Augen, was sie sich selbst kaum einzugestehen wagten, dass nämlich all die Mühe und Opferbereitschaft, die sie an den Tag legten, nicht mit der Geschwindigkeit und der Kraft mithalten konnten, mit denen die Pest sich weiter ausbreitete. Es gab noch immer, ja gab sogar immer mehr Häuser, in denen Pestkranke zu vermuten waren und wo man noch nicht einmal angeklopft und nachgefragt hatte. Und wo dies schon erfolgt war und sich eine Räumung als notwendig erwies, wurde diese nur in jedem dritten Fall auch tatsächlich durchgeführt. Das war ein derartig gravierendes und erschreckendes Problem, dass niemand es so deutlich benennen konnte, wie es uns hundertsechzehn Jahre später nun möglich ist. Als wäre etwa ein Gläubiger nicht mehr in der Lage, sich Gott vorzustellen! Angesichts des Ausmaßes der Katastrophe hatten die Männer im Epidemiologie-Raum wie in einem Albtraum das Gefühl, sollten sie das Entsetzliche benennen, würde es gleich noch schlimmer, und so schwiegen sie entweder oder machten sich etwas vor, um die Situation erträglicher erscheinen zu lassen.

Man konnte sich nicht andauernd vorsagen, dass die Seuche an Intensität zunahm, also waren solche Lügen ganz einfach notwendig, um ein wenig Hoffnung zu schöpfen. Doktor Nikos' Theorie von den toten Ratten, die nur in muslimischen Vierteln aufgetaucht seien, war eine solche Lüge gewesen, doch selbst dem Gouverneur, der nicht daran glaubte, hatte sie ein paar Tage Hoffnung geschenkt. Aus dem Sinken der Todesrate in irgendeinem Viertel oder sonst einem Zahlenhokuspokus konstruierten sie das Hirngespinst, die Seuche sei auf dem Rückzug, und glaubten bereitwillig selbst daran. Dass in Istanbul ein Hilfsschiff ausgelaufen sei, war ebenfalls eine Lüge, die allerdings zumindest durch Telegramme unterfüttert wurde. Und wenn die eine Lüge sich endgültig als solche herausstellte, erfanden sie eben eine neue.

Doktor Nuri wusste aus Erfahrung, dass bei Seuchen in ausweglosen Situationen selbst der gebildetste und am europäischsten denkende Mensch seinen ganz persönlichen Hoffnungsschimmer pflegte, der nicht unbedingt etwas mit dem Trost der Religion zu tun haben musste. »Jetzt fährt diese Kutsche heute schon zum dritten Mal hier vorbei, das ist doch seltsam!«, sagte Sami Pascha einmal während einer Sitzung, und Doktor Nuri begriff sogleich, dass der Gouverneur darin eine Bedeutung und ein Zeichen der Hoffnung sah.

Wo dem Menschen aus dem täglichen Lügengebäude und der Lektüre der allfälligen Zeichen diese Hoffnung nicht mehr zuteilwird, überlässt er sich tiefer »Ergebenheit«. In einem Gespräch mit seiner Frau hatte Doktor Nuri diesen Begriff mehr oder weniger mit dem des »Fatalismus« gleichgesetzt, doch erscheint uns zwischen den beiden ein Unterschied zu bestehen. Der Fatalist mag eine Gefahr erkannt haben, doch da er seine Zuflucht in Gott sucht, unternimmt er nichts dagegen. Wer in hoffnungsloser Ergebenheit verharrt, handelt dagegen, als sei ihm die Gefahr nicht bewusst, er sucht nirgends Zuflucht und vertraut auch niemandem. Damat Doktor Nuri spürte oft, dass der Gouverneur nach einem langen Arbeitstag sich sagte, mehr könne nun ganz einfach nicht getan werden. Oder es sei doch noch etwas zu tun, doch dazu reiche die Kraft nicht mehr, und man lasse es einfach sein. In solchen Augenblicken gab es nur eins, um sich wieder zu einem Anflug von Glück und Hoffnung zu verhelfen, nämlich im Dunkel die geliebte Frau zu umarmen, und das wusste der Gouverneur, das wusste der Major, und das wusste auch Doktor Nuri.

KAPITEL 38

Nicht nur verbrachte Sami Pascha seine Tage und Nächte damit, im Kampf gegen die Pest die Macht des Staates und die osmanische Präsenz auf der Insel zu verteidigen, sondern er musste sich auch noch damit herumschlagen, dass ihm aus Istanbul ständig vorgeworfen wurde, er habe den jeweils jüngsten Befehlen nicht Folge geleistet, und das war er allmählich leid. Die Macht des Staates sah er ja beständig dahinschwinden. Nicht wenige Beamte hatten die Insel verlassen, andere kamen nicht mehr zur Arbeit und blieben einfach zu Hause. Die in der Garnison stationierten Soldaten durfte er nicht einsetzen, und dennoch verlangte die Hohe Pforte von ihm, er solle die Staatsgewalt gebührend ausüben.

Die erste Sorge Istanbuls war, dass immer noch Menschen die Insel verließen, ohne sich um die Quarantäne zu kümmern oder sich wenigstens vorher untersuchen zu lassen. Der Gouverneur ließ mit den beschränkten Mitteln, die ihm zur Verfügung standen, schon die Marmoranlegestelle und die gesamte Hafenbucht überwachen. Aus Istanbul wurde angemahnt, die Bootsführer und Schlepper seien eher in nördlicher gelegenen Buchten tätig, worauf der Gouverneur den Garnisonskommandanten um Beistand ersuchte. Der wiederum schützte vor, seine Soldaten seien mit der Bekämpfung der Banden im Norden der Insel beschäftigt genug, und in Quarantäneangelegenheiten werde er sich lediglich einmischen, falls er durch ein chiffriertes Telegramm aus Istanbul dazu ausdrücklich aufgefordert werde.

Unter Historikern besteht keine Einigkeit darüber, warum der Gouverneur letztendlich nicht die notwendigen Maßnahmen traf, um dem nächtlichen Menschenschmuggel Einhalt zu gebieten und somit sowohl

Istanbul als auch die europäischen Staaten zu beschwichtigen. Unserer Auffassung nach wollte er schlicht und einfach darauf verweisen, dass er ohne Hilfe der Soldaten nicht imstande war, in sämtlichen Buchten Jagd auf ablegende Boote zu machen. Aus Pakize Sultans Briefen geht allerdings hervor, der Gouverneur sei überraschend schnell in die Machtkämpfe zwischen den Bootsführern hineingezogen worden. Die Eigner der Reiseagenturen (also die Konsuln) hatte er wegen der zu viel verkauften Fahrkarten schon in ihre Schranken verwiesen. Der Menschenschmuggel in den Buchten im Norden wurde allerdings wiederum über jene Agenturen und deren eingangs erwähnte Bootsführer abgewickelt, gegen die der Gouverneur nunmehr wegen Zuwiderhandlung gegen die Pass- und Reisebestimmungen Anklage erhob.

Manche reichen Familien, die anfangs weder die Seuche noch die Quarantäneregeln so richtig ernst genommen hatten, gedachten nun doch, die Insel zu verlassen, vielleicht weil ihre Köche und Diener gestorben oder weggelaufen waren. Die Bootsführer knöpften solchen Menschen ein Vermögen ab, das wusste der Gouverneur von seinen Spitzeln. Sobald die Flüchtigen bei den Schiffen anlangten, von denen sie auf dem Meer aufgenommen wurden, mussten sie auch noch den Preis für ihre »Fahrkarte« entrichten. Die Hälfte davon hatten sie in der Regel schon in den Büros kleiner griechischer oder italienischer Schifffahrtsgesellschaften am Istanbul-Boulevard gezahlt. Als der Gouverneur davon erfuhr, sagte er sich, wenn dem schon so sei, wolle er zumindest den muslimischen Bootsführern Vorteile verschaffen.

Dass er damit gegen die von ihm selbst verhängte Quarantäne verstieß oder dies zumindest vorhatte, ist aktenkundig und erregte daher das Interesse detailversessener Historiker, dies allerdings vor allem wegen des grundsätzlichen Widerspruches, in den sich die osmanische Bürokratie immer wieder verwickelte. Falls ein Gouverneur, dem das Heil des gesamten Landes am Herzen liegen musste, in solchen Fällen Muslime zu bevorzugen gedachte, erschwerte ihm das, zugleich als Vorreiter moderner Reformen dazustehen. Wenn er es hingegen mit der Anwendung zeitgemäßer europäischer Methoden ernst meinte, musste er hinnehmen, dass die christliche Bourgeoisie von Freiheit, Gleichheit und technischen Errungenschaften mehr profitierte als die Muslime und jene durch die Europäisierung an Macht einbüßten.

In Europa machte man sich zusehends mehr Sorgen darüber, dass sich durch solche Fluchtbewegungen die Seuche weiter verbreiten könnte. Frankreich und Großbritannien hatten als Kolonialmächte Erfahrung mit muslimischen Bevölkerungsgruppen und begriffen rasch, dass es vorteilhafter war, nicht laufend kleine Schiffe aufzugreifen und sie irgendwo einer Quarantäne zu unterziehen, sondern mit Kriegsschiffen über die ganze Insel eine Blockade zu verhängen. Während die Verhandlungen darüber mit der Hohen Pforte andauerten, entsandte Großbritannien zur psychologischen Vorbereitung schon mal die *HMS Prince George* in die Levante und Frankreich die *Amiral Baudin*.

Der britische Botschafter regte an, das Osmanische Reich solle sich an der Aktion ebenfalls mit einem Schiff beteiligen. Aus den Archiven des Außenministeriums und den Schriftwechseln geht hervor, dass Abdülhamit bemüht war, einen Beschluss darüber hinauszuzögern und die Seuche als »nicht von erheblicher Bedeutung« darzustellen. Nach der Razzia bei den Reedereien und der Verhaftung griechischer Bootsführer blieb ihm jedoch keine Wahl mehr.

Am Mittwoch, dem 5. Juni, erfuhr der Gouverneur gerüchteweise von befreundeten Beamten in Istanbul, dass am folgenden Tag das osmanische Schiff *Mahmudiye* auslaufen sollte, um im Verband mit den Großmächten dem Menschenschmuggel in Minger das Handwerk zu legen. Obwohl er das gar nicht recht glauben mochte, empfand er große Scham. Sie hatten es nicht geschafft, mit einer ordentlich durchgeführten Quarantäne die Seuche zu besiegen und deren Ausbreitung auf andere Länder zu verhindern, und galten der Welt somit als Sicherheitsrisiko. Der Gouverneur empfand sich als der »kranke Mann« von ganz Europa, obwohl er diesen Begriff eigentlich hasste. Mit seinem Ungeschick hatte er den Sultan in eine Zwickmühle gebracht und ihn gezwungen, zusammen mit den Europäern die *Mahmudiye* nach Minger zu schicken, als ginge es gegen den Feind.

Diese politischen und militärischen Perspektiven setzten dem Gouverneur so sehr zu, dass er sie genauso wie den Gedanken an die Pest am liebsten gänzlich beiseitegeschoben hätte. Als er an jenem Abend mit ansah, wie im Flur des ersten Stockes ein Gerichtsdiener mitten im Gehen urplötzlich tot zusammenbrach, als hätte ihn der Todesengel berührt, ging er in sein Amtszimmer, setzte sich an den Schreibtisch und sah lange reglos zum Fenster hinaus.

Bald darauf aber musste er sich von seinen Spitzeln die neuesten Meldungen anhören. Wie erwartet war Ramiz nach seiner Freilassung nicht untätig geblieben und in einem der Dörfer untergeschlüpft, die am Pilgerschiffaufstand beteiligt gewesen waren. Da die beiden Männer – ein Vater und sein Sohn –, die sich damals als Anführer geriert hatten, aus dem Dorf Nebiler stammten, war jenes immer wieder von Soldaten drangsaliert worden, und so hatten die beiden sich ins Nachbardorf Çifteler geflüchtet und versuchten dort, sich den Steuern zu entziehen, mit denen sie gepiesackt wurden. In Çifteler hatte man sich bereits nationalistischer Banden aus Griechenland erwehren müssen und sich daher selbst bandenmäßig organisiert. Nach dem Pilgerschiffaufstand hatten die konservativen Dorfbewohner gleich den griechischen Banden eine Art Garde aufgestellt, und so wie jene Banden muslimische Dörfer überfielen, machten sie sich nun über griechische Dörfer her und schreckten nicht vor Morden und Plünderungen zurück. Der Gouverneur sah sie allerdings als eine Art Schutzmacht gegen die griechischen Banden an, und ihre Untaten (wie etwa die von Memo) übersah er gerne. Wenn allerdings – aufgehetzt durch inselfremde aufrührerische Elemente – die Banden griechische Dörfer gleich niederbrannten und daraufhin warnende Telegramme aus Istanbul eintrafen, ging der Gouverneur mithilfe von Garnisonskommandant Mehmet Pascha gegen diese Angriffe vor.

Dem Gouverneur war durchaus bekannt, dass Ramiz seit etwa zwei Jahren in jenen aufmüpfigen muslimischen Dörfern unterkam, deren Bewaffnung unterstützte und sogar die Gründung eines kleinen Derwischordens initiiert hatte. Auf den Hinweis des Überwachungsbeauftragten hin, Ramiz werde eines Nachts mit dort rekrutierten Haudegen nach Arkaz zurückkehren, ja wolle sich sogar dazu erfrechen, sich mit seinen Männern wieder in seinem Haus in Çite einzuquartieren, hatte der Gouverneur noch am selben Abend eine Razzia durchführen lassen, die jedoch nichts ergeben hatte. Bei der Durchsuchung des Hauses, in dem lediglich Diener angetroffen wurden, sollten möglichst viele verdächtige Gegenstände, Dokumente und eventuell auch Bücher und Zeitschriften beschlagnahmt werden. Obwohl kein Verstoß gegen die Quarantäne vorlag, nahmen an der Durchsuchung auch die Quarantänesoldaten des Majors teil.

Jene unterhielten sich vorwiegend auf Mingerisch, und wie auch bei anderen Inselbewohnern, die diese Sprache pflegten, äußerten sich ihr Missmut über die misslungene Quarantänepolitik und ihre Wut auf Abdülhamit in einem gesteigerten mingerischen Nationalbewusstsein. Der Gouverneur und der Überwachungsbeauftragte begnügten sich einstweilen, jenes aufkeimende Nationalgefühl zu registrieren und zu beobachten. Die Bürokratie des Osmanischen Reichs sah den Hauptfeind natürlich im Nationalismus der christlichen Völkerschaften, also der Griechen, Serben, Bulgaren und Armenier, doch nahm sie wahr, dass es auch bei den Nicht-Türken unter den Muslimen, den Arabern, Kurden und Albanern, allmählich zu brodeln begann. (Es sei daran erinnert, dass damals weniger von »Nationalismus« als vielmehr von »nationalen Bestrebungen« die Rede war.) Der Gouverneur war der Ansicht, die Quarantänesoldaten hätten in erster Linie Muslime zu sein, ob sie nun Türkisch oder Mingerisch sprächen. Als Muslime würden sie die Anliegen der muslimischen Bevölkerung am besten verstehen. Damat Doktor Nuri war in dieser Hinsicht weniger optimistisch, doch als er mitbekam, wie tüchtig die vom Major angeworbenen Brüder Mecid und Hadid die Angelegenheit mit dem Verbrennungsschacht handhabten, änderte er seine Meinung.

KAPITEL 39

Schon an einem seiner ersten Tage auf der Insel hatte Bonkowski Pascha dem Gouverneur vorgeschlagen, einen Schacht ausheben zu lassen, um darin infizierte Gegenstände und tote Ratten zu verbrennen. Es erschien ihm zugleich für die Bevölkerung in Sachen Hygiene lehrreich zu sein, all die Wollsachen, Betten, Kleidungsstücke und Decken, die ohnehin vernichtet werden mussten, wie in früheren Zeiten öffentlich dem Feuer zu überantworten. Das mit dem Schacht hatte Bonkowski Pascha schon im Bericht für Abdülhamit über die aus dem Orient kommende Pest erwähnt.

Durch die Ermordung des Paschas hatte sich die Realisierung des Projekts verzögert. Sobald die Quarantänesoldaten des Majors immer effektiver Häuser leer räumten, häuften sich die Sachen an. Sie in den Holzhäusern zu verbrennen war naturgemäß zu gefährlich, doch auch die Hinterhöfe waren dafür nicht zweckmäßig. Den Leuten wäre es recht gewesen, man hätte die Sachen mit Lysol desinfiziert und sie würden einem später zurückgegeben, aber dazu fehlte es sowohl an Zeit als auch an Lagerräumen. Und was nicht gleich verbrannt wurde, würde ja doch irgendwann bei einem Trödelhändler landen. So schlug Doktor Nuri dem Quarantänedirektor und dem Gouverneur vor, gleich außerhalb der Stadt, auf der Ebene zwischen dem Viertel Yukarı Turunçlar und dem Neuen Friedhof, zwei ungenutzte Gruben für die Verbrennungen zu verwenden. Von Nachteil war lediglich, dass es bis dort hinauf durch die Gassen des Alten Marktes und das Viertel Arpara, in dem das Haus des Majors stand, ein langer, steiler Weg war.

Das erste Feuer, das der Gouverneur am Abend des zwanzigsten Tages nach Verkündung der Quarantäne anzünden ließ, wurde von der Bevölkerung aufmerksam verfolgt. Aus den hochzüngelnden Flammen schossen immer wieder gelbe Feuerbälle empor, und die ganze Umgebung war in tiefblauen und violetten Lichtschein getaucht. Da dem Brand mit Petroleum nachgeholfen wurde, dauerte er sehr lange an und war nicht nur von Arkaz, sondern von der ganzen Insel aus zu sehen. An den folgenden Tagen wurden immer wieder Berge von Kleidern und Betten verbrannt, und der schwarze Rauch, der daher auch tags über der Stadt hing, machte viele Menschen bange und ließ sie spüren, dass der Todesengel umging, dass sie in der Hand Gottes lagen, und irgendwie auch, dass sie allein waren. Aus Pakize Sultans Briefen wissen wir, dass sie das damals so ähnlich empfand, als andauernd die Habseligkeiten von Pesttoten auf den Hügel hinaufgekarrt wurden.

Zeyneps Brüder Mecid und Hadid taten einstweilen aufopfernd ihren Dienst im neuen muslimischen Friedhof hinter Turunçlar. Eines der grundlegenden Prinzipien der Seuchenbekämpfung, nämlich dass die Toten auf keinen Fall bestattet werden durften, ohne zuvor mit Kalk bestreut zu werden, war nicht einmal in Mekka, wo internationale Beobachter und christliche Ärzte keinen Zutritt hatten, so problembehaftet wie in Minger. Quarantänedirektor Nikos erklärte sich das so, dass es auf der Insel eben schon lange keine ernsthafte Seuche mehr gegeben habe und die Menschen leider immer noch nicht begriffen hätten, wie wichtig die Maßnahmen seien. Selbst der allseits beliebte Quarantänefeldwebel Hamdi Baba vermochte das Problem nicht zu lösen, da die unappetitlichen Details, die damit einhergingen, ihn allmählich zermürbten. Auf Anraten des Gouverneurs wurden daraufhin die Brüder Mecid und Hadid damit betraut, am Friedhof dafür zu sorgen, dass die Leichen hinreichend mit Kalk bedeckt wurden. Mit viel Geschick verstanden sie es, ohne größeres Aufhebens einen befriedigenden Kompromiss zu finden, wenn es darum ging, dass bei Frauenleichen das Gesicht bedeckt sein sollte und keine anstößigen Stellen sichtbar wurden, und wenn doch, dann nur ganz wenig, und dass der Kalk nicht so grob mit der Schaufel auf den Toten geschleudert wurde und jenem nicht in Auge, Mund oder Nase geriet.

Der Pferdewagen, mit dem die infizierten Sachen zu den Gruben gefahren wurden, hatte früher der Garnison gehört und war der Stadtverwaltung zum Geschenk gemacht worden. Wenn der mit Blech ausgekleidete breite Wagen hoch beladen den Hügel emporkroch, machten sich das alle möglichen Diebe, Rüpel und Dummköpfe zunutze, die sich etwas schnappen und es selbst verwenden, verschenken oder aber an einen der immer noch tätigen Trödler losschlagen wollten. Trotz aller Warnungen der Quarantänedirektion gab es Leute, wenn auch weniger als zu Anfang, die starrköpfig die Sachen von Pesttoten weiterbenutzten. Hinter diesem Fehlverhalten steckte eine Art Herausforderung an den Staat, die Verwestlichung, die moderne Medizin, die internationale Gemeinschaft, eine Art Spott, vielfach aber nur schlichte Dummheit.

Manchen galt dieses Unverständnis als Zeichen dafür, dass man den Scheichs und den Hodschas zu viel Bedeutung beimaß. Der Gouverneur ging die Sache so an, dass er dem Wagen zwei in seinen Diensten stehende harte Burschen mitgab, die mit ihren Peitschen gnadenlos dafür sorgten, dass sich niemand mehr heranwagte. Bald waren, wo der Wagen vorbeikam, nicht mehr Flüche, Schreie und Verwünschungen zu hören, sondern es herrschte die ominöse Stille vor, an die sich die Inselbewohner in den Pesttagen schon gewöhnt hatten, und manchmal wurde der Wagen in den leeren Straßen nicht einmal wahrgenommen. Manche älteren Menschen verwechselten das dahinzuckelnde Gefährt mit dem Wagen des Trödlers Foti. Hin und wieder trauten besonders vorwitzige Kinder sich trotz der Peitschen aber doch, auf den Wagen zu klettern und dort herumzukaspern oder Sachen herunterzustehlen. Wenn der Wagen in Vierteln wie Bayırlar, Kadirler oder Germe unterwegs war, schreckten die Leute manchmal wie beim Anblick eines Leichenwagens zurück, riefen »Haut ab!«, spotteten, Kinder warfen Steine, und die noch wütender als sonst bellenden Straßenhunde ließen sich mit den Peitschen zwar fernhalten, aber nicht zum Schweigen bringen.

Doktor Nuri fiel auf, dass das Gezänke mit den peitschenknallenden Bewachern sich wieder zu einer Art Empörung gegen die Quarantäne auswuchs, und nicht dem Major, sondern dem Gouverneur gegenüber regte er an, ob es nicht besser sei, wenn der Wagen tagsüber gar nicht mehr unterwegs wäre.

Es kam auch vor, dass auf der Strecke des Wagens Leichen abgelegt wurden. In den Häusern der Toten mochten sich neue Bewohner niedergelassen haben, die vermeiden wollten, dass Quarantänebeamte auftauchten, alles desinfizierten und verriegelten. Am zweckmäßigsten war es, man lud die aufgefundene Leiche auf den Haufen der zu verbrennenden Sachen, bestimmte je nach Viertel, welcher Religion sie wohl angehört haben mochte, und bestattete sie ohne Feier und ohne Gebet, aber mit viel Kalk auf dem jeweiligen Friedhof. Wobei es aber auch der Erfahrung und des Takts bedurfte.

Der Gouverneur, der sich über die Entwicklung laufend unterrichten ließ, schlug dem Major vor, mit jener heiklen Aufgabe wiederum Mecid und Hadid zu betrauen. Der Major war etwas zögerlich, doch der Gouverneur betonte, wie viel Zuneigung, ja Achtung den Brüdern vor allem da entgegengebracht wurde, wo man Mingerisch sprach. Die beiden waren vielleicht etwas naiv, wie es immer wieder hieß, doch hatten sie schon diverse Gewerbe betrieben und nannten sowohl Geld als auch Grundstücke ihr Eigen, sodass von ihrer gesellschaftlichen Stellung her jene Arbeit für sie eigentlich gar nicht angemessen schien. Von der Straße Leichen aufzusammeln war eher etwas, was für gutes Geld arme, aber unerschrockene junge Leute oder gedankenlose kretische Flüchtlinge taten.

Dennoch ließen Mecid und Hadid sich darauf ein, erst mal als Gehilfen bei der Sache mitzuwirken. Vielleicht dachten sie sich, der Major war ja mit ihrer Schwester verheiratet und würde ihnen dafür schon irgendein Geschenk oder eine Entschädigung zukommen lassen. Schon bald aber ließen die Leute die Wut, die sie eigentlich auf den Wagen hatten, an den beiden aus, die anders als die vorhergehenden Bewacher keine Peitschen bei sich trugen. Obwohl sie ihre beschwichtigenden Worte auf Mingerisch vorbrachten (oder vielleicht gerade deshalb), wurden sie nicht recht verstanden. Der Gouverneur sah rasch ein, dass die beiden sich dabei aufreiben würden, und fasste einen neuen Beschluss. Von nun an musste alles, was aus einem Haus, einem Laden oder einer Scheune herausgeräumt wurde, direkt davor angehäuft werden, und damit es nicht zu Plünderungen kam, wurden daneben zwei Wachen aufgestellt, bis nach Einbruch der Dunkelheit Mecid und Hadid mit dem Wagen eintreffen und die Sachen zum Verbrennungsschacht bringen würden.

Abends kam in der Stadt alles zum Erliegen, und wie ein seltsamer bläulicher Nebel senkte sich gespenstische, tödliche Dunkelheit herab. Am Hafen und am Hamidiye-Boulevard brannten nicht mehr wie in glücklicheren Zeiten die Gaslaternen. In manchen Häusern lebte zwar jemand, doch leuchtete weder am Gartentor eine Laterne, noch war am Fenster ein Licht oder ein Schatten zu sehen. Vielleicht versteckten sich dort Menschen, vielleicht aber auch nicht. Auf manchem Dach oder Baum saß still die griesgrämige, weise Minger-Eule. Bei leeren Häusern stand manchmal eine Öllampe vor der Tür, damit Diebe meinten, sie seien bewohnt.

Nach Ablauf einer Woche, also am zweiten Junifreitag, erklärten Mecid und Hadid ihrer Schwester, sie wollten von jener Arbeit befreit werden. Durch das Begehren der beiden wurde die bereits erwähnte Unentschlossenheit des Majors nur noch schlimmer. Jener hatte eine Woche nach seiner Hochzeit seiner Frau unumwunden gestanden, wie heillos verliebt er in sie sei, und er war sich auch sicher, mit ihr sehr glücklich zu werden. Allerdings wiederholte Zeynep bei jeder sich bietenden Gelegenheit, dass sie nach Istanbul wolle und er ihr das auch versprochen habe, und sie klang dabei, als ob Pest und Quarantäne gar nicht existierten. Der Major wusste nicht, was er tun sollte. Als er von Zeynep erfuhr, dass ihre Brüder von Pferdewagen und Friedhof weg und stattdessen in einem Büro arbeiten wollten, reagierte er ungehalten und richtete ihnen über seine Frau aus, bis Ersatz gefunden werde, sollten sie gefälligst ihre Arbeit weiter tun.

Zweimal hatte er seiner Frau versprochen, »bei der ersten Gelegenheit« würden sie nach Istanbul gehen. Aus dem Nebel der Unentschlossenheit heraus dämmerte ihm allerdings, dass es eigentlich um etwas anderes ging, nämlich darum, dass er sich gegenüber seiner Frau und ihren Brüdern nicht richtig durchsetzen konnte. Die Ehe, von der seine Mutter ihm immer so vorgeschwärmt hatte, zeitigte eine unerwartete Begleiterscheinung: die Furcht, seiner Frau nicht genügen zu können und sie zu verlieren!

Als die beiden in ihrem Zimmer im Splendid Palas eines Abends vor der herrlichen Aussicht auf die Burg und das blaue Meer saßen, tat Zeynep trotz ihrer Aufregung ihrem Mann langsam und deutlich kund, was sie von ihrem Bruder Mecid erfahren hatte. Der Bootsführer Seyit bringe seit zwei Tagen nachts Leute zu Schiffen, und wenn sie alles arrangierten, könnten sie innerhalb von zwei Tagen in Izmir sein, denn die Leute würden mit einem Schiff unter osmanischer Flagge in den Hafen Chania auf Kreta geschafft, und von dort ließe sich weiter nach Saloniki oder Izmir gelangen. Das sei eine ganz neue Linie, mit der es aber schon bald wieder zu Ende sein könne, sie müssten sich also beeilen.

Unsere Leser seien daran erinnert, dass Seyit zu den muslimischen Bootsführern gehörte, die Sami Pascha gegenüber den griechischen bevorzugt behandelte. Der Major spürte, dass die Spitzel des Gouverneurs von der Existenz jenes Fluchtwegs bald Wind bekommen würden und dass seine Frau keine Geduld mehr hatte, und so beschloss er augenblicklich, Zeynep solle noch in derselben Nacht zu ihren Verwandten in Izmir fliehen.

Diese Informationen, die in keiner Geschichte Mingers aufgeführt sind, gibt Pakize Sultan in ihren Briefen wie aus erster Hand wieder. Was dem Major damals wirklich durch den Kopf ging, wissen jedoch auch wir nicht, und gerade hier setzt wohl das Romaneske ein. Schließlich und endlich wissen wir ja ebenso gut wie das Volk von Minger, dass der Major sich ein Leben woanders gar nicht mehr vorstellen konnte und er sich ganz der Insel verschrieben hatte. Als einzige logische Schlussfolgerung bliebe da nur noch, dass Major Kâmil seine Frau von der Insel gar nicht wegbringen wollte.

»Meine Brüder meinen, wenn wir wollen, kann Seyit uns zu dem Schiff bringen, das nach Kreta fährt«, sagte Zeynep zu ihrem Mann und sah ihm dabei tief in die Augen.

Spielte sie darauf an, dass der Major mit ihr kommen sollte? Sobald der Entschluss gefasst war, fühlten die beiden sich jedenfalls glücklich. Miteinander zu schlafen und noch dazu einander freundschaftlich verbunden zu sein, verschaffte ihnen eine zuvor nie gekannte Seligkeit. Sie liebten einander und drückten das in einer ganz eigenen, kindlichen Sprache aus. Wie später von offiziellen Historikern und geldgierigen Journalisten behauptet wurde, loteten sie so aber nicht »die vielfältige Schönheit des magischen Mingerisch« aus. Die Wurzeln des Mingerischen reichten zwar bis in entlegene Gefilde am südlichen Aral-See zurück, doch auf Minger selbst war die Sprache durch Kreuzfahrer, Venezianer, Byzantiner und Osmanen zurückgedrängt worden und wurde 1901 lediglich noch in einigen Vierteln von Arkaz sowie in ein paar Dörfern im bergigen Norden der Insel gesprochen, und auch dort ließen sich damit kaum die von der katholischen, orthodoxen und islamischen Kultur hervorgebrachten Begrifflichkeiten ausdrücken, geschweige denn die der modernen Welt.

Als Zeynep im Splendid Palas ihre Tasche packte, weinte sie auf einmal los. Ihr geliebter Schildpattkamm, ein Geschenk ihrer Tante, von dem sie sich sonst nie trennte, war im Haus ihrer Mutter verblieben. Da sie ihn als Glücksbringer erachtete, ging ihr das besonders nahe. Der Major bot ihr an, einen der Wächter, die zum Schutz vor Ramiz immer vor dem Hoteleingang standen, zu seiner Schwiegermutter zu schicken und den Kamm holen zu lassen, doch schließlich umarmten die beiden sich nur und unternahmen weiter nichts. Sie fürchteten sich davor, dass ihre Trennung lange andauern könnte.

Noch ein letztes Mal liebten sie sich und empfanden dabei weniger Lust als vielmehr Trauer und Melancholie. Die tränennassen Augen seiner Frau ließen den Willen des Majors dahinschwinden. Was sollte er tun? Er versuchte, sich einzureden, es sei doch gut, wenn seine Frau sich jetzt vor der Pest und den Drohungen des verrückten Ramiz retten könne, und wenn die Seuche vorbei sei, werde er sie aus Izmir wieder zurückholen. Doch wenn Zeynep fort war, würde er sich an die Stunden und Tage mit ihr zurückerinnern, an ihre Blicke, und erneut würde er es mit der Einsamkeit zu tun bekommen, die ihn im Hedschas und in anderen Provinzen geplagt hatte. Er sah sich noch einmal satt an ihr, um nur ja kein Detail zu vergessen, doch wer die Briefe Pakize Sultans liest, mag den Verdacht hegen, dass der Major hier nicht ganz und gar aufrichtig war.

Nach Einbruch der Dunkelheit zog er Zivilkleidung an und setzte einen Hut auf, den sein Freund Lami ihm lieh. Auf dem Hut hatte Mecid bestanden, der das Treffen mit Seyit arrangierte. Zeynep übergab dem Major die fertig gepackte Tasche, dann verließen sie das Hotel durch die moderne Küche und den Hinterausgang. Die Pest schien die Stadt nicht nur geleert, sondern auch verdunkelt zu haben. Begleitet vom Rauschen der Bäume gingen sie, Gespenstern gleich, durch einsame Gassen. An Gartentoren bemerkten sie Vorhängeschlösser, und in keinem Haus brannte eine Öllampe, eine Kerze oder sonst ein Licht. Im Kopf aber hatten sie nicht die Seuche, sondern die Furcht vor der Trennung. Obwohl sie gemeinsam schweigend auf die Stelle zugingen, an der Seyit Zeynep an Bord nehmen sollte, wussten sie irgendwie, dass sie sich doch nicht trennen, ja vielleicht nicht einmal losfahren würden.

Die Fischerhütte in der dritten Bucht nach dem kleinen Hafen kannten sie seit ihrer Kindheit, und doch überraschte sie, wie weit es bis dorthin zu Fuß war. Als sie dort anlangten, erblickten sie im Licht des Halbmonds die dürftige Anlegestelle. Das leichte Meeresrauschen und der Wind in den Bäumen ließen sie immer wieder vermuten, da wäre noch jemand, doch sie waren allein. Schließlich setzten sie sich auf einen Balken und warteten umschlungen ab. Der Schaum der Brandung leuchtete zu ihnen hinauf wie ein weißer Stern.

»Ich schicke dir jeden Tag nach Izmir ein Telegramm«, sagte der Major.

Zeynep fing leise zu weinen an. Es war ausgemacht, dass auch Mecid und Hadid kommen und sie gemeinsam bis zur Anlegestelle gehen sollten, an der Seyit (und zwar er selbst und nicht einer seiner Leute) sie in sein Boot aufnehmen würde, doch obwohl schon viel Zeit vergangen war, rührte sich nichts. Als sie irgendwann begriffen, dass niemand kommen würde, wurde es um die Berge herum auf einmal etwas heller. Vom Schacht her, wo die Sachen der Pesttoten verbrannt wurden, schlugen rote, orange- und rosafarbene Flammen hoch. Der Major sah, wie an Zeyneps Wangen Tränen herunterflossen.

»Da kommt keiner, also trennen wir uns auch nicht!«, rief er aus.

Sie sahen sich gegenseitig an, dass sie sich darüber eigentlich freuten. Nach dem langen Warten kehrten sie durch die dunklen Gassen unbemerkt ins Splendid Palas zurück. Als der Major unterwegs Zeyneps Hand ergriff, spürte er, wie glücklich sie war.

Zu diesem Fluchtversuch gibt es außer der Darstellung in Pakize Sultans Briefen keinerlei Beweis oder Dokument. Nationalistisch gesinnten Historikern gilt er als Tabu und wird nicht einmal erwähnt, denn mit dem Unterfangen, seine Frau von der Insel zu schaffen, hätte ja ausgerechnet der Mensch, der bald darauf das Schicksal der Insel verändern sollte, das Los seiner eigenen Familie über das seines Volkes gestellt.

Kurz nach ihrer Rückkehr ins Hotel suchte Lami sie auf. »Die Insel wird von Kriegsschiffen blockiert!«, berichtete er so aufgeregt, als würde er den Tod des Sultans vermelden. »Jetzt, wo die ganze Welt sich mit uns befasst, werden sie wohl auch die Seuche kleinkriegen. Robert Efendi, der gestern das Hotel verlassen hat, will sein Zimmer mit der Nummer 33 heute wieder zurück.«

Der Major empfand die Blockade durch die Großmächte eher so, als würde die Insel nunmehr ganz ihrem Schicksal überlassen, doch tat er so, als würde er Lamis tröstenden Worten Glauben schenken. Seine Frau ließ sich auf jene übertriebene Zuversicht gleichfalls ein, und eigentlich kam es ihnen nur darauf an, dass sie sich nicht getrennt hatten und gleich wieder in ihrem Zimmer allein sein und sich lange lieben würden.

KAPITEL 40

Der Blockadebeschluss war von den internationalen Mächten gemeinsam gefällt worden, beziehungsweise hatte man, wie aus den Archiven später hervorging, das Osmanische Reich sanft zu einer Teilnahme genötigt. Der britische Botschafter Sir Philip Currie hatte angedeutet, falls die Hohe Pforte sich nicht mit einem Schiff daran beteilige, werde die Blockade leider als gegen das Osmanische Reich gerichtete Maßnahme aufgefasst werden. Falls man sich hingegen doch zu einer Beteiligung durchringe, werde nicht das Osmanische Reich blamiert dastehen, sondern der Gouverneur von Minger, der die Lage nicht in den Griff bekomme. Auf Anraten des Marineministers entsandte Abdülhamit darauf den Kreuzer *Mahmudiye* (die *Orhaniye* lag gerade wieder auf Dock).

Am folgenden Morgen wurde der Beschluss per Telegramm dem Gouverneur und der Mingerer Quarantäneorganisation mitgeteilt. Die Blockade sei auf Anregung des Gouverneurs hin zum Schutz der osmanischen Bürger errichtet worden, und es werde dazu eine Erklärung an die internationale Presse geben.

Noch bevor es Mittag war, wusste ganz Minger, dass Schiffe aus Frankreich, Großbritannien und Russland sowie die *Mahmudiye* eintreffen würden, um Menschen aufzuhalten, die sich ohne Quarantäne, ohne Isolierung und ohne Untersuchung von der Insel davonmachen wollten. Die Mingerer begriffen, dass der Name ihrer Insel in der internationalen Presse auftauchen würde, doch richtig stolz waren sie darauf nicht. Nicht nur waren sie der Seuche nicht Herr geworden, sondern das erfuhr jetzt auch noch die ganze Welt.

Insgeheimer Stolz kam aber dann doch auf, als in den Lokalzeitungen Details über die entsandten Schiffe ausgebreitet wurden. Die 1883 erbaute französische *Amiral Baudin* sei ganze hundert Meter lang und die britische *HMS Prince George* vom Baujahr 1875 bekannt für ihre exzellente Artillerie. Kaiser Wilhelm habe kein Schiff geschickt, um diplomatische Verwicklungen zu vermeiden und Abdülhamit nicht zu kränken. Mit bloßem Auge sah man die Kreuzer von Arkaz aus nicht. Nur bei klarem, windigem Wetter war von einigen Dörfern und Klöstern in den Bergen die Blockade überhaupt wahrzunehmen. Zogen aber Dunstschleier auf, verschwanden die von den Großmächten geschickten Schiffe ganz und gar, und sogleich kamen Gerüchte auf, sie seien tatsächlich abgefahren oder aber gar nie da gewesen.

Auf Befehl aus Istanbul wurden in einem Aushang die Gründe für die Blockade erläutert. Darin hieß es, sie sei nicht gegen die Bevölkerung von Minger gerichtet, sondern gegen den Menschenschmuggel skrupelloser Banditen.

Die Mingerer empfanden die Blockade dennoch als Herabwürdigung. Sie wurden dadurch mit der Nase darauf gestoßen, dass sie bei der Quarantäne versagt hatten, und im Grunde sagte die Welt zu ihnen: »Seht zu, wie ihr aus dem Schlamassel herauskommt, und haltet euch gefälligst fern von uns!« Die orthodoxen Griechen, die sich immer Unterstützung von den Europäern und den Russen erhofften, mussten einsehen, dass jene zuallererst an sich selbst dachten. Aber auch die Muslime fühlten sich verlassen, insbesondere von Abdülhamit. Um sich diese bittere Wahrheit nicht eingestehen zu müssen, flüchteten manche sich in Hirngespinste. Die Wagenfähre *Suhulet*, die als Hilfsschiff eingesetzt werde, sei mit Soldaten, Ausrüstung und Medikamenten an Bord schon unterwegs; die Zahl der Toten gehe ständig zurück; die Engländer hätten in Indien ein Mittel erfunden, mit dem man gegen die Pest geimpft werden könne wie gegen Tollwut; und die Blockade habe man nur errichtet, um für die Impfungen Zeit zu gewinnen. Wer zu Hause eher Mingerisch sprach und sich den Hodschas und den Derwischorden nahe fühlte, war wütend auf die Engländer und die Franzosen, nicht aber auf Abdülhamit, der sich der Blockade nur notgedrungen angeschlossen habe.

Unter Muslimen konnte der Ärger über die Christen allerdings auch in Wut auf die osmanische Bürokratie, den Gouverneur und das Militär umschlagen. Ein gewisses Grundgefühl aber war vielen Bewohnern gemeinsam: Nach all den Maßnahmen, die wir in den letzten fünfzig Jahren eingeleitet haben, um uns bei den Europäern einzuschmeicheln, nach all den teils unter europäischem Druck, teils aus ehrlicher Überzeugung vorangetriebenen Reformen zur Gleichstellung von Christen und Muslimen überlassen die Europäer nun, anstatt uns zu helfen, die Insel ihrem eigenen Schicksal. Da Menschen mit einer solchen Einstellung sich auch widerspenstig gegenüber der Quarantäne zeigten, bereiteten sie dem Gouverneur mehr Sorgen als die Griechen. Da andererseits die Quarantäne sich auf die Zusammenarbeit zwischen vorwiegend griechischstämmigen Ärzten, der Quarantäneorganisation und dem Gouverneur stützte, schaffte es die Seuche, die gebildeten Griechen und die gebildeten Muslime der Insel, die außerhalb von Staatsapparat und Handel ansonsten nicht viel miteinander zu tun hatten, einander näherzubringen. In der anscheinend ernsthaften Sorge Griechenlands um die Gesundheit des griechischsprachigen Teils der Bevölkerung machte der Gouverneur zudem keinerlei Anzeichen dafür aus, dass man sich die Situation dort politisch zunutze machen wollte.

Es regnete von da an drei Tage lang. Die Regenfälle, die jedes Frühjahr einsetzten und damit der dichten Vegetation, den Schnecken und den Elstern guttaten, ließen allerdings auch den Arkaz über die Ufer treten, sodass schlammige Fluten durch die engen Gassen schossen und sich das Wasser in der Hafenbucht in eine sämige, gelbliche Brühe verwandelte. Vom Erker seines Amtszimmers aus blickte Sami Pascha auf das Meer, das jenseits der Burg eher grünlich schimmerte, am Arabischen Leuchtturm hingegen dunkelblau, und als es plötzlich wieder so stark losregnete, dass die Burg hinter dem Wasserschleier verschwand, dachte er wohl zum hundertsten Mal an das, was ihn am meisten bewegte.

»Wenn wir noch mehr Soldaten einsetzen und noch mehr Menschen in den Kerker und die Isolierung schicken, gibt es noch einen Aufstand«, hatte er in jenen Tagen einmal zu Doktor Nuri gesagt. »Schon jetzt kommen Tag für Tag gut fünfundzwanzig Leute in die Burg, weil sie entweder als infiziert gelten oder gegen die Quarantäne verstoßen oder aber gestohlen und geplündert haben.«

Nach den Regentagen machten der Gouverneur und Doktor Nuri sich zu Fuß in die am meisten betroffenen Viertel auf. Begleitet von den Leibwächtern des Gouverneurs, den Quarantänesoldaten und dem Major erkundeten sie jeden Tag in einem zwanzig, fünfundzwanzig Minuten langen Fußmarsch ein anderes Viertel und sahen mit eigenen Augen, zu welch unschönen Szenen es in den infizierten Straßen manchmal kam.

Insgesamt ging es in der nach Lysol riechenden Stadt eher ruhig zu. Da Soldaten sämtliche Bäume, Mauern und Hauswände bis zum ersten Stock hinauf mit Kalk bestreut hatten, kam sich der Gouverneur vor wie in einer völlig fremden Stadt. Dazu trug auch bei, dass kaum jemand unterwegs war. Nirgends sah man Leute nebeneinanderher gehen. Wenn der Gouverneur über die Hamidiye-Brücke, die er in den letzten fünf Jahren mindestens zwei-, dreimal am Tag überquert hatte, zum Markt hinüberblickte, erschauderte er immer wieder angesichts der gut zur Hälfte geschlossenen Geschäfte.

Es war ein trostloser Anblick, wenn jemand allein am Meer stand und ins Wasser starrte, wenn ein Ladenbesitzer verzagt sein Geschäft zusperrte, wenn in einer Ecke jemand dasaß, als wollte er sich verstecken. Selbst ein Fremder hätte sofort erkannt, dass sich der Großteil der Bevölkerung verkrochen hatte, hinter Fensterläden, Hoftüren, Hausmauern. Am Mittwoch, dem 19. Juni, an dem siebzehn Pesttote zu verzeichnen waren, fiel dem Gouverneur auf, dass viele geschlossene Geschäfte mit Brettern vernagelt waren. Manche Ladenbesitzer hatten das nach dem Desinfizieren selbst besorgt, damit keine neuen Bazillen und auch keine Diebe hineinkamen. Der Eifer, mit dem in den ersten Quarantänetagen Derartiges noch durchgeführt wurde, hatte jedoch anderthalb Monate später merklich nachgelassen, und Tag für Tag kam es zu neuen Merkwürdigkeiten.

Das Verrammeln von Häusern und Läden mochte zwar angesichts des modernen Wissens über Bazillen nicht mehr ganz zeitgemäß sein, doch gegen Einbruch und die Besetzung leerstehender Häuser wurde es noch immer praktiziert. Anfangs hatte man von den Ladenbesitzern wegen des Aufwands für das Verrammeln sogar eine Steuer erhoben, doch von diesem Missgriff war man schnell wieder abgekommen, und mittlerweile wurden auch weniger Läden verbarrikadiert. Der Gouverneur und Doktor Nuri kamen oft auf solche Entwicklungen und Lockerungen zu sprechen, während der Major ihnen nur schweigend lauschte und sie dafür bewunderte, wie sie der Quarantäne den »Puls« fühlten und Schlüsse daraus zogen. Bei der Lektüre von Pakize Sultans Briefen fällt auf, dass der Gouverneur sich oft darüber beklagte, wegen uneinsichtiger Telegramme aus Istanbul immer wieder Lockerungen einführen zu müssen.

In den ersten fünf Tagen nach Verhängung der Blockade starben zweiundachtzig Menschen. Interessanterweise verdutzte es die Leute dennoch, dass sich darunter auch Garnisonskommandant Edirneli Mehmet Pascha befand. Um zu beschreiben, was für eine Hoffnungslosigkeit sich Mitte Juni der Stadt bemächtigte, müsste man nicht Historikerin und auch nicht Schriftstellerin sein, sondern Dichterin! Es war eine Hoffnungslosigkeit, die die Menschen davon abhielt, aufzupassen, nachzudenken, Maßnahmen zu ergreifen. Ein Gefühl, es sei sowieso alles zu spät. Man starb vielleicht nicht sofort, war aber auf der Insel gefangen, und irgendwann würde der Tod einen erwischen.

Nicht nur die Griechen, auch ein Großteil der Muslime bereute nun, nicht schon vor der Quarantäne abgereist zu sein. Seit durch die Blockade keine Passagierschiffe mehr an die Insel herankamen, versuchten die Menschen, mit kleinen Lastkähnen und Fischerbooten zu fliehen. Damit die Bootsführer sich an den Flüchtenden wieder bereichern konnten, verbreiteten sie diverse Gerüchte, laut denen die *HMS Prince George* und die *Amiral Baudin* bereits abgezogen seien oder zumindest die Nacht über im Hafen von Chania vor Anker lägen und der Seeweg somit frei sei. Einem Bootsführer gelang es sogar, mithilfe von Wind und Strömung eine dreiköpfige Familie mit seinem Ruderboot innerhalb von zwei Tagen bis zum Strand von Kreta zu bringen, doch davon bekam man in Minger nichts mit. Wer sich dafür interessiert, dem seien die vorzüglichen Memoiren des Jungen jener Familie empfohlen, die 1962 in Athen unter dem Titel *Die Ruder sind unser Wind* erschienen sind.

Dieser erneute Menschenschmuggel vollzog sich zunächst noch ganz heimlich, doch da weder die Leute des Gouverneurs noch die Quarantänesoldaten der Sache wirklich nachgingen, nahm alles wieder seinen Lauf, ja beschleunigte sich noch. Bis schließlich eines Tages ein Boot bei hohem Wellengang zu viele Menschen aufnahm und kenterte. Oder absichtlich zum Kentern gebracht wurde. Jedenfalls kamen dabei mehr als fünfzehn griechische Mingerer ums Leben.

Erst war nur von einem Unfall die Rede, doch rasch witterten die Leute eine böse Absicht hinter dem Geschehen. Die Mingerer begriffen, dass sie ganz auf sich selbst gestellt waren, und ließen bittere Vorwürfe laut werden. In den siebziger Jahren sollten schließlich sowjetische Historiker anhand von Dokumenten beweisen, dass damals das Ruderboot *Topikos* mit siebzehn Passagieren an Bord vom russischen Kreuzer *Iwanow* beschossen und versenkt worden sei. Die internationalen Mächte hätten auf Anstoß der Engländer beschlossen, zur Verhinderung weiterer Fluchten ein Exempel zu statuieren. Eigentlich war vorgesehen, die Passagiere des sinkenden Bootes an Bord des Kreuzers zu nehmen, doch im Dunkel der Nacht sei das Durcheinander zu groß gewesen. Das Ruderboot sei direkt auf die *Iwanow* zugefahren. Eine geplante Erklärung des russischen Außenministeriums, laut der man keine andere Wahl gehabt habe, als sich gegen den Angriff des Bootes »mit den Pestkranken an Bord« zu verteidigen, wurde schließlich doch nicht veröffentlicht. An jenem Unglück, das sich den Mingerern tief einprägen sollte, ist noch so manches unaufgeklärt.

Als an den folgenden Tagen die Ertrunkenen allmählich an Land gespült wurden, war das Entsetzen noch größer, und die Menschen spürten so richtig, dass sie an die Insel gekettet waren wie Strafgefangene.

KAPITEL 41

Am Samstag, dem 22. Juni (an dem einundzwanzig Menschen starben), erreichte die vom Major befehligte Quarantänearmee eine Stärke von zweiundsechzig Mann, von denen mehr als die Hälfte in Turunçlar, Bayırlar und Arpara lebte. Die meisten hatten als Kinder mit ihren Familien und ihren Spielkameraden Mingerisch gesprochen, und manche hielten das bei sich zu Hause noch immer so. Sie meinten aber, ihre Stellung nicht ihrer ethnischen Herkunft zu verdanken, sondern Beziehungen zu Jugendfreunden, und schätzten sich glücklich. Zumeist waren sie um die dreißig, doch in Bayırlar hatte der Major auch einen Vater und seinen Sohn rekrutiert. Aus einem speziellen Fonds des Gouverneurs wurde ihnen ihr erster Sold im Voraus bezahlt.

Nach der morgendlichen Sitzung im Epidemiologie-Raum fuhr der Major jeweils im Landauer des Gouverneurs in die Garnison, ließ die Quarantänesoldaten exerzieren und kontrollierte ihre Uniformen. Manche Rekruten hingen so sehr an ihrer Uniform, dass sie sie auch in ihrem Viertel trugen, um damit ein wenig zu prahlen. Nach dem Exerzieren wurden die Soldaten zu den von Doktor Nuri und Doktor Nikos am Morgen festgelegten Einsatzorten entsandt. Hamdi Baba konnte etwa mit zwei Mann zu einem Haus in der Nähe der Marmoranlegestelle geschickt werden, wo Leute sich gegen eine Räumung sträubten; Mecid und Hadid sollten – falls sie nicht gerade mit dem Pferdewagen unterwegs waren – im Hamidiye-Krankenhaus aushelfen, weil dort der eine Hausmeister gestorben und der andere davongelaufen war; und der Vater und sein Sohn wurden damit beauftragt, zwei Männer aus dem halb fertigen Uhrturm herauszuholen (was eigentlich Aufgabe der

Gendarmerie gewesen wäre, doch hieß es, die beiden oben im Turm Verschanzten seien infiziert und hätten gar schon Fieber).

Dass bisher noch kein einziger Quarantänesoldat erkrankt war, galt Doktor Nuri als schlagender Beweis dafür, dass der Bazillus sich eher von Ratten auf Menschen übertrug als von Mensch zu Mensch. Auf Anraten Doktor Nuris ließ der Major in der Garnison für die Rekruten einen Schlafsaal einrichten. Jene waren gefährdet, da sie vorwiegend in stark betroffenen Vierteln wohnten. Viel lieber als in dem primitiven Schlafsaal hätten sie allerdings bei sich zu Hause geschlafen, bei ihren Frauen und ihren Familien, und manche taten das auch, wie der Major über seine Spitzel erfuhr, doch da sie gute Arbeit leisteten, ließ er sie gewähren.

Nachdem der Major an jenem Morgen mehr als die Hälfte seiner Leute in diverse Viertel geschickt hatte, nahm er die zwanzig vertrauenswürdigsten Rekruten beiseite und ließ an jeden von ihnen drei Kugeln ausgeben, mit denen sie ihre Gewehre laden sollten. Davor fürchteten sie sich ein wenig, doch führten sie den Befehl aus und drückten klickend die Patronen ins Magazin. Zum Führer der Gruppe hatte der Major Hamdi Baba bestimmt. Die Brüder Mecid und Hadid hatte er bereits vor zwei Tagen für die Schreibstube eingeteilt, nun beorderte er Mustafa aus dem Viertel Bayırlar hinzu. In den letzten Tagen hatte er jene ausgewählten Rekruten schon darauf vorbereitet, was sie nun zu tun haben würden, doch empfand er noch einmal das Bedürfnis, etwas zu sagen. Sie würden eine höchst nützliche Aufgabe erledigen, bräuchten sich überhaupt nicht zu fürchten, und es würde gar nicht nötig sein, ihre Gewehre abzufeuern, von vielleicht einem Schuss im Postamt abgesehen. Zuvor hatte er schon mit jedem Einzelnen von ihnen geredet. Sie müssten das Telegrafenamt schützen, das sei im Kampf gegen die vermaledeite Seuche unbedingt notwendig. Zuallerletzt log der Major noch, der Gouverneur sei in die Sache eingeweiht.

Mit dem Major an der Spitze zogen die Quarantänesoldaten an den salutierenden Wachen vorbei durch das Garnisonstor und marschierten den steilen Weg hinunter, der Jahre später den Namen Hamdi-Baba-

Straße tragen sollte. Zwischen den nach Lysol, Geißblatt und Bougainvillea duftenden Gärten von Eyoklima waren sie so still, dass sie das Summen der Bienen hören konnten. Sie durchquerten den großen, nach Tod und Mandeln riechenden Hof der Sankt-Georgs-Kirche, in dem sie oft Desinfizierungen beigewohnt hatten, und gingen geradewegs zum Meer hinunter. Vor dem Haupttor, wo es wegen der vielen Toten an manchen Tagen zu Auseinandersetzungen zwischen den Trauernden kam, wurden die Soldaten nur von zwei verzagten Bettlern und ein paar schwarzen Schatten furchtsam beäugt.

Die Rekruten zogen durch die nach Lysol riechenden Straßen, durch die sie mehrmals am Tag kamen, bogen in unvermindertem Marschtempo in den Hamidiye-Boulevard ein, kamen am Regierungsgebäude vorbei, und zwei Minuten später standen sie vor dem Postamt. Es hatte sie kaum jemand gesehen, und die wenigen Passanten dachten vermutlich, sie seien zur Schlichtung eines Quarantänestreits unterwegs.

Wie geplant, bezogen Mecid und Hadid sowie drei weitere Rekruten vor dem Hintereingang des Gebäudes Stellung. Der Major stieg mit sieben Soldaten die Treppe zum Haupteingang empor. Auf dem kleinen Platz, auf dem früher die Leute ihre Post in Empfang nahmen, als noch weniger Schiffe die Insel anliefen, stellten sich die verbleibenden neun Rekruten mit dem Rücken zum Gebäude auf und zeigten somit an, dass sie hier Posten standen. Noch war der Platz fast menschenleer, doch die Passanten auf dem Hamidiye-Boulevard wurden von dem Aufgebot angelockt und kamen neugierig herbei.

Der Major betrat das Gebäude, in dem sich zu der frühen Morgenstunde nicht mehr als fünf Kunden aufhielten. Es waren elegante Herren im Gehrock und ein paar aus reichen Villen entsandte Diener, die nach Istanbul, Izmir oder Athen Telegramme schicken wollten. Der Major hatte sie schon des Öfteren gesehen, wenn er Briefe Pakize Sultans zur Post brachte. Meist stand in den Telegrammen nichts weiter als »Uns geht es gut« oder »Es steht schlimm, aber wir dürfen nicht aus dem Haus«. (Wer in seinem Haus einen Toten zu beklagen hatte, wurde meist direkt in die Isolierstation geschafft, ohne noch ein Telegramm schicken zu können.) Dem Major fiel auf, dass unter den Kunden keine Muslime waren. Seit einer Weile achtete er auf solche Details.

Als er auf einen froschgesichtigen Beamten zuging, mit dem er es schon ein paarmal zu tun gehabt hatte, kam der Postvorsteher herbei, der von seinem höher gelegenen Büro bemerkt hatte, dass etwas Besonderes vor sich ging.

»Wieder mal ein Brief von der Prinzessin?«, fragte er freundlich lächelnd.

Der Major und Dimitris Efendi hatten sich mit der Zeit ein wenig angefreundet. Dimitris war zwölf Jahre zuvor aus Istanbul nach Minger versetzt worden. Er stammte aus Saloniki, hatte an der Fernmeldeschule im Istanbuler Çemberlitaş gelernt und in den ältesten Telegrafenämtern des Osmanischen Reiches gearbeitet. Er verstand sich bestens darauf, Telegramme nicht nur auf Türkisch, sondern auch auf Französisch zu versenden. Als er in den ersten Pesttagen die umfangreichen Briefe Pakize Sultans abgewogen und den entsprechenden Tarif berechnet hatte, waren sie über Istanbul ins Gespräch gekommen, über die Zeit, als er dort von Fernmeldeingenieuren Französisch gelernt hatte, und er fragte immer, wie es nun in Istanbul so zugehe.

»Diesmal habe ich keinen Brief dabei!«, sagte der Major. »Diesmal übernehme ich das ganze Postamt.«

»Wie bitte?«

»Das Postamt wird geschlossen.«

»Da muss ein Missverständnis vorliegen«, sagte Dimitris Efendi.

Es reizte den Major, dass der Postvorsteher das so selbstsicher äußerte, als würde er die Anzahl der Buchstaben oder Zeichen in einem Telegramm korrigieren oder ihn auf sonst einen Fehler hinweisen.

»Gehorchen Sie ganz einfach«, erwiderte er, als würde er ein Geheimnis verraten.

»Aber das bedarf doch zumindest einer Erklärung …«

Der Major verließ den Schalter, an dem noch immer wie vor vierzig Jahren als Schutzmaßnahme Weihrauch brannte, ging zum Eingang und holte Hamdi Baba und zwei weitere Quarantänesoldaten herein. Er legte dabei ein einschüchterndes Gebaren an den Tag, um Dimitris Efendi und den Postbeamten zu zeigen, wie ernst es ihm war. Den Beamten war Hamdi Baba längst ein Begriff. Sie waren ihm und den anderen Rekruten schon oft begegnet und wussten nur zu gut, wie rasch sie mit roher Gewalt bei der Hand waren oder gar zur Waffe griffen.

Den Major betrübte schon eine Weile, wie unordentlich es im Postamt in letzter Zeit zuging. Zu seinen Kindertagen hatte das Amt noch blitzblank gestrahlt wie die Postkartenmuster an der Wand, und war so aufgeräumt gewesen wie die Küche einer tüchtigen Hausfrau. Die Quarantänemaßnahmen waren an der nunmehr herrschenden Unordnung wohl nicht schuld, denn auf dem letzten Hygienekongress war man zu dem Schluss gekommen, Postsendungen müssten nicht desinfiziert werden. Es ging nur alles langsamer vonstatten, da weniger Postschiffe verkehrten und manche Beamte aus Furcht vor der Seuche nicht mehr zur Arbeit erschienen. Als der Major den Zugang zum Obergeschoss sperren ließ und einen Rekruten auf die Treppe schickte, begriff jeder im Postamt, dass es sich dabei um eine geplante Aktion handelte.

Da trat ein Mann, der an seiner gestickten Weste als alteingesessener Mingerer auszumachen war, an den Postvorsteher heran. Er habe vor einem Monat mit der *Quadalquivir* der Messageries Maritimes ein wertvolles Paket per Einschreiben mit Rückschein nach Istanbul geschickt und den Rückschein noch immer nicht zurückbekommen. Der Postvorsteher hatte dem Mann bereits mehrmals erläutert, welchen Antrag er auszufüllen hatte, um sicherzugehen, dass sein Paket überhaupt abgeschickt worden war. Seit einer Weile kam der Mann jeden zweiten Tag, stritt sich mit den Postbeamten herum und wedelte mit einem im Regierungsgebäude abgestempelten Dokument, laut dem alle zurückgesandten versiegelten Säcke zu öffnen seien, bis sein wertvolles Paket gefunden und ihm zurückerstattet werde.

Als sich der auf Griechisch geführte Disput zwischen dem Mann und dem Postvorsteher auch diesmal wieder hinzog, sah der Major darin eine günstige Gelegenheit, um seine Absichten kundzutun.

»So, das reicht, genug gestritten!«, rief er auf Türkisch. »Von jetzt ab werden in diesem Postamt keinerlei Vorgänge mehr abgewickelt.«

Seine Stimme dröhnte so laut durchs Postamt, dass jedermann sogleich begriff. Der Postvorsteher schaffte sich den alten Mann vom Hals, und die anderen Kunden waren vom Eintritt der Soldaten so eingeschüchtert, dass sie sich auf den Weg zum Ausgang machten.

»Was meinen Sie mit Vorgängen?«, fragte der Postvorsteher.

»Sie stellen jegliche Aktivität augenblicklich ein. Es werden keine Telegramme mehr abgesandt und auch keine mehr angenommen.«

Vielsagend blickte der Postvorsteher auf den Aushang, auf dem in türkischer, französischer und griechischer Sprache die neuen Verhaltensregeln aufgeführt waren: Das Postamt musste einzeln betreten werden, nirgends sollten zwei Kunden nebeneinanderstehen, das Berühren der Postbeamten war verboten, die Beamten durften nach Gutdünken Räucherwerk verwenden, gegen das Versprühen von Desinfektionsmitteln durfte kein Widerspruch eingelegt werden. Zwar konnten in Minger insbesondere unter den Muslimen kaum zehn Prozent der Bevölkerung lesen und schreiben, doch hatten der Gouverneur und der Quarantänedirektor dafür gesorgt, dass entsprechende Plakate in vielen Geschäften, Hotels und Restaurants sowie an manchen Gebäuden hingen.

»Sogar das Telegrafieren soll verboten werden?«, fragte Dimitris Efendi ungläubig. »Was soll das mit der Seuche zu tun haben?«

»Es wird nicht verboten, sondern einer gewissen Kontrolle unterzogen.«

»So einen Beschluss kann nur der Gouverneur fassen. Haben Sie eine amtliche Weisung dabei? Sie sind ein fabelhafter junger Mann, dem eine glänzende Zukunft bevorsteht, doch sollten Sie ein bisschen vorsichtig sein.«

»Hamdi Baba!«, rief da der Major.

Der allseits bekannte Hamdi Baba nahm sein Mauser-Gewehr von der Schulter. Obwohl er genau wusste, dass ihm jedermann zusah, entsicherte er in aller Seelenruhe die Waffe und schob eine Patrone in den Lauf. Auf das Klacken des Gewehres hin wurde es im Postamt mucksmäuschenstill. Hamdi Baba legte das Gewehr an die Schulter und nahm umständlich etwas ins Visier.

»Schon gut, ich habe verstanden«, sagte Dimitris Efendi.

Hamdi Baba hatte schon ein Auge zugekniffen, nun aber blickte er erst den Major an. Sogleich begriff er, dass er weitermachen sollte wie geplant.

Ein Telegrammausträger, der arg nahe am Gewehrlauf stand, rückte etwas zur Seite. Ein Kunde und ein Sekretär waren nahe genug am Ausgang, um sich schnell davonzumachen.

Da drückte Hamdi Baba ab. Auf den Knall hin warfen die Leute sich zu Boden oder suchten irgendwo Schutz.

Hamdi Baba war nun in Fahrt und feuerte zwei weitere Schüsse ab.

»Feuer einstellen!«, rief da der Major. »Gewehr schultern!«

Die beiden ersten Schüsse hatten die große Teta-Wanduhr getroffen und ihr Glas zersplittern lassen. Da die letzte Kugel ins walnusshölzerne Gehäuse der Uhr eingedrungen war, erschien es allen, als wäre sie auf geheimnisvolle Weise verschwunden. Das ganze Erdgeschoss des Postamts roch nach Pulverdampf.

»Es genügt nun wirklich«, sagte Dimitris Efendi. »Bitte hören Sie damit auf.«

»Es freut mich, dass Sie begriffen haben«, erwiderte der Major. »Ich hätte Ihnen ein paar Vorschläge zu machen, über die wir diskutieren sollten.«

»Mit bewaffneten Staatsvertretern führe ich keine Diskussionen«, versetzte Dimitris Efendi. »Gehen wir am besten in mein Büro hinauf, dort werde ich mir Ihre Befehle anhören.«

Aus diesen Worten hörte der Major Spott heraus, oder zumindest ließ die nunmehr übertrieben beflissene Art des erfahrenen Postvorstehers durchblicken, dass er den Major nicht so recht ernst nahm, was jenen aber nicht weiter kümmerte. Der Major schickte Hamdi Baba hinaus, um die Leute zu beschwichtigen, die draußen die Schüsse vernommen hatten. Mecid und Hadid stellten sich am Eingang auf und erläuterten jedermann, auf Befehl des Majors hin sei der Telegrammdienst eingestellt worden, Briefe und Pakete würden jedoch, solange noch Schiffe ankämen, weiterhin abgefertigt und ausgeliefert. Niemand wollte das mit den Telegrammen so recht glauben, aber bald wurde die Maßnahme durch einen Aushang in drei Sprachen bekräftigt. Von den Leuten, die den ganzen Tag über ins Postamt kamen, wollten die meisten dennoch Telegramme versenden.

KAPITEL 42

Die im letzten Kapitel geschilderten Ereignisse sind in die Geschichte Mingers als »Überfall auf das Telegrafenamt« eingegangen, was missverständlich klingen könnte, da es sich eigentlich um ein Postamt handelte, doch da das Ziel des Unterfangens nicht das Postamt an sich, sondern spezifisch der Telegrafendienst war, ist die Benennung nicht gar so falsch. Heutzutage herrscht die Meinung vor, dass jener Vorfall damals als Beginn eines »nationalen Erwachens« auf der Insel gelten darf. Der 22. Juni wird auf Minger seit hundertsechs Jahren als »Telegrafentag« gefeiert, an dem Behörden und Schulen geschlossen sind. Bei der Feier wird der morgendliche Marsch der Quarantänesoldaten von der Garnison zum Postamt hinunter nachgestellt, wobei die Marschierenden als Telegrafenbeamten mit Dienstmütze auftreten. Sollte auf der Insel in Vergessenheit geraten sein, dass die »Rekruten« keine Telegrafenbeamten waren, sondern Soldaten? Der Versuch, den Vorfall nicht als gewaltsamen Vorgang darzustellen, sondern vielmehr als fröhlichen »Schritt in die Moderne«, wird von manchen offiziellen Historikern als Beweis für die Abscheu der Mingerer vor Gewalt gewertet, doch recht überzeugend klingt diese oberflächliche Einschätzung nicht.

Sobald der Major sich sicher war, dass der Postvorsteher sich wenigstens eine Weile an seine Befehle halten würde, ging er zu seiner Frau ins Splendid Palas und blieb dort zwei Stunden lang in seinem Zimmer. Später gab er gegenüber Journalisten an, in jener Zeitspanne habe er sich außerordentlich glücklich gefühlt.

Als es vom Turm der Dreifaltigkeitskirche ein Uhr schlug, verließ der Major das Hotel durch die Küchentür und ging zum Regierungsgebäude. Der Hamidiye-Platz, die Gegend um den unfertigen Uhrturm und sogar die Hamidiye-Brücke, auf der es ansonsten vor Müßiggängern, Straßenhändlern und als Blumen- oder Maroniverkäufer getarnten Spitzeln nur so wimmelte, überall war es leer. Als der Major am Postamt vorbeikam, sah er seine Rekruten dort nach wie vor Wache stehen. Wir spüren geradezu, wie er auf seinem Weg Schritt für Schritt dem näher kam, was wir als Geschichte bezeichnen.

Entschlossen betrat er das Regierungsgebäude, hochzufrieden über seinen unerwarteten, brillanten Schachzug! Er wurde sogleich zum Gouverneur vorgelassen, bei dem schon Doktor Nuri saß.

»Würden Sie uns bitte erklären, was Sie sich dabei gedacht haben und wie Sie das wieder in Ordnung zu bringen gedenken!«, sagte der Gouverneur wütend. »Mitten in der Seuche sind wir von der Welt abgeschnitten.«

»Aber Exzellenz, Sie haben doch immer wieder gesagt, wenn aus Istanbul mal ein paar Tage lang kein Telegramm kommt, mache ich dem Widerstand gegen die Quarantäne den Garaus.«

»Das ist hier nicht zum Scherzen!«

»Herr Gouverneur«, schaltete sich Doktor Nuri ein, »wenn Sie es so anordnen, können wir die Telegrafenleitung im Handumdrehen wiederherstellen und aus Istanbul weiter Befehle empfangen. Wir können uns allerdings auch Zeit damit lassen, dann kann uns ein paar Tage lang niemand dreinreden, so wie Sie das gerne hätten.«

»Uns kann sowieso niemand dreinreden …«, sagte der Gouverneur. Und zum Major gewandt: »Sie sind verhaftet.«

Zwei Wächter traten ein, und der Major leistete keinerlei Widerstand. Bevor er in eine Zelle im ersten Stock gesperrt wurde, versicherte ihm der Gouverneur, um seine Frau würden sich ihre zwei Brüder kümmern. Die stoische Haltung des Majors imponierte dem Gouverneur.

Sie rührte vermutlich daher, dass der »Überfall auf das Telegrafenamt« erfolgreich gewesen war. Noch bevor die Aktion überhaupt offiziell so benannt wurde, löste sie Hoffnung aus. Selbst wer bis dahin noch so getan hatte, als ob nichts wäre, wer sich in der von den Europäern verachteten Manier in sein Schicksal gefügt oder gar über die Angst der anderen gespottet hatte, war letztendlich von der nackten Furcht gepackt worden. Durch die internationale Blockade und die Versenkung des Flüchtlingsboots hatte man nun vollends das Gefühl, zusammen mit der Seuche auf der Insel eingesperrt zu sein. Früher hatte man bei der Zeitungslektüre noch seinem Herrgott dafür gedankt, fern von den Händeln der Welt, fern von Kriegen und Katastrophen auf einer abgelegenen Insel zu leben, doch nun war gerade diese Ferne zum Fluch geworden.

Das mal gelbliche, mal blassere Licht, das Mitte Juni immer über der Stadt lag, weckte in jedem nun das Gefühl, er sei in einer ganz auf ihn zugeschnittenen Hölle. Als wäre die Pest von gelber Farbe und sähe auf das Volk von Minger herab, um ohne weiteres Nachdenken zu entscheiden, wem sie gerade an den Kragen wolle.

Die meisten Mingerer waren der festen Überzeugung, dieselben Mächte, die die Krankheit von »außen« eingeschleppt hätten, hätten nun mit ihren Kriegsschiffen schamlos eine Blockade errichtet.

Der Gouverneur spürte als Erster, was unter dem Volk für seltsame Stimmungen im Umlauf waren. Über seine Spitzel wusste er, dass unter den muslimischen Geschäftsleuten, den wütenden Menschen in Vavla und Kadirler und sogar unter den Griechen, denen der Gouverneur verhasst war, immer häufiger der Name des Majors zirkulierte.

Als sie sich an jenem Tag vor die Epidemiologie-Karte setzten, sagte Doktor Nuri: »Jetzt kann Ihnen wirklich niemand dreinreden.«

Daraufhin erzählte der Gouverneur eine Anekdote.

»Als junger Mensch saß ich abends öfter mit den Leuten von Fahrettin Pascha, der seine Villa gleich neben der unseren hatte, und mit den jungen Mitarbeitern der Dolmetschabteilung am Ende der Straße zusammen, und wir unterhielten uns darüber, wie es mit unserem Land weitergehen sollte. Eines Abends forderte Nazillili Necmi uns auf, jeder solle sagen, was er fürs Vaterland tun würde, falls er auf einmal Großwesir wäre und damit die Macht in Händen hielte.«

»Und was haben Sie da gesagt?«

»Da wir garantiert Spitzel unter uns hatten, habe ich leider genau wie alle anderen zunächst unserem Sultan Abdülaziz langes Leben gewünscht und dann Belanglosigkeiten von mir gegeben. Eigentlich tat mir in der Seele weh, dass ich lediglich sagte, ich würde Wissenschaft und Bildung voranbringen, die religiösen Hochschulen auflösen und Universitäten nach europäischem Vorbild gründen. Mir ist dann noch jahrelang nachgegangen, was ich stattdessen Schlagendes hätte vorbringen sollen. Manchmal träumt man ja davon, allen Gaunern und Intriganten mal so eine richtige Lehre zu erteilen! Oft habe ich eine Wut auf die Mollas, die unsere Quarantänebemühungen hintertreiben, auf die Scharlatane, die Amulette gegen die Pest fabrizieren. Seit Jahren ärgere ich mich auch über die Konsuln. Aber wissen Sie was, am allerbesten wäre es, wenn wir sämtliche Christen von der Insel fortschicken würden!«

»Warum das denn? Und außerdem, falls sie nicht wegwollen, sollen wir sie dann etwa töten?«

»Das würden wir auf keinen Fall tun können, selbst wenn wir wollten. Es sind ja gute, kluge, fleißige Menschen. Aber wenn aus lauter Disziplinlosigkeit, Ungehorsam, Trotz und Dummheit so viele Menschen sterben, dann setzt es vor allem mir zu, wenn ich nichts dagegen tun kann. Jetzt werden diese niederträchtigen Konsuln wieder daherkommen, jeder mit einer eigenen Klage, Drohung oder Lüge, und sie werden die Wiederöffnung des Postamts fordern. Das wäre eigentlich eine Gelegenheit, sie mal so richtig in die Schranken zu weisen.«

»Tun Sie das bloß nicht! Sonst stellen die sich aus lauter Trotz auch noch gegen die Quarantäne. Verkünden Sie einfach, im Telegrafenamt sei eine technische Störung aufgetreten, daher sei die Verbindung nach Istanbul momentan unterbrochen. Und sagen Sie zu den Konsuln, dass Sie den Major eingesperrt haben und so einen Unfug auf keinen Fall unterstützen.«

»Eigentlich ist die Verbindung ja gar nicht unterbrochen!«, sagte der Gouverneur. »Der Telegrafenapparat im Postamt rattert in einem fort. Ich habe angeordnet, dass die eingehenden Telegramme weiter dechiffriert werden.«

Die letzten beiden Telegramme hatte er schon gelesen. In dem einen wurde vermeldet, das Hilfsschiff *Sühandan* sei unterwegs und man solle das Notwendige veranlassen. Auch den Inhalt des zweiten Telegramms hielt der Gouverneur vor Doktor Nuri nicht geheim. »Die Istanbuler Quarantänekommission hat angeordnet, von nun an solle bei Reisenden, die zwischen Arkaz und anderen Städten wie Zardost oder Teselli unterwegs sind, die Temperatur gemessen werden. So viele Thermometer haben wir ja nicht einmal. Wie sind sie bloß darauf gekommen?«

Doktor Nuri erläuterte ihm, diese Maßnahme sei auch in Indien angewandt worden, in Kaschmir und in Bombay, nachdem die Seuche sich auf dem Land verbreitet habe. Dann schimpften die beiden gemeinsam darüber, dass Istanbul nichts anderes im Sinn habe, als ein Übergreifen der Pest auf den Rest der Insel zu verhindern. In den folgenden beiden Tagen beschwichtigte der Gouverneur die wütenden Konsuln mit der Erklärung, er habe den Major einsperren lassen, doch den Telegrafendienst ließ er nicht wieder aufnehmen.

KAPITEL 43

Am Montag, dem 24. Juni, schickte der Gouverneur einen Sekretär in die Villa in Ora, in der der britische Konsul Corc Bey eine herrliche Aussicht genoss, und ließ ihn bitten, ihn in seinem Amtszimmer aufzusuchen. Als er vom Sekretär erfuhr, der Konsul habe die Einladung angenommen, freute er sich zwar, fühlte sich aber zugleich politisch in der Klemme. Corc Bey war als Mitglied der Quarantänekommission dem Gouverneur eigentlich böse, doch nach dem Überfall auf das Telegrafenamt hatte er von sich aus um eine Unterredung mit ihm gebeten.

Dem Gouverneur war Corc Bey viel lieber als die anderen Konsuln. Als britischer Staatsbürger war er ein echter Konsul und nicht nur ein Vizekonsul, und auf Minger war er nicht als Vertreter einer Reederei oder einer englischen Handelsgesellschaft, sondern weil er die Insel liebte. Vor fünfzehn Jahren war er als junger Straßenbauingenieur in das unter britischer Verwaltung stehende Zypern gekommen, hatte dort eine aus Minger stammende Orthodoxe geheiratet und war vor neun Jahren mit ihr auf die Insel gezogen. Im Gegensatz zu den hiesigen Konsuln versuchte er nicht, seine Privilegien schamlos für seinen persönlichen Profit auszunützen.

Es imponierte dem Gouverneur, was Corc Bey mit seiner Frau für ein freundschaftliches Verhältnis pflegte. Einträchtig erkundeten die beiden die Insel, hielten Picknicks ab, traten überall gemeinsam auf und besprachen sich über alles. Über sie hatte der Gouverneur auch Marikas früheren Gatten kennengelernt, Gott hab ihn selig. Im Haus des Konsuls mit der prächtigen Aussicht hatte der Gouverneur in seinen ersten Jahren beim Wein gerne schwadroniert, nie und nimmer werde er zulassen, dass diese Perle des Mittelmeers in die Hände der niederträchtigen Brut falle, die sie dem Osmanischen Reich entreißen wolle. Manchmal hatte er das Gefühl, dass die beiden über seine kruden Ansichten zur Liebe, zur Ehe, zum Leben an sich leise spotteten – er mochte sich da täuschen –, aber dennoch suchte er ihre Freundschaft.

Getrübt wurde ihr Verhältnis leider durch höchst überflüssige Diskussionen zum Thema Meinungsfreiheit. Damals wurde jedes aus dem Ausland eintreffende Buch zunächst vom Postamt zum Regierungsgebäude gesandt und seinem Empfänger erst zugestellt, nachdem es offiziell als »zulässig« eingestuft worden war. Corc Bey schrieb in Momenten der Muße an einer Geschichte Mingers und ließ sich dazu aus London oder Paris historische Werke oder Memoiren schicken, die man ihm manchmal erst nach Monaten oder auch gar nicht aushändigte, weil sie als schädlich galten. Urheber dieser Schwierigkeiten war ein dreiköpfiger, des Französischen ein wenig mächtiger Zensurausschuss. Zuletzt hatte Corc Bey seinen Freund, den Gouverneur, gebeten, jenem Ausschuss ein wenig Beine zu machen, und eine Weile hatte das auch gefruchtet. Als die Zustellung der Bücher wieder schleppender wurde, gab Corc Bey als Adresse nunmehr das Französische Postamt von Minger an, mit anderen Worten das Büro der Messageries Maritimes am Istanbul-Boulevard.

Diesen Schritt erachtete der Gouverneur als politischen Winkelzug, ja als persönlichen Affront, und zudem fürchtete er, es werde Abdülhamit über seine Spitzel hinterbracht werden, dass in Minger schädliche Werke in Umlauf seien, und so ließ er eine Kiste Bücher beschlagnahmen, die schon vor zwei Monaten für Corc Bey eingetroffen war.

Von der Existenz der Kiste hatte er erfahren, weil Corc Bey sich Freunden gegenüber damit gebrüstet hatte. Die Spitzel in Hafen und Post waren also vorgewarnt, als die Kiste ans Französische Postamt ausgeliefert wurde. Auf dem Weg von dort zum Haus des Konsuls wurde der Pferdewagen angehalten, der muslimische Kutscher wegen eines angeblichen Diebstahls durchsucht und die Kiste beschlagnahmt. Die Bücher ließ der Gouverneur sogleich von seinem Zensurausschuss begutachten. Dahinter steckte eine alte Debatte zwischen Corc Bey und dem Gouverneur, nämlich die Frage, wie Staat und Volk vor dem Einfluss schädlicher Bücher geschützt werden könnten, und obwohl dem Gouverneur das Thema am Herzen lag, fürchtete er nun, etwas zu weit gegangen zu sein.

Als Corc Bey an jenem Morgen das Amtszimmer des Gouverneurs betrat, sah dieser ihm sogleich an, dass er gerade nicht zum Scherzen aufgelegt war. In distanziertem Ton fragte der Konsul in dem schlechten Französisch, in dem sie sich zu unterhalten pflegten, wann das Postamt wieder geöffnet und der Telegrafendienst wieder aufgenommen werde.

»Es handelt sich um eine technische Störung«, erwiderte der Gouverneur. »Der Major hat eigenmächtig gehandelt und ist dafür eingesperrt worden.«

»Die Konsuln sind der Meinung, er sei von Ihnen dazu ermutigt worden.«

»Was sollte ich daraus für einen Nutzen ziehen?«

»In Çite und Vavla wird der Major zum Helden ausgerufen, und vor den Quarantänesoldaten hat nunmehr jedermann Angst. Sie wissen nur allzu gut, wie viele Leute glauben, die Seuche sei von außerhalb eingeschleppt worden, damit Minger so wie Kreta dem Osmanischen Reich entrissen wird. Die reiben sich über den Überfall auf das Telegrafenamt die Hände. Es geschieht also genau, was Abdülhamit in Rumelien und auf den Inseln nun mal gar nicht will, nämlich dass zwischen Griechen und Muslimen Unfrieden herrscht.«

»Leider ist das so.«

»Herr Gouverneur, gestatten Sie mir bitte, dass ich Ihnen eine Warnung zukommen lasse«, sagte Monsieur Corc, dessen Französisch umso besser wurde, je bewegter er war. »So nahe an Europa wollen England und Frankreich diese Krankheit nicht haben. In Indien und China können die Großmächte der Pest nicht Einhalt gebieten, denn es sind ferne Länder mit einer ungebildeten, widerspenstigen Bevölkerung. Hier hingegen muss die Seuche besiegt werden, denn allmählich wird sie zu einer Gefahr für Europa. Wenn wir das nicht bewerkstelligen, werden die Großmächte Soldaten schicken und nötigenfalls die ganze Insel räumen.«

»Das würde Seine Hoheit der Sultan nicht zulassen«, erwiderte der Gouverneur verärgert. »Und wir würden nicht zögern, auf die Hindu-Soldaten der Engländer die Araber aus unserer Garnison loszuschicken. Und würden kämpfen bis zum Ende, nicht zuletzt auch ich.«

»Aber Sie wissen doch, dass Abdülhamit die Insel längst genauso abgeschrieben hat wie Zypern und Kreta«, antwortete Monsieur Corc lächelnd.

Wütend blickte der Gouverneur ihn an, dabei wusste er ganz genau, wie recht der Konsul hatte. Um wenigstens einen Teil der in den Balkankriegen 1877–78 verlorenen Gebiete von Russland zurückzubekommen, hatte Abdülhamit sich von den Briten helfen lassen und ihnen dafür Zypern abgetreten, unter der einzigen Bedingung, dass dort nach wie vor die osmanische Flagge wehen sollte. Dem Gouverneur fiel das berühmte Wort ein, das in Namık Kemals Theaterstück *Vaterland oder Silistria!* der ebenso naive wie liebenswerte Soldatenheld Islam Bey aussprach: »Würde je der Staat diese Festung opfern?« Dass der osmanische Staat seine Festungen, Inseln und Provinzen nach und nach aufgab und sich zurückzog, dauerte nun leider schon an die hundertfünfzig Jahre an.

Der Gouverneur verspürte auf einmal ein Selbstvertrauen, über das er sich direkt wundern musste, und spöttisch fragte er den Konsul: »Was würden Sie denn vorschlagen, was wir tun sollten?«

»Ich habe mich erst gestern mit Konstantinos Efendi von der griechischen Gemeinde unterhalten. Am vernünftigsten wäre es, wenn Muslime und Griechen, Hodschas und Priester in einer gemeinsamen Erklärung verkünden würden, sie wollten alten Streit begraben und in aller Eintracht die Bekämpfung der Seuche angehen. Und natürlich sollte auch umgehend der Telegrafendienst wieder einsetzen …«

»Ach, wenn doch alles so einfach wäre, wie Sie sich das in bester Absicht vorstellen! Lassen Sie sich doch von meinem Kutscher Zekeriya zu den verseuchtesten, stinkendsten Orten fahren, dann ändern Sie vielleicht Ihre Meinung.«

»Die ganze Insel weiß, dass der stinkende Leichnam in Çite endlich gefunden worden ist«, sagte der Konsul. »Warum aber hatte das so lang gedauert? Selbstverständlich ist es mir jedoch eine Ehre, mit Ihnen auf Erkundungsfahrt zu gehen.«

Wenn der Konsul von einem freundschaftlichen Ton auf diplomatische Höflichkeit umschwenkte, wurde der Gouverneur misstrauisch und witterte eine Hinterlist, doch diesmal freute er sich geradezu, mit dem Konsul gemeinsam durch die Stadt zu fahren. Draußen wies er den Kutscher umständlich an, auf welchem Weg genau er sie nach Çite bringen solle, dann ließ er den Konsul nicht gegenüber, sondern neben sich Platz nehmen und öffnete die Fenster des Landauers.

Während sie auf die Neue Moschee zufuhren, befremdete den Gouverneur wieder, wie leer die Straßen waren. Draußen niemanden zu sehen, war ja auch ohne Seuche bedrückend gewesen.

Am Fluss entlang waren die meisten Läden geschlossen. Auf dem Markt hatten zwei Barbiere auf, bei denen sich lediglich ein paar »fatalistische« alte Männer rasieren ließen (Panayot dagegen hatte zu), und es arbeiteten ein paar Schmiede, die ansonsten schlicht verhungert wären. Nachdem die Quarantänesoldaten in den ersten Tagen etliche aufmüpfige Ladenbesitzer gezüchtigt oder gar eingesperrt hatten, blieben die meisten nunmehr zu Hause. Anfangs war das dem Gouverneur nicht recht gewesen, er hätte sich gewünscht, die Geschäftsschließungen würden in sittsamer, geregelter Form stattfinden, doch schließlich war der Markt ungeordnet verwaist und in Stille verfallen.

Doktor Nikos hatte im Verein mit der griechischen Gemeinde dafür gesorgt, dass im Hof und im ersten Stock der griechischen Mittelschule unter Kontrolle der Ordnungskräfte und Lysol versprühender Beamter ein kleiner Markt eingerichtet wurde, auf dem Bauern Eier, Walnüsse, Granatäpfel, Kräuterkäse, Feigen, Rosinen und andere als »unbedenklich« eingestufte Lebensmittel verkaufen durften. Der Gouverneur war darauf aus, dass der Konsul mitbekam, wie gut der Quarantänemarkt organisiert war, ohne den nicht wenige Menschen allmählich Hunger gelitten hätten. Es stellte sich jedoch heraus, dass der Konsul jeden Tag dort vorbeikam, da sich an dem Markt am besten ablesen lasse, wie es um den Zustand der Einwohner bestellt sei. Monsieur Corc fügte hinzu, von den braven Bauern, die einmal pro Woche in die Stadt kämen und dabei jedes Mal auf Fieber untersucht würden, erfahre er zudem, wie es im Norden der Insel und in den vor der Stadt gelegenen Dörfern zugehe. (Worauf dem Gouverneur augenblicklich in den Sinn kam, der Konsul sammle vielleicht Informationen für eine feindliche Landung im Norden!)

KAPITEL 44

Der Landauer kehrte zum Istanbul-Boulevard zurück, wo es zwei Monate zuvor noch so bunt und lebendig zugegangen war wie nirgendwo sonst in der Stadt. Bei den Reisebüros (Messageries Maritimes, Lloyd, Thomas Cook, Pantaleon, Fraissinet), beim Notar Zenopulos und beim Fotografen Vanyas standen die Türen offen, doch es trat keine Kundschaft ein. Als sie um die Kurve bogen, sahen sie vor dem Laden des Leblebi-Händlers Luka, der an der Pest gestorben war, einen kleinen griechischen Jungen mit seiner Mutter stehen. Beim Anblick des Landauers erstarrte die schwarz gekleidete, bleiche Mutter (sie hieß Galatia) und bedeckte mit beiden Händen die Augen des Jungen, damit er nur ja die Kutsche des Gouverneurs nicht sah. Der elfjährige Junge namens Yannis Kisannis sollte zweiundvierzig Jahre später griechischer Außenminister werden und als solcher der Kollaboration mit den Nazis und des Vaterlandsverrats bezichtigt werden. In seinen Memoiren beschrieb er unter dem Titel *Was ich gesehen habe* (*Ta Viomata Mu*) sehnsüchtig seine Kindheitstage und ging dabei eindringlich auf die Pest des Jahres 1901 mit ihren schrecklichen Ereignissen ein.

Der Gouverneur und Monsieur Corc waren vom Verhalten jener Mutter nicht weiter beeindruckt, hatten sie doch zur Genüge miterlebt, wie die Menschen der Insel durch die Pest zu den seltsamsten Gedanken und Handlungen getrieben wurden. Und doch erschraken sie über einen Mann, der sich vor den Landauer warf und trotz der Stockschläge der Wächter immer wieder in aggressivem Ton fragte, wo seine Frau und seine Söhne verblieben seien. Der Gouverneur war fest entschlossen, jedermann zu bestrafen, der den Anweisungen der Ärzte und der Quarantänesoldaten in aller Offenheit zuwiderhandelte. Wer Widerstand leistete, wenn sein Haus geräumt und desinfiziert wurde, oder gar Ärzte und Soldaten angriff oder bespuckte, um sie zu infizieren – mit dem durfte man kein Mitleid haben.

Plötzlich tat es einen Knall, und sie zuckten zusammen. Sogleich begriffen sie, dass wohl jemand einen Stein oder ein großes Stück Holz auf das Kutschendach geworfen hatte. Der erfahrene Kutscher trieb die Pferde an, bog nach links in die Güllü-Çeşme-Straße ab und hielt erst dann. In die entstandene Stille hinein horchten sie auf das Schnaufen der Pferde. Diesmal stieg der Gouverneur nicht aus der Kutsche aus. In Vavla hatten vor Kurzem in der Nähe des Rifai-Klosters Kinder die Kutsche mit Steinen beworfen, waren aber von den Wächtern, die dem Landauer hinterherfuhren, nicht erwischt worden. In seinen fünf Jahren als Gouverneur hatte er so etwas noch nicht erlebt.

»Tja, so geht es, wenn man sich an die Scheichs und Hodschas hält«, sagte der Konsul von oben herab.

Als sie am Hamidiye-Krankenhaus vorbeikamen, blickten die im Hof liegenden Patienten und einige Ärzte hoffnungsfroh auf, doch entfernten sich die Pferde von jenem erbärmlichsten und verseuchtesten Ort der Stadt, so rasch es nur ging. An einer Gabelung in Germe entschied Zekeriya sich für die obere, breitere Straße.

»Fotiadi, der Koch des Hotels Regard à l'Ouest, hatte sich in sein Dorf geflüchtet, jetzt ist er dort gestorben«, sagte der Konsul, als redete er über einen alten Freund.

Betrübt nahm der Gouverneur die Nachricht zur Kenntnis. Im Restaurant des hinter dem Marmorsteinbruch an einem felsigen Abgrund gelegenen Hotels hatte er früher mit dem Konsul einmal im Monat zu Mittag gegessen und sich mit ihm freundschaftlich über alle Sorgenfälle der Insel ausgetauscht, über die ständig überlaufende, eher problematische denn hilfreiche Kanalisation der Stadt, über die Straßenlaternen, die Korruption im Hafen, die kleinen Listen des griechischen Konsuls Leonidis, über den Marmorhandel und die Schwierigkeiten bei der Rosenzucht. Die Bewunderung, die der Gouverneur für den Konsul hegte, rührte vor allem aus jener Zeit her.

Vor drei Jahren war das gewesen. Damals war die Insel fern von allen Streitereien, Kriegen und Seuchen noch ein so friedlicher Ort gewesen, dass man sich politische Debatten und Freundschaften leisten konnte, wie sie mittlerweile undenkbar schienen.

Auf dem Weg nach Çite kam ihnen ein junger Mann entgegen, der an seiner violetten Robe als Jünger des Halifiye-Ordens auszumachen war. Er drückte sich an den Straßenrand und hielt der Kutsche das umgehängte Amulett entgegen, wie es die Scheichs immer empfahlen, nämlich zwischen Zeige- und Mittelfinger. Als der Landauer an ihm vorbeifuhr, sahen sowohl der Konsul als auch der Gouverneur, wie der junge Mann zugleich ein Gebet murmelte.

Kurz darauf bekamen sie den Geruch in die Nase, an den sich die Menschen in Arkaz auch innerhalb von neun Wochen nicht hatten gewöhnen können. Es war der Leichengeruch, der bisweilen so scharf war, dass er einen in der Kehle reizte, und urplötzlich wieder von Rosenduft überdeckt wurde. Manchmal fiel jemand in seinem Haus, im Garten oder sonst irgendwo auf einmal um und war tot, und wenn niemand das bemerkte, musste erst der Wind aus einer bestimmten Richtung wehen, damit die Leiche entdeckt wurde. Dabei kam es auch vor, dass der Tote gar nicht an Ort und Stelle der Pest zum Opfer gefallen, sondern dorthin geschleppt worden war, oder dass er gar überhaupt nicht an der Pest gestorben, sondern erschlagen oder erstochen worden war. Manchmal war jemand vor der Pest und überhaupt vor allem geflohen und hatte sich irgendwo versteckt, wo er meinte, da würde ihn ganz bestimmt niemand finden, und ausgerechnet dort war er allein gestorben und wurde erst aufgefunden, als seine Leiche zu stinken begann. Tagelang unbemerkt blieben auch Dienstboten, Köche oder Wächter, die sich in das verlassene Haus ihrer Herrschaft zurückgeschlichen hatten und dort der Seuche zum Opfer gefallen waren.

In Çite sahen sie einen herzzerreißend schluchzenden Jungen, der nichts mehr um sich herum wahrnahm, nicht einmal die Kutsche des Gouverneurs. Es war ein so rührender Anblick, dass der Gouverneur am liebsten ausgestiegen wäre, um den Jungen zu trösten, und dem Konsul erging es ähnlich. In einem leerstehenden neoklassizistischen Bau hinter dem Marianna-Theodoropulos-Mädchengymnasium hatte die griechische Gemeinde begonnen, Waisenkinder unterzubringen (nach Wissen des Gouverneurs waren es bisher siebzehn). In den muslimischen Vierteln Çite, Germe und Bayırlar waren insgesamt etwa achtzig Waisenkinder gezählt worden, um die sich Verwandte, Bekannte oder Nachbarn kümmerten.

Als für etwa zwanzig muslimische Kinder keine Betreuer gefunden wurden, verfiel der Gouverneur darauf, auch sie in das griechische Waisenhaus schaffen zu lassen. Kaum eine Woche später wurde dem Gouverneur hinterbracht, in der Gegend des Kadiri-Klosters gehe ein Bittgesuch um, in dem es empört hieß, die muslimischen Kinder würden in der griechischen Schule zum Christentum bekehrt. Wütend befahl der Gouverneur, der Verfasser des Bittgesuchs, ein junger Kadiri-Scheich von seltsamem Gehabe (noch dazu Brillenträger!), solle wegen Verstoßes gegen die Quarantänemaßnamen in den Kerker geworfen werden, doch der junge Mann hatte sich aus dem Staub gemacht. Auf einen Vorschlag des Stiftungsdirektors hin setzte sich schließlich Damat Doktor Nuri dafür ein, dass ein altes venezianisches Gebäude in der Fidanlık-Straße in Camiönü als muslimisches Waisenhaus genutzt werden sollte. In der gesamten osmanischen Bürokratie galt eigentlich als »eherner Grundsatz«, dass eine unterschiedliche Behandlung von Muslimen und Christen bei der Gewährung staatlicher Dienstleistungen fast zwangsläufig zum Ende des Osmanischen Reiches führen werde; das machte dem Gouverneur seine Entscheidung nur umso schwerer. Schließlich sandte er doch wieder Kinder in das griechische Waisenhaus, da die Vorbereitungen für das muslimische Waisenhaus sich hinzogen.

Der Überlebenskampf solcher Kinder, die sich in leerstehenden Häusern versteckten und aus Gärten Orangen und Walnüsse stahlen, war eine schillernde, aber höchst traurige Angelegenheit. Leider ist es heute so, dass in den Schulbüchern das Leben jener Waisen und Halbwaisen als romantisches Abenteuer dargestellt und nationalistisch verbrämt wird, als wären die Kinder damals nicht innerhalb kürzester Zeit an der

Pest gestorben. In den dreißiger Jahren wurde in manchen Büchern gar so getan, als seien die Kinder allesamt direkte Nachkommen der vor Tausenden von Jahren vom Aral-See her eingewanderten Urbevölkerung und damit besonders »echte« Mingerer gewesen. Die Mingerer Pfadfindervereinigung verstieg sich dazu, sich den Namen anzueignen, unter dem jene Kinderbanden damals firmierten, nämlich als »Unsterbliche Kinder«, und erst auf einen Einspruch des Internationalen Pfadfinderverbands hin benannten sie sich in »Jungrosen« um.

Die in Banden herumstreunenden Kinder hatten sich darüber entsetzt, dass eines von ihnen, das zwar Fieber, aber keine Beulen hatte, aufgegriffen und in die Isolierstation gesteckt worden war, wo es dann erst von der Pest befallen wurde. Es war für diese Kinder noch nicht einmal das Schlimmste, durch die Pest den Vater, die Mutter oder gar beide Eltern zu verlieren, sondern – wie der Gouverneur sowohl in muslimischen als auch in christlichen Vierteln vernommen hatte – es setzte den Kindern am allermeisten zu, wenn ihre Mutter, die sie bis dahin als liebevolle Fürsorgerin gekannt hatten, sich allmählich in ein verzweifeltes, eigensüchtiges Tier verwandelte! Da hielten manche Kinder es nicht mehr aus, und sie liefen einfach davon, als wäre ein böser Geist in sie gefahren.

Als der Landauer nach rechts in das Viertel Turunçlar einbog, hielt sich der Kutscher ein Stück Stoff vors Gesicht, wie auch die Quarantänesoldaten das zu tun pflegten. Der Gouverneur schloss die Kutschenfenster. In den letzten Tagen war der Gestank so arg geworden, dass manche Familien das Viertel verließen und Zuflucht bei Bekannten suchten. Ein leichter Westwind verbreitete den Geruch über die ganze Stadt, bis ins Amtszimmer des Gouverneurs (und zur fortwährend Briefe schreibenden Pakize Sultan), und das zerrte an den Nerven der Menschen.

Von Weitem waren Quarantänesoldaten und Beamte zu sehen, und die beiden Kutschen hielten an. An den vielen Wachen erkannte Doktor Nuri, dass im Landauer der Gouverneur sitzen musste, und er stieg zu ihm hinein. Er stutzte etwas, als er dort auch den gutmütig dreinblickenden Konsul sah.

Der Gouverneur wusste, dass die beiden sich kannten, stellte sie aber dennoch einander vor. Dann erzählte Doktor Nuri, in einem Holzhaus sei in einem Zwischengeschoss zwischen zwei Balken ein seit mindestens zwanzig Tagen totes, eng umschlungenes Paar gefunden worden. Ob es sich dabei um ein Ehepaar handelte, sei schwer zu sagen. Da viele glaubten, die Pest werde durch Geruch genauso übertragen wie durch Kontakt, mussten die beiden Opfer vom besonders beherzten Quarantänesoldaten Hayri geborgen worden.

Als sich die Nachricht von den beiden jungen Leuten in der Stadt herumsprach, strömten nach Turunçlar Menschen, die nach einer verschwundenen Schwester oder einem Sohn suchten. Doktor Nuri brachte den Gouverneur in den von Zitronenbäumen beschatteten Garten des Hauses. Wegen des starken Geruches nahmen sich die vertrockneten Zitronen zwischen den Blättern aus wie tote Früchte.

»Herr Gouverneur, wir müssen das Haus unbedingt abriegeln und so schnell wie möglich niederbrennen!«, rief Doktor Nuri in einem plötzlichen Gefühlsausbruch. »Mit Desinfektion ist es hier nicht getan. In so einem Fall glaube auch ich, dass sich die Pest ohne Ratten und ohne Flöhe überträgt.«

»Aber haben nicht Sie gesagt, dass Bonkowski Pascha wohl ermordet wurde, weil er diverse Häuser abbrennen wollte?«

»Da habe ich über das Motiv des Mörders lediglich Vermutungen angestellt. Hier aber haben wir keine andere Wahl, als diesen Unflat so schnell wie möglich zu beseitigen.«

Manchen Historikern gilt dieser Beschluss als »falsch«, ja als völlig zwecklos. In Bombay und vor allem in ländlichen Gegenden Indiens hatte man pestverseuchte Häuser, Hütten und Slums ohne viel Federlesens niedergebrannt. In Kaschmir, Singapur und im chinesischen Gansu waren ganze Straßenzüge oder Dörfer bedenkenlos abgefackelt worden, um ein Übergreifen der Pest auf Städte zu verhindern. So galten vielerorts in trockenen, weiten Ebenen hochzüngelnde Flammen und schwarzer Rauch als Vorboten der Pest.

Der Gouverneur befahl dem Quarantänedirektor Nikos, er solle die

Umgebung evakuieren und danach das Holzhaus umsichtig abbrennen lassen. Sie kamen darin überein, dass dazu am besten die am Verbrennungsschacht arbeitenden tüchtigen Feuerwehrleute und Quarantänesoldaten in der Lage seien, und beorderten jene nach Turunçlar herunter. Um die ganze Sache in Ruhe besprechen zu können, bestiegen sie wieder den Landauer. Manche in der Menschenmenge hatten den Gouverneur erkannt und wollten zu ihm.

Der Gouverneur setzte sich dem Konsul gegenüber. Der Gestank war auch in die Kutsche gedrungen. Man mochte es kaum für möglich halten, dass zwei Leichen einen derartigen Geruch verbreiten konnten. Als sie gerade losfahren wollten, ging die Kutschentür auf, und sie nahmen Doktor Nuri mit.

Während der Landauer auf das Regierungsgebäude zuschaukelte, sprachen die drei lange kein Wort. Der Gouverneur hatte die Hände vor der Brust verschränkt und blickte auf sie hinunter, als wollte er nichts anderes sehen. Der Konsul schaute zum Fenster hinaus, doch im Gesicht stand ihm wie festgefroren die Verwunderung über den Ernst der Lage.

Als zwischen dem Rifai-Kloster und der Neuen Moschee im rechten Kutschenfenster auf einmal das Meer aufblitzte, kniff der Gouverneur die Augen zusammen und spähte hinaus, als hätte er einen der Panzerkreuzer erblickt. »Monsieur Corc«, sagte er, »Ihre Einschätzung ist mir ungeheuer wichtig. Was müssen wir hier auf der Insel tun, damit diese Schiffe abziehen und die Blockade aufgehoben wird?«

»Seine Exzellenz«, erwiderte der Konsul in freundschaftlich-diplomatischem Ton, »wie ich Ihnen bereits auseinandergesetzt habe, muss unbedingt verhindert werden, dass Pestkranke nach Europa gelangen.«

»Wir haben alles unternommen, was Istanbul von uns verlangt hat, und sogar noch mehr. In aller Ehrlichkeit vermelden wir unsere Bemühungen, doch eben auch, dass die Zahl der Todesfälle nicht rückläufig ist.«

»Wenn Sie ein Einsehen haben und das Telegrafenamt öffnen, wird Ihnen Unterstützung zuteilwerden. Gestatten Sie mir aber noch eine Bemerkung. Dieser violett gekleidete junge Mann, der uns in Çite begegnet ist … warum hat der sich Ihnen und uns allen gegenüber so feindselig verhalten? Offensichtlich hat er für die Quarantäne nicht das Mindeste übrig und wünscht uns den Teufel an den Hals.«

»Das war Halil, einer der eifrigsten Anhänger von Scheich Hamdullah! Und einer der frechsten noch dazu. Ständig ist von anderen Scharlatanen und ihren wertlosen Papierfetzen die Rede, doch warum spricht niemand aus, dass hinter allem kein anderer als Scheich Hamdullah steckt? Warum erwähnen auch Sie ihn nie öffentlich? Die Quarantänesoldaten sind konsterniert, weil ich ihren Kommandanten (in diesem Sinne wurde dieses Wort auf Minger hier zum ersten Mal erwähnt) eingesperrt habe, dabei sind sie doch die Einzigen, die den Scheich und seine Leute in ihre Schranken weisen können. Und darum werde ich den Major nun auch freilassen und ihn wieder an die Spitze seiner Soldaten setzen.«

»Sie werden vernommen haben, dass der Scheich an der Pest erkrankt ist«, versetzte der Konsul, ohne gegen die Freilassung des Majors zu protestieren.

»Wie bitte? Scheich Hamdullah hat die Pest?«

Sobald der Gouverneur in seinem Amtszimmer zurück war, veranlasste er die Freilassung des Majors, ließ ihn zu sich rufen und bläute ihm ein, er solle sich von seiner Beliebtheit bei der Bevölkerung nicht blenden lassen, von nun an seinen Soldaten nicht mehr von der Seite weichen und sich ansonsten in der Öffentlichkeit nicht zeigen.

KAPITEL 45

Über die Erkrankung Scheich Hamdullahs war der Gouverneur regelrecht erschüttert. In seinen ersten Jahren im Amt hatte er zum Scheich ein freundschaftliches Verhältnis gepflegt und ihn weit höher geschätzt als die abgerissenen Frömmlinge, die ihn umgaben. Insgeheim glaubte er wohl sogar an seine Weisheit und Unantastbarkeit. Als er sich nun umhörte, erfuhr er, der Scheich sei tatsächlich von der Pest befallen, verweigere aber jegliche Behandlung, da er sich »dem Willen Gottes« beuge. Daraufhin verfasste der Gouverneur an den Scheich einen Brief. Der von Seiner Hoheit geschätzteste Pestarzt befinde sich in der Stadt, könne den Scheich unverzüglich untersuchen und mit der Behandlung beginnen. Mit der Übergabe des Briefes beauftragte er den ältesten Sohn der alteingesessenen osmanischen Familie Urgancızâde, den Seefahrer Tevfik, mit dem der Scheich und er zur Zeit ihrer Freundschaft Umgang gehabt hatten.

Am folgenden Morgen kam aus dem Kloster ein alter Derwisch mit einem runden weißen Vollbart und einem Filzhut (er hieß Nimetullah Efendi, ließ sich aber »Stellvertreter« nennen) und überbrachte das Antwortschreiben des Scheichs. Als der Gouverneur, der schon zu früher Stunde an seinem Schreibtisch saß, dem in fein säuberlicher Handschrift verfassten Brief entnahm, der Scheich nehme das Angebot gerne an und es sei ihm eine Ehre, Damat Doktor Nuri zu empfangen, freute er sich, als habe er über die Pest den endgültigen Sieg davongetragen.

Allerdings stellte der Scheich eine Bedingung: Von den Quarantänesoldaten, die das Heiligtum des Ordens, nämlich den Woll- und Filzschatz, entweiht hätten, dürfe keiner mehr auch nur einen Schritt in das Kloster tun.

Darauf ließ der Gouverneur sich ohne Weiteres ein. Dann besprach er sich mit Quarantänedirektor Nikos und Doktor Nuri.

»Jetzt, wo der Scheich dem Tode nahe ist, sieht er wohl ein, wie unsinnig es ist, sich von Ärzten fernzuhalten«, sagte er.

»Es stirbt ja nicht jeder, der sich den Bazillus einfängt«, erwiderte Doktor Nuri.

»Wenn er aber nicht meint, er werde sterben, wozu schreibt er dann diesen Brief?«

»Seine Exzellenz, in diversen Provinzen habe ich so und so oft erlebt, dass großspurige Scheichs nur um des Ruhmes willen den Behörden Schwierigkeiten machen. Um ihren unbedarften Anhängern zu beweisen, wie bedeutend und geschickt sie sind, brechen sie mit der Obrigkeit irgendeinen Streit vom Zaun, blasen ihn auf und lassen die Sache schließlich mit Vorliebe in ein Versöhnungszeremoniell münden. Es gibt nun mal so viele Scheichs und Orden, dass man sich aus der Masse hervorheben muss.«

Allein in Arkaz zählte man achtundzwanzig muslimische Orden, und das bei einer Bevölkerung, die zur Hälfte aus Christen bestand. Da die Orden nach der osmanischen Eroberung der Insel eine große Rolle bei der Konvertierung von Christen spielten, wurden sie von Istanbul lange unterstützt.

Nunmehr gab es auf Minger alle möglichen in bunten Gewändern herumlaufenden Scheichs, darunter tiefgläubige und weise, aber auch reine Schlitzohren. Wenn ein Militär es in Istanbul zu etwas brachte, etwa gar zum Pascha oder zum Großwesir, zweigte er aus seinen Einnahmequellen im Reich etwas zur Förderung der Mingerer Orden ab. (So war zum Beispiel die Neue Moschee von dem Mingerer General Mahmut Pascha finanziert worden.) Es konnte auch ein zu Wohlstand gekommener Mingerer den Scheich eines Istanbuler Ordens mit Gold und Geld auf die Insel locken, dort ein Kloster bauen oder eine alte Villa in ein Kloster umwandeln lassen und die Einnahmen aus einer Ölmühle, einem griechischen Fischerdorf oder ein paar Läden in der Stadt dem Fortbestand dieses Klosters widmen. Je mehr das Osmanische Reich in

Europa, auf dem Balkan und im Mittelmeer an Besitzungen verlor, umso spärlicher wurden die Quellen außerhalb der Insel, aus denen die Orden sich nähren konnten. Manche Klöster verarmten, wurden aufgegeben und zum Unterschlupf für Obdachlose oder gar Strolche und Diebe, und damit sie nicht noch mehr verkamen, kümmerten sich irgendwann der Gouverneur und der Stiftungsdirektor darum.

Abdülhamit sah die übers ganze Reich verstreuten Klöster als lauter kleine politische Machtzentren an und beschenkte etwa kurz nach seiner Thronbesteigung das größte, reichste und älteste Kloster der Insel, nämlich das Mevlevihane, mit einer Wanduhr der Marke Teta, doch bald darauf ärgerte er sich über die in Istanbul wirkenden Scheichs jenes Ordens (wegen ihrer Nähe zum Reformer Mithat Pascha) und unterstützte als Reaktion darauf lieber andere Orden wie Kadiri und Halifiye.

Der Scheich des Halifiye-Ordens konnte dadurch genügend Ansehen und Macht ansammeln, um die Seuchenbekämpfung entweder zu fördern oder zu sabotieren. Bevor Doktor Nuri den Scheich aufsuchte, kam es im Amtszimmer des Gouverneurs noch einmal zu einer Sitzung: Der Major, der durch seinen Überfall auf das Telegrafenamt und seinen kurzen Gefängnisaufenthalt noch an Selbstvertrauen gewonnen hatte, breitete sich über die Örtlichkeiten des Klosters, in dem er als Kind oft gewesen war, genüsslich aus. Ausführlich erzählte er, wie er vor etwa dreißig Jahren einmal auf dem Schoß des damaligen Scheichs gesessen und ihn sogar an seinem dichten weißen Bart gezupft habe.

Da fiel der Blick des Gouverneurs aus dem Fenster, und aus der Gegend der Neuen Moschee und des Bektaşi-Klosters sah er schwarzen Rauch aufsteigen. Aufgeregt eilten alle zum Fenster und versuchten herauszubekommen, was es mit dem Rauch auf sich hatte. Ein Sekretär wies sie schließlich darauf hin, es handle sich um das Haus in Turunçlar mit den beiden verwesten Leichen darin, dessen Verbrennung angeordnet worden war. Aus der Ferne wirkte es allerdings, als würde nicht ein kleines Holzhaus niederbrennen, sondern ein ganzes Viertel. Da das Holz so trocken war, loderten die Flammen binnen Kurzem prasselnd hoch, und der schwarze Rauch wurde als schlechtes Omen angesehen.

An den bläulichen Rauch, der vom Verbrennungsschacht hochstieg, waren die Mingerer ja schon gewöhnt, doch als sie der gelb-rötlichen Flammen im Westen und des schwarzen Rauches ansichtig wurden, begriffen sie so recht, dass die Dinge einen herzlich schlechten Verlauf nahmen. Der Gouverneur indes mochte gar nicht glauben, dass der Rauch eines einzigen brennenden Hauses den Himmel verdunkeln könne, und besorgt ging er auf die Terrasse hinaus, ob der Brand nicht auf das Viertel übergegriffen habe. Zumindest war er sich sicher, dass der Rauch auch von den Schiffen der Großmächte aus zu sehen war, und er spürte regelrecht, wie die ganze Welt wieder einmal mitleidig auf das arme Minger herabblickte, das keine Telegramme mehr schicken konnte, mit der Seuche nicht fertigwurde und nicht einmal einen Brand zu löschen verstand.

Als Historikerin darf ich hier anmerken, dass der Gouverneur mit seiner Ahnung durchaus richtiglag. Dank einem auf der *Amiral Baudin* tätigen Journalisten wurde eine Woche später in einem ganzseitigen Artikel des *Petit Parisien* berichtet, das in den Klauen der Pest steckende und von einer Blockade betroffene Minger stehe nunmehr auch noch in Flammen, was durch eine reißerische Illustration unterstrichen wurde.

Als Doktor Nuri später am Tor des Halifiye-Klosters eintraf, wurde er vom »Stellvertreter« empfangen und zu einem zweistöckigen Holzgebäude geführt. Nirgends waren irgendwelche Jünger oder Hodschas zu sehen. Die Tür des Hauses ging auf, und ein hünenhafter, vergeistigt wirkender Mann trat heraus. Er sah aus, als würde er sich an etwas zu erinnern suchen und darüber lächeln müssen, dass ihm das nicht gelang. Damat Doktor Nuri begriff, dass er den Scheich vor sich hatte. Jener sah bleich und müde aus, wies aber am Hals keine Beule auf.

»Verehrter Scheich, ich würde Ihnen gerne die Hand küssen, doch die Quarantänemaßnahmen legen mir Zurückhaltung auf.«

»Völlig richtig, was Sie da tun!«, erwiderte der Scheich. »Gleich dem Großvater Ihrer verehrten Gattin, dem Sultan Mahmut, glaube auch ich sehr an Quarantänemaßnahmen. Obendrein scheue ich vor der Verantwortung zurück, jemanden mit einer Krankheit anzustecken, und erst recht einen hochherrschaftlichen Damat. Vor drei Tagen saß ich in meinem Zimmer, als ich auf einmal in Ohnmacht fiel. Was ich in meiner Ohnmacht sah, gefiel mir eigentlich, doch die Derwische waren in heller Aufregung, ganz verzweifelt darüber, dass ihr Scheich krank war, und so verbreitete sich das Gerücht, ich hätte die Pest. Ich wandte mich aber an keinen Arzt, sondern zog mich in eine zehntägige Kontemplation zurück. Dennoch war ich äußerst gerührt darüber, dass Seine Exzellenz der Gouverneur darauf bestand, mich aufzusuchen. Dem allmächtigen Gott, seinem Propheten und dem Gouverneur bin ich dankbar dafür, dass der namhafteste Quarantänearzt des Osmanischen Reiches – und noch dazu ein Muslim – den Weg zu mir gefunden hat. Doch hätte ich eine Frage. Und eine Bedingung.«

»Ich bitte Sie, Eure Exzellenz.«

»Was hat es zu bedeuten, dass so kurz, bevor Sie zu mir kommen, ganz in meiner Nachbarschaft ein Haus unter dem Vorwand einer Quarantänemaßnahme lichterloh brennt und der Rauch sogar den Himmel verdunkelt?«

»Dabei handelt es sich lediglich um einen Zufall.«

»Wurde das Feuer nicht von jenem Major und seinen Quarantänesoldaten entfacht, die uns mit Lysol überzogen haben? Sollte die Botschaft etwa lauten ›Du hast auch die Pest, dich verbrennen wir auch noch‹? Das hört man nämlich sogar von den Sekretären des Gouverneurs.«

»Um Gottes willen, nein! Der Herr Gouverneur hält große Stücke auf Sie.«

»So lassen Sie mich denn, bevor Sie mich untersuchen, noch kurz von der hundertjährigen Geschichte dieses Klosters berichten und Ihnen erläutern, warum uns jene Plage nicht treffen kann und es somit völlig unnötig wäre, diese Stätte niederzubrennen. Dieses Kloster hat mein Großvater Scheich Nurullah Efendi gegründet, der dazu aus Istanbul, aus dem Kadiri-Kloster in Tophane, hierhergeschickt wurde.«

Eigentlich habe er hier zum Scheich des Kadiri-Ordens im Viertel Kadirler werden und die mit dem Geist des Ordens nicht zu vereinbarenden Praktiken unterbinden sollen, bei denen die Gläubigen sich in Gebetszeremonien in alle möglichen Körperteile Nadeln und Spieße steckten. Als die vom damaligen Gouverneur geförderten Jünger von diesem Gebaren nicht ablassen wollten, habe der Großvater beschlossen, deren Gegner um sich zu versammeln und in Germe einen neuen Orden zu gründen.

Scheich Hamdullah wollte mit dem Erzählen gar nicht mehr aufhören. Genau wie sein Vater sei er in diesem Kloster und diesen Straßen aufgewachsen. In Istanbul habe er in der Mehmet-Pascha-Medrese studiert und dort begonnen, sich für religiöse Themen, für Poesie und Geschichte zu interessieren. Sein Vater, der inzwischen der neue Scheich war, habe ihn lange nicht dazu bewegen können, auf die Insel zurückzukehren. Er habe die Tochter einer armen Flüchtlingsfamilie aus Rumelien geheiratet und in einer kleinen Medrese Unterricht erteilt. Unter dem Titel *Morgenröte* habe er einen Gedichtband veröffentlicht und eine Zeit lang in Karaköy beim Zoll gearbeitet. Einmal habe er aus der Ferne Sultan Abdülhamit auf der Fahrt zum Freitagsgebet gesehen. (Hier unterbrach er sich und murmelte ein langes Gebet für den Sultan.) Nach dem Tod seines Vaters vor siebzehn Jahren sei er zur Erledigung der Erbangelegenheiten nach Minger gekommen und habe gleich in der ersten Nacht gewusst, dass er von nun an dort bleiben würde. Aus Istanbul habe er seine Bücher und seinen Hausrat kommen lassen, danach habe er die Führung des Ordens übernommen und sich ansonsten Gebet und Meditation gewidmet.

Vom vielen Reden ermüdet sagte der Scheich: »Nun zeige ich Ihnen unsere geheimsten Schätze!«

Doktor Nuri folgte dem Scheich, der sich nur auf einen Jünger gestützt fortbewegen konnte, in den von Rauchschwaden durchzogenen Garten. Auf dem Weg zum Hauptgebäude spürte Doktor Nuri, dass er allenthalben, vom jüngsten Besucher des Klosters bis hin zum ältesten Derwisch, mit demselben Misstrauen beäugt wurde, das man dem Brand nebenan entgegenbrachte. Im neben dem Gesprächsraum gelegenen, blau gestrichenen Schlafraum zeigte der Scheich seinem verehrten Gast den dort eingesperrten heiligen einflügeligen Minger-Käfer.

Genau wie die vielen Mingerer, die sich nie von ihrer Insel wegbewegten, hätte der Käfer den Raum auch dann nicht verlassen, wenn die Tür offen gestanden hätte. Darauf gingen sie in den Kasteiungsraum. Jeder Derwisch müsse darin vierzig Tage verbringen, und einem Derwisch sei dabei in der letzten Nacht ein auf den Meeresgrund hinabgesunkenes Schiffswrack erschienen, das er am folgenden Tag vor dem Arabischen Leuchtturm tatsächlich gesehen habe, und so habe er es bestiegen, sei damit nach China gefahren und habe dort das letzte Halifiye-Kloster gegründet.

Stolz zeigte der Scheich dann den Stab seines Großvaters vor, der »genauso wie der Stab unseres Propheten« aus Feigenholz gefertigt sei, und ebenso den »stahlharten« Stab seines Vaters mit einem Perlmuttgriff.

Als sie an den Zellen vorbeikamen, vor denen die jungen Derwische – der eine mit rosigen Lippen, der andere blass, manche mit hartem, andere mit weichem Blick – standen wie Schildwachen, dachte Doktor Nuri gleich, dass sich die Pest hier in Windeseile verbreiten könne.

Unter einem viermannshohen Walnussbaum hindurch gingen sie in das nach Holz und Lack riechende neue Gebäude. In einer Ecke stand eine Holzkiste, die der Scheich öffnete. Darin lagen die »Krone« genannten grünen, violetten und bleigrauen Kopfbedeckungen der früheren Scheichs, die gelb-blau gestreiften Kultgewänder, die aus dem Adak-Gebirge im Norden der Insel stammenden »Ergebungssteine«, die wie Orden um den Hals getragen wurden, sowie die zwölfknotigen Gürtel, die jeder Scheich auf seine ganz eigene Art band. Dem Orden galten diese Gegenstände als Heiligtümer, die durch einen Kontakt mit Lysol und Quarantänegift gleichsam absterben würden, worauf auch die Jünger und die Derwische dem Tod geweiht seien.

Beim Vorzeigen dieser Gegenstände erging sich der Scheich in übertriebenen, doppeldeutigen Äußerungen, und obwohl er sichtlich weder traurig noch wütend war, tat er fortwährend so, als wäre er es doch, bis sich bei Doktor Nuri die Hilflosigkeit und die Schuldgefühle einstellten, die er ansonsten empfand, wenn er mit ungebildeten Patienten sprach, die nicht einmal von ihrer Krankheit berichten konnten.

In einem nach Zitronenblüten duftenden Raum voller Bücher zeigte der Scheich diverse Bände, Handschriften, vergilbte Blätter und Broschüren vor und kam schließlich auf das zu sprechen, was ihm eigentlich auf dem Herzen lag, nämlich auf eine Verserzählung, in der er auf die Fragen eingehen wolle, die jeder sich über die Pest stelle, um die richtige Haltung zu erörtern, die sich aus dem Islam dazu ergebe.

»Was die Pest und andere Seuchen angeht, gibt es im Islam leider immer noch zwei Anschauungen, die einander vollkommen widersprechen«, erläuterte der Scheich. »Laut der einen kommt auch die Pest von Gott, und ihr entfliehen zu wollen, ist daher sowohl vergebens als auch ebenso schwer und gefährlich, wie seinem Schicksal überhaupt entgehen zu wollen. Es hatte ja auch der Heilige Prophet schon befunden, die Pest als ansteckend anzusehen, sei nicht anders, als sich von Vögeln, Eulen oder Schlangen ein Zeichen zu erhoffen. Bricht die Pest aus, so ziemt es sich dieser Auffassung nach, sich ergeben zurückzuziehen, mit niemandem Kontakt zu haben und abzuwarten, ohne seine Seele zu vergiften. In Europa wird dies leider fälschlicherweise immer noch als Fatalismus ausgelegt. Laut der zweiten Anschauung ist die Pest ansteckend, und wer nicht daran sterben will, ob er nun Christ oder Muslim ist, muss sich von verseuchten Orten, verseuchter Luft und verseuchten Menschen fernhalten. In diese Richtung geht der Ausspruch des Propheten, man solle vor einem Aussätzigen ebenso schnell davonlaufen wir vor einem Löwen. Wenn aber die Pest in uns selbst sei, dann helfe es weder zu fliehen noch die Tür zu verschließen. Dann könne man nur noch Zuflucht bei Gott suchen.«

An die sechs, sieben Personen hörten ihrem Gespräch zu, und da dämmerte Doktor Nuri, dass alles, was hier gesprochen wurde, bald schon – ob nun richtig wiedergegeben oder nicht – die Runde machen würde, sei es unter den Geschäftsleuten auf dem Alten und dem Neuen Markt, bei den Konsuln, den Sekretären, den Journalisten und in den nach Istanbul gesandten Spitzelberichten.

»Und nun sehen Sie sich das einmal an«, sagte der Scheich und öffnete eine Tür.

In einem Raum voller bunter Wollgarne und Stoffe saßen in einer Ecke drei Jünger an einem Webstuhl.

»Nach dem Willen von Scheich Nurullah, dem Gründer unseres Ordens, sollen wir alle nur Kleidungsstücke tragen, die wir aus selbst gesponnenem Garn und selbst gewebtem Stoff gefertigt, nach Art unserer Vorfahren selbst zugeschnitten und mit Färberkrapp, Kräutern aus Minger und Pulvern aus China selbst gefärbt haben, seien es nun Unterhosen, Hemden, Westen, Jacken oder Mützen.«

Einer der Jünger öffnete ein paar Schränke und Kästen voller Hemden, Westen, Kopfkissen, Wollhaufen und bunter Stoffe.

»Wer kann es mit seinem Gewissen vereinbaren«, sagte der Scheich aufgeregt, »unseren Wollschatz, das Heiligste, was unsere Vorfahren uns hinterlassen haben, mit Lysol in einen Haufen Dreck zu verwandeln?«

Doktor Nuri begriff, dass diese Worte eigentlich an die Adresse der lauschenden Jünger gerichtet waren, und da er wusste, dass der Scheich jedermann halb schelmisch, halb ernst zu schelten pflegte, gab er keine Antwort.

»So etwas haben sich nicht mal die Russen geleistet, als wir mit ihnen im Krieg waren!«, ereiferte der Scheich sich plötzlich, und gleich darauf sackte er mit einem Seufzer zusammen. Zwei Jünger konnten ihn gerade noch an den Armen packen.

»Ach, ich habe doch gar nichts!«, schimpfte der Scheich sie sogleich aus, doch entging Doktor Nuri nicht, dass der alte Mann solche aufmerksamen Begleiter ständig vonnöten hatte.

Sie kehrten in das erste Gebäude zurück, und Doktor Nuri machte sich daran, den Scheich zu untersuchen, der sich nicht lange nötigen ließ, Robe, Hemd und Unterwäsche abzulegen.

»Mussten Sie sich vor oder nach Ihrem Sturz übergeben?«

»Nein.«

»Hatten Sie Fieber?«

»Nein.«

Doktor Nuri holte aus seiner Tasche die bei Beulen angewandte Creme des Apothekers Edhem Pertev und tastete nach dem Metallkästchen mit den Spritzen. Auch prüfte er, ob der kleine grüne Flakon mit den Morphinpillen noch gut gefüllt war. Ohne dass es eigentlich nötig gewesen wäre, öffnete er kurz auch das Taschenfach, in dem er die in der Istanbuler Istikamet-Apotheke gekaufte Jodtinktur und das erst zehn Jahre zuvor auf den Markt gekommene Aspirin der Firma Bayer verwahrte (jenes hatte er in Frankreich erstanden und verwendete es äußerst sparsam), dann rieb er sich mithilfe von keimfreien Wattebäuschen die Finger sorgfältig mit dem Lysol ein, das er in einer violetten Flasche wie einen Wundertrank mit sich führte, und trat an den Scheich heran.

Als dieser nackt vor ihm dalag, spürte Doktor Nuri, wie angespannt er war. Seine Arme, die enge Brust und der schmale Hals waren überraschend weiß und hatten etwas fast Kindliches an sich.

Doktor Nuri untersuchte den Scheich von Kopf bis Fuß wie einen alten Mann, der nicht recht ausdrücken kann, was ihm fehlt. Seine Zunge war gesund und rosig und nicht belegt wie die eines Pestkranken. Mit einem Löffel drückte er ein wenig auf die Zunge und besah sich die Mandeln. (Da die Pest sich auf die Zunge niederschlägt, wurde sie anfangs von unkundigen Ärzten mit der Diphtherie verwechselt.) Die Augen wiesen keine Rötung auf, der Puls, den Doktor Nuri zweimal maß, war normal. Kein Fieber, keine Schweißausbrüche, keine Benommenheit. Sorgfältig horchte Doktor Nuri mit dem Stethoskop den müden Oberkörper des Scheichs ab. Das Herz schlug ein wenig unregelmäßig, die Lungen waren verschleimt. Bei der Berührung mit dem kalten Metall des Stethoskops durchfuhr den Scheich ein leichter Schauer.

»Tiefer einatmen!«

Doktor Nuri sah dem Scheich in die behaarten Ohren, dann tastete er lange die Halsdrüsen auf Verhärtungen oder Schmerzen ab, doch weder dort noch unter den Achseln konnte er irgendetwas feststellen.

Zum Abschluss tastete er die Leiste ab, dann desinfizierte er sich die Hände und sagte: »Ihnen fehlt nichts. Sie sind gar nicht krank.«

»Gott sei gepriesen!«, rief der Scheich aus. »Teilen Sie doch nun dem Herrn Gouverneur und allen Konsuln mit, dass ich Gott sei Dank gesund bin und von unserem Kloster keinerlei Gefahr ausgeht. Mit den

Gerüchten über meine Krankheit wollte jemand den Herrn Gouverneur und mich gegeneinander aufbringen. Übelgesinnte Menschen sind darauf aus, dass wir aus dem Kloster entfernt und in die Isolierstation auf der Burg gesteckt werden.«

»Der Gouverneur will Ihnen und Ihrem Kloster ganz bestimmt nichts Böses.«

»Dessen sind wir uns gewiss!«

»Es gibt aber Leute, die den Übelgesinnten in die Hände spielen. Die Scheichs kleinerer Orden zum Beispiel, die fragwürdige Zettel schreiben, die man dem Pestgeist entgegenhalten soll. Die untergraben das Vertrauen in die Quarantänemaßnahmen und den Gehorsam gegenüber den Regeln.«

»Nur manche Scheichs hören auf mich«, sagte Scheich Hamdullah. »Manche kenne ich nur flüchtig, und die meisten wollen mir Übles.«

»Eure Exzellenz, in gewisser Weise bin ich hier auch als Botschafter des Gouverneurs. Der würde gerne zusammen mit dem Oberpriester Konstantinos Efendi von der griechischen Gemeinde und mit Ihnen vom Balkon des Regierungsgebäudes aus eine Ansprache ans Volk halten und zum Einhalten der Maßnahmen aufrufen. Übrigens hat er Ramiz inzwischen freigelassen.«

»Oberpriester Konstantinos Efendi dichtet auch. Als mein Gedichtband ›Morgenröte‹ in Minger gedruckt wurde, habe ich ihm ein Exemplar verehrt. An der gemeinsamen Ansprache nehme ich liebend gerne teil. Allerdings unter einer Bedingung.«

»Die werde ich dem Gouverneur sogleich übermitteln und sie unterstützen«, erwiderte Doktor Nuri und griff zu seiner Tasche.

»Ich möchte beim nächsten Freitagsgebet in der Neuen Moschee die Predigt halten! Von den Stiftungen und von Istanbul habe ich dazu schon das Einverständnis. Die Quarantänekommission will es verbieten, wegen der vielen Teilnehmenden, aber damit verärgert sie die Muslime nur und bringt sie gegen die Quarantänebeamten auf.«

»Nichts fürchten wir mehr, als dass Sie und Ihre Anhänger uns böse sind.«

»Wissen Sie, warum ich den Quarantänebemühungen vor allem Erfolg wünsche?«, fragte Scheich Hamdullah mit sorgenvoller Miene. Er hatte sich wieder angezogen und die Mütze seines Ordens aufgesetzt. »Weil ich sehe, dass die Christen in Europa seit vierhundert Jahren Übung darin haben, sich durch Quarantänemaßnahmen vor Krankheiten zu schützen, während die Muslime an derlei nicht glauben. Wenn wir uns die modernen Methoden nicht aneignen, werden wir noch weiter dezimiert und in dieser Welt zu einer einsamen Minderheit verkommen.«

KAPITEL 46

Der Gouverneur war hocherfreut, dass Scheich Hamdullah in die gemeinsame Ansprache einwilligte, und machte sich sogleich an die Festlegung der Details. Scheich Hamdullah wurde dabei von Nimetullah Efendi vertreten, dem Derwisch mit der Filzmütze. Der Gouverneur hielt jenen für einen »mit allen Wassern gewaschenen Diplomaten« und für eine »härtere Nuss« als die Konsuln, da er Idealist sei und nicht wie jene von Profitgier getrieben. Mit den Konsuln verhandelte der Gouverneur unterdessen über die Wiedereröffnung des Telegrafenamts und versuchte, aus ihnen herauszukitzeln, ob die Großmächte nicht doch unter dem Vorwand der Seuchenbekämpfung auf die Insel Soldaten entsenden würden.

Da die Telegrafenverbindung nach wie vor unterbrochen war, hatten die Konsuln indes weder viel zu berichten noch auch irgendetwas in der Hand. Der Gouverneur sah Tag für Tag, was dieser Ausfall ihm für Möglichkeiten bot, sowohl die Quarantänemaßnahmen durchzusetzen, als auch die Stadt einer strengeren Disziplin zu unterwerfen. Seit dem Überfall auf das Telegrafenamt hatten die Quarantänesoldaten weniger mit Ungehorsam zu kämpfen, und die vielen Aufmüpfigen, die bisher an jeder Maßnahme herumkrittelten, hielten sich nunmehr zurück und warteten ab.

Der Gouverneur stellte für die Feierlichkeiten, die zwei Tage später, am Freitag, dem 28. Juni, stattfinden sollten, ein für jedermann angemessenes Programm zusammen. Nach dem Freitagsgebet und der Predigt Scheich Hamdullahs sollten der Scheich und die Gläubigen zum Regierungsplatz ziehen, und vom Balkon aus würden die Vertreter aller Religionsgemeinschaften gemeinsam mit dem Gouverneur zur Einhaltung der Quarantänemaßnahmen sowie zum Zusammenhalt auf der Insel aufrufen. Danach würde im Postamt der Telegrafendienst feierlich wieder aufgenommen werden.

In seiner fünfjährigen Amtszeit hatte der Gouverneur noch keine einzige Ansprache vom Balkon aus gehalten, obwohl ihn dies mehrmals gereizt hatte. Abdülhamit schätzte es nicht, wenn ein Gouverneur sich hervortat und zwischen das Volk und den Sultan trat. Außerdem war dies in osmanischen Landen keine verbreitete Tradition. Der Gouverneur ließ einen Aushang verfassen, der in Format und Schriftgröße dem Plakat zu den Quarantänebeschlüssen aufs Haar genau glich. Während heftig darüber diskutiert wurde, wer am Freitag, während er selbst auf dem Balkon reden würde, unten auf dem Platz wo genau stehen sollte, wo etwa die Konsuln, wo die Journalisten, wo Fotografen und mit wie viel Abstand voneinander, stürzte er einmal ganz aufgeregt von seinem Amtszimmer auf die Terrasse hinaus.

Als er wieder zurückkam, fand er auf dem Schreibtisch ein dechiffriertes Telegramm vor. Da der Dechiffrierer es ihm sogleich vorgelegt hatte, musste es sich um etwas Wichtiges handeln.

Auf einen Blick sah der Gouverneur, dass das Telegramm aus dem Palast stammte. Ihm stockte das Herz. Es konnte eine schlechte Nachricht sein. Sollte er es lieber nicht sofort lesen? Dann konnte er sich doch nicht beherrschen.

So erfuhr er, dass er seines Amtes als Gouverneur von Minger enthoben war. Er wurde nach Aleppo versetzt. Schmerzlich durchzuckte es ihn. Es wurden ihm nicht mehr als zehn Tage eingeräumt, um ohne Zwischenaufenthalt in Istanbul von Minger nach Aleppo zu ziehen. Mit pochendem Herzen las er das Telegramm noch einmal. Es war darin von Unruhen in Aleppo die Rede.

Erst beim dritten Lesen begriff der Gouverneur, dass es sich bei der Versetzung um eine Bestrafung handelte. Er sollte ein Drittel weniger Gehalt bekommen, dabei war Aleppo eine viel größere Provinz als Minger, zu der auch Urfa und Maraş gehörten.

Was sollte aus Marika werden? Oft hatte er darüber nachgedacht:

Selbst wenn sie sich darauf einlassen würde, Muslimin zu werden und ihn zu heiraten, würde das einen Skandal auslösen, und die Botschafter und Konsuln würden höhnen, dass trotz der Tanzimat-Reformen die osmanischen Paschas in ihren Provinzen immer noch hübsche Christinnen zum Konvertieren zwangen und sie als Zweit- oder Drittfrauen in ihren Harem steckten. Ganz abgesehen davon würde Marika ihm nie und nimmer in ein so abgelegenes Skorpionennest folgen!

Sami Pascha (den wir vielleicht nicht mehr Gouverneur nennen sollten) las das Telegramm immer wieder, wollte und konnte aber den Tatsachen nicht ins Auge sehen. Ganz bestimmt war Istanbul ein Fehler unterlaufen! Und gerade in dieser Zeit konnte er doch nicht nach Aleppo! Allein das war schon Beweis genug, dass es sich um eine fehlerhafte Versetzung (und Absetzung) handelte. Wussten die Leute, die ihn innerhalb von zehn Tagen nach Aleppo schicken wollten, denn etwa nicht, dass niemand von der Insel fortkonnte, ohne erst fünf Tage Quarantäne zu absolvieren? Und was sollte aus Marika werden?

Irgendwann versuchte er, der Angelegenheit einen positiven Aspekt abzugewinnen: Er war abgesetzt worden, aber doch immerhin auch woandershin versetzt. Wenn Abdülhamit auf einen Gouverneur besonderen Zorn entwickelte, ließ er ihn nach seiner Absetzung eine Weile ohne Gehalt schmoren und teilte ihm erst danach mit, wohin er versetzt wurde. So verhielt es sich hier nicht, das hatte ihm der Sultan in all seiner Willkür doch nicht angetan. Ihm fiel die Sache mit dem armen Mustafa Hayri Pascha ein, der jahrelang auf eine Versetzung gewartet hatte, und als das Telegramm endlich gekommen war, hatte er vor lauter Aufregung einen Herzanfall erlitten, worüber bei der Hohen Pforte unbarmherzig gelacht worden war. Da war er selbst schon besser dran.

Nach einer Weile kam Sami Pascha zu der Überzeugung, dass es am besten war, die Sache hinauszuzögern. Eines Tages werde man schon begreifen, dass er bleiben musste, um seinen heroischen Kampf gegen die Pest zu führen, und dann würde man ihm den Verdienstorden erster Klasse verleihen. Er konsultierte regelmäßig aus Istanbul eintreffende Publikationen wie *Malûmat* und oder sogar den *Moniteur des consulats*, in denen über jegliche Art von Versetzung berichtet wurde, und somit wusste er, dass diese *manchmal* rückgängig gemacht wurden und solch ein Wunder also durchaus geschehen konnte. Wer zu Abdülhamit oder der Hohen Pforte besondere Beziehungen hatte oder höheren Orts über Protektoren verfügte, konnte dergleichen in die Wege leiten. Es kam ja auch vor, dass ein Gouverneur seine neue Stelle antreten wollte und feststellen musste, dass man seinen Vorgänger in sein Amt wieder eingesetzt hatte. Mit etwas Glück konnte auch ihm so etwas gelingen.

Eine Weile dachte er darüber nach, ob nicht Damat Doktor Nuri sich mit einem Telegramm an Abdülhamit oder wenigstens an die Hohe Pforte für ihn einsetzen konnte. Aus Pakize Sultans Briefen wissen wir allerdings, dass Sami Pascha das letztlich mit seinem Stolz nicht vereinbaren konnte.

Er begriff denn auch, dass alles so weitergehen konnte wie bisher, wenn er nur so tat, als wäre nichts geschehen. Von seiner Absetzung wusste außer ihm auf der Insel einzig sein Dechiffrierer, und selbst der konnte aus der gelassenen Haltung Sami Paschas den Schluss ziehen, die Entscheidung sei zurückgenommen worden. So war es also wohl das Beste, zumindest bis zum Freitag so zu tun, als ob nichts vorgefallen wäre. Gleich darauf tat Sami Pascha allerdings genau das Gegenteil von dem, was er sich vorgenommen hatte. Er rief den Dechiffrierer in sein Amtszimmer und schärfte ihm ein, jenes Telegramm stelle ein Staatsgeheimnis dar, und falls er dieses verletze, werde er von Istanbul und von ihm selbst aufs Strengste bestraft werden.

Sami Pascha kam an jenem Tag weder mit Doktor Nuri noch mit dem Major zusammen. Als Doktor Nikos eintraf, ließ er ihn abweisen und zog sich in sein Amtszimmer zurück, als würde niemand erfahren, dass er abgesetzt war, solange ihn nur niemand sah. Wenn Sami Pascha sich allein fühlte oder Kummer hatte, griff er gerne zu der belgischen Taschenuhr mit dem türkischen und dem europäischen Zifferblatt, die sein Schwiegervater Bahattin Pascha ihm zur Hochzeit geschenkt hatte, und spürte dann gleichsam in seiner Hand, wie die Welt erträglicher wurde. Nun aber hatte er nicht einmal dazu die Kraft.

Schon beim Lesen des Telegramms hatte er begriffen, dass er nur bei Marika etwas Frieden finden würde, und so ließ er sich von Zekeriya in stiller Fahrt zu ihr kutschieren. Beim Anblick der dunklen, düsteren Straßen wäre er beinahe von Tränen übermannt worden, doch riss er sich zusammen, in Trübsal zu verfallen hätte doch bedeutet, dass er sich geschlagen gab. Bei Marika angekommen, entstieg er ernster Miene der Kutsche.

Drinnen legte er die übliche Gemütsruhe und Autorität an den Tag. Wie schön Marika doch war, und darüber hinaus war sie ein aufrichtiger, guter Mensch. Fast hatte er seine Absetzung schon vergessen.

Marika berichtete, die beiden verbrannten Leichen und der aufsteigende schwarze Rauch seien noch immer Tagesgespräch. »Es heißt, bei dem vielen Rauch müssen noch viel mehr Tote in dem Haus gewesen sein.«

»Das musste ja so kommen, dass die so was erfinden.«

»Und so schwarz sei der Rauch vom Körperfett der Toten gewesen.«

»Es steht dir gar nicht, so fürchterliche Dinge in den Mund zu nehmen, und mich betrüben sie«, sagte Sami Pascha. Dann merkte er, dass er ihr die Laune verdorben hatte, und um das wiedergutzumachen, erzählte er ihr von einer Merkwürdigkeit, die er ein Jahr zuvor in der Zeitschrift *Servet-i Fünun* gelesen hatte und die ihm nun zufällig wieder einfiel. »In bestimmten asiatischen Religionen glaubt man, am Farbton des Rauches, der von einer verbrennenden Leiche aufsteigt, könne man ablesen, ob der Verstorbene ein Sünder oder ein Unschuldsengel war, ein Heiliger oder ein Teufel.«

»Was Sie alles wissen!«

»Was du weißt, ist aber stets wichtiger. Erzähl!«

»Ramiz soll wieder in der Stadt sein. Das wird ja auch Ihnen zu Ohren gekommen sein. Er hat geschworen, sich an denen zu rächen, die ihm Zeynep weggenommen haben. Anscheinend ist er immer noch sehr in sie verliebt. Den Schwur soll er nicht bei Scheich Hamdullah, sondern im Rifai-Kloster von Scheich Rıfkı Melul abgelegt haben.«

»Der Rifai-Orden ist durch die Pest seltsamerweise wieder aktiver geworden. Doch über ein solches Treffen weiß niemand Bescheid.«

»Nach Çite sollen sie niemanden mehr hineinlassen, der nicht ein rosarotes Papier bei sich trägt, das der schielende Scheich Şevket vom Zaim-Orden zum Schutz gegen die Pest besprochen hat. Darüber wachen junge Einwanderer aus Kreta.«

»Wie vernünftig!«, rief Sami Pascha aus. »So etwas könnte nur passieren, wenn wir nicht dagegen einschreiten würden. In Einzelfällen kann solches Gesindel mal sein Unwesen treiben, aber verbreitet ist so etwas ganz bestimmt nicht, dafür sorgen schon meine Spitzel und meine Gendarmen.«

»Bitte seien Sie mir nicht böse, wenn ich Ihnen diese Gerüchte weitererzähle. Erfunden habe ich sie ja nicht, und an die meisten glaube ich auch gar nicht.«

»Aber an manche schon!«

»Das sage ich Ihnen dann aber. Sie glauben auch an welche, sagen es aber nicht, weil Sie sich schämen. Wenn ich Ihnen ein Gerücht hinterbringe, sehe ich Ihnen sofort an, ob Sie daran glauben oder nicht. Von den Buchten nördlich des Steinbruchs aus werden übrigens wieder Menschen nach Kreta geschmuggelt.«

»Das will ich gerne glauben. Aber wie kommen sie bloß an den Panzerkreuzern vorbei?«

»Es heißt auch, dass Scheich Hamdullah am Freitag nicht zu der Veranstaltung im Regierungsgebäude kommen wird.«

»Was soll das?!«

»Jedermann weiß Bescheid, dass der Scheich die Pest haben soll und Damat Doktor Pascha bei ihm war.«

»Dann soll eben jedermann Bescheid wissen!«

»Ach ja, und noch was: Scheich Hamdullah soll zu Damat Doktor Nuri großspurig gesagt haben, dass ihm die Pest nichts anhaben kann. Vor allem Kindern imponiert das, aber daran glauben tut jeder. Kinder haben auch für den Überfall auf das Telegrafenamt und für den Major etwas übrig.«

»Weißt du, Marika, warum überhaupt so viele Gerüchte aufkommen? Weil die Griechen und die Muslime einander nicht kennen. Nicht mal, was in der Kirche oder der Moschee vorgeht, wissen die jeweils anderen. Damit wir ein Volk werden können, muss es mit diesen Gerüchten ein Ende haben.«

»Dann sind da noch die Besuche Damat Doktor Nuris bei den Gewürzhändlern. Die fürchten schon, dass es ihnen ergeht wie den Hilfsköchen in der Garnison und dass sie dem Überwachungsbeauftragten ausgeliefert werden und die Bastonade kriegen, weil sie angeblich Gift verkaufen.«

Sami Pascha merkte nach einer Weile, dass ihm von all den Gerüchten am meisten der Satz Scheich Hamdullahs nachging, die Pest könne ihm nichts anhaben. Dass der Scheich an der Pest erkrankt sei, hatte er zum ersten Mal von Konsul Corc gehört und es sofort geglaubt. Nun hatte er das Gefühl, er sei hintergangen worden, und bedauerte, dass auch Doktor Nuri hereingefallen war und sich für eine solche Intrige hergegeben hatte. Falls er Scheich Hamdullah und Monsieur Corc diese List nachweisen konnte, würde seine Amtsenthebung ja vielleicht rückgängig gemacht!

»Marika, heute möchte ich mal fröhlich sein. Reden wir doch nicht mehr von der Pest.«

»Wie Sie meinen, aber die Leute reden von nichts anderem mehr.«

»Irgendwann ist diese vermaledeite Seuche ja doch vorbei. Dann möchte ich in unserem schönen Minger Bäume pflanzen, vor allem Palmen, Pinien und Akazien. Falls mir Istanbul für den Bau einer anständigen Anlegestelle für Passagierschiffe kein Geld bewilligt, packe ich die Sache trotzdem an. Dann müssen eben die Griechen und die Muslime gemeinsam für die Kosten aufkommen. Wenn wir von den Theodoropulos und den Mavroyeni etwas bekommen, werden sich auch die Kumasçızade und der Enkel Tevfik Paschas spendabel zeigen.«

»Ach, niemand liebt die Insel so sehr wie Sie! Wie schade, dass alle an Ihnen herumkritteln.«

Was für ein guter Mensch Marika doch war! Ein Leben ohne sie mochte der Pascha sich gar nicht mehr vorstellen. Ihr liebliches, verständnisvolles Gesicht war der Spiegel ihrer Seele, und gerade dafür liebte der Pascha sie so. Manchmal stellte er sich vor, sie würde Muslimin, und halb im Scherz sagte er ihr das auch, und genauso scherzhaft machte Marika dann eine Haremsdame nach, womit sie den Pascha nicht nur zum Lachen brachte, sondern ihn mit ihrem schönen Körper und ihren riesigen Brüsten auch erregte.

Sami Pascha wollte seiner Verzweiflung und seiner Einsamkeit dadurch entfliehen, dass er mit Marika schlief, und die Ungeduld, die daraus erwuchs, war denn auch das Einzige, was Marika an ihm nicht mochte. Sie hatte es gerne, wenn er mit spöttischem Unterton über seine staatsmännischen Sorgen klagte, doch an jenem Abend fand er dazu nicht die Kraft.

Marika sah das ein, nachdem sie eine Weile geschwiegen hatten, und lächelnd legte sie sich ins Bett, wofür Sami Pascha ihr sehr verbunden war. Während sie sich liebten, schwankte er zwischen Dankbarkeit und Bewunderung hin und her und ließ ansonsten das Tier in sich gewähren. Er war trunken, ohne getrunken zu haben, und sog an Marikas rechter Brustwarze, von der er gar nicht lassen konnte. Dass sie ihm liebevoll den Kopf und die spärlichen Haare streichelte, erinnerte ihn an seine Mutter und seine Kindheit. Auch liebte er es, wenn Marika mit ihren weichen Brüsten über seine Barthaare fuhr. Nach dem langen Liebesspiel war der Pascha schweißgebadet, und erst jetzt bemerkte er die Stechmücke auf seinem Rücken.

»Heute ist etwas mit Ihnen, aber ich will nicht nachfragen«, sagte Marika danach. »Und eigentlich habe ich noch was zu erzählen.«

»Bitte schön.«

»Im Garten ist heute eine blutverschmierte tote Ratte gefunden worden. Und gestern habe ich die Mistviecher unter meinem Holzboden rascheln hören.«

»Der Teufel soll sie holen!«

Bis zum Morgen hielt der Pascha in Marikas Schlafzimmer Wache. Mal döste er auf einem Sessel, mal lag er im Bett, und er verhinderte so, dass Marika von Ratten angefallen wurde. Als er am Morgen das Amt betrat, beauftragte er zwei Beamte damit, in Marikas Haus Fallen aufzustellen und Gift auszulegen. Auch von der Stadtverwaltung forderte er Unterstützung an. Dass Marika und sogar er selbst sich hätten isolieren oder wenigstens untersuchen lassen sollen, kam ihm hingegen nicht in den Sinn.

KAPITEL 47

Durchschnittlich starben in jenen Tagen etwa zwanzig, fünfundzwanzig Menschen pro Tag an der Pest, doch jedermann ging pessimistisch davon aus, dass die wahre Zahl noch höher lag. Manche Familien versteckten ihre Toten zu Hause, damit die Quarantänesoldaten nicht kamen. Wenn bei einem Toten die Beulen nicht am Hals und somit nicht augenfällig waren, redeten manche Angehörigen sich ein, ihr Vater, ihre Mutter oder ihr Großvater sei nicht an der Pest gestorben, sondern an etwas anderem. Bis in einem solchen Haus der zweite oder dritte Todesfall auftrat, steckten diese Menschen in ihrem Viertel viele andere an.

Nach der schlaflosen, aber glückseligen Nacht bei Marika erfuhr Sami Pascha, die *Sühandan* habe bei einem Zwischenaufenthalt in Izmir Medikamente und Zelte geladen und sei unterwegs nach Minger. In Telegrammen an den Quarantänedirektor war mit der Gründlichkeit osmanischer Beamter aufgeführt worden, wie viel Ausrüstung und wie viele Soldaten und Freiwillige an Bord waren. Das Telegramm an Sami Pascha enthielt noch eine Information, die all seine Hoffnungen zunichtemachte: Es sei ein neuer Gouverneur ernannt worden, und der befinde sich auch schon auf dem Schiff. Noch dazu handelte sich um einen Bekannten Sami Paschas, nämlich um Ibrahim Hakkı Pascha, mit dem er einst sogar freundschaftlichen Umgang gepflegt hatte, auch wenn er ihn für einen Simpel hielt. Kennengelernt hatten sie sich während Sami Paschas Zeit im Dolmetschdienst der Hohen Pforte. Als Sekretär von Abdurrahman Fevzi Pascha hatte Ibrahim Hakkı Pascha von morgens bis abends Speichelleckerei betrieben. Sein militärischer Rang mochte dem eines Brigadegenerals entsprechen; wie sollte er da dem bald eintreffenden neuen Garnisonskommandanten Befehle erteilen? Im Palast und bei der Hohen Pforte gab es anscheinend niemanden mehr, der sich mit den Feinheiten militärischer Rangordnung auskannte. Oder das geschah alles nur, um ihm einen zusätzlichen Dämpfer zu versetzen!

Allmählich aber sagte er sich, dass sein Verstand gegenüber Wut und Enttäuschung die Oberhand gewinnen musste. Die Nachricht von seiner Enthebung hatte wohl schon die Runde gemacht, zurückbekommen würde er sein Amt nicht, also brauchte er einen neuen Plan.

Nachdem sie im Epidemiologie-Raum wie jeden Morgen auf dem Stadtplan die Toten mit grünen Punkten gekennzeichnet hatten, verkündete Sami Pascha: »Bei der Hohen Pforte glaubt man leider nicht an einen Erfolg der Quarantänemaßnahmen, und so hat man mich nach Aleppo versetzt!« (Jedermann wusste indes, dass über das Schicksal der Gouverneure einzig und allein Abdülhamit bestimmte.) »Diese Entscheidung wird aber bestimmt zurückgenommen, und falls nicht, werde ich bis zur Amtsübernahme des neuen Gouverneurs meinen Pflichten mit unvermindertem Einsatz nachkommen und am Freitag auch auf dem Regierungsplatz sprechen. Vergessen Sie bitte auch nicht, dass die Passagiere des Hilfsschiffs fünf Tage Quarantäne absolvieren müssen, bevor sie Mingerer Boden betreten dürfen.«

»Wer in den Häfen im Norden und im Westen ankommt, wird allerdings nicht in Quarantäne genommen«, wandte Doktor Nikos ein.

War das nur naiv dahingesagt oder etwa eine Anspielung darauf, dass den Anordnungen des Paschas schon nicht mehr Folge geleistet wurde? Überhaupt hatte der Quarantänedirektor die Amtsenthebung Sami Paschas ohne weitere Regung hingenommen.

»Die neu eintreffenden Ärzte und der neue Gouverneur, die allesamt vom Menschenschlag hier auf der Insel nicht viel Ahnung haben, werden unsere sämtlichen Quarantänebemühungen beiseiteschieben und gänzlich neue Methoden einführen wollen«, erwiderte Sami Pascha. »Darüber wird Zeit vergehen, und die neuen Maßnahmen werden selbstverständlich nichts bringen. Ganz umsonst werden Hunderte von Menschen sterben müssen.«

»Die fünftägige Quarantäne wird uns aber Gelegenheit geben, uns auf die von Seiner Hoheit gewollten neuen Maßnahmen vorzubereiten«, sagte Doktor Nuri.

Damat Doktor Nuri befürwortete also den Plan, die mit der *Sühandan* Eintreffenden unter Quarantäne zu stellen, und die Historiker sind sich darin einig, dass er mit dieser Unterstützung Sami Paschas das Schicksal der Insel veränderte. Einigen zufolge hatte Pakize Sultan ihre Zweifel an dem von Abdülhamit entsandten »Hilfsschiff« und beeinflusste mit ihrer Feindseligkeit gegenüber ihrem Onkel auch ihren Gatten. Wer sich mit Medizingeschichte befasst, gibt indes Damat Doktor Nuri recht, was die Quarantäne angeht.

Seit Ausrufung der Quarantäne wurden Passagiere, die aus infizierten Häfen eintrafen, für fünf Tage auf die felsige kleine Insel Kızkulesi geschickt, die vor dem Hafen lag, und zwar ob sie Fieber hatten oder nicht. Von Süden her, aus Richtung Alexandria, kam damals praktisch kein Schiff mehr an. Auch wer von der Insel wegwollte, musste die fünf Tage auf Kızkulesi hinter sich bringen. Jeden Morgen und jeden Abend fuhr vom Hafen aus ein Boot auf die Insel und brachte Wächter und Betreuer dorthin und wieder zurück.

Sami Pascha galt die Quarantäneinsel geradezu als idealer Ort, um die Passagiere der *Sühandan* erst mal von Arkaz fernzuhalten, und dem Bootsführer Seyit schärfte er genauestens ein, wie er die Leute empfangen sollte.

Das Hilfsschiff traf mit sechs Stunden Verspätung ein, wohinter argwöhnische Historiker gleich wieder einen internationalen Komplott witterten. Dabei war das alte Schiff lediglich vor Rhodos in einen Sturm geraten, worauf einer der Motoren den Geist aufgegeben hatte und sie nicht mehr so schnell vorwärtskamen. Sobald das Schiff von höher gelegenen Vierteln wie Yukarı Turunçlar oder Kofunya aus sichtbar wurde, versammelten sich am Hafen Leute. Binnen einer Stunde kam insbesondere an der Hamidiye-Brücke, vor dem Hotel Majestik und am Zoll eine ansehnliche Menge neugieriger und zum Teil hoffnungsfroher Menschen zusammen. Etliche Alte aus Vavla und Turunçlar waren zufrieden, weil der Sultan endlich Hilfe schickte. Dies waren aber einfältige Menschen, die unabhängig davon, was ihnen zustieß, »Hoch lebe der Sultan!« riefen. Die meisten dagegen befanden, das bislang Unternommene zeuge lediglich von Ungeschick und von Desinteresse am Los des einfachen Volkes, sodass sie sich von dem Schiff genauso wenig erwarteten wie von der Quarantäne. Ein paar besonders Wütende waren nicht etwa zum Hafen gekommen, um von dem Schiff Nutzen zu ziehen oder gar von der Pest errettet zu werden, sondern vielmehr, um ihrem Unmut Luft zu machen. »Wo habt ihr denn die ganze Zeit gesteckt?!«, plärrten sie etwa. Sami Pascha beorderte sämtliche ihm zur Verfügung stehenden Ordnungskräfte an den Hafen hinunter. Der Major hatte sechzehn seiner Quarantänesoldaten unter der Führung von Hamdi Baba zu der Stelle entsandt, an der die Boote ablegten.

Als die *Sühandan* vor dem Arabischen Leuchtturm anlangte, ließ sie wie die Linienschiffe in früheren, glücklicheren Zeiten ihr Horn ertönen, und der dünne, melancholische Laut hallte von den felsigen Bergen, die die Hauptstadt umgaben, zweimal zurück. Auf dieses Signal hatte der von Sami Pascha instruierte Bootsführer Seyit gewartet, um abzulegen. In dem Boot, das auf die *Sühandan* zuschaukelte, saßen der Quarantänedirektor, der junge Doktor Filipu, vier Quarantänesoldaten und Feuerwehrleute mit Lysol-Kanistern auf dem Rücken.

Als der italienische Kapitän Leonardo die Bootsinsassen erblickte, zeigte er sich verständnisvoll, obwohl er aus den seuchenfreien Häfen Istanbul und Izmir kam und demnach auch keine gelbe Flagge aufgezogen hatte. Er war über die Ausmaße der Pest auf Minger informiert und ließ die Ärzte und Feuerwehrleute an Bord.

Weniger erfreut war der neue Gouverneur Ibrahim Hakkı Pascha. Zwar sagte er zu Doktor Nikos: »Wenn selbst Kaiser Wilhelm sich auf eine Quarantäne einlässt, werde ich mich selbstredend nicht beklagen!«, doch fügte er sogleich hinzu, Sultan Abdülhamit wünsche bestimmt nicht, dass die Quarantäne als Vorwand diene, um die Einsetzung des neuen Gouverneurs hinauszuzögern. (Abdülhamit hatte die Angewohnheit, frisch ernannte Gouverneure und Botschafter persönlich zu verabschieden.) Die an Bord Gehenden erkannten nun erst, dass sie es dort mit dem neuen Gouverneur zu tun hatten. Selbst wenn dieser fürs Erste in Quarantäne geschickt wurde, wäre es angebracht gewesen, ihn als neuen Entscheidungsbefugten anzuerkennen und entsprechend zu handeln, doch das geschah nicht.

Selbst vom Kai aus war zu erkennen, dass sich auf dem Schiff etwas tat. Ibrahim Hakkı Pascha weigerte sich schließlich doch, seine Kajüte zu verlassen und in Quarantäne zu gehen. Als er in Istanbul seine letzten Instruktionen erhalten hatte, war von einem technischen Defekt im Telegrafenamt und von der Inkompetenz des Gouverneurs die Rede gewesen, doch hatte er noch nicht geahnt, dass »dahinter noch etwas ganz anderes steckte«, wie Historiker, die hinter allem ein Komplott wittern, das gerne formulieren. Inzwischen begannen die Feuerwehrleute mit der Desinfektion. Auf dem windigen Deck war es nicht so nötig, doch in den Kajüten gab es einiges zu tun.

Bei einem der Freiwilligen an Bord konstatierte Doktor Nikos alsbald Symptome. Der junge Mann hieß Yani Hacıpetru, studierte im ersten Jahr Medizin und hatte sich gemeldet, weil sein Großvater von Minger abstammte. Wie sich herausstellen sollte, war er eigentlich an Diphtherie erkrankt, doch wie manche Patienten trotz einer Beule in der Leiste die Pest überstehen konnten, ohne auch nur Fieber zu bekommen, wusste man auch, dass andere Kranke, die weder zwischen den Beinen noch unter den Achseln irgendwelche Beulen aufwiesen, plötzlich starkes Fieber bekommen und innerhalb von zwei Tagen sterben konnten. Die bei dem fiebrigen Yani Hacıpetru »diagnostizierte« Pesterkrankung diente jedenfalls als zweiter Grund dafür, dass die Passagiere der *Sühandan* fünf Tage in Quarantäne mussten, ob sie nun wollten oder nicht.

Der neue Gouverneur ließ sich mit Doktor Nikos und mit den Feuerwehrleuten, die auch seine Kajüte rabiat desinfizierten, auf keine weiteren Diskussionen ein. Sein Stellvertreter Hadi sollte später in seinem mit großer Aufrichtigkeit verfassten Erinnerungsband *Von den Prinzeninseln zum Vaterland* eingestehen, Ibrahim Hakkı Paschas ganzes Augenmerk habe in all der Aufregung nur der Frage gegolten, ob auch wirklich sein gesamtes Gepäck im Boot verstaut werde. Durch ein Telegramm der Hohen Pforte hatte er im Übrigen der Falschinformation aufgesessen, Sami Pascha habe die Insel bereits verlassen und sei auf dem Weg nach Aleppo.

Drei aus Minger stammende griechische Ärzte, zwei frischgebackene muslimische Ärzte, die dienstverpflichtet worden waren, sowie diverse Freiwillige und Abenteuerlustige stiegen somit über das Fallreep der *Sühandan* in das schaukelnde Boot hinab. Hatten sie während der Anreise noch gelacht und gescherzt, als seien sie zu einem Ferienaufenthalt unterwegs und nicht zur Bekämpfung der Pest, schwiegen sie nunmehr, eingeschüchtert von den streng dreinblickenden Quarantänesoldaten. (Zwei der griechischen Ärzte und ein muslimischer sollten innerhalb eines Monats der Pest zum Opfer fallen.)

Nachdem sich der neue Gouverneur vergewissert hatte, dass all seine Koffer und Truhen ins Boot gehievt waren, stieg er selbst hinunter, und Seyits Ruderer legten sich ins Zeug. Als Ibrahim Hakkı Pascha bemerkte, dass sie nicht Kurs auf den Hafen nahmen, sondern die kleine Insel ansteuerten, erhob er sich protestierend von seinem Sitz. Wenn eine Quarantäne schon vonnöten sei, könne diese dann nicht am Hafen stattfinden, im Zollgebäude oder irgendwo in der Stadt? Doktor Nikos raunte daraufhin, in Arkaz sei es dafür »zu gefährlich«. Manchmal ist zu lesen, falls der neue Gouverneur von vornherein gewusst hätte, dass er fünf Tage lang auf der Insel Kızkulesi eingesperrt sein würde, hätte er verlangt, zuvor per Telegramm mit Istanbul Rücksprache zu halten. Einige halten das ganze Vorgehen für eine List der Großmächte, der Engländer oder gar der Griechen. Es mag aber auch die Behauptung zutreffen, der neue Gouverneur, der vor Jahren auf Minger in der Stadt Zardost schon einmal als Landrat tätig gewesen war, habe eine Heidenangst vor der Pest gehabt.

Es ist schwer zu beurteilen, inwiefern solche polemischen Kommentare uns dabei helfen, uns in die damalige Lage hineinzuversetzen. Dagegen dürfen wir guten Gewissens behaupten, dass viele Menschen auf die Freitagspredigt Scheich Hamdullahs und auf die Veranstaltung auf dem Balkon des Regierungsgebäudes tatsächlich sehr neugierig waren (auch wenn sie selbst vielleicht nicht vorhatten, dann auch wirklich dort hinzugehen).

KAPITEL 48

Seit Jahrhunderten wurden die Freitagspredigten in der Sofu-Saim-Pascha-Moschee und der Kör-Mehmet-Moschee von Geistlichen abgehalten, die dazu die Billigung Istanbuls hatten. Zu besonderen Anlässen wurde es jedoch als geziemend angesehen, dass etwa in der Neuen Moschee der Scheich eines großen Ordens predigte, und an solchen Tagen war die jeweilige Moschee übervoll. Manche der Scheichs, die dem Volk die auf Arabisch gesprochenen Gebete in einfacher Sprache erläuterten und Ratschläge gaben, waren so geschickt darin, mit Geschichten die Gläubigen in Furcht zu versetzen oder gar zum Weinen zu bringen, dass sie eingeladen wurden, auch in den großen Istanbuler Moscheen zu predigen, sodass sie schließlich zu den bedeutenden Mingerer Persönlichkeiten zählten.

Scheich Hamdullah hatte in Moscheen in Arkaz lediglich vor Jahren einmal zwei Predigten gehalten, und auch damals war es nur um Dinge wie Glauben, Selbstbeherrschung und die Fallstricke des Teufels gegangen. Über die nunmehrigen Vorgänge auf der Insel hatte der Scheich weder etwas gesagt, noch hatte er sich in Anspielungen ergangen. Seine früheren Reden waren ausschließlich theologischer Natur gewesen und hatten keine Spuren hinterlassen, da er nicht auf die Alltagssorgen und die Ängste der Gläubigen eingegangen war. Obwohl sein Ruf in den letzten zwölf Jahren angewachsen war, hatte er keine Predigt mehr gehalten, um sich nicht in Angelegenheiten einzumischen, zu denen man das Plazet Istanbuls und der religiösen Stiftungen einzuholen hatte. Umso neugieriger waren nun nicht nur die frommen Muslime, sondern auch die Konsuln und die christlichen Oberhäupter, wie der Scheich sich über die Pest äußern würde.

Sami Pascha hatte beschlossen, den Scheich aus der Ferne zu beobachten. Falls der Scheich nach der Predigt unter einem Vorwand von der Veranstaltung im Regierungsgebäude wegbleiben sollte, konnte dies genau das Gegenteil der beabsichtigten Wirkung auslösen, nämlich zum Manifest gegen die Quarantäne werden.

Der entschlossenste und zugleich wütendste Held des Vortages war Ramiz. Nachdem er dank des Telegramms aus Istanbul freigelassen worden war, hatte er sich in den Norden zurückgezogen, nach Çifteler und Nebiler. Um nicht zu ausschweifend zu werden, erzählen wir hier nicht, wie er vor der Pest aus Arkaz Flüchtende zurücktrieb und den ältesten Sohn des Apothekers Nikiforo entführte, um Geld zu erpressen. Zu Recht aber hatte Marika Sami Pascha schon gewarnt, denn mit einer neu gegründeten siebenköpfigen Bande aus Çifteler und Nebiler kehrte Ramiz tatsächlich nach Arkaz zurück. Die Männer hatten Jagdflinten (angeblich gegen Ratten) und Messer dabei. Ramiz streute das Gerücht, die Schiffe der Großmächte würden erst abziehen, wenn der neue Gouverneur in Amt und Würden sei und das Kommando über die Garnison und das arabische Bataillon übernommen habe.

Da man mit der Herstellung von Särgen nicht nachkam, wurden die meisten Toten mittlerweile sarglos zum Friedhof geschafft. Es wurde allein schon zum Problem, die Toten, die keine Angehörigen mehr hatten, in ein Leichentuch zu wickeln, denn die zornigen Kreter, die nach Mecid und Hadid mit dieser Aufgabe betraut worden waren, hatten sich ebenso davongemacht wie alle anderen danach auch. Dass auch immer mehr Beamte aus lauter Furcht nicht mehr zur Arbeit kamen, erschwerte es Sami Pascha, Ramiz in der Stadt zu beschatten.

Mit dem Bootsführer Lazar Efendi, der unter dem Schutz des französischen Konsuls Andon Hampuri stand, gelangten Ramiz und seine Leute heimlich auf die Insel Kızkulesi. Durch drei in Arkaz dazugestoßene Männer war Ramiz' Bande auf zehn Mitglieder angewachsen. Sie kaperten still und leise die notdürftige Anlegestelle, doch von zwei Hunden, denen die Bewachung der Insel mehr am Herzen lag als irgendjemandem sonst, wurden sie sogleich aufgespürt und angebellt, woraufhin

Wächter herbeiliefen. Die Angreifer gaben an, sie seien mit Erlaubnis von Sami Pascha und Doktor Nikos gekommen, um den neuen Gouverneur vor einer Entführerbande zu beschützen, unmittelbar danach jedoch entwaffneten sie die Wächter und fesselten sie.

Schwerer fiel es Ramiz, Ibrahim Hakkı Pascha zu überzeugen. Wie sein Stellvertreter später auf höchst amüsante Weise schilderte, verhielt der neue Gouverneur sich wie ein furchtsamer Kronprinz, der sich im Harem versteckt, um nicht von abenteuerlustigen Putschisten auf den Thron gesetzt zu werden. (Ähnliche Angst hatte Murat V. ausgestanden, als der Sturz Abdülaziz' ohne Murats Wissen um einen Tag vorverlegt worden war und die Putschisten ihn schon holen kamen.) Ibrahim Hakkı Pascha wollte die Tür des ihm zugewiesenen Zimmers lange nicht öffnen. Dass er überhaupt auf der Insel festgehalten wurde, fand er schon abwegig, und er spürte, dass irgendwelche Machenschaften im Gange waren. So zog er seinen Nagant-Revolver und lud ihn.

Erst nach Mitternacht sah er ein, dass Ramiz und seine Bande sich der Insel bemächtigt hatten, dass aus der Stadt keine Hilfe zu erwarten war und er wohl eine Geisel Ramiz' war. So trat er mit dem Revolver in der Hand aus dem Zimmer. Sogleich versicherte Ramiz, dass er in ihm den wahren Gouverneur sehe, der mit vollem Recht eine Waffe trage, und unter vielerlei Beschwörungen führte er Ibrahim Hakkı Pascha in den großen Raum am Eingang des Inselturms, wohin ihnen nach und nach der Stellvertreter und der Sekretär des Gouverneurs sowie die Ärzte und Freiwilligen folgten. Jene beteuerten, sie hätten den langen Weg doch nur auf sich genommen, um auf der Insel die Pest zu bekämpfen, daher sei es unsinnig, sie hier festzuhalten. Die meisten dachten, sie würden noch in der Nacht abgeholt und zusammen mit den anderen Passagieren der *Sühandan* nach Arkaz verbracht. Ramiz indessen ließ erst Petroleumlampen anzünden, und als er sicher war, dass alle einander gut sahen, verneigte er sich vor dem neuen Gouverneur und küsste ihm die Hand, als würde er einem eiligst auf den Thron geschafften Sultan huldigen. Er und seine Leute würden dem Wunsch Sultan Abdülhamits gemäß Ibrahim Hakkı Pascha als neuen Gouverneur Mingers anerkennen und ihn am folgenden Tag zu seinem Amtssitz bringen.

In den Memoiren des Stellvertreters liest es sich so, dass Ibrahim Hakkı Pascha jenen Strolchen nicht traute, jedoch so tat, als würde er Ramiz glauben, um ihn hinzuhalten. Er hatte vor, so bald wie möglich zu flüchten und sich mit dem alten Gouverneur zu beraten, von dem er jetzt erst erfuhr, dass er sich noch immer auf Minger befand.

Ramiz war zufrieden mit seinem geglückten Überfall. Am Freitagmorgen setzte er bei Sonnenaufgang den neuen Gouverneur und dessen Gefolge zur alten Marmoranlegestelle über. Als die hinausfahrenden griechischen Fischer vom so romantisch und geheimnisvoll wie eh und je wirkenden Inselturm das Boot Lazars herannahen sahen, dachten sie kummervoll, von der Quarantäneinsel her würden wieder Leichen herbeigeschafft. Die Seuche ging nicht zurück, die Maßnahmen brachten nichts, und selbst gesunde Menschen, die zur Isolierung eingesperrt wurden, steckten sich dort mit der Krankheit an.

Nachdem das Boot sich an der alten Marmoranlegestelle seiner vielköpfigen Fracht entledigt hatte, kehrte es geräuschlos an seinen gewohnten Platz vor dem Zollgebäude zurück. Die Spitzel Sami Paschas hatten das Boot schon bemerkt, doch bis sie zur Anlegestelle gelangten, hatten Ramiz und die Leute des neuen Gouverneurs sich bereits nach Vavla davongemacht. Sie waren so viele, dass sie mit Spitzeln oder Nachtwächtern leicht fertiggeworden wären. Indes verschwanden sie ungehindert und ungesehen in den Gassen.

KAPITEL 49

Scheich Hamdullah verbrachte den Abend mit den Büchern und Abhandlungen, die schon sein Großvater und sein Urgroßvater gelesen hatten, als in Istanbul die Pest ausgebrochen war. Darin ging es darum, den Geheimnissen der Pest auf die Spur zu kommen, indem man aus Zahlen und Buchstaben bestimmte Zeichen herauslas. Neunzig Jahre zuvor hatte die Pest in Istanbul so schlimm gewütet, dass fromme Muslime sich ganz in sich zurückzogen und sich von nichts anderem mehr Abhilfe versprachen als von Amuletten, besprochenen Papieren und irgendwelchen Zeichen. Da Scheich Hamdullahs Großväter sich schon zuvor für jene Geheimwissenschaften und das Mysterium der Buchstaben interessiert hatten, fanden sie in den alten Texten Trost und füllten sogar ihrerseits ganze Seiten mit Versen, Doppeldeutigkeiten und Wortspielen. Scheich Hamdullah aber sah ein, dass nunmehr, wo von Bazillen und Lysol die Rede war, aus solchen Abhandlungen kein Gewinn mehr zu ziehen war, denn ein konkreter Ratschlag oder eine Arznei fanden sich darin nicht.

Als er an jenem Freitag in der Moschee die Kanzel bestieg, spürte er sofort, dass die dicht gedrängt sitzenden Gläubigen nicht mit seinen Zögerlichkeiten oder mit theologischen Spitzfindigkeiten abzuspeisen waren, sondern sich danach sehnten, zu trauern, zu weinen und Zuflucht bei Gott zu finden. Die zwölf Stufen zur Kanzel hinauf erhoben ihn weit über die sorgenvolle, erregte Menge dort unten. Dabei liebte es der Scheich im Gespräch mit seinen Jüngern oder mit Menschen, die ihm ihr Herz ausschütten wollten, jenen direkt in die Augen zu sehen, denn so konnte er mit dem Innersten seines Gegenübers verschmelzen. Er spürte auf der Kanzel, dass die Leute nicht Verstand von ihm erwarteten, sondern Gefühl und Seele, als Heilmittel gegen Angst und Tod. Im Kloster hatte er daran noch nicht gedacht. Ob er nun sagte, dass dem Schicksal nicht zu entweichen sei, oder er die Quarantänemaßnahmen als Anordnung des Korans darstellte, für die Gläubigen machte das keinen Unterschied, denn jene waren viel zu verängstigt, um sich auf solche Feinheiten überhaupt einzulassen. Wenn er dagegen Gott pries, den Erbarmer und Verzeiher, ging ein Leuchten über die Gesichter, ein tröstlicher Funke. So war es also sinnvoller, mit den Menschen zusammen zu beten, als über Quarantäne und Schicksal zu spekulieren.

Spontan zitierte er daraufhin einen Vers aus der Bakara-Sure, zunächst auf Arabisch, danach in einfachem Türkisch: »O Herr, erlege uns nichts auf, was wir nicht tragen können!« Da fiel ihm noch ein: »Um ertragen zu können, gibt es kein anderes Mittel, als Zuflucht bei Gott zu suchen.« Da alles geschehe, wie Er es füge, gebe es für Gläubige auch keinen anderen Trost als Gott. Dies sagte er in selbstsicherem Ton, als wäre das Thema damit abgeschlossen und alle Verwirrung in den Köpfen beseitigt. Die Menschen kamen zu dem Schluss, dass jenen Worten ein tiefer Sinn zugrunde lag, der sich ihnen nur nicht ganz erschloss, weil sie so erregt und erschöpft waren.

Scheich Hamdullah kannte die meisten der müden, bärtigen Männer, die ihm so ergeben lauschten. Er war ihnen in der ersten Zeit der Seuche in Moscheehöfen begegnet, neben dem Aufbahrungstisch, oder wenn sie für einen ihrer Toten ein Grab suchten. Damals war er von Haus zu Haus geeilt, von Leiche zu Leiche. Da war etwa jener blonde Mann, der über dem Tod seiner Frau und seiner beiden Töchter nicht verrückt geworden war, sondern im Gegenteil seine Würde bewahrt hatte und nun bei ihm Trost suchte. Jener andere namens Nalbant Rıza war jedes Mal, wenn einer seiner Nachbarn starb, gleichermaßen mitgestorben. Und ein Dritter wiederum, ein junger Flüchtling aus Kreta, hatte sich zwar an den Tod anderer gewöhnt, konnte sich aber den eigenen Tod nicht vorstellen, und obwohl er zum Freitagsgebet gekommen war, lief er im Grunde vor allem davon. Vielleicht waren dies aber auch Ausnahmefälle. Die meisten der etwa dreihundert Gläubigen waren gekommen, um so zu sein wie die anderen auch, um Gott nahe zu sein, nicht allein zu sein, mit anderen Fürchtenden zusammen zu sein. Wie von selbst entwickelte sich seine Predigt zu einer Verteidigung der Orden, der Hodschas und der Scheichs gegenüber den Quarantänemaßnahmen.

Bevor Scheich Hamdullah sich in seine Zelle zurückgezogen hatte, war er in viele Häuser gerufen worden, und viele Menschen, die ob der ungeheuren Macht der Seuche benommen vom Glauben abgefallen waren, hatte er besänftigt oder gar ins Leben zurückgeholt. Ebenso oft hatte er Leichenwaschungen und Bestattungen beigewohnt, hatte verzweifelnden Angehörigen Rat und Trost gespendet. Bei seinen Besuchen in Häusern, Friedhöfen, Sarggeschäften und Moscheehöfen war er den Menschen in jenen Tagen mit all seiner Offenheit und Redlichkeit sehr nahegekommen. Die Nachricht von der Erkrankung des Scheichs war daher mit Bestürzung aufgenommen worden, danach aber waren die Menschen erst recht zu der Überzeugung gekommen, der Scheich habe die Krankheit besiegt und die Pfeile der Pest könnten ihm nichts anhaben. Erwartet wurde nun von ihm, dass er das Geheimnis seiner Macht preisgebe oder die Gläubigen zumindest durch das Gebet an seiner Unempfindlichkeit teilhaben lasse, und es war ihm ein tiefes Bedürfnis, den seit Wochen von Todesangst und Trauer geplagten Menschen einen Trost zu vermitteln.

Der größte Trost bestehe natürlich darin, Muslim zu sein und als solcher zu sterben. Wer Allah leugne, dem helfe es nichts, ganz zuletzt noch zum Glauben zu finden, er werde dennoch im Höllenfeuer schmoren, und um den Gläubigen das so recht in Erinnerung zu rufen, zitierte der Scheich auf Arabisch aus der Nisa-Sure und erläuterte dann: Ebenso wie Gott einen Lebenden zum Tode befördern könne, sei er auch imstande, einen Toten oder gar die Erde selbst zum Leben zu erwecken. Wer sich vor dem Tod fürchte, solle daher an das Leben nach dem Tod denken und seine Ängste bezwingen. Sünder fürchteten sich natürlich zu Recht, alle anderen aber mache es nur verrückt, sich so sehr vor dem Tode zu ängstigen. »Der Tod, vor dem ihr Angst habt und davonlauft, wird euch schließlich doch ereilen. Selbst in der sichersten Festung wird er euch finden.«

Wie der französische Konsul äußerte, waren dies »quarantänefeindliche« Worte. Im Gegensatz zu dem, was sich Sami Pascha erhofft hatte, der im Regierungsgebäude das Ende der Predigt abwartete, verurteilte der Scheich in keiner Weise den Mumpitz mit den Gebetszetteln und Amuletten, die angeblich gegen die Pest helfen sollten. Vielmehr redete er über Traumdeutungen, über den Schatten von Eulenflügeln, über Sternschnuppen, die noch in derselben Nacht vom Himmel fallen würden. Als er die Bedeutung des Verharrens vor dem Aufbahrungstisch erwähnte, spürte er, dass die Menge ihn so richtig begriff.

In manchen Vierteln war man in den letzten Tagen von einer Beerdigung zur anderen gehetzt. Bereuten die in Arkaz Verbliebenen nun, nicht vor der Seuche weggelaufen zu sein? Musste sich des Leichtsinns zeihen, wer sich nicht in ein Bergdorf oder gar eine Höhle zurückgezogen hatte? Durfte eher auf Gottes Trost hoffen, wer mit einem Boot wegfuhr und dabei dem Tod ins Auge sah, oder vielmehr, wer in die Moschee ging und sich zu Gott flüchtete?

Die Gläubigen fanden die Worte des Scheichs höchst bedeutsam und ihn selbst weise und gelehrt. Je mehr er von der Gottesfurcht und von der Furcht vor der Pest redete, umso aufmerksamer hörten sie ihm zu und fanden darin Zuspruch. Im Bewusstsein dieser Anteilnahme zitierte der Scheich Verse aus der Josef-Sure: »O Herr, der du aus dem Nichts Himmel und Erde erschaffen hast! Nimm meine Seele als Muslim und zähle mich zu deinen frommsten Dienern!«

Gegen Ende seiner langen und oft von Amen-Rufen unterbrochenen Predigt zitierte der Scheich mit solcher Verve aus der Anbiya-Sure (»Jedes Lebewesen wird den Tod zu schmecken bekommen!«), dass manche zu weinen anfingen. Ja, sie würden alle sterben und schafften es nicht einmal, gemeinsam gegen den Tod vorzugehen. Sie kamen in die Moscheen und Klöster, weil ihnen das bewusst war, das sah der Scheich ihnen an. Auf einmal fühlte er sich schuldig, weil er sich in den letzten Tagen zurückgezogen und keinen Trost hatte spenden können.

Im letzten Teil der Rede hielt der Scheich manchmal inne und sah der Gemeinde tief in die Augen. Es waren meist sorgenvolle, mürrische, niedergeschlagene Menschen, aber auch solche, die teilnahmslos dreinblickten, als ob sie einer ganz gewöhnlichen Freitagspredigt beiwohnten, und wieder andere, die sich zu wundern schienen, wo sie da hingeraten waren. Manche indes nickten alle Worte des Scheichs zufrieden ab, und auch der Scheich selbst nickte immer wieder, als wollte er sagen: »Nicht wahr? Seht ihr?« Wenn er sie schweigend ansah, wandten manche scheu den Blick ab. Auch Spitzel Sami Paschas machte der Scheich in der Menge aus. Er wusste von Anfang an, dass seine Predigt auch eine politische Komponente hatte, und versuchte, dies ebenfalls von Anfang an zu vergessen.

Ein alter Kutscher, der dem Scheich mit verzückter Miene lauschte, sackte auf einmal nach vorne, entweder von seinen Gefühlen übermannt oder von körperlichem Unwohlsein erfasst, dann begann er zu zittern und zu wimmern. Nach einer Weile mussten nicht nur die um ihn herum Sitzenden, sondern auch der Scheich selbst sich um den Mann kümmern, und so unterbrach er seine Predigt.

Es kam Bewegung in die Menschen, die schon saßen wie auf glühenden Kohlen. Manche schlossen daraus, die Predigt sei zu Ende, und standen auf. Viele bemerkten den zitternden Kutscher gar nicht und vermuteten, irgendjemand habe versucht, einen Krawall auszulösen. Sowohl Sami Pascha als auch die Konsuln hatten erwartet, Ramiz werde so etwas ins Werk setzen, daher hatte Sami Pascha in der Umgegend und im Hof der Moschee schon Maßnahmen getroffen.

Bald war jedermann klar, dass keine Provokation vorlag, doch der bemitleidenswerte Anblick des beliebten alten Kutschers, den zumindest vom Sehen her alle kannten, setzte den Leuten sehr zu. Manche Historiker haben sich bei der Bewertung der darauffolgenden Ereignisse gar zu der Behauptung verstiegen, die Geschichte Mingers hätte anders verlaufen können, wäre der alte Kutscher nicht gegen Ende von Scheich Hamdullahs Predigt zusammengesackt.

Auf jeden Fall war es so, dass die auseinandergehende Menge nicht, wie von Sami Pascha erhofft, zum Regierungsplatz strömte. Scheich Hamdullah hatte die Leute nicht dazu veranlasst und in seiner Predigt die Veranstaltung auf dem Regierungsplatz nicht einmal erwähnt. Nachdem er erklärt hatte, eine andere Zuflucht als den Islam gebe es nicht mehr und habe es auch nie gegeben, wollte er nicht eine halbe Stunde später mit christlichen Würdenträgern gesehen werden. Einer der Beschlüsse, die dort verkündet werden sollten, nämlich die Schließung aller Kirchen und Moscheen, stand im Widerspruch zu seiner Predigt. So hatte er Sami Pascha sein Kommen zwar zugesagt, machte nun aber keine Anstalten, sich von der Moschee wegzubewegen, sondern ließ sich – in Verletzung jeglicher Quarantäneregel – von den Gläubigen die Hand küssen, bis die von Sami Pascha instruierten Wächter eingriffen und ihn von der Moschee »abholten«.

Sami Pascha hatte schon vermutet, dass es Scheich Hamdullah trotz seines Versprechens nicht eilig haben würde, auf den Balkon des Regierungsgebäudes zu kommen. Außerdem hatte er damit gerechnet, dass Unruhestifter auf dem Weg von der Moschee für Ärger sorgen würden, und daher den Kutscher Zekeriya mit sechs Wächtern darauf angesetzt, dort nach dem Rechten zu sehen. Während dem Scheich noch die Hand geküsst wurde, griffen jene Männer ihm plötzlich unter die Arme und führten ihn ohne sonderliche Gewaltanwendung durch einen Seitenausgang der Moschee in den Hof hinaus, wo unter einer Linde schon der gepanzerte Landauer wartete. Für den Fall, dass der Scheich sich weigern sollte, hatte Sami Pascha seine Leute angewiesen, ihn in die Kutsche zu zerren und ihn ja nicht den Gläubigen zu überlassen, doch da jedermann und auch der Scheich selbst meinte, die in Zivil gekleideten Wächter gehörten zu ihm, leistete er keinerlei Widerstand, und ohne sich von jemandem verabschieden zu können, ging er schnellen Schrittes zur Kutsche.

Ramiz hatte inzwischen den neuen Gouverneur und seine Begleiter auf Schleichwegen in ein verfallenes Haus in Vavla gebracht, wo sie bis zum Mittagsgebet blieben. Das im Schatten der Kör-Mehmet-Pascha-Moschee stehende Haus ging auf den Hof der Militär-Mittelschule hinaus. Den Schülern war das Haus unheimlich, und gerade deshalb hielten sie dort geheime Versammlungen ab oder trafen sich, um Wein zu trinken oder sich zu prügeln. Nach Beginn der Seuche waren dort viele verendete Ratten aufgefunden worden, und in den letzten beiden Wochen wiederum war man im Garten kurz hintereinander durch starke Geruchsentwicklung auf zwei Leichen gestoßen. Bei der einen handelte es sich um einen Muslim, der den Tod seiner Gattin und seiner Mutter nicht verkraftet hatte und noch vor der Beisetzung wie im Wahn davongelaufen war. Gestorben war er schließlich nicht weit von seinem nunmehr leerstehenden Haus entfernt.

Bei dem zweiten Toten, einem jungen Mann aus Flizvos, hatten die Behörden aufgehorcht, da ein Grieche aus jenem wohlhabenden Viertel nicht so leicht zum Sterben ausgerechnet nach Vavla kam, doch Ermittlungen hatten nichts ergeben. Die Quarantänesoldaten hatten daraufhin den Zugang zu Haus und Garten untersagt, und da ein solches Verbot zu den wenigen zählte, die wirklich beachtet wurden, wussten Ramiz und seine Leute sich in dem alten Haus in Sicherheit.

Die humorvolle Schilderung des Gouverneur-Stellvertreters Hadi legt nahe, dass Ramiz tatsächlich aus Liebeskummer auf Rache sann und es vergebens wäre, hinter seinem Verhalten tiefere Gründe suchen zu wollen. Ein probates Mittel, um sowohl am Major als auch an dessen Unterstützer Sami Pascha Rache zu nehmen, habe Ramiz darin gesehen, den neuen Gouverneur so rasch wie möglich in sein Amt einzusetzen. Wenn eine halbe Stunde nach dem Mittagsgebet die Honoratioren der Stadt sich vom Balkon des Regierungsgebäudes ans Volk wenden würden, musste dort oben auch der neue Gouverneur stehen. Vor Gericht sollte Ramiz mehrmals erklären, jene Idee hätten ihm weder die Konsuln noch sein Bruder oder sonst jemand eingeflüstert.

Wie verwirrt Ramiz war, hätte am besten der Bürodiener Nusret aus Çifteler bezeugen können, der jenen damals mit Informationen versorgte und auch dem Überwachungsbeauftragten und Sami Pascha treue Dienste geleistet hatte, doch Nusret wurde an jenem Tag getötet. Er spielte eine ziemliche Weile lang ein doppeltes Spiel und warnte einerseits Sami Pascha vor muslimischen Banden, die Griechen angriffen (aber nicht vor allen, nur vor denen, die er nicht mochte), andererseits gab er wertvolles Wissen über griechische Banden weiter.

Kurz bevor Scheich Hamdullah mit seiner Predigt begonnen hatte, war die Hälfte von Ramiz' Leuten mit einer Kutsche zum Regierungsgebäude gebracht worden, wo Nusret sie als neues Personal ausgegeben hatte. Fürs Erste hatten sie sich im Holzschuppen gegenüber der Küche versteckt.

Eine halbe Stunde später wurden mit derselben Kutsche Ramiz, der neue Gouverneur und seine drei Begleiter zu einer Seitentür des Regierungsgebäudes geschafft. Sie scheuten sich nicht, ihre Waffen offen zu tragen, und gelangten umstandslos ins Gebäude. Über eine Hintertreppe führte Nusret sie ins Obergeschoss.

Als Scheich Hamdullah gerade mit seiner Predigt begann, geleitete Nusret den Trupp durch ein Nebenzimmer des großen Versammlungsraums unauffällig in das Zimmer mit dem großen Stadtplan, und sperrte die Tür hinter ihnen zu. Da Sami Pascha und seine sämtlichen Spitzel vollauf mit dem Geschehen rund um die Neue Moschee beschäftigt waren, war das Regierungsgebäude relativ unbeaufsichtigt, und später sollte ihnen dieser Leichtsinn als eine Art Mittäterschaft ausgelegt werden.

Während der Predigt trafen allmählich Konsuln, Journalisten und andere zu der Veranstaltung Geladene ein. Die meisten hielten Abstand voneinander und grüßten sich nur aus der Ferne. Eine kleine Gruppe bildeten wie üblich die Konsuln. Alles wartete geduldig darauf, dass das von Sami Pascha gewollte und von den meisten als überflüssig angesehene Ereignis beginnen und ohne Zwischenfälle über die Bühne gehen würde.

KAPITEL 50

Dieses Kapitel soll mit einer Frage eingeleitet werden, die sich Mingerer Historikerinnen und Historiker sehr oft stellen sollten: Als der Major sich an jenem Morgen auf ein historisches Unternehmen einließ, von dem er doch annehmen musste, dass es sich zu Ungunsten des Osmanischen Reichs auswirken würde, warum heftete er sich da an seine osmanische Offiziersuniform die im Griechenlandkrieg erworbene Medaille und seinen Verdienstorden dritten Ranges? Worauf die Historiker keine Antwort wussten, soll nun hier beantwortet werden: Der Major und Sami Pascha waren sich über das Ausmaß, das die Dinge nehmen würden, selbst nicht im Klaren. Sie hatten erfahren, dass der neue Gouverneur aus seiner Quarantäne entführt worden war, und waren auf Ramiz wütend. Der Major ahnte schon, dass der frühere Verlobte seiner über alles geliebten Frau das Regierungsgebäude überfallen und damit die Quarantänebemühungen und die Veranstaltung, auf die Sami Pascha so viel Wert legte, sabotieren könne. Völlig zu Recht war er der Ansicht, dass sowohl die Uniform als auch die Orden abschreckende Wirkung haben könnten.

Als er die Orden am Morgen im Splendid Palas angelegt hatte, erschrak Zeynep nicht nur darüber, sondern über sein ganzes Auftreten, und das sagte sie ihm offen.

»Mach dir keine Sorgen, wir kommen heil aus der Sache heraus«, erwiderte der Major. »Und genauso unser Volk, glaub mir nur! Den hier nehme ich auch mit.« Er zeigte ihr seinen Nagant-Revolver, doch Zeynep reagierte gar nicht darauf, als fürchtete sie sich nicht vor Streit und Gewalt, sondern eher vor etwas Metaphysischem.

Nachdem Scheich Hamdullah in die Kutsche verfrachtet war, sollte ein Soldat mit einer weißen Fahne in der Hand dies sowohl im Regierungsgebäude als auch im Splendid Palas vermelden, die Kutsche allerdings nicht direkt, sondern auf Nebenwegen zum Regierungsgebäude fahren. Sami Pascha fürchtete stets, Ramiz könne der Kutsche den Weg abschneiden, sich neben seinen Bruder setzen und damit für Aufruhr sorgen oder gar den Bruder entführen. Unterwegs sollte die Kutsche im Splendid Palas den Major abholen, damit Scheich Hamdullah den Ernst der Lage erkannte und keine Sperenzchen machte.

Als der Major die weiße Fahne erblickte, umarmte er seine Frau, die ihn noch einmal vor Ramiz warnte und ihm einschärfte, nur ja vorsichtig zu sein.

Ernsten Schrittes stieg der Major die Hoteltreppe hinunter. In der Lobby standen vier bewaffnete Quarantänesoldaten Wache. Im großen Spiegel in der Lobby begutachtete er sich kurz. Einer der Soldaten berichtete ihm von einem Streit zwischen zwei muslimischen Familien in Çite, durch den auch die Quarantänemaßnahmen beeinträchtigt wurden. Als der Major schließlich aus dem Hotel trat, kam der Landauer mit seinen verschwitzten, erschöpften Pferden gerade herangefahren, gefolgt von einer Kutsche voller Wächter.

Dem Major fiel auf, dass neben Scheich Hamdullah dessen treuester Gefährte saß, nämlich Nimetullah Efendi, der Mann mit der Filzmütze. Unseren Lesern sei verraten, dass Nimetullah Efendi trotz seiner bescheidenen, unauffälligen Erscheinung – oder gerade deswegen – in der Geschichte der Insel noch eine herausragende Rolle spielen sollte.

Scheich Hamdullah wusste nicht, dass der Kommandant der Quarantänesoldaten den Landauer besteigen würde. Für einen Mann, der seinem Stiefbruder die Verlobte ausgespannt und in seinem Kloster mit Lysol hatte herumsprühen lassen, hegte er selbstverständlich keine freundschaftlichen Gefühle, doch als er den bewaffneten Major in seiner Kluft vor sich sah, lächelte er ihn an, als hätte er es mit einem neuen Jünger oder einem Bewunderer zu tun.

»Ich wusste schon, dass Sie ein Held sind«, sagte er zu ihm, »aber noch nicht, wie jung Sie sind. Die Orden stehen Ihnen ausgezeichnet.«

Der Major nahm gegenüber von Scheich Hamdullah und Nimetullah Efendi Platz und verneigte sich vor den beiden.

»Die Predigt Seiner Exzellenz war von großer Nachdrücklichkeit«, sagte Nimetullah Efendi. »In Tränen aufgelöst hat die Gemeinde Trost erfahren und wollte den Scheich gar nicht mehr fortlassen und ihm immer und immer wieder die Hand küssen.« Nach kurzem Schweigen fuhr er fort: »Dank der Predigt Seiner Exzellenz wissen die Gläubigen nun, dass den Quarantänemaßnahmen zu gehorchen ist.«

Der aufmerksame Leser wiederum weiß, dass diese Aussage nicht zutrifft, doch der Major hatte die Predigt nicht gehört.

Auf dem steilen Weg durch leere Gassen zuckten die Insassen einmal zusammen, als sie in einem Garten Menschen sahen, die einen Beileidsbesuch abstatteten, während daneben ein Junge Weintrauben aß und seine Schwester weinte. Da spürte der Major, dass auf jener sieben, acht Minuten dauernden Fahrt der Moment gekommen war, um dem Scheich zu sagen, was er sich vorgenommen hatte.

»Eure Exzellenz, Ihnen wird auf Minger ungeheuer viel Achtung entgegengebracht, und wenn Sie daher von Anfang an die Ärzte und Quarantänebeamten unterstützt hätten, wären der Insel viel Leid, viel Tod und viel Kummer erspart geblieben.«

»Wir sind alle Kinder Gottes und des Propheten und tun, was Gott uns sagt. Und wir können uns nicht von unserer Religion, unserem Glauben und unserer Vergangenheit lossagen und behaupten, nur Ärzte wüssten über die Krankheit Bescheid.«

»Ja, wir sind alle Kinder Gottes«, erwiderte der Major. »Sind aber Religion, Glaube und Vergangenheit wichtiger als das Leben und die Zukunft unseres Volkes?«

»Ein Volk ohne Religion, ohne Glauben und ohne Vergangenheit hat weder ein Leben noch eine Zukunft. Und wer ist auf dieser Insel mit unserem Volk gemeint?«

»Alle Bewohner der Insel. Die Bevölkerung der gesamten Provinz.«

Als die Räder beim Passieren der Hamidiye-Brücke auf einmal ein anderes Geräusch von sich gaben, sahen alle schweigend zum Fenster hinaus, als hätten sie nur darauf gewartet. Zur Rechten waren die rötlich weiße Burg und das Blau des Hafens zu sehen, zur Linken Pinien, Palmen sowie die Alte Brücke.

Auf dem Hamidiye-Boulevard erblickte Sami Pascha die Ordnungskräfte, die er dort in einigem Abstand hatte aufstellen lassen. Trotz all der Aushänge, Zeitungsannoncen und der von Beamten erteilten Anweisungen hatte sich auf dem wichtigsten Boulevard der Stadt keine nennenswerte Menschenmenge eingefunden. »Die kommen schon noch«, sagte Nimetullah Efendi und sprach damit an, was alle dachten. »Die Leute haben gerade erst die Moschee verlassen.« Er streckte den Kopf zum Kutschenfenster hinaus und blickte zurück, sah dort aber keine Menschen herbeiströmen, sondern nur den Wagen mit den Wächtern. An die Quarantänesoldaten vor dem Telegrafenamt waren die Leute schon gewöhnt, der Regierungsplatz hingegen war viel strenger bewacht als sonst. Angestellte von Reisebüros, Ladenbesitzer und von Sami Pascha herbeorderte Beamte bildeten auf dem Platz Ansätze einer Publikumsmenge, standen aber zumeist nicht, wie Sami Pascha – der durch sein Fenster hinunterlugte – sich das gewünscht hätte, in der Platzmitte, sondern im Schatten der Mandelbäume und Palmen am Rand.

Als der Landauer den Platz erreichte und auf das Tor zufuhr, waren aller Augen auf das Fahrzeug gerichtet. Noch bevor die Kutsche zum Stehen kam, war sie von Wächtern, Ordnungskräften und Beamten umringt. Es dauerte eine Weile, bis der Scheich mithilfe einer diensteifrig bereitgestellten Auftrittsstufe der Kutsche entstieg, sich von etlichen Menschen die Hand küssen ließ und schließlich das Regierungsgebäude betrat.

»Ich muss meine Waschungen vornehmen!«, sagte er da zu Nimetullah Efendi.

Am Fuß der Treppe befand sich ein für europäische Gäste (im Grunde genommen die Konsuln) gedachtes modernes Klosett mit fließendem Wasser. Dass der Scheich sich dort ziemlich lange aufhielt (unseren Vermutungen nach etwa zehn Minuten), hat Beobachtern zufolge den

Lauf der Geschichte verändert, was wiederum zu vielerlei überzogenen und unrichtigen Kommentaren führte.

Um aufzuzeigen, wie übertrieben das meiste davon ist, möchte ich hier meine persönliche Auffassung darlegen: Der wahre Grund dafür, dass der Scheich jenen »Abort« aufsuchte und dort so lange blieb, war höchstwahrscheinlich reine Neugier. Als sieben Jahre zuvor das neue Regierungsgebäude eröffnet worden war, hatten die Zeitungen und insbesondere das offizielle Organ *Havadis-i Arkata* ausführlich über die europäische Gestaltung von Amtszimmer, Gästehaus und Balkon berichtet, und die Toilettenfliesen aus dem Hause Stohos in Saloniki hatten im Zusammenhang mit dem muslimischen Bildungsbürgertum und dem zunehmenden Wohlstand des christlichen Bevölkerungsteils besonders viel Erwähnung gefunden.

KAPITEL 51

Als Scheich Hamdullah die Toilette betrat, stieg der Major die auf der ganzen Insel wohlbekannte breite Treppe aus rötlich weißem Minger-Marmor hinauf. Wie üblich, wenn er auf die Uniform seine Orden geheftet hatte, verspürte er eine Mischung aus Stolz und Scham und versuchte, nicht weiter aufzufallen. An jenem Tag aber war das unmöglich. Um nicht mit den ängstlichen Blicken der Beamten und Bürodiener konfrontiert zu werden, sah der Major angestrengt auf die zum Teil zwei Monate alten Quarantäneplakate an der Wand, als würde er sie zum ersten Mal wahrnehmen.

Beim Betreten des großen Versammlungsraums dachte er zunächst, er hätte sich in der Tür geirrt, so hell war es darin, wogegen ansonsten selbst während der Sitzungen die meisten Vorhänge zugezogen waren. In einer Ecke neben dem Balkon sah er Doktor Nuri im Gespräch mit dem französischen Konsul Monsieur Andon, und da er diesen partout nicht leiden konnte, ging er lieber gleich zum Epidemiologie-Raum hinüber.

Die grüne Tür war zugesperrt. Er wandte sich schon ab, da regte sich etwas hinter der Tür, und er hörte Stimmen. Trugen etwa die Sekretäre auf dem Stadtplan noch immer Tote ein? Die Tür währenddessen zuzusperren, erschien dem Major eine gerechtfertigte Sicherheitsmaßnahme. Gewiss würden die Beamten bald herauskommen.

Der Major schaltete sich in ein Gespräch zwischen Doktor Nikos und dem älteren Kommissionsmitglied Doktor Tasos ein: In Kofunya und Eyoklima seien auf der Straße und in Gärten wieder tote Ratten gefunden worden, auch solche, die gerade verendeten und noch Blut spuckten. Die beiden bulligen Söhne der griechischen Familie Mavroyenis seien lallend zusammengebrochen, und ein beliebter Kurzwarenhändler mache seinen Laden nicht mehr auf.

Zwischendurch spähte der Major wie alle anderen im Raum und auf dem Balkon immer wieder zum Platz hinunter, auf den vom Hamidiye-Boulevard her vereinzelt noch Leute kamen. An die fünfzig, sechzig Menschen hatten sich bisher versammelt und harrten der angekündigten Reden. Auch wenn sie noch so lange warteten, würde die Zahl, von der Sami Pascha tagelang geträumt hatte (einige hundert), nicht mehr erreicht, so viel stand nun fest.

Der Major trat an einen Sekretär heran, den er schon oft im Amtszimmer Sami Paschas gesehen hatte, und bat ihn, den Seuchenraum aufzusperren.

»Den Schlüssel dazu hat Nusret Efendi«, erwiderte der schnauzbärtige Sekretär, »und der ist im Büro Seiner Exzellenz.«

Da ging das Büro auch schon auf, und Sami Pascha, der leitende Sekretär und Nusret Efendi kamen in den Versammlungsraum. Sie wirkten ruhig und entschlossen.

Der Major bemerkte, dass sich an der großen Tür am anderen Ende des Raums etwas tat, und er ahnte, dass Scheich Hamdullah auf der Treppe war und gleich eintreten würde. Aus dem Epidemiologie-Raum hörte man auf einmal ein Klopfen, das immer heftiger und wütender wurde.

Als habe Nusret nur darauf gewartet, ging er mit einem Schlüssel in der Hand auf die Tür zu und versuchte, sie aufzusperren, was ihm aber nicht gelang, so heftig wurde von drinnen an der Tür gerüttelt.

»Machen Sie ja nicht auf!«, rief der französische Konsul (und dieser Satz sollte natürlich später am meisten zitiert werden). Alle waren anscheinend auf einen Überfall gefasst.

Im Versammlungsraum und auf dem Balkon herrschte große Aufregung. Als der Major sah, wie die beiden Wächter, die gemeinsam mit Scheich Hamdullah den Raum betraten, ihre Gewehre von der Schulter nahmen, zog er sich zu einem Fenster zurück.

Die Leute begriffen, dass sie in eine Falle geraten waren. Die Angreifer mussten in dem noch immer fest verschlossenen Epidemiologie-

Raum stecken. Jeder versuchte, sich auf die Situation einen Reim zu machen. War es ein abgekartetes Spiel Sami Paschas? In fernen osmanischen Provinzen wurden manchmal solche Fallen inszeniert, um Störenfrieden, die an den Christen und überhaupt an allem herumkritisierten, das Handwerk zu legen. Aber hier war man doch im Regierungsgebäude, und alles spielte sich vor den Augen von Journalisten ab.

Während die Wächter vor dem Epidemiologie-Raum Stellung bezogen, flüchteten manche Anwesenden sich auf den Balkon hinaus. Von drinnen war ein Stimmengewirr zu vernehmen. Jemand rief »Aufmachen!«, und manche erkannten an der Stimme Ramiz. Gab es dort drinnen etwa Streit?

Niemand wusste, wie es weitergehen sollte, da ging die Tür auf einmal doch auf, und einer von Ramiz' Leuten, ein glatzköpfiger Mann aus Nebiler mit breitem Schnauzbart, kam heraus und hielt der verängstigten Menge ein Gewehr entgegen, ohne aber direkt auf jemanden zu zielen.

Aus einer Ecke heraus rief Kiryako Efendi, der Besitzer des Bazar de l'Isle, auf Türkisch mit griechischem Akzent, »Bewahren Sie doch bitte Ruhe!«, und sprach damit allen aus der Seele.

»Nicht schießen!«, rief ein anderer, doch spürten die meisten, dass dies fast unmöglich war.

Da erschien im Türrahmen Ramiz. Alles an ihm, der Blick, der rosige Teint, die ganze Haltung, wirkte ruhig. Irgendwie strahlte er sogar zu viel Selbstvertrauen aus.

»Sollte diese Veranstaltung nicht besser erst stattfinden, wenn der neue Gouverneur Ibrahim Hakkı Pascha in Amt und Würden ist?«, fragte Ramiz.

Da Scheich Hamdullah inzwischen von den Begleitern des neuen Gouverneurs und seinen eigenen Leuten umringt war, konnten weder Sami Pascha noch die Konsuln sehen, wie er auf die großspurigen Worte seines Stiefbruders reagierte. Später wurde behauptet, er hätte jenen womöglich in seine Schranken verwiesen. So aber fiel auf, dass ein dahergelaufener Raufbold ohne jegliche Befugnis nicht nur den neuen Gouverneur aus der Quarantäne heraus entführte, sondern sich auch noch herausnahm, in Gegenwart des alten Gouverneurs im Befehlston zu reden, und das alles nur, weil sein Stiefbruder dem beliebtesten muslimischen Orden der Insel vorstand.

In der Frage, wer damals den ersten Schuss abgab, gehen die Meinungen auseinander. Die osmanischen und türkischen Autoren favorisieren eine bestimmte Version, von der die Fassung der nationalistischen Historiker auf Minger abweicht, während sich nach dem Dafürhalten der restlichen Welt alles ganz anders ereignet hat. Manchmal lässt sich ja in solchen Situationen deutlich ausmachen, ob ein Provokateur als Erster seine Waffe abfeuert oder nur ein Tölpel aus Versehen den Abzug betätigt. An jenem Mittag im großen Versammlungsraum des Regierungsgebäudes war es allerdings nicht so. Es schossen vielmehr fast alle gleichzeitig los, als hätte jemand den Befehl dazu gegeben, und es hatte ja schon jeder den Finger am Abzug seiner Pistole oder seines Gewehres gehabt. Der Stellvertreter des neuen Gouverneurs schreibt in seinen Memoiren, schon als die Tür aufgegangen sei, habe er geahnt, dass es zu einem »Scharmützel« kommen werde, und so habe er augenblicklich seinen Nagant gezogen und abgefeuert.

Eine »zweite Front« wurde von Sami Paschas Leuten gebildet, die durch den Epidemiologie-Raum in den Korridor vordrangen. Auf Informationen seines Spitzels Nusret hin hatte Sami Pascha kurz zuvor im Treppenhaus und in der Nähe seiner Wohnung bewaffnete Männer postiert. Als die Schießerei losging, verfügte er im Versammlungsraum und an den Türen dazu über weitere acht Bewaffnete. Einige davon waren Wächter, die ihre Waffen offen trugen, andere waren in Beamten-, Diener- oder Ladenbesitzerkluft erschienen (wie etwa ein gewisser Yusuf, der sich zusammen mit dem Major hinter einer Säule versteckte). Nach dem ersten Schuss zogen sie, wie von Sami Pascha angewiesen, allesamt ihre Waffen und feuerten ohne zu zögern auf den Feind los.

Seinen Leuten, die von ihm zum Regierungsgebäude und auf den Platz bestellt worden waren, hatte Sami Pascha verkündet, ruchlose Gesellen, die es auf den Sultan und das Volk abgesehen hätten, würden jene historische Veranstaltung sabotieren oder gar einen Anschlag verüben wollen, und auf jene Verräter sei mitleidslos zu schießen. (Wer also den Abzug betätigte, tat dies nicht für ein unabhängiges Minger, sondern für den Sultan.)

Sami Pascha wusste über den Überfall Bescheid und hatte sich naiverweise vorgestellt, um den Ablauf seiner Rede vom Balkon nicht zu gefährden, werde er Ramiz und seine Leute schon vorher unbemerkt festnehmen lassen. Clou des Plans war, die Angreifer sofort selbst anzugreifen.

Uns erscheint es allerdings eher so, als habe jener Plan zu dem verrückten »Scharmützel« überhaupt erst geführt. Jedermann schoss in Richtung auf einen »Feind« und versuchte zugleich, hinter einer Säule, einem Tisch, einem Stuhl oder einem Blumentopf in Deckung zu gehen.

Die ersten sieben, acht Sekunden lang verlief die Schießerei noch eher verhalten. Die geladenen Gäste begriffen erst gar nicht, was los war. Sie waren zudem abgelenkt gewesen, da Scheich Hamdullah und Sami Pascha gleichzeitig den Raum betreten hatten. Erst nach der anfänglichen Verblüffung schossen alle los, was in dem großen Saal mit den schweren Vorhängen und den Holzvertäfelungen neben dem Knallen an sich einen fortwährenden dumpfen Widerhall erzeugte, während von draußen lediglich ein zwar lautes, aber höchst seltsames, abgehacktes Tönen zu vernehmen war.

Die Menschen drinnen wurden schier verrückt von dem minutenlangen Höllenlärm. Noch jahrelang sollte ihnen bei der Erinnerung an das Erlebte wieder die Furcht vor jenem Getöse in die Glieder fahren, als wäre das eigentlich Schreckliche nicht die Erschießung von Soldaten, Beamten und Banditen gewesen, sondern der entsetzliche Lärm.

Manche krochen unter den großen Holztisch, an dem die endlosen Quarantänesitzungen stattfanden, andere suchten in Schränken oder hinter Schreibtischen Zuflucht, die meisten warfen sich einfach zu Boden.

Zum großen Teil war ihnen klar, dass nicht ihnen selbst jene Kugeln galten, aber es wurde eben doch wie wild geschossen, und treffen konnte es jeden! Es lag ein Zorn in der Luft, den jeder irgendwie begriff. Es war, als würden die Schüsse auf die Pest abgefeuert. Augenzeugen und Historiker sind sich weitgehend darüber einig, dass in jenen Minuten insgesamt etwa hundertfünfzig Schüsse abgegeben wurden.

Den acht von Sami Pascha in Stellung gebrachten Leuten standen auf Seiten Ramiz' zehn Männer gegenüber, die allerdings weniger darauf aus waren, jemanden zu töten, als selbst nicht verletzt zu werden.

Ein paar von Ramiz' Männern wurden nämlich gleich zu Anfang getroffen, verschanzten sich aber hinter etwas und schossen zurück. Dabei legten sie dann doch genügend Mut und Geschick an den Tag, um mehrere Personen zu verletzen. Irgendwann aber verstummten ihre Waffen voll und ganz, und Sami Paschas Leuten gelang es, insbesondere durch den Haupteingang zum Saal einen Kugelregen abzufeuern und einige ihrer Gegner zu töten!

Gleich nach seinen vorlauten Worten hatte Ramiz zwei Kugeln abbekommen, eine in den Arm und eine in die Schulter. Ihm wurde klar, dass er sich nicht einfach durch die andere Tür des Seuchenraums würde davonmachen können, denn dort hatte Sami Pascha drei ständig feuernde Wächter postiert. Ein Durchbruchsversuch würde misslingen, also stellte er sich wieder an die grüne Tür und schoss auf die zurück, die ihn aus dem Versammlungsraum unter Feuer nahmen. Bald war er der Einzige, der dazu noch in der Lage war.

»Keiner rührt sich vom Fleck!«, rief Sami Pascha.

Da wurde es plötzlich so still, dass man vom Platz her das Zetern zweier streitender Möwen hörte. Dabei war soeben noch das Knallen der Schüsse bis in die entferntesten Ecken der Hauptstadt gedrungen und von den Bergen widergehallt.

Jene Stille aber war noch merkwürdiger. Einige Gäste erhoben sich und eilten zur Tür hinaus, andere verharrten regungslos, wo sie gerade lagen oder sich versteckt hatten. Da wurde das Wimmern Verwundeter laut, Schmerzensschreie ertönten.

Der Major kam hinter seiner Säule hervor und ging in den Seuchenraum. Auf den ersten Blick sah er, dass vier von Ramiz' Männern und der Aufwiegler Nusret tot waren. Der Raum war voller Blut, das auf den Fliesen aus Minger-Marmor einen ganz besonderen Rotton entstehen ließ. Ramiz lag auf dem Rücken da, war aber nicht tot, sondern regte sich stöhnend.

Der Major sah einen Wächter, der sich vor Schmerzen wand, dachte aber nur, dass der Mann wenigstens nicht sterben würde. Einer der Angreifer, ein käsebleicher blutjunger Kerl, den der Major noch nie gesehen hatte, war ohne eine Schramme davongekommen. Er zitterte am ganzen Leib, und doch war ihm die Freude anzusehen, die Sache heil überstanden zu haben. Als der Major mit seinem Revolver auf ihn zuging, hob er ergeben die Hände hoch.

Die Männer an der anderen Tür des Seuchenraums hatten vom Kugelhagel weniger abbekommen. Der neue Gouverneur Ibrahim Hakkı Pascha hingegen lag mit einer Kugel in der Stirn tot auf dem Boden und wurde von seinem Stellvertreter Hadi betrauert. Die restlichen Angreifer ergaben sich.

Der große Stadtplan, auf dem der Gouverneur und Damat Doktor Nuri seit zwei Monaten mit grünem Stift Tote und verseuchte Häuser eintrugen, war von vier Kugeln durchlöchert. Bei dem großen Schrank, von dem die schwarze Farbe abblätterte, hatte ein Schuss die Glasscheibe glatt durchschlagen, ohne sie zu zertrümmern.

Daneben stand noch ein Schrank aus Nussbaumholz, dort war die Vitrine zu Bruch gegangen, und im unteren Teil befand sich die Truhe, in der der Gouverneur das konfiszierte Stück Stoff mit dem Emblem von La Rose du Levant aufbewahrte. Als der Major die Leute Sami Paschas herannahen hörte, schlug er den unverschlossenen Deckel der Truhe hoch und entnahm ihr den fahnengleichen Stoff, auf den, dunkelrot und rosafarben, die Mingerer Burg, der Weiße Berg und die Minger-Rose gestickt waren.

Es war, als würde die Fahne wie von selbst einen Ort suchen, um im Lichte aufzublühen. Als der Major ein paar Schritte auf den Balkon zutrat, schien der Stoff das ersehnte Licht zu finden, und unter den Blicken der von der Schießerei noch ganz erschütterten Gäste tauchte er den großen Versammlungsraum in tiefes Rot.

Wie verzaubert die Menschen von dem Licht waren, das die Fahne ausstrahlte, wurde später in den Mingerer Zeitungen und in Geschichtsbüchern beredt geschildert. Wir haben es hier mit einem Phänomen zu tun, bei dem durch nationalen Eifer die Grenzen zwischen Geschichte und Literatur, zwischen Legende und Wahrheit, zwischen einer Farbe und ihrer Bedeutung auf einmal aufgehoben waren. Es lohnt sich daher, die Ereignisse noch einmal mit etwas nüchternerem Blick zu betrachten.

KAPITEL 52

Auf einer ganzen Reihe von Ölgemälden wird dargestellt, wie der Major mit der roten Leinenfahne in der Hand durch den Versammlungsraum auf den Balkon schreitet. Die meisten stützen sich dabei auf eine Abbildung des mütterlicherseits mit Eugène Lami verwandten griechischen Malers Alexandros Satsos, die zum ersten Jahrestag der »Revolution« in der Zeitung *Adekatos Arkadi* erschien und wiederum unter direktem Einfluss von Delacroix' berühmtem Gemälde *Die Freiheit führt das Volk* entstanden war, für das sämtliche Revolutionäre der Welt ein Faible haben. Überhaupt konnten wir uns beim Verfassen unserer Geschichte nicht von dem Gefühl freimachen, die geschilderten Ereignisse hätten irgendwo ganz in der Nähe schon einmal stattgefunden. Auf Minger wurden noch bis in die 1930er Jahre in Geschäften Nippsachen, Lampen und andere Gegenstände verkauft, auf denen eine an Delacroix und Satsos orientierte revolutionäre *Freiheit* prangte.

Als der Major an der Schwelle zum Balkon stand, löste sich Doktor Nuri von den Umstehenden und hielt ihn auf. Mit inniger Geste legte er Major Kâmil die Hand auf die Schulter. Er hatte mit angesehen, wie der Major auf die Angreifer gefeuert hatte, und wollte ihn dafür umarmen, was aber nicht ging, da der Major in der einen Hand die Fahne, in der anderen seinen Revolver hielt. Doktor Nuri fiel aber etwas auf, was bisher weder der Major noch unsere Leser bemerkt hatten.

»Sie sind ja verwundet!«

»Nein!«, erwiderte der Major, dann sah er aber, dass er an der Hand, die die Fahne hielt, oberhalb des Handgelenks eine Schusswunde davongetragen hatte. Er verspürte keinerlei Schmerz, aber ja, er war getroffen worden, und aus der Wunde floss viel Blut. »Ich merke nichts davon«, sagte der Major zu Sami Pascha, der gerade an die beiden herantrat. »Keine Kugel aber kann verhindern, was jetzt für unser Volk getan werden muss.«

Das sagte er mit für jeden vernehmlicher und immer lauterer Stimme. Die aufmerksam lauschenden Menschen umher fragten sich, wie Sami Pascha darauf wohl reagieren werde. Der jedoch schwieg unentschlossen.

»Wenn wir das Moscheen- und Kirchengesetz nicht augenblicklich gemeinsam verkünden«, fuhr der Major fort, »kann die Quarantäne keinen Erfolg haben. Gerade nach diesem Überfall müssen wir zum Volk mit einer Stimme sprechen, sonst wird man von nun an weder auf Sie noch auf die Quarantänesoldaten hören.«

Sogar der Major wunderte sich, wie selbstbewusst er gegenüber Sami Pascha auftrat. Ein in jenem Augenblick aufgenommenes Foto zeigt, wie er Sami Pascha seinen Revolver entgegenhielt. Jener hatte die Fotografen der Insel auf den Platz kommen lassen, um zu verewigen, wie er vom Balkon aus seine Rede hielt. Mit den Fotos im Versammlungsraum selbst war Vanyas beauftragt, Mingers erster Fotograf, von dessen Foto sich Alexandros Satsos dazu inspirieren ließ, wie er auf seinem Freiheitsgemälde Kleidung und Haltung des Majors gestaltete.

Ein zweites Foto Vanyas' zeigt Scheich Hamdullah mit ernster Miene in einer Ecke stehen. Wir wissen nicht, inwiefern der Scheich darüber Bescheid wusste, dass sein Stiefbruder bei dem Überfall verwundet worden war (von den meisten wurde Ramiz gar für tot gehalten). Gewiss aber verfügte er über genügend Lebenserfahrung, um sich denken zu können, dass die von langer Hand angekündigte Veranstaltung allein schon aus politischen Gründen nun erst recht abgehalten werden musste. Binnen kürzester Zeit versammelten sich denn auch alle Anwesenden und waren sich einig darin, dass jener Überfall als Sabotage der gefassten Beschlüsse zu bewerten war und es daher galt, die Veranstaltung durchzuführen, Einigkeit zu demonstrieren und das Moscheen- und Kirchengesetz zu verkünden.

Zudem herrschte das Gefühl vor, als Vertreter dieses neuen Aufbruchs eigne sich am besten nicht der (noch stets mit seiner Absetzung hadernde) Gouverneur, sondern vielmehr Major Kâmil. Als die Priester, die Hodschas und die Journalisten auf den Balkon traten, erschien vielen der Major von übertriebenem Eifer ergriffen. Als er Sami Pascha vom Tod des neuen Gouverneurs Ibrahim Hakkı Pascha unterrichtete, sah er ihm an, wie verzagt jener war.

»Jetzt hört niemand mehr auf uns«, sagte Sami Pascha.

»Ganz im Gegenteil, Eure Exzellenz!«, versetzte der Major da und sprach jenen Satz aus, der noch berühmt werden sollte: »Wenn wir jetzt einen Schritt nach vorne tun und die Revolution ausrufen, wird das fortschrittsliebende Volk von Minger mit uns nicht nur einen, sondern zwei Schritte tun.«

Die nationalistischen, konservativen Historiker des Osmanischen Reiches und später der Türkei begriffen zum einen nicht, in welchem Kontext die Begriffe »Fortschritt« und »Revolution« im Jahr 1901 auf der Insel verwendet wurden. Zum anderen wollten sie nicht anerkennen, dass die Abwendung der Insel vom Reich ihren Ursprung in osmanischer Unfähigkeit hatte, und fühlten sich daher bemüßigt, dahinter immer wieder andere geheimnisvolle Gründe und dunkle Mächte zu wähnen. Hauptsache, die »Revolution« hatte nicht so stattgefunden, wie dies »dargestellt« wurde. Als Beweis galt ihnen allein schon, dass ein noch vor Kurzem wegen Disziplinlosigkeit eingesperrter einunddreißigjähriger Major es nie und nimmer gewagt hätte, sich an den mehr als zwanzig Jahre älteren »früheren« Gouverneur und Pascha im Befehlston zu wenden.

Es sei hier hinzugefügt, dass eine der Regeln einer »Revolution« eben darin besteht, dass Dinge geschehen, die zuvor nie geschehen waren und von denen man sich nicht einmal hätte vorstellen können, dass sie eines Tages geschehen würden.

Der Major verfügte über keine andere Macht als seine Erfahrung, sein Gewissen und die tief empfundene Liebe zu seinem Volk. Trotz des Drucks, der auf ihm lastete, trotz seiner Furcht und trotz der Orden auf seiner Brust bewog ihn zu seinem Tun nichts anderes als jene Lauterkeit und Wahrhaftigkeit. Als die Gäste wie vorgesehen ihre Plätze auf dem Balkon einnahmen, sagte der Major so laut, dass auch Doktor Nuri und die anderen es hören konnten, zu Sami Pascha: »Exzellenz, solange unser Sultan Abdülhamit auf dem Thron sitzt, besteht leider keine Möglichkeit, dass Sie oder ich heil wieder nach Istanbul in unser altes Leben zurückkehren.«

Nach jenen Worten, die Pakize und ihrem Gatten jahrelang als Prophezeiung gelten sollten, fuhr der Major noch lauter und gefühlsbetonter fort: »Seien Sie aber nicht traurig, Exzellenz, denn es gibt einen Trost. Wir sind nämlich nicht allein. Wir haben das Volk von Minger auf unserer Seite. Wie jeder, der auf dieser Insel lebt, begreifen wird, ist nunmehr völlig ausgeschlossen, dass wir unser Heil finden und uns von der Pest befreien, indem wir uns nach den Telegrammen Abdülhamits richten.«

Zum ersten Mal in der Geschichte der Insel war hier vom »Volk von Minger« die Rede und wurde in aller Öffentlichkeit Kritik an Abdülhamit geübt. Allein das schon erfüllte jedermann mit Furcht.

Nun trat der Major an die Balkonbrüstung. »Wenn wir unser Schicksal selbst in die Hand nehmen, ohne auf Anweisungen aus Istanbul zu warten, wird die Quarantäne ein Ende haben, die Seuche wird abklingen, und es wird uns echte Gnade zuteil«, sagte er wie ein wahrhaftiger Politiker.

Dann wandte er sich dem Platz zu und rief aus Leibeskräften: »Es lebe Minger! Es leben die Mingerer! Es lebe das Mingerer Volk!«

Auf dem Platz hatten sich mittlerweile doch an die hundertvierzig, hundertfünfzig Menschen versammelt, nachdem zu Beginn der Schießerei alles auseinandergestoben war. Als die Kutscher, Wächter und Straßenverkäufer auf dem Balkon den Oberpriester Konstantinos Efendi, den alten Gouverneur und Damat Doktor Nuri zusammen auf dem Balkon gesehen hatten, waren sie hinter den Säulen und Bäumen und aus den Geschäften, in denen sie sich versteckt hatten, wieder hervorgekommen. Um ihnen dazu noch mehr Zeit zu lassen, wandte der Major sich wieder zu Sami Pascha und sprach jene historischen Worte, die sowohl durch die Aussagen Umstehender als auch durch die Briefe Pakize Sultans bezeugt sind.

»Exzellenz, ohne Ihre Umsicht und Ihre Willenskraft hätten wir diese heutige Stunde nicht erleben dürfen. Möge Gott Ihnen dafür danken! Von nun an sind Sie nicht mehr der Gouverneur des Sultans, sondern der Gouverneur des Volkes! Wir rufen nunmehr die Unabhängigkeit Mingers aus! Von diesem Augenblick an ist unsere Insel frei. Es lebe Minger, es lebe das Mingerer Volk, es lebe die Freiheit!«

Auf dem Platz kamen immer mehr Leute zusammen, und die Fotografen machten eine Aufnahme nach der anderen. Die am Freitag, dem 28. Juni 1901 entstandenen Bilder zeigen auf dem Balkon zuversichtlich beisammenstehende Persönlichkeiten und schmückten jeweils die Nachrichten von dem Tag, an dem die Insel Minger endlich in die Geschichte einging. Sie wurden von Hunderten von Zeitungen auf allen fünf Kontinenten veröffentlicht und danach in Büchern, Lexika und auf Briefmarken abgebildet, bis sie selbst Geschichte waren.

Als Erstes wurde eine von Arhis Bey geschossene Aufnahme mithilfe des französischen Konsuls und einer noch stets Menschenschmuggel betreibenden Bande erst nach Kreta und von dort nach Paris geschafft, wo sie eine Meldung des berühmten konservativen Blattes *Le Figaro* bebilderte, die am Montag, dem 1. Juli 1901 auf der zweiten Seite der Ausgabe erschien, also drei Tage später.

Revolution auf Minger (Révolution à Minguère)

Die für ihren Marmor und ihre Rosen bekannte kleine osmanische Insel Minger im östlichen Mittelmeer hat ihre Unabhängigkeit erklärt. Auf der Insel, deren Bevölkerung von achtzigtausend Menschen je zur Hälfte aus Christen und Muslimen besteht, wütet seit neun Wochen die Pest. Da die Behörden der Lage nicht Herr werden, haben die Großmächte auf Bitten des Osmanischen Reiches mit vier Kriegsschiffen eine Blockade über die Insel verhängt, um ein Übergreifen der Seuche auf Europa zu verhindern.

Vor drei Jahren hatten auf Minger die Passagiere eines aus dem Hedschas zurückkehrenden Pilgerschiffes gegen Quarantänemaßnahmen aufbegehrt, wobei sieben Pilger und ein Soldat ums Leben kamen. Während der Revolution waren auf den Straßen Schüsse zu hören, und osmanische Soldaten zogen auf.

Der letzte Satz war etwas übertrieben. Wir möchten in diesem Buch auf solche Falschaussagen nicht weiter eingehen, doch erscheint uns, als sollte damit der Anschein erweckt werden, die Insel sei noch immer unter osmanischer Kontrolle.

Einem Kommentator zufolge war jene Lüge in dem Artikel platziert worden, um damit die Hohe Pforte und Abdülhamit in die Irre zu führen. In Istanbul wusste man über die Lage kaum Bescheid. Da der Telegrafendienst unterbrochen war und die Verbindung zum Festland lediglich über Schmuggler hergestellt wurde, meistenteils Griechen, unter denen Abdülhamit nicht so leicht Spitzel unterbringen konnte, war in Istanbul nicht auszumachen, wer nun wirklich auf Minger die Macht ausübte.

Le Figaro hatte der Balkonaufnahme eine Viertelseite eingeräumt und sie mit »Unabhängigkeit Mingers wird vom Balkon des Regierungsgebäudes verkündet!« untertitelt. Eine Woche darauf wurde in der Zeitschrift *L'Illustration* eine Gravur auf der Grundlage des Fotos veröffentlicht und mit einem ähnlichen Kommentar versehen. Die französischen Journalisten wussten selbstredend nicht, um wen es sich bei den Personen auf dem Balkon handelte, doch hier seien jene nunmehr aufgeführt: Scheich Hamdullah, Oberpriester Konstantinos Laneras, Sami Pascha, Damat Doktor Nuri, sämtliche Konsuln, der Überwachungsbeauftragte Mazhar Efendi, zwei heute nicht mehr identifizierbare Personen sowie fünf Wächter. (Der Stellvertreter des neuen Gouverneurs sowie Ramiz und seine verwundeten Leute waren im Keller des Gebäudes eingesperrt worden.)

Einen Tag später schrieb *The Times* unter das gleiche Foto einen Satz, der bei Historikern auf Gefallen stieß und daher gedankenlos wiederholt wurde, bis er zur puren Formel verkam: »In einer gemeinsamen Erklärung von Vertretern der christlichen und der muslimischen Gemeinschaft wurde vom osmanischen Regierungsgebäude aus die Unabhängigkeit Mingers erklärt.«

Die Regierung in Istanbul und Abdülhamit wurden von der Unabhängigkeitserklärung erst in Kenntnis gesetzt, als ihre Botschafter in Paris und London, Münir Pascha und Kostaki Antopulo Pascha, aus der Presse selbst davon erfuhren und die Nachricht per Telegramm weiterleiteten. Böse Zungen behaupteten, Abdülhamit habe an den Wahrheitsgehalt jener Berichte nicht glauben können und deshalb die entsprechenden Ausgaben von *Le Figaro* und *The Times* persönlich einsehen wollen, sodass er Häscher an den Kai von Sirkeci geschickt habe, wo die Postsäcke aus Europa eintrafen. Da auf die nach Minger gesandten Telegramme keine Antwort eintraf, fragten sich sowohl der Sultan als auch die Bürokraten der Hohen Pforte zu Recht, um wen es sich bei jenen nationalistischen Aufständischen eigentlich handelte und wer vor allem ihre Anführer waren.

KAPITEL 53

Nachdem der Major auf Türkisch die Freiheit und Unabhängigkeit Mingers ausgerufen hatte, entstand ein Moment der Stille. Da ergriff Haşmet, der älteste Hausmeister des Regierungsgebäudes, die »Fahne«, die der Major in der blutenden Hand hielt, und machte sie geschickt an dem Prügel fest, den er wegen des schon vermuteten Angriffs bei sich trug, dann reichte er das Artefakt dem Major.

So wurde dem Hausmeister, der die Insel noch nie verlassen hatte und nicht einmal lesen und schreiben konnte, eine gewisse Zeit lang eine geschichtliche Rolle zuteil. Als Jahre später nach der Befreiung von der italienischen Besatzung eine neue nationalistische Regierung an die Macht kam, wurde in dem Dorf, aus dem Haşmet stammte, eine neue Schule unter dem Namen »Fahnenträger-Haşmet-Grundschule« eingeweiht. Der Moment, in dem Haşmet die Fahne an dem Prügel festmachte, wurde in den ersten Jahren von Malern immer wieder neu abgebildet. Als später jedoch Geldscheine mit jenem Motiv gestaltet werden sollten, hielt man es im Bildungsministerium von Minger für opportuner, dass anstatt eines alten Hausmeisters zwei junge Mädchen dem Major die Fahne überreichten, und so verschwand Haşmet allmählich von den Abbildungen, bis er in den 1970er Jahren vollends vergessen war. Heute erinnert man sich nur noch in seinem Dorf an ihn.

Die auf den damaligen Bildern meist gut getroffene Geste des Hausmeisters regte den Major jedenfalls zur Tat an. Er legte seinen Revolver ab, ergriff die Fahne mit beiden Händen, streckte sie waagrecht vor und schwenkte sie gut sichtbar für die untenstehende Menge. Wegen seiner Wunde tat er sich damit schwer, doch schaffte er es immerhin, sie drei

Mal hin- und herzubewegen. Als er sich sicher war, dass jeder Farbe und Flattern gut mitbekommen hatte, gab er Haşmet die Fahne zurück und rief auf Französisch aus: »Vive Minguère, vive les Minguériens! Liberté, Égalité, Fraternité!«

»Es lebe Minger, es leben die Mingerer! Freiheit, Gleichheit, Brüderlichkeit!«, fügte er auf Türkisch hinzu. »Das Mingerer Volk ist ein großes Volk! Es wird die Pest besiegen und unter der Führung unserer Kommission und des Gouverneurs auf der Straße von Freiheit, Fortschritt und Zivilisation marschieren. Es lebe Minger, es leben die Mingerer! Es leben die Soldaten und die Quarantänebeamten!«

Die meisten auf dem Balkon waren durchaus der Ansicht, der Major gehe da etwas zu weit. Sie dachten jedoch, das Ganze sei ein von Sami Pascha inszeniertes nebulöses Theater, und warteten daher geduldig ab. Eine wichtige Quelle hierzu sind die 1932 in Athen veröffentlichten Erinnerungen der Tochter von Oberpriester Konstantinos Efendi. Sie schreibt darin, ihr Vater sei damals keineswegs glücklich darüber gewesen, dass die Insel vom Osmanischen Reich losgelöst werde, sondern habe sich im Gegenteil äußerst beunruhigt gezeigt. Noch bevor die Balkonreden zu Ende gegangen seien, habe er von der Absetzung Sami Paschas, vom Tod des neuen Gouverneurs und von der Verwundung seines Stellvertreters erfahren, und in den folgenden Tagen habe er zu Hause immer wieder gesagt, ihnen stehe eine Katastrophe bevor, denn Abdülhamit werde die Verursacher dieses unsinnigen Aufstands nicht ungestraft davonkommen lassen. Auf anderen Inseln sei es in ähnlich gelagerten Fällen stets darauf hinausgelaufen, dass über kurz oder lang ein osmanischer Panzerkreuzer erschienen sei und wahllos Städte und Dörfer beschossen habe.

Eine Beruhigung sei ihm allerdings die Blockade durch die Großmächte gewesen, als Beweis nämlich für die politische Zusammenarbeit zwischen jenen und Abdülhamit in Sachen Minger. Abdülhamit würde es nicht wagen, die eigene Blockade zu durchbrechen und von der *Mahmudiye* oder der *Orhaniye* aus auf die Insel schießen zu lassen. Als Urheber des Palavers von Freiheit und Unabhängigkeit habe Konstantin Efendi Sami Pascha ausgemacht, der sich die allgemeine Situation schlau zunutze gemacht habe. Ihm zufolge sei Abdülhamits Frage nach dem Anstifter schnell beantwortet gewesen.

Der Major hatte durch den Überfall auf das Telegrafenamt und seine anschließende Verhaftung unter den Muslimen, die auf Istanbul und den Gouverneur nicht gut zu sprechen waren, rasch an Ansehen gewonnen. Selbst griechische Familien, die sich ansonsten herzlich wenig darum kümmerten, was in muslimischen Vierteln vorging, hatten seinen Namen vernommen. Immer mehr Menschen hielten ihn für höhere Aufgaben geeignet und erachteten es als abwegig, dass er auf die Insel gekommen sei, um eine Sultanstochter zu beschützen und eine Delegation, von der noch nie jemand etwas gehört hatte, nach China zu begleiten, wo sie den dortigen Muslimen ins Gewissen reden sollten. Man witterte dahinter einen ganz anderen Auftrag.

Durch seine Wunde waren bald auch die Hände des Majors ganz blutverschmiert. Nicht nur die Muslime auf dem Balkon, also die Wächter und Beamten, sondern auch viele Christen sollten später – manche aus Überzeugung, andere bewusst übertrieben – über das Blut reden, mit dem die Fahne sich allmählich vollsog. In den 1930er und 1940er Jahren, in denen sich der Gedanke verfestigte, Mingerer zu sein, habe essentiell etwas mit Blut zu tun, erinnerte man sich an jenen dramatischen Augenblick des »Freiheitskampfes« zurück, und es wurde viel darüber geschrieben, dass der Impuls der Mingerer, schließlich selbst zu handeln, davon ausging, dass vom Handgelenk und den Fingern des Staatsgründers auf die Fahne und auf den Platz unten Blut hinuntertropfte.

Jenes Blut wurde als das Blut des edlen Mingerer Volkes gedeutet, das vor Tausenden von Jahren vom Süden des Aral-Sees her eingewandert sei und seine ganz besondere Sprache mitgebracht habe. Doktor Nuri indessen nützte den Augenblick aus, in dem der Major die Fahne aus der blutroten Hand gab, und krempelte ihm den Ärmel hoch, um die Wunde zu begutachten. In entlegenen Gegenden des Reiches hatte der Arzt in primitiven Feldlazaretten schon viele verwundete Soldaten und Offiziere gesehen und behandelt. Als er mit geschickten Gesten die noch immer stark blutende Wunde freilegte, merkte er gleich, wie schlimm sie war.

Es wurden später Stimmen laut, Doktor Nuri habe den Major vom Balkon wegholen und zum Schweigen bringen wollen. So war dem nicht. Sein medizinischer Eingriff war dringend nötig. Sonst wäre der Major nämlich – wie auf den nächsten Seiten zu lesen sein wird – nicht mit dem Leben davongekommen. Doktor Nuri zog den Major also sehr wohl aus dem politischen Fokus jenes Tages zurück, jedoch nur, um ihn hinzulegen und bei ihm den raschen Blutverlust zu stoppen.

In die kleine Menschenmenge auf dem Platz geriet daraufhin etwas Bewegung. Ein paar Männer mit Fes riefen: »Er lebe hoch!« Es handelte sich dabei um unverständige Zeitgenossen, die die Schüsse nicht ernst genommen hatten und alles für eine Inszenierung Sami Paschas hielten. Die meisten hingegen begriffen, dass etwas Außergewöhnliches geschehen war, und das nicht nur aus den Worten des Majors und seinem Fahnenschwingen, sondern aus den Schüssen und der darauf einsetzenden Stille. Manche hatte tatsächlich beeindruckt, wie die ruhmreiche Fahne »stolz und kokett« über der Menge geflattert war.

Da ertönte ein Schrei, von dem man nie erfahren sollte, wer ihn ausgestoßen hatte.

»À bas (nieder mit) Abdülhamit!«

Sami Pascha und die anderen auf dem Balkon beeilten sich gestenreich, ihr Missfallen zu bekunden. Der Ruf war von direkt unter dem Balkon gekommen, doch während die muslimischen Soldaten und Wächter geradewegs so taten, als hätten sie nichts gehört, wollten die Konsulatssekretäre und Journalisten nicht preisgeben, wer so geschrien hatte. Dass darüber noch immer keine Gewissheit besteht, lässt den Verdacht aufkommen, jene aufrührerischen Worte seien damals gar nicht gefallen. Aus Sorge, der Sultan könne über jene Frechheit empört sein, bezeugten sowohl Sami Pascha als auch die Menschen auf dem Platz demonstrativ ihre Missbilligung: Der Mann solle augenblicklich zum Schweigen gebracht werden.

Insgesamt versuchte man auf dem Balkon, den Spitzeln Abdülhamits und den Journalisten den Eindruck zu vermitteln, es werde keineswegs etwas gegen Istanbul und den Sultan unternommen. (Was allerdings nicht lange anhielt.) Trotz des Überfalls und der übertriebenen Art des Majors waren die meisten Leute der Ansicht, die von Sami Pascha initiierte Veranstaltung sei doch ein Erfolg. Als Historikerin darf ich anführen, dass Menschen, die Umwälzungen und Revolutionen ausgelöst haben, bei ihrem ersten Schritt oft genug zögerlich vorgingen und ehrlich überzeugt waren, eigentlich etwas ganz anderes zu bewirken.

Sobald der Major vom Balkon abtrat, handelte Sami Pascha ganz in diesem Sinne. Er verkündete der Menschenmenge (die nicht ein Zehntel dessen ausmachte, was er sich erhofft hatte), um einen Erfolg der Quarantänemaßnahmen zu gewährleisten, werde der Zutritt zu Moscheen und Kirchen für eine Weile untersagt. Gebetsruf und Glockenläuten seien in dieser Zeit unnötig. Während aber noch das Stöhnen der Verwundeten zu vernehmen war und Pulvergeruch in der Luft lag, war Sami Pascha nicht danach, sogleich seine beabsichtigte hochtrabende Rede zu halten. Stattdessen führte er aus, sowohl in den christlichen als auch in den muslimischen Klöstern dürfe sich nur mehr aufhalten, wer dort auf Dauer wohne, und zur genauen Bestimmung dieses Personenkreises würden in die Klöster Beamte entsandt. Da er jene Kontrolle für den heikelsten Punkt des Moscheen- und Kirchenverbots hielt, hatte er zusammen mit seinem leitenden Sekretär genaueste Anweisungen dafür ausgearbeitet. Diese waren ihm so wichtig, dass er sie vom Blatt abzulesen begann – und schon war er dabei, die ganze Rede vorzutragen.

Wobei ihm allerdings kaum zugehört wurde. Zum einen stand ihm keine kräftige Stimme zu Gebote, zum anderen redeten die Leute unten durcheinander, weil jeder wissen wollte, was eigentlich los war. Dass er immer wieder von dem Ruf »Es lebe der Sultan!« unterbrochen wurde, stellte keinen Widerspruch dar, denn seine sorgfältig vorbereitete Rede enthielt an keiner Stelle ein Wort gegen Istanbul und Abdülhamit.

Währenddessen ordnete der Überwachungsbeauftragte an, Vanyas solle fotografisch festhalten, in welchem Zustand sich der Seuchenraum befand. Wegen der beengten Verhältnisse dort waren die erschossenen Angreifer übereinander gefallen, und ihr Blut hatte sich vermischt. Tische und Hocker waren umgestürzt, Lampen zu Boden gefallen, Glas zerbrochen, alles war von Schüssen durchlöchert, lediglich die Epidemiologie-Karte hing noch an Ort und Stelle, und es lässt sich gar behaupten, durch die Kugeln sei sie noch fester an die Wand genagelt worden.

Als drei Tage später die Fotos, die im Hintergrund den Stadtplan von Minger und davor die blutigen Leichen zeigten, der Athener Presse in die Hände gerieten, wurden sie in *Efimeris* unter dem Titel »Abdülhamit-Anhänger auf Minger von Revolutionären besiegt!« veröffentlicht, während *Akropolis* titelte: »Minger: Blutiges Ende des von Abdülhamit zur Bekämpfung der Revolution entsandten Gouverneurs«.

Das Erscheinen der Fotos in der griechischen und europäischen Presse bedeutete, dass der Zug von Revolution und Unabhängigkeit nunmehr unterwegs war und es keinen Weg mehr zurück gab, den Abdülhamit irgendwie hätte akzeptieren können. Auch die Lösung, die Macht zwar abzugeben, aber weiterhin die osmanische Fahne wehen zu lassen, um die Insel später zurückzuerobern, stand nicht mehr zur Debatte.

Manchmal wird behauptet, gerade um den Menschen, die sich vor der Unabhängigkeit und einer Strafaktion Abdülhamits fürchteten, so recht zu zeigen, dass es kein Zurück mehr gebe, habe Sami Pascha die Fotos der griechischen Presse überhaupt zugespielt. Diese Auffassung teilen wir nicht. Sami Pascha war von der Aktion des Majors überrascht worden und stets darauf aus, die Lage nicht etwa anzuheizen, sondern zu beruhigen. Doch wären die Fotos auch nicht veröffentlicht worden, hätte Abdülhamit ihn dennoch für die Ermordung des neuen Gouverneurs verantwortlich gemacht und genauso dafür, dass er sich seiner Amtsenthebung widersetzt hatte. Noch während er seine Rede hielt, war ihm klar, dass nicht nur Istanbul ihm nunmehr verschlossen war, sondern das gesamte Osmanische Reich.

Zum Abschluss sprachen wie geplant alle Religionsführer, Politiker und Ärzte, jeder nach seinem Glauben, ein Gebet dafür, dass die Quarantänemaßnahmen wirkten und Gott die Pest nunmehr von Minger fernhalten werde. Die Fotos von jenem Augenblick, die als Symbol der auf Minger stets vorhandenen (und von uns unterstützten) laizistischen Brüderlichkeit gelten dürfen, sind leider später so dargestellt worden, als hätten »die Gründer des Staates Minger dafür gebetet, dass dem Staat ein langes Leben beschieden sei und er jedermann Glück und Frieden beschere«.

Als nach Ende der Veranstaltung die Gäste den Balkon verließen, blieben sie betroffen vor den Leichen stehen, die von Hausmeistern und Wächtern fortgeschafft wurden. Oberpriester Konstantinos Efendi konnte seine Neugier nicht bezwingen und betrat sogar den Seuchenraum, wo er vor der Leiche des neuen Gouverneurs das Kreuzzeichen schlug und eine Weile stehen blieb, bis er sanft davongezogen wurde. Sami Pascha begleitete die Herrschaften zur Treppe und bedankte sich für ihre Unterstützung der Quarantänebemühungen. Schließlich verabschiedete er sich von ihnen und sagte dabei immer wieder »Gott sei Dank«, als sei nichts Besonderes vorgefallen, als hätte es keinen Überfall gegeben und niemand sei zu Tode gekommen.

An der Tür zu Sami Paschas Amtszimmer war Doktor Nuri noch immer damit beschäftigt, die Blutungen des Majors zu stillen, wobei ihm ein Mitglied der Quarantänekommission behilflich war, nämlich der geschwätzige alte Doktor Tasos.

Als Sami Pascha in den Versammlungsraum zurückkehrte und dort die Konsuln sah, durchströmte ihn ein Glücksgefühl. Er verspürte wieder die Macht und das Selbstvertrauen des alten Gouverneurs Sami Pascha. Nunmehr war er der einzige Herrscher auf der Insel, und das sah er auch in den Blicken der Konsuln.

»Von nun an wird es auf Minger nicht mehr so zugehen wie früher, damit Sie das nur wissen!«, rief er mit einer Geringschätzung aus, die er sich an normalen Tagen nicht leistete. »Die Hintermänner dieses schändlichen Angriffs auf Leben und Gut des Mingerer Volkes und auf die Quarantäne werden aufgegriffen und unbarmherzig bestraft werden. Offensichtlich haben die Angreifer die Privilegien der Konsuln ausgenützt, um hier einzudringen. Die an Konsuln erteilten Zugangsberechtigungen zum Regierungsgebäude werden nunmehr annulliert und überhaupt sämtliche Privilegien der Konsuln einer genauen Prüfung unterzogen. Sollte ein Konsul hinter diesem Angriff stecken, wird er selbstverständlich bestraft werden. Näheres erfahren Sie demnächst vom Außenministerium.«

Was bisher vom Sekretär des Nachrichtendienstes erledigt worden war, sollte nun also einem »Außenministerium« obliegen, und erfahren mussten das die Menschen von den Konsuln und von Journalisten, ohne dass sie selbst sich dazu hätten äußern können. Man schloss jedenfalls daraus, dass der »Gouverneur« Sami Pascha an die Worte des Majors und damit an einen eigenständigen Staat tatsächlich glaubte.

Da rief der Major auf einmal: »Minger den Mingerern!« Weiter kam er vor lauter Erschöpfung und Schmerz aber nicht und lehnte sich wieder auf das Kissen zurück, das man ihm untergelegt hatte.

Dass er seinen Arm nur mühsam bewegen konnte und kaum mehr als ein wütendes Murmeln herausbrachte, wurde von manchen als Symptom für die Pest ausgelegt, von realistischen Menschen insbesondere, die genau wussten, dass man sich im Streit mit Istanbul nichts als Ärger einhandelte. Ihnen war es lieber, die Worte des Majors als »Delirium« zu werten.

Auf Initiative von Doktor Nikos wurde der Major geschultert und aus dem Versammlungsraum getragen. In einem Ölgemälde aus dem Jahre 1927 hat Alexandros Satsos jene Szene wunderbar wiedergegeben. Leider ist das Bild in die Hände eines texanischen Ölmillionärs und Alkoholikers geraten, sodass die Bevölkerung von Minger es nur notdürftig aus schwarz-weißen Abbildungen kennt, wie sie in Zeitungen und Magazinen abgedruckt wurden. Wir für unser Teil finden sehr überzeugend dargestellt, wie der Staatsgründer und Freiheitsheld geschlossenen Auges mit Revolver und Fahne in der Hand geradezu wie eine zierliche blasse Frau dahingestreckt ist. Dennoch sind sich alle Historiker der Insel einig, dass der Major nichts lieber getan hätte, als sofort aufzustehen und die Revolution zu beschleunigen.

Als sich die Gruppe auf die Tür zubewegte, stand Sami Pascha auf einmal dem französischen Konsul gegenüber und wollte ihn die Macht spüren lassen, die er in sich wahrnahm.

»Wenn wir Sie von nun an bei einem Missbrauch ertappen, werden Sie von Ihrer lieben Gewohnheit abrücken, sich sogleich in Istanbul oder bei Ihrem Botschafter über mich zu beschweren. Nun ja, dank unserem Kommandanten ist das ja auch schon geschehen.« (Mit einem Blick deutete er an, dass er damit auf den Major und seinen Überfall auf das Telegrafenamt anspielte.)

Somit wurde der unseren Lesern als Major Kâmil bekannte Mann von Gouverneur Sami Pascha zum zweiten Mal so genannt, wie er als Gründer des Staates Minger seit nunmehr hundertsechzehn Jahre in liebevoller Dankbarkeit von der Bevölkerung bezeichnet wird, nämlich als »Kommandant« Kâmil. Im weiteren Verlauf des Berichts werden nun auch wir – damit bei unseren Lesern nichts in Vergessenheit gerät – mal Major schreiben und mal Kommandant.

KAPITEL 54

In seinem Band *Europa und Asien,* in dem er Rückschau auf seine diplomatische Karriere hält, schildert der schrecklich versnobte ehemalige Botschafter Sait Nedim Bey die Tatsache, dass die Hohe Pforte den Verlust der Insel Minger aus französischen und englischen Zeitungen erfahren musste, als eklatantes Beispiel für das Versagen der osmanischen Bürokratie. Dieser Einschätzung können wir uns nicht anschließen. Da die Telegrafenverbindung gekappt war und wegen Pest und Blockade das Spitzelsystem nicht hinreichend funktionieren konnte, muss als natürlich angesehen werden, dass Abdülhamit und die Istanbuler Bürokratie über die Insel nicht auf dem Laufenden waren. Auch die Botschafter in Istanbul waren nicht informiert, denn von den Konsuln wurden sie notgedrungen nicht mehr mit Nachrichten versorgt. Jene hatten nach der Ausrufung von Freiheit und Unabhängigkeit (die beiden Begriffe wurden bald stets in einem Atemzug genannt) das Regierungsgebäude so rasch verlassen, als wäre man hinter ihnen her, und hatten sich in ihre Häuser zurückgezogen. Da sie genau wussten, dass Sami Pascha sie bestrafen würde, hielten sie ihre Geschäfte und Reisebüros vorerst geschlossen und verfolgten von daheim aus, wie die Lage sich entwickeln würde.

Sami Pascha begriff, dass die Unabhängigkeit vom Lauf der Dinge begünstigt war, ja geradezu eine historische Notwendigkeit darstellte, und so verfiel er auch nicht in die Unschlüssigkeit, von der einige seiner Beamten und Sekretäre geplagt waren. Einigen über den »Verlust von Minger« arbeitenden Historikern zufolge sei Sami Pascha in der Art, in der Abdülhamit seinerzeit in Ägypten oder auf Zypern eine osmanische Flagge zurückgelassen habe, ein Symbol für eine Hoffnung auf Rückkehr gewesen, und somit eigentlich ein Parteigänger des Sultans.

In einem jedoch herrscht Einigkeit: Kommandant Kâmil kam an jenem Abend nur knapp mit dem Leben davon. Zu der Wunde, die der Staatsgründer in jenem dramatischen Augenblick davongetragen hatte, gibt es zwar keinen medizinischen Befund, sodass darüber die wildesten Vermutungen angestellt wurden. Am vertrauenswürdigsten erscheint uns, was Pakize Sultan direkt von ihrem Gatten erfuhr, nämlich dass die Kugel den linken Unterarm des Majors schwer in Mitleidenschaft gezogen hatte. Assistiert von Doktor Tasos war Doktor Nuri zunächst sehr damit beschäftigt, die Blutung zu stillen. Den beiden war bewusst, dass der wagemutige Kommandant seiner Verwundung durchaus erliegen konnte. Der eine drückte ihm mit der Hand die Schlagader ab, der andere legte oberhalb des Ellbogens einen Druckverband an.

Als der Major danach in den nächstgelegenen Raum getragen wurde, war er fast ohnmächtig. Doktor Nuri befand, am besten könne der Major im Gästehaus behandelt werden, und so ließ er dort ein Zimmer herrichten. Pakize Sultan bedeckte sich zuvor den Kopf und zog sich in ein anderes Zimmer zurück. Der Major wurde auf der europäisch gestalteten Couch abgelegt, auf der Pakize Sultan manchmal in Romanen las. Als immer mehr Neugierige nachdrängten, schloss Doktor Nuri die Tür.

Der Major schlug hin und wieder die Augen auf, versuchte zu begreifen, was um ihn herum vorging, und stellte sogar eine Frage (nach Sami Pascha), doch Doktor Nuri ließ ihn nicht reden und verbot ihm sogar, Fragen zu stellen. Das Gesicht des Majors war käsebleich. Beruhigt stellten die Ärzte schließlich fest, dass die Blutung zum Erliegen gekommen war. Doktor Nuri und Doktor Tasos kamen gemeinsam zu dem Schluss, dass der Major an einen Ort verbracht werden sollte, an dem er mit Blut und Serum versorgt werden konnte. Darauf sagte der Quarantänedirektor, das sicherste und reinste Blut sei in der Garnison erhältlich.

Im ersten Viertel des 20. Jahrhunderts schossen die Menschen vergleichsweise mehr aufeinander als zu anderen Zeiten, weil zweierlei erfunden worden war und sich rasch verbreitete: zum einen selbstladende Maschinengewehre und zum anderen Menschenmassen, die in blindem nationalem Eifer auf jene Waffen zustürmten. In medizinischen Handbüchern hingegen stand damals so ziemlich das Gegenteil von dem, was man heute darin liest. Der Schuss hatte zwar nur den Unterarm des Majors getroffen, doch da er vermutlich die Schlagader zerfetzt hatte, war der Blutverlust so beträchtlich gewesen.

Kurz vor der Abenddämmerung schlich Pakize Sultan sich aus ihrem Zimmer hinaus und besah sich, was draußen vorfiel. Obwohl sie von den staatsgründerischen Bestrebungen des Majors nichts wusste, fand sie höchst romantisch, wie er in seiner Uniform mit den Orden darauf ausgestreckt war und die Fahne neben sich liegen hatte. Über die Toten im Seuchenraum war sie dagegen informiert, und der Pulvergeruch war bis ins Gästehaus gedrungen. Gerne hätte sie dem heldenhaften Soldaten, der sie beschützt hatte, die gleiche Fürsorge entgegengebracht, mit der ihr Gatte ihn bedachte, doch wusste sie nicht, wie sie das anfangen sollte. Zumindest wurden auf ihre Veranlassung hin die Frau und die Mutter des Majors benachrichtigt und ins Regierungsgebäude geholt.

Als Zeynep eintraf, wurde gerade der Verband des Majors gelockert und erneuert, damit es nicht zu Wundbrand kam. Beim Anblick ihres bleichen, halb besinnungslosen Gatten stieß Zeynep einen Schrei aus, kniete nieder und schlang ihre Arme um ihn. Als die Umstehenden etwas zurücktraten, sah Pakize Sultan das frischvermählte Ehepaar aus sechs, sieben Schritten Entfernung und sollte den Augenblick nie wieder vergessen.

Sie hatte ihr gesamtes Leben in Palästen verbracht, und als größter Liebesbeweis galt ihr, wenn das Verhältnis zwischen einem Mann und seiner Frau von innigen Gefühlen und tiefem Verständnis füreinander geprägt war, und ihr schien, zwischen dem Major und Zeynep sei eine solche Liebe entstanden. In den gerade mal fünfundvierzig Tagen ihrer Ehe hatte Zeynep offenbar begriffen, dass sie ohne Major Kâmil nicht mehr würde leben können. Wenn nach diesem Roman auch die Briefe Pakize Sultans veröffentlicht werden, können die Leser deren Darstellung des Staatsgründers und seiner Frau in ihrer Gänze lesen, und wir zweifeln auch nicht daran, dass jene einmal Eingang in Schulbücher finden wird.

In ihrer Aufregung leistete Pakize Sultan – ob nun bewusst oder unbewusst – all jenen Schützenhilfe, die Minger vom Osmanischen Reich loslösen wollten.

»Bravo!«, rief sie aus. »Sie haben bewiesen, dass Sie ein echter Sohn dieser Insel sind!«

»Minger den Mingerern!«, erwiderte der Major mit schwacher Stimme.

Pakize Sultan war auch zugegen, als der Major schließlich in den Landauer verfrachtet wurde, der ihn in die Garnison bringen sollte. Sämtliche Regierungsbeamten standen um die Kutsche herum. Trotz der furchtbaren Schießerei herrschte eine Hoffnung auf allgemeine Befreiung.

Das Bild, das man sich später von dem Tag machte, an dem Freiheit und Unabhängigkeit ausgerufen wurden, prägte am intensivsten ein Gemälde des Malers Tacettin, auf dem der Landauer mitten in der Nacht durch die leeren Straßen der Stadt fährt. Der Platz auf dem Kutschbock ist darauf leer, denn nur einen Tag nach der Revolution schlug die Pest unter den Kutschern zu, die sich immer am selben Ort versammelten. Da Zekeriya an dem Tag nicht unter ihnen war, blieb er verschont, doch nach dem Tod von vier der bei der Bevölkerung äußerst beliebten, zuvorkommenden Kutscher waren eine Weile kaum Pferdewagen zu bekommen, sodass die Menschen sich in der Erinnerung auch den Landauer bei seiner nächtlichen Fahrt ohne Kutscher vorstellten und der Maler sich dieses Bild zu eigen machte.

Am Tag von Freiheit und Unabhängigkeit erlagen in Arkaz sechzehn Personen der Pest, also etwas weniger als im Tagesdurchschnitt.

Sieben Tote stammten aus Kofunya und Eyoklima. Als in jener Nacht der Landauer auf dem Weg zur Garnison die schmale Gasse entlangfuhr, die die beiden Viertel voneinander trennte, sahen die Menschen, die einem Trauerhaus (dort waren ein Vater und seine Tochter gestorben) einen Beileidsbesuch abstatteten, wie die auf der Kutsche steckenden Fackeln die ganze Umgebung erleuchteten.

Wie Gespenster tanzten die Schatten der Passanten, der Kranken, der

Diebe, der Unglücksbringer auf den Hausmauern. Es hieß, die an der Kutsche aufgepflanzte Fahne habe ein ganz besonderes Licht versprüht, vor dem blutspuckende Ratten, Geister und der Mann, der Brunnen mit der Pest verseuchte, davongestoben seien. Die Nachricht von Revolution und Freiheit hatte jedermann mit Hoffnung erfüllt.

Am folgenden Tag saß der alte Gouverneur Sami Pascha in seinem Amtszimmer und unterließ es trotz vielfachen Drucks, radikale Entscheidungen zu fällen. Den Großteil seiner Zeit verbrachte er damit, die Spuren auf dem Balkon und im Nebenraum tilgen zu lassen.

Dann empfing er den Journalisten Manolis, der sogleich keck verkündete: »Jetzt, wo wir die Freiheit haben, wird ja wohl auch die Presse frei sein!«

»In einem freien Minger ist die Presse tatsächlich frei«, entgegnete Sami Pascha. »Das bedeutet aber noch lange nicht, dass Sie zu Themen von historischer und nationaler Bedeutung einfach schreiben sollen, was Ihnen in den Sinn kommt, ohne uns vorher zurate zu ziehen. Was Sie in aufrichtiger Gefühlsaufwallung niederschreiben, wird von jenen Räuberbanden (dabei deutete er zum Seuchenraum) augenblicklich zum Schaden von Freiheit und Unabhängigkeit missbraucht. Warten Sie ab, bald werden wir eine Regierung bilden und neue Quarantäneregeln verkünden!«

Mit seinen Anweisungen sorgte Sami Pascha dafür, dass die zunächst ins Krankenhaus verbrachten verwundeten Angreifer (darunter Ramiz) in den Kerker gesteckt wurden. Die Leute des neuen Gouverneurs (allen voran sein Stellvertreter Hadi), die keine schweren Verwundungen aufwiesen und eigentlich mit Sami Pascha sprechen wollten, schickte er mit Booten auf die Quarantäneinsel zurück und verweigerte ihnen auch, an der Beerdigung des gefallenen Ibrahim Hakkı Pascha teilzunehmen, da ihm das besser ins Konzept passte.

Kopfzerbrechen bereitete ihm einzig und allein ein kleiner, unbedeutender Orden namens Asr-Saadet, dessen mittellose, zurückgezogene Mitglieder sich bis dahin weder in Politik noch in sonst etwas eingemischt hatten. Nun aber hatten sie beschlossen, auf eigene Faust das

Moscheengesetz zu brechen, nötigenfalls mit Gewalt. Ihr in Tatlısu wirkender Scheich Sacit Efendi galt als nicht ganz bei Sinnen.

Sami Pascha wollte sie Mores lehren und jedermann zeigen, wie sehr sich die neue Regierungsgewalt ins Zeug zu legen wusste. Noch bevor die Leute des Scheichs zum Angriff übergehen konnten, entsandte Sami Pascha einen Trupp besonders vertrauenswürdiger Wächter zu ihrem Kloster. Die Menschen dort waren aufgebracht (die Männer des Gouverneurs hatten fälschlicherweise vermutet, es mit zahmen Gegnern zu tun zu haben, die man eher etwas provozieren müsse) und ließen erst niemanden hinein. Als sie merkten, dass jemand sie wegen ihrer Moscheenpläne denunziert hatte, wurden sie erst recht wütend. So kam es gleich am ersten Tag, nachdem »Kommandant« Kâmil den Freien Staat von Minger ausgerufen hatte, zu einer Auseinandersetzung zwischen Staatsvertretern und Volk. Die ansonsten eher müßiggängerischen Jünger des Ordens gingen auf die Wächter mit Stöcken und Prügeln los.

Nach kurzem Kampf zog sich der Trupp Sami Paschas zurück. Der draufgängerischste Wächter, Kara Kadir, hatte eine aufgeplatzte Augenbraue, ein anderer lag eine Weile bewusstlos da. Erst am Nachmittag konnten die Wächter, verstärkt durch Quarantänesoldaten, wieder zum Angriff übergehen. Manche Historiker beziehen sich auf dieses zögerliche, hilflose Vorgehen, um auf die »Stärke« beziehungsweise Schwäche des neuen Staates zu verweisen.

Kurz vor Sonnenuntergang fuhr Sami Pascha in die Garnison. Dort wurde er Zeuge, wie der auf einem Sofa liegende Kommandant Kâmil sich beim Anblick von Zeynep kurz aufrichtete und wieder zurücksank. Er hatte sich rasch erholt und wieder etwas Farbe im Gesicht und einen wacheren Blick. Seine Orden hatte er abgenommen, seine Uniform jedoch anbehalten, die ihm etwas Stattliches, ja Poetisches verlieh. Wir dürfen ruhig behaupten, unser Held sei in jenem Augenblick von jenem besonderen Lichtschein umgeben gewesen, der auf einen fällt, sobald man die Bühne der Geschichte betritt. Sami Pascha bat Zeynep, ihre Brüder, die Ärzte und Sekretäre hinaus und blieb eine halbe Stunde lang mit Kâmil allein (länger sollte der Genesende auf Anweisung von Doktor Tasos nicht beansprucht werden).

Gelegentlich heißt es, in jener halben Stunde hätten der Kommandant und der letzte osmanische Gouverneur gleichsam über fünfzig Jahre Zukunft der Insel bestimmt. Dabei hat keiner der beiden bis zu ihrem gar nicht fernen Tod verraten, worüber genau sie damals gesprochen hatten. Texte darüber gibt es hingegen zuhauf.

Als Sami Pascha aus der Garnison wieder abfuhr, begann der Unteroffizier Sadri damit, aus einer Kanone zum Zeichen der Unabhängigkeit Mingers Böllerpatronen abzufeuern. Die Sonne war soeben untergegangen, und am Horizont prangte eine zwischen Violett und Rosa changierende Farbe, die nirgends sonst zu sehen war, während weiter oben eine rote und eine orangefarbene Wolke sich mit den rasch verdunkelnden anderen Wolken vereinigten.

Sami Pascha war unter dem Donner der Kanonenschüsse zum Regierungsgebäude unterwegs und wusste sehr genau, dass der Sturm, der in ihm tobte, sich nur durch ein langes Gespräch mit Marika hätte legen können, doch sagte er sich, dass er bis zum nächsten Morgen stillhalten musste, und so fuhr er nicht zu ihr. Als er schließlich in seinem Amtszimmer saß und auf die dunkle Stadt hinausstarrte, dauerten die Schüsse noch immer an.

Jeder Schuss ließ ganz Arkaz erzittern, danach hallte der Kanonendonner fast noch lauter von den Felsen wider. Wenn Menschen, die damals noch Kinder waren, später befragt wurden, wovor sie sich während der Pestepidemie am meisten gefürchtet hätten, gaben viele – meist lächelnd – zur Antwort, das seien jene Schüsse gewesen. Zu Anfang dachten ja viele noch, die Kanonenschüsse rührten von den Panzerkreuzern her, und es handelte sich also um einen Angriff der Großmächte.

Dass die Schüsse einzeln und in völlig regelmäßigem Abstand abgefeuert wurden, ließ allerdings bald darauf schließen, dass es etwas anderes sein musste. Mit einer einzigen Kanone fünfundzwanzig Schüsse abzugeben nahm beinahe zwei Stunden in Anspruch. Danach verfielen

Stadt und Hafen wieder in die außerordentliche Stille, die seit dem Verbot von Gebetsruf und Glockenläuten herrschte.

Als am folgenden Morgen Kommandant Kâmil vom ganz besonders herausgeputzten Zekeriya zum Regierungsplatz kutschiert wurde, wussten die meisten Menschen schon Bescheid, dass die nächtlichen Kanonenschüsse der ganzen Welt die Unabhängigkeit Mingers verkündet hatten. Der Urheber jener Tat und ureigene Sohn der Insel entstieg dem Landauer, worauf die Musiker der Garnisonskapelle sogleich das Lied anstimmten, das sie am besten konnten, nämlich ausgerechnet den Sultan Abdülhamit gewidmeten Hamidiye-Marsch. Die Quarantänesoldaten und die Wächter standen vor dem Eingang zum Regierungsgebäude Habacht.

Als Sami Pascha danach in seinem Amtszimmer mit dem Kommandanten allein war, sagte er: »Wir brauchen eine Nationalhymne, und zwar eine, die von einem Mingerer komponiert ist.«

Aufmerksam blickte er auf den verbundenen und mit einer Schlinge versehenen Arm des Majors und auf die Uniform, die ohne die Orden sehr schlicht und eindrücklich wirkte.

»Es sind alle da. Sie werde ich am Tischende platzieren. Gestatten Sie aber, dass ich Ihnen zuerst vorangehe.«

»Keine Förmlichkeiten bitte, gehen wir einfach gemeinsam hinein.«

Daraufhin betraten sie den nebenan gelegenen Versammlungsraum. Um den großen Tisch herum saßen die wichtigsten Vertreter der Quarantäneverwaltung, einige Mitglieder der Quarantänekommission, Abgesandte der Viertel, die Regierungsdirektoren sowie Doktor Nuri, Doktor Nikos und andere Ärzte.

»Wir hätten die Sitzung gerne in größerem Kreis abhalten, aber die Umstände haben das nicht zugelassen«, sagte Sami Pascha. »Bitte husten Sie sich nicht gegenseitig an. Unser gesamtes Bemühen zielt darauf ab, die Seuche einzudämmen, das Leben der Mingerer zu retten und gemeinsam einen Ausweg zu finden. Und Sie alle wissen, dass die Revolution dazu vonnöten war.«

Den Anwesenden wurde ferner klar, dass sie mit der schwierigen Aufgabe betraut sein würden, für den unabhängigen Staat Minger eine Verfassung auszuarbeiten und zu verabschieden. Die zwei Sekretäre am Tisch sollten die einzelnen Verfassungsartikel festhalten.

»Erstens: Das Volk von Minger lebt auf der Insel Minger, das heißt in Mingerien«, diktierte Sami Pascha. »Zweitens: Minger gehört den Mingerern. Drittens: Das freie und unabhängige Mingerer Land Mingerien wird im Namen des Mingerer Volkes von der Republik Minger regiert. Alle Entscheidungen werden im Sinne des Mingerer Volkes gefällt. Viertens: Durch die Gesetze der Republik Minger werden alle Mingerer gleich behandelt. Dazu wird ein Grundgesetz verfasst. Alle Mingerer Bürger sind gleich. Fünftens: In Sachen Gerichtswesen, Kataster, Strafregister, Steuern, Militärwesen, Zoll, Post, Hafen, Landwirtschaft, Handel und Sonstigem gilt, solange nichts Gegenteiliges bekanntgegeben wird, die bisherige Ordnung des alten osmanischen Staates, inklusive Papier- und Metallgeld, Ränge, Ämter, Orden etc., bis die Mingerer dazu neue Beschlüsse gefasst haben.« Nachdem jene ersten fünf Artikel zu Papier gebracht und von den vierzig mehrheitlich muslimischen Vertretern (von Sami Pascha auf einmal als Volksversammlung bezeichnet) unterschrieben waren, ging es an die Bildung einer Regierung und weiterer Organe.

Der Stiftungsdirektor wurde zum »Stiftungsminister« ernannt, Quarantänedirektor Doktor Nikos zum »Gesundheitsminister« (während ein separat eingerichtetes Quarantäneministerium per Sonderregelung an Doktor Nuri ging), der Zolldirektor wurde »Zollminister« und der Gendarmeriekommandant »Innenminister«. Jener Logik zufolge würde niemand im Regierungsgebäude sein Büro zu wechseln haben. Es ging ja auch darum, möglichst effizient zu arbeiten und das Quarantänegesetz umfassend anzuwenden. Titel waren dabei nicht weiter von Bedeutung. Hauptsache, man durfte nun eigene Beschlüsse fassen.

Nach der langen Rede begriffen die Teilnehmer allmählich, dass Sami Pascha sich in diesem neuen Verfassungsrahmen als »Ministerpräsident« ansah. Weiter beschäftigte er sich mit Rängen und Titeln allerdings nicht. Seit der Major auf dem Balkon die Fahne geschwenkt hatte, waren noch keine zwei Tage vergangen. Folgerichtig beschloss Sami Pascha, als Erstes die mit der Ausrufung der Revolution und der Abtrennung vom Osmanischen Reich Unzufriedenen zu besänftigen, noch bevor sie überhaupt die Stimme erhoben.

»Wir sind uns bewusst, was für außerordentliche Tage wir erleben«, fuhr er fort. »Wir sind Zeugen des unerbittlichen Kampfes, den das erhabene Mingerer Volk gegen die Pest führt. Unwillkürlich sehen wir dabei auch mit an, wie die Mingerer sich in die Reihe der zivilisierten Völker eingliedern. Angeführt werden all diese Bestrebungen von unserem Kommandanten Kâmil. So beantrage ich, dass ihm hiermit der Titel Pascha im Rang eines kommandierenden Generals verliehen wird. Antrag einstimmig angenommen. Somit gilt unser Kommandant Kâmil Pascha als Kandidat für das Präsidentenamt von Minger. Ich bitte um das Handzeichen. Kommandant Kâmil Pascha ist hiermit zum ersten Präsidenten unserer Republik gewählt. Heute Abend wird diese Entscheidung durch fünfundzwanzig Kanonenschüsse bekanntgegeben.«

Aller Blicke richteten sich nunmehr auf den neuen Präsidenten.

»Ich möchte dieser erlesenen Versammlung, die das Mingerer Volk vertritt, meinen ganz herzlichen Dank aussprechen«, sagte dieser. Er stand auf und verneigte sich übertrieben, aber doch mit einem Lächeln auf den Lippen. »Mir liegt am Herzen, für unsere Verfassung einen Artikel vorzuschlagen, der ganz oben stehen soll: Staatssprache von Minger ist die Sprache des Mingerer Volkes, nämlich Mingerisch! Vorübergehend werden als offizielle Sprachen auch das Türkische und das Griechische akzeptiert.«

Es wurde still im Raum. Kâmil Pascha merkte, dass er Sami Pascha die Laune verdorben hatte.

Doktor Tasos klatschte und rief: »Bravo!«

Da Griechisch im Osmanischen Reich keine offizielle Sprache war, konnte der Verfassungsartikel dazu angetan sein, dem neuen unabhängigen Staat die Unterstützung der Inselgriechen zu sichern. Somit war die Versammlung, die alle bis dahin wie eine Art Traumszene erlebt hatten, gewissermaßen auf das Niveau der *Realpolitik* herabgesunken. Andererseits ging aus der Entscheidung hervor, dass im Interesse der Entwicklung des Mingerischen das Türkische und das Griechische im Lauf der Jahre aufs Abstellgleis geschoben werden sollten. Mingerisch als einzige Sprache und nationales Ideal erschien den Teilnehmern, die zum Zwecke einer effizienten Quarantänepolitik zusammengekommen waren, doch etwas weltfremd, sodass sie die Sache nicht weiter ernst nahmen. Den Muslimen stieß allerdings auf, dass Griechisch auf einmal offizielle Sprache sein sollte.

Kommandant Kâmil spürte diese Besorgnis. »Wir sind auf unserer schönen Insel seit Jahrhunderten Brüder!«, sagte er. »So müssen denn auch der Staat und die Quarantäneverwaltung alle Brüder gleich behandeln, wie ein Vater. Ein brüderlicher Umgang miteinander ist die erste Voraussetzung dafür, dass wir die Pest bezwingen.«

Kommandant Kâmil legte eine kurze Pause ein, wie um seine Zuhörer darauf vorzubereiten, dass sie gleich unvergessliche Worte vernehmen würden. »Ich bin ein Mingerer!«, rief er dann aus. »Und das macht mich froh, ja stolz! Voller Freude sehe ich uns als ehrenwertes, gleichberechtigtes Mitglied der internationalen Völkerfamilie, doch möchte ich auch, dass jene Völker meinem Minger und meinem Mingerisch ihren Respekt zollen. Wenn bald mein Sohn zur Welt kommt, wird er wie jeder auf dieser Insel Mingerisch sprechen. Wir fassen diese Beschlüsse, damit unsere Kinder nicht, sobald sie eingeschult werden, sich der zu Hause gesprochenen Sprache schämen und sie vergessen und damit unser Mingerer Volk nicht vor den Augen aller Welt an der Pest zugrunde geht.«

Jeder Staatsbürger Mingers, jeder Mensch, der die Schulen der Insel besucht hatte, konnte diese Worte auswendig, und oft genug wurden sie unter Tränen zitiert. Mit Abstand die meisten Bürger Mingers sind stolz, wenn sie einander begegnen – insbesondere im Ausland – und mit einem Lächeln sagen können: »Ich bin ein Mingerer.« Auf die Widersprüchlichkeiten hinzuweisen, die dieser Aussage innewohnen, ist allerdings verboten, und sei es nur in zarten Anspielungen. Es darf nicht hinterfragt werden, warum Sprachen wie Türkisch oder Griechisch oder auch Italienisch und Arabisch, die von unseren Vorfahren jahrhundertelang gesprochen wurden, auf einmal weniger wert sein sollten als das Mingerische. Im Jahr 1901 wurde gerade mal bei einem Fünftel der Kinder zu Hause Mingerisch gesprochen, und dennoch ist die Aussage verpönt, die Mehrzahl sei damals mit Türkisch oder Griechisch aufgewachsen. Kommandant Kâmils aus dem Stegreif gehaltene und dennoch reichlich poetisch geratene Rede konnte indes nicht zu Ende geführt werden, da einer der neben dem Tisch stehenden Sekretäre sich plötzlich auf einen Stuhl sacken ließ und wimmernd die leider nur allzu bekannten Symptome der Pest zur Schau stellte.

KAPITEL 55

Sami Pascha passte sich binnen kürzester Zeit an die Anforderungen an, die sein Amt als Ministerpräsident mit sich brachte, und während an jenem Nachmittag im Versammlungssaal noch die Diskussionen über die neue Verfassung anhielten, traf er bereits mehrere Anordnungen.

Nachdem es am Vortag erneut zu Auseinandersetzungen gekommen war, ließ er von den Quarantänesoldaten sieben Mitglieder des Asr-Saadet-Ordens in den Burgkerker werfen und doppelt so viele in die dortige Isolierstation stecken. Als der Scheich eines anderen kleinen Ordens behauptete, ohne in die Moschee zu gehen, sei man kein richtiger Muslim, und unter dem Vorwand der Pest die Moscheetüre zuzusperren, zeuge von gegen den Islam gerichteter Unbarmherzigkeit, ließ Sami Pascha den Mann mit dem Spitznamen »Lockenkopf« in Untersuchungshaft nehmen, um ihn zur Besinnung zu bringen. Tatsächlich legte der Scheich alsbald Anzeichen von Reue an den Tag, kam somit um eine Kerkerhaft herum und wurde wieder freigelassen. In Vorbereitung auf den Prozess gegen Ramiz und seine Spießgesellen wurden in Taşçılar und Kadirler diverse Razzien durchgeführt, nicht aber in Germe, da das dort anvisierte Haus in der Nähe des Halifiye-Ordens lag.

Mit jenem wollte Sami Pascha es sich nicht verderben, da er nicht das Gefühl hatte, mit Scheich Hamdullah eigentlich über Kreuz zu liegen. Es hatte sich gut getroffen, dass Ramiz zwar verwundet, aber nicht getötet worden war. Der Kommandant blieb somit auf der Hut, und seine Wut war noch nicht gestillt, andererseits konnte Ramiz gegenüber dem Scheich als Trumpf verwendet werden. Dass der Bruder ihres Scheichs an einem Überfall teilgenommen hatte, der mehrere Menschen das Leben gekostet hatte, stiftete bei den Jüngern des Ordens große Verwirrung und schüchterte sie ein. Sami Pascha brachte nicht einmal in Erfahrung, in welches Zimmer welchen Gebäudes sich der Scheich inzwischen zurückgezogen hatte, um in sich zu gehen. Er fragte den Kommandanten nicht, welche Haltung sie gegenüber dem Orden einnehmen sollten, doch befahl er, Ramiz und seine Leute sollten so schnell wie möglich verurteilt werden, was er wiederum vor Kâmil nicht verbarg.

»Der Mingerer Staat muss gerecht sein!«, erwiderte jener nur.

Der frühere Gouverneur und nunmehrige Ministerpräsident begriff schnell, in welchen Angelegenheiten er den Kommandanten auf welche Weise angehen durfte. Für Verwaltungsdetails und bürokratische Verfahrensfragen hatte dieser nicht viel übrig. Eine rasche Auffassungsgabe besaß er für Fragen, die mit dem Budget, mit Gehältern, mit der Zahl der Soldaten oder etwa damit zu tun hatten, wie das arabische Bataillon bei der Aufrechterhaltung der Ordnung verwendet werden sollte, und er setzte sich dann auch mit Einzelheiten auseinander. Daneben hatte er noch spezielle Wünsche, mit denen die Regierung sich umgehend befassen sollte.

Zum einen ging es ihm um eine Briefmarkenserie zur Feier der Mingerer Unabhängigkeit. Kommandant Kâmil erteilte Postminister Dimitris Efendi dazu höchstpersönlich Anweisungen. Der Minister teilte ihm bedauernd mit, weder auf der Insel noch in Izmir oder Saloniki gebe es eine Druckerei, die einen solchen Auftrag gebührend erledigen könne, sodass die Briefmarken in Paris bestellt werden müssten. Mit dieser Antwort wollte der Kommandant sich nicht zufriedengeben. Er bestand darauf, dass in Minger eine solche Angelegenheit technisch realisierbar sein musste. Wenn die Drucker vor der Pest geflüchtet waren, musste der Innenminister sie eben ausfindig machen. Schnell wurde Sami Pascha auch klar, dass der Präsident auf den Briefmarken neben Ansichten von Minger sein eigenes Konterfei zu sehen wünschte.

Wichtig war ihm ferner, dass anlässlich seiner Amtseinführung die Mitglieder von Regierung und Nationalversammlung mit einem Antrittsgeschenk bedacht werden sollten. Er wusste sehr wohl, wie leer die

Staatskasse war, ersann aber eine prompte Lösung für dieses Problem. Alle ihm Nahestehenden sollten je eine von ihm unterzeichnete Bescheinigung erhalten, laut der ihnen irgendwo auf der Insel ein Grundstück sowie Steuerfreiheit für landwirtschaftliche Bewirtschaftung zustanden. Wer heute, also hundertsechzehn Jahre später, mit einer solchen »Besitzurkunde« auf dem Katasteramt Ansprüche geltend machen möchte, muss jene vor Gericht ausführlich begründen.

Die Böllerschüsse, die an jenem Abend die Ernennung des Kommandanten zum Staatspräsidenten verkündeten, lösten bei der Bevölkerung diesmal mehr Freude aus. Zwar blieb die Todesrate hoch, und die Lebensmittelknappheit nahm sogar zu, doch ihrem jungen, draufgängerischen Kommandanten, der den Überfall auf das Telegrafenamt inszeniert und ein Mädchen von der Insel geheiratet hatte, waren die Bewohner von Arkaz wohlgesinnt. Da es völlig illusorisch gewesen wäre, drei Tage nach dem Angriff auf das Regierungsgebäude eine Feierlichkeit zu veranstalten, wurden in der Art der Quarantäneplakate Aushänge angefertigt, die die Ernennung von Kommandant Kâmil Pascha zum Präsidenten von Mingerien verkündeten und für die Quarantänemaßnahmen und die Beschlüsse der neuen Regierung Gehorsam einforderten. Nach den Böllerschüssen wurden die Plakate überall in der Stadt aufgehängt.

Zur Zeit der »Mingerer Revolution« kam von den Beamten und Angestellten der Provinzverwaltung gerade mal die Hälfte zur Arbeit. Manche verließen ihr Haus nicht mehr, andere hatten sich in ihr Dorf geflüchtet, wieder andere waren gestorben. Wer überhaupt noch an seinem Arbeitsplatz erschien, tat dies in erster Linie wegen des täglichen Mittagessens und um sich sein Gehalt nicht von jemand anderem wegschnappen zu lassen. Das Gros der effektiven Arbeit wurde von einer Handvoll mittlerer und hoher Beamter aus Istanbul mit besonders hohem Verantwortungsbewusstsein geleistet. Wenn diese morgens auf dem Weg zum Dienst jene Plakate sahen, spürten sie, dass man – falls das Ganze wirklich ernst zu nehmen war – von ihnen erwarten würde, sich zwischen Istanbul und dem neuen Staat Minger zu entscheiden. Über die Absetzung von Sami Pascha und den Tod des neuen Gouverneurs wussten mittlerweile alle Bescheid.

Falls an irgendeinem der Orte im ganzen Osmanischen Reich, an denen Sami Pascha als Gouverneur, Landrat oder in sonst einem Amt tätig gewesen war, ein derartiger Aufstand ausgebrochen wäre und er sich zwischen Istanbul und etwa einer Insel hätte entscheiden müssen, wäre ohne zu zögern die Wahl auf Istanbul gefallen, und ein Beamter, der aus welchen Gründen auch immer sich gegen Istanbul entschieden hätte, wäre in seinen Augen ein Verräter gewesen. Andererseits hatte er im konkreten Fall Verständnis dafür, dass zum Beispiel der Stiftungsdirektor Nizami Bey (der gerade eine Frau aus Istanbul geheiratet hatte) oder der stellvertretende Schatzkämmerer Abdullah Bey (der sich auf der Insel einfach nicht einleben konnte) sofort zurück nach Istanbul wollten. Jene, die er für noch unschlüssig hielt, wie den Überwachungsbeauftragten (dessen Frau aus einer wohlhabenden Mingerer Familie stammte) oder den Dechiffrierer Mehmet Fazıl Bey, berief er absichtlich in die Kommission, die die neue Verfassung ausarbeiten sollte, damit sie nur ja auf der Insel blieben und den anderen mit gutem Beispiel vorangingen.

Die griechischstämmigen und die auf Minger geborenen Beamten hatten gegen Freiheit und Unabhängigkeit nichts einzuwenden und scherzten über die neuen Titel (Minister, Direktor), die ihnen zumindest auf dem Papier zustanden, weil sie das wenigstens fünf Minuten lang vom ewigen Thema Quarantäne ablenkte. Würden sie von Istanbul abgestraft werden? Würden sie ihre Gehälter bekommen? Würden auf den unterschriebenen »Besitzurkunden« ihre neuen Titel stehen? Gehälter hatte ihnen Sami Pascha schon zugesichert.

Die Istanbul und dem Osmanischen Reich treu gebliebenen Beamten machten weder Scherze, noch nahmen sie die neuen Titel irgendwie ernst. Auch ans Geld dachten sie nur wenig, und wer von ihnen sich doch ein wenig sorgte, ließ sich das nicht anmerken. Sami Pascha kannte jeden dieser regimetreuen, nunmehr etwas verwirrten Beamten und wusste genau, dass sich hinter ihrer Niedergedrücktheit die Angst verbarg, von Abdülhamit eines Tages belangt zu werden und ihre Frau und ihre Kinder womöglich nie wiederzusehen.

»Der Mingerer Staat ist klug und fürsorglich«, sagte Sami Pascha lächelnd. »Selbstverständlich haben wir nicht die Absicht, hier jemanden zurückzuhalten oder als Geisel zu behandeln. Teilen Sie Ihren Kollegen bitte mit, dass wir nun mal nicht alle in die Kommission aufnehmen konnten. Wer in der Revolutionsverwaltung nicht arbeiten oder gar nach Istanbul zurückkehren möchte, dem werden wir unter die Arme greifen. Mingerien und das Osmanische Reich sind Freunde. Sobald die Pestplage vorbei ist, wird sich alles einrenken.«

Er sagte das in so freundschaftlichem Ton, als würde er über eine verwaltungstechnische Kleinigkeit reden.

»Wenn es so weitergeht, bedeutet das, dass wir am Sultan und an der Gemeinschaft der Muslime Verrat üben«, versetzte Rahmetullah Efendi, der Landrat von Teselli.

»Das ist eine irrige Einschätzung!«, gab Sami Pascha zurück. Er bereute schon, dass er den Mann, den er kaum kannte, auf einen unüberlegten Vorschlag des Kommandanten hin in die Kommission berufen hatte. Ihm hatte eine Sitzung vorgeschwebt, in der Begriffe wie »Vaterlandsverrat« oder »Was soll Seine Exzellenz der Sultan dazu sagen!« gar nicht vorkamen. »Ich stamme schließlich auch nicht von der Insel …«, sagte er unentschlossen. »Machen Sie sich aber keine Sorgen. Falls wir Ihnen irgendwie schaden sollten, würde man das gleich zum Vorwand nehmen und die Insel besetzen.«

»Das würde doch dann von unserem Sultan ausgehen, also wäre es völlig falsch, es als ›Besetzung‹ zu bezeichnen!«

»Falls wir Sie und alle anderen, die Istanbul vorziehen, dorthin schicken, werden Sie gegen uns Spionage betreiben.«

»Exzellenz, Tag für Tag sterben hier an die fünfundzwanzig Menschen. Solange diese Seuche andauert, wird niemandem in den Sinn kommen, die Insel zu besetzen. Somit braucht es auch keine Spione.«

»Wer seiner Pflicht weiter nachgeht, bekommt demnächst die unter dem alten Regime aufgelaufenen Gehälter ausgezahlt und dann auch gleich sein neues Gehalt. Wer aus Sorge, das Osmanische Reich zu verraten, seine Beamtenstelle aufgibt, erhält seine restlichen Gehälter erst nach den anderen.«

Falls jemand nun sagen wollte, »Jetzt ist ja wohl nicht der Moment, über Gehälter zu reden!«, dann tat er es höchstens im Insgeheimen. Zum Fenster drang aschfarbenes Licht herein, die Pinien draußen sahen graugrün aus. Da weder Gebetsruf noch Glockenläuten zu hören waren, wirkten die Wolken über der Stadt schwerer als sonst, das Himmelsblau und der Wille der Menschen farbloser.

Zu Recht wurde die lange Sitzung später dahingehend interpretiert, dass es Sami Pascha gelang, die Heimkehrwilligen sowohl auf der Insel zu halten als auch zu spalten und sie als zwangsläufig gegen die Griechen verwendbare Kraft auf seine Seite zu ziehen. Jene Männer, die zu Hause Türkisch sprachen, kamen zu dem Schluss, dass es am besten war, nicht weiter aufzufallen, solange die Pest nicht vorbei war und keine osmanischen Soldaten zu ihrer Rettung kamen. Die widerspenstigsten Beamten wie den Landrat Rahmetullah Efendi, den Stiftungsdirektor Nizami Bey oder den stellvertretenden Schatzkämmerer Abdullah Bey ließ Sami Pascha schließlich aus ihren Häusern abholen und auf Kızkulesi verbringen. Die kleine Quarantäneinsel mit dem anmutigen weißen Turm darauf verwandelte sich somit allmählich in ein Gefängnis für dem Sultan ergebene, Türkisch sprechende Osmanen (lediglich zwei Griechischsprachige waren darunter).

Als das Ruderboot mit den Beamten ablegte, trat Sami Pascha gerade von seinem Amtszimmer im Ministerpräsidium (im Grunde genommen seinem alten Büro) auf den Balkon hinaus, zum ersten Mal seit der Ausrufung der Revolution am Freitag. Aus dem Quaken der Frösche am Flussufer und dem Zirpen der Zikaden hörte er schließlich die Ruderschläge des Bootes heraus.

KAPITEL 56

Das glücklichste Paar auf der Insel waren in jenen Tagen Präsident Kâmil und seine Ehefrau Zeynep. Als Doktor Tasos einmal die Wunde des Majors versorgte, konnte er Zeynep nebenbei bestätigen, dass sie schwanger war, und das junge Paar war überglücklich.

Im Gästehaus der Garnison konnte Zeynep nicht einmal von ihrer Mutter besucht werden und fühlte sich wie eine Gefangene. Da Ramiz und seine Leute keine Gefahr mehr darstellten und ein Garnisonsgästehaus einem Staatspräsidenten weder angemessen war noch sich für die Führung seiner Amtsgeschäfte eignete, beschlossen sie, ins Splendid Palas zurückzuziehen.

Kaum waren sie wieder im Hotel, zog der Kommandant seine Uniform an, befestigte daran die vorbereiteten Schulter- und Kragenstücke, die ihn als Pascha auswiesen, und ging seine Mutter besuchen. Das damals geschossene Foto, das ihn zeigt, wie er seiner Kopftuch tragenden, vor Rührung weinenden Mutter die Hand küsst, ist allen Mingerern wohlbekannt, denn es steht in Schulbüchern, ziert Geldscheine und Lotterielose und wurde ab den fünfziger Jahren vielfach beim neu eingeführten Muttertag verwendet. In dem inzwischen in ein Museum umgewandelten Geburtshaus Major Kâmils gibt es noch ein weiteres wichtiges Element, über das jugendliche Besucher danach in der Schule Arbeiten schreiben müssen, und zwar das von Mizancı Murat verfasste Werk über die Französische Revolution und die Freiheit in seiner ursprünglichen Version in »altem Türkisch«, also mit arabischen Buchstaben.

Im Splendid Palas wies der Major den ersten Stock seinen Quarantänesoldaten zu, im zweiten Stock richtete er seinen Amtssitz ein (es war lediglich ein größeres Hotelzimmer und damit kleiner als das Büro Sami Paschas) und bedachte den zum stellvertretenden Ministerpräsidenten (heute: Präsidentschaftshauptsekretär) ernannten Überwachungsbeauftragten Mazhar und seinen Sekretär mit je einem Büro. Seine persönlichen Gemächer im obersten Stockwerk ließ er umgestalten und ordnete sogar schon an, wo die Wiege seines Babys stehen sollte.

Viel kritisiert wurde damals, dass zur standesgemäßen Einrichtung der Wohnung die auf den heutigen Strand von Flizvos hinausgehende vierstöckige Villa der griechischen Familie Mavroyenis quasi geplündert wurde. Unter den Griechen hieß es sogleich, dass sich das neue Regime in der Behandlung der Christen vom Osmanischen Reich nicht sonderlich unterschied.

Der Major (den wir nicht immer »Präsident« nennen können) war sich völlig sicher, dass seine Frau ihm einen Jungen gebären würde, und so beauftragte er sogleich den Archäologen Selim Sahir damit, alte Mingerer Jungennamen für ihn ausfindig zu machen. Ganz bestimmt würde sein Sohn einmal eine außergewöhnliche Persönlichkeit werden, und die ersten Worte, die er hören und sagen würde, sollten natürlich unbedingt auf Mingerisch sein. Er wollte daher möglichst oft mit Zeynep allein sein und mit ihr Mingerisch sprechen, doch für einen Staatspräsidenten mit seinen vielfältigen Aufgaben war das nicht leicht.

Ihr Glück inmitten all des Unheils und ihr vertrautes Verhältnis verdankten sie auch dem Alleinsein im Splendid Palas, das wussten sie sehr genau. Manchmal öffneten sie ein Fenster, stellten sich umschlungen davor und horchten auf die reglose, nach Tod riechende Stille der Stadt. Und andere Male sahen sie zwischen den schwarzen Wolken, die von einem brennenden Haus aufstiegen, drüben am anderen Ende der Bucht im Hof der Isolierstation die unglückseligen Kranken und Verdachtsfälle, denen nichts übrigblieb, als die Zeit totzuschlagen.

Ihr Liebesspiel hatten sie um eine Variante bereichert, sie konzentrierten sich auf eine bestimmte Stelle am nackten Körper des jeweils anderen, sei es der Nabel, eine Brustspitze, ein Ohr, ein Finger oder eine Schulter, berührten sie dann mit der Hand und suchten zu sagen, ob es nicht einer Frucht glich, einem Vogel, sonst einem Tier oder einem Gegenstand. Es war ein Spiel, das ihnen dabei half, sich an ihre Nacktheit zu gewöhnen. Wenn sie sich mit Augen und Nase der betreffenden Stelle am Körper des anderen annäherten, bemerkten sie dort Mückenstiche, kleine Schnitte, blaue Flecken, Muttermale oder andere Seltsamkeiten. Da sie unablässig von Mücken zerstochen wurden, waren Hals und Beine bei beiden voller Rötungen. Manchmal sah einer beim anderen eine Schwellung, die ihn besorgte. »Was ist das denn?«, rief Zeynep einmal aus, als sie zwischen Achsel und Rücken des Majors eine kleine Beule entdeckte. An dem winzigen Loch darauf und dem fast behaglichen Juckreiz merkten sie aber gleich, dass es sich nicht um den Ansatz zu einer Pestbeule, sondern um einen harmlosen Mückenstich handelte.

In den zwei Monaten, seit er auf der Insel war, hatte der Major mit ansehen müssen, wie die Angst vor dem Tod sich teufelsgleich zwischen einen Mann und seine Frau, eine Mutter und ihren Sohn, einen Vater und seine Tochter mischte. Als Leibwächter von Doktor Nuri war er im Theodoropulos-Krankenhaus richtiggehend wütend auf ein Ehepaar gewesen, das sich nicht mehr um seine Kinder kümmern konnte, da beide sich zugleich mit der Pest angesteckt hatten. In Kadirler hatten sie in einer Straße nahe am Meer einen Jungen mit einer riesigen Beule am Hals erst ins Krankenhaus bringen können, als auch sein Vater so erkrankt war, dass er sich mit den Quarantänesoldaten nicht mehr herumzustreiten vermochte. Wenn in einer Familie bei jemandem eine Beule entstand, passten die anderen natürlich bei sich selbst mehr auf Rötungen, Schwellungen und Insektenstiche auf, und in ihren Gesichtern sah der Major dann jene Einsamkeit, die den Tod so unerträglich macht.

Als der Major eines Tages den Verband seiner Wunde betastete, fiel ihm unter der rechten Achsel eine Verhärtung auf. Von Zeynep unbeobachtet, begutachtete er die Stelle mit einem Handspiegel und stellte eine große Rötung fest, die aber nicht, wie bei Pestkranken, schmerzte, wenn man sie berührte, sondern lediglich juckte. Auch hatte er weder

Fieber, noch fühlte er sich schwach. Nur hustete er seit ein paar Tagen, und bei manchen ging die Erkrankung erfahrungsgemäß mit einem Husten los.

War Major Kâmil jemand, der Symptome kühlen Herzens hinnehmen und sich der Krankheit stellen konnte? Am meisten verhasst waren ihm ja Feiglinge.

Seit er Präsident und Kommandant war, merkte er, wie seine Gedanken, seine Gefühle, ja selbst seine Wünsche sich allmählich änderten, was ihn aber nicht schmerzte, sondern nur verwunderte. Er wurde »idealistischer«, dachte mehr an andere, wollte sich ganz und gar der Insel, seinem Sohn und dem Mingerer Volk verschreiben. Immer wenn eine solche Anwandlung über ihn kam, verspürte er das Glück, ein besserer Mensch geworden zu sein.

Kaum war der Major völlig unerwartet zum Kommandanten und Staatspräsidenten aufgestiegen, hatte er auch schon den Eindruck, er sei für dieses Amt ausersehen worden. Hatte er sich auch im Griechenlandkrieg ausgezeichnet, so war er doch vor drei Tagen noch ein einfacher Major gewesen und nun auf einmal der Präsident eines Staates, und noch dazu seiner geliebten Insel, auf der er geboren und aufgewachsen war. Konnte das Zufall sein? Schon auf der Militärakademie war er sich beneidenswert vorgekommen, denn kein Mingerer hatte es dort so weit gebracht wie er. Nun, wo er begriff, dass das eben kein Zufall gewesen war, sollten auch die anderen es einsehen. Wenn sein Sohn erst mal groß war, würde er selbstverständlich erfahren, wie erfolgreich sein Vater schon als Schüler und Student gewesen war.

Als er am folgenden Morgen die briefliche Antwort des Archäologen Selim Sahir auf seine Frage nach den ältesten Mingerer Jungennamen erhielt, war er ganz aufgeregt. Er setzte sich an seinen Schreibtisch im zweiten Stock des Hotels und sah zunächst zwischen Akazien und Kiefern hindurch auf das trübselige Bild, das der leere Hafen, der verwaiste Kai und die Steilstraße zum Meer hinunter boten.

Er begann mit der Lektüre des Briefes, der sich heute im Mingerer Präsidentschaftsarchiv befindet, doch etwas irritierte ihn, und er zog seinen Stellvertreter, den früheren Überwachungsbeauftragten Mazhar hinzu, der ihm den handgeschriebenen Brief vorlesen musste.

»Ist Ihnen je einer von diesen Namen schon mal untergekommen?«, fragte er ihn.

Mazhar hatte kurz nach seiner Versetzung auf Minger eine Einheimische geheiratet und war geblieben, doch stammte er aus Istanbul. Nachdem er das in beinahe entschuldigendem Ton gesagt hatte, beteuerte er sogleich, wie sehr er die Insel liebe und wie sehr auch jedermann und insbesondere die Muslime von ihrer neuen Unabhängigkeit und Freiheit angetan seien, doch was die alten Mingerer Namen angehe, müsse er bedauern, von denen habe er noch keinen je gehört.

»Ich ja auch nicht!«, rief der Präsident enttäuscht aus.

Er ließ seinen Sekretär holen, der den Brief ebenso vorlesen musste und bei den gespreizten französischen Begriffen darin und den Mingerer Namen jeweils stockte, denn jene waren nicht in arabischen, sondern in lateinischen Buchstaben geschrieben. Vielleicht war auch die Aufregung daran schuld, dass der Sekretär mit den Mingerer Namen Schwierigkeiten hatte, obwohl er doch selbst Mingerer war. Dem Kommandanten stieß im Übrigen auf, dass der Archäologe ihn – wohl süffisant – auf Französisch als »commandant« bezeichnet hatte.

»Der Archäologe muss sich eben noch mehr in unsere Geschichte vertiefen«, sagte er. »Gemeinsam mit dem Post- und dem Zollminister müssen Sie dazu eine Verordnung ausarbeiten.«

Der Präsident lebte sich rasch in sein neues Amt ein. Zweimal am Tag ließ er sich von einem Sekretär des Ministerpräsidiums über die Zahl der Toten unterrichten, denn an der morgendlichen Sitzung im Seuchenraum nahm er nicht mehr teil. Desgleichen befehligte er auch die Quarantänesoldaten nicht mehr, sondern übertrug diese Aufgabe Hamdi Baba, dem in einer kleinen Feier der erste Minger-Orden verliehen wurde.

Die meisten angesehenen Schneider der Insel waren Griechen und zum Großteil mit einem der letzten Schiffe nach Izmir oder Saloniki geflüchtet. Einen aber, Yakumi Efendi, ließ der Präsident noch ausfindig machen und bestellte bei ihm für die Feierlichkeiten nach dem Ende der Seuche sowie für zivile Anlässe die passenden Kleidungsstücke, deren Modelle und Stoffe er sich vorher zeigen lassen wollte. Dann besprach er mit Doktor Nuri die Zahl der Todesfälle und die allgemeine Lage. Jeden Tag starben zwischen zwölf und fünfzehn Menschen; damit war der Anstieg zwar gebremst, doch nicht so sehr wie erhofft. Es gab eben immer noch Leute, die entweder aus Trotz oder aus purem Leichtsinn die Quarantänemaßnahmen ignorierten.

Gegenüber Doktor Nuri betrug Kommandant Kâmil sich noch stets so höflich wie zuvor, als er noch auf ihn aufpassen sollte. »Ihre Exzellenz Pakize Sultan steht unter dem Schutz des Mingerer Staates«, sagte er zu ihm. Doktor Nuri war mit dem gepanzerten Landauer gekommen und schlug dem Kommandanten vor, wie früher eine Inspektionstour zu machen.

»Gerne, aber lieber zu Fuß, ich möchte nicht alles nur aus dem Wagen heraus sehen.«

Wenn er zu Fuß unterwegs war, merkte er an den Gesten, den Blicken und manchmal auch den Worten der Menschen, wie beliebt er war (innerhalb von drei Tagen war ihm sieben-, achtmal aus einem Fenster ein »Hoch!« zugerufen worden). Diese Liebe wiederum hätte er zu gerne in eine tiefergehende Hoffnung verwandelt, eine gemeinsame Perspektive darauf, dass er die Insel nicht nur von der Pest befreien würde, sondern von allen möglichen Übeln. Es erschien ihm als eine von Gott auferlegte Pflicht, diese guten Menschen, die ihn auf der Straße erkannten und ihm hoffnungsfroh zulächelten, zum Heil zu führen und ihr Beschützer zu sein.

Von der Mingerer Fahne wurden aus dem Etat der Regierung zweihundert Exemplare bestellt (wenn auch kleineren Formates), doch erwies sich das als schwieriges Unterfangen, da die Stoffhändler fern der Insel waren und es keine Möglichkeit gab, etwas zu importieren. Viele Familien, die sich vor der Pest verkrochen hatten, bekamen denn auch gar nichts von der neuen Fahne und dem neuen Staat mit, und daneben gab es noch genügend Ungebildete, die sich um dergleichen ohnehin nicht scherten. Es war schon schwer, sich gegenüber diesem Volk zu behaupten. Dennoch verzagte Kommandant Kâmil nicht. Er war sicher, dass der neue Staat länger existieren würde als jedes Lebewesen, das die Insel derzeit bevölkerte, vielleicht sogar Hunderte von Jahren lang. Oft hörte man ja, der neue Staat verleihe den Menschen Hoffnung und sie glaubten nun, dass die Seuche bald unter Kontrolle gebracht sei. Die Hoffnung rührte daher, dass man Major Kâmil auf den Straßen sah und er dort eifrig und energisch wirkte. Wegen seiner Verbindung zu Pakize Sultan stellte das Volk eine geistige Verbindung zwischen dem Kommandanten und Istanbul, dem Palast und dem Sultan her. Mit dem Überfall auf das Telegrafenamt hatte er sich Achtung erworben, und seit er die Fahne geschwenkt und damit die ganze Welt herausgefordert hatte, liefen ihm die Leute hinterher.

Manchmal dachte Kommandant Kâmil, in Minger geboren zu sein sei eine Gnade Gottes. Wenn ihm jemand aus einem Fenster heraus zulächelte, sah er darin ein Zeichen von Dankbarkeit, denn durch ihn wurden die Menschen an diese Gnade so recht erinnert. Es war ein Glück, hier geboren zu sein.

Die Armen, die an eine Seuche nicht geglaubt und keinerlei Vorkehrungen getroffen hatten, waren nun am schlimmsten dran und hungerten gar. Der Kommandant spürte, dass er für sie eine Verantwortung hatte. Wer nicht außerhalb der Stadt einen Garten, ein Feld oder Freunde hatte, dem gingen allmählich die Lebensmittel aus. Schuld daran war im Grund die osmanische Verwaltung, die den Menschen über die Seuche nicht Bescheid gesagt hatte. Selbst Gouverneur Sami Pascha hatte zu Anfang die Seuche kategorisch geleugnet! Eigentlich war er doch ein einfältiger Mensch.

Mit Wächtern hinter sich und zu beiden Seiten trat der Kommandant auf den Hamidiye-Boulevard (diese alten osmanischen Namen mussten schleunigst geändert werden). In den Gassen zwischen Dreifaltigkeitskirche und Fluss waren mehr als die Hälfte der Krämerläden, die vor allem Grundnahrungsmittel führten, aus Furcht vor Strafen geschlossen, und ihre Besitzer betrieben ihre Geschäfte woanders oder zu Hause. Die

Preise für Oliven, Käse (wenn es überhaupt welchen gab), Walnüsse oder Trockenpflaumen (angeblich gefährlich) und überhaupt alle Lebensmittel waren aufs Dreifache angestiegen. Sogar die ansonsten billigsten Waren wie Zwiebeln, Salat oder Kartoffeln waren vom Markt so gut wie verschwunden. Bäckereien lieferten nur die Hälfte der üblichen Mengen an Brot und Fladen aus. Vorläufig machte sich der Kommandant darüber noch keine Sorgen, denn von Sami Pascha hatte er erfahren, dass in der Garnison heimlich noch Mehl gelagert war, eine von Abdülhamit allgemein angeordnete Vorsichtsmaßnahme. Metzger und Hühnerhändler verkauften ihre Produkte an der Hintertür, und zwar drei- oder viermal so teuer wie sonst. Die meisten Läden, die Hühner, Fisch oder Innereien feilboten, waren aus Hygienegründen sowieso geschlossen worden, sodass auch keine Katzen mehr davor herumstreunten.

Obwohl die Bevölkerungszahl aufgrund der Geflohenen und der Todesfälle ständig sank, wurden die Menschen von dem, was der verwaiste Markt zu bieten hatte, nicht mehr satt. Sami Pascha erschien es daher zweckmäßig, den Markt, der sich zuletzt in der griechischen Mittelschule herausgebildet hatte, nach Möglichkeit offen zu halten, damit die Ärmsten sich dort versorgen konnten. Der Kommandant ging nun an jenem Markt vorbei und bog nach links in eine enge Gasse ab. Die Erkerfenster, die in jenen Gassen weit in die Straße hinausragten, konnten ihm allerdings gefährlich sein. Alle Männer der Stadt saßen an solchen Fenstern und schlugen die Zeit tot.

Weil der Handel daniederlag, mussten im Grunde die Quarantänegesetze massiv gebrochen werden, um die Versorgung von Arkaz zu gewährleisten. Es war ja nicht mehr möglich, die Stadt einfach zu betreten, ohne von Wächtern aufgehalten zu werden. Und auch wer hinauswollte, musste den Quarantänesoldaten entweder ein mit diversen Stempeln und Unterschriften versehenes Papier vorzeigen oder aber, wie das viele taten, die Nacht abwarten und sich über das windige, felsige Gelände hinter Yukarı Turunçlar oder Hora aus der Stadt hinausschleichen. Das galt für Leute, die nur mal kurz der Stadt entfliehen wollten und sich nicht vor den Hunden, den Räubern, den verrückt gewordenen

Kranken, den Ratten und dem Pestgeist fürchteten, die sich nachts dort draußen herumtrieben. Wer dagegen dreimal in der Woche nach Arkaz hineinwollte, um dort Handel zu treiben, der brauchte eine offizielle Genehmigung und einen gewissen Schutz, und in dieser Hinsicht hatte auch der neue Staat nicht viel zu bieten.

Bei der Diskussion über jenen Markt in der griechischen Mittelschule machten Doktor Nuri und Sami Pascha den Kommandanten gemeinsam auf den Grundwiderspruch der Quarantänebemühungen aufmerksam, der sich auch schon beim Pilgerschiffaufstand gezeigt hatte. Selbstverständlich müsse man eine gewisse Härte an den Tag legen, doch wenn man es damit übertreibe, würden dieselben Menschen, die dem Kommandanten jetzt noch zulächelten und ihre ganze Hoffnung in ihn setzten, schon bald der Revolution den Rücken kehren, und der Freiheit und Unabhängigkeit gleich mit.

Direkt verhungert war bisher noch niemand, doch manche Leute, die alles verloren hatten und besonders arm dran waren, begannen zu betteln. Sami Pascha ließ jene ungeübten, aber tatsächlich zum Betteln gezwungenen Menschen von der Straße verscheuchen und manche gar als Kriminelle in den Burgkerker sperren, doch als er begriff, dass manche in ihrer Verzweiflung sich lieber im Gefängnis jeden Tag eine warme Suppe verabreichen ließen, als auf der Straße elendiglich zu darben, beschloss er, die Lösung der Bettlerfrage ganz den Quarantänefachleuten zu überlassen. Daraufhin vertrieben Hamdi Baba und zwei Soldaten die Bettler unter Verweis auf die Quarantäne lediglich von den Hauptstraßen. Im Grunde war dies schon zwei Wochen zuvor zu Osmanenzeiten so gehandhabt worden, und man setzte die gleiche Politik einfach fort.

Um sich ein genaues Bild von der Lage zu machen, gewöhnte der Kommandant sich an, jeden Tag mindestens einmal zu einem ausgedehnten Rundgang loszuziehen. Dabei ging er vor allem dorthin, wo es wegen der Quarantäneverbote zu Streit und größeren Auseinandersetzungen kam, und forderte die Menschen zu mehr Gehorsam auf. Manchmal suchte er auch einen Ort auf, um etwas besser zu begreifen, und ließ sich von jemandem begleiten, der sich mit dem Fall auskannte.

Am Freitag, dem 6. Juli, ging es ihm darum, Lösungen für die Lebensmittelknappheit zu erörtern, und er nahm dazu die beiden Bäcker Hadid und Mecid zu einem neuen »Bauernmarkt« am Fluss mit. Dort verkauften milchgesichtige Bauernjungen Forellen und Döbel, während ältere Griechinnen Malve, Brennnesseln und andere Kräuter anboten.

Nachdem zwei aus Verzweiflung von zu Hause weggelaufene Kinder aus den Bergen wohlbehalten zurückgekehrt waren und behauptet hatten, sie hätten sich dort mit Malve am Leben erhalten, wurde in den wenigen noch offenen Läden der Stadt und vor allem auf derartigen neuen Märkten jenes seltsame Kraut gekauft und entweder roh verzehrt oder zu einer Suppe verkocht.

Es muss gesagt werden, dass mit Abstand die meisten Mingerer sich doch irgendwie Nahrungsmittel zu beschaffen wussten. Da Ministerpräsident Sami Pascha sich im Klaren war, wie sehr die Inselbewohner vom Fischen abhängig waren, hob er das Verbot der Benutzung von Fischerbooten wieder auf, das zur Eindämmung des Menschenschmuggels verhängt worden war. Wie die Tochter von Konstantinos Efendi in ihren Erinnerungen berichtet, waren in Vierteln wie Çite, Germe oder Kadirler, wo die Seuche am schlimmsten wütete, Kinder damit beschäftigt, ihre ganze Familie mit Fischfang zu ernähren. Sie schlichen sich über Hinterhöfe und durch Geheimgänge aus der Stadt hinaus, streiften in Banden über Felder, sammelten unterwegs Brombeeren, wilde Erdbeeren und Malve und gelangten so innerhalb von zwei Stunden in das Felsental Damıtaş, wo der gleichnamige Fluss sich ins Mittelmeer ergoss. Dort krempelten sie im flachen Wasser die Hosenbeine hoch und gingen mit selbst gebastelten Keschern auf Beutesuche, und alle Leser, die ob der Düsternis unseres Romans verzagen mögen, seien versichert, dass die Kinder dabei eigentlich glücklich waren. Konstantinos Efendis Tochter erzählt geradezu voller Nostalgie, wie die Böllerschüsse, die von der Revolution und Kâmil Paschas Aufstieg zum Staatspräsidenten kündeten, ans Ohr jener Kinder drangen, während sie gerade bis zu den Knien im Wasser standen und mit ihren Keschern grüne Döbel fingen.

Erwähnt sei hier auch, dass ich in meiner Kindheit beim Durchblättern einer der alten Mingerer Zeitschriften, die ich so liebte, einmal auf eine Abbildung stieß, die jene heldenhaften Kinder beim Fangen von Forellen zeigte und mich schwer beeindruckte. Hätte ich vor hundertsechzehn Jahren gelebt und wäre nicht ein Mädchen, sondern ein Junge gewesen, so hätte auch ich eines jener fröhlichen Kinder sein können. Dies sei mir nun, da wir uns dem Ende der Geschichte annähern, Anlass genug, endlich zuzugeben, dass die Verfasserin dieses Romans tatsächlich von einigen der geschilderten Helden abstammt.

In Hora hatte sich in einer griechischen Grundschule ein neuer Markt gebildet, auf dem neben Döbeln auch Sauerampfer, Malve und andere Kräuter verkauft wurden. Präsident Kâmil und die Brüder Hadid und Mecid besichtigten die Räumlichkeiten, in denen früher griechische Kinder unterrichtet worden waren. An der Wand hingen noch die ersten Quarantäneplakate, überall standen Rattenfallen herum, und Muslime verkauften in nach Lysol riechenden Klassenzimmern besprochene Gebetszettel. Die wahren und die eingebildeten Trennungslinien zwischen den Muslimen und den Christen von Arkaz waren durch die Pest ein wenig verschwommen.

Als Kommandant Kâmil und die Brüder Mecid und Hadid im vollen Hof der kleinen Schule gerade die Lage erörterten, trat einer der fischenden Jungen in Gummistiefeln auf sie zu.

Die Wächter wollten schon dazwischengehen, doch der Kommandant hielt sie auf.

»Diese jungen Helden, die in den schwersten Zeiten unseres freien Minger mit ihrem Fischfang Menschen vor dem Verhungern bewahren, verdienen unseren allerhöchsten Respekt«, sagte er. »Lasst ihn ruhig vorbringen, was er zu sagen hat.«

Als die Wächter den eigentlich schon sechzehnjährigen, nett wirkenden, etwas pickeligen Jungen mit dem Fes auf dem Kopf gewähren ließen, tat er einen Schritt vor, zog aus seinem dicken Gürtel einen Revolver und schoss damit auf den Kommandanten.

KAPITEL 57

Die erste Kugel aus dem Revolver durchbohrte die Uniform des Kommandanten an der Schulter, hinterließ aber auf seiner Haut nicht mal einen Ritzer.

Mecid, dem schon vor dem Schuss nichts Gutes geschwant hatte, war beim Anblick des Revolvers sofort vorgesprungen. Manchen Zeugen zufolge habe er versucht, dem Jungen die Waffe zu entwinden, andere behaupteten, er habe den Kommandanten mit seinem Körper decken wollen.

Die zweite Kugel traf Mecid ins Herz, die dritte durchbohrte seine Wirbelsäule. Unter der Wucht der Schüsse taumelte Mecid erst zurück, dann sackte er zusammen und war auf der Stelle tot.

Der vierte Schuss ließ das aus Saloniki stammende Glas einer Fensterscheibe zersplittern, als der Junge noch einmal ziellos abdrückte, während die Wächter ihn überwältigten.

Als der Junge – er hieß Hasan – keinen fünften Schuss mehr abgeben konnte, hüllte er sich in entschlossenes, geheimnisvolles Schweigen. Darüber wunderten sich die Menschen ebenso wie über den schlagartigen Tod des jungen, kräftigen Mecid, den sie so gar nicht richtig glauben konnten. Der bescheidene, mehr von Müßiggängern als von Käufern besuchte Markt im nur dünn besiedelten Hora war weit entfernt von den Gefahren und der hitzigen Atmosphäre, die im Stadtzentrum, in der Hafengegend und um die Burg herum herrschten.

Sobald die Schüsse ertönten, stob alles davon, und lange kamen die Bauern und die jungen Fischfänger nicht zu ihren Ständen und ihren Keschern zurück. Der Kommandant hatte den plötzlichen Angriff kaltblütig überstanden. Später erklärte er, im ersten Augenblick seien ihm

Gedanken über den Tod, über seine Frau, seinen noch ungeborenen Sohn und sein Land durch den Kopf gezuckt.

Der an den Händen gefesselte Hasan brauchte nicht weiter malträtiert zu werden, denn ohne jegliche Gegenwehr ließ er sich in die Kutsche der Wächter verfrachten und wurde in eine der drei leeren, engen Zellen im untersten Geschoss des Regierungsgebäudes gesteckt, über das noch immer Sami Pascha gebot.

Der Angriff auf den Unabhängigkeitshelden von Minger fand zur Zeit des Mittagsgebets statt (zu dem die Gläubigen allerdings nicht mehr gerufen wurden). Kommandant Kâmil hatte vorgehabt, den Markt zu besuchen, bevor die Stände wieder geräumt wurden. Dass er genau in jener Stunde kommen würde, wussten lediglich zwei Personen, nämlich sein Stellvertreter und sein Sekretär im Spendid Palas. Konnte die Sache einfach nur Zufall sein? Schließlich war schon Bonkowski Pascha nach einer zufälligen Begegnung ermordet worden.

Vier Stunden später beschlossen Ministerpräsident Sami Pascha und sein Stellvertreter Mazhar im zweiten Stock des Hotels ein »radikaleres« Vorgehen und setzten jenes noch am gleichen Abend um. Nationalistisch gesinnte Historiker, die Mingerer Geschehnisse vorzugsweise mit Ereignissen der Weltgeschichte in Verbindung bringen, verglichen die Begebenheiten der folgenden Tage gerne mit der Terrorherrschaft der Jakobiner während der Französischen Revolution. Sie hatten damit insofern recht, als von nun an die Bevölkerung mit Todesurteilen eingeschüchtert wurde und sich als politische Leitlinie die tiefe Überzeugung herausbildete, die »Ideale der Revolution« könnten nur verwirklicht werden, wenn man den Widerstand dagegen mit Gewalt breche.

Den stets um Kompromisse bemühten Doktor Nuri zog Sami Pascha zu der Sitzung nicht hinzu, und auch der Kommandant fragte nicht weiter nach dem Arzt. (Beide fanden Doktor Nuri wohl zu osmanisch und zu sehr nach Istanbul orientiert.) Die Abwesenheit des Quarantäneministers hatte zur Folge, dass die Beschlüsse härter ausfielen und die Zahl der zum Tode Verurteilen abrupt anstieg. Zudem wurde dadurch Pakize Sultan – und damit wir – um einen wichtigen Zeugen des

Geschehens gebracht, sodass wir uns bei der Schilderung des »Jakobinischen Terrors« nicht auf Pakize Sultans Briefe stützen, sondern auf andere Quellen.

Aus dem jungen Mörder war auch unter Druck nichts herauszubringen, man wusste lediglich, dass er mit seiner Familie drei Jahre zuvor aus Kreta eingetroffen war. Die Familie hatte sich im Norden der Insel in Nebiler niedergelassen und arbeitete in einer Rosenzucht. Es war dies die Gegend, in der auch Ramiz und seine Leute immer Zuflucht fanden. Sami Pascha erklärte, der Junge werde bestimmt bald alles gestehen, doch könne man sich jetzt schon sicher sein, dass hinter der ganzen Sache Ramiz stecke.

Damat Doktor Nuri hätte, wie von Abdülhamit gewünscht, wieder nach der Methode von Sherlock Holmes an den Fall herangehen und nach Indizien suchen können, doch Sami Pascha verfügte, diesmal dulde es keinen Verzug mehr, dass bei Ramiz der Gerechtigkeit Genüge getan werde. Bei dem Angriff vor einer Woche seien insgesamt sechs Menschen ums Leben gekommen, nämlich der aus Istanbul gesandte Gouverneur, der Provokateur Nusret und ein paar von Ramiz' eigenen Leuten, und Ramiz sei dabei mit der Waffe in der Hand festgenommen worden. Das allein schon rechtfertige vor dem Gewissen des Volkes, dass Ramiz und seine Männer aufgehängt würden. Außerdem habe jener in hinterhältiger Weise die Ermordung des obersten osmanischen Hygieneinspektors Bonkowski Pascha und des heldenhaften Schwagers von Kommandant Kâmil geplant, und zwar aller Wahrscheinlichkeit nach, um die Quarantänebemühungen zu hintertreiben und dadurch dem Mingerer Volk den Garaus zu machen. Dass jener systematisch mordende Verbrecher noch immer nicht bestraft worden sei, habe man dem Osmanischen Reich als Schwäche ausgelegt.

»Sollten wir mit dem unverschämten Banditen noch einmal Erbarmen haben, könnte das noch mehr Menschen und vielleicht sogar uns alle das Leben kosten.«

Mazhar Efendi verkündete, Ramiz und seinen Leuten würde unmittelbar nach ihrem Verhör der Prozess wegen ihrer Beteiligung am Angriff auf das Regierungsgebäude gemacht und am folgenden Morgen werde das Urteil auch schon vollstreckt. Jedem der an der Sitzung Beteiligten war klar, dass neben Ramiz noch ein paar Leute gehenkt werden würden. Kaum jemand sprach sich dagegen aus, denn nach Ansicht der meisten war diese Vorgehensweise das Gebotene. Später wurde oft darüber geschrieben, hinter diesen harten Beschlüssen habe der Staatspräsident gestanden, dies jedoch nicht offen zeigen wollen.

Die sechs muslimischen Klöster, mit denen Sami Pascha, die Ärzte und die Quarantänesoldaten am meisten Ärger hatten, allen voran die des Rifai- und des Zaim-Ordens, wurden per Anordnung in Krankenhäuser umgewandelt. Quarantänesoldaten und Vertreter der einzelnen Viertel sollten sich erkundigen, in welchen Klostergebäuden Kranke untergebracht und behandelt werden könnten, und manche Klöster sollten gegebenenfalls ganz geräumt werden. Ferner sollte schärfer bestraft werden, wer sich den Quarantänesoldaten widersetze und die Verbote missachte, und in einer Straße in Taşçılar, wo besonders viele kretische Flüchtlinge wohnten, sollte ein Haus, das sich nicht ordentlich desinfizieren ließ, nebst den danebenliegenden Müllhaufen in Brand gesteckt werden.

In Çite, wo die Pest am meisten verbreitet war und die Todesrate nicht zurückging, wurden zwei Straßen vollständig abgesperrt. Wohl nicht ganz zu Unrecht wurde später behauptet, jene harten und mit Waffengewalt umgesetzten Beschlüsse hätten letztlich dazu geführt, dass die Katastrophe auf der Insel nur noch schlimmer wurde. Als fataler Fehler erwies sich auch, sämtliche Bauernmärkte zu verbieten, nur weil an einem davon das Verbrechen stattgefunden hatte. Es wurde dadurch nichts als Hunger und Wut ausgelöst. Wir aber schließen daraus, dass sich die neuen Staatenlenker nur noch mit Gewalt und Härte zu helfen wussten.

Zeynep war über den Tod ihres Bruders Mecid äußerst betrübt und übte auf ihren Mann vermutlich Druck aus, damit an ihrem früheren Verlobten Ramiz Rache genommen wurde.

Dass Sami Pascha in jenen Tagen eine Unerbittlichkeit an den Tag legte, wie er sie nicht einmal beim Pilgerschiffaufstand gezeigt hatte, lag auch daran, dass dem Osmanischen Reich – kranker Mann hin, kranker Mann her – zumindest eine Stärke innewohnte, die dem neuen Kleinstaat gänzlich abging. Ja, Mingerien war nun frei und unabhängig, aber eben auch ganz allein ... Es hätte lediglich ein Piratenschiff mit zweihundert Mann aufzukreuzen brauchen – von einem britischen oder französischen Kriegsschiff ganz zu schweigen –, dann hätte es leicht sein können, dass dessen Besatzung locker bis Arkaz durchmarschiert wäre, ohne dass die schlecht ausgebildeten Garnisonssoldaten – obschon in der Überzahl – sie hätten aufhalten können, und bevor noch der Mingerer Staat seinen ersten Lebensmonat hinter sich gebracht hätte, wäre er von der Bühne der Geschichte auch schon wieder abgetreten, und womöglich wäre völlig vergessen worden, dass es so etwas wie ein »Mingerer Volk« je einmal gegeben hatte. Für Sami Pascha galt als ausgemacht, dass so etwas über kurz oder lang geschehen würde, falls sich die Seuche nicht besiegen ließ.

In dem Prozess, an dessen Ausgang es von Anfang an keinen Zweifel geben konnte, gab Ramiz an, er habe dem neuen Gouverneur so rasch wie möglich in sein Amt verhelfen wollen, da er überzeugt gewesen sei, das sei absolut notwendig, um eine Einhaltung der Quarantänemaßnahmen zu garantieren und noch mehr Todesfälle unter dem Volk zu verhindern, unter den »Mingerern«, wie er sich dem Zeitgeist entsprechend ausdrückte, und auf keinen Fall habe er gehandelt, weil sein Bruder oder irgendein Konsul ihm das aufgetragen habe, und erst recht nicht habe er dem grausamen osmanischen Staat einen Dienst erweisen wollen. Ramiz und seine Leute schienen so sehr mit sich in Frieden zu sein, dass sie für eine Sache, an die sie aufrichtig glaubten, töten konnten, ohne auch nur mit der Wimper zu zucken – vor allem, wenn es sich dabei um Christen handelte –, und mit Begriffen wie Moral hielten sie sich nicht weiter auf. Sie hatten ja auch im Norden der Insel schon viele Dörfer überfallen, hatten geplündert und Menschen umgebracht.

Abgesehen vom jüngsten Mitglied von Ramiz' Bande verurteilte das Gericht alle Angeklagten zum Tode. Da der aus Istanbul entsandte Richter Muzaffer Efendi, der sich mit bedeutenderen Fällen wie Morden,

Mädchenentführungen und Blutrache zu befassen hatte, bevor sie gegebenenfalls in die nächsthöhere Instanz nach Istanbul verlegt wurden, zusammen mit dem Landrat von Teselli, Rahmetullah Efendi, der sich an der Revolution nicht hatte beteiligen wollen, mitten in der Nacht mit einem Boot auf die Insel Kızkulesi geschafft worden war, hatte Sami Pascha den einzigen Menschen auf der Insel, der in Europa, und zwar in Paris, Jura studiert hatte, nämlich den alten Hristofi Efendi aus der reichen Familie Yannisyorgis, mit dem ihn der französische Konsul bekannt gemacht hatte, ins Ministerpräsidium bringen lassen und ihn um ein »Urteil nach europäischer Art« gebeten. Die Angeklagten hätten Anschläge auf die heldenhaften Ärzte und Quarantänefachleute verübt, um die Reichtümer Mingeriens zu plündern, seien es Erze, Fische oder Rosenöl, um ferner die Menschen der Insel auszubeuten, einem Übergriff ausländischer Mächte Vorschub zu leisten und die Pest noch weiter zu verbreiten. In etwa so, nur in juristischer Sprache, sollte der Richter das Urteil verfassen. Hristofi Efendi hatte zunächst vermeint, er sei gerufen worden, um ein Urteil auf Französisch zu schreiben, doch als er erfuhr, zumindest vorübergehend seien die offiziellen Sprachen des neuen Staates das Griechische und das Türkische, formulierte er mit all seiner Erfahrung als Rechtsvertreter von Ausländern in Handelssachen ein wasserdichtes Urteil in zeitgemäßer türkischer Rechtssprache. Er hatte langgliedrige Finger und eine elegante Handschrift.

Die Todesurteile mussten nur noch unterschrieben werden, dazu ließ Sami Pascha sie zu Kommandant Kâmil ins Splendid Palas senden, von wo sie jedoch zwei Stunden später ohne Unterschrift, aber mit einem Vermerk versehen, wieder zurückkamen.

Laut dem Vermerk sei in der in Ausarbeitung befindlichen Verfassung vorgesehen, dass Todesurteile nicht vom Staatspräsidenten, sondern vom Ministerpräsidenten zu bestätigen seien. Über die Vollstreckung hatte somit Sami Pascha zu befinden.

Dass der Präsident mit einem geschickten Winkelzug die Verantwortung von sich selbst abwälzte, nahm Sami Pascha ihm nicht übel, ja er gab ihm sogar recht. Falls sie nämlich alle gemeinsam gerettet werden wollten, so musste vor allen Dingen Er, der junge Held, beim Volk beliebt bleiben. Um aber doch nicht die gesamte Kritik auf sich zu ziehen, und auch, weil er trotz allem etwas Mitleid verspürte, verwandelte er drei der Todesurteile in lebenslange Haftstrafen und unterschrieb lediglich die Urteile von Ramiz und zwei seiner Gefährten. In der Euphorie, drei Menschen vom Galgen errettet zu haben, setzte er allerdings alles daran, die anderen drei Urteile so rasch wie möglich vollstrecken zu lassen.

Ramiz und seinen Männern war klar, dass seit der Unabhängigkeitserklärung für solche Urteile keine Bestätigung aus Istanbul mehr erforderlich war und sie somit jederzeit gehenkt werden konnten. Was ging wohl in ihnen vor? Wo immer Sami Pascha in Diensten gestanden hatte, hatte er sich stets gern von Gefängnisdirektoren Geschichten über die »letzte Nacht zum Tode Verurteilter« erzählen lassen. Anscheinend wurde jene stets schlaflos verbracht, denn die Todeskandidaten hofften immer darauf, von Abdülhamit begnadigt zu werden, was auch oft genug geschah.

Sami Pascha hegte den fast unbezähmbaren Wunsch, Ramiz eines Nachts im Burgkerker aufzusuchen. Falls er allerdings schwach würde und den verzogenen Halunken begnadigte, würde von da an – und das wusste er nur zu gut – niemand mehr den neuen Staat und die Quaranteneregeln ernst nehmen und er selbst es sich mit dem Kommandanten verderben, so wie er es sich schon mit Abdülhamit verdorben hatte.

Lang blieb er am Abend in seinem Amtszimmer. Da kam auf einmal ganz aufgeregt Kommandant Kâmils Stellvertreter Mažhar herein.

»Nimetullah Efendi ist hier, Scheich Hamdullahs Mann mit der Filzmütze! Der Scheich soll Ihnen einen Brief geschrieben und darin um eine Begnadigung seines Bruders gebeten haben. Ob Sie sich seiner nicht erbarmen wollen?«

»Was meinen Sie dazu?«

»Der Präsident sagt, solange diese Dreckskerle nicht ausgemerzt werden, kehrt keine Ruhe ein. Aber Nimetullah Efendi ist ein kulanter Mann, den sollten Sie empfangen.«

»Wo ist der Filzkerl?«

So verließ Sami Pascha spät nach Mitternacht sein Büro, stieg die breite Treppe hinab, auf der er im fahlen Schein einer Öllampe lange, geheimnisvolle Schatten vor sich her warf, und als er am Tor in einer Ecke den Vertreter Scheich Hamdullahs mit seiner Filzmütze erblickte, sagte er ihm, es tue ihm sehr leid, doch die Gerichte des freien Staates Minger seien nun mal unabhängig.

»Seine Exzellenz der Scheich verteidigt Ramiz ja auch gar nicht. Doch wenn Sie ihn hinrichten lassen, werden alle Leute, die ihn mögen, Sie nicht mehr mögen, das sollte Ihnen bewusst sein.«

»Das Mögen ist Herzenssache«, erwiderte Sami Pascha aus einer Eingebung heraus. »Und wie in jeder Hinsicht hat der Scheich aller Herzen auch hier recht. Vergessen Sie aber nicht, dass selbst Abdülhamit den Mord an Mithat Pascha nicht verhindern konnte. Außerdem ist es nicht meine Pflicht, so wie Scheich Hamdullah die Herzen zu erobern, sondern das Staatsschiff mit den Untertanen darauf sicher durch den Sturm zu lenken. In schlechten Tagen frommt es manchmal mehr, dem Volk ein wenig Bange zu machen, als an sein Herz zu appellieren.«

Nicht wie ein Ministerpräsident, sondern wie ein einfacher Beamter geleitete er Nimetullah Efendi zum Tor hinaus und bestellte Scheich Hamdullah die besten Grüße. Bevor er die Treppe wieder hinaufstieg, sagte ihm Mazhar Efendi, der Wagen mit den Verurteilten sei vom Burgkerker zum Regierungsplatz unterwegs. Der Henker Şakir war schon am frühen Abend eingetroffen und hatte still, ja ergeben seinen Wein zu trinken begonnen. Da Sami Pascha wusste, dass er nicht würde schlafen können, kehrte er in sein Büro zurück. Wäre er bei Marika gewesen, hätte er gewiss bis in den Morgen hinein Cognac getrunken.

Die drei Verurteilten hatten in der Burg bereits ihre rituellen Waschungen und ihre letzten Gebete verrichtet. Unter den Bäumen auf dem Platz und an der Schwelle zu Geschäften standen Mazhar Efendis Wächter und etliche Beamte Sami Paschas, die der Hinrichtung beiwohnen und der Bevölkerung davon künden sollten. Beim Überstreifen der (von seiner Mutter genähten) Büßerhemden stellte der betrunkene Henker sich so ungeschickt an, dass sich die Hinrichtung bis zum Tagesanbruch hinzog und die Zugangsstraßen zum Platz gesperrt werden mussten. Kutschen waren nach der Pesterkrankung der Kutscher allerdings kaum noch unterwegs, noch hatte auch jemand es so eilig, dass er eine Kutsche überhaupt benötigt hätte. Durch die niedrigen, unheilverkündenden Wolken, die sich über Arkaz herabgesenkt hatten, waren die Menschen gleichsam vertrieben worden, und niemand war mehr auf den Straßen, ob dort nun die Pest herrschte oder nicht.

Obwohl Mazhar Efendi ihm aufgetragen hatte, Ramiz als Ersten hinzurichten, hatte der Henker ihn sich für zuletzt aufgehoben. Als Ramiz doch dran war und begriff, dass er nicht begnadigt würde, schrie er auf unvergessliche Weise »Zeynep!«, dabei stürzte der Hocker, auf dem er sich kaum halten konnte, schließlich um, Ramiz strampelte noch etwas, dann hing er leblos herab.

KAPITEL 58

Die drei Galgen standen mitten auf dem alten Regierungsplatz. (Heute ist an der Stelle ein Park voller bunter Minger-Rosen angelegt, und dass man dereinst dort zur Abschreckung Gehenkte hatte baumeln lassen, ist den meisten, die sich nur für moderne Geschichte interessieren, gar nicht bekannt.) Wenn man vom unfertigen Uhrenturm und selbst von der Neuen Moschee oder vom Friseur Panayot an den auf dem Hamidiye-Boulevard aufgereihten Lindenbäumen schnurgerade entlangsah, konnte man die drei hängenden Leichen auf dem Regierungsplatz als weiße Schemen wahrnehmen.

Drei Tage lang baumelten sie dort. Im von der Burg her wehenden Südwind drehten sie immer wieder leicht um das an ihrem Hals befestigte dicke geölte Hanfseil, und unter den weißen langen Hemden sah man die schwarzen Hosenbeine zittern. Ganz wie von Sami Pascha gewünscht, ließen sich die Menschen von diesem Anblick tatsächlich abschrecken und sagten sich, sie würden von nun an Quarantäneverbote wirklich befolgen. Das einzige schriftliche Zeugnis von jenem grausigen Schauspiel findet sich in *Was ich gesehen habe* von Yannis Kisannis, der sich erinnert, als kleiner Junge habe er jene weißen Flecken von Weitem eigentlich kaum wahrgenommen, aber gerade deshalb habe er sie sich noch schlimmer ausgemalt. Kisannis' Buch enthält zahlreiche wertvolle Informationen, doch leider auch gegen die Türkei und den Islam gerichtete Wertungen, wonach etwa die neue Verwaltung sich ganz eng an die Gewaltherrschaft des Osmanischen Reiches angelehnt habe und auch ihr nichts anderes eingefallen sei, als Leute aufzuhängen, um sich damit eines Problems zu entledigen.

In der Hauptstadt, in der es an windstillen Tagen noch mehr nach

Tod, nach Leichen und nach Geißblatt roch, herrschte nachts eine immer vollkommenere Peststille. Die Leute verkrochen sich zu Hause, in ständiger Erwartung, und flüsterten nur noch miteinander. Es fehlten die Sirenen, die Maschinen- und Ankergeräusche der Dampfer, die sonst von den Felsen in der Hafengegend widerhallten, das Klingeln und die Hufschläge der Kutschen. Auch brannten keine Laternen mehr am Kai, am ganzen Hafen, vor den Hotels oder am Istanbul-Boulevard. Da die Schlepper mittlerweile in entfernten Buchten operierten, kamen auch keine Bootsführer oder Abenteurer mehr an den Hafen. Wegen der nächtlichen Razzien, die nun bei Ordensmitgliedern durchgeführt wurden, traute sich kaum noch jemand auf die Straße. Auf den Brücken und in den steilen Gassen ertönte nicht mehr die vertraute Melodie der Ochsenkarren und Pferdekutschen. Statt dass man abends aus den Türen die Rufe ungeduldig fröhlicher Menschen vernommen hätte, wurden die Häuser zeitig zugesperrt. Hin und wieder hörte man Kinder schreien, aber auch nicht mehr so froh und laut wie früher. Es gab kein Glockenläuten und keinen Gebetsruf, so wurde die Stille noch unheimlicher, ja ganz unerklärlich.

Da sich nach Einbruch der Dunkelheit draußen nur noch Diebesgesindel herumtrieb oder aber Halbverrückte, die aus dem Krankenhaus oder vor Ärzten davonliefen, gewöhnten sich die Wächter an, einfach jeden, der ihnen begegnete, erst mal festzunehmen und ruhig auch etwas zu malträtieren, und wen sie einsperrten, der kam vor zwei Tagen nicht mehr frei.

Um seiner Frau keinen Schrecken einzujagen, hatte Doktor Nuri ihr von den Gehenkten draußen nichts gesagt. Ihr Zimmer im Gästehaus ging nicht auf den Platz, sondern auf Burg, Hafen und Meer hinaus. Aus der Stille hatte Pakize Sultan jedoch herausgehört, dass sich etwas Besonderes tat. Sie vernahm das Grölen von Betrunkenen, das die Stille der Pestnächte durchgellte. In einer ihrer schlaflosen Nächte schrieb sie, der Hahn, der sie morgens immer weckte, sei nun auch verstummt. Das war zwei Tage nach den Hinrichtungen. Pakize Sultan hatte schon bemerkt, dass das beruhigende Meeresrauschen am feinen Sandstrand selbst an völlig windstillen Tagen nie ganz verklang. Die anderen Laute der Nacht wurden von Möwen, Krähen und Hunden hervorgebracht. Gleich vielen Menschen in Arkaz spürte Pakize Sultan im Halbschlaf aber auch, wie Igel, Schlangen und Frösche von Garten zu Garten schlichen.

In ihren Jahren als Gefangene im Palast hatte sie gelernt, auf jede Kleinigkeit zu achten, auf jeden Grashalm, auf Wolken, Insekten, Vögel. Nun fiel ihr eine Krähe auf, die mit großer Regelmäßigkeit an ihr Fenster kam. Als Kind hatte sie mit ihren Schwestern die Menschen in »Krähenfreunde« und »Möwenfreunde« eingeteilt. Ihr selbst waren die weißen, freien, eleganten Möwen viel lieber als die frechen, cholerischen Krähen, auch wenn es von denen hieß, sie seien die intelligenteren Tiere. Die eine »würdevolle, imponierende« Krähe aber, die abends an ihr Fenster kam, hatte es ihr angetan, und sie sah ihr hingebungsvoll zu. Die Krähe flog immer das Fenster an, an dem Pakize Sultan ihre Briefe schrieb, und äugte zu ihr herein.

Die Federn auf ihrem großen Kopf schillerten manchmal in der Sonne. Ganz anders als die anderen Krähen krächzte sie nicht wie ein zeterndes Weib, sondern verhielt sich fast immer still. Das Federkleid war schwarz und bleigrau, die Füße von dunklem Rosa und irritierender Hässlichkeit. Wenn Pakize Sultan an ihren Briefen schrieb, stand die Krähe reglos am Fenster und lugte auf die sich fortbewegende Federspitze, als bewunderte sie, wie Buchstabe auf Buchstabe aufs Papier floss und sich zu Wörtern und Sätzen formte. Sie schien in Pakize Sultan regelrecht verliebt zu sein. Wenn Doktor Nuri das Zimmer betrat, verschwand der große schwarze Vogel sofort.

Einmal aber flog er nicht davon, als wollte er sich Damat Doktor Nuri »zeigen«. Der sah den verliebten Blick, den das Tier seiner Frau zuwarf, und rief aus: »Das ist ja die Krähe, die immer zu Sami Pascha kommt!«

»Aber ganz bestimmt nicht!«, versetzte Pakize Sultan eifersüchtig.

Es sei noch erwähnt, dass Pakize Sultan ihrer Schwester die Fortsetzung der Krähengeschichte erst in einem viel späteren Brief erzählen sollte. Mochte ihr Gatte auch Minister in der frisch zusammengeschusterten Regierung sein, so wusste sie inzwischen doch, dass jeder ihrer Briefe nicht als Erstes von ihrer Schwester gelesen wurde, sondern von jemand anderem.

Als die Prinzessin wieder alleine war, zog sie sich an, hüllte sich in einen Umhang und verließ ihr Zimmer. Sie ging an den Säulen vorbei, die sich im zweiten Stock entlang der breiten Treppe und des Innenhofs aneinanderreihten, und als sie ein Fenster erblickte, das auf den Platz hinausging, trat sie neugierig heran, um Sami Paschas Krähe zu sehen.

Anstatt der würdevollen, imponierenden Krähe erblickte sie mitten auf dem Platz drei Galgen und drei weiß gewandete Leichen, und obwohl ihr so etwas zum ersten Mal im Leben begegnete, begriff sie augenblicklich, um wen es sich dabei handelte.

Zurück in ihrem Zimmer, in dem sie nun schon zweieinhalb Monate lebte, ohne sich jemandem zu zeigen, übergab sie sich und dachte zuerst schon, sie sei schwanger, doch dann merkte sie, dass ihr Körper nicht auf ein neues Leben reagierte, sondern auf den Tod, und eine Weile weinte sie vor sich hin. Nicht nur die drei Leichen setzten ihr zu, sondern auch, dass sie schon so lange von ihrem Vater getrennt war, von ihren Schwestern, von Istanbul.

»Ich bin empört!«, rief sie aus, als ihr Mann zurückkehrte. »Wie konnten Sie mir so etwas Schreckliches verheimlichen, das direkt vor meiner Nase geschah! Nicht einmal Abdülhamit hätte das getan.«

»Ja, die Todesurteile aus den Provinzen werden von Ihrem Onkel nur selten bestätigt. Sogar die Todesstrafe Mithat Paschas hat er in lebenslänglich umgewandelt. Und ihn dann doch in Taif auf merkwürdige Weise umbringen lassen.«

»Lieber als unter einem solchen Gouverneur lebe ich in Istanbul in Furcht vor meinem Onkel.«

»Prinzessin!«, sagte Doktor Nuri in tiefer Ergebenheit. »Ich begreife ja, dass Sie sich nach Istanbul sehnen. Doch selbst wenn die Pest einmal vorbei ist, meinen Sie, wir können dann so einfach nach Istanbul zurück? Dazu bräuchten wir die Erlaubnis Ihres früheren Leibwächters, des jetzigen Staatspräsidenten. Das Sagen hat hier nicht der Gouverneur, sondern Zeyneps Gatte.«

»Dann fliehen wir von hier. Entführen Sie mich!«

»Sie wissen, wie sehr ich der Insel und ihren Menschen verbunden bin, und ich weiß, dass Sie ähnlich empfinden. Ebenso sehr wie ich möchten Sie den Leuten hier, und zwar nicht nur den Türken und Muslimen, sondern auch den Griechen, nahekommen und ihnen helfen. Doch selbst wenn wir hier keinerlei Pflichten mehr hätten, könnten wir nur schwerlich nach Istanbul zurück. Aus menschlichen und medizinischen Erwägungen habe zumindest ich mit einem Staat zusammengearbeitet, der sich vom Osmanischen Reich getrennt hat. Bei Ihnen verhält es sich allerdings auch nicht viel anders. Auch wenn hier alles vorbei ist, können wir erst nach Istanbul zurück, wenn Ihr Onkel uns verziehen hat.«

Das hörte sich so sehr nach »Vaterlandsverrat« an, dass Pakize Sultan weinen musste. Ihr Mann zog sie zärtlich an sich, küsste sie auf die weiche Stelle hinter dem Ohr und sog den Duft ihrer Haare ein.

Da weinte sie nur noch umso mehr. Sie holte das von einer alten Frau im Harem sorgfältig mit einem Blumenmuster bestickte Taschentuch heraus und wischte sich die kindlichen Augen und Wangen ab.

»Dann sitzen wir also hier als Geiseln fest …«, sagte sie.

»Das waren Sie doch schon in Istanbul …«

»Was müssen Sie sich aber auch hier in politische Händel einmischen? Mein Onkel hat Sie hierhergeschickt, um die Pest zu bekämpfen, und nicht, um einen neuen Staat zu gründen.«

»Und wozu hat er dann Sie nach China gesandt? Und Sie später mit dem Major von Alexandria auf die Insel geschickt?«

Somit waren sie wieder bei dem Thema, über das sie am häufigsten sprachen, seit sie erfahren hatten, dass sie an der China-Delegation teilnehmen sollten, und sie unterhielten sich lange darüber, ohne einander zu verstimmen. Als Doktor Nuri daran erinnerte, dass sie eigentlich auch die Morde aufklären sollten, rief Pakize Sultan aus: »Wer diese Männer hat hinrichten lassen, ist der wahre Mörder!«

Doktor Nuri gab zu bedenken, dass hinter der ganzen Sache wohl eher ihr früherer Leibwächter steckte und Ramiz auch nicht gerade ein Engel sei, dann erzählte er seiner Frau, sein erstes Todesurteil habe ihr Onkel unterschrieben, nachdem der Journalist Ali Suavi eines Nachts mit seinen Leuten den Palast überfallen habe, um Murat V. wieder auf den Thron zu bringen, was aber jämmerlich gescheitert sei. Pakize Sultan war damals noch gar nicht auf der Welt gewesen. Im selben Jahr hätten Freimaurer mit dem gleichen Ziel schon einmal geplant, auf unterirdischen Wegen in den Dolmabahçe-Palast einzudringen, doch seien sie gefasst worden. Ali Suavi wiederum, dem Abdülhamits Spitzel ohnehin auf Schritt und Tritt gefolgt seien, habe in seiner Zeitung herausfordernd angekündigt, er werde etwas unternehmen, und mit Hunderten von bewaffneten Männern habe er dann versucht, vom Bosporus her mit Booten auf das Gelände des Çırağan-Palasts zu gelangen, und sei sogar bis zu Murat V. vorgedrungen, der nur darauf wartete, wieder den Thron zu besteigen, und sich schon entsprechend gekleidet hatte. Die vorgewarnten Palastwächter hätten jedoch zu einem Gegenangriff angehoben, und noch an Ort und Stelle seien die meisten Angreifer getötet worden, auch Ali Suavi selbst, den man mit Knüppeln zu Tode geprügelt und dann auch noch mit Kugeln zerfetzt habe. Die Aufständischen rekrutierten sich fast ausschließlich aus Flüchtlingen aus Plowdiw, die nach dem Osmanisch-Russischen Krieg von 1877–78 ihre Heimat verloren hatten. Falls Pakize Sultans Vater wieder auf den Thron kam, würde das Osmanische Reich den Russen und den Europäern nochmals den Krieg erklären und die Gebiete zurückerobern, die durch Abdülhamits Ungeschick verloren gegangen waren, und die Flüchtlinge – so ihre Hoffnung – würden in ihre Heimat zurückkehren können.

»Mein armer Vater wusste über den Angriff nicht mal Bescheid!«, behauptete Pakize Sultan. »Aber wegen dieser Eindringlinge wurde unsere Familie in den Palast geschickt, in dem ich dann geboren wurde.«

Dass Doktor Nuri die osmanische Herrscherfamilie, die ihn doch immerhin als Damat aufgenommen hatte, so leichtfertig kritisierte und ebenso spöttisch über sie sprach, wie sie selbst dies über Abdülhamit tat, missfiel Pakize Sultan im Grunde, und sie wollte ihren Gatten zurechtweisen.

»Wenn eine Rückkehr nach Istanbul sich für uns also derart schwierig gestaltet, dann hat es doch keine Bedeutung mehr, ob wir für meinen Onkel die Mörder Bonkowski Paschas und seines Assistenten finden oder nicht, und die Leichtigkeit, mit der der Detektiv Sherlock Holmes zu Werke geht, brauchen wir dann auch nicht mehr zu imitieren!«, sagte sie, und es gelang ihr damit, Doktor Nuri wehzutun.

Das Streitgespräch der beiden zog sich somit noch eine Weile hin und hatte immerhin zur Folge, dass der Mingerer Quarantäneminister – wie seiner Frau versprochen – den Ministerpräsidenten Sami Pascha aufsuchte und ihm zu verstehen gab, im Interesse der Seuchenbekämpfung sei es ratsam, die drei Galgen auf dem Regierungsplatz und die drei Leichen daran endlich zu entfernen.

»So, meinen Sie!«, erwiderte Sami Pascha.

Im Kloster des Halifiye-Ordens kamen immer mehr Menschen auf Beileidsbesuch zu Scheich Hamdullah. Die Gläubigen, die keine Furcht hatten, sich anzustecken, warteten stundenlang am Eingangstor und mussten oft wieder kehrtmachen, ohne dass sie den Scheich zu Gesicht bekommen hätten. Sami Pascha aber begriff, dass die Leute sich ihm zum Trotz nicht das abschreckende Beispiel auf dem Regierungsplatz ansahen.

»Wenn Kommandant Kâmil Pascha«, sagte Doktor Nuri, »so viel über unsere nationale Ehre spricht und über die Achtung, die uns vonseiten der anderen Nationen gezollt werden sollte, so hat das durchaus seine Berechtigung. Falls wir aber diese Hinrichtungen noch weiter hinausposaunen, könnten wir in den Augen der Welt bald als henkerfreundliches Völkchen dastehen.«

»Aha. Wenn also die Franzosen vor hundert Jahren guillotiniert haben, was das Zeug hielt, dann ist das in Ordnung, aber wenn wir hier freche Mörder und separatistische Vaterlandsverräter bestrafen, ist es grundfalsch.«

Dabei ließen sie es aber bewenden, denn innerhalb von zwei Monaten hatte sich zwischen den beiden eine Art Komplizenschaft entwickelt. Doktor Nuri berichtete Sami Pascha, Krähen und Möwen machten sich über tote Ratten und über Menschen her, die auf der Straße tot zusammenbrachen, und obwohl sie selbst dabei nicht erkrankten, verbreiteten sie dadurch die Seuche. Sami Pascha hatte mehrmals beobachtet, wie seine eigene Krähe an Augen, Nase und Ohren von Leichen knabberte, und ihm war nicht begreiflich, wie Krähen sich zwar von Vogelscheuchen abschrecken ließen, nicht aber von jenen Toten.

KAPITEL 59

Zu verschiedenen Tageszeiten absolvierte Kommandant Kâmil Pascha begleitet von Leibwächtern seine Rundgänge in den Straßen von Arkaz. Ansonsten verließ er das Splendid Palas nicht und nahm auch nicht an den Quarantänesitzungen im Regierungspalast teil. So kam es, dass Doktor Nuri jeden Tag nach der Versammlung im Seuchenraum (ebenfalls gefolgt von Wächtern) den Weg von der Staatskanzlei ins Splendid Palas zurücklegte und dort mit Kommandant Kâmil die Lage erörterte. Zwei Wochen nach Ausrufung von Freiheit und Unabhängigkeit waren die Fallzahlen nicht nur nicht gesunken, sondern sogar gestiegen.

Wie schon zu osmanischen Zeiten bedienten sich die beiden bei ihrer Besprechung eines Stadtplans, doch war es nicht mehr derselbe. Auf den eleganten Walnusstisch im Amtszimmer des Kommandanten war eine Replik der Karte aus dem Seuchenraum gebreitet, beleuchtet von einem Kandelaber aus dem »Klubraum« des Hotels. Bevor Doktor Nuri die Häuser der Neuverstorbenen einzeln anzeichnete, erläuterte er, wo die Epidemie gerade besonders grassierte. Ohnehin wurde dem Kommandanten zweimal am Tag von einem betrübten Sekretär die nicht fallen wollende Todesrate mitgeteilt, sodass er bei seinem Treffen mit Doktor Nuri nichts Neues erfuhr und auch keine neue Empfehlung aufkam, wie der Seuche beizukommen sei.

Die Bürokraten und die Konsuln, die die Lage aus der Ferne verfolgten, fanden es durchaus angebracht, dass der Kommandant im Gegensatz zu Sami Pascha den Umgang mit der Epidemie den Quarantänebeamten und Ärzten überließ. Wenn Doktor Nuri auf dem Stadtplan mit seiner kleinen Hand über das Viertel Germe oder den Hamidiye-

Boulevard fuhr, war der Kommandant – wie der Arzt danach gegenüber seiner Frau kritisch anmerkte – mehr damit beschäftigt, wie man jene Orte umbenenen könnte. Für den Regierungsplatz etwa hatte er zunächst an Freiheitsplatz gedacht, war später, als die Leichen von Ramiz und seinen Leuten schon ganz zerfetzt am Galgen hingen und niemand mehr den Platz aufsuchte, auf Unabhängigkeitsplatz umgeschwenkt, bis er sich schließlich für Minger-Platz entschied. Den Hamidiye-Boulevard wollte er folgerichtig in Minger-Boulevard umbenennen, und als sein Stellvertreter Mazhar Efendi stattdessen den Namen Kommandant-Kâmil-Pascha-Boulevard vorschlug, lehnte der Major dies ab. Zu so etwas werde er nie und nimmer seine Zustimmung geben, er wolle schließlich ein Mann des Volkes bleiben. Zumindest zu seinen Lebzeiten solle der Platz nicht so heißen.

In der offiziellen Geschichtsschreibung der ersten Tage des Mingerer Staates wird rühmend vermerkt, Kommandant Kâmil habe in den Tagen und Nächten der Pest insgesamt zweihundertneunundsiebzig Straßen, Plätze, Boulevards und Brücken mit neuen Namen versehen, darunter auch Gassen, die bis zur Ausrufung von Freiheit und Unabhängigkeit noch überhaupt keine Namen trugen. Postminister Dimitris Efendi äußerte sich allenthalben lobend darüber, wie sehr diese Maßnahme, die unter osmanischer Herrschaft längst hätte ergriffen werden müssen, der Zustellung von Briefen, Päckchen und insbesondere Einschreiben zustattenkomme, doch als kurz hintereinander erst seine Frau und dann er selbst an der Pest erkrankten und ins Theodoropulos-Krankenhaus verbracht wurden, kam die Initiative (bei der unter anderem auch alte griechische Straßennamen ersetzt werden sollten) zu einem vorläufigen Stillstand, und unter Führung des Kommandanten wurde ein neuer Ausschuss gebildet. Nach dem Tod von Dimitris Efendi ordnete der Kommandant an, in der Eingangshalle des Postamts solle neben seinem eigenen Porträt ein großes Foto des Postministers aufgehängt werden. Dass die von Vanyas angefertigte Aufnahme noch heute, also hundertsechzehn Jahre später, im Postamt hängt, ist ein weiterer Beweis dafür, wie sehr die Mingerer ihrer ureigenen Geschichte und Identität verhaftet sind.

Aus Pakize Sultans Briefen lässt sich ersehen, wie falsch die Historiker lagen, die den Kommandanten Kâmil als überzeugten Republikaner darstellten. Dieser erlebte die revolutionären Veränderungen in seinem Land als ganz persönliches Glück und betonte immer wieder auf geradezu naive Weise, er betreibe die Umwandlung des Landes in einen modernen Staat mit nationaler Gesinnung in erster Linie für seinen Sohn (dass er einen Jungen bekommen würde, stand für ihn außer Zweifel). Dessen Name sollte waschecht mingerisch sein, ohne jegliche fremde Einflüsse. Schließlich sollte er auch nach dem Ableben des Kommandanten noch eine Rolle spielen und jedermann ein Vorbild an nationaler Haltung sein.

Immer wieder ging der Kommandant ins Obergeschoss zu Zeynep, teilte seine Vorstellungen mit ihr und erkundigte sich voller Besorgnis nach ihrer Gesundheit und dem Fortschreiten ihrer Schwangerschaft. Durch ihren Zustand hatte Zeyneps Zorn sich etwas gelegt, ihre Haut war glänzender geworden, ihr Lächeln strahlender, ihr Gesicht hübscher.

Nachdem der Kommandant die Namensvorschläge des Archäologen Selim Sahir verworfen hatte, berief er eine Versammlung mit Leuten ein, die sich auf die eine oder andere Weise um das alte Mingerisch verdient gemacht hatten. Darunter waren Jugendfreunde des Kommandanten, aber auch Menschen, über die der Überwachungsbeauftragte seinerzeit wegen separatistischer Bestrebungen Akten angelegt und sie mit Gefängnisstrafen bedroht hatte. (Gegen griechische Separatisten indes war er weit unbarmherziger vorgegangen.) Einige der Teilnehmer hatten in geradezu kindlichem Eifer über Jahre hinweg Objekte und Wörter angesammelt, die mit Minger irgendwie in Zusammenhang standen, und befürchteten nun, man werde ihre Kollektionen beschlagnahmen, dann aber fassten sie Vertrauen und schlugen eine ganze Reihe von Wörtern und Straßennamen vor. Vorschläge wurden über Hamdi Baba auch bei den Quarantänesoldaten eingeholt, und schließlich wurde zum ersten Mal in der Geschichte von Minger eine Straße nach einer noch lebenden Person benannt, eben nach Hamdi Baba.

Es wurden weitere Sitzungen abgehalten, in denen muslimische Gewürzhändler und christliche Apotheker wie Nikiforo über neue Namen für Heilkräuter und Arzneien beratschlagten, griechische Fischer neue Begriffe für Meeresfrüchte und Segeltermini suchten und Restaurantbesitzer sich den Kopf über Namen von Gerichten zerbrachen. So wurden damals die Grundlagen für die Wörterbücher Mingerisch-Türkisch, Mingerisch-Griechisch und für ein einsprachiges Mingerisch-Wörterbuch geschaffen, von denen das erste dreißig Jahre später erscheinen sollte. Auch die *Minger-Enzyklopädie*, das einzige Lexikon, das die Kultur einer Mittelmeerinsel auffächert, nahm damals ihren Ursprung.

Der sogenannte »London-Klub« im Erdgeschoss des Hotels, in dem früher Konsuln und Journalisten sich abends zum Klatsch getroffen hatten, ging auf einen Garten voller rosafarbener Minger-Rosen hinaus und wurde von nun an für Versammlungen genutzt, in denen es um die Mingerer Sprache, Geschichte und Kultur ging. Ein weiterer Einfall des Kommandanten war, junge Menschen, die zu Hause Mingerisch sprachen, mit Leuten zusammenzubringen, die zur Mingerer Sprache und Kultur Forschungen anstellten. Unter den Förderern des Mingerischen war ferner bekannt, dass der Kommandant vorhatte, solche Fachleute zu den Waisenkindern zu entsenden, die sich in unwegsame Täler geflüchtet hatten. Um das unverfälschte Mingerisch zu schützen, das die Kinder dort angeblich sprachen, sollten Quarantänesoldaten eine »Rettungsaktion« durchführen, doch die auf geradezu unheimliche Weise ansteigende Todesrate machte jene ehrgeizigen Pläne schließlich zunichte.

In jenen Tagen, als Sami Pascha und Mazhar Efendi einen schweren Kampf gegen die muslimischen Orden zu bestehen hatten, ließ der Präsident vom früheren leitenden Sekretär und nunmehrigen Minister Faik Bey zwei Poesiewettbewerbe ausschreiben, um für seinen Sohn einen Namen zu finden, der aus alten Mingerer Märchen und Legenden stammte, und als Preis erwirkte er vom Ministerpräsidenten einen Fonds von siebzig Goldstücken. Das Gedicht, das sich im ersten Wettbewerb durchsetzte, sollte später als Nationalhymne vertont werden und von der Insel, von Freiheit und von Unabhängigkeit handeln. Das aus dem zweiten Wettbewerb hervorgehende Gedicht wiederum sollte am Tag der Geburt von Kâmils Sohn feierlich vorgetragen werden.

Die Treffen mit dem Archäologen Selim Sahir wurden leider von dem Groll überschattet, den der junge Kommandant gegenüber Söhnen von Paschas und sonstigen Snobs hegte. Selim Sahir war vor zwei Jahren mit seiner Frau nach Minger gekommen. Sowohl sein Vater als auch sein Großvater waren Paschas von Sultan Abdülhamit gewesen, was er in jedem Gespräch weidlich betonte. Er hatte in Frankreich Jura und Kunstgeschichte studiert, in Istanbul im kaiserlich-osmanischen Museum gearbeitet und an der Universität unterrichtet, und zuletzt hatte er, nachdem Freunde seines verstorbenen Vaters sich beim Großwesir für ihn verwendet hatten, die Aufgabe übernommen, das osmanische Museumswesen wieder auf »Weltniveau« zu erheben. Somit gehörte er der neuen Generation von Beratern an, mithilfe deren Abdülhamit und der osmanische Staat neue Museen gründen und sich dadurch gegenüber der Welt als europäisch und zivilisiert darstellen wollten. Zu Anfang hatte Abdülhamit mit den Überresten griechischer und römischer Kultur auf osmanischem Boden nichts anzufangen gewusst und immer wieder Stücke an europäische Freunde verschenkt, die daran Interesse zeigten. Bis schließlich gebildete Paschasöhne wie eben Selim Sahir ihn leidlich davon überzeugen konnten, dass jene Steine durchaus einen Wert darstellten.

Als Selim Sahir vor zwei Jahren mit dem Frachter *Fazilet* auf der Insel eingetroffen war, führte er ein Schreiben Abdülhamits mit sich, das ihm erlaubte, in einer der südöstlichen Buchten gleich außerhalb von Arkaz in einer Ruinenstätte Grabungen durchzuführen. Freunde auf der Insel hatten ihn auf jene Stelle hingewiesen. Ziel seiner Suche war eine weiße Frauenstatue, die sich angeblich in einer nur unter Wasser zugänglichen riesigen Höhle befand. Er wollte die Statue bergen, sie ins Istanbuler Museum schaffen und sie berühmt machen, ganz nach dem Vorbild des großen Malers, Archäologen und Museumsdirektors Osman Hamdi Bey, der fünfzehn Jahre zuvor in Sayda ebenfalls in einer Höhle einen Sarkophag gefunden und ihn als die Grabstätte Alexanders des Großen deklariert hatte (was er allerdings gar nicht war). Schon damals sahen sich die Osmanen als Weltmacht an, und das taten sie nun noch immer.

Nur dass sich an der »Pleite« des Archäologen schon ablesen ließ, dass der »kranke Mann« zur Gründung von Museen nicht mehr so recht in der Lage war.

Entweder war aus Istanbul kein Geld mehr gekommen, oder jemand hatte Abdülhamit einen Floh ins Ohr gesetzt und ihn misstrauisch gemacht, jedenfalls kam es bei der Anlieferung der für die Bergung notwendigen Kräne und Schienensysteme zu großen Verzögerungen. Zu den Empfängen, die der Archäologe indessen in seinem Haus für die Konsuln und für wohlhabende Inselbewohner gab, kam auch Gouverneur Sami Pascha, der durch seine Spione über alles unterrichtet war (in dem Haus kostete er zum ersten Mal in Olivenöl herausgebratene Süßwasseräsche). Er wollte sich mit dem Archäologen gutstellen, von dem er wusste, dass er für Abdülhamit spionierte, denn jeden Monat traf pünktlich ein von der Osmanischen Bank chiffriert überwiesener hoher Betrag für ihn ein.

Der Kommandant verfügte über diese Informationen durch Sami Pascha und berief diesen sowie den Archäologen zu einer Sitzung ein.

»Wir haben noch nicht beschlossen, wie mein Sohn heißen soll, doch die Namen, die Sie diesmal vorgeschlagen haben, sagen uns zu, und bei der Umbenennung von Straßennamen haben wir einiges davon berücksichtigt!«, sagte der Kommandant wie ein Khan, der schnell begriffen hat, dass es zu seiner Arbeit gehört, Menschen, die ihm Dienste erweisen, rasch zu belohnen und sie mit warmen Worten anzuspornen. »Doch was Sie über die Geschichte des Mingerer Volkes geschrieben haben, will mir leider gar nicht gefallen.«

»In welcher Hinsicht?«

»Als Stammland des Mingerer Volkes weisen Sie den Aral-See aus, also einen Ort irgendwo in Asien. In den Märchen meiner Kindheit kamen aber weder solch ein See noch irgendwelche Asiaten vor. In dieser schweren Zeit, in der die Mingerer von der ganzen Welt mit der Pest alleingelassen werden und nichts anderes mehr haben als ihr Selbstvertrauen, sollten doch Sie bitte nicht behaupten, wir wären irgendwann erst auf die Insel eingewandert.«

»So hatte ich das noch nie gesehen!«, erwiderte Selim Sahir. »Jenes Wissen stammt aber von den angesehensten Archäologen und Sprachwissenschaftlern in Frankreich und Deutschland.«

»Aber gerade von Gelehrten wie Ihnen möchte das Mingerer Volk nicht hören, dass unsere eigentliche Heimat irgendwo in der Ferne liegt und vor uns auf der Insel ein anderes Volk gewohnt hat.«

»*Commandant*, niemand bewundert Sie mehr als ich für alles, was Sie geleistet haben. Aber an den Ursprüngen des Mingerer Volkes kann die Geschichtswissenschaft nichts ändern.«

»Die Mingerer sind keine Kinder. Das Volk nennt mich liebevoll ›Kommandant‹, und das ist die höchste Ehre, die ich mir nur vorstellen kann! Sie dagegen sprechen das bewusst auf Französisch aus, was bedeutet, dass Sie es nicht richtig ernst nehmen!«

Sami Pascha spürte, dass der junge Kommandant von einem heiligen Zorn erfasst war, ohne den nationaler Eifer wohl gar nicht möglich ist, und so wechselte der Kommandant denn auch das Thema, um weiter auf den Archäologen einschimpfen zu können.

»Sie sollten begreifen, dass die Zeit der Könige und Sultane vorbei ist. Was fällt Ihnen ein, eine Mingerer Statue nach Istanbul ins Museum des Sultans zu schaffen?«

»Die Statue in der Unterwasserhöhle stellt die Königin der Bataninen dar, einer der ältesten Mingerer Volksstämme. Sie nach Istanbul zu bringen bedeutet eine einzigartige Gelegenheit, der ganzen Welt die Mingerer Kultur vor Augen zu führen.«

»Nein, denn kaum ist sie in Istanbul, heißt es gleich, sie gehöre zur Zivilisation von Alexandria oder sonst irgendeinem Volk, das den Franzosen in den Kram passt. Und warum soll die Königin von Minger überhaupt nach Istanbul transportiert werden? Wir werden sie mit unseren eigenen Mitteln bergen und sie auf die Spitze des Uhrturms setzen. Dafür gebe ich Ihnen genau einen Monat Zeit.«

KAPITEL 60

Die Namen, die Kommandant Kâmil für seinen künftigen Sohn vorgeschlagen wurden (unter anderem auch von seiner Mutter), sollten irgendwie getestet werden, und dazu verfiel der Major darauf, sie an Zeyneps Bauch, also so nah wie möglich am Baby, jeweils dreimal zu flüstern. Falls sein Sohn einen Namen als den seinen erspüre, werde er bestimmt im Mutterleib einen Tritt oder gar einen Purzelbaum tun. Dem Kommandanten war jeder Vorwand recht, um den schwangeren (eigentlich ziemlich flachen) Bauch seiner Frau, ihre schönen runden Brüste und die erdbeerfarbenen Brustwarzen darauf zu »inspizieren«. Manchmal hielt er die Nase auf die herrlich duftende Haut seiner Frau, etwa auf den Nabel, und vollführte dann Bewegungen, als wollte ein Vogel mit seinem Schnabel irgendeinen Schatz aus der Erde bergen. Zu diesen kindlichen Spielen und Scherzen trug auch Zeynep das ihrige bei, bis sie glücklich miteinander schliefen.

Zwei Tage später ging der Präsident am Nachmittag zu seiner Frau hinauf. Er war ganz unruhig, weil die Zahl der Toten einfach nicht sank. Zeynep wollte ihren Gatten aufheitern und zog ihn aufs Bett, worauf er sich gleich einließ. Eine Weile küsste er sie leidenschaftlich, dann begann er auf ihrem schönen Körper wieder mit einer »Inspektion«. Nachdem er sich genussvoll über ihren Rücken, ihren Hals und ihre Achseln vorgearbeitet hatte, stieß er auf einmal unterhalb des Bauches, in der Leiste, auf eine leicht gerötete, merkwürdige Verhärtung. Auf der gesunden, glänzenden Haut seiner Frau tauchten immer wieder Rötungen auf, die von Mücken, seltsamen Insekten oder sonst irgendetwas herrühren konnten, doch ebenso schnell verschwanden sie auch wieder, und daher wäre es wohl das Beste gewesen, auch diese Stelle nicht weiter zu beachten, doch wie bei unliebsamen Dingen, die man plötzlich vor Augen hat, tat sein Herz zwei kräftige Schläge. Die Sache sah anders aus als die sonstigen Rötungen.

An die Pest mochte Kommandant Kâmil nicht denken, denn seine Frau verließ ihr Zimmer nie, und Ratten gab es im Hotel keine. Mit der Fingerspitze berührte er die Stelle zunächst leicht, dann drückte er etwas fester darauf. Da Zeynep keinen Laut von sich gab, schloss er, dass es sich um einen Insektenstich handeln musste. Bei einer Pestbeule hätte ihr das Drücken wehgetan. Der Kommandant wollte seiner Frau nicht mit einem Hirngespinst die Laune verderben und nahm sich vor, die Rötung einfach zu vergessen.

Der englische Konsul Corc schrieb sowohl an den Kommandanten als auch an seinen alten Freund Sami Pascha einen Brief, in dem er jeweils um ein Treffen bat. Sami Pascha war davon angetan, dass der Engländer diese Initiative ergriff, während die anderen Konsuln sich nicht blicken ließen. Er vermutete, dass Corc mit dem Geschick, das die Engländer so an sich hatten, dem neuen Staat etwas vorschlagen werde, konnte sich aber nicht vorstellen, was das sein mochte. Gemeinsam mit dem Kommandanten ging er die Themen durch, die sie mit dem Konsul höchstwahrscheinlich ansprechen würden.

Nach all der Vorbereitung mussten sie sich allerdings wundern, dass der Konsul gekommen war, um zu betonen, wie sehr doch der Archäologe Selim die Insel und die Mingerer liebe und was für ein gutherziger, hilfsbereiter Mensch er sei. Der Archäologe fürchte sich weniger vor einer Isolation als Pestverdächtiger, sondern vielmehr davor, als dem osmanischen Staat verhafteter türkischer Beamter auf der Insel Kızkulesi zusammen mit seiner Frau in »Quarantäne« genommen zu werden. Er sei überzeugt davon, dass die auf die Insel verbrachten Beamten keineswegs nach Istanbul zurückgeschickt, sondern vielmehr als politische Trümpfe missbraucht würden. Unter diesen Umständen sei er natürlich nicht imstande, die Statue der alten Mingerer Königin zu bergen. Sein einziger Wunsch sei es, mit seiner Frau auf der Insel verbleiben zu dürfen.

»Hat er Sie hierhergeschickt?«

»Er hat mich informiert, dass Sie alte Mingerer Namen erforschen. Dabei seien auch Vorschläge meinerseits willkommen.«

»Der Konsul liebt diese Insel wirklich«, warf Sami Pascha ein. »Seit Jahren lässt er sich alles schicken, was irgendwo auf der Welt über Minger geschrieben worden ist, mit der Absicht, einmal ein eigenes Buch zu verfassen.«

»Wenn Ihnen die Insel schon so lieb ist, dass Sie darüber sogar schreiben möchten«, versetzte der Kommandant, »dann sagen Sie mir doch bitte, ob Ihrer Meinung nach die eigentliche Heimat der Mingerer hier oder irgendwo anders ist?«

»Zu richtigen Mingerern sind die Mingerer auf dieser Insel geworden.«

»Vielleicht sind Sie ja der geeignete Mann, um unsere Geschichte zu schreiben!«, rief der Kommandant da aus, ging aber nicht weiter darauf ein, sondern blickte aufs Meer hinaus, wo ein seltsames Licht schien. Eine Weile schwiegen alle drei.

»Als Regierung von Minger«, ergriff dann Sami Pascha das Wort, »würden wir Sie gerne fragen, was wir unternehmen müssen, damit die Blockade aufgehoben wird.«

»Ich weiß selbst nicht, wie meine Regierung und unser Botschafter in Istanbul dazu stehen. Aber sobald die Seuche eingedämmt ist, wird auch die Blockade aufgehoben.«

»Die Seuche will und will aber nicht zurückgehen!«

»Solange Sie die muslimischen Orden wie Feinde behandeln, machen Sie alles nur noch schlimmer.«

»Es tut weh, so etwas von einem wahren Freund zu hören. Was schlägt die britische Regierung zur Eindämmung der Seuche denn vor?«

»Der Telegrafendienst funktioniert nicht, und es herrschen Blockade und Quarantäne. Wie die britische Regierung über die Sache denkt, kann ich da leider auch nur vermuten.«

»Und was genau vermuten Sie?«

»Nun, Sie haben ja einen bedeutenden Gast«, erwiderte Corc Bey bedächtig. »Pakize Sultan ist ein ganz besonderes Mitglied der osmanischen Herrscherfamilie. Als Sultanstochter stellt sie einen diplomatischen Wert dar.«

»In der osmanischen Tradition spielen Frauen bei der Thronfolge keinerlei Rolle, und das Volk würde so etwas auch nicht akzeptieren.«

»Aber Ihnen ist doch zu verdanken, dass Minger nicht mehr osmanisches Gebiet ist! Und das Volk ist jetzt ein anderes Volk!«

Nachdem der Konsul gegangen war, verhielt der Kommandant sich so, wie auch Sami Pascha es immer gehalten hatte, nämlich nahm er die Warnungen des Briten ernst. Er beteiligte sich an der nächsten Quarantänesitzung und erkundigte sich dabei nicht nur nach dem Geschehen rund um die muslimischen Klöster, sondern ließ sich von den Vertretern auch der entlegensten Viertel der Hauptstadt berichten, wie dort die Lage war.

Vangelis Efendi, der Vertreter von Flizvos, erzählte von einem muslimischen »Banditen«, der sich in einem leeren Haus eingenistet habe, dort aber vor zwei Tagen gestorben sei und zu stinken angefangen habe. Die Quarantänesoldaten hätten bei dem Haus, einer Villa der Familie Seferidis aus Saloniki, erst eine Woche zuvor auf eine Anzeige hin die Hintertür aufgebrochen, alle Türen und Fenster noch einmal von innen vernagelt, das ganze Haus mit Lysol eingesprüht und durch die Hintertür wieder verlassen. Der Mann, dessen Leiche nun aufgefunden worden war, musste sich also erst danach eingeschlichen haben. Für den Staat stelle es eine große Gefahr dar, dass Leute in solche Häuser erst eindrangen und sie dann als Unterschlupf und Treffpunkt für Diebeszüge nützten.

Apostolos Efendi, der Quarantänevertreter des Viertels Dantela mit seinen steilen Gassen und dem herrlichen Ausblick, nahm zum ersten Mal seit Gründung des neuen Staates an einer Sitzung teil und monierte, er habe noch nicht einmal die Gehälter bekommen, die ihm aus der osmanischen Zeit zustünden. Er wolle fortan auch nicht mehr als Vertreter wirken. In dem abgelegenen, sich immer mehr leerenden griechischen Viertel fühle er sich inzwischen einsam. In der Nacht sei ihm in einem verwahrlosten Garten einmal der Pestteufel begegnet. Nach

Ansicht Sami Paschas handelte es sich dabei mitnichten um den Pestteufel, sondern um nächtliche Menschenschmuggler. Da immer mehr Wächter und Beamte sich einfach davonmachten, ging die Präsenz des Staates in entlegeneren Vierteln allmählich gegen null. Über solche auf gefährliche Weise der Gesetzlosigkeit preisgegebene Gegenden und insbesondere die dortigen Villen machten sich Nichtsnutze von jenseits des Flusses aus muslimischen Vierteln her, aber auch Diebe und Plünderer aus dem Norden der Insel. Unter den Banden, die dort rasch anschwollen, befand sich auch eine aus Waisen bestehende Kinderbande, von der viel die Rede war, obwohl kaum jemand sie je zu Gesicht bekam. Der romantische Kinderroman *Meine Mutter im nächtlichen Wald*, den der Mingerer Nationaldichter Salih Riza auf solche Gerüchte gestützt über Kinderbanden während der Pestzeit schrieb, hat aus mir im Alter von zehn eine fanatische Mingerer Nationalistin gemacht.

Der für den Hrisopolitissa-Platz zuständige Vertreter berichtete, in der Gegend seien in letzter Zeit an Hauswänden und in Gärten wieder frisch verendete Ratten gefunden worden. Die Vertreter der einzelnen Viertel, deren Aufgabe es war, die Quarantäneverbote durchzusetzen, auf Häuser zu verweisen, die geräumt werden mussten oder in denen sich Kranke versteckten, sowie die Häuser und Straßen zu bestimmen, die mit Lysol desinfiziert werden sollten, trugen mit der Zeit immer öfter die Beschwerden vor, die das Volk über die Quarantäne anzubringen hatte. Als aber an jenem Tag der Vertreter aus Kofunya behauptete, ein Hufschmied sei in die Isolierstation im Kerker geschafft worden, obwohl er gar nicht krank gewesen sei, fuhr ihm der Kommandant über den Mund. »Und wo waren Sie da, als etwas falsch gemacht wurde? Sie sind nicht da, um uns zu kritisieren, sondern um Quarantäneflüchtlingen das Handwerk zu legen.«

Dass die Vertreter der Viertel nicht noch mehr Unmut auf sich zogen, lag wohl daran, dass das Volk sich vor allem an den Quarantänesoldaten abreagierte, die von der Insel stammten, jedermann bekannt waren und in vorderster Linie standen. Seit Gründung des neuen Staates griffen die Soldaten noch härter durch und wurden umso verhasster. Dabei nahm die Zahl der Todesfälle ja sogar noch zu. »Da müssen wir uns so viele Schikanen und Übergriffe gefallen lassen, und es bringt nicht einmal etwas«, hieß es in den muslimischen Vierteln oft genug.

Der Vertreter von Yukarı Turunçlar berichtete, bei ihm im Viertel lebten bald kaum noch Menschen, die sich über die Quarantänesoldaten überhaupt noch beschweren könnten. Die Menschen in der Nähe des Verbrennungsschachtes seien wegen der Geruchsentwicklung nach und nach weggezogen. In der Umgegend des neuen muslimischen Friedhofs sei es unruhig, da wegen der vielen Beerdigungen fortwährend Betrieb herrsche, und schlimmer noch gehe es nachts zu, wenn Hunde mit menschlichen Gliedmaßen oder toten Ratten im Maul die Pest noch weiter verbreiteten. Dann war da noch ein Gerücht über ein Schiff mit einem roten Segel, das bald kommen und alle retten werde. Tatsächlich geschah aber nichts Außergewöhnliches im Viertel, abgesehen von dem Steppdeckenhersteller, der es geschafft hatte, an der Pest zu sterben, obwohl er mutterseelenallein und ohne jeden Kontakt lebte.

Die Vertreter von Vavla, Germe und Çite ließen gegenüber dem Kommandanten und den Verantwortlichen des neuen Staates durchblicken, dass der Optimismus, den jene verbreiten wollten, jeglicher Grundlage entbehre. In Vavla, also in der Gegend der Militärischen Mittelschule, des Hamidiye-Krankenhauses und der Kör-Mehmet-Pascha-Moschee, kämen so viele Menschen ums Leben, dass die Achtung vor den Quarantänebehörden und dem Staat, sei es nun der alte oder der neue, schwer in Mitleidenschaft gezogen werde. Auf Sami Paschas Betreiben hin wurde daraufhin unter Zustimmung der Ärzte beschlossen, dass in jenem exponierten Viertel zur Eindämmung der Seuche auch in die Hinterhöfe der Häuser Quarantänesoldaten geschickt, manche Straßen über längere Zeit abgesperrt und leere Häuser (von denen es dort nicht so viele gab) wie in früheren Zeiten zugenagelt würden. Der in den ersten Tagen der neuen Regierung gefasste Beschluss, Müllhalden und verkommene Häuser niederzubrennen, war erst nach Ablauf einer Woche umgesetzt worden, sodass Sami Pascha den Kommandanten nunmehr drängte, in dieser Hinsicht aktiver zu werden.

Während all dies besprochen wurde, blickte der Kommandant immer wieder zum Fenster hinaus, wo zwischen Dächern das Splendid Palas zu sehen war, und am liebsten wäre er sofort zu seiner Frau geeilt, die dort auf ihn wartete. Nur er wusste über die Rötung in der Leiste seiner Frau Bescheid, und wenn sie sich umarmten und ins Bett fallen ließen und alles um sich herum vergaßen, würde er vielleicht auch vergessen können, dass es sich bei der Rötung gut und gerne um die Anfänge einer Pestbeule handeln konnte.

Falls Zeynep an der Pest erkrankte, steckte er sich höchstwahrscheinlich auch damit an. Oder er müsste von seiner Frau getrennt werden. Nie und nimmer würde er sich darauf einlassen. Es fiel ihm schwer, sich währenddessen auf die Quarantänemaßnahmen zu konzentrieren. Dabei hatte er für Menschen, die angesichts der Pest aus lauter Aufregung und Todesfurcht die falschen Beschlüsse fassten, genauso wenig übrig wie für Soldaten, die bei Feindbeschuss in Panik gerieten. Und nun verhielt er sich kaum anders. Er musste sich am Riemen reißen.

So schlimm die Pest auch wütete und allenthalben Todesangst auslöste, gab es immer noch Menschen, ob Christen oder Muslime, die gefasst blieben und sich ihre Menschlichkeit bewahrten. Während manche nur daran dachten, ihre eigene Haut zu retten, brachten andere sich bewusst in Lebensgefahr und besuchten etwa die Häuser Sterbender und versuchten, ihre Not zu lindern. Andere bemühten sich, Verwirrte zu trösten, die hilflos auf der Straße herumliefen und sich in der Hölle wähnten. Gemeinschaft, Brüderlichkeit, Solidarität bedeuteten vielen Menschen noch etwas.

Täglich fielen an die zwanzig, fünfundzwanzig von ihnen der Seuche zum Opfer, doch die Überlebenden ließen keine Trauerfeier aus. Insgesamt gingen die Leute wenig auf die Straße, doch wegen ihrer Verbundenheit mit ihren Verwandten, ihren Nachbarn, ihrer ganzen Gemeinschaft, also kurz gesagt, weil sie gute Menschen waren, versäumten sie es nicht, anderen durch Beileidsbesuche und die Teilnahme an Trauerfeiern beizustehen, und leider Gottes verbreiteten sie dadurch die Krankheit noch mehr. Ende Juli waren die Straßen der Hauptstadt von

Minger keineswegs so leer, wie es in Bombay oder Hongkong während der dritten Pestwelle zuging. Immer waren irgendwo wohlmeinende muslimische Männer von einer Beerdigung zur nächsten, von einem Haus zum anderen unterwegs.

Dem Kommandanten wurde klar, dass in Çite der Staat und seine Beamten jegliche Autorität eingebüßt hatten. Neulich waren allein dort an einem einzigen Tag sechs Menschen gestorben, doch mehr als über jene Toten redete der Vertreter des Viertels über »Passierscheine«. Zwischen der alteingesessenen armen Bevölkerung aus Kutschern, Bauern und kleinen Handwerkern und den vielen jungen, arbeitslosen Zuwanderern aus Kreta, die aus Taşçılar herzogen und sich mit allerlei Missetaten durchschlugen, bestand eine anhaltende Feindschaft. Die frommen Ansässigen waren davon überzeugt, durch die frechen Raufbolde sei die Seuche überhaupt erst ins Viertel eingeschleppt worden, und so forderten sie, die Einwanderer sollten schleunigst entfernt werden.

Zu osmanischen Zeiten war Sami Pascha darauf verfallen, solche Probleme (die es auch in anderen Vierteln gab) durch »Passierscheine« zu lösen. In manchen Straßen und Vierteln sollte man nur noch mit solchen von der Quarantänedirektion ausgestellten Papieren ein und aus gehen können. Zunächst hatte der Gouverneur lediglich vorgehabt, die vorlauten Kreter in ihrem Viertel mehr oder weniger einzusperren und somit überwachen zu können. Dann aber begannen sowohl Quarantänesekretäre als auch Besitzer von Passierscheinen mit den Papieren Handel zu treiben, und der Einfall Sami Paschas nahm eine völlig neue Wendung. Da die Sekretäre und die Menschen in den Vierteln mit der Sache Geld verdienten und die Maßnahme immerhin in begrenztem Ausmaß die Funktion eines Kordons erfüllte, wollten der Gouverneur und Damat Doktor nicht ganz darauf verzichten. Zum anderen kam es durch die Passierscheine in der Stadt zu mehr Verkehr. Der Vertreter des Viertels redete etwa von zwei Inhabern von Passierscheinen, die am Vortag an der Pest gestorben seien, woraufhin Verwandte von ihnen sich augenblicklich zum Alten Markt aufgemacht hätten, um die Papiere in einem Geschäft dort zu verscherbeln. Die Passagierscheine von Menschen, die aus einem verseuchten Haus heraus in Quarantäne genommen wurden, hätten natürlich auch annulliert werden müssen, wurden aber selbstverständlich von anderen Personen weiterbenützt. Durch den Nebel hindurch, von dem der Verstand des Kommandanten umfangen war, drang immerhin die Einsicht hindurch, dass seit der Gründung des neuen Staates manche Beamte alte Papierscheine annullierten – oder einfach mit einem neuen Stempel versahen – und sie als neue Papiere wieder ausgaben, auf die aber eine Steuer erhoben wurde. Da die Passierscheine für die Ausübung jeglichen Handels unentbehrlich waren, entrichteten die Leute jene Steuer auch, aber natürlich hagelte es Beschwerden. Der Vertreter des Viertels war Schreiber des Finanzministeriums und wies den Kommandanten darauf hin, dass die Sache mit den Passierscheinen eigentlich nicht viel abwarf, es jedoch Leute gab, die solche Papiere sammelten, in der vagen Hoffnung, eines Tages würden sie viel wert sein.

KAPITEL 61

Irgendwann konnte der Kommandant an nichts anderes mehr denken als an die geschwollene Rötung in der Leiste seiner Frau. Womöglich litt sie schon an Fieber oder Kopfschmerzen.

Er konnte nicht mehr verdrängen, was sich in seinem Kopf alles abspielte. Mitten in der Sitzung verließ er das Regierungsgebäude, und gefolgt von seinen Leibwächtern ging er zum Splendid Palas. Auf den Straßen war kaum jemand unterwegs. Lediglich eine Frau mit einem Päckchen in der Hand und ein schüchterner Junge mit einem kleinen Korb wurden auf ihn aufmerksam, die anderen erkannten ihn nicht einmal. An einem Fenster aber stand ein braunhaariger Junge, der beim Anblick des Kommandanten sogleich seinen Vater herbeirief, der genauso braune Haare hatte. »Der Kommandant lebe hoch!«, rief der Junge aus.

Das freute den Kommandanten. Er winkte dem Jungen zu und wünschte sich, er könne ihn und seine Familie von der verfluchten Pest erretten und zum Helden des braunhaarigen Jungen werden. Doch wenn Zeynep krank war, würde er das nicht tun können. Falls Zeynep an der Leiste tatsächlich eine Pestbeule hatte, würde auch er erkranken. Bisher spürte er jedoch noch gar nichts.

Die Wächter und Quarantänesoldaten am Hoteleingang standen stramm, als sie ihn erblickten. Während er die Treppe hinaufging, war er bereits entschlossen, Zeynep nicht auf die Rötung anzusprechen, sondern nur von Weitem einen Blick darauf zu werfen. Wenn es wirklich die Pest war, würden sich ohnehin noch andere Symptome zeigen, Fieber und Kopfschmerzen. Und wenn es nicht die Pest war, würde er mit seiner Bemerkung Zeynep nur unnötig beunruhigen. Dass Menschen sich von unbegründeten Ängsten ins Bockshorn jagen ließen, hatte der

Kommandant zur Genüge miterlebt. Bis sich herausstellte, dass sie doch nicht krank waren, machten solche Leute sich selbst und ihrem Umfeld das Leben zur Hölle. Die meisten aber versuchten, die ersten Symptome zu ignorieren. Wenn in einem Haus jemand erkrankte, bedeutete dies ja für die anderen, dass es ihnen ebenso ergehen werde oder sie zumindest in die Isolierstation gesteckt würden, daher wollte man, solange keine Gewissheit bestand, von ersten Rötungen, erstem Fieber oder erstem Kopfschmerz niemandem etwas sagen.

Als der Kommandant das Zimmer betrat, sah er seine Frau nervös herumgehen und war sogleich beruhigt. Krank und erschöpft wirkte sie wahrlich nicht. Sollte er sie im Scherz nicht vielleicht doch auf die Sache ansprechen?

»Meine Mutter hat mir ein Geschenk meiner Nichte übergeben, einen perlengeschmückten Kamm«, sagte Zeynep. »Vor drei Tagen war er noch da …«

»Dann ist also vor drei Tagen deine Mutter gekommen?«

»Nein, ich war bei ihr. Aber von Wächtern begleitet!« Sie versuchte, über diesen kleinen Fehltritt hinwegzulächeln.

»Wenn nicht einmal die Frau des Kommandanten sich an die Quarantäne hält, wie soll man da das Volk überzeugen?«, rief Kâmil aus und verließ das Zimmer.

Dass seine Frau nicht auf ihn hörte, machte ihn so verdutzt und wütend, dass er seine Todesfurcht darüber vergaß. Da seiner ersten Frau Ayşe so etwas nicht eingefallen wäre, war er jedes Mal ratlos, wenn Zeynep nicht gehorchte, und ging dann lieber hinaus und wartete ab, bis sein Zorn verraucht war.

Im Büro darunter unterrichtete ein von Sami Pascha gesandter Spitzel gerade Mazhar Efendi davon, wie es um die vielen Menschen stand, die Scheich Hamdullah nach der Hinrichtung von Ramiz einen Kondolenzbesuch abstatten wollten. Um den Scheich nicht noch mehr zu verärgern, hatte man in den ersten drei Tagen davon abgesehen, die Menge zu zerstreuen. Bald jedoch hatten sich Schlangen gebildet, was Sami Pascha dazu bewog, den Zugang zu der Straße aus Quarantänegründen kontrollieren zu lassen. Dies führte lediglich dazu, dass die Menschen von da an die Hintereingänge des Klosters benutzten, und als sich auch davor Quarantänesoldaten aufpflanzten, drängten die Leute sich an einem niedrigen Mauerstück durch Brombeersträucher und Disteln auf das Gelände. Auch nach langem Warten bekamen sie den Scheich nicht zu sehen, sondern legten irgendwann ab, was sie an Geschenken oder Essen mitgebracht hatten, und gingen nach einer Weile wieder davon. Wohin der Scheich sich zurückgezogen hatte, wussten von den etwa zweihundert Personen, die sich im Kloster aufhielten, lediglich Nimetullah Efendi und noch ein paar Eingeweihte. Die Spione Mazhar Efendis bemühten sich schon lange, das Versteck ausfindig zu machen, denn Sami Pascha wollte ihn mit Gewalt von dort wegschaffen und ihn woanders unterbringen.

Der Kommandant empfand dies zunächst als »Respektlosigkeit«, doch nachdem er sich von einem Spitzel ein paar Geschichten über Quarantänegegner und Anhänger von Ramiz angehört hatte, stimmte auch er dem Plan zu. Der Spitzel war sich nicht ganz sicher, vermutete aber, wo der Scheich sich aufhalten könne, und zwar in einem der beiden zwischen Linden und Pinien verborgenen Häuser in Çite, in die Jünger des Ordens sich hin und wieder zurückziehen sollten, manchmal auch, um »gezähmt« zu werden. Vor den meist leerstehenden Häusern waren in den letzten Tagen kräftige, streitbare Jünger aufgezogen.

Der von langer Hand geplante Überfall sollte ganz und gar gelingen. Zwei verschiedene Trupps, ein zehnköpfiger aus hünenhaften Quarantänesoldaten und gottlosen Raufbolden sowie ein sechsköpfiger aus Wächtern der Staatskanzlei überwanden mit Leitern die hohe Gartenmauer und gelangten vor die zwei Häuser. Einem Spitzeltipp folgend, brachen sie bei dem einen das Schloss auf und standen in einer leeren Diele, von der drei Türen abgingen. Im ersten Zimmer schlief ein Derwisch, der eigentlich hätte Wache halten sollen, und als er erwachte und aufstand, wurde er schnell überwältigt. Das zweite Zimmer war leer, im dritten jedoch lag auf einem Bett Scheich Hamdullah.

Wie vorgesehen, trat ein Beamter in Überrock und bei Dafni erstandenen eleganten Schuhen vor und küsste dem Scheich zur Begrüßung die Hand. Der Scheich trug ein langes, wie ein weißes Gespenst wirkendes Gewand. Haare und Bart schienen grauer geworden zu sein, und irgendwie schien er Mühe zu haben, richtig wach zu werden. Die gelbliche Kerze im Zimmer warf an die leere Wand den adlerartigen, ruhelosen schwarzen Schatten des Scheichs, der ungleich furchteinflößender anmutete als der Scheich selbst.

Der Beamte mit den schicken Schuhen erläuterte Scheich Hamdullah, der vielleicht nur so tat, als könne er nicht wach werden, im Auftrag der Staatskanzlei solle er zum Schutz gegen ein mögliches Attentat schleunigst in Sicherheit gebracht werden. Der Scheich sah die Soldaten, die hinter dem Beamten standen, und sprach die berühmten Worte, die ihm noch Jahre danach zu seinem Nachteil ausgelegt werden sollten.

»Ist das etwa ein Aufstand? Sind das die Leute unseres Sultans? Zeigen Sie mir ein abgestempeltes Dekret vor, ein unterschriebenes Papier.«

Der erfahrene Beamte legte in ehrerbietiger Haltung dar, er habe selbstverständlich einen schriftlichen Auftrag bei sich. Der Scheich werde an einen Ort verbracht, an dem er geschützter sei als hier, und dort würde ihm die Lage ausführlich aufgezeigt. Als zwei Quarantänesoldaten den Scheich unter den Armen fassten, bestand jener darauf, etliche Habseligkeiten und Bücher mitzunehmen, als da wären zwei lange Nachtgewänder, auf die er nicht verzichten könne, Hemden und Unterwäsche, zum großen Teil bei Nikiforo bestellte Arzneien sowie Bücher über Buchstabenmystik, die ihm von seinen Großvätern in Istanbul überkommen waren. Auch hätte er gerne seinen Stellvertreter Nimetullah an seiner Seite gehabt, doch das wurde ihm nicht gewährt.

Hinter einem Gartentor wartete schon der gepanzerte Landauer mit dem Kutscher Zekeriya. Der Scheich stieg anstandslos ein, und am Geruch der Ledersessel erkannte er, dass er in dem Gefährt schon einmal gesessen hatte.

Bevor er sich abends zur Ruhe legte, las er gerne, was Ibni Zerhani über die Ursprünge der Pest und den Schutz davor geschrieben hatte. In den letzten Tagen hatte er eine Übersetzung des *Kitab al-Zulmet* gelesen und sich immer wieder in einige Seiten von *Vuzuh* vertieft. Sein Kopf war voll der mystischen Geheimnisse, die in jedem Wort, jeder Zahl und natürlich jedem Buchstaben einen tieferen Sinn fanden. Und wie es einem so ergeht, wenn man zu viel in solchen Büchern stöbert, sah er bald überall Geheimnisse und besondere Wörter.

Es war eine ruhige, windstille Sommernacht. Durch das fortwährende Zirpen der Grillen und das von unendlich vielen Sternen an den blauschwarzen Himmel gestrahlte Licht wurde die mystische Trunkenheit im Kopf des Scheichs nur immer weiter gesteigert. Er war nun in der Welt von Leben und Sinn, von Zeichen und Ding, in der Welt der Geheimnisse von Dunkelheit und Nichts. Licht und Seele, Einsamkeit und Schönheit, Kraft und Täuschung bildeten eine Poesie des Herzens. In diesem Zustand verlief das Paar, das die Liebe und Gott bildeten, auf einer Linie, die sich aus den Sternen, aus Zweigen, aus Blumenduft und den Vogelstimmen der Pestnächte (Eulen und Krähen) zusammensetzte. Als sie mit der schaukelnden Kutsche am Kadiri-Kloster vorbeikamen, das allmählich geräumt wurde, und später am Rifai-Kloster, sah der Scheich davor jeweils zwei Wächter mit Fackeln stehen und begrüßte dies als Erfolg der neuen Verwaltung.

Falls diese tatsächlich mächtig war, würde sie ihn an irgendeinen Ort auf der Insel selbst verbannen. Unweigerlich würden seine Jünger und Anhänger jenen Ort herausbekommen und dann wieder vor seiner Tür Schlange stehen. Falls jedoch die Insel unter Kontrolle der Osmanen war oder aber die Banditen, die ihn da kurzerhand entführt hatten, zumindest auf Seiten der Osmanen standen, würde er vermutlich an einen von Minger weit entfernten, unerreichbaren Ort verbannt, nach Arabien oder nach Siirt. Es war osmanische Tradition, unbotmäßige Scheichs, die etwa auch noch politische Anwandlungen an den Tag legten, von ihrer Ordensgemeinschaft zu trennen und sie an Orte zu schicken, an die man erst nach halbjähriger Reise gelangte. In seinen Jugendjahren hatte Hamdullah miterleben müssen, wie manche der Scheichs, die sich den Unmut der Herrschenden zugezogen hatten, in fernen Provinzstädten darauf angewiesen waren, sich ihren Lebensunterhalt mit Korankursen zu verdienen. Etwas anderes als ihr Glaube war ihnen nicht vorzuwerfen, doch begingen sie die Fehler, mit denen sie Istanbul herausforderten, oft aus Stolz heraus. Oder aber sie taten einen Schritt zu weit, um ihren Bewunderern zu beweisen, wie mächtig sie doch waren. Damit ihm nicht selbst so etwas zustoßen konnte, hatte Scheich Hamdullah insbesondere zur Zeit Sami Paschas sehr aufgepasst, aber nun war doch alles fehlgeschlagen.

Die Kutsche kam durch eine Straße, von der aus man auf den mit Zelten und Betten vollgestellten Hinterhof des Hamidiye-Krankenhauses hinunterblicken konnte. Zekeriya bog nach links in die steile Gasse ab, in der sie an der Konditorei Zofiri vorbeifuhren und vor dem Laden des Friseurs Panayot auf den Hamidiye-Boulevard gelangten. All jene Straßen waren finster und leer. Auf seinem Weg in die Verbannung nahm der Scheich die Stadt, in der er seit sieben Jahren lebte, als einen verlassenen, vergessenen, traurigen Ort wahr. Das Licht der Sterne verlieh der Burg und den rosig weißen Häusern einen seltsamen Schimmer. Wohin auch immer es ihn verschlagen werde, schon jetzt wusste er, dass er sich dort nach jenem Licht sehnen würde. Er stellte sich eine kalte, freudlose, baumlose, ja sogar fensterlose Stadt irgendwo im Osten vor, Orte wie Erzurum oder Van, an denen er nie gewesen war. An solch eine Verbannungsstätte fern jeder Eisenbahnlinie würde – noch dazu in Zeiten von Pest und Quarantäne – niemand dem Scheich folgen wollen. Nimetullah Efendi, der Mann mit der Filzmütze, würde sich gewiss bemühen, den einen oder anderen zu der beschwerlichen Reise zu bewegen, doch auch er würde erfahren müssen, wie schnell der Mensch im Moment der Niederlage von lauter Verrätern umgeben ist.

Als der Landauer den Hamidiye-Boulevard entlang und dann über die Brücke fuhr, dachte der Scheich, er würde ins Regierungsgebäude gebracht. Indes schaukelte die Kutsche über den früheren Regierungs- und nunmehrigen Ministerpräsidentenplatz an Soldaten und Wächtern vorbei zum Hrisopolitissa-Platz, und von dort wiederum am Theodoropulos-Krankenhaus vorbei zur Bucht von Flizvos. Durch das halboffene Fenster sog der Scheich den Meeresduft ein.

Das Schönste am Leben in dieser Stadt war doch, dass man selbst an schlimmen Tagen durch einen Blick auf das herrliche Meer, durch dessen unvergleichlichen Duft auf einmal wieder frischen Lebensmut verspürte. Aus diesem milden Klima vertrieben zu werden, an irgendeinen schneeumwehten oder aber staubtrockenen Ort, dort Zuflucht bei Menschen suchen zu müssen, die womöglich noch in Höhlen lebten, und ständig auf das Geld zu warten, das seine Jünger ihm gnädig senden mochten, bei solchen Gedanken wurde dem Scheich schon jetzt schwer ums Herz. Bei irgendeinem Volk, irgendeinem Stamm, wo niemand wusste, dass er ein geachteter Scheich war, würde er sich mühsam einen Namen machen und um ein Almosen aus dem Koran vorlesen und Predigten halten müssen. Als sie die Küstenstraße entlangfuhren, stellte er sich vor, man werde ihn in ein Boot stecken und hinaus zur *Mahmudiye* rudern, auf der die Soldaten ihn vielleicht schlecht behandeln würden, auf dass sein Exil gleich einen schlechten Anfang nähme. Er lauschte auf den metallenen Klang der Hufschläge auf dem harten, steinigen Untergrund und steigerte sich in Reuefantasien hinein: Wie gerne wäre er doch hiergeblieben!

Unten in der Bucht hielt die Kutsche sich nicht auf, sondern fuhr weiter in Richtung Norden. Erleichtert stellte der Scheich fest, dass keinerlei Boote in Sicht waren, die ihn in Abdülhamits Verbannung hätten schaffen können. Aus dem Wald wehte es kühl in die Kutsche hinein, er hörte ein Zischen und den klagenden Ton eines Vogels. Zur Rechten des Landauers war leichtes Meeresrauschen zu vernehmen. Scheich Hamdullah kam zu dem Schluss, dass hier niemand mehr tätig und der Menschenschmuggel anscheinend eingestellt war.

Im Gegensatz zu den Befürchtungen Scheich Hamdullahs wollte niemand ihn in eine entlegene Gegend des Osmanischen Reiches schicken. Sami Pascha hatte vielmehr den Inhaber und den Koch des im Nordosten der Insel gelegenen, seit geraumer Zeit leerstehenden Hotels Constanz ausfindig gemacht und jenes für die »Verbannung« herrichten lassen. In Zeiten, in denen das Hotel Regard à l'Ouest geschlossen gewesen war, oder auch einfach mal um der Abwechslung halber, hatte er mit Konsul Corc dort manchmal zu Mittag gegessen.

In dem altmodischen Gebäude, das gerade erst von Pestkranken und anderen Besetzern befreit und gereinigt worden war, kam man sich noch immer vor wie an einem verzauberten Ort voller Feen und Geister, doch Scheich Hamdullah befremdete das keineswegs. Er war so glücklich, auf der Insel geblieben zu sein, dass er in seinem kleinen Zimmer sogleich seine Waschungen vornahm und Gott mit feuchten Augen lange dafür dankte, seine Gebete erhört und seinen armen Sünder auf Minger gelassen zu haben. Auf einmal war er sich sicher, dass er schon bald wieder in sein geliebtes Bett im Kloster zurückkehren würde.

KAPITEL 62

Kommandant Kâmil verließ die Staatskanzlei erst, als die Aktion gegen Scheich Hamdullah beendet war. Sobald er erfuhr, dass jener überwältigt und im Hotel Constanz war, machte er sich durch die dunklen Straßen auf ins Splendid Palas. Kummervoll horchte er auf den Widerhall seiner Schritte in der verlassenen Stadt.

Seit er hinausgestürmt war, weil seine Frau unerlaubterweise zu ihrer Mutter gegangen war, also seit fast einem halben Tag, hatte er Zeynep nicht wiedergesehen, was er sich so erklärte, dass er nicht durch Pestängste von seinen politischen Aufgaben und der Verwirklichung seiner Visionen abgelenkt werden durfte. Falls aber seine Frau sich mit der Pest angesteckt hatte, würde er das nicht ertragen und konnte deshalb nicht in sein Zimmer zurück. Über einen Sekretär hatte er ihr schon eine Nachricht zukommen lassen. Wäre sie an der Pest erkrankt, hätten sich bei ihr schon offensichtliche Symptome gezeigt, und das wäre ihm hinterbracht worden.

In dieser Zuversicht betrat er das Hotel. Doch schon auf der Treppe sank ihm wieder der Mut. Er stellte sich die rötliche Schwellung auf der seidigen Haut seiner Frau vor. Wie die wohl inzwischen aussehen mochte? Am besten sprach er seine Frau gar nicht darauf an.

Vor der Tür hatte Sami Pascha überflüssigerweise noch einen Wächter aufstellen lassen. Der Kommandant sperrte die Tür auf, ging in das dunkle Zimmer, sah dort aber seine Frau nicht. Falls alles in Ordnung war, musste sie im Bett sein und schlafen. In dem bisschen Licht, das vom Fenster hereinfiel, sah er aber, dass sie dort nicht lag.

Mit zitternden Händen zündete er die Kerze des kleinen Messingkandelabers an und erblickte erst den Kamm mit den Perlenverzierungen, den seine Frau gesucht hatte, und schließlich seine Frau selbst, die etwas hinter dem Fenster saß.

»Zeynep«, flüsterte er.

Als sie keine Antwort gab, wurde er unruhig, beherrschte sich aber. Der Kandelaber zeichnete Arabesken an die Wand. Als der Kommandant ihn näher ans Gesicht seiner Frau hielt, merkte er, wie bleich und sorgenvoll sie aussah.

»Wir haben Scheich Hamdullah aus seinem Kloster geholt und ihn außerhalb der Stadt untergebracht«, sagte er, als brächte er eine Entschuldigung vor.

Das schien seine Frau aber nicht zu interessieren. War sie ihm böse, weil er beim Gehen die Tür zugeschlagen hatte und so lange ausgeblieben war? Oder hatte sie sich gefürchtet, weil sie allein gewesen war, als sie die Krankheit zum ersten Mal in sich spürte?

Wie ein trotziges Kind, das seinen tiefen Kummer nicht ausdrücken kann, begann sie zu weinen. Da umarmte der Kommandant sie, streichelte sie und versuchte, sie mit sanften Worten zu trösten.

Angezogen legte sie sich ins Bett. Der Kommandant nahm die Stellung ein, von der er in ihrer kurzen Ehe gelernt hatte, dass sie beide glücklich machte, er umarmte sie nämlich von hinten, presste seine Lippen an ihren Hals und drückte fest auf ihren Bauch, da, wo das Baby war. So waren sie schon oft eingeschlafen.

Er berührte Zeyneps Bauch, ihre Arme, doch an die Leiste, an der eine Pestbeule sein konnte, traute er sich nicht heran. Wenigstens hatte seine Frau kein Fieber. Allerdings auch keine Lust, mit ihm zu schlafen. Er selbst im Übrigen auch nicht.

Wieder weinte sie, und er brachte es nicht über sich, sie nach dem Grund dafür zu fragen, sondern umarmte sie nur stumm weiter. Gab er durch sein Schweigen etwa zu, dass etwas Schlimmes geschehen war?

Dann schliefen sie ein, was sie sich sehr gewünscht hatten. Irgendwann hörten sie im Halbschlaf vom Kai her Geschrei, doch waren sie beide in so abenteuerliche Albträume verstrickt, dass sie die Stimmen als Teil der in ihrem Kopf tobenden Hölle interpretierten.

Als das Rufen verstummte, meinte der Kommandant vor lauter Kummer zu sterben. Nach all dem Hetzen von Stadt zu Stadt und von Front zu Front war er nach seinem Militärdienst ganze zweieinhalb Monate glücklich gewesen. Mein Gott, wie kurz nur! Falls seine Frau krank war, hieß das, dass alles vorbei war. Nicht nur seine Frau, auch das Kind in ihrem Bauch und er selbst würden höchstwahrscheinlich sterben. Und leider konnte das auch das Ende des Mingerer Volkes bedeuten! Draußen wurde es schon wieder laut, doch die Vorstellungen in seinem Kopf waren so grauenhaft, dass er das Gehörte nicht einzuordnen wusste und wieder einschlief. Oder sich das zumindest einredete.

Als seine Frau in seinen Armen zu zittern begann, erwachte er. Er hatte gehört, solches Zittern gehe bei Kranken mit einem Fieberschub einher. Er umarmte seine Frau noch fester, als würde das Fieber dadurch zurückgehen. So würde es ihnen aber noch schwerer fallen, die Krankheit seiner Frau voreinander zu verbergen.

Mitten in seinem Gedankennebel fand er auch noch Zeit, seiner Frau böse zu sein. Es war doch schier unglaublich, dass sie völlig unnötig das Hotel verlassen hatte, um ihre Mutter zu besuchen.

»Um eines Ausflugs willen hast du unser Glück geopfert, unseren Sohn, die Zukunft unseres Landes!«, hätte er am liebsten zu ihr gesagt. Dann hätten sie aber bestimmt losgestritten, bevor noch der Arzt gekommen wäre. Statt sich mit alten Fehlern zu beschäftigen, musste er vielmehr eine Entscheidung treffen, was nun zu tun war. Sein Kummer plagte ihn aber derart, dass er zu keinem vernünftigen Gedanken imstande war.

Noch zweimal schluchzte seine Frau leise vor sich hin. Er stellte ihr dennoch keine Fragen. Auch zitterte sie wieder, aber ihr Körper war nicht übermäßig warm. Der Kommandant wusste nicht, was geschehen sollte, er wollte nicht einmal aufstehen, der Morgen sollte am besten gar nicht kommen und die Krankheit nicht weiter fortschreiten. Die Zeit sollte stehen bleiben. Doch wie stets brach der Tag wieder an und ließ ein seltsames gelblich-rötliches Licht ins Zimmer strömen. Das Geschrei vom Hafen her wurde immer lauter.

Es plärrten dort wütende Derwische des Halifiye-Ordens. Sie waren empört über die Entführung ihres Scheichs Hamdullah. Es handelte sich nicht um eine organisierte Aktion, sondern die Derwische hatten einfach ihr Kloster verlassen, um sich auf die Suche nach dem Scheich zu machen, und dabei waren sie durch Kadirler und Vavla zum Kai hinuntermarschiert. Sie hatten keine Losung parat, sprachen keine Gebete und riefen nicht einmal ›Allah ist groß‹. Anfangs noch schweigend, hatten sie irgendeine Richtung eingeschlagen. Mitten in der Nacht waren sie losgezogen, und es hieß, so geduldig und entschlossen, wie sie waren, würden sie ihren Scheich bestimmt finden und zurückholen. Einer trabte dem anderen hinterdrein. Gegen Morgen waren die etwa fünfzig, sechzig Jünger an der alten Marmoranlegestelle angekommen, von dort die Bucht entlang zum Kai gegangen und erst stehen geblieben, als ihnen auf Höhe des Istanbul-Boulevards auf einmal eine Mauer aus Quarantänesoldaten gegenüberstand.

In ihrer Wut hatten sie sich ganz von selbst auf den Weg gemacht, und wenn sie auch Ansätze zeigten, aus der Stadt hinauszuwollen, und dies als Zeichen interpretiert werden konnte, dass sie vor der Pest fliehen wollten, so hätte es sich für den Fall, dass der neue Staat und die neue Verwaltung funktionsfähig gewesen wären, doch eher angeboten, dass man ihnen das Verlassen der Stadt erlaubt und sie vielleicht sogar hinausgeleitet hätte. Es regierten aber nicht Vernunft und Logik, sondern Durcheinander und Argwohn, und so hielten die Quarantänesoldaten, die von der Staatskanzlei laufend Anweisungen bekamen, die wütenden Derwische am Hafen an.

Da sie nicht aus der Stadt hinausdurften, ließen die Jünger und Derwische ihrem Zorn freien Lauf. Die Suppe und das Stück Brot, die man ihnen im Kloster verabreichte, sahen viele von ihnen als ihre Heimat an, und zusammen mit anderen Hitzköpfen, die sich unterwegs zu ihnen gesellten, leiteten sie unserer Meinung nach die zweite Phase der Mingerer Revolution ein. Die chaotischen Zustände, die von jenem Tag an in Arkaz herrschten, gingen von jenen Halifiye-Derwischen aus. Als der Kommandant aus dem Hotelfenster blickte, feuerten die Quarantänesoldaten zur Abschreckung gerade drei Warnschüsse ab, die in der ganzen Stadt widerhallten.

Der Kommandant zog sich vom Fenster zurück und sah sogleich, dass seine Frau schon wieder weinte. Als er zu ihr trat, fasste sie sich, stand auf, zog ihr Kleid hoch und zeigte ihm die Beule an ihrer Leiste.

An einem einzigen Tag war aus einer Schwellung eine Beule geworden, noch keine besonders große, aber auch das würde noch kommen und seine Frau sich vor Schmerzen winden. Er sah ihr an, dass sie jetzt schon litt. Bald würde sie ins Delirium verfallen, und mit ihrem glücklichen Leben hier war es vorbei.

Was heißt mit dem glücklichen Leben! Mit allem war es vorbei, mit absolut allem! Auch sein eigenes Leben würde zu Ende gehen, davon war er so sehr überzeugt, dass er auf seine Hellsicht geradezu stolz war, da er sich nichts vormachte wie irgendein Feigling. Die Hellsicht dauerte indes nicht lange an.

Der Kommandant setzte sich zu seiner Frau aufs Bett und drückte leicht auf ihre Beule. »Tut das weh?«, fragte er. Die Beule war noch nicht verhärtet und schmerzte daher nicht sehr. Noch ein Tag aber, dann würde der Schmerz zunehmen, und um ihn zu lindern, würde ein Arzt die Beule aufschneiden müssen. Als Begleiter von Damat Doktor Nuri hatte Major Kâmil jene Prozedur oft mit angesehen und mit den zuckenden Patienten Mitleid gehabt.

Zeynep streckte sich auf dem Bett aus. Der Kommandant merkte, wie enttäuscht und verdutzt sie war und dass sie sich Vorwürfe machte, als ob die Schuld bei ihr läge.

»Am besten wir fahren zum Theodoropulos-Krankenhaus«, sagte der Kommandant. »Die schneiden die Beule sofort auf, dann geht es dir besser.«

»Ich will nicht ins Krankenhaus! Ich will überhaupt nicht aus dem Zimmer raus.«

Da nahm der Kommandant seine Frau in die Arme, denn er spürte, dass sie das erwartete. Eng umschlungen blieben sie lange schweigend auf dem Bett liegen. Der Kommandant horchte auf den Atem seiner

Frau, auf das Pochen ihres Herzens, und unter seinen Fingern spürte er die leichten Regungen ihres Körpers. Schmerzlich wurde er daran erinnert, wie sie sich in den letzten zweieinhalb Monaten nähergekommen waren und miteinander gescherzt hatten.

»Komm, steh auf, fahren wir ins Krankenhaus!«

»Bist du nicht praktisch der Sultan hier? Lass die Ärzte doch hierherkommen.«

Da musste der Kommandant ihr recht geben. Die Behandlung konnte durchaus auch in diesem größten Zimmer des Hotels stattfinden. Wobei das Aufschneiden einer noch nicht ganz zu voller Größe angeschwollenen Beule nicht wirklich eine Behandlung darstellte, das wusste er nur zu gut. Da es sich bei der Patientin um die Frau des Kommandanten handelte, würden alle so tun, als würde etwas höchst Effizientes unternommen und Zeyneps Leben dadurch gerettet, doch ob die Beule sich noch in einem frühen Stadium befand oder am Hals bereits riesige Ausmaße angenommen hatte, das Aufschneiden als solches war keine echte Behandlung, sondern linderte lediglich den Schmerz (ein wenig). Und selbst das war kaum mehr als ein Gerücht. Aus Erfahrung dagegen wusste man, dass jemand, bei dem sich eine Beule gebildet hatte, mit großer Wahrscheinlichkeit dem Tode geweiht war. Aus halb Französisch, halb Türkisch geführten Gesprächen zwischen Damat Doktor Nuri und den griechischen Ärzten hatte der Kommandant das oft genug herausgehört.

Um allerdings jetzt nicht verrückt zu werden, musste er alles vergessen, was er darüber je gehört und gesehen hatte, und daran glauben, dass die Beulenpest behandelbar war. Die Ärzte, die er herbeirufen wollte, würden ihn jedoch unweigerlich an die Quarantäneregeln erinnern und darauf bestehen, dass seine Frau und er voneinander getrennt würden. Das konnte er nur vermeiden, indem er sich gemeinsam mit seiner Frau einer Quarantäne unterzog.

Gerüchte, laut denen der Kommandant krank oder isoliert sei, würden den neuen Staat und die Quarantäne jedoch schwach wirken lassen. Man würde vielleicht nicht darüber munkeln, warum die Gattin des Kommandanten sich nicht in ein Krankenhaus begab, doch bestimmt würde es heißen, wenn sogar der Kommandant sich nicht vor der Pest zu schützen wusste, wer soll uns dann retten und wer uns die alte Sprache und die alten Mingerer Namen beibringen?

Als seine Frau zu schluchzen und zu zittern anfing, wollte er sie nicht dazu zwingen, ein Krankenhaus aufzusuchen. Sie wusste auch nicht, wie ein Pestkranker sein Leiden erlebte, das musste er ihr in aller Ehrlichkeit schildern.

Erst einmal aber hatte er keinen anderen Wunsch, als seine Frau wenigstens einen Augenblick lang davon zu überzeugen, dass alles gar nicht so schlimm sein konnte, wenn er sie so fest umarmte. Tatsächlich schloss Zeynep aus der Umarmung, dass ihr Mann sie liebte und sich vor der Krankheit nicht fürchtete. Dann aber fürchtete sie sich doch wieder vor dem, was ihr da drohte, und sie weinte.

Lange blieben sie so liegen. Durch die Fensterläden und die Vorhänge drang die Morgensonne ins Zimmer. Der Kommandant sah im Licht Stäubchen tanzen, lauschte auf den Atem seiner Frau und versuchte, zugleich herauszufinden, was der Lärm draußen zu bedeuten hatte.

Die Reaktion auf Scheich Hamdullahs Entführung weitete sich aus. Auch andere Scheichs schlossen sich dem »Ordensaufstand« an, doch blieb es eine spontane Bewegung ohne Anführer und Organisation. Während der Kommandant dalag und seinen Kummer zu überwinden suchte, stellte er als mit seinem Volk bestens vertrauter Mingerer die richtigen Vermutungen über das an, was von draußen an sein Ohr drang. Die tapferen Soldaten des von ihm gegründeten Quarantänebataillons schlugen sich an mehreren Stellen mit den Ordensleuten herum. Noch war kein Blut geflossen, aber am Hafen und in Vavla war jeweils in die Luft geschossen worden – beziehungsweise auf die Demonstranten, wie manche behaupteten. Und der Kommandant lag mit seiner Frau im Bett.

Nach einer Weile klopfte Mazhar Efendi an die Tür. Da der Kommandant nicht öffnete, schob Mazhar ihm einen Zettel unter der Tür durch. Da es gegen seine Quarantänesoldaten ging, wollte der Kommandant am liebsten hinaus und sich an ihre Spitze setzen, doch wenn er das Zimmer verließ, würde sich die Krankheit seiner Frau nicht mehr verheimlichen lassen, und das bedeutete, dass sie sich sofort trennen mussten. Noch dazu war es vielleicht nicht ganz richtig, dass er seine Leute direkt befehligte, wo seine Frau doch krank war.

Gegen Mittag übergab Zeynep sich zweimal hintereinander und lag dann nur noch völlig erschöpft da. Ihr pochte das Herz, sie schwitzte und litt Schmerzen. Falls ein Arzt kam, würde er sie bestimmt von ihrem Gatten trennen, daher fing sie schon zu weinen an, als der Kommandant nur zur Tür ging.

Am Nachmittag stieg ihr Fieber weiter an, und sie verfiel in ein Delirium. Dass sie dabei ausrief: »Ich werde sterben, ohne Istanbul zu sehen!«, versetzte dem Kommandanten einen Stich. Soundso oft hatte er ihr versprochen, sie dort hinzubringen.

»Wir fahren nach Beşiktaş, wo Pakize Sultan in ihrem Palast eingesperrt war, zur Hohen Pforte, wo die Regierung ist, nach Nişantaşı, zum Institut für Bakteriologie!«, sagte der Kommandant. Wenn seine Frau weinte, bekam auch er feuchte Augen.

Acht Stunden später sollte Zeynep in ihrem Zimmer im Splendid Palas versterben, viel rascher noch als fünfundneunzig Tage zuvor ihr Vater, der Wächter Bayram Efendi.

KAPITEL 63

Trotz der Beteiligung anderer Orden fiel die Reaktion auf Scheich Hamdullahs Entführung an sich nicht besonders schlimm aus. Ein paar Jünger trugen Prügel bei sich, doch die große Mehrheit war unbewaffnet und hielt nicht mal ein Zweiglein in der Hand, um zu zeigen, dass sie nicht auf Krawall aus waren. Sami Pascha hatte keinerlei Zweifel daran, dass die Quarantänesoldaten mit der ziellosen Menge fertigwürden.

Einigkeit besteht allerdings darin, dass der Aufstand, der in jener Nacht im Gefängnis ausbrach, die Mingerer Geschichte auf dramatische Weise verändern sollte. Dennoch sind wir nicht der Meinung, dass alles sich ganz anders entwickelt hätte und nicht so viele Menschen umsonst gestorben wären, wenn der Kommandant nicht bei seiner Frau verblieben wäre, sondern das Kommando über seine Soldaten übernommen hätte. Als nämlich der Gefängnisaufstand solche Ausmaße annahm, dass das politische und militärische Genie des Kommandanten erforderlich gewesen wäre, waren die Würfel schon gefallen, weil der Staat sich als so schwach erwies.

In der dritten Gemeinschaftszelle verbreitete sich die Pest, und die Häftlinge wurden noch dazu von den Wärtern schlecht behandelt, sodass sie schon lange auf eine Gelegenheit warteten, um sich aufzulehnen. Als draußen auf einmal eine »anarchische« Stimmung herrschte und nicht nur die Derwische, sondern auch manche Ladenbesitzer und diverse Defätisten gegen die Quarantänesoldaten hetzten, sahen die Häftlinge ihre Stunde gekommen.

Am meisten rieb sie auf, wie sehr sich innerhalb von drei Tagen unter ihnen die Pest breitgemacht hatte. Die Gefängnisverwaltung hatte als einzige Maßnahme die ganze Zelle unter Isolation gestellt, ihnen wurde also der Hofgang gestrichen, was sie noch wütender machte. Von der Pest Befallene wurden ins Hamidiye-Krankenhaus geschickt (das also noch immer nach dem Sultan benannt war). Dort wollte aber niemand hin, denn wer ins Krankenhaus entsandt worden war, von dem wurde nie mehr etwas gehört. Jeden Tag wurde die Zellentür aufgerissen, und flankiert von Wärtern desinfizierten zwei Beamte die ganze Zelle und auch die verängstigten Häftlinge, doch am Morgen danach wiesen wieder zwei von ihnen Beulen auf und wurden ins Krankenhaus und damit in den Tod geschickt.

Bei solch einer Desinfektion tat einmal ein Häftling so, als würde er in ein Delirium fallen, und im dadurch entstehenden Durcheinander überwältigten die anderen einen der Wärter und entwanden ihm seinen Schlüsselbund. Nach einem kurzen Handgemenge ergaben sich auch die anderen Wärter. Noch bevor der Oberwärter von dem Aufstand überhaupt etwas bemerkte, bekamen die Häftlinge das ganze Gebäude in ihre Gewalt. Zu diesem leichten Sieg trug auch die Pest das ihrige bei. Ein Teil der Gefängnisbeamten und Wärter kam wegen der vielen Beerdigungen oder aus Angst schon gar nicht mehr zur Arbeit, und seit es hieß, die Pest wüte auch im Gefängnis selbst, verstärkte sich das noch.

Ohne auf nennenswerten Widerstand zu stoßen, bemächtigten sich die Aufständischen schließlich der gesamten Burg, was sie sich in ihren kühnsten Träumen nicht erhofft hatten, denn richtig geplant war ihre Aktion nicht gewesen. Doch als der Gefängnisdirektor sah, dass das byzantinische Hauptgebäude in den Händen der Häftlinge war, zog er aus dem venezianischen Turm und den Direktionsräumen seine Leute ebenfalls zurück. Er wurde deswegen übertriebener Vorsicht geziehen, wozu ich Folgendes sagen möchte: Die Häftlinge aus der dritten Gemeinschaftszelle waren raue Burschen, die jeden, der sich ihnen entgegenstellte, rücksichtslos aus dem Weg räumten. In der Gefängnisküche folterten sie drei Männer mit glühenden Kohlen, dann steckten sie das Gebäude in Brand. In Arkaz loderten in jener Nacht noch an anderen Stellen Feuer empor. Der Direktor tat durchaus recht daran, das Gefängnis zu verlassen.

Durch das so entstandene Machtvakuum wurde den Abenteurern aus der dritten Gemeinschaftszelle jedoch eine unerwartete Verantwortung aufgeladen. Sie hatten die Führung über die Burg inne, doch was sollten sie damit anfangen? Sollten sie auch die Häftlinge in den anderen Zellen befreien? Es mochte an der Regierung sein, wer wollte, ein alter oder ein neuer Gouverneur, doch angesichts einer solchen Menge an Häftlingen würde die Verwaltung wie gelähmt sein. Die Wächter Sami Paschas waren denn auch nirgends zu sehen. Einige Häftlinge redeten davon, sie müssten ihre ins Krankenhaus verbrachten ehemaligen Mitgefangenen suchen gehen. Währenddessen rüttelten die Insassen der anderen Zellen an den Gittern und riefen wie verrückt: »Aufsperren! Aufsperren!« Es lag eine Mischung aus Rost, Schimmel und Rauch in der Luft.

Bis zum Morgen waren sämtliche Zellen leer. Das weiträumige Burggelände glich einem Garten für freigelassene Häftlinge. Manche umarmten und beglückwünschten sich, andere verließen sofort die Burg und mischten sich in die Stadt. Die Pest schien vergessen zu sein. Quarantänesoldaten oder Gendarmen waren auf den Straßen nicht zu sehen. Der wegen des Todes der Frau von Kommandant Kâmil geschwächte Staatsbetrieb brach gänzlich zusammen.

Kurz bevor sie starb, hatte Zeynep sich genauso wie ihr Vater noch einmal besser gefühlt und damit Hoffnung geweckt. Als der Kommandant sah, wie seine Frau wieder etwas Farbe ins Gesicht bekam, ließ er alle Vorsichtsmaßnahmen fahren, setzte sich direkt neben sie und tastete nach dem Kind in ihrem Bauch. Er umarmte sie und versicherte ihr, alles werde gut werden und die Quarantäne von Erfolg gekrönt sein. Sobald sie durchs Fenster aufs Meer hinaussehen werde, auf das unvergleichliche Minger-Blau, werde sie sofort begreifen, wie schön das Leben doch sei.

So war der Kommandant denn auch bei ihr, als sie unter Schmerzen, bald in Ohnmacht fallend, bald delirierend, allmählich ihr Leben aushauchte.

Es wurde beschlossen, sie am folgenden Morgen ohne jede Trauerfeier mit Kalk zu bestreuen und zu bestatten. Der Kommandant konnte vom schneeweißen, leicht verblüfft wirkenden Gesicht Zeyneps kaum die Augen wenden und empfand ein tiefes Schuldgefühl. Er hielt seiner Frau die erkaltende Hand und rührte sich nicht von der Stelle, bis Hadid ihn fast mit Gewalt davonzog.

Man war sich einig, dass der Pesttod der Frau des Kommandanten verheimlicht werden musste. So wurde Zeynep im neuen muslimischen Friedhof ohne Zeremonie in ein für sie ausgehobenes Grab hinabgelassen. Abgesehen vom Leichenwagen, den Totengräbern und den üblichen Möwen und Krähen war einzig und allein der Kommandant auf dem Friedhof. Um nicht aufzufallen, hatte er sich einen Fes aufgesetzt und trug nach bäuerlicher Art eine weite Hose, einen dicken Gürtel und feste Schuhe aus Rindsleder.

Wir können uns vorstellen, dass der Kommandant sich im Schmerz um seine Frau und das ungeborene Kind in Fantasien flüchtete, in denen er sich selbst als legendären Mingerer Bauern und Zeynep als Dorfmädchen aus einer Mingerer Pastorale sah. Noch heute können wir uns wundern oder auch bewundern, wie an jenem 27. Juli 1901 inmitten so vieler Ereignisse der Kommandant seinen großen Schmerz als Teil der Mingerer Mythologie zu sublimieren vermochte.

In der gleichen guten Absicht und aus tief empfundenen nationalen Gefühlen heraus gab der Kommandant an jenem Tag einem griechischen und einem türkischen Journalisten gegenüber eine Erklärung zu Zeynep. Laut dem »Interview«, das in *Neo Nisi* und in *Havadis-i Arkata* erschien, hatten Zeynep und er sich schon als Kinder kennengelernt (dabei bestand zwischen ihnen ein Altersunterschied von vierzehn Jahren). Zeynep sei ein sehr intelligentes Mädchen von ausgeprägter Persönlichkeit gewesen und habe in der Schule trotz des Drucks von Seiten der Lehrer immer darauf bestanden, mit ihren Kameradinnen Mingerisch zu sprechen. Schon damals seien Zeynep und er Gefährten fürs Leben geworden. Sie hätten sich oft getroffen, um miteinander das alte Mingerisch zu sprechen, denn da erst sei ihnen in bunter Poesie die Seele aufgegangen. Wie elegant das Mingerische sei, habe Kâmil aus Zeyneps lieblichem Gesicht abgelesen, und da habe er begonnen, darüber nachzudenken, was getan werden musste, um das Mingerische zu befreien und es vor den Angriffen des Französischen, Griechischen, Arabischen und Türkischen zu schützen.

In diesem Text, den Mingerer Staatsbürger fast auswendig kennen, kommt unserer Meinung nach am poetischsten zum Ausdruck, was es mit dem Mingerer Nationalismus und der Mingerer Revolution wirklich und wahrhaftig auf sich hat. Es ist ja verblüffend, dass der Kommandant es an jenem schweren Tag noch vor der Beerdigung seiner Frau über sich brachte, jenen Text zu diktieren. Manche behaupten, der Kommandant habe heimlich Mazhar Efendi und etliche Literaten hinzugezogen, um dem Text die endgültige Form zu verleihen. Die Preisträger des Gedichtwettbewerbs, aus dem ein halbes Jahr später eine Nationalhymne hervorgehen sollte, ließen sich jedenfalls von jener »Grundsatzrede« des Kommandanten inspirieren.

Der Text enthält auch Überlegungen dazu, dass im Mingerischen das Wort für »Wasser« ähnlich klingt wie die Begriffe für »Gott« und »ich«, und was es dabei auch vom Inhaltlichen her für geheimnisvolle Zusammenhänge geben mag. Ebenso bekannt wie der poetische Text ist allen Mingerern das sieben Jahre später entstandene Ölgemälde von Alexandros Satsos, das den Kommandanten bei der Beerdigung Zeyneps in Gebetshaltung zeigt. Talentvoll hatte der Maler herausgearbeitet, in welchem Dilemma der Kommandant stecken musste.

Der Betrachter sieht, wie der Kommandant einerseits schmerzvoll auf das frische Grab seiner schwangeren Frau blickt (im Hintergrund schweben in der Ferne Krähen dahin), sich aber andererseits bewusst ist, dass er um der Zukunft seines Landes willen stark sein muss wie ein Held, der seine gesamte Willenskraft aufbringt. Der Hauptton des beeindruckenden Gemäldes ist ein diesiges Gelb. An Eindringlichkeit gewinnt das Bild durch die blauen Rauchschwaden, die von der Stadt und vom Verbrennungsschacht herbeiwehen. Am stärksten aber wirkt, dass von den Ebenen und von den steilen Hügeln und Bergen, die sich im Hintergrund erstrecken, ein Gefühl von Heimat und Zusammengehörigkeit ausgeht.

KAPITEL 64

Die Lenker des neuen Mingerer Staates waren mit erhabenen Themen beschäftigt wie etwa den Mingerer Grundschulen oder den Namen, der Geschichte und den Märchen von Minger. Als hätten sie sich ganz in diese Gedankenwelt zurückgezogen, schienen sie nicht zu begreifen, was in der Stadt inzwischen vor sich ging. Das hatte auch damit zu tun, dass eine ganze Reihe von Beamten, Spitzeln, Schreibern und Soldaten nicht mehr zur Arbeit kam und sich aus diversen Gründen einfach nicht mehr blicken ließ. In Turunçlar wurden zwei patrouillierende Quarantänesoldaten von ein paar als Ordensanhängern geltenden jungen Männern angegriffen, und während der eine Rekrut sich retten konnte, wurde der andere übel verprügelt, bis ihm das eine Auge völlig zuschwoll. Die Quarantänesoldaten wurden dadurch einerseits eingeschüchtert, andererseits wollten sie Rache nehmen. Sami Pascha sorgte schließlich dafür, dass sie in der Stadt nicht mehr so viel unterwegs waren.

Verhängnisvoll wirkte sich aber vor allem aus, dass die Häftlinge, unter deren Kontrolle die Burg nunmehr stand, den einzigen Ort, an dem dort noch jemand hinter Schloss und Riegel war, nämlich die Isolierstation, nach längerem Überlegen schließlich doch aufsperrten. An die dreihundert Menschen, die entweder sicher oder vermutlich an der Pest erkrankt waren, wurden durch diese unglaubliche Aktion auf einmal freigelassen.

Was mochten die Häftlinge sich dabei gedacht haben? Hatten sie aus primitiver Anarchie heraus gehandelt, nach dem Motto: »Wenn wir schon alle laufen lassen, warum die nicht auch?« Oder sagten sie sich: »Die legen bestimmt die ganze Stadt lahm, und die Seuche verbreitet sich dann zügellos, das geschieht den Leuten gerade recht!« Wir wissen es nicht. (Es gibt zu dem Thema jedoch zahlreiche Arbeiten.) Vielleicht waren sie ja der Meinung, der sogar Quarantänebeamte heimlich anhingen, nämlich dass die Quarantäne im Grunde nutzlos, ja ganz und gar umsonst war. (Dann wurden die Isolierten grundlos eingesperrt, und sie freizulassen war eine gute Tat!)

Die rebellischen Häftlinge knackten das Schloss am Haupttor zur Isolierstation, teilten den Insassen aber nicht mit, dass sie nun frei waren. Aus Angst, sich anzustecken, wollte niemand hineingehen oder fühlte sich dazu überhaupt bemüßigt. So leerte sich die Station langsamer als der Gefängnisbereich, doch die Nachricht davon verbreitete sich innerhalb weniger Stunden in ganz Arkaz. Schuld an dieser Schande waren die Quarantänebeamten und die Wärter, die sich einfach davongemacht hatten!

Dass sich in gewisser Weise die ganze Burg geleert hatte, veränderte die Atmosphäre in der Stadt. Es wurde etwas völlig Normales, dass man auf der Straße Menschen begegnete, die sich der Isolierung entzogen hatten. Zwar beglückwünschte man sie ebenso wie die Häftlinge, aber man fürchtete sich auch vor ihnen, und weder die Quarantänesoldaten noch die Gendarmen versuchten, sie aufzuhalten.

Wenn sie in ihrem kranken Zustand bei sich zu Hause ankamen, waren sie meist nicht einmal willkommen. Manche mussten bestürzt feststellen, dass ihre Familie auseinandergebrochen war, ihre Angehörigen gestorben, oder dass sich in ihrem Haus fremde Leute eingenistet hatten. Mit jenen oder mit Verwandten, die so etwas zugelassen hatten, stritten sie dann herum. Manche wurden bei sich zu Hause nicht eingelassen, weil sie als Pestträger galten. Von lebensklugen Familienältesten mussten sie sich anhören, sie sollten doch besser in die Isolierstation zurückkehren und die vorgesehene Zeit absitzen. Manche ahnten schon, dass ihnen derlei zustoßen würde, und da sie auch auf die Suppe und das Brot, die sie in der Burg bekamen, zu Hause nicht hoffen durften, verließen sie die Isolierstation erst gar nicht und machten es sich dort in den besten Eckchen und den besten Betten gemütlich. Ganz stimmte das mit der Suppe und dem Brot allerdings auch nicht, denn schon eine Woche zuvor war die an die Bäckereien ausgelieferte Mehlration um die Hälfte gekürzt worden, und entsprechend wenig Brot bekam man nun sowohl in der Isolierstation als in der ganzen Stadt.

Wie oft beschrieben wurde, machten sich in der Stadt Anarchie und Gesetzlosigkeit breit. Seit der Gründung des neuen Staates war noch kein Monat vergangen, und schon liefen auf den Straßen gefährliche Kriminelle herum, Vergewaltiger und Mörder, pestkranke Häftlinge und Leute, die sich inzwischen wohl auch schon angesteckt hatten.

Letztere waren oft Menschen, die man »zu Unrecht« in die Isolierstation gesteckt hatte. Sie hatten sich zum Teil den Quarantänesoldaten gegenüber frech betragen, ihre Mahnungen in den Wind geschlagen und die Quarantäneregeln mutwillig gebrochen. Ihre Einweisung hatte also nichts mit medizinischen Gründen zu tun. Eigentlich hätten sie eher ins Gefängnis gehört, doch war man »höheren Orts« der Ansicht gewesen, eine Isolierung gelte als härtere Strafe und wirke somit abschreckender, und auch die Soldaten wollten gegenüber den dreisten Kerlen durchgreifen, damit dies anderen eine Lehre sei. Dadurch hatten die Quarantänesoldaten manchen Gesunden erst zum Kranken gemacht, und viele waren nun entschlossen, sich dafür zu rächen. Sie hatten nicht nur etwas gegen Quarantänesoldaten, sondern ganz allgemein auch gegen Ärzte, gegen Quarantäne und Isolierung und waren besonders empfänglich für Behauptungen, laut denen die Pest durch Christen und Quarantänebeamte überhaupt erst auf die Insel gebracht worden sei. Sami Pascha sah sofort ein, dass es unmöglich sein würde, die rasch anwachsende Menge einfach wieder auf die Isolierstation zu bringen.

Man erkannte schon bald, dass in Arkaz ein Machtvakuum herrschte. Wer sich bis dahin schon wegen der Pest, der Revolution und der Hinrichtungen kaum mehr auf die Straße getraut hatte, sah nun die Horden von Verbrechern und Pestkranken, die sich draußen herumtrieben, und verließ daraufhin gar nicht mehr das Haus. Auf Anweisung Sami Paschas hin ließen sich auch die Quarantänesoldaten kaum mehr blicken.

In der Stadt durchsetzen konnten sich die wütenden Isolationsopfer unter anderem dadurch, dass sie Geschäftsleute und Hausbesitzer vor marodierenden Kriminellen schützten. Manche der aufständischen Häftlinge hatten nämlich ein Auge auf ein Haus oder wenigstens einen Garten geworfen, um sich dort niederzulassen, und ermutigt wurden sie darin durch das Fehlen von Ordnungskräften. Einige zogen in einer Mischung aus Beherztheit und Unwissenheit zum Kai los, auf der Suche nach einem Schiff, das sie nach Izmir bringen könnte, doch gerieten sie dort mit ein paar verbliebenen Quarantänesoldaten und mit früher Isolierten aneinander. Zur ersten ernsthaften Auseinandersetzung kam es, als in der steilen Gasse, »wo der Esel ins Keuchen kommt«, ein Krämer, der von Bauern angelieferte Feigen, Walnüsse und Käse verkaufte, Häftlinge zurechtwies, die sich ungeniert Feigen in den Mund und Käse in die Tasche schoben. Angehörige des Krämers gingen zum Gegenangriff über, denn sie wussten, dass es sich bei den Männern nicht um ansteckende Quarantäneflüchtlinge, sondern um gewöhnliche Kriminelle handelte. Auf Seiten des Krämers mit von der Partie waren ein Bruder von ihm und dessen Freunde, die man »fälschlicherweise« auf die Isolierstation verbracht hatte. In ihrer Freude über die Freilassung nach nur fünf Tagen mischten sie nun kräftig mit. Fünf Minuten lang flogen Fäuste und Stöcke, dann löste sich die Sache auf, doch es sprach sich herum, dass Geschäftsleute von ehemaligen Isolierten gegen Verbrecher verteidigt wurden.

Aus seinem Amtszimmer, in dem er seit fünf Jahren residierte, verfolgte Ministerpräsident Sami Pascha all dies aufmerksam. An jenem Abend kam er mit Mazhar Efendi und Damat Doktor Nuri zusammen. Sie verfügten nicht über genügend Soldaten und Gendarmen, um dem Treiben ehemaliger Häftlinge und Isolierter sowie rachelüsterner Derwische Einhalt zu gebieten. Die Quarantänesoldaten zogen nach diversen unglücklichen Auseinandersetzungen nicht mehr los, und gut die Hälfte kam morgens nicht einmal mehr in die Garnison. Zusätzlich demoralisiert hatte sie die Nachricht vom Pesttod der Gattin ihres Kommandanten. Mit den verbliebenen Ordnungskräften vermochte Sami Pascha gerade noch für die Sicherheit der Kanzlei und des Platzes davor zu sorgen. So konnte der Versuch einiger besonders aggressiver Häftlinge abgewehrt werden, das Gebäude in ihre Gewalt zu bringen und darin zu übernachten. Es hieß aber, in so manche Häuser in der Stadt seien sie rücksichtslos eingedrungen, und auch Überfälle auf staatliche Einrichtungen hätten sie verübt. Die in Sami Paschas Amtszimmer Versammelten überlegten, wie die Quarantänesoldaten und die Isolierten miteinander versöhnt werden könnten, doch fiel ihnen nichts Probates ein.

Um die Kanzlei und das Splendid Palas sicherer zu machen, hatte Sami Pascha vom in der Garnison stationierten arabischen Bataillon eine Anzahl verständiger Soldaten angefordert, doch jene trafen und trafen nicht ein. Mazhar Efendi, der die Verhandlungen darüber führte, wollte auch den Kommandanten über die Zustände auf den Straßen und die erstarkenden Isolierten informieren und seinen Rat einholen. In tiefer Trauer um seine Frau und seinen Sohn rührte sich der Kommandant indes nicht aus seinem Zimmer im Splendid Palas heraus. Dabei hatten Kriminelle in Kadirler bereits ein Haus angezündet, dessen Rauch von überallher zu sehen war. Danach hätte der Kommandant sich eigentlich erkundigen müssen, waren doch in der Nacht auch Schreie und sogar Schüsse zu hören.

Hier sind vielleicht ein paar Anmerkungen über die Rolle des Individuums in der Geschichte angebracht. Falls Kommandant Kâmils Frau Zeynep nicht an der Pest erkrankt wäre, hätten dann die Ereignisse nicht einen ganz anderen Verlauf genommen? Oder hätte die Geschichte der Insel Minger sich dennoch unweigerlich auf dieselbe Art abgespielt? Die Frage ist nur schwer zu beantworten. Fest steht jedoch, dass zu einer Zeit, in der sich die Staatsmacht von ihrer schwächsten Seite zeigte, es gewiss nicht hilfreich war, dass der Kommandant sich lediglich mit seiner Frau und mit der mingerischen Sprache beschäftigte und dass, schlimmer noch, all die Hoffnungen, die viele in den neuen Staat gesetzt hatten, dadurch rasch verflogen.

Am folgenden Morgen wurden auf dem Stadtplan von Arkaz zweiunddreißig Todesfälle eingezeichnet. Es war inzwischen fast unmöglich, alle Toten noch einzeln zu bestatten, doch in abgelegeneren Vierteln wurden noch immer Beerdigungen durchgeführt, die den Quarantäneregeln ganz und gar nicht entsprachen, wie ja überhaupt durch die zügellose Menge, die neuerdings auf den Straßen unterwegs war, Regelverstöße zu etwas ganz Normalem wurden.

Für Sami Pascha war vollkommen klar, dass die Autorität des Staates nur dadurch wiederhergestellt werden konnte, dass der Kommandant das Trauerzimmer verließ und seinen Platz an der Spitze der Quarantänesoldaten einnahm. So stieg er am folgenden Tag zusammen mit Mazhar Efendi im Splendid Palas die drei Stockwerke hoch und klopfte an die dicke weiß gestrichene Holztür des Kommandanten. Nach längerem Warten klopften sie noch einmal. Da die Tür wieder nicht aufging, schoben sie unter die Tür einen Brief, in dem sie geschildert hatten, wie dringlich die politische Lage war.

Als sie eine Stunde später wiederkamen, sahen sie, dass der Brief empfangen worden war. Mazhar Efendi zeigte auf die Türklinke, die anscheinend bewegt worden war. Der Kommandant war also erwacht und die Tür nicht mehr zugesperrt. Sie klopften noch einmal, überlegten sich aber dann, dass sie auch Doktor Nuri hinzuziehen sollten, und schickten einen Boten zum alten Regierungsgebäude.

Eine halbe Stunde später machte Sami Pascha leise die Tür auf. Er hörte von drinnen keinen Laut, betrat aber gefolgt von Doktor Nuri und Mazhar Efendi das Zimmer, und da sahen sie Kommandant Kâmil vor einem der großen, mit Jalousien versehenen Fenster an seinem Nussbaumschreibtisch sitzen. Er schien ihr Eintreten wahrgenommen zu haben, verharrte aber in der gleichen Position. Als Doktor Nuri zu ihm hinging, fiel ihm sofort etwas auf.

Der Kommandant hatte seine Uniform angezogen und trug auch seine Stiefel, obwohl dies an dem warmen Sommertag nicht nötig gewesen wäre. Doktor Nuri dachte erst, darin drücke sich die Entschlossenheit aus, so schnell wie möglich an der Seite seiner Soldaten zu kämpfen, doch dann sah er, dass ganz das Gegenteil der Fall war: Kommandant Kâmil konnte nicht einmal richtig atmen, geschweige denn kämpfen. Er hatte eine schweißnasse Stirn und röchelte.

Doktor Nuri bemerkte, wie der Kommandant ihm nur mit den Augen folgte wie jemand, der den Kopf nicht rühren darf, weil er gerade rasiert wird. Dann fiel sein Blick auf den Hals des Kommandanten, und auf der rechten Seite sah er eine riesige Pestbeule.

In diesem historischen Moment erkannten die drei Männer, dass Kommandant Kâmil Pascha, der Gründer des neuen Staates, der Held der Unabhängigkeit, an der Pest sterben würde. Und sie begriffen auch, dass er sich so verhielt, weil er nicht klagen wollte oder auch nicht klagen konnte. Sami Pascha spürte, dass der Kommandant wie ein bockiges kleines Kind sich weigern würde, mit ihnen zu sprechen. Doktor Nuri wiederum wusste aus Erfahrung, dass bei manchen Patienten die Pest sich auf die Sprechfähigkeit auswirkte und sie oft nur noch stottern konnten.

Was sollte nun werden? Die drei Männer merkten, dass der Kommandant vor allem an sein Land dachte, daran, wie es auf seiner Insel zuging, und dass auch er, genauso wie sie, nicht wollte, dass seine Krankheit publik würde. Allerdings dachte er selbst nur so weit, wie er das noch erleben würde, während die anderen voller Furcht die Zeit danach im Auge hatten.

KAPITEL 65

Nachdem Kommandant Kâmil Pascha den drei anderen Exponenten der Inselbehörden seine Beule präsentiert hatte, löste er sich aus seiner starren Haltung, stand mühsam aus seinem Korbstuhl auf und legte sich zitternd auf das Bett, in dem er mit seiner Frau zweieinhalb glückliche Monate verbracht hatte.

Als jemand, der das Geschehen aus mehr als hundert Jahren Abstand heraus betrachtet, kann ich mich nur wundern, dass die drei Männer noch an etwas anderes denken konnten als daran, augenblicklich in die Kanzlei zu eilen und das Leben ihrer Frauen und Kinder zu retten. Sami Pascha und Mazhar Efendi aber verhielten sich, als stünde ein knappes Dutzend Soldaten neben ihnen, die nur auf ihre Befehle warteten, auf dass das Staatsschiff sicher durch alle Fährnisse gelenkt werde.

Gewissen Historikern zufolge wurde durch die Pesterkrankung von Kommandant Kâmil eine Gegenrevolution eingeleitet. Insofern mit der Revolution die Unabhängigkeit vom Osmanischen Reich gemeint ist, trifft dies nicht zu, denn die Insel trieb ihre Unabhängigkeitsbestrebungen sogar noch weiter voran. Was hingegen Laizismus und Moderne angeht, ist die Behauptung wohl nicht ganz von der Hand zu weisen. Auf jeden Fall aber hatte trotz der Anstrengungen der Bürokraten und Ärzte die Regierung zwei Tage lang ihre liebe Mühe, sich überhaupt halten zu können. Von seinen üblichen Spionen und Spitzeln wurde Sami Pascha nichts zugetragen, denn auch sie mussten sich erst zurechtfinden. In der ganzen Stadt herrschten einzig und allein jene Führungs- und Regellosigkeit, für die es im Westen die Begriffe »Chaos« und »Anarchie« gibt. Auch in der Kanzlei wusste niemand, was in der Stadt eigentlich los war.

Am Nachmittag schnitten Doktor Nuri und Doktor Nikos die Beule des Kommandanten auf. Sie verabreichten ihm eine fiebersenkende Spritze und stellten ihm einen Pfleger zur Seite, der ihm mit einem feuchten Tuch immer wieder den Körper abwischen sollte, um ihm Linderung zu verschaffen. Sie selbst kamen dem Kommandanten ansonsten nicht zu nahe. Seiner Frau erzählte Doktor Nuri, der Kommandant habe wie jedermann seine Krankheit am ersten Tag verbergen wollen und sich am zweiten Tag betragen wie ein Kind. In den Mingerer Schulbüchern steht, der Kommandant habe sich trotz seiner Erkrankung weiter darum bemüht, die Pest mit modernen Quarantänemethoden zu bekämpfen, und sich »keinen Augenblick lang« gefürchtet. Manchmal verfiel er in brütendes Schweigen, litt unter Kopfschmerzen, die an seine Stirn pochten wie ein Vorschlaghammer, und lag zitternd und in sich zurückgezogen da. Dann wieder schien das Fieber auf einmal besiegt zu sein, und sobald er erwachte, wollte er auch sogleich aufstehen, als müsste er in aller Eile irgendwohin.

Eine halbe Stunde, nachdem seine Beule aufgeschnitten wurde, stand er tatsächlich unter Aufbringung sämtlicher Kräfte auf und sah durch das große Fenster auf Hafen und Stadt hinab. Die Bucht war in herrliches blaues, rosafarbenes, weißes Licht getaucht. Er stand da, als ob ihm über die Mingerer irgendetwas eingefallen sei und er sich beim Anblick des Lichts jener Erleuchtung vergewissern wolle. Dann sagte er, das Mingerer Volk sei das edelste, wahrhaftigste und zivilisierteste Volk der Welt, und das werde auch immer so bleiben. Wenn ein edler Ring bislang nur an habsüchtigen, bösen, gierigen Fingern gesteckt habe oder von Italienern, Griechen oder Türken schlecht behandelt worden sei, so schmälere dies keineswegs den Wert des Edelsteins. So sei denn auch der Wert Mingers nicht gesunken. Minger werde am besten von Mingerern begriffen und weiterentwickelt. Dazu diene ihnen das Mingerische. Wer sagen könne: »Ich bin ein Mingerer«, der sei ein echter Mingerer. Jahrhundertelang sei es den Mingerern verboten worden, jenen schönen Satz zu sagen, nun aber müsse er wie ein heiliges Gebet angesehen werden, und nach mehr brauche man einen Menschen nicht zu fragen.

Der Satz könne sogar als Anfang einer Solidarität mit allen Menschen gewertet werden und überhaupt als Anfang von allem. Es ging ein Leuchten über das Gesicht des Kommandanten, als würde er draußen auf der Straße den Leuten begegnen. Doktor Nuri sagte später zu seiner Frau: »Aus dem Kommandanten ergossen sich gleichsam Liebe, Eifer und Leidenschaft über die ganze Stadt!« Eines Tages werde das Mingerer Volk etwas ganz Besonderes leisten und die Weltgeschichte verändern! Leider folgte auf diese euphorischen Momente eine tiefe Erschöpfung. Der Kommandant legte sich wieder auf sein Bett und verfiel in unruhigen Halbschlaf.

Mazhar Efendi hatte seinen jungen Sekretär kommen lassen, der sämtliche Worte des Kommandanten notieren sollte. Was Doktor Nuri seiner Frau erzählte, stimmt mit den Aufzeichnungen des Sekretärs weitgehend überein. Im Delirium fantasierte der Kommandant davon, er wolle die blockierenden Panzerkreuzer sehen, seine Frau dürfe auf keinen Fall die Insel verlassen und sein Sohn solle das Lesen und Schreiben unbedingt in einer Mingerer Schule lernen. Einmal sah er zu einer Wolke hinaus und sagte, sie gleiche der Rose auf der Mingerer Flagge. In der Mingerer Kultur, und insbesondere in den Schulbüchern, wird auf diese Beobachtung vielfach Bezug genommen. Im Zeichenunterricht wird das Thema ausführlich behandelt, und nicht zuletzt wird jedes Jahr Anfang August am Todestag des Kommandanten das »Wolken- und Rosenfest« gefeiert.

Angesichts der Lage verfielen Sami Pascha und Mazhar Efendi auf den Gedanken, zur Verhinderung von noch mehr Toten Scheich Hamdullah eine Zusammenarbeit anzubieten. Sie schickten Boten zum Hotel Constanz, bekamen aber keine Antwort.

Mitten in der Nacht erwachte der Kommandant aus fiebrigem Schlaf und erzählte die Geschichte von dem Mingerer Fuchs, der für einen jungen Schreiber eine Ehefrau suchte. Er hatte die Geschichte als Kind von seiner Großmutter gehört, von der er im Verlauf der Nacht noch eine auf der Insel spielende Begebenheit wiedergab. Noch vor der Gründung von Arkaz sei vor der Bucht ein Schiff auf einen Felsen aufgelaufen, und die Menschen, die sich ans Ufer gerettet hätten, seien die Vorfahren der heutigen Mingerer gewesen. Die Insel habe ihnen sehr gefallen, mit ihren Felsen, Quellen, Wäldern und dem Meer, und sie hätten sie sich als neue Heimat auserkoren. Damals habe es in den Flüssen noch grüne Äschen und rot gepunktete Krebse gegeben, in den Wäldern sprechende Papageien und lautlose Tiger, und am Himmel seien rosafarbene Störche und blaue Schwalben geflogen, die im Sommer nach Europa zogen. Ein Mädchen namens Zeynep habe für all diese Tiere auf der Insel ein Haus, ein Nest oder eine Höhle gefunden. Sie habe sich mit den Tieren nämlich angefreundet. Ihr Vater sei ein Beamter des damaligen Sultans gewesen. Der Kommandant ordnete dem Sekretär an, für die Grundschulen von Minger solle eine Lesefibel verfasst werden, in der Zeyneps Freundschaft mit den Tieren im alten Mingerien erzählt werde, und er diktierte auch sogleich auf Türkisch das erste Kapitel von *Zeyneps Buch*. Währenddessen trat er schwer atmend ans Fenster, ließ die Jalousien hochziehen und blickte auf das nächtliche Arkaz hinaus. Die Märchen seiner Großmutter schienen sich in der vor ihm liegenden stillen, dunklen Stadt abzuspielen. Ihm war anzusehen, wie glücklich es ihn machte, Erinnerung und Zukunft, historische Märchen und aktuelles Geschehen miteinander zu vermischen. Er begriff, dass die Fähigkeit, in der Vergangenheit das Heute zu sehen, zugleich bedeutete, dass man sich die Zukunft vorzustellen vermochte. Dann sank er schmerzverzerrt wieder aufs Bett.

Als Sami Pascha am folgenden Morgen konstatierte, dass es dem Kommandanten noch schlechter ging und die Zahl der Todesfälle auf achtundvierzig gestiegen war, sagte er: »Jetzt bleibt uns nichts mehr als die Zuflucht zu Gott!«

Eine Stunde später jedoch kamen Mazhar Efendi und er zu dem Schluss, dass es vielleicht nicht ganz verkehrt wäre, der Insel Kızkulesi einen Besuch abzustatten. Mit dem Boot, mit dem, wie zu Anfang unseres Buches geschildert, Bonkowski Pascha von der *Aziziye* abgeholt worden war, setzte Sami Pascha somit zur Insel über. Da wegen der letzten politischen Entwicklungen und der steigenden Todesrate kein

Schiff mehr eintraf, waren auf der Insel lediglich die »istanbultreuen« Beamten verblieben, und so befürchtete Sami Pascha, jene könnten auf das Thema »Vaterlandsverrat« anspielen. Er unterhielt sich jedenfalls nur mit Hadid, dem Stellvertreter des neuen Gouverneurs, der umgekommen war, bevor er sein Amt überhaupt hatte übernehmen können, und sagte, angesichts der schlimmen Lage in Arkaz könnten er, Hadid, und die anderen Beamten mit einem Schiff nach Kreta geschickt werden und von dort nach Istanbul zurückkehren. Als Gegenleistung verlange der Kommandant jedoch, dass Istanbul die Blockade aufhebe und zur Bekämpfung der Pest Soldaten auf die Insel schicke.

In seinen Memoiren sollte Hadid später scherzhaft schreiben, die beiden hätten sich damals nicht wie zwei osmanische Beamten gegenübergestanden, sondern wie ein Pirat und seine Geisel. Obendrein entbehrten Sami Paschas Worte jeglicher Realität: Selbst wenn ein Schiff aufzutreiben gewesen wäre, um sie nach Kreta zu schaffen, und es tatsächlich durch die Blockade hindurchgekommen wäre, hätte niemand in Istanbul auf die Worte jener zweifelhaften osmanischen Beamten aus Minger hin auch nur einen Finger gerührt. Ohnehin hatten sie veranschlagt, es würde eine Woche dauern, bis die Beamten in Istanbul ankommen würden. Sami Pascha erkannte wohl irgendwann, wie unsinnig sein Vorschlag war, und als wäre ihm etwas ganz Neues eingefallen, brach er die Unterredung ab und kehrte zum Hafen zurück.

Auf dem Rückweg empfand er den Anblick von Arkaz als unsäglich traurig. Niemand war unterwegs, nirgends rührte sich etwas. Es war ein wolkenverhangener Tag, die Stadt lag bleigrau vor ihm, als gäbe es darin keinerlei Leben mehr. Lediglich von zwei Stellen stieg bläulicher Rauch auf! Der Bootsführer legte sich ergeben in die Riemen. Das Meer war dunkel und furchterregend. Natürlich würde die Seuche eines Tages zu Ende gehen und die Insel sich wieder beleben, wieder bunt und schön werden. Bis dahin aber war es wohl besser, die Stadt in ihrem grabartigen Zustand gar nicht mehr zu Gesicht zu bekommen, dachte Sami Pascha.

Während er in dem Boot saß, geschah es, dass Kommandant Kâmil Pascha vier Tage nach seiner Frau in seinem Zimmer im Splendid Palas verstarb. Außer dem jungen Sekretär, der jedes seiner Worte notierte, war dabei niemand zugegen. Doktor Nuri saß währenddessen wartend im zweiten Geschoss.

Laut dem Sekretär sagte Kommandant Kâmil in seinen letzten beiden Lebensstunden insgesamt zweitausend Wörter auf Türkisch und hundertneunundzwanzig Wörter auf Mingerisch. Jene Worte werden seither in beiden Sprachen auf Aushängen bei Behörden, auf Postern, Briefmarken, Kalendern, beim Lesenlernen und beim Telegrafenunterricht, in der Literatur und vielen anderen Bereichen als die Wörter des Kommandanten verwendet. Im ersten Mingerisch-Wörterbuch wurden die hundertneunundzwanzig vom Kommandanten auf Mingerisch geäußerten Wörter in einer besonderen Schriftart gesetzt. Wer heute, ohne je ein Wort Mingerisch gehört zu haben, in Arkaz eintrifft und dort drei Tage verbringt, lernt jene Wörter wie von selbst, da er überall darauf stößt.

Manche jener Wörter sind eher poetischen Charakters (Feuer, Traum, Mutter), andere verraten die Gefühle des großen Mannes (Dunkelheit, Melancholie, Türschloss), wieder andere lassen darauf schließen, dass er bei vollem Bewusstsein war, aber vielleicht gewisse Bedürfnisse hatte (Tür, Handtuch, Glas).

Dass der Kommandant auch von Stiefeln und Panzerkreuzern sprach, deuten manche Hagiografen, Historiker und Politiker so, dass der Staatsgründer, selbst als er kaum mehr in der Lage gewesen sei zu sprechen, noch geplant habe, an der Seite seiner Quarantänesoldaten und seines Bootsführers einen Angriff auf die Panzerkreuzer der Großmächte zu unternehmen.

Als Sami Pascha an der alten Marmoranlegestelle von Zekeriya abgeholt wurde und in sein Amt zurückkehrte, traf er die Minister in heller Aufregung an. Auch Mazhar Efendi war anwesend, er hatte den Kommandanten in Doktor Nuris Obhut gelassen. Und so erfuhr Sami Pascha, dass Scheich Hamdullah am Vorabend aus dem Hotel Constanz geflohen war.

Geflohen oder entführt worden, das stand noch nicht fest, jedenfalls war es nicht mit etwaigen Entführern zu einer Auseinandersetzung gekommen. Sollte der Scheich mir nichts, dir nichts aus dem Hotel hinausspaziert sein? Das war eigentlich unmöglich, und Sami Pascha glaubte auch nicht, dass der Scheich so etwas tun würde. Mehr wusste man bislang nicht, und niemand behauptete, er habe den Scheich entführt. Falls dies aber doch geschehen war und die Entführer vorgingen wie bei Bonkowski Pascha und den Scheich folterten und dann erschlugen, konnte die Verantwortung dafür sehr wohl an Ministerpräsident Sami Pascha hängen bleiben.

Aufsehen erregte auch, dass eine Bande, die sich aus Isolationsflüchtigen rekrutierte, von den Geschäftsleuten vor allem nördlich des Hamidiye-Boulevards Unterstützung bekam. Die knapp vierzig Männer stellten sich mithilfe des in Arkaz üblichen Geflechts aus untereinander befreundeten und verwandten Ladenbesitzern als »Quarantäneopfer« dar, und da ihnen somit vor den geflohenen Häftlingen Schutz gewährt wurde, ließen sie sich zum Großteil in Aya Triada nieder und verbreiteten dort die Krankheit weiter. Sie merkten, dass die Quarantänesoldaten kaum in der Lage waren, sie zur Rechenschaft zu ziehen, und da sie mit jenen noch ein Hühnchen zu rupfen hatten, suchten sie geradezu nach Gelegenheiten, um sich mit den Soldaten zu prügeln. Die Spione Sami Paschas schrieben in ihren Berichten, jene Leute wetterten nicht nur gegen die Isolierung, sondern gegen sämtliche Quarantänemaßnahmen und stachelten einen Krämer dazu auf, seinen Laden hinter dem Zollgebäude wieder zu öffnen und dort zu verkaufen, was er nur wolle.

Sami Pascha gedachte, das alles mit Damat Doktor Nuri zu besprechen, als gegen Sonnenuntergang der Arzt von selbst ins Amtszimmer kam und den Tod Kommandant Kâmils vermeldete. Sami Pascha war nicht sehr verwundert, sondern hatte nur erwartet, die schlechte Nachricht erst später zu erhalten.

Von manchen wurde Staatsgründer Kâmil Pascha ehrlich beweint. Sami Pascha wollte ins Hotel gehen, um den Leichnam zu sehen, doch sah er davon ab, damit sich der Tod nicht so schnell herumsprach. Er dachte sich, dass in diesen schwierigen Zeiten sich wohl jeder wünsche, dass er, Sami Pascha, sich an die Spitze des neuen Staates stelle. Ihm war klar, dass er bei dem Wirrwarr an Gefühlen und Begierden, die in ihm tobten, in jener Nacht nicht gut würde schlafen können, und so ließ er Marika über sein baldiges Kommen unterrichten. Mit dem Landauer fuhr er bis zum Petalis-Platz und ging von dort zu Fuß durch leere Straßen zu Marikas Haus. Im Erdgeschoss eines Hotels sah er zu seiner Verwunderung eine Mingerer Flagge hängen, eine kleine zwar, doch immerhin.

Beim Betreten des Hauses überkam ihn wie immer das Gefühl, sich in einem gefährlichen Traum zu befinden. So »verboten« ihm Marikas Haus eigentlich war, so verboten waren auch seine Lieblingsträume. Als eine Laterne ausging, die bis dahin die Straßen, Mauern, Bäume und Blätter aus einer Ecke beleuchtet hatte, verschwanden die Schatten und die glücklichen Erinnerungen, und übrig blieben nur die Todesfurcht und die Einsamkeit, die einen die Sinnlosigkeit der Welt spüren ließen.

Marika empfing ihn mit einer langen Geschichte über die sich noch immer ausbreitende Pest und über eine Tote in der Nachbarschaft, die von ihrer Familie versteckt wurde. Sami Pascha, der noch nicht einmal saß, vermochte nicht richtig zuzuhören, und das merkte Marika ihm auch an.

»Sie sehen ja selber aus wie ein Toter«, sagte sie.

Sami Pascha war ihr dankbar, dass sie ihm so ohne Weiteres ansah, wie er sich fühlte. Erst setzte er sich und ruhte sich ein wenig aus, dann schlief er mit Marika, um alles zu vergessen und in seiner Liebe dahinzuschmelzen, doch die Todesangst und Verzweiflung, die ihm auf den Magen drückten, wurden dadurch nicht erträglicher.

Marika nahm das Gerede über den neuen Staat ziemlich ernst: »Das Moscheen- und Kirchenverbot muss weg! Sonst geht es zu Lasten der Quarantäne und Ihrer selbst. Wenn das Volk nicht in die Moscheen und Kirchen darf, wird es Ihnen den Rücken zukehren.«

»Was ist mit dem Volk gemeint? Wir sind hier für die ganze Bevölkerung zuständig, für jeden Einzelnen.«

»Ohne Moschee, ohne Kirche und ohne Religion gibt es auch kein Volk.«

»Zum Volk werden wir hier nicht durch eine Moschee oder eine Kirche, sondern dadurch, dass wir von dieser Insel stammen. Wir sind das Volk dieser Insel.«

»An ein solches Volk mögen allenfalls die Griechen glauben, aber was ist mit den Muslimen? Die Kirchenglocken erinnern uns daran, dass Jesus uns erlösen wird und wir beten müssen, und zugleich finden wir Trost darin, dass in der Stadt noch andere Menschen genau wie wir Schmerz und Furcht erleiden. Ohne Glocken und ohne Gebetsruf gedeiht nur der Tod.«

Murrend lauschte ihr Sami Pascha. Dann machte sie ihn mit den letzten Gerüchten vertraut. In einem Geisterhaus, in dem sich nachts Kinderbanden versteckten, sei ein Skelett ohne Schädel gefunden worden. Die Medikamente, Konserven und Bettsachen aus dem Hilfsschiff *Sühandan* würden vom Apotheker Kocias und von etlichen muslimischen Ladenbesitzern am Alten Markt unter der Hand verhökert. Ein Quarantänesoldat habe gegen ein Schweigegeld eine Mutter und ihren Sohn vor den Ärzten versteckt, obwohl beide die Pest hatten.

»Na wenigstens sind noch ein paar Soldaten unterwegs!«, rief Sami Pascha da aus, und urplötzlich verließ er das Haus und kehrte in sein Amt zurück.

Das Gebäude, aus dem er seit fünf Jahren die Geschicke der Insel leitete, war fast leer. Im Treppenhaus und in den Gängen sah er nur hin und wieder einen Wächter, und die meisten Lampen waren nicht angezündet. Er gab Anordnung, die Zahl der Wächter zu erhöhen, zog sich in seine Wohnung zurück, und eine halbe Stunde später sperrte er sein Schlafzimmer doppelt zu und schob auch noch den Riegel vor, erst dann legte er sich zu Bett, fand aber kaum Schlaf.

KAPITEL 66

Am folgenden Morgen trafen sich Sami Pascha, Damat Doktor Nuri und Doktor Nikos wie üblich vor dem Stadtplan und erfuhren, dass es am Vortag zu mehr als vierzig Toten gekommen war. Da die Quarantänesoldaten sich sowohl vor den Isolationsflüchtigen als auch vor den wütenden Derwischen scheuten, konnte selbst nach Bayırlar und Tuzla, wo die Zahlen besonders hoch lagen, niemand mehr geschickt werden, um wenigstens durchzusetzen, dass Isolierte ihr Haus nicht verließen. Instinktiv empfand Sami Pascha das Bedürfnis, vor allem die Kanzlei zu schützen, und wo er auf einen unbeschäftigten Soldaten stieß, ließ er ihn sogleich im Gebäude einsetzen.

Für Kulturhistoriker ist es bestimmt ein gefundenes Fressen, wie in jener Zeit des Unheils und der Verzweiflung stundenlang darüber diskutiert wurde, wie der Staatsgründer beerdigt werden sollte. Schließlich wurde ein hochgelegenes Gelände ausgewählt, das zwischen dem (für die Pesttoten errichteten) neuen muslimischen Friedhof und dem Haus in Turunçlar lag, wo Kâmil Pascha geboren und aufgewachsen war. Es war ein Ort, der sowohl von der ganzen Stadt und von der Burg als auch von den aus Süden und Osten eintreffenden Schiffen aus gesehen werden konnte. Der in Kultur und Archäologie beschlagene Doktor Tasos, der sich an jenem Tag zu ihnen gesellt hatte, schlug vor, das später zu errichtende Grabmal auch mit römischen, byzantinischen, osmanischen und arabischen Elementen zu versehen, was angenommen wurde. Erst zweiunddreißig Jahre später sollte jene Vorstellung verwirklicht werden.

Zu der Frage, wie der Leichnam des Kommandanten möglichst unauffällig bestattet werden sollte, ohne dass jemand erfuhr, um wen es sich dabei handelte, beriet sich Sami Pascha fast den ganzen Tag über mit seinen Beamten, doch ohne durchschlagenden Erfolg. Es hatten sich ja Banden gebildet, die auf den Straßen sowohl Trauerzüge als auch Handel treibende Bauern, flüchtige Häftlinge und eigentlich so gut wie jeden aufhielten und zur Rede stellten. Und sollten sie auch dieses Hindernis umschiffen, so würden doch genügend Neugierige fragen, welche Persönlichkeit an so exponierter Stelle beerdigt wurde.

Ein zusätzlicher Dämpfer wurde Sami Pascha und der ganzen Mingerer Regierung durch einen von Mazhar Efendi vorgelesenen Brief versetzt. Er war von einem Sekretär in respektvollem Stil verfasst worden, und zwar im Namen von zweiundvierzig Isolationsflüchtigen, die von Quarantänesoldaten ungerechtfertigterweise eingesperrt worden seien und nunmehr wünschten, in die Kanzlei vorgelassen zu werden, um sich dort über ganz bestimmte, namentlich genannte Soldaten zu beschweren, die sich der Peinigung, der Korruption und anderer Vergehen schuldig gemacht hätten. Ihnen sei hinterbracht worden, dass sich einige im Umgang mit dem Volk besonders brutale Soldaten in der Kanzlei versteckt hielten, daher wollten sie das Gebäude persönlich durchsuchen. Mazhar Efendi bezeichnete dieses Ansinnen als ausgesprochene Frechheit.

Sami Pascha sah in dem Ganzen einen bloßen Vorwand, um Krawall zu veranstalten. Um einem Überfall solcher spontan gebildeten Banden vorzubeugen, schickte er Mazhar Efendi in die Garnison und ließ von dort vierzig, fünfzig Mann Verstärkung anfordern. Wenn sein Blick aus dem Fenster fiel, von dem die obersten Stockwerke des Splendid Palas sichtbar waren, fiel ihm wieder schmerzlich ein, dass dort noch immer der Leichnam des Kommandanten ruhte. Es war jedoch unmöglich, jenen am helllichten Tag zu bestatten, ohne Aufsehen zu erregen und eine Auseinandersetzung mit irgendeiner Bande zu riskieren. Gemeinsam mit Gesundheitsminister Doktor Nikos wurde somit beschlossen, den Helden der Unabhängigkeit erst nach Mitternacht aus seinem Zimmer im Splendid Palas zu holen und ihn im Schutz der Dunkelheit vorschriftsmäßig zu beerdigen.

Eine halbe Stunde später stand Sami Pascha mit einem Sekretär und einigen Wächtern vor der Tür des Gästehauses, in dem Pakize Sultan und Damat Doktor Nuri logierten. Er trat alleine ein und erläuterte Doktor Nuri betrübt, leider Gottes müsse der Kommandant mitten in der Nacht beerdigt werden, und nicht einmal seine Mutter dürfe davon benachrichtigt werden. Eigentlich richtete er seine Worte mehr an Pakize Sultan, die am anderen Ende des Zimmers stand und lauschte.

»Was immer wir getan haben, sollte der Rettung der Untertanen Seiner Majestät des Sultans dienen!«, sagte Sami Pascha. »Leider dürfen wir nicht behaupten, unsere Bemühungen seien von Erfolg gekrönt. Stolz aber sind wir darauf, dass wir uns einer anderen Aufgabe, mit der Sie von seiner Hoheit betraut wurden, mit Bravour entledigt haben, denn wir haben die Mörder von Bonkowski Pascha und Doktor Ilias samt und sonders aufgespürt, noch dazu sowohl nach Art von Sherlock Holmes als auch nach türkischen Methoden. Sie sind alle hier!« Bei diesen Worten legte Sami Pascha eine Akte auf den Tisch.

»Ich habe am Haupteingang zusätzliche Wachen aufstellen lassen. Leider laufen immer wieder welche davon … Mich würde nicht wundern, wenn die entflohenen Häftlinge uns hier angreifen wollten, doch gelingen wird es ihnen nicht. Sperren Sie Ihre Tür zweimal zu und schieben Sie auch den Riegel vor. Vergessen Sie nicht, dass Sie unsere Ehrengäste sind und als solche unter dem Schutz des Staates stehen. Wir können Sie auch woanders unterbringen.«

»Wozu das?«

»Damit niemand weiß, wo Sie sich aufhalten. So groß wird die Gefahr aber schon nicht sein. Gehen Sie trotzdem nicht hinaus. Vor die Tür stelle ich Ihnen noch eine zusätzliche Wache.«

Dies sollte das letzte Mal sein, dass Pakize Sultan und Doktor Nuri Sami Pascha sahen. Sie verbrachten ihre furchtsamste, unglücklichste Nacht, seit sie auf der Insel waren. Sie waren erschüttert über den Tod Zeyneps und das Ende des Kommandanten, und wie jedermann auf der Insel spürten sie, dass auch sie selbst sterben konnten. Mit all den Fallen und dem ausgelegten Gift war die Kanzlei zwar vermutlich der am besten gegen Ratten geschützte Ort von ganz Minger, doch selbst Doktor Nuri, der an vielen internationalen Hygienekonferenzen teilgenommen hatte, ahnte düster, dass die Pest wie in alten Zeiten auch ohne Ratten und Flöhe übertragen werden konnte, ganz einfach durch die Stadtluft, die sie einatmeten. Und jetzt konnten sie noch dazu von aufständischen Häftlingen umgebracht werden.

Sie hatten im Zimmer noch etwas Walnüsse und eingelegten Fisch, das verzehrten sie zusammen mit dem aus der Garnison angelieferten Brot. Die Brotration war um einiges gekürzt worden, und wer sich nur davon ernähren musste, litt wohl bald Hunger. Bevor sie zu Bett gingen, schoben sie den kleinen Schrank vor die Tür. Pakize Sultan schreibt in ihren Briefen aufs Trefflichste über die Atmosphäre in der Stadt, über ihre Empfindungen, über den Hafen, den modrigen Meeresgeruch und das Licht der wenigen Laternen, die überhaupt noch brannten. Wer liest, wie die beiden sich im Bett angstvoll aneinanderschmiegten und auf die Geräusche aus der Stadt und das Rauschen der Wellen horchten, ohne Schlaf zu finden, der begreift, was es bedeutet, in schlafloser Todesangst Tränen zu vergießen.

Kurz nach Mitternacht ertönten vom Haupteingang her Schüsse. Unruhig stiegen die beiden aus dem Bett, gingen aber nur gebückt durchs Zimmer und wagten sich nicht ans Fenster.

Die Schießerei zwischen den Aufständischen und den regierungstreuen Kräften dauerte bis in den Morgen an. Ministerpräsident Sami Pascha kämpfte heldenhaft bis zum Schluss. Es kamen sieben aufständische »Halunken« und zwei Wächter ums Leben. Mit zweien seiner Leute gelang Sami Pascha die Flucht durch einen Hinterausgang, dann bekamen die Aufständischen die Kanzlei in ihre Hand.

Gegen Morgen fielen noch einzelne Schüsse, dann war die Auseinandersetzung gänzlich beendet. Erst herrschte völlige Stille, doch schließlich hörten Doktor Nuri und Pakize Sultan Leute über den Platz laufen, und auch aus dem Treppenhaus waren Schritte und Gespräche zu vernehmen. Es klopfte aber niemand an ihrer Tür, und sie wagten auch nicht nachzusehen, ob der Wächter noch dastand.

Als Doktor Nuri angezogen war, öffnete er doch die Tür und hatte einen anderen Wächter vor sich, der ungelenk seine Waffe auf ihn richtete. Doktor Nuri schloss sofort die Tür wieder und verriegelte sie. Dann versuchte das Ehepaar vom Fenster aus herauszubekommen, was vorging.

Eine Stunde später wurde an ihrer Tür geklopft. Doktor Nuri öffnete und erblickte zwei ihm bekannte Sekretäre, einige Beamte und einen älteren Mann im Derwischgewand.

Sie begleiteten Doktor Nuri in das große Büro im selben Geschoss. Es war der Raum, den unsere Leser seit Beginn dieses Buches als das Amtszimmer Sami Paschas kennen. Seit seiner Ankunft auf der Insel vor genau achtundneunzig Tagen war Doktor Nuri fast jeden Tag im unmittelbar daneben liegenden Seuchenraum mit dem Stadtplan an der Wand gewesen, und jedes Mal hatte er Sami Pascha an seiner Seite gehabt. Nun aber saß an dessen Platz jemand anderer, den Doktor Nuri sogleich erkannte. Es war Nimetullah Efendi, nur dass er diesmal seinen Filzhut nicht trug. Nach ein paar Höflichkeitsfloskeln erläuterte er die Situation. »Auf den Schusswechsel hin ist die Regierung gestürzt. Sami Pascha ist flüchtig. Das Siegel des Ministerpräsidenten ist nunmehr in der Hand meiner Wenigkeit. Viele Minister sind in ihrem Amt verblieben und werden ihre Funktion weiterhin ausüben. Seine Exzellenz Scheich Hamdullah ist ohne viel Aufhebens ins Kloster zurückgekehrt. Allgemein herrscht die Auffassung vor, dass die Quarantäne aufgehoben werden soll!«

Doktor Nuri begriff, dass Scheich Hamdullah sich einer aus Isolationsflüchtigen, Derwischen, Hodschas und quarantänemüden Geschäftsleuten zusammengewürfelten Schar bedient hatte, um die wenigen Sami Pascha treu gebliebenen Wächter zu verjagen und an die Macht zu gelangen. Sami Pascha selbst würde bestimmt bald gefasst sein. Auf dem Papier existierte anscheinend schon eine neue Regierung.

Moscheen und Kirchen sollten sofort wieder geöffnet werden und sowohl der Gebetsruf als auch das Glockenläuten wieder zu hören sein. Tote brauchten nicht mehr mit Kalk bestreut zu werden und durften auch wieder vor der Bestattung in der Moschee gewaschen werden. Offensichtlich waren dies die dringendsten Angelegenheiten.

»Aber Eure Exzellenz, dann wird sich die Seuche so rasch verbreiten, dass Sie nicht einmal genug Totenwäscher finden«, sagte Doktor Nuri. »Alles wird noch schlimmer als jetzt!«

Darauf ließ der neue Ministerpräsident sich nicht ein. Wer damals für die Aufhebung der Quarantäne war, meinte hauptsächlich, jene habe nichts gebracht, und die Zahl der Toten sei trotzdem gestiegen. Daneben gab es immer noch Leute, laut denen an der Pest die Quarantänebeamten schuld waren.

Nimetullah Efendi teilte Doktor Nuri mit, da die Quarantäne aufgehoben sei, könne er sich frei bewegen und in den Krankenhäusern Patienten betreuen. Die Soldaten, Ärzte und Beamten, die ihre Befugnisse missbraucht hätten, würden hingegen zur Rechenschaft gezogen. Er und die Sultanstochter seien offizielle Gäste der Mingerer Regierung und würden daher unter ständigem Schutz von Leibwächtern stehen, betonte Nimetullah ferner. Bevor er hinausging, fragte er noch, ob Doktor Nuri vielleicht wisse, wo Sami Pascha sich versteckt haben könnte, doch der Arzt verneinte.

Er kehrte zu seiner Frau zurück und berichtete vom neuen Ministerpräsidenten, und dass ihnen kein Leid geschehen werde.

Als er kurz darauf seine Neugier nicht bezwingen konnte und mit eigenen Augen sehen wollte, was draußen geschah, wurde er gleich an der Tür aufgehalten. Er musste einsehen, dass die neue Regierung ihm nun doch nicht einmal gestattete, sich um Patienten zu kümmern. Im Grunde hatten seine Frau und er schon geahnt, dass sie eher als Geiseln gehalten wurden. Was für Pakize Sultan den normalen Lebensstil darstellte, wurde für Damat Doktor Nuri nun zur Notwendigkeit.

In den folgenden sechzehn Tagen verließen die beiden ihr Zimmer kein einziges Mal. Was in diesem von manchen Historikern als »Scheich-Hamdullah-Periode« bezeichneten Zeitraum Ministerpräsident Nimetullah an Amtshandlungen vornahm, beziehen wir daher nicht aus den Briefen Pakize Sultans, sondern aus anderen Quellen.

Das hervorstechendste Merkmal jener kurzen Periode war selbstverständlich, dass trotz der Pest alle Moscheen, Kirchen und muslimischen wie christlichen Klöster wieder für Gottesdienste zugänglich gemacht wurden. Damit wurde noch weit größerer Schaden angerichtet als durch die Öffnung der Geschäfte, Gaststätten, Friseurläden und Flohmärkte. Angesichts der wieder offenen Moscheen und Kirchen kam der unbedarfteste und gleichgültigste Teil der Bevölkerung erst recht zu der Überzeugung, dass die Quarantänemaßnahmen völlig umsonst gewesen waren. Die fatalistische, ja defätistische fromme Einstellung, es gebe keine Zuflucht außer bei Gott, fand wieder ihre Bestätigung. Die Hersteller und Verkäufer von Teppichen und Korbwaren, die Trödler und Gemüsehändler, die seit einem halben Jahrhundert in allen Städten des Mittelmeerraums als Verursacher von Choleraausbrüchen galten, waren indes zum großen Teil Griechen, die an die Quarantäne glaubten und deshalb ihre Läden nicht öffneten. Auch die Kaufhäuser, die besseren Restaurants und Hotels und die »Klubs« machten ihre Pforten nicht auf.

Die vielen kleinen Läden und Gaststätten, die aufmachten, waren eher in Seitenstraßen zu finden. Dort hatte man auch bisher schon alles Menschenmögliche getan, um die Quarantäneregeln zu umgehen, hatte Waren direkt aus dem Lager verkauft, seine Stammkunden unter der Hand versorgt oder zu einer vorher verabredeten Zeit die Hintertür geöffnet und dort einen schwunghaften Handel betrieben. Noch bevor die Regierungszeit Scheich Hamdullahs zu Ende ging, waren in solchen kleinen Betrieben die Hälfte der Meister und Lehrlinge an der Pest gestorben.

Diese furchtbare Tragödie wurde aber gar nicht richtig wahrgenommen. Niemand machte Vorschläge, wie dem Sterben so vieler Lehrlinge Einhalt zu gebieten sei, denn niemand begriff so recht, was eigentlich los war. Wer bisher an den Friedhöfen die mit dem Pferdewagen eintreffenden Leichen gezählt hatte, und vor allem, wer im Seuchenraum auf der großen Epidemiologiekarte in mehreren Farben eingetragen hatte, wo genau die Pest wieder zugeschlagen hatte, war von der neuen Regierung seines Postens enthoben worden. Es wusste also niemand mehr, zu wie vielen Toten es jeden einzelnen Tag kam, und die Regierenden wollten das auch gar nicht wissen.

Als Nimetullah Efendi nach etwa zehn Tagen doch gewahr wurde, dass die Todesrate in schwindelerregender Weise anstieg, erkannte er die Kluft, die sich zwischen den Befehlen Scheich Hamdullahs und der Wirklichkeit auftat, und war dadurch wie gelähmt. Auf den Friedhöfen wurde auf Befehl des Scheichs kein Kalk mehr verwendet, Tote wurden in der Moschee nach religiösem Ritus unter vielem Beten gründlich gewaschen, in den Läden gingen die Menschen ein und aus, manche Koranschulen wurden wieder geöffnet, und zusammen mit den Menschen aus der Isolierstation, die überall frei herumliefen, sorgte das für einen fulminanten Anstieg der Seuche.

Die Straßen waren allerdings bei Weitem nicht so voll wie früher. Am meisten sah man Ordensleute, die sich um die Seuche nicht scherten, und Bauern, die sich nach Arkaz trauten, um ihre Waren zu verkaufen. Pakize Sultan schrieb, trotz der Aufhebung aller Verbote seien das Räderrattern und Klingeln der Kutschen und die Hufschläge der Pferde noch immer selten zu hören. Obwohl die Glocken wieder läuteten und der Muezzin zum Gebet rief, war die Totenstille, die über Hafen, Bucht und Stadt lag, kaum weniger intensiv. Ganz im Gegenteil wurden das Läuten und die Gebetsrufe im Verein mit der Reglosigkeit und der Stille zu einem weiteren Symbol, das einem die Angst vor dem Tod in Erinnerung rief.

Der einzige Erfolg der Regierungszeit Scheich Hamdullahs bestand darin, dass ans Volk Tag für Tag sechstausend Laib ofenfrisches Brot verteilt wurden, als erste Anzeichen für eine Hungersnot sichtbar geworden waren. Möglich wurde das dadurch, dass die in einer Scheune auf dem Garnisonsgelände versteckten Säcke Mehl beschlagnahmt wurden. Mit Pferdewagen wurde das in der Garnison gebackene Brot in die einzelnen Viertel gebracht und dort auf Plätzen verteilt.

Aus Istanbul waren jene Vorräte an Mehl und Bohnen nach dem Pilgerschiffaufstand geschickt worden, für den Fall nämlich, dass es zu einer Erhebung gegen die Garnison kommen sollte und sie womöglich längere Zeit belagert würde (was auch vorgekommen war), und unter anderen Umständen durften jene Lebensmittel nicht verzehrt werden. Der Scheich suchte seit Jahren die Garnison auf, um sein Arabisch nicht zu vergessen, denn er konnte sich dort mit den arabischen Soldaten in der Sprache des Korans unterhalten und sie nebenbei zunehmend mehr für seinen Orden einnehmen, und von ihnen hatte er auch erfahren, dass es jenen Mehlschatz überhaupt gab und wo genau er sich befand.

KAPITEL 67

Die Scheich-Hamdullah-Periode zeichnete sich ferner dadurch aus, dass das harte Durchgreifen mit Gefängnisstrafen und Todesurteilen in eine Art »Staatsterror« ausartete, der vorwiegend politisch motiviert war, aber auch seine persönlichen Seiten hatte.

Als Sami Pascha während der Schießerei merkte, dass er selbst Ziel des Aufstandes war, hatte er in der Nacht die Kanzlei verlassen, sich zwei Stunden lang bei Marika versteckt (und mit ihr geschlafen), doch konnte er an dieser stadtbekannten Adresse nicht länger bleiben und ließ sich von seinen Leuten auf Schleichwegen aus der Stadt führen. Da die Spione und Spitzel seines Stellvertreters Mazhar auf Seiten des früheren Gouverneurs waren und der aus lauter Derwischen bestehenden neuen Regierung außer der Verteilung von Brot nichts zutrauten, würde man das Versteck Sami Paschas nicht so leicht finden.

Im Städtchen Dumanlı, in das Sami Pascha als Gouverneur eine Telegrafenleitung hatte verlegen lassen, kannte er einen Großgrundbesitzer namens Ali Talip, bei dem er sich nun in einem leerstehenden Gebäude verstecken durfte. Das Gut Ali Talips war von einer Steinmauer umfasst, an der bewaffnete Wächter postiert waren, neu eingetroffene Einwanderer aus Kreta, denen das Gesicht des früheren Gouverneurs nichts sagte. Höchstwahrscheinlich wussten sie auch nicht, wer der neue Gouverneur war, dachte Sami Pascha.

Da er sich in Sicherheit fühlte, machte er sich zu kleinen Wanderungen in den Albros-Bergen auf. Dort begegnete er eines Tages drei Männern, die sich vor der Pest in jene einsame Gegend geflüchtet hatten, und einer von ihnen erkannte in dem müden und doch tapfer ausschreitenden Wanderer den alten Gouverneur. Die drei hatten weder von Freiheit und Unabhängigkeit noch vom neuen Staat und dessen Anführern gehört, doch wunderten sie sich, was der Gouverneur in jenen Bergen wohl zu suchen hatte. Das erzählten sie auch herum, und zwei Tage später, auf einem Hügel mit herrlicher Aussicht, trafen sie den Gouverneur wieder.

Am Tag darauf nahmen von Nimetullah Efendi ausgeschickte Gendarmen in Zivil Sami Pascha auf dem Gut fest, schafften ihn nach Arkaz und warfen ihn in die feuchteste und dunkelste Zelle des Venedig-Turms. Die Leute Ali Talips leisteten keinerlei Gegenwehr.

Sami Pascha hatte einmal den bärtigen Hauptdarsteller einer in Arkaz mit *König Ödipus* gastierenden Theatertruppe aus Griechenland als Spion in jene Zelle sperren lassen und ihn dort am folgenden Abend besucht, daher kannte er jenen höhlenartigen Ort, an dem es vor Skorpionen wimmelte. Das Dunkel dort beförderte dunkle Gedanken. Sami Pascha machte sich Vorwürfe, mit allem gescheitert zu sein. Er hatte seine Absetzung nicht verdaut, und anstatt sein neues Amt in Aleppo anzutreten, hatte er sich wie ein verzogenes Kind an das alte geklammert, was natürlich zu einem Fiasko geführt hatte. Die Versetzung nicht anzunehmen war der größte Fehler gewesen, wie hatte er den nur begehen können? Immer wenn das Meeresblau in seine Zelle hereinschien, wusste er auch wieder die Antwort auf diese Frage: Weil er Minger so liebte! Wobei sich das Objekt seiner Liebe manchmal von Minger in Marika verwandelte, aber beide waren ohnehin nicht voneinander zu trennen. In der Nacht, als er aus Arkaz geflohen war, hatte Marika sich ungeheuer tapfer betragen und sich für ihn in Gefahr begeben.

Außer Marika wusste Sami Pascha niemanden, den er um Hilfe hätte bitten können. Ob wohl Damat Doktor Nuri sich für ihn einsetzen würde? Pakize Sultan mochte er leidtun. Aber die beiden waren ja genauso wie die unglückseligen türkischen Beamten auf der Insel Kızkulesi nur mehr Geiseln in der Hand der wild gewordenen Scheichs. Da kam Sami Pascha in den Sinn, dass vielleicht sein alter Freund Corc Bey auf Scheich Hamdullah Druck ausüben könne, um seine Freilassung zu erwirken, und er beschloss, ihm einen Brief zu schreiben. Dazu musste er aber erst an Papier und Stift kommen.

Bevor er aber noch irgendjemandem schreiben konnte, dass er in jener Zelle einsaß, wurde er auch schon vor Gericht gestellt. Am Montag, dem 12. August stand es mit der Pest so schlimm, dass jeder nur noch an seine eigene Haut dachte und alles andere um sich herum vergaß, und so gesehen müssen wir fast schon als Erfolg ansehen, dass die Regierung solch einen Prozess überhaupt noch zustande brachte.

Sami Pascha war sich gewiss, dass Scheich Hamdullah ihn wegen der Hinrichtung seines Bruders Ramiz auf exemplarische Weise würde bestrafen wollen und dies auf gerichtlichem Wege, doch unter irgendeinem anderen Vorwand bewerkstelligen würde. Er stellte sich auf die Klagen von Menschen ein, die – obwohl gesund – in die Isolierstation gesteckt worden waren oder deren Haus man sich angeeignet hatte, weil sie angeblich oder tatsächlich an der Pest erkrankt waren. Vielleicht würde man ihm auch vorwerfen, als Spion oder Handlanger Abdülhamits agiert zu haben. Nicht aber rechnete er damit, dass man drei Jahre nach dem Pilgerschiffaufstand den damaligen Prozess wieder aufrollen würde, und so war er völlig verblüfft, als er im Gerichtssaal auf einem frisch lackierten Stuhl Platz nahm und die Angehörigen getöteter Pilger und die damaligen Quarantänebeamten vor sich sah.

In Nebiler und Çifteler, wo man sich am Pilgerschiffaufstand beteiligt und mit Ramiz auf gutem Fuß gestanden hatte, jubelten die Menschen, als sie erfuhren, dass Scheich Hamdullah und Nimetullah Efendi an die Macht gelangt waren, und da sie nicht wussten, wie sehr inzwischen die Pest in Arkaz wütete, machten sie sich auf den Weg und gelangten innerhalb von zwei Tagen in die Hauptstadt. (Auch wenn sie es gewusst hätten, wären sie wohl losmarschiert.) Dann verlangten sie von Nimetullah Efendi, dass der Prozess, den sie drei Jahre zuvor nur wegen juristischer Spitzfindigkeiten verloren hätten, wieder aufgenommen werde und man ihnen für ihre getöteten Großväter, Väter und Brüder Schadenersatz leiste.

Der mit dem Halifiye-Orden sympathisierende Richter hätte argumentieren können, der Fall habe sich zu osmanischen Zeiten abgespielt und dafür sei die neue Regierung nicht zuständig, doch ließ er den

Prozess zu, und da die Gendarmen, die auf die Pilger gefeuert hatten, inzwischen – womöglich auf Scheich Hamdullahs Rat hin – samt und sonders woanders Dienst taten, saß als alleiniger Verantwortlicher für das Desaster der damalige Gouverneur auf der Anklagebank.

So musste Sami Pascha miterleben, wie seine schlimmsten Albträume Wirklichkeit wurden: Die Söhne und Töchter der getöteten Pilger standen weinend vor ihm und beschuldigten ihn. Aus den Unterlagen Mazhar Efendis, den die neue Regierung ins Gefängnis gesteckt hatte, wurden Telegramme vorgelesen, in denen Sami Pascha darauf bestanden hatte, dass gegen die Aufständischen ohne Nachsicht zu verfahren sei. Da stand ein weißbärtiger alter Mann auf und rief: »Sie waren doch Gouverneur, schämen Sie sich denn gar nicht?!« Ein Vater und sein Sohn aus Nebiler, die damals als Anführer gegolten und seither im Gefängnis gesessen hatten, standen nun im Gerichtssaal und ziehen den Gouverneur der Grausamkeit. Ohne sich um die Seuche zu scheren, waren auch zwei Töchter, zwei Söhne und zwölf Enkel eines von Gendarmen erschossenen Pilgers in den Gerichtssaal gekommen. Das ganze Spektakel erschien Sami Pascha so ausgetüftelt, dass er alle Hoffnung fahren ließ. Auch fürchtete er, der mit seinem Vater gekommene Sohn könne mitten im Gerichtssaal mit Fäusten auf ihn losgehen.

In der Annahme, der Prozess könne auch in Istanbul oder gar in Europa Aufsehen erregen, hatten die Lenker des neuen Mingerer Staates für den Richter ein Podest anfertigen und für den Staatsanwalt, den Verteidiger, die Presse und die Zuschauer extra Stühle und Tische aufstellen lassen. Für den Richter und den Staatsanwalt hatte man neue Roben genäht und dabei das Grün der islamischen Fahne mit den Rosen der Mingerer Flagge besticken lassen. (Leider gehören jene hässlichen Roben auch hundertsechzehn Jahre später noch zum juristischen Pomp und werden von sämtlichen Rechtsvertretern der Insel bis hinauf zum Verfassungs- und zum Revisionsgericht voller Ernst und Stolz getragen.)

Seine Rechtfertigung begann Sami Pascha mit dem Satz, »Ja, ich war damals Gouverneur, aber …«, dann versuchte er zu erläutern, er habe keinen Befehl dazu erteilt, auf die Pilger zu schießen, und von den Schüssen habe er sogar erst Tage danach erfahren, doch unter all dem Weinen und Schreien blieb in den Köpfen der Menschen lediglich hängen, er sei eben Gouverneur gewesen, was als Schuldeingeständnis gewertet wurde.

Zur Verzweiflung trieb Sami Pascha in dem rasch durchgezogenen Prozess, dass es ein Ding der Unmöglichkeit war, gegenüber einem Gericht, das unter der Fuchtel einer quarantänefeindlichen Regierung (ja Bande) stand, die Notwendigkeit von Quarantänemaßnahmen zu rechtfertigen. »Zweck der Quarantäne war es nicht, auf willkürliche Forderungen der Großmächte einzugehen, sondern die Seuche von den Mingerern fernzuhalten«, sagte er mutlos. In den vier auf der Insel erscheinenden Zeitungen sowie in der öffentlichen Meinung setzte sich dennoch die Auffassung durch, Sami Pascha habe unschuldige Pilger töten lassen, nur damit der Despot Abdülhamit im Yıldız-Palast nicht von den Europäern behelligt werde.

Nach zwei Stunden erfuhr Sami Pascha, er sei zum Tode verurteilt worden. Irgendwie hatte er solch ein Urteil schon erwartet, doch andererseits glaubte er, nicht richtig zu hören, und konnte nicht fassen, was ihm da widerfuhr. In der Magengrube links unten verspürte er einen stechenden Schmerz, als würden ihm lauter Nadeln in den Körper gestoßen.

Solange dieses Urteil nicht aufgehoben wurde, würde er nachts kein Auge zutun, so viel stand fest. Er fürchtete schon, dass ihm die Augen feucht wurden, doch hatte sich keine einzige Träne gebildet und auch niemand etwas bemerkt.

Er erinnerte sich an den sonnigen Junitag vor drei Jahren, als er den »Richter« eingestellt hatte. Jener hatte behauptet, sich gut auf den Koran und das islamische Recht zu verstehen, und war auf Verwenden des einflussreichen Hadschi Fehim Efendi genommen worden, der sich bei der Finanzierung der neuen Telegrafenleitungen erkenntlich gezeigt hatte. Als Sami Pascha erfuhr, dass der neue Mitarbeiter regelmäßig das Halifiye-Kloster aufsuchte, sagte er: »Aha, ein gottesfürchtiger Mensch, also kennt er keine Heimtücke!« Es war nicht zu begreifen, dass jener unauffällige, blutleere Mann ihn nun zum Tode verurteilen konnte. Als jener ihn aufforderte, in sein Büro zu kommen, folgte er ihm.

Der Richter sah, wie Sami Pascha ihn völlig verständnislos anstarrte. »Ihre Exzellenz, Sie sind zum Tode verurteilt worden!«, sagte er zu ihm, als wollte er ihm damit Trost zusprechen. »Früher wurde so ein Urteil zu Berufungszwecken erst mal nach Istanbul geschickt. Darüber verging eine Weile, bis Abdülhamit in seiner Güte das Urteil schließlich in lebenslänglich oder in eine Verbannungsstrafe umwandelte, und da er sich vor den Pressionen der Botschafter fürchtete, wurde kaum ein Todesurteil vollstreckt. Im unabhängigen Minger dagegen wird wegen Ihres Urteils weder in Istanbul um Berufung ersucht, noch hätte es irgendeinen Sinn, von Sultan Abdülhamit Gnade zu erwarten.«

»Was meinen Sie damit?«

»Damit meine ich, dass dies die letzte Nacht Ihres Lebens sein kann. Weder Istanbul noch die Großmächte haben irgendeine Befugnis, diesen Beschluss des Mingerer Staates zu kassieren.«

Da wurde Sami Pascha klar, dass man ihn hinrichten würde, um der Welt zu zeigen, dass sich in die Belange des unabhängigen Mingeriens niemand einmischen durfte.

Die Nadelstiche, die er zunächst nur im Magen verspürt hatte, arbeiteten sich in Rücken und Beine vor und lähmten ihm Verstand und Seele, sodass er zu keinem Gedanken mehr imstande war und in seiner Angst die Welt nicht mehr sah, die Menschen nicht mehr hörte und sie nicht mehr begriff. In seine Zelle wurde er in einem allseits geschlossenen und von draußen verriegelten Gefängniswagen zurückgebracht, was seinen Stolz sehr verletzte. Am schlimmsten aber waren die teils neugierigen, teils mitleidigen Blicke, mit denen er als zum Tode Verurteilter bedacht wurde, gerade so, als wäre er irgendein seltsames Tier. Er war gerade erst verurteilt worden, und doch schien ihm, als wisse jedermann schon Bescheid.

Als der Wagen langsam vom Haupttor der Burg zum Venedig-Turm fuhr, sah Sami Pascha durch das Belüftungsloch, dass vor dem osmanischen Gebäude mit den größten Gemeinschaftszellen, in denen der Aufstand ausgebrochen war, reihenweise Leichen lagen. Nachdem er teilnahmslos sechsundzwanzig Tote gezählt hatte, bemerkte er, dass in einer Ecke, aus der scharfer, übelriechender Rauch aufstieg, die Sachen der verstorbenen Häftlinge verbrannt wurden. Um dergleichen musste man sich nun selbst kümmern, denn vom Verbrennungsschacht waren alle Beamten und Soldaten abgezogen worden.

Nicht weit entfernt von den Toten, die am Abend vom Leichenwagen abgeholt werden sollten, lagen Sterbende, sechs, sieben Pestkranke, die sich teils auf Matratzen, teils auf dem nackten Boden vor Schmerzen krümmten, sich übergaben und Schreie ausstießen. Das Schlimmste war eingetreten, die Pest hatte auf den ganzen Kerker, auf sämtliche Gebäude übergegriffen. Sami Pascha wurde klar, dass man die Sterbenden dort niedergelegt hatte, da sie wohl bis zum Abend tot sein würden und dann gleich auf den Leichenwagen geladen werden konnten.

Am Gefängnistor hatte Sami Pascha Beamte und Wächter gesehen, die Scheich Hamdullah ergeben waren. Im Gefängnishof selbst dagegen waren keine uniformierten Wärter, sie waren alle davongelaufen.

Auf einmal wurde der Gefängniswagen von zwei Häftlingen angehalten, die im Hof nun das Sagen hatten. Nur eine Handbreit vom drinnen horchenden Sami Pascha entfernt, suchten sie in einer ihm unbekannten Sprache Streit. Als der Wagen wieder losfuhr, konnte er sie riechen und ihr Knurren hören, und hätten die beiden Banditen gewusst, wie nahe sie in all dem Chaos dem alten Gouverneur gekommen waren, hätten sie ihn bestimmt aus dem Wagen gezerrt und noch vor den Leuten Scheich Hamdullahs aufgeknüpft. Vor dem Venedig-Turm sah Sami Pascha noch einmal sechzehn Leichen, die jemand aus demselben seltsamen Symmetriebedürfnis in vier Reihen niedergelegt hatte, und voller Kummer musste er feststellen, dass er keinerlei Mitleid für sie empfand.

Durch das Todesurteil hatte er einen besonderen Egoismus entwickelt. Es betrübte ihn nicht, dass auch andere gerade sterben mussten, denn vielleicht gab es ja wirklich ein Jenseits, dann war er dort nicht so alleine. Ansonsten war er von einem einzigen Gedanken beherrscht: am Leben zu bleiben! Dazu musste er aber Papier und einen Stift auftreiben, um in seiner Zelle an Konsul Corc schreiben zu können.

Kaum aber war er in der Zelle zurück, die in merkwürdigem Meeresblau schien, verfiel er in haltloses Schluchzen und weinte sich die Seele heraus. Dabei hoffte er, dass niemand ihn in diesem Zustand zu Gesicht bekam. Dann streckte er sich auf dem Stroh aus, und wie durch ein Wunder Gottes waren ihm zehn Minuten Schlaf vergönnt. Er träumte davon, frei zu sein und mit seiner Mutter im Garten seiner Tante Atiye herumzuspazieren. Dort wuchsen Kamillensträucher, das Licht war mild und gelblich, und an der warmen Hand seiner Mutter trat er an einen Brunnen heran. Die Mutter zeigte ihm die Pumpenwinde, auf der kratzend eine Eidechse herumlief, die ihm aber keine Angst machte, sondern ein freundliches Geschöpf war.

Beim Aufwachen merkte er, dass das Kratzen von einem riesigen Krebs stammte, der auf der dem Meer zugewandten Mauer über Risse und Steine kroch, und er wertete das als Zeichen dafür, dass er nicht aufgehängt würde, sondern bald freikommen werde, denn hätten sie ihn aufhängen wollen, wäre er nicht zurück in die Zelle gekommen, sondern direkt in die Kanzlei geschafft worden, und so beruhigte er sich etwas.

Gemäß der Mingerer Verfassung, deren Artikel er selbst niedergeschrieben hatte, musste ein Todesurteil vor der Vollstreckung vom Ministerpräsidenten unterzeichnet werden, also von Nimetullah Efendi. Der wiederum würde sich selbstverständlich nach den Wünschen Scheich Hamdullahs richten. Sein alter Freund, mit dem er sich in seinen ersten Jahren auf der Insel oft über Gedichte und Bücher unterhalten hatte, würde seine Wut bezähmen und den ihm vorgelegten Gnadenakt unterschreiben, und somit würde Sami Pascha aus der Burg hinausspazieren und nach Hause gehen können. Und sich auf dem Heimweg nicht einmal beeilen. Wenn dann Nimetullah Efendi ihn aufsuchen würde, würde er ihm für die Begnadigung danken und das Gespräch auf den vom Scheich verfassten Gedichtband *Morgenröte* lenken. Nein, wenn sie ihn hätten aufhängen wollen, hätten sie ihn nicht in die Zelle zurückgebracht, und der nette, rücksichtsvolle Krebs wäre auch nicht extra aus dem Meer bis zu ihm gekrabbelt.

Beim Gedanken an seine Frau und seine zwei Töchter in Istanbul wurde er noch zuversichtlicher. Eigentlich war er seiner Frau ja böse, denn sie hatte immer wieder behauptet, sie könne gerade nicht kommen, weil etwa ihr Vater krank sei, aber mit dem nächsten Dampfschiff treffe sie ganz bestimmt ein, und so hatte sie ihn fünf Jahre lang hingehalten, in der Überzeugung, als Tochter eines Paschas habe sie das Recht dazu. Nun aber stellte er sich gerne vor, wie seine Frau und die Töchter müßig am Strand von Üsküdar saßen, und irgendwie war Marika in dieser Vorstellung auch in Istanbul.

Nach der Begnadigung durch Scheich Hamdullah würde er sich bestimmt nicht mit seinen alten Feinden herumplagen, sondern lieber seine Freundschaft mit den Konsuln auffrischen, sich von allem zurückziehen, Marika heiraten, mit ihr in ein weißes Haus entweder in Ora ziehen, an der Steilstraße mit der herrlichen Aussicht, die sich zur Küste hinunterschlängelte, oder etwas weiter nördlich in Dantela, und von da an den lieben Gott einen guten Mann sein lassen. Warum hatte er das nicht früher schon gemacht? Er bereute nun, Marika nicht besser behandelt zu haben. Eines Abends, nach ziemlich viel Cognac, hatte er Zekeriya gerufen und mit Marika im Landauer eine Fahrt durch die Vollmondnacht unternommen, da hatte er doch gesehen, wie verzaubert sie davon war. Sie hatte ihn später immer wieder angefleht, doch wieder so etwas zu tun, doch aus Furcht, ins Gerede zu kommen, hatte er stets abgelehnt, und das tat ihm nun furchtbar leid.

Da ging auf einmal die Zellentür auf. Sami Pascha riss sich aus seinen Tagträumen und eilte zur Tür, um Scheich Hamdullah zu empfangen, doch als er stattdessen die ihm wohlbekannten Vollstreckungsbeamten vor sich hatte, wusste er, was die Stunde geschlagen hatte.

Mit einer Gefasstheit, die ihn selbst überraschte, sagte er: »Ich möchte vorher noch beten. Dazu muss ich meine Waschungen vornehmen.«

Wegen der Seuche waren sowohl der Gebetsraum der Burg als auch der von den Häftlingen benutzte geschlossen. Während eine Waschgelegenheit und ein Gebetsteppich besorgt wurden und Sami Pascha sich einen geeigneten Platz suchte, an dem er schließlich betete, ohne sich an eine einzige Sure vollständig erinnern zu können, war er zumindest beschäftigt und vergaß darüber seinen Schmerz ein wenig.

Nach Einbruch der Dunkelheit wurde er wieder in den Gefängniswagen verfrachtet. Als dieser schaukelnd anfuhr, sah Sami Pascha durch das Belüftungsloch, wie auf den unseligen schwarzen Leichenwagen die aufgereihten Toten geladen wurden, größtenteils nackt, da ihre Kleider verbrannt wurden. Auf dem Kastanienbaum in der Mitte des Hofes fingen auf einmal Hunderte von Krähen zu krächzen an. Auch vor dem alten Janitscharengebäude waren Leichen aufgehäuft. Dennoch roch es nicht nach Tod, sondern nach feuchtem Gras. Der Gefängnisdirektor hatte angeordnet, die Matratzen und das Bettzeug der Toten sollten verbrannt werden, doch da dies offiziell verboten war, lief es nicht unter »Quarantänemaßnahme«, sondern unter »Hygiene«. Die vier, fünf glücklichen Menschen, die im Hof herumgingen, Leichen aufluden, miteinander redeten, sich ausruhten, würden am nächsten Tag, wenn die Sonne aufging, wieder hier auf dieser Welt sein und den Himmel sehen, er dagegen nicht.

Mit aller Kraft trommelte Sami Pascha schreiend an die Innenwand des Gefängniswagens, doch niemand bemerkte ihn. Der Schmerz in den Händen, die Wut, die Verzweiflung ließen ihn schließlich auf den Wagenboden sacken, und er weinte ein bisschen. Dann riss er sich zusammen, stand auf und hielt das Auge an das Belüftungsloch, um auf die Straßen seines geliebten Arkaz hinauszuschauen, das er fünf Jahre lang verwaltet hatte. Es war aber so dunkel, dass er nichts sah.

Es wehte ihm ein Geruch nach Erde in die Nase, nach Gras und Algen, jener für die Stadt so ganz charakteristische Duft, und da sank er wieder zu Boden und flehte Gott an, er möge ihn erretten. Jetzt steckten nicht mehr Wut, Stolz oder heldenhafte Träume in ihm, sondern nur noch tiefe Reue. Reue darüber, wie dämlich er sich angestellt hatte. Und was reute ihn am meisten? Dass er sich ganz umsonst mit diesem Ramiz herumgeplagt, das alles viel zu ernst genommen und seine Versetzung nicht einfach akzeptiert hatte. Da klangen die Räder des Gefängniswagens auf einmal ganz anders, und Sami Pascha begriff, dass sie über die Hamidiye-Brücke fuhren. Er sprang auf, hielt das Auge an das Belüftungsloch und sah, in seltsamem Lichtschein, die Burg, in der er sich gerade noch aufgehalten hatte. Und begriff, dass er diesen herrlichen Bau gerade zum letzten Mal erblickte.

Beim Lesen eines Geschichtsbuchs kommt es nicht so leicht vor, dass man eine historische Figur besonders liebt oder hasst, während man sich beim Lesen eines Romans leicht zu solchen Gefühlen hinreißen lässt. Wer von unseren Lesern für Sami Pascha (wenigstens ein bisschen) etwas übrighat, der sei versichert, dass all die Schmerzen und die Todesfurcht, die er empfand, als er in seiner Zelle im Regierungsgebäude noch darauf hoffte, von Scheich Hamdullah oder von Nimetullah Efendi begnadigt zu werden, oder als er danach den Worten des Imams lauschte, hier nicht weiter erwähnt werden sollen.

Seinen naiven Glauben an eine Begnadigung verlor er tatsächlich bis zum Schluss nicht. Sogar als er schon den Henker vor sich hatte, klammerte er sich noch an den Gedanken, das sei ein abgekartetes Spiel, um ihm einen Schrecken einzujagen und ihm die Nachricht von der Begnadigung noch etwas vorzuenthalten.

Den Henker Şakir hatte Sami Pascha schon immer verabscheut, weil er ein Säufer und ein Dieb war und sich fürs Hinrichten bezahlen ließ. Nun aber, da er diesem Mann in die Hände gefallen war, steigerte sich bei Sami Pascha dieser Hass so sehr, dass er meinte, daran ersticken zu müssen. Er schaffte es, mit seinen vorne zusammengebundenen Händen dem Henker einen Hieb auf den Rücken zu versetzen. Mit ganzer Kraft versuchte er zu fliehen, doch Şakir packte ihn am Hals.

»Eure Exzellenz, Sie müssen jetzt stark sein«, sagte er. »Das gehört sich so für Sie.«

Sami Pascha erfühlte, dass auf dem dunklen Platz niederträchtiges Volk versammelt war, um seiner Hinrichtung beizuwohnen. Doch welche Bedeutung hatte es noch, was jenes Pack vor seinem Tod noch über ihn denken mochte? Das Leben war eine viel tiefere Angelegenheit. Er fasste sich.

Als er jedoch auf den Galgen zugehen musste, bekam er weiche Knie und konnte sich kaum mehr auf den Beinen halten. Da sagte der nach Wein stinkende Henker überraschend fürsorglich: »Nur Mut, Herr Gouverneur! Beißen Sie die Zähne zusammen, gleich ist es vorbei!«

Es war Sami Pascha ein Trost, fast wie ein Kind angesprochen zu werden. Als er im weißen Büßerhemd mit der Schlinge um den Hals dastand, stürzte er sich von selbst ins Leere und rief dabei: »Mama, ich komme!« Kurz bevor er seinen letzten Atem aushauchte, erschien ihm eine pechschwarze Krähe mit riesigen Flügeln.

KAPITEL 68

Es kamen Leute auf den früheren Regierungs- und nunmehrigen Minger-Platz, um mit eigenen Augen zu sehen, wie Sami Paschas Leichnam im weißen Büßerhemd melancholisch baumelte. Kinder kamen, die sich vor Tod und Seuche nicht fürchteten, junge Leute, die es bei sich zu Hause nicht mehr aushielten, diverse Feinde Sami Paschas, griechische und Mingerer Nationalisten, Journalisten, die er einst ins Gefängnis gesteckt hatte. Rachedürstende Verwandte von Ramiz aus Nebiler standen unter dem Galgen und sprachen so provozierend Dankgebete, dass schließlich Gendarmen einschritten. Ein gewisser Tarkis Efendi, den Sami Pascha wegen Antiquitätenschmuggels vier Jahre im Kerker hatte schmoren lassen (ohne Beweise zwar, doch mit dem richtigen Riecher), behauptete nun, der am Galgen Hängende sei gar nicht Sami Pascha, und als er ihn näher inspizieren wollte, wurde er von Gendarmen fortgeschafft.

Wer Sami Pascha zugetan gewesen war, insbesondere Marika und die muslimischen und griechischen Honoratioren von Arkaz, rührte sich nicht mehr aus dem Haus und wartete wie erstarrt ab. Es setzte sich immer mehr der Gedanke fest, die Pest könne sich auch durch die Luft übertragen.

Was die Historiker »Staatsterror« nennen, ließ aber nicht nach. Zwei Tage später wurde Sami Pascha vom Galgen abgenommen und auf dem Narlık-Friedhof zwischen Minger-Rosen bestattet. Am Tag darauf hing im Morgengrauen an demselben Galgen Bonkowski Paschas Jugendfreund Nikiforo.

Mit jenem ging der Henker Şakir bei Weitem nicht so pfleglich um wie mit Sami Pascha, und als dem alten Apotheker vor lauter Angst die

Beine versagten, wurde er vom Henker nur beschimpft. »Das hättest du dir früher überlegen müssen, jetzt ist es zu spät!« Das mochte daher rühren, dass Şakir bei Nikiforo einmal etwas gestohlen hatte und mit Schimpf und Schande davongejagt worden war (die Polizei dagegen hatte man wegen seiner Henkersfunktion nicht geholt). Daran, dass Şakir an jenem Tag womöglich etwas mehr als sonst getrunken hatte, dürfte es nicht gelegen haben, vielleicht aber an der Tatsache, dass der »Staatsterror« sich allmählich zu einer gegen die Griechen gerichteten Bewegung entwickelte. Wie auch schon die Regierungen vor ihnen benutzte die von Nimetullah Efendi und Scheich Hamdullah geführte nach einer Weile die Pestseuche, um die Inselgriechen einzuschüchtern und zu vergraulen. Die bereits geflüchteten Griechen sollten von der Insel ferngehalten werden, damit die Muslime zur Bevölkerungsmehrheit wurden. Vielen Griechen zufolge wurde der Telegrafendienst nur deshalb so lange nicht wieder aufgenommen, weil sonst auch die Schifffahrt wieder einsetzen und sie wieder die Mehrheit bilden würden.

Scheich Hamdullah und seine Beamten setzten den Griechen nicht nur zu, um auf das Zahlenverhältnis zwischen den Bevölkerungsgruppen einzuwirken, sondern auch, weil sie die Christen im Grunde ihres Herzens nicht mochten und sich vor ihnen fürchteten. Den Kirchen und den christlichen Klöstern war ihre Freiheit gleichermaßen zurückgegeben worden wie den Moscheen und den muslimischen Klöstern, doch während in jenen die dort installierten provisorischen »Krankenhäuser« wieder aufgelöst wurden, war dies in den christlichen Klöstern nicht der Fall, sondern ganz im Gegenteil hatten sie in ihren Gärten nun auch noch die Patienten aus den muslimischen Einrichtungen aufzunehmen. Eine Zeit lang schwebte Scheich Hamdullah sogar vor, es könnte zwischen den Mingerer Griechen und den auf Kreta und Rhodos lebenden Muslimen ein Bevölkerungsaustausch durchgeführt werden. Und obwohl die Staatskassen leer waren, wurden neue Beamte eingestellt, allerdings nur Muslime, und nicht unbedingt türkische; jenen legte man fast so viele Steine in den Weg wie den Griechen. Wo in den wohlhabenden griechischen Vierteln wie Ora, Flizvos oder Dantela

Häuser von Fremden besetzt worden waren, beeilte die Staatsmacht sich keineswegs, sie wieder zu verscheuchen.

Das alles waren allerdings nicht die offiziellen Gründe, aus denen Nikiforo so rasch verurteilt und hingerichtet worden war. An den Galgen gebracht hatten ihn die Geständnisse von Menschen, die nach altbewährter Manier gefoltert worden waren. Doktor Nuri und Pakize Sultan hatten die schriftlichen Geständnisse gelesen, die Sami Pascha am Abend vor seiner Flucht in seiner Akte ins Regierungsgebäude gebracht hatte, und sie hatten sich die Beweise genau angesehen. Da sie ihr Zimmer im Gästehaus nicht verlassen durften, hatten sie einerseits viel Zeit und wussten andererseits nicht viel über die schrecklichen Geschehnisse, die sich in der Stadt abspielten, sodass sie einigermaßen zuversichtlich und sogar spielerisch Vermutungen anstellen konnten.

In den Tagen nach der Vergiftung von Doktor Ilias waren acht in der Garnisonsküche tätige Soldaten der Bastonade unterzogen worden, und da auch nach noch so vielen Schlägen und Schmerzen und Blut kein Ergebnis vorlag, wurden zusätzlich fünf Soldaten, die bei der Vereidigung der Quarantänesoldaten den Tisch mit der Verköstigung vorbereitet hatten, sowie der kretische Verpflegungsleiter der Garnison und zwei seiner Leute mit der Bastonade traktiert.

Während damals Doktor Nuri sämtliche Apotheken und Gewürzhändler aufgesucht hatte, um sich noch akkurater, als dies Sherlock Holmes getan hätte, nach verkauftem Rattengift und sonstigen verdächtigen Details zu erkundigen, hatten die Staatsanwaltschaft und ihre Schergen, die schon im ersten Durchgang die Stätte ihres Wirkens blutig hinterlassen hatten, sich auf Drängen des Überwachungsleiters angeschickt, sich dieselben Verdächtigen in derselben Reihenfolge ein zweites Mal vorzunehmen, und da hatte der argloseste, am unschuldigsten dreinblickende der acht in der Küche arbeitenden Soldaten weinend seine Schuld gestanden und vor lauter Angst, noch einmal die Bastonade ertragen zu müssen, die ganze Wahrheit gesagt, und um zu beweisen, dass es auch die Wahrheit war, hatte er dem weißbärtigen Staatsanwalt und den schnurrbärtigen Sekretären gezeigt, wie er am Freitag vor der

Vereidigung, während alle beim Mittagsgebet waren, in die Küche gegangen war und aus einem mitgebrachten Beutel Rattengift in das Mehl gemischt hatte, und somit hatte er sie überzeugt, dass er die Nusstörtchen vergiftet hatte. Als die anderen Küchengehilfen von dem Geständnis hörten, waren sie ungeheuer froh, denn bei einer zweiten Bastonade wären die kaum verheilten Wunden an den Fußsohlen wieder aufgeplatzt, und man konnte vor Schmerz in Ohnmacht fallen oder ein lahmes Bein davontragen. Damit es nicht zu größerem Blutverlust kam und alles besudelt wurde, tauchte man die Füße der Küchengehilfen zwischendurch in einen Eimer mit Salzwasser.

Der Überwachungsbeauftragte und Sami Pascha waren über das Geständnis des grünäugigen Sechzehnjährigen mit dem Engelsgesicht natürlich erfreut gewesen. Solange aber nicht beantwortet war, wer dem zarten Jungen den Beutel mit dem Gift gegeben hatte und in welcher Absicht, würden höchstwahrscheinlich noch mehr Quarantäneärzte ermordet werden. Doch jedes Mal, wenn der am härtesten zuschlagende Beamte dem Geständigen im Dunkel eine Kerze vors Gesicht hielt und ihm jene Frage stellte, schwieg dieser beharrlich, ohne den Blick vom Licht abzuwenden, oder er fing gleich an zu weinen.

Falls sie, um an jene zweite, wichtigere Information zu gelangen, nämlich woher das Gift stammte, dem Jungen wieder Fußhiebe verabreichten, würde er entweder lügen oder unter den Schlägen verkrüppeln oder gar sterben, das wusste der Überwachungsbeauftragte aus Erfahrung, daher hatte er Anweisung gegeben, das Verhör vorläufig auszusetzen, und Sami Pascha davon unterrichtet. Es wurde beschlossen, erst weiterzumachen, wenn die Fußsohlen des Jungen richtig verheilt seien. Bis dahin sollte aber genauestens untersucht werden, mit wem der junge Verräter Umgang hatte, seien es Angehörige oder Bekannte, und gegebenenfalls sollten auch sie der Bastonade unterzogen werden.

Pakize Sultan las die von Sami Pascha hinterlassene Akte sehr aufmerksam und begriff, was in jenem vorgegangen war. Zu ihrem Gatten sagte sie: »Sami Pascha war so glücklich, den Mörder des armen Doktor

Ilias vor Ihnen gefunden zu haben, und noch dazu mit seinen eigenen Methoden.«

»Wenn sie das zweite Geständnis des Jungen sofort erwirkt hätten, wäre ihnen jene subversive Bande ins Netz gegangen, noch bevor Mecid ermordet wurde«, erwiderte Doktor Nuri.

»Aber Sami Pascha und mein Onkel hatten es gar nicht eilig. Sami Pascha wusste, dass Sie alle Apotheken und Gewürzhändler abklapperten, und da er vermutete, dass Sie dabei nichts herausbringen würden, wollte er das genüsslich in die Länge ziehen. Sowohl Ihnen als auch meinem Onkel, der sich leider die Nächte mit Krimis um die Ohren schlägt, wollte er zeigen, dass die Methoden eines Sherlock Holmes weder im Orient noch im Osmanischen Reich funktionieren konnten. Von einem Gouverneur wie Sami Pascha einen Fehler aufgezeigt zu bekommen, würde meinen Onkel aber hart ankommen.«

»Sie glauben dennoch, dass Sami Pascha Ihrem Onkel von Grund auf treu ist.«

»Daran gibt es für mich keinen Zweifel. Darum habe ich mich auch nie in Sicherheit gefühlt, als er nur vier Zimmer von hier entfernt war. Vergessen Sie nicht, dass die Nusstörtchen, die Doktor Ilias umgebracht haben, auch für Sie gedacht waren.«

»Aber Sami Pascha sind sie doch auch vorgesetzt worden.«

»Der hat sie aber nicht angerührt«, versetzte Pakize Sultan und sah dabei ihrem Gatten in die Augen.

Aus Sami Paschas Akte bezogen die beiden nun den Genuss, den Abdülhamit bei der Lektüre seiner Krimis empfand, und sie hatten das Gefühl, den Beweisen, die der Überwachungsbeauftragte und seine Schergen durch die Bastonade erlangt hatten, mit der Logik von Sherlock Holmes näher zu kommen.

Während sie dies erörterten, war Sami Pascha noch auf dem Gut von Ali Talip in der Nähe von Dumanlı versteckt. Die beiden sorgten sich um den früheren Gouverneur und sprachen oft über ihn. Warum hatte Sami Pascha, kurz bevor er aus Arkaz floh, um seine Haut zu retten – in großer Zeitnot also –, die Akte mit den vielen Informationen über

Verdächtige, Zeugenaussagen und Verhöre ausgerechnet ihnen beiden übergeben?

»Weil er uns für Spione meines Onkels hält. Er will, dass wir zu Abdülhamit gehen und sagen: Sami Pascha ist eigentlich ein sehr guter Gouverneur, schauen Sie nur, ganz wie Sie befohlen haben, hat er die Mörderbande ausfindig gemacht und alle gefasst. Vielleicht hofft er, dass mein Onkel ihm verzeiht.«

»Er ist eben ein Untertan des Sultans. Wenn er eine Untersuchung erfolgreich durchgeführt hat, soll der Sultan auch davon erfahren.«

»War er denn wirklich erfolgreich und hat alle Mörder gefasst?«

»Ja«, erwiderte Damat Doktor ehrlich. »Was in der Akte und in den Berichten an den Gouverneur steht, hat mich überzeugt.«

»Mich ja auch.«

Sie schwiegen eine Weile.

»Leider«, sagte Doktor Nuri dann, »bedeutet das nicht, dass die Methode von Sherlock Holmes erfolgreich war.«

»Vielleicht meint mein Onkel es damit ja gar nicht so ernst, so wie bei den Reformen, die ihm von den Europäern nur aufgezwängt werden. Es geht nicht darum, dass der Sultan die Europäer begeistert nachahmt, sondern dass das Volk diese Nachahmung begeistert billigt. Grämen Sie sich also deswegen nicht.«

»Nein, gestatten Sie mir zu sagen, dass Ihr Onkel es mit Sherlock Holmes tatsächlich ernst meint. Er hat begriffen, dass es dabei um das Individuum und die Gemeinschaft geht. Krankenhäuser, Schulen, Gerichtsgebäude, Kasernen, Bahnhöfe und Plätze hat er errichten lassen, um die Individuen aus ihrer Gemeinschaft herauszureißen und sich direkt an sie wenden zu können. Auf dem Gericht sollen die Menschen sich vor dem Staat fürchten, und nicht vor den Nachbarn in ihrem Viertel.«

»Es kann ja auch sein, dass er einzig und allein Sherlock Holmes mag«, sagte Pakize Sultan schmunzelnd.

Großen Raum nahmen in der Akte Sami Paschas die Kommentare des Untersuchungsrichters ein, noch mehr aber die Aussagen der mit der Bastonade Drangsalierten (»Sami Pascha kann das doch unmöglich alles gelesen haben«, dachte das Ehepaar, doch hatte der Gouverneur sich mit Bleistift viele Randnotizen gemacht). Ein vom Rang her zwischen dem Untersuchungsrichter und dem Überwachungsbeauftragten liegender Sekretär wiederum hatte dem Gouverneur jeden Tag in einem Bericht erläutert, welchen Verlauf die von vielen Schlägen begleiteten Verhöre gerade nahmen. Daraus ging übrigens hervor, wer sich tatsächlich einer Tat schuldig gemacht hatte und wen man nur aus politischen Gründen in die Sache hineinzog, um ihn bestrafen zu können.

Während darauf gewartet wurde, dass die Fußsohlen des willigen Küchengehilfen wieder verheilten, nahmen sich die Leute des Überwachungsbeauftragten dessen Angehörige vor. Der Junge wohnte mit seiner Familie auf einem der Hügel hinter dem Verbrennungsschacht, auf denen ohne Genehmigung notdürftige Behausungen entstanden waren, bei denen Sami Pascha ein Auge zugedrückt hatte. Neben Zuwanderern aus Kreta hatten sich dort auch Arbeitslose und strenggläubige Jugendliche eingenistet. Der Küchengehilfe hatte auch Umgang mit rebellischen jungen Leuten aus Taşçılar, und sein Vater, der seinen Sohn wegen eines Pestausbruchs in der Garnisonsküche auf der Isolierstation der Burg wähnte, gab an, er habe alles getan, um den Jungen von seinen nichtsnutzigen Kumpanen am Hafen fernzuhalten, und nannte arglos die Namen aller Freunde, die seinen Sohn auf dem Hügel besucht hatten.

Die meisten von ihnen wurden in jenen Tagen kurz vor der Revolution verhaftet. Viele davon mussten völlig unschuldig die Bastonade über sich ergehen lassen, doch einigen konnte man nachweisen, dass sie zu den Quarantänefeinden aus dem Umfeld von Ramiz und den Leuten aus Nebiler gehörten. Es dauerte über einen Monat, bis alle Beweise vorlagen. In jener Zeit gelang es dem Überwachungsbeauftragten, anhand von bei Razzien sichergestellten Briefen, Telegrammen und anderen Papieren sowie unter Folter erhaltenen Aussagen Gewissheit darüber zu erlangen, wie die in den Pilgerschiffaufstand verwickelten wütenden Massen aus Nebiler zueinander standen und dass Ramiz ihr mehr oder weniger heimlicher Anführer war. Sami Pascha und Mazhar Efendi hatten die Angelegenheit in allen Details so betrieben, als sollte sie einmal im Unterricht als Musterfall für die »Ordnungsgemäße Durchführung einer Untersuchung« dienen, und vielleicht hatten sie die Akte auch als günstige Gelegenheit angesehen, um Abdülhamit und der Hohen Pforte zu beweisen, was für hervorragende Bürokraten sie waren.

Nachdem der Überwachungsbeauftragte und seine Spione ermittelt hatten, wer genau um Ramiz herum aus religiösem Eifer agierte und wer sich geschworen hatte, für die Sache mit dem Pilgerschiffaufstand Rache zu nehmen, wurden auf alle infrage Kommenden Spitzel angesetzt, jedoch nicht gleich die ganze Bande festgenommen. (Jenes Versäumnis sollte später Mecid das Leben kosten.) Sami Pascha musste wohl erwogen haben, dass mit wütenden Reaktionen gegen die Quarantäne zu rechnen war, falls man so viele Sektierer auf einmal ins Gefängnis steckte.

Aus der von Sami Pascha zusammengestellten Akte geht etwas hervor, was sich so mancher Leser schon gedacht haben mag, nämlich dass bei der Entführung und Ermordung Bonkowski Paschas der Zufall eine nicht geringe Rolle spielte. Damit wir uns richtig verstehen: Durchaus gab es damals in Arkaz genug Leute, die einen Christen, der die Quarantäne auf die Insel brachte, nur zu gerne umgebracht hätten, und Sami Pascha am besten gleich mit. Eigentlich war vorgesehen, dass Bonkowski Pascha und sein Assistent Ilias gemeinsam vergiftet werden sollten, mit den Nusstörtchen eben. Einen Plan zur Entführung Bonkowski Paschas gab es deshalb nicht. Es traf sich aber, dass ein Mekkapilger aus Nebiler vom Orden der Terkapçılar, der drei Jahre zuvor den Pilgeraufstand überlebt hatte, bei einem Besuch in Arkaz auf den berühmten Chemiker stieß, ihn an seiner ganzen Art erkannte und ihm aus einer Eingebung heraus erzählte, er habe einen Kranken zu Hause, um ihn zu seinen Freunden zu bringen. Die Spitzel und Sekretäre des Überwachungsbeauftragten ermittelten genauestens, wer Bonkowski Pascha in seinen letzten Stunden malträtiert und ihn schließlich kaltblütig erdrosselt und seine Leiche auf den Hristopolitissa-Platz geworfen hatte.

»Mazhar Efendi hat sie deshalb nicht ins Gefängnis geworfen, weil manche von ihnen dazu bestimmt worden waren, zusammen mit Ramiz die Veranstaltung im Regierungsgebäude zu stürmen und den neuen Gouverneur in sein Amt einzusetzen. Der Überwachungsbeauftragte wollte Ramiz und seine Leute dabei auf frischer Tat ertappen und sofort bestrafen, daher ließ er sie im Einvernehmen mit Sami Pascha zunächst gewähren. Sie werden sich erinnern, dass es Sami Pascha vorschwebte, die Angreifer an der Hintertür zum Seuchenraum ohne viel Aufhebens festzunehmen.«

»Sie sind sehr klug!«, sagte Damat Doktor, dem die Erklärungen seiner Gattin einleuchteten. »Ihr werter Onkel hätte als Detektiv à la Sherlock Holmes nicht mich, sondern Sie beauftragen sollen.«

»Hat er ja auch!«, erwiderte Pakize Sultan schlagfertig. »Jetzt wissen wir auch, warum mein Onkel mich auf die *Aziziye* beordert und zusammen mit Ihnen nach Minger geschickt hat. Er dachte sich, dass Sie dieses Rätsel nur lösen können, wenn Sie mit jemandem, der genauso wie mein Vater Romane liest, also mit mir, zusammen Überlegungen anstellen.«

»Dann halten Sie also von der Intelligenz des Sultans mehr als jeder andere …«

»Ich vergesse vor allem nicht, dass hinter den Verbrechen, die Sie aufklären sollen, mein Onkel selbst steckt.«

»Und das glauben Sie wirklich? Wenn Sie nämlich Ihren Onkel für so böse halten, dann sehe ich schwarz für unsere Rückkehr nach Istanbul, zu dem Ergebnis kommen Sie ja wohl auch?«

Sobald die Rede auf Istanbul kam, gingen sie manchmal beide zum Fenster und sahen zum Horizont, ob da nicht ein Schiff aus Istanbul auftauchte. Das Mittelmeer wogte stärker als sonst, doch die Stadt lag still und reglos da wie ein Grab.

KAPITEL 69

Hätte Ihr Onkel Bonkowski Pascha wirklich umbringen lassen wollen, dann hätte er das doch in Istanbul viel leichter erledigen können. Stattdessen hat er ihn wegen der Seuche auf diese abgelegene Insel geschickt, wo viel mehr schiefgehen konnte.«

»Was ja auch passiert ist!«, erwiderte Pakize Sultan. »Aber genau das wollte mein Onkel. Damit niemand dahinterkommt, hinter welchen Verbrechen er steckt, lässt er sie an Orten begehen, die nicht ganz seiner Kontrolle unterstehen. Nachdem der fähigste Großwesir, der europafreundliche Mithat Pascha, vom Gericht in Yıldız als Hauptverantwortlicher für die Absetzung und Tötung von Sultan Abdülaziz zum Tode verurteilt wurde, hätte mein Onkel das Urteil einfach unterschreiben und Mithat Pascha in Istanbul aufhängen lassen können. Stattdessen tat der ach so gütige, aber in Wirklichkeit abgefeimte Abdülhamit wieder mal so, als würde er von menschlichen Gefühlen übermannt, und ließ das Todesurteil in eine lebenslängliche Gefängnisstrafe umwandeln und Mithat Pascha in den Kerker von Taif verbannen, in dem es schlimmer zugeht als im hiesigen. Irgendwann später ließ er Mithat Pascha auf so mysteriöse Weise umbringen, dass viele Leute gar nicht mitbekamen, wer den Mord veranlasst hatte. Und hier hat er das mit Bonkowski Pascha genauso gemacht.«

»Mithat Pascha gehörte doch zu dem Komitee, das Ihren Vater abgesetzt und Abdülhamit erst auf den Thron gebracht hat. Haben Sie irgendeinen handfesten Beweis dafür, dass Ihr Onkel an seinem Tod schuld ist?«

»Mein Onkel lässt nie irgendein Indiz zurück, das einen Sherlock Holmes zufriedenstellen würde. Deshalb liest er Sherlock Holmes ja überhaupt. Ich glaube, dass er sich wie der Rest der Welt für Krimis nur interessiert, weil er lernen will, wie man ein Verbrechen begeht, ohne Spuren zu hinterlassen, und was da in Europa die neuesten Methoden sind. So habe ich für viele Verbrechen meines Onkels zwar Hinweise, aber keine Beweise.«

»Möglicherweise hat Ihr Onkel als Gefahr für seine Macht angesehen, dass der begabte Mithat Pascha beim Volk so beliebt war.«

»Bei den Leuten, die Sie gerne das Volk nennen, war Mithat Pascha keineswegs so beliebt, das möchte ich schon mal klarstellen.«

»Aber im Gegensatz zu Mithat Pascha stellte Bonkowski Pascha für den Sultan, in dessen Diensten er jahrelang stand, bestimmt keine Gefahr dar.«

»Bonkowski Pascha, er möge in Frieden ruhen, war ein Giftspezialist, das allein war schon Bedrohung genug. Sie selbst haben mich ja daran erinnert, dass er vor zwanzig Jahren für meinen Onkel einen Bericht über die giftigen Pflanzen im Garten des Yıldız-Palastes verfasst hatte, und über Gifte, die keine Spuren hinterlassen. Vielleicht hat ja ein Spitzel ihm grundlos gemeldet, Bonkowski Pascha wolle den Sultan vergiften. Mein Onkel ist so veranlagt, dass er manchmal eine Angelegenheit, für die jahrelang mit großem Aufwand gearbeitet wurde, kurz vor der Vollendung wegen irgendeiner Denunziation einfach aufgibt.«

»Also auch dafür, dass Ihr Onkel Bonkowski Pascha nach Minger schickte, um ihn dort ermorden zu lassen, haben Sie nur Hinweise, und keine Beweise.«

»Seit wie vielen Tagen streiten wir uns darüber nun schon?«, sagte Pakize Sultan geduldig. »Die einzige logische Erklärung, die wir bisher gefunden haben, ist die: Aus irgendeinem Grund wollte mein Onkel Bonkowski Pascha loswerden, ja ihn beseitigen. Die Beamten bei der Hohen Pforte waren der Meinung, das sei am besten über den Apotheker Nikiforo zu bewerkstelligen. Jemand dort, vielleicht Tahsin Pascha, erinnerte sich und erinnerte auch den Sultan daran, dass Nikiforo und Bonkowski alte Freunde waren, sich gemeinsam für der Apothekerverband eingesetzt hatten und dass Nikiforo wegen des von Abdülhamit gewährten Privilegs Bonkowski gegenüber Schuldgefühle hatte. Aufgabe der Beamten der Hohen Pforte war es schließlich, meinen Onkel über die Ängste und Blößen von jedermann zu informieren. In Sami Paschas Akte haben wir ja gemeinsam die chiffrierten Telegramme gelesen, die Nikiforo aus Istanbul bekam, und auch die Telegramme, die an Bonkowski Pascha aus Istanbul und Izmir ergingen. Nach der Revolution hat Nikiforo sich unter dem Vorwand Mingerscher Pflanzen- und Medikamentennamen sowie eines Mingerschen Wörterbuchs an den Kommandanten herangemacht und versucht, auch ihn in die Interessensphäre Abdülhamits einzubeziehen.«

»Das ist zwar nicht überzeugend, aber bestimmt eine Idee Mazhar Efendis.«

»Alles in dieser Akte ist eine Idee Mazhar Efendis.«

Eigentlich bewunderte das Ehepaar, wie akkurat Mazhar Efendi beim Zusammenstellen des Dossiers vorging, wie er zu jedem Fall eine Karteikarte anlegte und sie mit anderen Fällen und Karteikarten abglich und hierarchisierte, und das alles in gestochener Handschrift. Auch zu Themen, die nichts mit den Verbrechen, aber mit dem neuen Mingerer Staat zu tun hatten, gab es Berichte von Mazhar Efendi. Warum aber waren diese von Sami Pascha ebenfalls der Akte beigefügt worden?

Neu war für das Ehepaar ein Thema, dem Mazhar Efendi anscheinend viel Aufmerksamkeit gewidmet hatte, nämlich die Frage, warum der spätere Kommandant Kâmil beim Überfall auf das Telegrafenamt Hamdi Baba befohlen hatte, auf die Wanduhr zu schießen. Hatte es damit etwas zu tun, dass es eine Uhr der Marke Teta war? Hatte er darauf schießen lassen, weil Teta ein griechischer Buchstabe war (Θ), oder hatte er irgendein besonderes Wort mit dem Anfangsbuchstaben Teta im Sinn? In einem Dokument wurde darauf eingegangen, wie der Major sich verhielt, wenn er die Briefe Pakize Sultans im Postamt aufgab; welche Aushänge er dort las und ob er sich für die Wanduhr interessierte.

Während das Ehepaar sich über jene Themen unterhielt, die durch Dokumente in der Akte an Brisanz gewannen, starben in der Stadt Tag für Tag etwa vierzig Menschen. Zweifellos erlebte Minger die fürchterlichsten Tage seiner Geschichte. Niemand hatte mehr Vertrauen in den Staat, und die Menschen hofften nicht einmal mehr auf einen Retter, der sie ihre Sorgen vergessen ließe. Als Pakize Sultan und Damat Doktor schließlich erfuhren, dass Sami Pascha verhaftet und hingerichtet worden war, merkten sie, dass alles zu spät war. Der Anblick Sami Paschas am Galgen ging ihnen lange nicht aus dem Sinn. Ihnen kam kein Lächeln mehr über die Lippen, sie verfielen in tiefe Hoffnungslosigkeit, sprachen kaum miteinander, hatten keinen Appetit. Allerdings hätte Doktor Nuri gerne gesehen, wie es in der Stadt zuging, seit die Quarantäne aufgehoben war. Zwei Tage später kam die unselige, teuflische Krähe wieder an ihr Fenster, und als sie näher traten, sahen sie voller Entsetzen, dass Nimetullah Efendi gerade den Apotheker Nikiforo aufhängen ließ.

»Ich möchte zurück nach Istanbul, koste es, was es wolle!«, sagte Pakize Sultan zu ihrem Mann. Dann weinte sie lange an seiner Schulter. »Stellen Sie sich nur vor, vielleicht sind bald wir an der Reihe!«

»Ganz im Gegenteil, nach so vielen Gräueltaten fürchten die sich jetzt, wie die Welt wohl reagieren wird. Ihre Besorgnis ist also ganz umsonst. Man wird uns vielmehr jetzt besser behandeln! Es gibt nämlich keine andere Lösung als die Wiedereinführung der Quarantäne.« Doktor Nuri sagte das nur so dahin, um seine Frau zu trösten. »Machen Sie sich keine Sorgen, ich werde von den Sekretären schon erfahren, für welches Vergehen Nikiforo verurteilt und hingerichtet wurde.«

Beim Lesen der Akte sahen sie auch, was die Geheimpolizei der Insel für Antworten auf Fragen hatte, die sie selbst sich nie gestellt oder aber längst vergessen hatten. Aus zu verschiedenen Zeiten an den Überwachungsbeauftragten adressierten Berichten ging hervor, dass es sich bei der Bande aus griechischen und türkischen Kindern, die durch die Seuche ihre Eltern verloren hatten und seither herumstreiften und sich von Obst, Kräutern und geangeltem Fisch ernährten, nicht etwa um eine Legende handelte. Es gab sie wirklich, wo aber, in welcher Höhle oder welchem verlassenen Bauernhof sie unterkrochen, wusste man nicht.

Bonkowski Pascha hatte dem Leichnam des Kerkerwärters Bayram Efendi ein Amulett vom Hals geschnitten, und dieses war bei einer Razzia in Yukarı Turunçlar in einem Unterschlupf aufgefunden worden, den Leute von Ramiz benutzten. Das galt als hieb- und stichfester Beweis, um die Mörder des Hygieneinspektors an den Galgen zu bringen. (Uns ist bekannt, dass in der »Scheich-Hamdullah-Periode« Mitglieder jener Bande manchmal freigelassen wurden oder man zumindest bei Fluchtversuchen ein Auge zudrückte.)

Aus der Akte ging hervor, dass Nikiforo für Abdülhamit Spitzeldienste geleistet hatte. Ihm wurde vorgeworfen, der Sultan habe ihm ebenso wie dem Überwachungsbeauftragten einen Chiffrierschlüssel aushändigen lassen, über den er von den Sekretären Abdülhamits direkt Anweisungen habe empfangen können. Zur Zeit Abdülhamits mochte man sich dessen sogar rühmen, doch nach Ausrufung der Unabhängigkeit war es zwar nicht unbedingt eine Schande, konnte aber gegen einen verwendet werden. Aus dem Dossier ersahen die Eheleute ferner, dass Nikiforo dem Küchengehilfen nicht direkt Gift besorgt, aber ihm »beigebracht« hatte, wie man bei Krämern oder Gewürzhändlern daran kommen konnte. Pakize Sultan war sich sicher, dass die Idee dazu von Abdülhamit stammte. (Was Nikiforo vor seiner Hinrichtung unter der Folter noch gestand, wissen allerdings weder Pakize Sultan und ihr Mann noch wir.)

Erschwert wurde Nikiforos Schuld durch ein Vergehen der eher unerwarteten Art, nämlich durch eine angebliche Schmähung der Mingerer Fahne. Der Apotheker war ja stolz auf seinen Anteil an der Entstehung der Fahne gewesen, die Kommandant Kâmil bei der Verkündung der Revolution auf dem Balkon geschwungen hatte. Danach hatte er im Schaufenster seiner Apotheke aus diesem Stolz heraus Reklametücher ausgestellt, die der Fahne ähnelten. Selbstverständlich wollte er damit – ganz anders, als einige Spitzel behaupteten – sich keineswegs über die Fahne lustig machen, sondern er rühmte sich ihrer vielmehr, da er an die Unabhängigkeit der Insel aufrichtig glaubte. Da in jenen Tagen jeweils an die vierzig, fünfzig Menschen starben, redeten auf der Insel nur einige Griechen davon, wie ungerecht, grundlos und grausam sein Todesurteil war, und jene bereuten jetzt umso mehr, nicht schon vor

Ausrufung der Quarantäne geflüchtet zu sein. Nun duckten sie sich nur noch und verschlossen ihre Häuser noch fester.

Der Überwachungsbeauftragte hatte im Grunde schon vor dem Tod des Kommandanten die Verbrechen und die Logik dahinter aufgeklärt, doch bevor er zur Tat schreiten konnte, war die Regierungszeit Scheich Hamdullahs angebrochen und er selbst eingesperrt worden. Ihm zufolge hatten die Feinde von Gouverneur Sami Pascha und der Quarantäne, also Ramiz und seine Leute, vorgehabt, den Gouverneur, den Garnisonskommandanten, die Quarantäneärzte und noch einige Persönlichkeiten auf einen Schlag mit Nusstörtchen zu vergiften. (Eine Weile war erwogen worden, das Gift in den Kaffee zu mischen.) Zu beweisen, dass Abdülhamit von diesem gewagten Plan wusste und ihn billigte, wäre unmöglich und auch nicht sehr überzeugend gewesen, doch Nikiforo, der so gut wie niemand anderer wusste, in welchen Läden man sich auf der Insel Rattengift besorgen konnte, stand damals mit dem Sultan in telegrafischem Austausch.

Dass die Ereignisse und damit die politische Ausrichtung schließlich auf eine Unabhängigkeit des Landes hinausliefen, lag letztlich daran, dass Bonkowski Pascha aus einer Laune heraus das Postamt durch den Hintereingang verlassen und damit unbewusst alle Pläne zum Scheitern verurteilt hatte. Er hatte alle Wächter abgeschüttelt und war kurz danach den Quarantänegegnern in die Hände gefallen, die nach Arkaz gekommen waren, um sich am Gouverneur zu rächen. Falls Abdülhamit vorgehabt hatte, Bonkowski Pascha loszuwerden, ohne eine Spur zu hinterlassen, so war das im Grunde gelungen. Eigentlich wäre es gar nicht mehr nötig gewesen, beim Besuch des Gouverneurs in der Garnison noch mit vergifteten Nusstörtchen zu operieren! Obwohl Bonkowski Pascha schon tot war, wurde der riskante, ja geradezu dreiste Plan dennoch durchgeführt und kostete Doktor Ilias das Leben.

Eine Woche vor Ausrufung der Unabhängigkeit hatten der Überwachungsbeauftragte und seine Schergen sich davon überzeugt, dass bei dem zartgesichtigen Küchengehilfen die Krusten von den Fußsohlen abgefallen und die Wunden vollständig verheilt waren, sodass das Verhör wieder aufgenommen werden konnte. Der Junge sah aber sofort ein, dass er den gleichen Schmerz nicht noch einmal durchstehen würde, und er beschloss, sogleich zu gestehen, was er wusste. Den Beutel voller Rattengift habe er von niemandem bekommen, sondern das Gift von seinem eigenen Geld in verschiedenen Geschäften zusammengekauft. Mit wie viel Geld, und in welchen Geschäften? Überall habe er etwas erstanden, sowohl bei den Gewürzhändlern als auch in den modernen Apotheken! Würden die Verkäufer dort ihn wiedererkennen? Vielleicht ja, vielleicht aber auch nicht, denn er habe überall nur ganz wenig gekauft, um nicht aufzufallen, und da mochten sie ihn gleich wieder vergessen haben. Es war ein guter Einfall, den Kauf auf viele Läden zu verteilen, um nicht identifiziert zu werden. Von wem er den wohl hatte?

»Meinen Sie, ein Küchengehilfe, ein halbes Kind noch, liest die Abenteuer von Sherlock Holmes oder französische Romane?«

»Vielleicht gibt es ja jemanden auf der Insel, der diese Romane liest und den Jungen beraten hat. Bei Nikiforo könnte ich mir gut vorstellen, dass er so etwas liest.«

»Der erste Leser in Istanbul und im gesamten Osmanischen Reich ist jedenfalls immer mein Onkel!«, versetzte Pakize Sultan aus einem seltsamen osmanischen Stolz heraus und beendete damit die Diskussion.

So beschlossen die Ermittlungsrichter, den Jungen noch einmal der Bastonade zu unterziehen, um aus seinem Mund zu vernehmen, wie er sich das Gift beschafft hatte. Dem kam allerdings die Verkündigung der Freiheit dazwischen, und die Ermittler waren erst einmal mit dem Überfall auf das Regierungsgebäude und dem Prozess von Ramiz beschäftigt, danach auch mit dem jungen Mann, der bei dem Versuch, den Kommandanten zu ermorden, Mecid getötet hatte. Das Attentat auf den Kommandanten ermutigte zum einen Sami Pascha dazu, Ramiz aufhängen zu lassen, und zum anderen griffen die Beamten und die Schergen nunmehr bei den Verhören noch härter zu, doch da der jugendliche Attentäter auch dann noch nicht redete, als er schon halb verkrüppelt war, kam erst spät heraus, dass er der Sohn eines der Opfer des Pilgerschiffaufstands war und auf die Quarantäne und auf alle Christen einen unstillbaren Hass hegte.

Bis Pakize Sultan und Doktor Nuri alle Themen in Sami Paschas Akte behandelt hatten, war durch die »Pestanarchie« genannte allgemeine Disziplinlosigkeit die Zahl der Toten derart angestiegen, dass die Leichenwagen in der Nacht mit ihrer Arbeit nicht fertig wurden und am Morgen weitermachen mussten. Bei allen Orden, ob Halifiye, Rifai oder Kadiri, waren insbesondere abends in den Gärten Leichen aufgereiht wie im Hof der Burg.

KAPITEL 70

Wenn Pakize Sultan und Doktor Nuri nachts auf die quietschenden Räder der durch die Stadt fahrenden Leichenwagen und die (manchmal auf Mingerisch ausgestoßenen) Flüche der Kutscher horchten, dachten sie gleich vielen anderen Menschen in Arkaz, dass es doch wirklich keinen Ausweg gab, und furchtsam schmiegten sie sich aneinander. (Vor zwei Tagen war sogar aus der Kanzlei ein Toter hinausgetragen worden.) Nach der Hinrichtung von Sami Pascha und Nikiforo erschien es ihnen (vor allem Doktor Nuri, auch wenn er seiner Frau gegenüber das Gegenteil behauptete) fast wahrscheinlicher, aus politischen Gründen ermordet zu werden, als der Pest zum Opfer zu fallen.

Am verregneten, windigen 16. August 1901, einem Freitag, starben genau einundfünfzig Menschen. Als Pakize Sultan gerade wieder einen Brief an ihre Schwester schrieb, klopfte es an der Tür, und sie dachte, es sei wohl der von der neuen Verwaltung bestellte Hausmeister oder das Stubenmädchen, und so stand sie nicht vom Schreibtisch auf, als ihr Gatte die Tür öffnete. Dann hörte sie aber ein Flüstern und trat heran.

»Ich soll als Zeuge aussagen!«, sagte Doktor Nuri, als schämte er sich deswegen. »Beim Staatsanwalt, im Erdgeschoss.«

Es seien Quarantänesoldaten angezeigt worden, weil sie Gesunde in die Isolierstation genötigt und ihnen Geld abgepresst hätten. Angeblich war es auch zu schwereren Vergehen wie Vergewaltigung, Mädchenentführung, Raub und Tötungsdelikten gekommen, doch Damat Doktor sollte lediglich in der einen Sache aussagen. Ein Quarantänesoldat hatte angegeben, den Befehl zu einer Hausräumung habe er von Doktor Nuri bekommen. Dieser musste sich nun leider nicht als Quarantänearzt verteidigen, sondern als Anhänger des Mingerer Staates.

»Gehen Sie dahin und machen Sie Ihre Aussage, aber äußern Sie nur ja nichts, was diesen Banditen zuwiderläuft. Die könnten Ihnen leicht etwas Böses antun. Ich bitte Sie inständig, maßen Sie sich nicht an, Leuten, die davon nichts wissen wollen, Vorträge über Medizin und Quarantäne zu halten, sonst muss ich hier nur unnötig warten. Sie wissen ja, wenn Sie lange auf sich warten lassen, bin ich die unglücklichste aller Frauen.«

»Mir würde nicht im Traum einfallen, Sie unglücklich zu machen!« erwiderte Doktor Nuri, der seine Frau immer mehr dafür bewunderte, wie klug sie die Lage beurteilte und mit welchem Eifer sie ihrer Schwester Briefe schrieb. »Ich bin bestimmt bald wieder zurück!«

Er kam jedoch den ganzen Tag nicht mehr. Bei Einbruch der Dunkelheit saß Pakize Sultan noch immer am Schreibtisch, ohne eine Zeile zu schreiben. Eine Mischung aus Neugier, Furcht und Schmerz bohrte sich ihr wie ein verzauberter Pfeil zwischen Herz und Lunge und raubte ihr den Atem. Angespannt lauschte sie auf die Geräusche, die in der Kanzlei widerhallten, sie hörte Schritte, Schreie, manchmal nur ein Knacken, nicht aber den vertrauten Gang ihres Mannes. Als es gänzlich dunkel war, tropften Tränen auf das Papier vor ihr.

Da sie das Gefühl hatte, falls sie vom Schreibtisch aufstehen sollte, bevor ihr Mann zurück war, würde er überhaupt nicht mehr kommen, blieb sie bis tief in die Nacht dort sitzen, ohne irgendetwas zu tun.

Sie legte schließlich den Kopf auf den Tisch und schlief kurz ein, doch solange sie Doktor Nuri nicht heil wieder vor sich sah, würde sie keine Ruhe finden. Kurz vor dem Morgengebet, also der Zeit, als die bisherigen Todesurteile vollstreckt worden waren, öffnete sie die Tür und trat hinaus. Dort saß wie immer ein des Türkischen nicht mächtiger Soldat aus Damaskus und döste. Als er Pakize Sultan bemerkte, schreckte er hoch und hielt sein Gewehr in ihre Richtung, worauf sie sofort wieder hineinging. Bis es hell wurde, saß sie wieder wie erstarrt am Schreibtisch.

Sie redete sich ein, dass auf dem Regierungsplatz keine Galgen aufgestellt worden waren, da ansonsten die unselige Krähe gekommen wäre, und so legte sie sich schließlich doch ins Bett.

Den nächsten Tag verbrachte sie im Halbschlaf weinend und leidend, immer wieder von Albträumen geplagt. Ob sie nun am Schreibtisch oder im Bett vor sich hin dämmerte, immer wieder erschien ihr Doktor Nuri in einem Traum, in dem er auf dem Bug der *Aziziye* saß und nach China unterwegs war, während sie in Istanbul bei ihrem Vater auf die Rückkehr ihres Gatten wartete.

Die Tage voller Tränen und böser Träume wollten nicht vergehen, und ihr Mann kam nicht zurück. Immer wieder war sie versucht, hinüber in das frühere Amtszimmer Sami Paschas zu gehen. Die Wächter draußen redeten, ja schrien so laut, dass es im ganzen Gebäude zu hören war. Zum Glück ließ sich wenigstens die unselige Krähe nicht blicken.

Als fünf Tage nach dem Verschwinden Doktor Nuris ein Sekretär an ihre Tür kam und ihr mitteilte, sie werde im Amtszimmer des Ministerpräsidenten erwartet, wertete sie das als Zeichen dafür, dass ihr Mann noch am Leben war, und sie beruhigte sich ein wenig. Da sie es mit Leuten zu tun hatte, die sich der Religion bedienten, um an die Macht zu kommen, kleidete sie sich möglichst bedeckt, setzte ein Kopftuch auf und legte ein Halstuch um, das auch ihr Kinn verhüllte.

Der Hausmeister und das Stubenmädchen, die ihr jeden Tag etwas Brot, Walnüsse, Stockfisch und trockene Feigen brachten, geleiteten sie hinüber zu Sami Paschas früherem Amtszimmer. Bevor sie noch Zeit hatte, Sami Paschas ein wenig zu gedenken, stand Nimetullah Efendi auch schon aus dem Gouverneurssessel auf und bedeutete ihr, sie solle auf dem großen Sessel daneben Platz nehmen, doch sie blieb stehen und bedachte den Ministerpräsidenten und die beiden Sekretäre daneben mit zornigen Blicken.

Der Ministerpräsident erklärte, sie sei derzeit der höchste Ehrengast des Mingerer Staates, der sich stolz preise, dass die erste Sultanstochter, die je Istanbul verlassen habe, zunächst ausgerechnet Minger aufgesucht habe. Im Wissen um das schreiende Unrecht, das ihr und ihrem vom Thron gestoßenen Vater von dem Despoten Abdülhamit angetan worden sei, verehre man sie ganz besonders. Von ihrem Gatten hingegen sei man auf der Insel weit weniger angetan. Der grausame Sultan habe nämlich sie genauso wie ihre Schwestern vom Vater getrennt und sie mit einem Beamten verehelicht, der Abdülhamit ganz und gar ergeben sei und für ihn Spitzeldienste leiste. Unter dem Vorwand der Quarantäne habe er auf der Insel Unfrieden gesät und die Quarantänesoldaten und das Volk gegeneinander aufgebracht. Dafür müsse er nun vor Gericht bestraft werden.

Pakize Sultan durchfuhr ein Zittern!

Da deutete der Ministerpräsident an, dass eine Lösung möglich sei. In diesen schwierigen, einsamen Tagen habe der Mingerer Staat kein Interesse daran, mit Istanbul wieder Streit zu führen. Nicht nur die Regierung, sondern überhaupt jeder, der für die Insel etwas übrighabe, strebe eine Lösung auf gütlichem Wege an, durch die die Großmächte sich Minger annähern und eventuell die Insel sogar unter ihre Fittiche nehmen könnten. Sollte also die Prinzessin den Vorschlag der Regierung annehmen, würde sie damit dem Mingerer Volk in dieser schweren Stunde einen unermesslichen Dienst erweisen.

»Sollte ich zu dem Gewünschten in der Lage sein, werde ich selbstverständlich keinen Augenblick zögern.«

»An Ihrem geschützten Leben im Gästehaus würde sich nichts ändern. Sie könnten weiterhin den ganzen Tag lang Briefe schreiben. Und falls Ihnen das so genehm ist, kann Ihr werter Gatte, sobald das Foto geschossen ist, unverzüglich in Ihr Zimmer zurückkehren.«

Dann erläuterte Nimetullah Efendi, wie er sich die Lösung vorstellte. Falls die Prinzessin sich einverstanden erkläre, werde sie mit seiner Exzellenz Scheich Hamdullah Efendi auf dem Papier eine Ehe eingehen und sich mit ihm ablichten lassen. Zweck sei es, der ganzen Welt zu zeigen, dass die Tochter des vormaligen Sultans und Kalifen gleichsam zur Braut des neuen Mingerer Staates werde. In Anbetracht der vielen Muslime aus aller Welt, die sich jedes Jahr in noch größerer Zahl im Hedschas versammelten, könne die Ehe der Prinzessin mit dem Staatspräsidenten dazu beitragen, dass dem Mingerer Staat international mehr Anerkennung zuteilwerde. Selbstverständlich erwarte sich Scheich Hamdullah keine Ehe im eigentlichen Sinne, sondern ganz im Gegenteil wolle er, dass Doktor Nuri so bald wie möglich wieder zu ihr ins Gästehaus zurückkehre.

»Und wie denkt Doktor Nuri darüber?«

Da erfuhr sie, dass für eine Ehe mit Scheich Hamdullah eine vorherige Scheidung von Doktor Nuri notwendig war. Diese könne auf zweierlei Art erfolgen: Entweder Doktor Nuri sprach ganz einfach die Formel »Du bist von mir geschieden!« aus, oder aber Pakize Sultan konnte die Scheidung einreichen, da ihr Mann zu einer mehr als vierjährigen Freiheitsstrafe verurteilt wurde.

»Von einer Verurteilung höre ich zum ersten Mal!«

»Verurteilt wird er schon, aber von Scheich Hamdullah danach unmittelbar begnadigt, und sogar der Mingerer Staatsorden erster Klasse wird ihm verliehen.«

»Bevor ich nicht von Doktor Nuri einen Brief bekomme, in dem er mir seine Haltung in der Angelegenheit erläutert, werde ich keine Entscheidung fällen können.«

Den Brief bekam sie noch am selben Tag, und Doktor Nuri gab darin an, er sei im Burgkerker wohlauf (nur verlange ihn nach Unterwäsche, Wollstrümpfen und zwei Hemden), und Pakize Sultan solle jene wichtige Entscheidung treffen, ohne sich dabei von ihrem Gatten beeinflussen zu lassen. Es gefiel Pakize Sultan, dass ihr Mann nicht aus Angst um sein Wohlergehen Druck auf sie ausübte.

Wohlauf war Doktor Nuri im Kerker allerdings durchaus nicht, und da Pakize Sultan wusste, dass die Pest dort bis in alle Winkel vorgedrungen war, wollte sie sich beeilen und konnte daher, was die Hochzeit und das Foto anging, keine besonderen Bedingungen heraushandeln, wie ihr das lieb gewesen wäre.

»Wer soll bei der Hochzeit mein gesetzlicher Vertreter sein?«, fragte sie lediglich. »Ich möchte gerne selbst ›Ja‹ sagen!«

Ihr Brautkleid wollte sie auch selbst aussuchen. Scheich Hamdullah hätte es gerne gesehen, wenn sie dasselbe weiße Kleid und denselben Schmuck getragen hätte wie bei ihrer Hochzeit fünf Monate zuvor im Yıldız-Palast, der auch Abdülhamit beigewohnt hatte, doch hatte sie bei der Hochzeit des Majors Zeyneps traditionelles Brautkleid im klassischen Minger-Rot gesehen und bestand darauf, auch ein solches zu tragen, womit sie sich auch durchsetzte.

Am Donnerstag, dem 22. August traf der Mingerer Staatspräsident Scheich Hamdullah eine halbe Stunde nach dem Mittagsgebet im gepanzerten Landauer auf dem früheren Regierungs- und nunmehrigen Minger-Platz ein. Ministerpräsident Nimetullah hatte entlang des Weges vom Halifiye-Kloster her und auch im Kanzleigebäude zahlreiche Wächter postieren lassen. An den Wänden und unter den Treppen waren Rattenfallen aufgestellt worden.

Als Pakize Sultan von der Ankunft des Scheichs erfuhr, verließ sie sofort ihr Zimmer, in dem sie im roten Brautkleid und mit verhülltem Kopf schon gewartet hatte. Das Stubenmädchen, das ihr beim Anziehen des schlichten Kleides geholfen hatte, folgte ihr fein säuberlich herausgeputzt.

Den Angaben von Reşit Ekrem Adıgüç zufolge, dem beliebtesten und amüsantesten Populärhistoriker Mingers, dauerte es gerade mal neun Minuten, bis Pakize Sultan im Erdgeschoss das Foto über sich ergehen ließ und als Frischvermählte wieder ihr Zimmer betrat. In einem Brief an ihre Schwester widmete sie danach den neun Minuten nicht mehr als eine Seite und ging dabei kaum auf den Pomp der Veranstaltung ein, den sie genauso wenig ernst nahm wie ihre eigene Rolle dabei. Sie hatte die Trauzeugen, den Scheich und den Imam der Kör-Mehmet-Pascha-Moschee, der die Trauung vornahm, mit einem kurzen Nicken begrüßt und danach wie ein schüchternes junges Mädchen zu Boden gesehen und nur die notwendigsten Worte gesprochen.

Hässlich und im Grunde genommen inakzeptabel war, dass der Scheich schon zweiundsiebzig Jahre zählte und damit fünfzig Jahre älter war als Pakize Sultan. Diese hielt den Mann außerdem für einen Opportunisten, der den Islam (genau wie manchmal ihr Onkel) als bloßes Mittel zum Zweck nutzte. Mehr noch, sie verabscheute ihn, weil er Sami Pascha, Nikiforo und andere hatte hinrichten lassen, um seine Macht zu stärken und Angst und Schrecken zu verbreiten.

Sie wunderte sich dann, dass der Scheich sogar noch älter, mürber und unsympathischer wirkte, als sie ihn sich vorgestellt hatte. Er versuchte, sie anzulächeln, doch sie wandte den Kopf ab. Der für die Zeremonie ausersehene Fotograf Vanyas sowie sein Kollege von der beinahe schon als Amtsblatt fungierenden Zeitung *Havadis-i Arkata* wiesen die beiden an, wo und wie sie sitzen sollten, und ohne einander zu nahe zu kommen, posierten sie kurz als frischverheiratetes, müdes, aber glückliches Paar.

Vor sich hatten sie elegante Tischchen, auf die sie die Hände legen sollten. Die Fotografen animierten die beiden, nicht gar so viel Abstand voneinander zu wahren, und so rückte Scheich Hamdullah etwas näher an Pakize Sultan heran. Als die Fotografen noch mehr insistierten, legte der Scheich auf einmal seine Hand auf die von Pakize Sultan, zog sie aber gleich wieder zurück. Danach schrieb die Prinzessin an ihre Schwester, sie habe diese Geste als abstoßend empfunden.

KAPITEL 71

Nur wegen der Fotos ließen die vier Tageszeitungen der Insel Extraausgaben erscheinen, in denen die Aufnahmen auf der Titelseite prangten. Pakize Sultan konnte sie gar nicht ansehen, so sehr schämte sie sich. Als einen Tag nach der Hochzeit ihr Mann noch immer nicht freigelassen wurde, dachte sie schon, sie sei einer List aufgesessen, und schluchzte in ihrem Zimmer vor Wut und Verzweiflung. Vielleicht hatte ihr armer Mann ja von alledem keine Ahnung. Sie wollte aber ihre Tränen niemandem zeigen und schrieb auch keine Briefe. Am meisten betrübte sie der Gedanke, ihr Vater könne jene Zeitungen zu Gesicht bekommen.

Am nächsten Tag aber war nicht nur herrliches Wetter, sondern Damat Doktor Nuri, der tatsächlich in den Genuss einer Begnadigung gekommen war, betrat fröhlich ihr Zimmer und scherzte, als wäre nichts Besonderes vorgefallen. Lange umarmten die beiden sich, und Pakize Sultan weinte vor Glück. Ihr Mann war bleich und hatte abgenommen, doch war er nie aus seiner Zelle heraus und hatte sich von allen anderen ferngehalten, um sich vor der Pest zu schützen.

Sie schlossen die Fensterläden, legten sich in Unterwäsche und Nachthemd ins Bett und umarmten einander. Vor lauter Müdigkeit, Aufregung und auch Glück zitterte Doktor Nuri eine Weile. Die beiden verließen an dem Tag das Bett nicht mehr, und zum ersten Mal schmiedeten sie Pläne für eine Flucht von der Insel. Da die Quarantäne aufgehoben war, wurde Doktor Nuri eigentlich nicht mehr benötigt, und womöglich dachte auch niemand mehr an ihn. Der Staat hatte sich aufgelöst, und in der Kanzlei waren lediglich noch fünf, sechs dem Scheich und Nimetullah Efendi ergebene Ordensleute verblieben, die sich redlich bemühten, eine Ordnung aufrechtzuerhalten, von der sie eigentlich nicht viel Ahnung hatten.

Am folgenden Tag kam das Stubenmädchen nicht mehr. Von dem bisschen Fisch und Brot, die sie auf dem Tischchen vor ihrer Tür vorfanden, wurden sie nicht richtig satt, und sie fühlten sich immer schwächer. Als am Nachmittag ein Sekretär kam und ihnen verkündete, Doktor Nuri werde von Ministerpräsident Nimetullah erwartet, schöpften sie Hoffnung. Da Pakize Sultan wieder angefangen hatte, Briefe zu schreiben, war sie auch wieder etwas zuversichtlicher und wollte ihrer Schwester schildern, wie es ihrem Mann im Kerker ergangen war, bevor sie es vergaß.

Nach einer halben Stunde war Doktor Nuri schon wieder zurück und berichtete, Scheich Hamdullah sei an der Pest erkrankt und er müsse zu ihm.

»Ist schon eine Beule sichtbar?«, fragte Pakize Sultan, und der Miene ihres Mannes sah sie an, dass dies tatsächlich der Fall war. »Gehen Sie da nicht hin, er ist sowieso nicht mehr zu retten. Sie stecken sich nur an!«

»Es ist mir unerträglich, dass wegen des Unverstands dieser Leute so viele Menschen umsonst leiden und sterben müssen.«

»Ich flehe Sie an, gehen Sie nicht auf die Straße. Der grausame, dumme Scheich hat die Pest doch erst angefacht, da soll er ruhig daran krepieren.«

»Reden Sie nicht so, es wird so kommen, wie Sie sagen, aber dann wird es Ihnen leidtun. Ich habe den Hippokrates-Eid geschworen, und wo ich zu Hilfe gerufen werde, gehe ich auch hin.«

»Er hat Sami Pascha aufhängen lassen. Und Nikiforo auch.«

»Und Sami Pascha hat seinen Bruder Ramiz aufgehängt!«, versetzte Doktor Nuri und ging hinaus.

Da er zum Halifiye-Kloster zu Fuß ging, ließ er sich von zwei Wächtern begleiten, doch auf dem Hamidiye-Boulevard, der noch immer den gleichen Namen trug, merkte er, dass er keines Schutzes bedurfte. Wo er selbst an den schlimmsten Tagen noch immer dem einen oder anderen Passanten begegnet war, ging nun trotz der Aufhebung aller Verbote niemand mehr. Die Gendarmen vor dem Postamt waren abgezogen. Auf den Stufen, die zur griechischen Mittelstufe hinunterführten, sah er Tote liegen. Dass niemand mehr unterwegs war, mochte auf die Hinrichtungen zurückzuführen sein. Auf der Hamidiye-Brücke stützte er die Ellbogen auf das Geländer und blickte auf die Stadt. Alle Hotels waren geschlossen, das Splendid Palas, das Majestik, das Levant. Weit und breit war kein Pferdewagen zu sehen, und da auch kein Boot durch die Bucht pflügte, war das Meer spiegelglatt. Vom neuen Gefängnisdirektor hatte er erfahren, dass es den Barbier Panayot und seine gesamte Familie innerhalb von drei Tagen dahingerafft hatte; das fiel ihm nun ein, als er den geschlossenen Laden sah. In der steilen Gasse, »wo der Esel ins Keuchen kommt«, mühte sich ein Leichenzug bergauf.

»Damat Pascha!«, sprach ihn eine blasse alte Griechin mit weißen Haaren an. »Was sagt die Prinzessin zu alledem?« Sie sprach ein fließendes Türkisch mit leichtem Akzent.

»Die Prinzessin schreibt ihrer Schwester Briefe.«

»Das soll sie ruhig, die Gute! Die ganze Welt soll erfahren, wie jämmerlich es um uns steht!« Als er weiterging, rief sie ihm nach: »Ich bin aus Istanbul!«

Selbst wo es emsig hätte zugehen müssen, herrschte die gespenstische Atmosphäre, wie man sie aus kleineren Ortschaften kennt, wenn im Spätsommer alles draußen auf den Feldern bei der Ernte hilft. Das verspürten vor allem die Katzen, die sich beim Anblick von Doktor Nuri sogleich miauend in Häuser und Gärten flüchteten. Zwei Hunde, ein Weibchen und ein Männchen, liefen ihm eine Weile hinterher, bis sie am Garten eines großen Hauses neben der Konditorei Zofiri schnüffelten und darin verschwanden.

Als er an der Kör-Mehmet-Pascha-Moschee anlangte, war ihm, als hätten sich alle Menschen der ganzen Stadt dort versammelt. Wer als Muslim einen Angehörigen nach islamischem Ritus bestatten wollte, musste ihn in jener Moschee waschen lassen und bekam dafür einen unterschriebenen und gestempelten Beleg ausgestellt. Wer sich allerdings scheute, dafür Schlange zu stehen und sich dabei anzustecken, legte den

Toten irgendwo am Straßenrand ab, damit er vom Leichenwagen aufgelesen wurde, oder er begrub ihn irgendwo auf eigene Faust.

Durch den Anstieg der Todeszahlen wurden selbst die konservativsten und eingefleischtesten Muslime dazu angeregt, von selbst einige Quarantäneregeln einzuhalten, und sie mieden Menschenmengen und gingen nur mehr aus dem Haus, wenn es unbedingt nötig war. Ein paar Alte mochten nach wie vor fünfmal am Tag zum Gebet die Moschee aufsuchen, doch beim Freitagsgebet war die Zahl der Gläubigen um mehr als die Hälfte geschrumpft. Nachdem die Politik der neuen Regierung die Todesrate um das Zweieinhalbfache, ja Dreifache hatte ansteigen lassen, lehnten nun gerade die Befürworter des Scheichs seine Quarantänefeindlichkeit ab.

Der Hinterhof des Hamidiye-Krankenhauses war bis zur Mauer mit Betten angefüllt (in einem Abstand von jeweils vier, fünf Metern). Hinter der Mauer begann der Garten des Rifai-Ordens, in dem es ähnlich zuging. Wo es an Bettgestellen und Matratzen mangelte, mussten die Kranken auf Betttüchern und Teppichen lagern. Doktor Nuri kam in derselben Straße noch an mehreren muslimischen Klöstern vorbei, in denen überall der gleiche Zustand herrschte. Wer Scheich Hamdullah am meisten vertraut und am meisten an ihn geglaubt hatte, musste den höchsten Blutzoll dafür entrichten.

Kurz vor dem Halifiye-Kloster ging im ersten Stock eines Hauses ein Fenster auf.

»He, Doktor, sehen Sie jetzt, was Sie angerichtet haben? Sind Sie jetzt zufrieden?«, rief ein schmalstirniger Mann zu ihm hinunter.

Doktor Nuri war sich nicht im Klaren, ob damit die Idee der Quarantäne oder ihre mangelhafte Ausführung gemeint war. Als der schmalstirnige Kritiker die Wächter bemerkte, spie er geradezu hinaus: »Ohne Leibwächter trauen sich Leute wie Sie schon gar nicht mehr hierher!«

Ganz das Gegenteil war der Fall. Am Eingang zum Halifiye-Kloster wurde Doktor Nuri von zwei jungen Derwischen ehrerbietig empfangen. Was ihm zwei Monate zuvor bei seinem ersten Besuch noch wie ein Paradies erschienen war, hatte sich in eine Hölle verwandelt. Im ganzen Kloster herrschte ein unfassbares Durcheinander. Vor den Zellen, vor den Schlafsälen, überall lagen Tote, die bald darauf zur Moschee geschafft werden sollten. Vor Scham, so großes Leid mit ansehen zu müssen, blickte Doktor Nuri beim Gehen zu Boden, dennoch bekam er mit, dass das Kloster ebenso mit Krankenbetten angefüllt war wie die anderen, wenn nicht noch mehr.

Bei einem kleinen Gebäude an der Gartenmauer ging die Tür auf, und Doktor Nuri sah den Scheich halb ohnmächtig auf einer Matratze am Boden liegen. Sofort war ihm klar, wie schlecht es um ihn bestellt war und dass er nicht überleben würde.

Als Erstes schnitt er die große, schon ziemlich verhärtete Beule am Hals auf und ließ den Eiter abfließen. Bei seinem ersten Besuch hatte der Scheich noch Witzchen und doppeldeutige Bemerkungen gemacht, nun war Doktor Nuri sich nicht sicher, ob er ihn überhaupt wahrnahm. Und während er beim ersten Mal noch aller Blicke auf sich gespürt hatte, schien sich nun niemand mehr um ihn zu kümmern. Es herrschte viel Betrieb im Kloster, doch der Gemeinschaftsgeist war anscheinend verloren gegangen und jeder machte den Eindruck, nur auf sich selbst bedacht zu sein.

Da bemerkte Scheich Hamdullah den Arzt schließlich doch und sagte: »Ich hatte Ihnen versprochen, Ihnen Verse aus meinem Gedichtband *Morgenröte* vorzutragen, und das halte ich auch.« Es packte ihn aber ein Hustenanfall, er schwitzte und zitterte, ja es schüttelte ihn. Um sich nicht anzustecken, trat Doktor Nuri etwas zurück. Als der Scheich sich einigermaßen erholt hatte, zitierte er allerdings nicht Verse aus der *Morgenröte*, sondern die ständig von allen heruntergebetete Koransure vom Jüngsten Gericht, dann fiel er wieder in Ohnmacht.

Für den Rückweg war Doktor Nuri der Landauer geschickt worden. Während er durch das Kutschenfenster auf die von bleigrauen Wolken umfinsterte Burg hinaussah, überlegte er fieberhaft, wie er wohl mit seiner Frau von der Insel fliehen könne. In der Kanzlei berichtete er Nimetullah Efendi, der ihn seltsamerweise bei seinem Besuch nicht begleitet hatte, unumwunden davon, dass der Zustand des Scheichs hoffnungslos sei. Da hob Nimetullah die Hände zum Gebet und murmelte eine rasche Fürbitte.

In den folgenden Tagen verließen Pakize Sultan und Doktor Nuri ihr Zimmer nicht. Es erschien ihnen am vernünftigsten, eines Tages unter irgendeinem Vorwand in den Landauer zu steigen und damit in den Norden der Insel zu flüchten. Dort würden sie sich eine Weile verstecken und sich dann von Schleppern nach Kreta bringen lassen.

KAPITEL 72

Am Montag, dem 26. August schlief Scheich Hamdullah, nachdem er lange gelitten und im Fieberwahn fantasiert hatte, gegen Morgen endlich ein. Man könnte auch sagen, dass er vor lauter Schmerz und Erschöpfung in Ohnmacht fiel. Seine Jünger und die anderen Derwische, die ohne Furcht vor einer Ansteckung weinend an seiner Schlafstätte wachten, sagten sich in ihrer üblichen Zuversicht, der Scheich werde sich nun gesund schlafen. Als er gegen Mittag wieder erwachte, machte er tatsächlich einen erfrischten Eindruck. Es war wieder Leben in ihm, er machte Scherzchen, sagte die Verse auf, an die er sich nun wieder erinnerte, zeigte witzelnd auf die Beule am Hals, die nach dem Schnitt schon wieder verheilte, und beiläufig fragte er, ob denn die Schiffe noch da seien, die die Insel blockierten.

Bald darauf aber wand er sich wieder vor Schmerzen, verlor das Bewusstsein und starb. Der dem Orden nahestehende alte griechische Doktor Tasos stellte den Tod fest und wusch sich danach ausgiebig die Hände mit Lysol, während im Zimmer alles weinte. Schon drei Jahre zuvor hatte der Scheich beschlossen, dass ihm einmal sein Stellvertreter Nimetullah Efendi nachfolgen sollte, den er auch zum Ministerpräsidenten ernannt hatte, und alle hatten diese Entscheidung akzeptiert.

Pakize Sultan und ihr Mann erfuhren am Nachmittag vom Tod des Scheichs, als ihnen Doktor Nikos einen Besuch abstattete. Der neue Gesundheitsminister schien noch so einiges andere zu wissen, und als wollte er seine Zunge im Zaum halten, ging er gleich wieder davon. Bald darauf vermeldete ein Sekretär, Ministerpräsident Nimetullah wünsche sowohl Doktor Nuri als auch Pakize Sultan zu sehen und sie im Gästehaus besuchen zu dürfen.

Die beiden Eheleute blickten sich fragend an. Ihnen erschien es schicklicher, mit dem Ministerpräsidenten in seinem Amtszimmer zu sprechen und nicht in ihren Privaträumen. Pakize Sultan kleidete sich an, verhüllte sich entsprechend, und bereits als sie das Amtszimmer nur betraten, fühlten sie schon, wie sehr sie den Mann hassten, der bei Sami Paschas Verurteilung die Finger im Spiel gehabt hatte.

Nimetullah spürte diesen Hass, ließ sich aber nichts anmerken, sondern bat sie höflich, Platz zu nehmen, und unterrichtete sie ohne Umschweife über den Tod des Scheichs. Da somit gewissermaßen Pakize Sultans Ehemann gestorben war, sprach er ihr sein Beileid aus, allerdings eher wie nebenher. Man habe die schlechte Nachricht bisher vor den Journalisten und aller Welt verborgen, da die Stadt, das ganze Land, die Menschen in katastrophalem Zustand seien und schließlich der Mann verstorben sei, dem bisher alle vertraut hätten und der dem Staat immerhin vorgestanden habe, so gut es eben ging. Wenn eine solche Nachricht die Menschen unvorbereitet treffe, könne sie Verzweiflung, Panik und Anarchie auslösen.

Die federführenden Persönlichkeiten Mingers hätten aus diesem Grund erst einmal konferiert, was zu tun sei, wie man sich aus der schlimmen Lage befreien könne, und sie hätten auch einige wegweisende Beschlüsse gefasst. Als Ministerpräsident wolle er ihnen diese Beschlüsse vorlegen und ihre Meinung dazu einholen.

Erst erläuterte Nimetullah Efendi, um wen genau es sich bei den »federführenden Persönlichkeiten« handele, nämlich um ihn selbst, um Oberpriester Konstantinos, um den Überwachungsbeauftragten, der seine Strafe zu Hause absitzen durfte, um einige wohlhabende, ältere Griechen und Muslime, um einen türkischen und einen griechischen Journalisten, um Nikos Bey, einige Ärzte und drei Konsuln, darunter den englischen.

»Wir sind uns alle einig, dass die Aufhebung der Quarantäne für das Mingerer Volk ein großes Verhängnis war«, verkündete Nimetullah Efendi gleich eingangs. »Wenn es so weitergeht, werden wir vielleicht allesamt zugrunde gehen. Diese Panzerkreuzer werden uns hier festhalten, bis wir alle tot sind. Daher sehen die federführenden Persönlichkeiten von Minger den letzten Ausweg darin, dass Sie, Doktor Nuri, wieder die Leitung der Quarantäneangelegenheiten übernehmen.«

Hamdi Baba solle die Quarantänesoldaten wieder um sich versammeln. Es brauche wieder eine Ausgangssperre, einen Ausnahmezustand und harte Strafen. Aber niemand wisse das ja besser als Doktor Nuri!

»Dazu ist es jetzt aber sehr spät!«, rief Doktor Nuri aus. »Und bis gestern haben Sie sich noch mit Händen und Füßen gegen eine Quarantäne gewehrt.«

»An einem für das Schicksal unseres Volkes derartig wichtigen Wendepunkt wäre es vermessen, von meiner Wenigkeit zu sprechen. In aller Verlegenheit gestehe ich meine Fehler ein und ziehe mich wieder in mein Kloster zurück.«

Dann wies er auf den Sessel, in dem Sami Pascha als Gouverneur gesessen hatte. »Hier werden jetzt Sie Platz nehmen. Und zwar als Ministerpräsident. Von nun an werden Sie über das Schicksal des Mingerer Volkes entscheiden, über das, was gegen die Pest getan werden muss, über einfach alles. Ich versichere Ihnen, dass die ganze Insel das möchte, von den Griechen bis zu den Muslimen und von den Ärzten bis zu den Geschäftsleuten. Gestern sind offiziell achtundvierzig Menschen gestorben.«

Damat Doktor Nuri und Pakize Sultan verstanden sehr wohl, was ihnen da angetragen wurde, doch konnten sie es nicht recht glauben, und um sicherzugehen, fragten sie nach.

Nimetullah Efendi erklärte, seine »Regierungspflicht« – wie er sein Ministerpräsidentenamt bezeichnete – habe er nur als Stellvertreter Scheich Hamdullahs angetreten, und nunmehr sei sie beendet, sodass Damat Doktor Nuri, falls er einwillige, das Amt sofort übernehmen könne. Das eher symbolische Amt des Staatspräsidenten wiederum werde durch den Tod Scheich Hamdullahs ebenso frei, und da wünsche man sich, es könne fortan von der im Volk ohnehin schon als »Königin« bekannten Pakize Sultan ausgefüllt werden.

»So wie die federführenden Persönlichkeiten sich für eine möglichst strenge Quarantäne aussprechen, sind sie auch einstimmig zu dem Schluss gekommen, dass es für Minger am heilsamsten wäre, wenn Pakize Sultan vor aller Welt als echte Königin auftreten würde.«

Durch ihre offizielle Ausrufung zur Königin werde die Weltöffentlichkeit von Minger Notiz nehmen, und die Europäer würden es sich angelegen sein lassen, die hiesigen politischen Probleme auf gerechte Weise zu lösen. Angesichts der bloßen Existenz der Königin und ihrer Entschlossenheit werde Abdülhamit, um den Großmächten keinen Trumpf in die Hand zu geben, seinen Panzerkreuzer *Mahmudiye* abziehen und somit ein Ende der Blockade einläuten.

Nachdem Pakize Sultan und ihr Gatte ihre erste Verblüffung überwunden hatten, stellten sie fest, dass sie auf ihre sämtlichen Fragen mit positiven Antworten beschieden wurden. Durch den Tod des Scheichs war ihr Zwangsaufenthalt auf Minger beendet, und falls sie es wünschten, könnten sie mit einem Schlepperboot die Insel verlassen. Schließlich führte nicht nur »Königin« Pakize Sultan, sondern auch Damat Doktor seit der Machtübernahme Scheich Hamdullahs vor vierundzwanzig Tagen ein Gefangenendasein.

Als Nimetullah Efendi Pakize Sultan zögern sah, sagte er, um den symbolischen Charakter ihrer Königinnenschaft zu betonen: »Wenn Sie wollen, brauchen Sie natürlich auch weiterhin das Gästehaus nicht zu verlassen!«

Worauf er eine unvergessliche Antwort bekam: »Ganz im Gegenteil lasse ich mich nur zur Königin ernennen, wenn ich dann nicht mehr in mein Zimmer eingesperrt bin, sondern auf die Straße gehen kann, wann ich will.«

»Und ich bin hochzufrieden, in diesem Raum hier zu arbeiten«, setzte Doktor Nuri hinzu.

Als Nimetullah Efendi fünfundzwanzig Tage zuvor das Amtszimmer übernommen hatte, hatte er nichts darin verändert, und dennoch kam es Doktor Nuri vor, als wäre es ein völlig anderer Raum.

Nimetullah Efendi hatte mehrere Dosen und Umschläge mitgebracht und holte daraus etwa die Siegel hervor, die Sami Pascha in seinem Eifer als erster Ministerpräsident des Landes hatte anfertigen lassen. Auch Schlüsselbunde mit goldenen und silbernen Ketten überreichte er ihm. Mit der Ernsthaftigkeit eines osmanischen Beamten vom alten Schlage zählte er dann die Themen auf, mit denen der Mingerer Staat sich vorrangig würde befassen müssen, unter anderem damit, dass die meisten Beamten von ihren Dienststellen verschwunden waren. Am erschreckendsten dürfte gewesen sein, was sich hinter dem nüchternen Begriff Ernährung verbarg, nämlich die nackte Tatsache, dass die Bevölkerung Hunger litt. Dennoch erörterten der alte und der neue Ministerpräsident erst einmal die Bestattung Scheich Hamdullahs, die Zukunft des Halifiye-Ordens und die Insignien, mit denen die Königin ausgestattet werden sollte.

Aus der Überzeugung heraus, dass jedermann sich dafür interessieren müsse, ließ Nimetullah Efendi das Gespräch wie zufällig auf die Frage kommen, warum er ein so prestigeträchtiges Amt überhaupt aufgebe, und lieferte als Erklärung dafür, was er eine Woche zuvor geträumt habe. Zweck der Übung war es, die Sache so darzustellen, als habe er aus eigenem Antrieb auf die Macht verzichtet. Uns aber erscheint es so, als hätte er sich angesichts der katastrophalen Lage und der Misswirtschaft der Regierung nur schwerlich in seinem Amt halten können. Er war mit dem Ziel angetreten, die Quarantäne abzuschaffen, doch nun hatte die ganze Insel begriffen, dass kein anderer Ausweg blieb, als eben jene wieder voll und ganz anzuwenden.

Während der kaum mehr als zehn Minuten währenden Machtübergabe erklärte der neue Ministerpräsident Doktor Nuri sich bereit, dem Halifiye-Orden finanziell unter die Arme zu greifen, lehnte es jedoch ab, Scheich Hamdullah in der Kör-Mehmet-Pascha-Moschee ein Staatsbegräbnis zu gewähren.

KAPITEL 73

Kaum hatte Doktor Nuri das Amtszimmer verlassen, ließ er den Landauer und den Begleitwagen anspannen. Solange das Ehepaar im Gästehaus eingesperrt gewesen war, hatte es vom Geschehen in der Stadt so gut wie nichts mitbekommen. Nun wollten die beiden sich mit eigenen Augen ein Bild davon verschaffen.

Doktor Nuri nahm neben seiner Frau in der Kutsche Platz und hieß den Kutscher Zekeriya, erst einmal in Richtung Hrisopolitissa zu fahren. Zur Rechten, hinter einem von Sami Pascha errichteten Park, wo es im Schatten von Kiefern und Palmen felsig anstieg, fielen ihnen Menschen auf, die um ausgebreitete Decken und Teppiche herum saßen, als warteten sie auf etwas. Eine ähnliche Szene sahen sie am Rand der zur Sankt-Antonius-Kirche hinabführenden staubigen Steilstraße. Die Leute dort, sowohl Familien als auch einzelne Männer, trugen die gleiche Art bunter Gewänder. Doktor Nuri vermutete richtig, dass es sich dabei um Bauern handelte, die erst vor Kurzem nach Arkaz gekommen waren.

Als man nach der Aufhebung der Quarantäne die Stadt wieder ungehindert betreten konnte, hatten sich aus dem bergigen Norden Ziegenhirten mit ihren Herden nach Arkaz aufgemacht, bald gefolgt von anderen, die vor der Gesetzlosigkeit flüchteten, die sich seit dem Pestausbruch in ihren Dörfern breitgemacht hatte, vor Hunger auch, vor Arbeitslosigkeit, und die versuchten, in der Stadt zu überhöhten Preisen Käse, Walnüsse, getrocknete Feigen und Kiefernhonig zu verkaufen. Zu seiner Zeit als Ministerpräsident hatte Sami Pascha solche Leute sogar nach Arkaz gerufen, und Nimetullah Efendi hatte diese Praxis fortgesetzt, mit dem Ziel nämlich, die vielen frei gewordenen Stellen im Staatsapparat wieder zu besetzen oder den Ladeninhabern auf dem Alten Markt zu neuen Lehrlingen zu verhelfen. Da jemand, der erst einmal in Brot stand, danach insbesondere in den Christenvierteln mithilfe von Bekannten leicht auch eine Wohnung fand, beschlossen immer mehr Leute von außerhalb, ihr Glück in der Stadt zu suchen.

Pakize Sultan sah verschlossene Türen, schiefe Mauern, grüne Bäume, gelbe Ebenen, rosafarbene und violette Blumen, und sie fand alles schön und interessant. Sie sah einen kaputten Schornstein, ein Kind, das in einem Garten vor der Mutter davonlief, eine alte Frau, die sich mit einem Zipfel ihres Kopftuchs eine Träne abwischte, und ihr kam in den Sinn, über all das in ihren eigenen Worten an ihre Schwester zu schreiben. Sie sah einen schwarz gekleideten Mann mit Hut, der ganz alleine fest ausschritt, sah zwei Katzen, die eine getigert, die andere schwarz, die am Straßenrand dösten, einen Großvater und seinen Enkel, die in einer Gasse im Schneidersitz kauerten (hätte ihr Mann nichts gesagt, hätte sie nicht begriffen, dass die beiden Bettler waren), einen alten Mann, der in einer Hängematte schlief. Aus Erkerfenstern, aus denen das Holzgitter herausgerissen war, blickten neugierig Leute auf den vorbeifahrenden Landauer.

Sie sahen Brachflächen, niedergebrannte Häuser und die grünen Gärten, für die Minger so bekannt war. Leute torkelten auf der Straße wie Betrunkene, Frauen unterhielten sich laut auf Griechisch, und ein Ehepaar stritt sich auf der Suche nach etwas. Wer die drei maskierten Männer waren, die aus dem Hintereingang der Sankt-Georgs-Kirche traten, bekamen sie nicht heraus. An eine Haustür trommelte wütend ein buckliger Mann und wurde aus dem Obergeschoss wüst beschimpft. Als der Landauer die Straßen unterhalb der steilen Viertel Kofunya und Hora entlangschaukelte, sah Pakize Sultan durch offene Fenster Familien, einen schlafenden Mann in einem Bett, sah Tische, Lampen, Spiegel, und wollte immer weiter durch solche Gassen fahren.

Auf einer freien Fläche zwischen der griechischen Mittelschule und der Alten Brücke stießen sie auf einen der kleinen Märkte, die in den drei Wochen seit Öffnung der Stadt in verschiedenen Vierteln entstanden waren. Als Doktor Nuri gewahrte, wie neugierig seine Frau aus dem

Fenster blickte, ließ er den Kutscher halten. Als auch der Wagen mit den Wächtern angekommen war, stiegen die beiden wissbegierig aus. Insgesamt elf Männer verschiedenen Alters in bäuerlicher Kleidung hielten dort ihre Waren feil, zwei davon waren Vater und Sohn. Als Tische benutzten sie umgedrehte Körbe oder Kanister. Es gab Käse, Walnüsse, trockene Feigen, Krüge voller Olivenöl und körbeweise frische Erdbeeren, Pflaumen und Kirschen. Ein Mann wollte eine verrostete Lampe, eine Vase und eine Hundefigur aus Keramik loswerden. Ein anderer, der die beiden freundlich anlächelte, hatte eine kaputte Tischuhr, eine Zange mit langen Griffen, einen größeren und einen kleineren Trichter sowie ein Glasgefäß mit rosa- und orangefarbenen verschrumpelten Früchten anzubieten. Alle waren ganz bei der Sache und ließen sich nicht auf einen Plausch mit den anderen ein.

Als der Landauer den Fluss entlangfuhr, sahen sie Leute, die aus ihren Häusern direkt am Wasser Angeln hinaushielten. Den Verzehr von Süßwasserfischen hatten die Mingerer erst während der Seuche für sich entdeckt, seit sie nämlich von Kinderbanden mit Fischen aus dem Fluss versorgt wurden. Kurz vor der Alten Brücke bogen sie nach links ab und fuhren zwischen niedrigen Gartenmauern hindurch. Da sprang auf einmal ein barfüßiger kleiner Junge zwischen Sträuchern hervor, hüpfte mit affenartiger Behändigkeit auf das Trittbrett der Kutsche und lugte auf der Seite der Königin zum Fenster hinein. Pakize Sultan stieß einen Schrei aus, doch bevor noch die Wächter einschreiten konnten, war der kleine Kerl wie ein Schmetterling davongeflattert. Der Landauer des alten Gouverneurs war in diesen Vierteln natürlich bekannt. Durch enge, gewundene Gassen fuhren sie weiter und sogen den Rosen- und Lindenduft aus den Gärten ein, und immer wieder hörten sie jemanden weinen.

Der Hamidiye-Boulevard, auf dem es sowohl besonders europäisch als auch besonders osmanisch zugehen konnte, war wie ausgestorben. Auf der Hamidiye-Brücke ließ Doktor Nuri die Kutsche anhalten und seine Frau aussteigen, damit sie den schönsten Ausblick der Stadt genießen konnte. Zum vierzigsten Jahrestag der Epidemie sollte der Sohn von Kiryako, dem Besitzer des Bazar de l'Isle, in einem Interview mit der Zeitung *Akropolis* schildern, wie Pakize Sultan, die einen Tag darauf mit Böllerschüssen zur Königin ausgerufen wurde, der Kutsche entstieg und gemeinsam mit ihrem Mann auf die Stadt blickte. Als Junge musste er nämlich jeden zweiten Tag aus Dantela einen Korb mit Essen zu seinem Großvater bringen, der sich geweigert hatte, das kleine Haus in der Gasse, »wo der Esel ins Keuchen kommt«, zu verlassen.

In der Umgegend der Kör-Mehmet-Pascha-Moschee ging es lebhafter zu. »In diesen Straßen war schon im ersten Monat der Epidemie jedes dritte Haus verseucht, wer weiß, wie es jetzt dort steht?«, dachte Doktor Nuri.

Er erläuterte Pakize Sultan, dass es sich bei den im Moscheehof Wartenden um Angehörige handelte, die ihre Toten auf geziemende Weise waschen lassen wollten. Es verstörte Doktor Nuri, dass diese überaus schädliche Praktik wieder auflebte.

Als sie durch die ärmeren muslimischen Viertel zwischen der militärischen Mittelschule und der alten Marmoranlegestelle kamen, wurden sie neugierig gemustert, da man den Landauer dort länger nicht gesehen hatte. Es wurden Rufe laut, auch Flüche, doch die zornigen Flüchtlinge aus Kreta wussten sehr wohl, dass der Kutsche ein Wagen mit Wächtern folgte. In Vavla, Taşçılar und um die alte Anlegestelle herum waren womöglich sämtliche Häuser verseucht. Das Ehepaar konnte sich nur wundern, dass in jenen Straßen, wo Tag für Tag um die fünfzehn Menschen starben, die Leute noch immer zu zweit oder dritt umherspazierten.

Während sie weiter in Vavla unterwegs waren, sinnierte Nuri darüber nach, was sich in den acht Tagen seiner Kerkerhaft und den sechzehn Tagen, die er mit seiner Frau im Gästehaus verbracht hatte, in seinem lieb gewonnenen Arkaz alles verändert hatte. Auf nicht gerade wenig hätte er verweisen können: Die Quarantäne war aufgehoben, die Menschen wieder mehr auf der Straße, die Kinder dagegen nicht, alles saß an den Fenstern, und jedermann schien von einem unheimlichen Gefühl geplagt.

Es herrschte eine tiefe, dunkle Hoffnungslosigkeit und eine damit einhergehende stille Verzweiflung. Als damals die Quarantäne – wenn auch spät – ausgerufen worden war, hatten die führenden Muslime und die wohlhabenden Griechen mit Wut, Stolz oder gar Teilnahmslosigkeit reagiert. Wie Sami Pascha damals immer sagte, hatten die Bewohner jener Viertel »die Osmanen und der Gouverneur« Schuld an der Pest. Nach Ausrufung der Quarantäne liefen jene Menschen sowohl vor der Pest als auch vor dem »despotischen und törichten« Gouverneur davon. Die Wut weckte in den Menschen Hoffnung, ja regte sie dazu an, Pläne für eine Flucht und ein neues Leben zu schmieden. Jetzt dagegen hatte Doktor Nuri das Gefühl, nach dem grausamen, überwältigenden Sieg der Pest seien die Leute zu Hoffnung gar nicht mehr imstande. Ihre Beziehungen zueinander waren abgeflacht, sie waren nicht mehr auf Freundschaften aus, wollten nichts Neues mehr lernen, hatten kaum mehr Lust, sich über neue Gerüchte aufzuregen. Jeder hatte genug mit seiner Furcht, seinen Wunden, seiner Bestürzung zu tun. Für den Tod des Nachbarn blieb da nichts mehr übrig.

Im Garten des Kadiri-Klosters waren weiße Leintücher aufgehängt. In einer Ecke lag ein Mann mit nacktem Oberkörper, bei dem sie nicht recht wussten, ob er krank war oder nicht. Unter einem Baum sahen sie meditierende und betende Derwische sitzen. Etwas weiter lag ein Mann im Nachthemd ausgestreckt da und sah zum Himmel empor, als träumte er, und dass er tot war, merkten sie nur daran, dass Umstehende ihn beweinten.

In den armseligen Straßen von Çite, einem anderen stark betroffenen Viertel, war Pakize Sultan erschüttert über die windschief dastehenden Häuser, die vielen kaputten Dachziegel, Schornsteine und Fenster und die weinenden Mütter. In den engen, steilen Gassen von Bayırlar wiederum stießen sie auf einen geschlossenen Pferdewagen, der von einer Menschenmenge umringt wurde, und sie mussten umkehren. Hätte Zekeriya ihnen nicht erläutert, dass es sich dabei um den »Brotwagen« handelte, hätten sie nicht gewusst, was von dem Phänomen zu halten war. Der Brotwagen war die bedeutendste Errungenschaft der »Scheich-Hamdullah-Periode« und der wichtigste Grund dafür, dass trotz der miserablen, widersinnigen Verwaltung des Landes das Volk sich nicht auflehnte. Jeden Tag wurden sechstausend in der Garnison gebackene Brotlaibe mit von Gendarmen beschützten Wagen in den Vierteln verteilt.

Das Gülerenler-Kloster des Bektaşi-Ordens war in erbarmungswürdigem Zustand. Die älteren Derwische waren zur Zeit Kommandant Kâmils daraus entfernt worden, und die verbliebenen jüngeren betätigten sich als freiwillige Krankenpfleger und versuchten, das Kloster einigermaßen aufrechtzuerhalten. Bei dem Krieg zwischen den verschiedenen Orden, der unter Scheich Hamdullah ausgebrochen war, hatte das halb als Krankenhaus fungierende Kloster allerdings den Kürzeren gezogen und war so gut wie geplündert worden, und auch jetzt wurde es bei der Versorgung mit Nahrung und Ärzten vernachlässigt.

Pakize Sultan war wie verzaubert, als sie an der efeuumwachsenen Mauer des Klosters vorbeifuhren und den grünen Garten sahen. Wie auf einer indischen Miniatur, die sie im Palast in einem alten Buch gesehen hatte, saßen in dem großen Garten Gruppen von kleinen Menschen in verschiedenen Farben und Größen zusammen. Die größte Gruppe bildeten weiß gekleidete Jüngere. Die Älteren trugen violette und braune Kleider. Wer waren die roten? Ganz hinten wirkten die bis in den Garten hinausreichenden Krankenbetten und die anderen Gebäude ebenfalls so seltsam und unwirklich wie in Miniaturen.

Der Landauer fuhr mit unverminderter Geschwindigkeit weiter, und bevor noch die Königin und der Ministerpräsident erfassen konnten, was in dem Klostergarten vor sich ging, waren sie schon in den Straßen von Bayırlar mit den vielen Gärten. In jenen sahen sie Frauen, die einander weinend umarmten, herumtollende Kinder und Hunde, abgelegte Leichen, Wäsche aufhängende Frauen, Betten, Tische und große Wasserbottiche. In einem Garten fielen ihnen rosa und violett blühende wilde Blumen auf. Auch dort waren Holztische, goldfarbene Wanduhren und weiße Schränke hinausgetragen worden. Woanders standen traurige Menschen in kleinen Gruppen zusammen, doch unerklärlich schien, warum an den Bäumen gelbe und muschelfarbene Türen lehnten, doch bevor sie dieses Rätsel lösen konnten, waren sie schon weiter.

Als sie sich am Zaim-Kloster vorbei einen Weg voller riesiger Schlaglöcher hinaufmühten (und die Kutschenräder gewaltig ins Rütteln kamen), erblickten sie voller Verwunderung eine von Krähen umschwärmte Vogelscheuche. Die Bäume dahinter waren voller roter Kirschen. In den stillen, verschlafenen Straßen von Yukarı Turunçlar begegneten sie einem Leichenwagen.

Wie schon unter Kommandant Kâmil wurden auch unter Scheich Hamdullah die Leichen nicht mehr tagsüber, sondern nachts aufgesammelt, weil man der Moral der Bevölkerung nicht unnötig zusetzen wollte. Während jedoch zu Kommandant Kâmils Zeiten nur ein einziger Wagen unterwegs war, hatte sich die Anzahl mithilfe der Garnisonsschreinerei auf vier erhöht. Da die Zahl der Toten ständig anstieg und von den Kutschern und Auflesern sich immer wieder einer bei der Arbeit die Pest holte oder einfach nicht mehr kam, war das Aufkommen auch mit vier Wagen nicht zu bewältigen. Manche Toten wurden vor den Leichenwagen versteckt, und zwar aus Faulheit, aus Bosheit oder weil man verheimlichen wollte, in welchem Haus die Pest zugeschlagen hatte. In einer der steilen Gassen, die nach Yukarı Turunçlar hinaufführten, sahen sie in der Ferne zwischen Bäumen und Häusern Rauch aufsteigen, doch als die Pferde prustend und schwitzend oben angelangt waren, stellte sich heraus, dass lediglich ein kleiner Hühnerstall brannte. Am anderen Ende des Grundstücks waren zwei Muslime mit einem Mann im Gehrock und mit Fes in ein angeregtes Gespräch verwickelt und schienen die immer höher schlagenden Flammen gar nicht wahrzunehmen oder schlicht zu ignorieren. Dem Ehepaar kam das seltsam vor, und Pakize Sultan bat ihren Gatten, Zekeriya solle die Männer doch auf das Feuer aufmerksam machen. Sie spürten aber, dass jene auch den Landauer nicht bemerkten oder nicht bemerken wollten. Da überkam die sensible Pakize Sultan ein tiefes Gefühl der Verlassenheit.

In den verwinkelten Straßen von Arpara kamen sie danach hinter dem Haus vorbei, in dem Kommandant Kâmils Mutter Satiye mit einem vom Staat gestellten Dienstmädchen wohnte (heute ist das Haus ein Museum). Am Anfang der Gasse, »wo der Esel ins Keuchen kommt«, hatte

»Königin« Pakize Sultan aus ihrem Fenster wieder einen herrlichen Anblick vor sich und begriff, dass ihre Einsamkeit und ihre Verlassenheit von der ganzen Stadt ausgingen, von der Burg, ja von der ganzen Ägäis. Die Stadt und die Pest machten ihr Angst, und sie wollte ihre Empfindungen so bald wie möglich ihrer Schwester Hatice mitteilen. Ohne weitere Umwege fuhren sie zur Kanzlei zurück, und so schrieb Pakize Sultan am Tag, bevor sie zur Königin ausgerufen wurde, ihrer Schwester wieder einen Brief.

KAPITEL 74

Nach mehrfacher Desinfizierung im Theodoropulos-Krankenhaus wurde der Leichnam Scheich Hamdullahs bei Sonnenaufgang im kleinen Friedhof seines Klosters hastig beerdigt. Das Grab in dem eigentlich nicht für Scheichs, sondern für arme Schlucker gedachten Friedhof war schon in der Nacht unter einer riesigen Linde ausgehoben worden. Mazhar Efendi, der nun wieder vielfach zurate gezogen wurde, hatte dafür gesorgt, dass Scheich Hamdullahs Leichnam mit Kalk bestreut wurde, und von dieser Prozedur auch Fotos anfertigen lassen, um diese im Falle eines Falles gegen den Orden verwenden zu können. Von jenen Fotos, auf denen man die schwarzen Wolken über der Stadt und die Töne der Morgendämmerung sieht, geht ein mediterraner Zauber aus, und zugleich spürt man die Angst vor dem Tod heraus, und die Einsamkeit, an der Pest zu sterben.

Noch erstaunlicher aber ist, dass Doktor Nikos und zwei Quarantänesoldaten auf den Fotos Gesichtsmasken tragen. Diese plötzliche Maßnahme ging auf einen Beschluss zurück, den Gesundheitsminister Doktor Nuri am Vorabend getroffen hatte. Er hegte nämlich den Verdacht, die Seuche habe sich womöglich zur Lungenpest weiterentwickelt und übertrage sich somit nicht mehr nur über Ratten, sondern auch über Tröpfchen in der Luft. Für die geometrische Zunahme der Todesrate war vielleicht nicht nur die Aufhebung der Quarantäne verantwortlich, sondern auch eine Veränderung von Verbreitungsart und -geschwindigkeit. Als Doktor Nuri zum ersten Mal nach fünfundzwanzig Tagen wieder mit Doktor Nikos zusammentraf, war jener der gleichen Ansicht. Dies bedeutete allerdings, dass die Krankheit sich noch leichter verbreiten würde und ihre Beherrschung so gut wie unmöglich war.

Doch bevor Doktor Nuri sich mit Doktor Nikos ausführlich darüber unterhalten konnte, wie die Quarantäne von Neuem eingeführt werden sollte und vor allem so, dass sie auch respektiert wurde, stand die Ausrufung seiner Gattin zur Königin an, und er ahnte, dass jene in der Bevölkerung wenigstens für kurze Zeit Freude auslösen würde.

Mit fünfundzwanzig in der Garnison abgefeuerten Böllerschüssen, von denen jeder einzelne alles erzittern ließ wie bei einem Erdbeben, wurde eine Stunde später entsprechend der Inseltradition verkündet, Pakize Sultan sei nunmehr die Königin von Minger und die dritte Präsidentin des unabhängigen Mingerer Staates. Während die Schüsse dröhnten, verbreitete sich die Nachricht auf wunderbare Weise in den nunmehr geöffneten Läden, auf den kleinen Märkten, unter den Fischern und von Haus zu Haus. Außer den Ordensmitgliedern und sonstigen Bewunderern des verstorbenen Scheichs waren wohl alle Mingerer tatsächlich angetan.

Im Kloster selbst allerdings gab es welche, die an den Tod des Scheichs nicht glaubten oder zumindest nicht akzeptieren konnten, dass er bei seiner Bestattung mit Kalk bestreut worden war, und jene mochten versucht sein, einen Aufstand zu inszenieren. Der neue Scheich, nämlich der frühere Ministerpräsident Nimetullah Efendi, war noch nicht offiziell gewählt worden, konnte aber die zornigen jungen Derwische im Zaum halten. Bei manchen Historikern wird ausführlich darauf eingegangen, dass auch unter den Mitgliedern befreundeter Orden die Angelegenheit mit dem Kalk Empörung hervorgerufen habe. Ihnen zufolge seien die Derwische von osmanischen und türkischen Stellen angestachelt worden, die darauf gesetzt hätten, nach einem Aufstand würde Abdülhamit Panzerkreuzer schicken und die Insel beschießen lassen, doch uns erscheinen solche Behauptungen ziemlich abenteuerlich. Eine etwas realistischere und zugleich optimistische Herangehensweise an die historischen Tatsachen lässt den Schluss zu, dass doch nicht alles nur Dunkel und Finsternis war.

Während am Dienstag, dem 27. August, an dem dreiundfünfzig Menschen starben, vom Garnisonshügel her die Böllerschüsse ertönten, ging

Doktor Nuri von seinem Amtszimmer ins Gästehaus hinüber, gab seiner Frau einen Kuss auf die Wange und gratulierte ihr.

»Ich bin glücklich«, erwiderte sie. »Ob wohl mein Vater Bescheid weiß?«

»Irgendwann wird diese Nachricht überall vernommen werden!«

Im Gegensatz zu allen, die bisher in Minger regiert hatten, und insbesondere zu Kommandant Kâmil, waren die beiden von den klingenden Titeln und Ämtern, die sie nunmehr innehatten, keineswegs beeindruckt. Doktor Nuri fragte Doktor Nikos in aller Nüchternheit, was seiner Meinung nach vonnöten sei, um eine neue »Quarantänekommission« zu gründen. Doktor Nikos erwiderte in wütendem, desillusioniertem Ton, es werde alles andere als leicht sein, wieder eine entsprechende Ordnung aufzubauen. »Wäre Scheich Hamdullah nicht an der Pest gestorben, würde kein Mensch nach einer Quarantäne, nach Verboten und Isolierung fragen. Und Nimetullah hätte sich nicht darauf eingelassen, sich wieder in sein Kloster zurückzuziehen, wenn seine sogenannten Minister nicht eingeschüchtert worden wären. Das waren lauter Geschäftsleute, zu Staatsdienern taugten die nicht.«

Sie setzten sich an den langen Tisch und berieten, wie die neue Ministerrunde aussehen sollte. Doktor Nikos sagte: »Wir sind jetzt keine simple Quarantänekommission mehr, die von einer osmanischen Provinz abhängt. Da in einem unabhängigen Staat Geheimdienst- und Sicherheitsfragen bekanntlicherweise eine große Rolle spielen, brauchen wir unter uns jemanden wie Mazhar Efendi.«

»Dann werden Sie doch wieder Quarantäneminister, und Mazhar Efendi soll sich als Minister um die Überwachung kümmern.«

Doktor Nuri gab Anweisung, Mazhar Efendi solle sich in sein Amtszimmer verfügen. Als Überwachungsbeauftragter und späterer Stellvertreter Kommandant Kâmils war er gewissermaßen das Nachrichtenzentrum sämtlicher Aktionen gewesen, die Sami Pascha gegen quarantänefeindliche Derwischorden und gegen Hodschas unternommen hatte, die besprochene Amulette vergaben. Natürlich wurde von Kommandant Kâmil und von Ministerpräsident Sami Pascha beschlossen, welches Kloster in ein Krankenhaus umgewandelt und welcher Scheich mürbe gemacht werden sollte, doch was genau in welchem Orden los war, erfuhren sie durch das Spitzelnetz und die akkurat geführten Akten des Überwachungsbeauftragten. Die Scheichs, deren Klöster evakuiert und deren Einkommensquellen ausgetrocknet wurden, die man düpierte oder gar in die Verbannung schickte, wussten genau, von wem die nachteiligen Informationen über sie nach oben weitergeleitet wurden, und daher hassten sie Mazhar Efendi nicht weniger als Sami Pascha. Nach Sami Paschas Verurteilung zum Tode hatte man daher erwartet, Mazhar Efendi habe die gleiche Strafe zu gewärtigen, doch schließlich war bei ihm die Todesstrafe in lebenslänglich umgewandelt worden. Unserer Meinung nach ging diese Milde darauf zurück, dass er es (wenn auch mit gefälschten Dokumenten) geschafft hatte, sich als gebürtiger Mingerer auszugeben. Unter den drei osmanischen Beamten, die sich gleich Sami Pascha ganz auf die Seite von Freiheit und Unabhängigkeit geschlagen und damit ihre Brücken zu Istanbul abgebrochen hatten, war allein Mazhar Efendi auf eine derartige List gekommen. Dass seine Frau tatsächlich von der Insel stammte, mag dazu ein Übriges getan haben.

Als nach dem Tod Kommandant Kâmils Scheich Hamdullah und Nimetullah Efendi an die Macht gekommen waren, hatten sie vorgehabt, den griechischen Nationalisten Mingers das Leben schwer zu machen. Dazu wollten sie die Erfahrung Mazhar Efendis nützen, der zunächst unter Sami Pascha und dann als stellvertretender Präsident jene Verschwörer nach Kräften überwacht hatte. So wurde der zu lebenslänglich Verurteilte aus dem Kerker entlassen und durfte seine Strafe zu Hause bei Frau und Kind absitzen. Dorthin kamen fortan auch regelmäßig seine Spione. Dass mit Schlepperbooten griechische Banden auf der Insel eintrafen und vom griechischen Konsul, vom Kurzwarenhändler Fedonos und vom Juwelier Maksimos dabei finanziell unterstützt wurden, erfuhr die Regierung Nimetullah wieder von Mazhar Efendi. Daraufhin ließ man kurzerhand zu, dass das Archiv Mazhar Efendis in der Kanzlei, also die zahllosen Zeitungsausschnitte, die er seit Jahren sammelte, die von Spitzeln stammenden und nach einem komplexen System archivierten Denunziationsbriefe (schriftliche Informationen wurden besser belohnt als mündliche) und Hunderte von Telegrammen, in sein Privathaus transferiert wurde. Das Herzstück des Archivs in seinem nur ein paar Schritte von der Konditorei Zofiri entfernten Steinhaus waren indes die Akten, die er zu osmanischen Zeiten über separatistische Mingerer Nationalisten und danach über osmanische, türkische und griechische Nationalisten angelegt hatte, und zwar über jeden einzelnen nach ganz speziellen Methoden. In späteren Jahren wurde das Haus zuerst zum MND (Mingerer Nachrichtendienst), später zu einem Museum.

Mazhar Efendi war sich sicher, dass die neue Regierung genau wie die vorherigen gewillt sein werde, sich seine Dienste und sein Spitzelnetz zunutze zu machen. Aus dieser Gewissheit heraus begann er, sobald er von Scheich Hamdullahs bevorstehendem Tod erfuhr, an Konsuln und Quarantäneärzte Briefe zu schreiben, in denen er darlegte, was seiner Meinung nach zur Rettung der Insel vonnöten sei. Als er die Nachricht vom Tod des Scheichs erhielt (noch bevor die Böllerschüsse abgefeuert wurden), vermutete er stark, die Regierung, oder besser gesagt der Ausschuss, der die Insel verwaltete, würde sich davonmachen und durch jemanden ersetzt werden, der wieder Quarantänemaßnahmen durchführen werde. Es hielt ihn nicht mehr lange zu Hause, und um zu sehen, was draußen vorging, und gegebenenfalls »einzugreifen«, hastete er zur Kanzlei. Manche behaupten, er habe seine geliebten Archivräume wiedersehen wollen, andere, er habe davon geträumt, Ministerpräsident zu werden. Als er am Eingang auf Doktor Nikos stieß, schwadronierte er sogleich vom »traurigen Zustand der Insel«, von den »Tölpeln an der Regierung« und davon, dass er »zu jedem Opfer« bereit sei, um die Seuche zu beenden, und sich gern »in die Pflicht nehmen« lasse.

Als Doktor Nuri den nunmehr so diensteifrigen Mann wieder vor sich sah, dachte er an die vergangenen furchtbaren Wochen zurück.

»Wir lagen doch zur selben Zeit im Kerker, nicht wahr?«, fragte er, wie auf der Suche nach Kameradschaft.

»Mich haben sie fünf Tage nach der Hinrichtung Sami Paschas nach Hause geschickt«, erwiderte Mazhar Efendi. »Ich möchte aber nicht denen zu Diensten stehen, sondern Ihnen und den Quarantäneärzten. Eine Rettung des Mingerer Volkes ist nur durch eine erneute Quarantäne möglich.«

»Dann werden Sie doch Mitglied der Quarantänekommission, das heißt der Ministerkommission!«, schlug Doktor Nuri vor.

»Ich gelte ja immer noch als verurteilt. Und darf eigentlich gar nicht aus dem Haus!«, erwiderte Mazhar Efendi bescheiden lächelnd. Er verstand sich ausgezeichnet darauf, sich als Opfer darzustellen.

»Die Königin wird bald eine umfassende Amnestie verkünden«, entgegnete Doktor Nuri. »Sagen Sie ruhig auch dazu Ihre Meinung. Es soll freigelassen werden, wer dazu beitragen kann, mit einer Quarantäne die Seuche aufzuhalten und das Mingerer Volk zu retten. Und vergessen Sie natürlich nicht, sich selbst auf die Liste zu setzen!«

Statt hier die Namen der neuen Minister und die Quarantänebeschlüsse im Detail aufzuzählen, widmen wir uns lieber gleich dem Thema der Ausgangssperre, gegenüber der alle anderen Maßnahmen zweitrangig waren. Doktor Nikos und Doktor Nuri waren jeder für sich schon der Meinung gewesen, eine Ausgangssperre sei die einzige Lösung, doch bevor Mazhar Efendi eine solche zur Sprache brachte, hatten sie noch gedacht, ein solches Unterfangen sei zu problematisch und daher von vornherein zum Scheitern verurteilt.

»Wenn wir heute eine Quarantäne verkünden und dann hier eine Straße sperren und dort ein Haus zusperren, wird das kein Mensch ernst nehmen«, sagte Doktor Nuri. »Dem Staat und der Armee wird keinerlei Achtung mehr entgegengebracht. Die Leute haben keine Hoffnung mehr, dass wir der Seuche Herr werden, und jeder versucht nur noch, sich selbst über die Runden zu bringen.«

»Sie sind aber sehr pessimistisch!«, versetzte Doktor Nikos. »Wenn das so ist, können wir auch keine Ausgangssperre durchsetzen.«

»Doch, vielleicht schon«, sagte Mazhar Efendi. »Wenn nicht, dann gibt es keinen Mingerer Staat mehr. Sondern nur noch Anarchie.«

»Dann kommen entweder die Osmanen zurück, oder die Insel wird von den Griechen besetzt«, sagte Doktor Nikos.

»Nein, wenn der Staat zusammenbricht, kommen als Erstes die Engländer«, sagte Doktor Nuri.

»Ein Volk ohne Staat ist ein Ding der Unmöglichkeit«, wandte Mazhar Efendi ein. »Dann dauert es nicht lang, und die Insel wird wieder zur Kolonie und zum Sklaven irgendeiner Großmacht. Es bleibt uns nichts übrig, als die arabischen Soldaten zu bewaffnen und sie auf alle schießen zu lassen, die auf die Straße gehen. Wenn die Ausgangssperre nicht wirkt, ist es aus mit uns. Zu dem Schluss bin ich schon im Kerker gekommen.«

»Aber Sami Pascha, in dessen Diensten Sie damals standen, ist aufgehängt worden, weil er unter dem Vorwand der Quarantäne Soldaten auf das Volk schießen ließ!«, sagte Doktor Nikos. »So darf es uns nicht ergehen.«

»Was sollen wir dann machen? Um von Haus zu Haus zu gehen und alle Kranken zu identifizieren, fehlt es uns sowohl an Beamten als an Freiwilligen. Sowieso verstecken sich so viele oder sterben gar, dass man kaum hinterherkommt … Wenn jeder nur an sich denkt, wird man da auf uns hören, wenn wir sagen, so, ab heute dürfen keine zwei Leute mehr nebeneinander gehen?«

So verständigten sich die neuen Machthaber auf eine Ausgangssperre. Da es eine Weile dauern konnte, bis das arabische Bataillon einsatzfähig war, beschlossen sie, die Sache langsam anzugehen.

Den Historikern ist nicht recht klar, wie pessimistisch damals die Menschen gestimmt waren, die über das Schicksal des Mingerer Volkes zu verfügen hatten, und insbesondere nationalistisch gesinnte Historiker wollen heute von einer Panik nichts hören. Wir indes sind der Auffassung, dass es nach jenen fünfundzwanzig Tagen nicht möglich gewesen wäre, dem Volk wieder eine Quarantäne aufzuzwingen, wenn die Führenden nicht in ihrer Hoffnungslosigkeit sogar bereit gewesen wären, auf das Volk zu schießen. Nicht aus Fahrlässigkeit, sondern aus Besonnenheit dauerte es daher zwei Tage, bis die Bevölkerung durch

Anschläge, Ausrufer und in der ganzen Stadt umherfahrende Wagen über die neue Quarantäne und die Ausgangssperre in Kenntnis gesetzt wurde.

In der halboffiziellen *Havadis-i Arkata* wurde unterdessen verkündet, die neue Königin habe eine allgemeine Amnestie verfügt. Zusammen mit Einbrechern, Vergewaltigern, Mördern, griechischen Nationalisten, osmanischen Spionen, Quarantänesoldaten, Extremisten und Konspiranten wurde somit unter großem Jubel auch freigelassen, wer unter Scheich Hamdullah in den Kerker gesteckt worden war, sich bei einem Fluchtversuch von der Insel hatte erwischen lassen oder ein und dasselbe Schiffsticket mehrmals verkauft hatte. Die Entlassenen schleppten damit die Seuche, die schon in den Gefängniszellen für so viel Entsetzen gesorgt hatte, nach Hause zu ihren Familien. In manchen Fällen kam es aber ganz anders. Ein Quarantänesoldat, der schon gemeint hatte, er müsse in der feuchten Kerkerzelle sein Leben lassen, hatte bei seiner Freilassung Freudentränen vergossen und war sogleich in sein Haus in Tatlısu geeilt, wo er feststellen musste, dass seine beiden Eltern und zwei seiner Kinder gestorben waren und seine Frau mit dem dritten Kind weggezogen war. Mitgeteilt wurde ihm das von den Leuten, die sich inzwischen in seinem Haus eingenistet hatten.

Jene stammten aus dem Küstenort Kefeli im Nordwesten der Insel und erläuterten dem wie betäubten Quarantänesoldaten, in dem Haus lebten nunmehr sie, und in solchen Katastrophenzeiten, in denen jeder nach einem Unterschlupf suche, sei es ja wohl ungerecht, wenn jemand in so einem Haus ganz alleine lebe, und in drohendem Ton legten sie ihm nahe, er solle sich doch lieber auf die Suche nach seiner armen Frau und dem Kind machen.

Solche Gaunereien wurden damals als beinahe normal angesehen. Wäre der Mann, dessen Haus so besetzt wurde, nicht Quarantänesoldat gewesen und hätte er nicht gewusst, dass er in der Regierung in der Person des Überwachungsministers einen Beschützer hatte, so hätte er jene Ungerechtigkeit nicht korrigieren können und sich vielmehr von der Unentschlossenheit aufreiben lassen, ob er nun seine Frau und sein

Kind suchen oder sich lieber an den Hausbesetzern rächen sollte. In den Nächten der Pest wurde den Menschen der Schlaf nicht nur geraubt, weil sie unter Kopfschmerzen litten, ihre Eiterbeulen schmerzten und sie sich vor dem Tod fürchteten, sondern auch wegen solcher Ungewissheiten, die das Unglück noch vertieften. Um seinen Quarantänesoldaten in Tatlısu zu rächen, ließ der Überwachungsminister das Haus dort gewaltsam räumen, und die Besetzer waren die Ersten seit fünfundzwanzig Tagen, die wieder in die Isolierstation gesteckt wurden. Wer zum ersten Mal dort eintrat, spürte gleich, dass er den Anblick der verschachtelten Innenhöfe nie wieder vergessen würde, doch zumindest waren jene nun gesäubert und desinfiziert worden.

Da Mazhar Efendi die arabischen Soldaten für unzureichend hielt, beschloss er mit Zustimmung Doktor Nuris, die Organisation der Quarantänesoldaten wieder aufleben zu lassen. Während der Prozesse zur Zeit Scheich Hamdullahs waren Quarantänesoldaten verurteilt worden, weil sie Leute misshandelt, gesunde Menschen in die Isolierstation gesteckt und damit in Todesgefahr gebracht oder aber ihnen Geld abgepresst hatten, um sie von der Isolierstation zu verschonen. Manche Angeklagten waren allerdings freigesprochen worden, so auch der beliebte Hamdi Baba, der sich unmittelbar danach in das zwei Stunden von Arkaz entfernte, von Felsen und Zypressen umgebene Haus seines Vaters zurückgezogen hatte. Erst wollte er gar nicht zurück nach Arkaz und auch nicht die Führung der Quarantänesoldaten übernehmen. Für sein Empfinden hatten zu viele Soldaten ungebührliche Härte an den Tag gelegt und damit die Menschen gekränkt. Mit guten Worten und einem Orden (dem Pakize-Orden) gelang es Mazhar Efendi jedoch, sich bei ihm einzuschmeicheln und ihn dazu zu überreden, die Quarantänesoldaten unter dem gleichen Namen neu zu organisieren.

In puncto Zweck und Stil gab es zwischen der ersten und der zweiten Auflage der Organisation durchaus Unterschiede, doch waren die Quarantänesoldaten nun mal das siegreiche Heer, mit dem Major Kâmil den Staat Minger gegründet hatte. Mazhar Efendi stattete noch vor der Verhängung der Ausgangssperre die Quarantänesoldaten mit einem größeren Gebäude in der Garnison aus, das noch heute als Hauptquartier des Mingerer Generalstabs fungiert.

Nach Ausrufung der Quarantäne und vor der Ausgangssperre stürmten die Menschen in Arkaz die improvisierten Märkte und die letzten noch hin und wieder offenen Läden und deckten sich zu überhöhten Preisen mit Waren ein. Andere hatten schon lange zuvor Lebensmittel gehortet und verließen das Haus nicht mehr, doch gingen ihre Vorräte nun zur Neige.

Am Tag darauf trat die strikte Ausgangssperre in Kraft. Den noch vor Sonnenaufgang in Stellung gebrachten verschreckten, aber streng dreinblickenden Soldaten aus Damaskus standen etwa vierzig Quarantänesoldaten zur Seite.

Nachdem man den aus der Hauptstadt gesandten türkischsprachigen Offizieren erlaubt hatte, nach Istanbul zurückzukehren, hatte der Kommandant die arabischen Soldaten als Trumpf für den Fall internationaler politischer Verhandlungen auf der Insel behalten, sie jedoch bei internen Konflikten nicht eingesetzt. Scheich Hamdullah wiederum hatte während seiner vierundzwanzigtägigen Herrschaft der Garnison vier Besuche abgestattet. Beim ersten davon, über den hier berichtet wurde, genoss er es, aus dem Koran vorzulesen und Arabisch zu sprechen, und entließ danach den Garnisonskommandanten und ersetzte ihn durch einen jungen, des Lesens und Schreibens unkundigen Mingerer Unteroffizier, der seit Jahren regelmäßig das Halifiye-Kloster aufsuchte und vom Scheich kurzerhand in den Rang eines Paschas befördert wurde.

Dass die nach siebenundzwanzig Tagen erneut verhängte Quarantäne und vor allen Dingen die Ausgangssperre tatsächlich befolgt wurden, stellt unserer Ansicht nach in unserer Geschichte einen Wendepunkt dar. Wie die meisten Kommentatoren führen auch wir diesen Erfolg in erster Linie darauf zurück, dass die Leute wegen der vielen Todesfälle (in den drei Tagen vor der Ausgangssperre waren insgesamt 137 Menschen verstorben) nicht mehr ein noch aus wussten. Ferner war nun kein Scheich mehr da, der die Menschen – wie Sami Pascha das genannt hatte – zu »Dreistigkeit« gegen die Quarantäne hätte ermuntern können, und dass dem Scheich die Pest etwas hatte anhaben können und er sogar daran gestorben war, hatte den »Fatalisten«, den Spöttern und auch den Ungläubigen – mit europäischen Worten den »Zynikern« – einen Dämpfer versetzt. Anhängern einer harten Linie galt indes, ausschlaggebend sei gewesen, dass sowohl die arabischen Soldaten als auch die Quarantänesoldaten sogleich schossen, sobald sich auf der Straße jemand blicken ließ, ob Mann, Frau oder Kind.

In Bayırlar liefen zwei Jungen sofort davon, als sie einen Warnschuss hörten. Ein leicht entrückter Mann, der in der Gasse, »wo der Esel ins Keuchen kommt«, so tat, als wisse er von keiner Ausgangssperre, wurde nach ein paar Warnschüssen sofort überwältigt, und als in Taşçılar aus einem Fenster Steine auf arabische Soldaten geworfen wurden, zerschossen jene die Hausmauer und die Fensterläden. Danach brachen sie die Tür auf, nahmen die drei jungen kretischen Flüchtlinge fest und steckten sie in den Burgkerker. In allen drei Fällen hallten die Schüsse durch die überaus stille Stadt, und die große Mehrheit der Bevölkerung dachte erfreut, dass die Soldaten diesmal wirklich durchgriffen und die Quarantäne daher ein Erfolg sein würde.

KAPITEL 75

Dass die Menschen in Arkaz sich diszipliniert an die Ausgangssperre hielten, verfolgte Pakize Sultan, indem sie Stunde um Stunde wieder hinüber ins Amtszimmer ging. Wenn ihr dann vermeldet wurde, auf der Straße seien nur die arabischen Soldaten und die Quarantänesoldaten unterwegs und es komme zu keinerlei Zwischenfällen, freute sie sich noch mehr als die im Raum befindlichen Männer, doch Ausdruck verlieh sie ihrer Freude erst, wenn sie wieder im Gästehaus saß und ihrer Schwester schrieb.

Als man mit der Brotverteilung begonnen hatte, zunächst mit einem einspännigen Pferdewagen, hielt jener in jedem Viertel an einer oder zwei Stellen, und unter Anleitung eines Vertreters und der Quarantänesoldaten stellten sich die Bewohner an. Es nahm jeweils ein Mann so viele Brote in Empfang, wie sein Haushalt Mitglieder hatte. Diese einfache Methode funktionierte, wo die Menschen einander noch kannten. Wo aber wegen der Seuche manche Häuser leer standen und in anderen Zuzügler wohnten, kam es regelmäßig zu Streit. Manchmal rückte eine ganze Gruppe von Männern an und riss sich rabiat die gesamte Brotladung unter den Nagel. Solcher Verstiegenheiten machte sich vor allen Dingen schuldig, wer Rache für Ramiz forderte oder griechenlandtreue Griechen und osmanentreue Türken bestrafen wollte.

Nachdem bei der Beerdigung von Scheich Hamdullah Kalk verwendet worden war, waren die religiösen Fanatiker und die Mingerer Nationalisten gedemütigt genug, um sich mit Angriffen vorerst zurückzuhalten. Unabhängig davon ersann Pakize Sultan eine neue Methode der Brotverteilung, um solcherlei Ausschreitungen erst gar nicht aufkommen zu lassen, und die Regierung und ihr Gatte, der Ministerpräsident, zeigten sich damit einverstanden. Von nun an sollten die Brotwagen samt ihren Wächtern die Laibe nach Möglichkeit direkt bei den Häusern abliefern, an der Tür, am Gartentor, in der Küche. Und durch die Wiederbelebung der Quarantänearmee ließ sich auch die Sicherheit jener Vorgehensweise verbessern.

Ihren bescheidenen Beitrag zu diesem Thema sollte die Königin ihrer Schwester in aller Ernsthaftigkeit schildern, nicht allerdings ohne ein paar leichte Übertreibungen. Von Tag zu Tag nahm sie sich ihrer im Grunde ja symbolischen, repräsentativen Aufgabe mit mehr Verantwortungsbewusstsein an. Sie beteiligte sich auch an den morgendlichen Sitzungen im Seuchenraum, in dem man die Schusslöcher zugegipst und übertüncht hatte. Sie nahm ganz hinten Platz, für eine Muslimin eigentlich zu europäisch gekleidet, aber doch mit Kopf- und Halstuch.

Wenn danach die Minister sich zurückzogen und sie mit ihrem Gatten alleine blieb, führte sie mit ihm noch Diskussionen und hinterfragte die Gründe für den einen oder anderen Beschluss. Aus ihren Briefen, in denen auf die damaligen politischen Entscheidungen ausführlich eingegangen wird, ist klar ersichtlich, dass sie, wie in der Mingerer Verfassung vorgesehen, die Arbeit ihres Gatten gründlich kontrollierte.

Sie brachte allerdings dessen Meinung große Hochachtung entgegen und geriet viel eher mit dem Überwachungsminister in Streit. Der hatte nach den ersten beiden, erfolgreich verlaufenen Tagen der Ausgangssperre (neunundfünfzig und einundfünfzig Tote) zu bedenken gegeben, die Brotwagen aus der Garnison könnten nur dann auftragsgemäß jedes einzelne Haus beliefern, wenn die Straßen von Arkaz ordentlich beschildert und die Häuser mit Nummern versehen seien. Dieser Aufgabe hatte sich ja schon der Kommandant verschrieben und bei jeder Sitzung des Straßennamenausschusses dessen Mitgliedern in seiner fein säuberlichen Handschrift anschauliche Vorschläge für neue Namen gemacht. Einige besonders unvergessliche wurden damals vom Volk sofort begeistert aufgenommen und sind auch hundertsechzehn Jahre später noch immer in Benutzung, etwa: Zwergbrunnenstraße, Blinder-Richter-

Straße, Löwenbettstraße, Schielende-Katze-Straße. Auch die Postbeamten standen ganz und gar hinter jenem ehrgeizigen, poetischen Projekt, doch nach dem Tod Kommandant Kâmils war es in der Versenkung verschwunden.

So wurde Pakize Sultan gleich bei ihrer ersten Amtshandlung als Königin klar, was der Überwachungsminister für ein zäher Gegner war.

»Lassen Sie diesem elenden Kerl nicht so viel durchgehen!«, sagte sie einmal, als sie mit ihrem Gatten allein war.

»Wir sind hier, um die Seuche zu bekämpfen!«, entgegnete der. »Um das Politische daran soll er sich kümmern!«

Wer liest, was Königin Pakize Sultan an ihre Schwester schrieb, merkt sofort, dass bei der Tochter von Murat V. und Nichte Abdülhamits II. der politische Instinkt viel ausgeprägter war als bei ihrem törichten Vater, der sich als Thronfolger plötzlich in den Kopf setzte, Freimaurer zu werden, oder bei ihrem Mann, dessen einziger politischer Maßstab »Geschmeidigkeit« zu sein schien.

Es war der Königin wichtig, täglich mit ihrem Gatten im Landauer auf Erkundungsfahrt zu gehen. Nach ein paar Tagen schon wurde ihr das nicht nur zur Gewohnheit, sondern es galt ihr als eine Pflicht zur Kontrolle der Quarantäne. Sie schrieb ihrer Schwester, wie sehr die wegen der Ausgangssperre leergefegten Straßen, Plätze und Brücken sie verzauberten.

Ihr fiel wieder ein, wie sie im Çırağan-Palast immer sehnsüchtig auf den leeren Garten hinausgesehen hatte, dessen Betreten jedermann verboten war. Beim Anblick des menschenleeren Hrisopolitissa-Platzes fühlte sie sich nach damals zurückversetzt. Während sie am Kai an den verwaisten Bootsanlegestellen vorbeikamen, dachte sie wehmütig, dass lange Zeit keine Schiffe mehr die Insel anfahren würden. In den Außenbezirken der Stadt, am verlassenen Marmorsteinbruch, zwischen Ruinen und Brachflächen, fürchtete sie sich gar. Als sie in den entvölkerten Straßen von Tatlısu einmal ein etwa fünfjähriges Mädchen weinen sah, musste ihr Mann sie festhalten, damit sie nicht hinausstürzte, und darauf weinte im Landauer auch sie.

Zur Aufregung während jener ersten Ausfahrten gesellte sich bald die Freude darüber, dass die Ausgangssperre offensichtlich eingehalten wurde. Auch in den folgenden drei Tagen ging in Arkaz niemand auf die Straße. Die einzige Ausnahme bildete ein Grüppchen von Derwischen aus dem immer noch als Krankenhaus benutzten Rifai-Kloster, die versuchten, zum Freitagsgebet in die Kör-Mehmet-Pascha-Moschee zu hasten. Der Überwachungsminister erfuhr über seine Spitzel davon und ließ die übereifrigen Derwische, die sich in ihren fliederfarbenen Gebetsmänteln recht sonderbar ausnahmen, in die Isolierstation schaffen.

Um einen Eindruck davon zu vermitteln, wie unendlich Schreckliches die Stadt und ihre Menschen mitmachen mussten, sei geschildert, was drei Tage, nachdem die Königin ihren Titel erhalten hatte, also am 30. August, im Hamidiye-Krankenhaus für Zustände herrschten. Dort sowie in den umliegenden behelfsmäßigen Krankenlagern in Klöstern lagen unseren Schätzungen zufolge etwa 175 Patienten, davon viele draußen in Zelten oder direkt unter freiem Himmel. Zwischen den Betten war gerade mal ein Meter Abstand, manchmal weniger. Die einzige Behandlung bestand darin, dass ein Arzt, ein Pfleger oder auch nur ein Hausmeister, der sich einen weißen Kittel beschafft hatte, eine fiebersenkende Spritze setzte oder in aller Hast eine Beule aufschnitt und reinigte. Dabei wirkten diese Maßnahmen nicht einmal lebensverlängernd. Doktor Nuri erzählte seiner Frau oft, was für heldenhafte und leider oft vergebliche Bemühungen ein Arzt vollführte, der – um fünfundvierzig Patienten die gleiche »Behandlung« angedeihen zu lassen – von Bett zu Bett eilte und sich zugleich davor schützen musste, von den Kranken angehustet, angeniest oder gar angespuckt zu werden.

Der Kontrast zwischen den leeren Straßen und der bunt zusammengewürfelten Menge auf dem gründgelben Boden des Krankenhausgartens ließ bei der Königin erst recht Untergangsstimmung aufkommen. Freudig erleichtert war sie dagegen, als nach fünf Tagen die Zahl der Toten zum ersten Mal merklich sank, nämlich auf neununddreißig.

Am folgenden Tag kamen sie auf ihrer täglichen Fahrt zuletzt nach Flizvos, wo vor der Seuche wohlhabende Griechen gewohnt hatten. In den verlassenen Häusern hatten daraufhin die Hausverwalter Leute aus ihren Heimatdörfern untergebracht, oder sie waren durch Bestechung oder Drohungen dazu gebracht worden, Fremde ins Haus zu lassen. In ärmeren Straßen sah nur manchmal jemand aus dem Obergeschoss auf sie hinab, oder in einem Garten spielten Kinder, oder ein Hund lief ihnen wie in früheren Zeiten fröhlich nach, ansonsten hätte Pakize Sultan schon gemeint, jene Viertel seien ganz und gar verlassen worden.

Damals ordnete die Königin an, von den leeren Straßen und Plätzen sollten Fotografien aufgenommen werden. Die Stadtansichten im vorliegenden Buch stützen sich auf Aufnahmen, die der Fotograf Vanyas an den folgenden drei Tagen an besonders prominenten Stellen anfertigte. Beim Betrachten der insgesamt dreiundachtzig überaus melancholischen Schwarzweißfotos, die vereinzelt auch Bewohner der Stadt zeigen, bekommen auch wir, wie damals die Königin, feuchte Augen.

Als das stetige Sinken der Totenzahlen sich allmählich bestätigte, kamen die täglich im Seuchenraum Versammelten erfreut zu dem Schluss, dass Quarantäne und Ausgangssperre wirkten und es richtig gewesen war, die Stadttore gänzlich zu verschließen.

Insbesondere die Anhänger der neuen Königin fühlten sich bestätigt, als im *Figaro*, der bereits die Unabhängigkeit Mingers vermeldet hatte, wieder eine Nachricht über die Insel erschien. Die Information stammte aus derselben Quelle und wurde mit etwas Verspätung, nämlich erst am Sonntag, dem 8. September 1901 veröffentlicht.

Eine Königin für Minger (Une reine pour Minguère)

Die Mingerer Nationalisten, die erst kürzlich ihre Unabhängigkeit vom Osmanischen Reich erklärt hatten, haben sich nunmehr zum Staatsoberhaupt eine Prinzessin aus dem osmanischen Herrscherhaus erwählt. Zur Überraschung Istanbuls und der ganzen Welt wurde Pakize Sultan, die dritte Tochter des Sultans Murat V., zur Königin von Minger erkoren. Pakize Sultan ist seit Kurzem mit einem osmanischen Quarantänefachmann verehelicht, der zur Eindämmung der Pest nach Minger gesandt wurde. Da die Seuche noch immer nicht besiegt und der telegrafische Kontakt zu dem neuen Staat abgebrochen ist, haben britische, französische und russische Panzerkreuzer die Insel mit einer Blockade belegt.

Das mit der »Überraschung Istanbuls« war eine Idee des britischen Nachrichtendienstes, der die Meldung veranlasst hatte. Doktor Nuri wiederum war darauf aus, den Telegrafendienst so rasch wie möglich wieder aufzunehmen und mit den europäischen Mächten zu einer Verständigung zu kommen, einer politischen »Normalisierung«, die eine Aufhebung der Blockade nach sich ziehen würde. Zusammen mit der Königin und den anderen Ärzten, die er in seine Regierung aufgenommen hatte, arbeitete er beständig auf dieses Ziel hin.

Als er mit ansah, wie sehr seine Frau sich über die sinkende Todesrate freute, musste er sie an das erinnern, was er auch anderweitig schon vorgebracht hatte.

»Da die Leichen nachts abtransportiert werden und Beerdigungen verboten sind, wissen die Leute noch gar nichts von dieser guten Nachricht. Falls sie davon erführen, würden sie sich genauso freuen wie Sie, doch im Gegensatz zu Ihnen würden sie am nächsten Tag ungeniert auf die Straßen strömen. Wenn wir die Seuche besiegen wollen, müssen die Menschen weiter Angst haben und wir so hart durchgreifen wie bisher auch.«

Doktor Nuri sah seiner Frau an, dass sie diese Warnung nicht goutierte, doch er ging darüber hinweg. Während der Artikel im *Figaro* bei der tonangebenden Schicht der Insel Hoffnung auf ein politisches Manöver weckte, erfüllte er Pakize Sultan mit Stolz. Obwohl sie sich – wie sie auch in ihren Briefen schrieb – durchaus im Klaren war, dass man sie zur Königin gemacht hatte, damit darüber geschrieben wurde und dadurch der neue Staat, die Fahne und die Unabhängigkeit der Insel bekannt wurden, nahm sie ihre Aufgabe immer ernster, setzte sich Tag für Tag ins Amtszimmer ihres Gatten und übermittelte an ihre Schwester, was sie auf ihren täglichen Fahrten alles sah. Über das Sinken der Totenzahlen hinaus sei noch an ein Faktum erinnert, das von anderen Historikern oft vernachlässigt wird, nämlich dass auf einmal die Ratten völlig verschwanden. Seit einer Woche war von den Kinderbanden keine einzige tote Ratte angeschleppt worden.

In Fortsetzung ihrer Landauerfahrten verlegten Doktor Nuri und Pakize Sultan sich darauf, jeweils gewöhnlichen Mingerer Bürgern Geschenke und Esswaren mitzubringen. Wo genau dies stattfinden sollte, wurde allerdings zuvor von den Sekretären der Königin sorgfältig festgelegt. Es sollte sich um Familien handeln, die für die Königin wirklich etwas übrighatten und die Quarantäneregeln strikt einhielten. Deren Haus betraten die beiden nie. Die europäisch, aber bedeckt gekleidete Königin verkündete den im Garten spielenden Kindern, dass sie Geschenke für sie dabeihabe. Die Erwachsenen verließen das Haus nicht, sondern winkten nur vom Fenster her. Meist legte die Königin die Geschenke im Garten ab, ohne etwas zu sagen, und winkte mit kindlicher Geste zu den Leuten zurück.

Auch wenn Neider und Oppositionelle das Gegenteil behaupteten, hatten diese Besuche Erfolg und flößten dem Volk Vertrauen ein. Ein alter Mann in Taşçılar erwiderte auf die beruhigenden Worte der Königin, dann werde doch bestimmt das erste Schiff wieder fahren. Der Krämer Mihail hatte sich schon vor geraumer Zeit bei sich zu Hause verbarrikadiert und ließ sich sein Essen in einen Korb vor seinem Fenster legen. Wegen einer Änderung im Verteilungsmodus bekomme er seit drei Tagen nichts mehr geliefert, ob sich da der Ministerpräsident nicht bitteschön für ihn verwenden könne? Einmal fuhren sie auch zum Haus von Marika, der Geliebten Sami Paschas. Als sie am Fenster weinte, ließen sie ihr Fladenbrot und Käse da. Ein andermal besuchten sie die trauernde Mutter des Kommandanten und beauftragten einen Sekretär damit, er solle sich von ihr erzählen lassen, wie der große Retter als Kind war, damit ein Buch mit dem Titel *Die Kindheit Kâmils* herausgegeben werden könne. Als einmal in dem Viertel hinter der Burg Bewunderer der Königin unter Missachtung sämtlicher Verhaltensregeln so nahe an sie heranrückten, dass sie sie hätten berühren können, sagte daraufhin Doktor Nikos in aller Deutlichkeit, jene Rundfahrten bedeuteten eigentlich einen Verstoß gegen die Quarantänedisziplin. Daraufhin verwies die Königin die beiden Ärzte auf die fallenden Zahlen und versicherte nicht zu Unrecht, durch jene Besuche würden die Mingerer ganz im Gegenteil zu einer Einhaltung der Quarantänemaßnahmen angeregt.

Die Königin ließ die berühmteste Damenschneiderin von Arkaz, Benli Eleni, zu sich ins Gästehaus kommen und begutachtete die Stoffmuster und die Kleiderbilder, die jene mitgebracht hatte. Dann gab sie bei ihr drei moderne, aber doch züchtig wirkende Kleider in Auftrag und ließ bei sich Maß nehmen. Der neue Postminister schlug vor, zu Ehren der Königin solle eine Briefmarkenserie herausgegeben werden, und so ließ Pakize Sultan nach dem Vorbild europäischer Königshäuser von Vanyas Profilfotos aufnehmen, die sie einmal zusammen mit ihrem Gatten und einmal alleine zeigten. Der Überwachungsminister stellte alsbald fest, dass die Königin an ihren Bildern Gefallen fand, und ließ davon fürs Erste vierundzwanzig Stück vergrößern und rahmen und sie in staatlichen Einrichtungen wie der Militärverwaltung, dem Grundbuchamt und diversen Stiftungen sowie in den noch geöffneten Banken aufhängen. Als die Königin auf einer der Rundfahrten in der leeren Eingangshalle der Osmanischen Bank (der späteren Minger-Bank) ihr Konterfei erblickte, schrieb sie daraufhin ihrer Schwester, dass ihr Vater, hätte er das sehen können, bestimmt glücklich gewesen wäre.

Viele Leute wandten sich an ihren jeweiligen Vertreter im Viertel, um zu erwirken, dass die Königin und ihr Gatte auch ihre Gegend aufsuchten, und es kam sogar das Gerücht auf, die Häuser, vor denen die Königin Geschenke niederlege, seien von da an vor der Pest gefeit.

KAPITEL 76

Ab dem Freitag, dem 13. September ging die Todesrate noch deutlicher zurück, und auf der Insel machte sich Zuversicht breit. Woran genau lag das? Da der Quarantäne die Existenz des unsterblichen Mingerer Staates zu verdanken war, widmeten Historiker sich dieser Frage ausführlich.

Unserer Auffassung nach war für den letztendlichen Erfolg der Quarantäne ausschlaggebend, dass Scheich Hamdullah der Pest zum Opfer fiel, die Totenzahlen auf bis zu fünfzig, sechzig stiegen und man schließlich nicht einmal zögerte, zur Einhaltung der Verbote auf Leute zu schießen. Es können selbstverständlich auch natürliche Entwicklungen, über die wir nicht genügend Bescheid wissen, wie etwa das Verschwinden der Ratten oder eine Schwächung des Pestbazillus, zu jenem glücklichen Resultat geführt haben. Auf den Erfolg einer bestimmten Maßnahme möchte ich aber besonders eingehen.

Während der Anfänge der Pestepidemie wurden alle muslimischen Leichname noch in der Kör-Mehmet-Pascha-Moschee von einem langen, dünnen Mann gewaschen, den alle »Barbier« nannten, obwohl er keiner war. Dem Ritus gemäß wischte er den Toten zunächst sorgfältig ab, dann widmete er sich mit einem fest um den Finger gewickelten Tuch besonders den Lippen, den Nasenlöchern und dem Nabel. Danach wusch er den Leichnam mit einer Seife aus Mingerer Olivenöl und mit reichlich Wasser. Wenn man der älteren Frau, die die gleiche Prozedur bei weiblichen Leichen vornahm, ein paar Kurusch in die Hand drückte, tauchte sie in das Wasser duftende Rosenblätter. Da Doktor Nikos das Leichenwaschhaus alsbald desinfizieren ließ, steckten sich die Totenwäscher mit der Pest nicht an. Um mit dem zunehmenden Aufkommen fertigzuwerden, heuerten sie sogar Gehilfen an und begannen die Leichen immer oberflächlicher zu waschen.

Doktor Nuri erinnerte sich noch gut daran, zu welchen Diskussionen es im Hedschas bei der Bestattung von Choleratoten zwischen Arabern und den französischen, griechischen und türkischen Ärzten kam, die das Osmanische Reich vertraten, und wie schon damals überließ er die Dinge ihrem natürlichen Lauf. Anstatt die Sache aufzubauschen und endlose Streitereien über Islam und Quarantäne zu provozieren, war es probater, jedem einzelnen Totenwäscher diskret ein paar Kurusch zuzustecken, damit er seine Arbeit um einiges nachlässiger verrichtete. So kamen der »Barbier« und seine Kollegen, die sich der Todesgefahr ja bewusst waren, immer mehr davon ab, die Leichen nach altem Ritus zu waschen, und beschleunigten den Vorgang erheblich.

Bald bestand eine Leichenwäsche darin, dass man die Toten, die oft schon zu riechen anfingen und mit ihren Pestbeulen, ihrem Auswurf und dem Erbrochenen einen entsetzlichen Anblick boten, nur noch mit heißem Wasser übergoss. Dann wurden die Leichen zum Trocknen in den steinernen Hof gelegt (in den auch manchmal Katzen kamen) und schließlich ins Leichentuch gehüllt, auf das man ab der zweiten Quarantänewoche ebenfalls verzichtete. Dann begannen die Tage, in denen man immer mehr Leichname am Straßenrand fand und sie nur noch mit Kalk überstreute und begrub.

Als aber dennoch und trotz der Desinfektion unter den Totengräbern erst ein Gehilfe starb (der sich die Pest aber auch in seinem Viertel geholt haben konnte) und dann der seit der Unabhängigkeit in ganz Arkaz bekannte »Barbier«, verboten der Kommandant und Doktor Nuri die Leichenwaschungen ganz. Dieser Beschluss wurde allerdings nicht öffentlich verkündet, sondern es wurde lediglich die Tür zum Leichenwaschhaus verriegelt, worauf es zu Streit kam, weil viele auf den Ritus nicht verzichten wollten, da sie fest daran glaubten, wenn ihr Angehöriger nicht ordnungsgemäß gewaschen werde, werde er sich im Jenseits nicht so leicht von seinen Sünden befreien können.

Nachdem unter Ministerpräsident Nimetullah Efendi die Quarantänekommission aufgelöst wurde, durfte kein Muslim mehr beerdigt werden, ohne vorher nach islamischem Ritus von einem offiziellen Leichenwäscher gereinigt zu werden, der dabei sämtliche erforderlichen Gebete sprach. Unseren Schätzungen zufolge sollte dies über zwanzig Leichenwäscher das Leben kosten. Schon in der ersten Woche der »Scheich-Hamdullah-Periode« war zutage getreten, dass die Pest sich noch rascher verbreiten werde, falls die Leichenwaschung in jener Form beibehalten und keine geeigneten Maßnahmen getroffen würden, und nach dem Tod der ersten drei Totenwäscher kamen die restlichen mit der Arbeit nicht mehr nach und machten sich bald aus dem Staub.

Da Nimetullah Efendi wusste, wie viel Wert Scheich Hamdullah auf die Sache legte, ließ er mithilfe des Muftis und der Landräte aus anderen Inselorten »Freiwillige« herbeischaffen, die die Leichenwaschungen übernehmen sollten. Viele von jenen waren tatsächlich aus Hilfsbereitschaft und religiöser Verbundenheit dazu bereit, doch bald war über die Hälfte von ihnen tot. Sobald sich auf der Insel herumsprach, wie gefährlich es sein konnte, nach dem althergebrachten Ritus vorzugehen, wurde es immer schwieriger, noch »Freiwillige« zu finden, sodass man aus der Garnison drei Soldaten abstellte. Als zwei von ihnen rasch starben, ging man dazu über, auf der ganzen Insel willkürlich Passanten oder irgendwie verdächtig Wirkende festzunehmen und sie als »Freiwillige« zum Leichenwaschen zu requirieren. Ein Mörder und ein Vergewaltiger, die kurz nach dem Gefängnisaufstand wieder geschnappt wurden, teilte man ebenfalls dazu ein, obwohl sie keines der rituellen Gebete kannten. Auch sie überlebten nicht lange.

Um zu unterstreichen, wie widersinnig und drastisch Scheich Hamullah und sein Halifiye-Orden während ihrer Herrschaft vorgingen, bedienen Historiker und Politiker sich zu Recht gerne des tragischen Beispiels jener »Freiwilligen«. In seiner kurzen Zeit als Ministerpräsident hatte Nimetullah Efendi auch Mitglieder ihm nicht genehmer Orden zu freiwilligen Totenwäschern »ernannt«. Dass auch sie an der Pest starben, sollte manchen Historikern zufolge nicht als Fahrlässigkeit, sondern vielmehr als absichtliche Tötung gewertet werden.

Unserer Auffassung nach war die Art, wie die »freiwilligen« Leichenwäscher die Seuche in der Stadt und auf der ganzen Insel verbreiteten, geradezu ein Massaker. Wer den ganzen Tag Pesttote wusch und danach zum Schlafen in eines der Klöster ging, steckte zwangsläufig die dortigen Jünger an. Vor allem in den Vierteln, in denen viele Klöster lagen, und in den teilweise zu Krankenhäusern umfunktionierten Klöstern selbst stieg die Zahl der Toten wegen der Leichenwäscher kontinuierlich, doch niemand sprach den offenkundigen Grund dafür an.

Selbst wer in den islamischen Orden weder an den Bazillus noch an die Quarantäne glaubte, erfasste irgendwie das Tragische an der Situation, doch aus einer seltsamen Gewissenhaftigkeit heraus setzten fast alle die unheilvolle Praxis unverdrossen fort. Die Mingerer Hygienehistorikerin Nuran Şimşek hat erforscht, wie Totenwäscher insbesondere aus dem Rifai-Kloster den Bazillus an die Kranken dort weitergaben. Mit großer Wahrscheinlichkeit hat auch Scheich Hamdullah sich bei einem der frommen Leichenwäscher angesteckt, denn drei von ihnen, zwei junge und ein dicker alter, schliefen in einem Gebäude auf dem Klostergelände unmittelbar neben dem bescheidenen, einzimmrigen Häuschen des Scheichs (das ganz und gar nicht wie die Wohnstätte eines Staatspräsidenten wirkte).

Nach Ablauf der vierundzwanzig Tage, in denen Scheich Hamdullah und Nimetullah Efendi an der Macht waren, herrschte eine derartige »Pestanarchie«, dass sich heute nicht mehr feststellen lässt, wer damals wen ansteckte. In den letzten Tagen machten sich junge Derwische in ihrer Verzweiflung aus den Klöstern davon und ernährten sich irgendwo in den Bergen von Feigen und Nüssen.

Am Rückgang der Seuche hatte deshalb einen entscheidenden Anteil, dass Ministerpräsident Doktor Nuri gleich nach seiner Amtsübernahme das Leichenwaschen auf der ganzen Insel verbieten ließ und sowohl die Friedhöfe als auch sämtliche Orte, an die die Leichenwägen hinkamen, ausgiebig mit Lysol behandelt wurden. Auch die erneute Verwendung von Kalk bei den Bestattungen dürfte unserer Ansicht nach eine Rolle gespielt haben.

Selbst wenn von offizieller Seite nichts verlautbarte, spürten die Leute in Arkaz, dass die Seuche auf dem Rückmarsch war. Es verbreitete sich langsam eine zuversichtliche Stimmung, und dennoch wurden die Verbote weiter sorgfältig eingehalten, und auf den Straßen war kaum jemand zu sehen. Am 24. September fiel die Zahl der Toten auf zwanzig. Doktor Nuri war begeistert und ließ sogleich den britischen Konsul zu sich rufen.

Wie die anderen Konsuln hatte auch Monsieur Corc sich unter der letzten Regierung nirgends mehr blicken lassen, da er sich fürchtete, von Derwischen angegriffen oder der Spionage verdächtigt zu werden. Nach Scheich Hamdullahs Tod und dem Rücktritt Nimetullah Efendis war er jedoch schon von mehreren Seiten zurate gezogen worden, und das wusste auch Doktor Nuri.

Der Konsul gratulierte Doktor Nuri in formvollendeter Diplomatensprache zu seinem neuen Amt. Vom Ton her begegnete er den neuen Herrschaftsverhältnissen allerdings mit etwas, das er selbst wohl als »Ironie« bezeichnet hätte, wir dagegen eher als »Sarkasmus«. Abgesehen davon nahm er den neuen Staat durchaus ernst, daran gab es keinen Zweifel.

Auch Überwachungsminister Mazhar Efendi war bei der Unterredung zugegen. Da betrat die Königin den dunklen Raum, und auf einmal war allen, als würde der Geist Sami Paschas unter ihnen weilen, und es erfasste sie ein seltsames Schuldgefühl. Es war, als sollten sie über ihn sprechen, doch schwiegen sie. Die osmanische Karte an der Wand und den verschnörkelten Namenszug Abdülhamits hatte man entfernt und stattdessen eine Mingerer Fahne und ein Porträt Kommandant Kâmils aufgehängt. Einige Ansichten von Minger und Istanbul, diverse osmanische Verwaltungsvorschriften sowie ein Foto des Üsküdar-Platzes, allesamt seinerzeit von Sami Pascha angebracht, hingen dagegen nach wie vor in ihren Rahmen.

»Die Epidemie geht zurück«, sagte Doktor Nuri in gemessenem Ton zu Monsieur Corc. »Der Staat Minger erwartet daher von der Regierung seiner Majestät, dass die Blockade aufgehoben und der Insel mit Ärzten und medizinischem Material zur Seite gestanden wird.«

»Der Blockade ist die Unabhängigkeit Mingers überhaupt erst zu verdanken«, erwiderte der Konsul. »Sobald Europa die Panzerkreuzer abzieht, wird Abdülhamit die Aufständischen, die den neuen Gouverneur grausam ermordet und sich zu einer Revolution erdreistet haben, natürlich sofort bestrafen. Er wird die *Mahmudiye* und die *Orhaniye* schicken und Arkaz aus den neuen Krupp-Kanonen beschießen, die er in Marseille hat installieren lassen.«

»Danach wird er in der Kalar-Bucht Soldaten an Land gehen lassen und die Macht übernehmen«, warf der Überwachungsminister ein. »Die Frage ist, ob die Regierung Seiner Majestät einfach zuschauen wird, wenn der Rote Sultan hier Mingerer abschlachtet?«

»Nach internationalem Recht ist Minger eine osmanische Insel.«

»Mit Ihren Panzerkreuzern versenken Sie Boote, die sich von der Insel entfernen wollen. Ist etwa das mit internationalem Recht zu vereinbaren?«

Es wurden sich wieder alle bewusst, was der leise sprechende, gutmütig wirkende Überwachungsminister im Grunde für ein harter Verhandler war.

»Das ist es sehr wohl, denn die Blockade ist auf Initiative der osmanischen Regierung hin verhängt worden«, entgegnete der Konsul.

»Dann sollte die Regierung Seiner Majestät den Mingerer Staat eben anerkennen. Dem Volk von Minger würde es eine große Ehre bedeuten, als Erstes von Großbritannien und Premierminister Gascoyne-Cecil anerkannt zu werden. Abdülhamit könnte es sich dann nicht mehr erlauben, Arkaz zu beschießen. Falls Istanbul sich dagegen jetzt zu so einem Schritt entschließt, werden dadurch auch die Konsuln in Mitleidenschaft gezogen. In Saloniki sind als Erstes Konsuln getötet worden.«

»An unser persönliches Wohlergehen denken wir gar nicht!«, versetzte Monsieur Corc. »Wir sind bereit, für die Insel alles zu tun. Doch leider sind wir von der Welt abgeschnitten.«

»Sie können sich in etwa vorstellen, auf was für einen Vorschlag die britische Regierung eingehen würde und was Minger zu tun hat, um vor dem Osmanischen Reich beschützt zu werden. Und falls Sie dazu noch keine feste Meinung haben, können Sie uns in ein paar Tagen einen Bericht vorlegen.«

Damit wurde stillschweigend unterstellt, der Konsul stehe mit der britischen Regierung ohnehin in Verbindung, was allerdings nicht der Wahrheit entsprach.

Alle erwarteten, Monsieur Corc werde sich etwas Zeit erbitten, um einen Bericht zu verfassen, doch legte er seine Meinung sofort dar.

»Parteienübergreifend sieht jede Regierung Seiner Majestät es seit fünfundzwanzig Jahren mit Sorge, dass Abdülhamit die Muslime der ganzen Welt unter einen politischen Hut bringen und dadurch Großbritannien die Stirn bieten will. Im Außenministerium hat man zum großen Teil begriffen, dass Abdülhamits panislamistische Politik zum Scheitern verurteilt ist. Man sieht ja, dass unter Muslimen nichts auf eine Einheit hindeutet, sondern es ganz im Gegenteil unter Arabern, Albanern, Kurden, Tscherkessen, Türken und Mingerern separatistische Bestrebungen gibt, sodass eine muslimische Einheit nicht mehr als eine Schimäre ist, ja teilweise ein Schmierentheater. Aber leider sind nun mal konservative, islamfeindliche Politiker wie der vormalige Premierminister Gladstone an der Macht.« Konsul Corc wandte sich der Königin zu. »Es ist ja bekannt, was Abdülhamit Ihren Schwestern, Ihrem Vater, Ihrer ganzen Familie angetan hat. Ähnlich unbarmherzig verhält er sich gegenüber den Jungtürken, den Oppositionellen, den Bulgaren, den Serben, den Griechen, den Armeniern und den Mingerern. Dass eine Königin aus dem osmanischen Herrscherhaus Abdülhamits Despotismus und seine Islampolitik kritisiert, dürfte nicht nur bei der britischen Regierung, sondern auch in Frankreich und Deutschland den Wunsch wecken, die Insel und ihr edles Volk vor dem Sultan zu beschützen.«

»Dieser Meinung bin ich ebenfalls«, sagte der Überwachungsminister. »Es geht nur darum, eine Zeitung zu finden, die in diesen Blockadezeiten die Worte der Königin nach Europa trägt. Wenn wir uns an hiesige griechische Journalisten oder an Blätter aus Kreta oder Athen wenden, kann das falsch aufgefasst werden.«

»Es gibt genügend Londoner oder Pariser Zeitungen, die liebend gerne in allen Einzelheiten vermelden würden, was die Tochter eines osmanischen Sultans zusammen mit ihrem Vater und ihren Schwestern für ein Gefangenenleben führen musste«, erwiderte Konsul Corc. »Und über die Thronbesteigung Ihrer Majestät der Königin ist ja in vielen Zeitungen weltweit berichtet worden.«

»Aber nicht über ihre Verehelichung mit Scheich Hamdullah.«

»Weil ersichtlich war, dass es sich nur um eine Scheinehe handelte. Über die despotischen Machenschaften ihres Onkel Abdülhamit jedoch möchte die Königin bestimmt ihre aufrichtige Meinung äußern, und dabei soll zum Ausdruck kommen, dass sie ihr Leben lang für ihren Widerstand gegen einen Tyrannen bezahlen musste. In der Regierung Robert Gascoyne-Cecils werden sich garantiert Leute finden, die dafür Verständnis haben und diese herrliche Insel gegen Abdülhamit verteidigen wollen.«

Diverse Istanbuler Pressorgane wie *Orhun* und *Tanrıdağ*, die zweiundvierzig Jahre später Hitlers Siege auf dem Balkan begeistert kommentieren sollten, stellten in ihren Geschichtskolumnen den gut gemeinten Vorschlag Konsul Corcs als Teil eines teuflischen, türkenfeindlichen Komplotts dar. (Sie behaupteten, das Osmanische Reich habe die Araber wegen des Spions Lawrence und die Insel Minger wegen der List des Spions Corc verloren.) Am 24. September 1901 jedenfalls waren sich alle Beteiligten an jener historischen Sitzung darüber einig, dass die Annahme eines Mandats oder eines Protektorats durch einen europäischen Staat einem Schutz gegen Abdülhamit oder einen anderen Aggressor gleichkommen würde, und alle richteten diskret ihre Blicke auf die Königin.

»Ich möchte gerne selbst entscheiden, wie ich meine Gefühle gegenüber meinem Onkel zum Ausdruck bringe!«, sagte Pakize Sultan so entschlossen, dass ihr Mann ganz stolz auf sie war. »Erst muss ich mir aber Gedanken machen, was für die Mingerer am besten ist.«

KAPITEL 77

Nach diesen Worten Königin Pakize Sultans waren die besorgten Herren im Amtszimmer überzeugt, dass sie sich über Abdülhamit kritisch äußern würde. Da dies die einzige Hoffnung für die politische Zukunft der Insel war, wurde die allmählich wieder aufblühende Zuversicht dadurch weiter gestärkt. Und dennoch, nie sollte Pakize Sultan irgendeinem Journalisten, ob einem Ausländer, einem Mingerer oder einem Türken, zum Thema ihres Onkels und seiner verheerenden Politik ein Interview geben.

»Sie bräuchten doch lediglich das, was Sie mir erzählen, einem europäischen Journalisten zu berichten«, sagte Doktor Nuri einmal zu ihr.

»Gehört sich das etwa?«, versetzte sie mit naiv aufgerissenen Augen. »Worüber ich mit meinen Schwestern und meinem Vater sprach, gehört zum Intimsten, was ich habe, zu meinen wertvollsten Erinnerungen. Wie soll ich das nun erzählen, nur weil mein Onkel uns Böses angetan hat? Auch weiß ich nicht, was mein Vater davon halten würde.«

»Sie sind jetzt Königin, und es geht hier um eine Angelegenheit von internationaler Tragweite.«

»Ich bin nicht Königin, weil ich das so wollte, sondern damit die Quarantäne funktioniert, damit die Epidemie aufhört und die Menschen gerettet werden«, sagte Pakize Sultan. Als ihr die Tränen kamen, nahm ihr Mann sie in den Arm, strich ihr über das braune Haar und tröstete sie damit, dass sowieso kein Schiff bis zur Insel durchkam und damit auch kein Journalist.

Wer in Pakize Sultans Briefen liest, dass sie Ende September immer noch nicht wusste, was sie über Abdülhamit sagen sollte, wird schließlich voller Verwunderung begreifen, dass für sie die mit ihrem Vater und ihren Schwestern im Çırağan-Palast verbrachten Jahren eigentlich die schönsten ihres Lebens gewesen waren. Sie war nun einundzwanzig Jahre alt, und sogar als Königin sehnte sie sich zu den Tagen zurück, als sie im Palast ihrem Vater auf dem Klavier vorgespielt, mit den Schwestern zusammen Romane gelesen und mit Haremsfrauen herumgetobt hatte. Ohne es ihren Gatten merken zu lassen, weinte sie manchmal vor sich hin.

Es gab Tage, da wollte sie das Gästehaus gar nicht verlassen, ja nicht einmal aus dem Bett aufstehen. Dabei ging die Epidemie zu Ende, die Menschen trauten sich allmählich wieder auf die Straße, im Hafen waren nicht mehr nur Fischerboote zu sehen (von ihrem Fenster aus sah die Königin Soldaten, die zur Insel Kızkulesi übersetzten), die ersten Herbststürme führten Algenduft mit sich, und es war, als sollte die Stadt durch all dieses Treiben aus ihrem Schlaf gerüttelt werden.

Als Anfang Oktober an einem dunklen, regnerischen Tag die Zahl der Pesttoten auf elf herabsank, wurde in einer Sitzung im Seuchenraum über eine Lockerung der Ausgangssperre diskutiert – Mazhar Efendi hätte sie am liebsten ganz aufgehoben –, und Pakize Sultan nahm an der Debatte regen Anteil. Da mancherorts schon Leute vor lauter Hunger erkrankten oder gar starben, wurde in der Stadt wieder die Errichtung von Bauernmärkten erlaubt und die Ausgangssperre demgemäß gelockert. Obwohl dadurch der Rückgang der Totenzahl verlangsamt wurde, blieb man in der Führungsriege weiterhin optimistisch. Die Vertreter der Reedereien bestanden darauf, dass der Hafen wieder geöffnet werde, und sie forderten, dass im Hinblick auf das baldige Eintreffen der ersten Schiffe, ja der Wiederaufnahme des regelmäßigen Schiffsverkehrs ihre Büros die notwendigen Vorbereitungen treffen dürften. Da die Inhaber der Reisebüros meistenteils Konsuln waren, meinte Doktor Nuri daraus schließen zu dürfen, dass der Tag, an dem die Großmächte ihre Schiffe abziehen würden, nicht allzu fern sei.

»Sobald die britischen und französischen Panzerkreuzer weg sind, bekommen wir es noch vor den Passagierschiffen mit Kanonenschüssen von der *Mahmudiye* zu tun!«, unkte der Überwachungsminister.

Da fuhr wieder jedem in den Sinn, dass die Unabhängigkeit der Insel nur zu bewahren war, wenn entweder die Blockade aufrechterhalten blieb oder Minger sich unter den Schutz einer Großmacht begab.

Pakize Sultan versuchte, sich manchmal vorzustellen, wie ihr Vater sich in solch einer Lage verhalten würde. Manchmal versetzte sie sich auch direkt in ihn und konnte dann, wie sie ihrer Schwester schrieb, die Staatsangelegenheiten besonnener und geduldiger durchdenken. Am Schreibtisch rieb sie sich wie ihr Vater die Stirn oder lehnte sich wie er auf dem Stuhl zurück und starrte an die Decke. Dabei hatte sie das Gefühl, sowohl ihrem Vater zu gleichen als auch weiterhin sie selbst zu sein, und das beschrieb sie ihrer Schwester in aller Offenherzigkeit.

Nach wie vor suchten sie und ihr Mann jeden Tag im Landauer ein anderes Viertel auf. Da die Seuche so stark zurückging, geriet jeder dieser Besuche allmählich zu einer ansatzweisen Siegesfeier. Die Menschen liebten ihre Königin nicht mehr nur für das Brot, die Nüsse und die Feigen, die sie brachte, sondern dafür, dass sie mit ihren Rundfahrten die Pest zurückgeschlagen hatte.

Wenn der Landauer in einem Viertel auf dem Hauptplatz einfuhr, sei es in Turunçlar oder Bayırlar, wo Kommandant Kâmil sich so gerne aufgehalten hatte, sei es in griechischen Vierteln wie Dantela oder Petalis, wurden in manchen Fenstern Mingerer Fahnen geschwungen, und Frauen hoben ihre Kinder hoch, damit sie die Kutsche besser sahen. Es ging die Rede, dass Kinder, die von der Königin berührt wurden oder denen sie aus der Ferne zulächelte oder zuwinkte, ein günstigeres Schicksal erwarten durften. Wenn die Königin ein granatapfelrotes Kopftuch trage, bedeute dies, das Jahr werde gut verlaufen und die Seuche bald verschwinden, und von Weitem meine man zwar, sie lächle, doch eigentlich seien ihre Augen feucht, und dass ihr Mann nicht besonders gut aussehe, liege an der bösen Absicht Abdülhamits.

Die Ausgangssperre wurde vom Morgen bis zum Abendgebet ausgesetzt. Dass dafür am Abend nicht eine bestimmte Uhrzeit festgesetzt wurde, sondern die jeden Tag etwas unterschiedliche Zeit des Gebets, war nicht, wie manche unterstellten, religiös motiviert. Muslimische

Männer hatten in der Regel keine Taschenuhren bei sich, und nachdem Doktor Nuri das Glockenläuten und die Gebetsrufe wieder verboten hatte, kam den Menschen das Zeitbewusstsein abhanden. Als nach fünfunddreißig Tagen zum ersten Mal wieder der abendliche Gebetsruf ertönte, galt er somit nicht dem Gebet an sich, sondern verkündete den Beginn der nächtlichen Ausgangssperre. Als der Ruf von den Bergen widerhallte, wurde den Menschen erst so recht bewusst, wie unheimlich still es in der letzten Zeit gewesen war. Zwei Tage später, am Freitag, dem 4. Oktober wurde auch das Betreten von Moscheen und Kirchen wieder erlaubt.

Man hatte die Geräusche der Stadt nicht vergessen, aber zum Teil doch die Hoffnung aufgegeben, sie je wieder hören zu dürfen, und als sie jetzt nach und nach wieder erklangen, spürte man, dass das frühere Leben wieder Einzug hielt. Manche wollten es ja erst gar nicht glauben. Am schönsten war es, als man wieder das Rattern und Klingeln der Kutschen und die Hufschläge der Pferde vernahm. Die an der Pest verstorbenen Kutscher waren durch neue ersetzt worden, die sich aber genauso darauf verstanden, die steilsten Gassen emporzukommen, ohne die Pferde quälen zu müssen, denen sie freundlich zusprachen und die sie nur selten mit der Peitsche traktierten. Pakize Sultan schrieb ihrer Schwester, wie glücklich sie war, wieder zu hören, wie die Kutscher mit der Zunge schnalzten und ihr »Brrr!«, ihr »Höst!« und ihr »Tschitt« ertönen ließen.

Zum nie verstummten Gurren, Schreien und Krächzen der Tauben, Möwen und Krähen gesellten sich bald wieder die Rufe der Straßenverkäufer, das Lärmen der draußen spielenden Kinder und das Hämmern und Klopfen der Leute, die ihre Tür, ihren Schornstein oder ihre Gartenmauer reparierten. Pakize Sultan lauschte auch den Frauen, die in Vorbereitung auf den nahenden Winter am Fenster oder draußen im Garten Teppiche und Matten ausklopften. Beim Wäscheaufhängen sangen manche Frauen Lieder, sei es auf Türkisch oder auf Griechisch.

Dass sich auch auf den Märkten etwas tat, merkte das Ehepaar an den Hammerschlägen der Kupferschmiede und dem Wetzen der Scherenschleifer. Es waren noch nicht alle Läden geöffnet, doch am Alten Markt nahmen immer mehr Verkäufer ihre angestammten Plätze wieder ein und priesen lautstark ihre Eier, ihren Käse und ihre Äpfel an. Auf den Straßen selbst war es noch ziemlich leer, denn obwohl die Todesrate auf fünf gefallen war, fühlten sich die Menschen nach all der Pein noch nicht sicher genug.

Drei Tage später, an einem gewittrigen Vormittag (die Todesrate lag noch immer bei fünf oder sechs), kam der Überwachungsminister Mazhar Efendi ins Amtszimmer, und nach übertriebenen Höflichkeitsbekundungen und Verbeugungen erinnerte er Doktor Nuri daran, was Pakize Sultan über den Despoten Abdülhamit sagen sollte. Nach Ende der Seuche würden die Panzerkreuzer der Großmächte, die ja nur ein Übergreifen der Pest auf Europa verhindern sollten, selbstverständlich abziehen, denn ihre Mission sei erfüllt. Dann aber würden die Panzerkreuzer und Soldaten Abdülhamits kommen. Es sei ja nicht nur der Dodekanes mit Inseln wie Kos, Symi oder Meis von dem ständigen Wechsel zwischen griechischer und osmanischer Herrschaft betroffen, sondern zahlreiche Inseln im ganzen Mittelmeer. Bei diesem Hin und Her würde jeweils die auf der Burg wehende Fahne ausgetauscht, es würden Städte beschossen, Menschen kämen zu Tode, und ganz umsonst würde viel Leid ausgelöst. Daher gelte es nun, einen Beschluss zu fassen.

»Die Königin erwägt alle Möglichkeiten«, erwiderte Doktor Nuri scharf, um Mazhar Efendi zum Schweigen zu bringen, bevor er sich zu noch dreisteren Aussagen verstieg. Bevor aber noch der Regen sich legte, übermittelte Doktor Nuri seiner Briefe schreibenden Frau im Gästehaus die Worte des Überwachungsministers.

»Der Mann stellt uns eine Falle!«, rief diese aus einer Ahnung heraus.

Es entging Doktor Nuri nicht, dass Mazhar Efendi die allmählich wieder zurückkehrenden Beamten nach und nach auf seine Seite zu ziehen versuchte. Bei den Beamten, den Militärs und den neu organisierten Quarantänesoldaten war der fleißige, bescheidene Mazhar Efendi beliebt. Jener scheute sich auch nicht mehr vor Meinungsverschiedenheiten mit Doktor Nuri und der Königin. So war er für eine Wiederaufnahme des Schiffsverkehrs, spreizte sich allerdings gegen eine Öffnung des Telegrafendienstes, durch den Abdülhamit auf der Insel lediglich Zwietracht säen werde. Andererseits lockerte er, um den Hafen wieder in Betrieb zu nehmen, einige Quarantäne- und Isolationsmaßnahmen, ohne sich darüber mit Doktor Nuri abzusprechen. Wenn Pakize Sultan und Doktor Nuri ihn deswegen kritisierten, verschanzte er sich hinter Höflichkeitsfloskeln. An seine Aufrichtigkeit glaubte das Ehepaar nicht mehr.

Dennoch gab es Themen, bei denen die Königin und der Überwachungsminister einer Meinung waren. Beide waren große Verehrer von Staatsgründer Kommandant Kâmil und seiner Frau Zeynep, wobei dies bei Mazhar Efendi vielleicht einem politischen Kalkül entsprang. Er war dem Mingerer Major dankbar dafür, dass er die Insel den Osmanen entrissen hatte. Die Königin wiederum war für die Liebesgeschichte der beiden empfänglich und fand es höchst romantisch, dass der junge osmanische Offizier sich in ein widerspenstiges Mädchen verliebt hatte, das sich einem Leben als Zweitfrau verweigert hatte, und dass er gleich nach der Hochzeit mit ihr eine Revolution angezettelt hatte. In den folgenden über hundert Jahren sollte die in eine Legende verwandelte Liebe zwischen Kâmil und Zeynep noch durch weitere Geschichten angereichert und als Kitt für die Einheit des Mingerer Volkes verwendet werden. Wer diese Glorifizierung kritisierte, sie verlogen fand oder gar Witze darüber riss, dem konnte es passieren, dass er im Gefängnis landete.

»Ohne das Genie, die Entschlossenheit und den Wagemut Kommandant Kâmils wäre das Mingerer Volk noch heute der Spielball anderer Völker«, pflegte der Überwachungsminister zu sagen. »Es hätte womöglich erst seine Sprache eingebüßt und wäre danach gänzlich von der Bildfläche verschwunden.«

Es wurde beschlossen, zunächst in Arkaz je eine Grund- und eine Mittelschule zu gründen, in denen der Schwerpunkt auf dem Mingerischen liegen sollte. Die Fibel, mit der die Kinder das Mingerische lernen würden, sollte in vereinfachter Form und Sprache Legenden und geschichtliche Ereignisse der Insel enthalten, angefangen von Homer bis hin zur Liebe von Kâmil und Zeynep. In den Schulbüchern sollte zudem nicht nur die Kindheit des Kommandanten wie ein Märchen dargestellt werden, sondern auch die Zeyneps. Eine Mädchenschule sollte Zeynep-Schule genannt werden, eine Knabenschule Kâmil-Schule. Die Königin sprach sich allerdings dafür aus, dass in der Mittelschule Knaben und Mädchen gemeinsam unterrichtet werden sollten. Für die damalige Zeit war das ein sehr fortschrittlicher und im Grunde undurchführbarer Gedanke, aber zumindest wurde beschlossen, dass beide Schulen Kâmil-Zeynep-Schule heißen sollten. Auf Drängen der Königin hin wurde auch eine griechische Schule in Eyoklima mit rosafarbenem Anstrich und gelben Fensterläden so genannt. Die meisten griechischen Bewohner des grünen, schattigen Viertels hatten die Insel verlassen, und in ihre Häuser waren aus dem Gefängnis oder der Isolierstation Geflohene und andere Eindringlinge gezogen.

Auf den Mingerer Briefmarken und Banknoten, die bei einer Pariser Druckerei bestellt wurden, sollte eine Abbildung Kâmils und Zeyneps prangen, die mittels einer Collage zweier Fotos der beiden erlangt wurde. Ein Bild des Kommandanten allein wurde in der Druckerei der Zeitung *Havadis-i Arkata* in fünfhundert Exemplaren vervielfältigt und sollte sämtliche Ämter, Pferdewagen und Kutschen der Insel schmücken.

Die Königin wollte jede Auseinandersetzung mit konservativen muslimischen Kreisen vermeiden, doch manchmal konnte sie ihre Wut nicht bezähmen. Einmal sagte sie zu ihrem Gatten: »Halten Sie es für richtig, dass in einem Land, das sich zu seiner Freiheit bekannt hat, Frauen grundsätzlich weniger erben als Männer? Vor Gericht gilt die Zeugenaussage zweier Frauen genauso viel wie die eines einzigen Mannes, das ist nichts anderes als Frauenfeindlichkeit.«

Wenn Ministerpräsident Doktor Nuri die Ansichten seiner Frau dem Überwachungsminister übermittelte, stieß er auf keinerlei Widerstand. Mazhar Efendi flüchtete sich nicht wie so manche alten Hodschas und Derwische in den Vorwand, Frauen verstünden schließlich nichts von Handelsrecht. Zwei Tage später, am 9. Oktober (mit lediglich drei Toten), wurde im offiziellen Organ *Havadis-i Arkata* in nüchterner Rechtssprache verkündet, welche neuen Rechte den Frauen zugestanden wurden. Mit keinem Wort erwähnt wurde, dass es sich dabei um eine »Reform« handelte, die auf Initiative der Königin hin entstanden war. Die unter Mingerer Muslimen seit nunmehr hundertsechzehn Jahren diskutierte Frage der »Laizität« fand somit Eingang in die Geschichte der Insel.

Am 16. Oktober starb niemand an der Pest. Das hatte zu bedeuten, dass die Blockade eigentlich aufgehoben werden musste, daher war Mazhar Efendi, der im Grunde die Macht auf der Insel innehielt, ganz aufgeregt. Überall, wo die Königin und der Ministerpräsident an dem Tag hinkamen, wurden sie geradezu begeistert empfangen. Die Straßen füllten sich, die Läden wurden geöffnet, aus Arkaz Geflüchtete kehrten in die Stadt zurück. Schwalben und Stare schwirrten so fröhlich in der Luft herum, als ahnten sie, dass die Seuche vorbei war. Vielfach kam es zu Streit zwischen Leuten, die in ihre Häuser zurückkehren wollten, und denen, die sich darin eingenistet hatten, oder zwischen Geschäftsleuten, deren Läden geplündert worden waren, und Bauern, die sich während der Pest in der Stadt niedergelassen hatten, und weder die wenigen Quarantänesoldaten noch die Gendarmen reichten aus, um überall zu schlichten. Davon ließen sich jedoch weder die Kinder verdrießen, die wieder auf der Straße herumhüpften, noch die Alten, die schon mit einem Bein im Grab standen, denn die Freude über das Ende der Seuche und die Rückkehr des früheren Lebens war unendlich groß.

KAPITEL 78

Damit das Leben auf der Insel wieder werden konnte wie vor der Seuche, musste der Schiffsverkehr aufgenommen werden und dazu wiederum natürlich der Telegrafendienst funktionieren. Als am 19. Oktober Doktor Nuri zu just diesem Thema einer großen Versammlung vorsaß, war auf einmal in ganz Arkaz der tiefe, kräftige Ton einer Schiffssirene zu hören.

Einige der um den großen Tisch herumsitzenden Minister und Konsuln standen sofort auf und gingen zum Fenster. Andere versuchten, das Schiff von ihrem Platz aus zu sehen, als die Sirene noch zweimal tutete, diesmal noch länger.

In dem großen Raum gleich neben Sami Paschas früherem Amtszimmer waren alle ganz aufgeregt. Welches Schiff war das? Wie war es durch die Blockade gekommen? Während ein paar Konsuln zu erraten suchten, wie das Schiff hieß und welcher Reederei es unterstand, und gar vergnügt Wetten darauf abschlossen, befürchteten andere sogleich einen feindlichen Angriff und ein Massaker. Schließlich gab es genug imperialistische Staaten auf der Welt, die sich einer fernen, aufständischen Kolonie mit einem vermeintlichen Handelsschiff näherten, dem dann blutrünstige Soldaten entstiegen und eine verheerende Strafaktion durchführten. Doch nein, wenn ein Schiff sein Kommen mit so häufigem Tuten ankündigte, dass es klang wie eine süße Melodie, konnte keine schlechte Absicht dahinterstecken.

Während die Sirenentöne von den Felsen der Hauptstadt widerhallten, wohnte Pakize Sultan im Erdgeschoss der Kanzlei gerade einem Streit zwischen zwei stadtbekannten verrückten Alten namens Dimitrios und Zincirli Servet bei. Seit die Seuche vor drei Tagen zu Ende gegangen war, kamen fortwährend Menschen zu ihr, die sie sehen, sie um etwas bitten, ihr etwas schenken oder ihr gar die Hand küssen wollten (weil sie glaubten, jene einundzwanzigjährige Frau sei tatsächlich der teuflischen Seuche Herr geworden), und sie brachte es nicht übers Herz, die Leute von Wächtern verscheuchen zu lassen. So war ein auf den Hof hinausgehendes verstaubtes Aktenzimmer geräumt und mit einem Nussbaumtisch und Sesseln ausgestattet worden, und die Königin hörte darin Bittsteller und Bewunderer an.

Tag für Tag verbrachte sie zwei Stunden in dem Raum, in dem man das retuschierte Foto von Kâmil und Zeynep sowie eine große Karte von Minger aufgehängt hatte. Der eine suchte nach verschwundenen Angehörigen, der andere brachte Eindringlinge nicht aus seinem Haus heraus, der Dritte beschwerte sich, jemand sei aus der Isolierstation nie zurückgekommen, andere bettelten um Hilfe, Arbeit, Geld. Der Griesgram Süleyman Efendi verlangte, dass der Prozess um sein Grundstück und seinen Brunnen, der sich schon ewig hinzog, endlich zu Ende geführt werde. Andere zeigten ihre Geschwüre und Blessuren vor, die sie während der Seuche keinem Arzt hatten präsentieren können, oder sie verlangten eine Erlaubnis, ein Schiff oder gar direkt eine Fahrkarte, um so schnell wie möglich von der Insel wegzukommen. Manche wollten auf der Stelle ein Telegramm abschicken, andere ersuchten um die sofortige Erlassung ihrer Steuerschulden, und eine nervöse ältere Frau aus Turunçlar erbat sich von der Königin Hilfe bei der Suche nach einem guten Ehemann für ihre Tochter. Allen aber galt die Königin als gutherzige, aufrichtige, selbstlose Frau.

Es standen aber auch Leute in der Schlange, die nichts für sich verlangten, sondern die Königin einfach bewunderten und ihr die Hand küssen oder ihr Feigen und Nüsse aus ihrem Garten überbringen wollten. Zwei Mädchen waren mit ihren Müttern da, und als das größere vor der Königin stand, brachte es vor Aufregung keinen Ton heraus. Die beiden verrückten Alten gehörten auch zu jenen Bewunderern. Den ganzen Sommer über hatten sie keinen Schritt nach draußen getan und die Zeit nur mithilfe ihrer Angehörigen überdauert, und als sie sich nun vorsichtig wieder auf die Straße gewagt und dabei einander erblickt hatten, waren sie vor lauter Glück, überlebt zu haben, ausnahmsweise nicht in Streit geraten, sondern hatten freundlich miteinander geplaudert.

Abgesehen von Obst aus ihren Gärten brachten sie der Königin, die ihre Enkelin hätte sein können, auf Türkisch, Griechisch und Mingerisch geschriebene Gedichte mit. Beim Warten in der Schlange gerieten sie aber doch aneinander und begannen sich dreisprachig mit Flüchen zu überziehen. Manche behaupteten, sie seien dazu angestachelt worden, anderen zufolge waren solche öffentlichen Schimpfduelle ihre Art, sich bei den Leuten beliebt zu machen, und auf etwas anderes hätten sie sich nicht verstanden.

Während sie vom Leder zogen, dass der Königin schon ganz blümerant wurde, ertönte jene Schiffssirene zum ersten Mal. Da hätten die beiden, wie die Königin später berichtete, »wie zwei Kinder« glückselig gelächelt und zum blauen Himmel emporgeschaut, als hätten sie etwas Märchenhaftes vernommen. Nach dem zweiten und dritten Sirenenton war die Königin wortlos aufgestanden, die breite Treppe hinaufgegangen, gefolgt von Sekretären, Wächtern und Dienstboten, die ihr die Körbe voller Geschenke hinterhertrugen, und von ihrem Zimmer aus hatte sie versucht, das Schiff zu erblicken.

Die *Enas* war ein kleineres Fracht- und Passagierschiff aus Kreta, das eigentlich das Dreieck Kreta-Saloniki-Izmir befuhr und nur selten Minger anlief. Sobald die Königin das Schiff erblickte, das trotz der kleinen Kommandobrücke und des gedrungenen Schornsteins irgendwie imposant und resolut wirkte, empfand sie wieder den gleichen Kummer wie damals, als sie aus den Fenstern des Çırağan-Palasts die Bosporus-Dampfer und die zwischen dem Schwarzen Meer und dem Mittelmeer verkehrenden Passagierschiffe beobachtete, nämlich das Gefühl, das wahre Leben finde nicht in dem Zimmer statt, in dem sie eingesperrt war, sondern dort, wo jene Schiffe hinfuhren.

In Istanbul aber hatte sie dabei ihren Vater neben sich gehabt oder war zumindest von seinen Sachen umgeben gewesen, von seinem Duft. Voller Sehnsucht nach Istanbul und ihrem Vater begann sie wieder einen Brief an ihre Schwester zu schreiben und erzählte von der großen Verantwortung, die sie nunmehr innehatte, und wie stolz sie war, von »ihrem Volk« so sehr geliebt zu werden. Auch werde sie, sobald sich die Gelegenheit biete, gegen die unselige Sitte angehen, laut der es einem Mann erlaubt war, vier Ehefrauen gleichzeitig zu haben und sich von jeder von ihnen durch das Aussprechen einer simplen Formel scheiden zu lassen. Falls ihr Vater erfahre, was sie schon vollbracht habe und noch vollbringen wolle, werde er bestimmt stolz auf sie sein.

Dass das rostbraune Schiff überhaupt durch die Blockade der Großmächte gekommen war und nun auf den Hafen zutuckern konnte, war dem britischen Konsul auf Kreta zu verdanken. Wenn auch reichlich spät, brachte der Dampfer medizinisches Material, Zelte, Betten und drei Ärzte auf die Insel, davon zwei Muslime, und es waren auch an die vierzig Mingerer an Bord, größtenteils Griechen, die zu Beginn der Seuche nach Kreta geflohen waren.

Vielen Leuten galt das Eintreffen der *Enas* als Beweis dafür, dass die Seuche nun endgültig besiegt war, und sie ließen alles liegen und stehen und eilten zum Hafen, um zu feiern. Die Königin sah, wie vom Kai zwei Boote ablegten und auf das Schiff zufuhren. Unter den Wartenden waren rasch Gerüchte im Umlauf, was es mit dem Schiff auf sich habe, wie es durch die Blockade gekommen sei und ob jene nicht etwa längst aufgehoben sei.

Erst drei Stunden, nachdem die Passagiere von Bord gegangen waren, informierte Doktor Nuri seine Gattin, dass es sich um ein »befreundetes« Schiff handle, das aufgrund einer zeitweiligen Abmachung zwischen ihrem Onkel und den Briten habe herkommen können. (Ihm entging dabei nicht, dass das Wort »Onkel« bei Pakize Sultan nicht Wut auslöste, sondern Sehnsucht nach Istanbul.)

Wichtigster Passagier des Schiffes war ein französischer Journalist mit einer riesigen Nase und einem fröhlichen Gemüt. Die in französischen und englischen Zeitungen veröffentlichten Nachrichten über Minger hatten aus seiner Feder gestammt, daher hatte Mazhar Efendi ihn auf die Insel kommen lassen. Wie bereits längst geplant, sollte der

Journalist mit der Königin ein Interview führen und dabei auf ihre von Abdülhamit eingesperrte Familie und natürlich auch auf die Ironie des Schicksals eingehen, durch die sie Königin eines unabhängigen Staates geworden war. *Le Figaro* und die *London Times* würden dem Interview viel Platz einräumen, was nach Ansicht des Überwachungsministers dazu beitragen könne, dass die Briten der Insel ihren Schutz zuteilwerden ließen. Konsul Corc bat darum, die Königin solle nochmals daran erinnert werden, wie sehr sie doch von Abdülhamits islamistischer und frauenfeindlicher Politik abgestoßen sei.

»Warum sind wir auf diese Insel gekommen?«, fragte sie daraufhin ihren Mann.

»Warum Ihr Onkel uns dieser China-Delegation beigesellt hat, wissen wir bis heute nicht!«

»Hierher aber sind wir doch gekommen, um nach der Ermordung des armen Bonkowski Pascha, Gott habe ihn selig, die Insel vor der Seuche zu erretten und jenes Verbrechen aufzuklären, nicht wahr?«, erwiderte sie in leicht überheblichem, belehrendem, aber doch auch irgendwie liebevollem Ton.

»Und weil wir das Gott sei Dank geschafft haben, hat das hiesige Volk Sie zur Königin erkoren.«

»Mir ist nicht so ganz klar, warum ich hier Königin geworden bin. Aber ich weiß genau, dass wir nicht gekommen sind, um die Insel dem Osmanischen Reich zu entreißen und den Engländern auszuliefern. Wenn wir das tatsächlich tun, kann ich von einer Rückkehr nach Istanbul zu meinen Schwestern und meinem Vater nicht mal mehr träumen.«

»Damit sieht es jetzt aber auch nicht gut aus.«

»Das weiß ich sehr wohl. Was immer wir hier getan haben, diente der Bekämpfung der Seuche. Also bleiben wir vorläufig am besten hier. Diesem Volk, das mich zu seiner Königin gemacht hat, bin ich etwas schuldig. Und viel lieber, als mit einem französischen Journalisten über Abdülhamit herzuziehen, möchte ich mit Ihnen in den Landauer steigen, nach Dikili, Kofunya oder Yukarı Turunçlar fahren und den Leuten beistehen, die uns um Hilfe anflehen.«

Der französische Journalist mit der großen Nase, den Mazhar Efendi und Konsul Corc gemeinsam mithilfe einiger Telegramme auf die Insel gebracht hatten, meinte zuerst, die Königin ziere sich nur ein wenig, und so erkundete er erst mal die Sehenswürdigkeiten der Insel und sammelte Material für die anderen Artikel, die er über die Seuche zu schreiben gedachte. Als er erfuhr, dass auf der Insel Kızkulesi osmanische Beamte seit hundertzehn Tagen unter härtesten Bedingungen gefangen gehalten wurden, erbat er sich von der Königin die Erlaubnis, dorthin zu fahren und mit den »Türken« auf der Insel sprechen zu dürfen. Die Königin gewährte ihm dies und beschloss, dort selbst nach dem Rechten zu sehen.

Zwei Stunden später, am frühen Nachmittag, setzten Pakize Sultan, Doktor Nuri und ihre Begleiter mit insgesamt drei Booten zu dem Inselchen über. Zuvor war dorthin vermeldet worden, dass die Königin und der Ministerpräsident zu einer Inspektion eintreffen würden, dennoch wurden sie lediglich von einem älteren griechischen Beamten und seinem Boxerhund empfangen. Von den etwa sechzig Beamten, die seit der Ausrufung der Unabhängigkeit dem Sultan treu geblieben waren und eine Zusammenarbeit mit dem neuen Mingerer Staat verweigert hatten (den »Türken«, wie sie oft genannt wurden), war bereits mehr als die Hälfte gestorben. Da sie in den ersten Tagen der »Freiheit« den Worten von Sami Pascha getraut hatten, im Mingerer Staat gehe es gerecht zu, hatten sie freimütig erklärt, nach Istanbul zurückkehren zu wollen, und das Angebot höherer Bezüge abgelehnt, doch waren sie später für ihre Offenheit bestraft worden.

Zu Anfang hatte die Strafe darin bestanden, unter dem Vorwand der Quarantäne nicht nach Istanbul zurückzudürfen und auf der kleinen Insel in der Hitze zu schmoren. Später aber waren aus anderen Teilen Mingers immer mehr istanbultreue Beamte hinzugekommen, und mit ihnen die Pest. Da so viele von ihnen mit der Zeit starben (und von einem Felsen aus der Strömung der Ägäis überlassen wurden), konnten die anderen auf dem engen Raum überleben. Allmählich wurde den Beamten in ihrer Misere klar, dass die Mingerer Behörden sie bei Verhandlungen mit Abdülhamit als Trumpf benutzen wollten.

Manche der Geiseln wollten das Boot, mit dem sie auf die Insel gekommen waren, in ihre Hände bringen und damit fliehen. Andere zogen es vor, nichts zu unternehmen, denn sie hofften, die an der Blockade beteiligte *Mahmudiye* werde sie aus ihrer Situation erretten. Pest, Hunger und Hitze setzten ihnen aber so sehr zu, dass ihr Streit immer öfter in Handgreiflichkeiten ausartete und sie allmählich dahingerafft wurden. Erfahrene Beamte wie der bei Sami Pascha besonders unbeliebte Landrat Rahmetullah Efendi oder der Stiftungsdirektor Nizami Bey kamen bereits in der ersten Woche der Regierungszeit Scheich Abdullahs ums Leben.

Der Einzige, der diesem Massaker lebend entkam, bevor er auf Kızkulesi den Verstand verlor, war Hadi, der Stellvertreter des neuen Gouverneurs, der ermordet worden war, noch bevor er sein Amt antreten konnte. In seinen Memoiren ging Hadi später auf den Besuch der Königin und ihres Gatten ein und äußerte sich dabei sehr despektierlich sowohl über das Ehepaar als auch über die Gründer der Türkischen Republik, die letzten Sultane, das osmanische Herrscherhaus, die Prinzessinnen und deren Ehemänner. Ihm zufolge seien Pakize Sultan und Doktor Nuri wegen ihres Palastdaseins von der Lebenswirklichkeit abgekoppelt gewesen und hätten sich in all ihrer Überheblichkeit zu Bauern im Spiel der Großmächte machen lassen.

Die meisten der Beamten, die dort ihr Leben lassen mussten, sollten bis zu ihrem letzten Atemzug Sami Pascha verfluchen, der sie dorthin geschafft und Minger dem Osmanischen Reich gestohlen hatte.

Als die Königin mit anhören musste, was jene osmanischen »Märtyrer« erlitten hatten, verfiel sie, wie es sich für eine verantwortungsvolle Königin gehört, in Schuldgefühle und Scham. Wie sie ihrer Schwester später schrieb, hätte sie beim Anblick der vor Hunger und Elend ganz abgezehrten Geiseln, ja Sklaven, denen die Augen aus den Höhlen traten, den französischen Journalisten am liebsten gebeten, nichts darüber zu schreiben, um die Mingerer und die Türken nicht der Schande preiszugeben. Ihr Vater Murat V. sprach ausgezeichnet Französisch und hatte als Thronfolger in allen europäischen Zeitungen großen Eindruck hinterlassen. Pakize Sultan selbst war sich ihres Französischs nicht so sicher. Außerdem hatte sie dem Journalisten schon ein Interview über den »im Harem eingesperrten Sultan und seine Töchter« verweigert, da konnte sie ihn nicht gut auch noch anflehen, er solle nichts über den armseligen Zustand der türkischen Beamten auf der Insel Kızkulesi schreiben. Im Widerstreit der Gefühle sagte sie schließlich gar nichts. Sie begriff, dass sie sich wohl deshalb so schämte, weil sie zwischen ihrem Verantwortungsgefühl für Minger und ihrer Hoffnung, nach Istanbul zurückzukehren, hin- und hergerissen war.

Auf dem Weg zu den Booten, die sie zurück nach Arkaz brachten, wandte sich die Königin zum Ministerpräsidenten um und sagte so laut, dass alle es hören konnten:

»Bevor das Schiff aus Kreta wieder ablegt, soll es vor der Insel Kızkulesi haltmachen und alle an Bord nehmen, die in ihre Heimat Istanbul zurückmöchten.«

KAPITEL 79

Auf der Rückfahrt erspähte Pakize Sultan vom Boot aus das Fenster in der Kanzlei, vor dem sie immer ihre Briefe schrieb. Nun sah sie sich gleichsam von außen zu und musste feststellen, wie eng doch der Winkel war, aus dem sie seit (abgezählten) hundertsechsundsiebzig Tagen auf die Welt blickte.

Noch erstaunlicher erschien ihr, dass sie jetzt erst merkte, wie nah die gleich dahinter aufragenden Felsen und der prächtige Weiße Berg waren. Wie konnte man von etwas so Mächtigem, Herrlichem nicht beeindruckt werden, nur weil man es nicht direkt vor der Nase hatte! Sie fragte sich noch, ob wohl in ihre Briefe der Sog des Weißen Bergs doch irgendwie eingeflossen war, da gewahrte sie aufgeregt, wie der Berg sich im reglosen Meer spiegelte. Genau wie am Tag ihrer Ankunft sah sie die Felsen auf dem Meeresgrund, sah handtellergroße, dahinflitzende Stachelfische, alte, entrückte Krebse und sternförmige grüne und blaue Algen.

Als Pakize Sultan in ihrem Zimmer im Gästehaus zurück war, konnte sie sich von ihrer wehmütigen Stimmung noch nicht lösen. Eine Stunde später betrat ihr Mann das Zimmer, als das mittlerweile vor Kızkulesi vor Anker liegende Schiff aus Kreta gerade die osmanischen Beamten an Bord nahm. Das Ehepaar versuchte aus der Ferne mit anzusehen, wie die völlig erschöpften Männer mitsamt ihren restlichen Habseligkeiten aufs Schiff gehievt wurden.

»Nun hat das Osmanische Reich die Insel ganz und gar verloren, die letzten Beamten ziehen ab«, sagte Doktor Nuri stoisch. »Wären Sie mit dem Schiff gerne nach Istanbul mitgefahren?«

»Solange mein Onkel auf dem Thron sitzt, dürfte unsere Rückkehr nach Istanbul sich schwierig gestalten.«

Somit wurde das Thema des »Vaterlandsverrats«, das sie ihr Leben lang peinigen sollte, von da an unter dem unverfänglicheren Titel »Rückkehr nach Istanbul« abgehandelt.

»Dass Sie diesen armen Beamten gestattet haben, nach Hause zurückzufahren, wird man in Istanbul zu schätzen wissen«, sagte Doktor Nuri. »Hier allerdings werden die Feinde Abdülhamits und der Osmanen es Ihnen übelnehmen.«

»Mit Istanbul meinen Sie doch meinen Onkel«, erwiderte die Königin. »Dass wir diese braven, so ungerecht behandelten Beamten heimgeschickt haben, sollte aber weder meinen Onkel zufriedenstellen noch die Großmächte, sondern es war schlicht und einfach unsere Menschenpflicht. Nur dank so treuer Diener hat das von meinen Vorfahren gegründete Reich sich sechs Jahrhunderte lang halten können.«

Nach diesen schwerwiegenden Worten schwiegen sie eine Zeit lang. Das ablegende Schiff aus Kreta ließ wie bei seiner Ankunft dreimal seine Sirene ertönen. Doktor Nuri sah, wie die Königin vor lauter Heimweh feuchte Augen bekam, und wollte sie trösten.

»Selbst wenn wir nach Istanbul könnten, wären wir dort Gefangene Ihres Onkels, so wie jeder andere auch. Hier dagegen können wir als Königin und Ministerpräsident diesem edlen Volk und dieser schönen Insel noch viele Dienste erweisen.«

»Aber genau wie die Seuche wird auch die Blockade zu Ende gehen!«, rief sie. »Ich bin neugierig, was dann passiert.« Um nicht über die Antwort auf diese Frage nachdenken zu müssen, sagte sie einfach, was ihr gerade durch den Kopf schoss. »Steigen wir in den Landauer und fahren wir in Dantela und Flizvos herum!«

Als ahnte die Königin, dass dies eine ihrer letzten Ausfahrten mit ihrem Mann sein würde, schrieb sie in ihren Briefen begeistert von den Kindern, die in den üppigen Gärten von Hora Verstecken spielten, von den filigranen Gassen in Germe, von Trinkwasser in Tatlısu, das weicher sei als das von Beykoz und Çırçır. Sie schrieb von dem herrlichen Ausblick, den man in Turunçlar von dem Grundstück aus hatte, das für das Mausoleum des Kommandanten ausersehen war, von den Katzen, die in Kadirler auf den steil zum Meer hinunterführenden Treppen in der Sonne lagen und ihre Flöhe wegkratzten, von den bunten, mit einer Vase und einer Rose darin geschmückten Café- und Restauranttischen, die auf dem Istanbul-Boulevard bis auf die Gehsteige hinaus standen, von den Meeräschen und Brassen im ruhigen Meer, die die Pferde am Kai beäugten, und sie schilderte all diese Schönheiten, als wollte sie sie nie wieder vergessen.

Am 15. November wurde auf der Titelseite der vom Überwachungsminister kontrollierten *Havadis-i Arkata* die Bevölkerung in einer halbseitigen Meldung über jene Ausfahrten der Königin und des Ministerpräsidenten informiert. Es wurde lobend erwähnt, dass die Königin sich auch in jenen gefährlichen Tagen nicht zu schade gewesen sei, sich zum Volk zu begeben, sich seine Sorgen und Nöte anzuhören und ihm Geschenke darzubringen. Der Artikel war voller Hochachtung, doch gegen Ende schien auch Kritik auf. Bei einem Besuch in Arpara habe die Königin Geschenke sowie Päckchen mit Stockfisch und Zwieback überreicht, und ein paar Kinder hätten dabei unbedingt mit ihr sprechen wollen, doch da die Königin kein Mingerisch beherrsche, sei das nicht möglich gewesen. Eine der Königin sehr zugetane Frau habe jener vertrauensvoll ihre blauäugige kleine Tochter in den Arm gelegt und dabei geklagt, als ihr Mann an der Pest gestorben sei, habe man ihr Haus niedergebrannt, ihr aber Schadensersatz dafür versprochen, doch habe sie das Geld nie erhalten. Weinend habe sie gejammert, sie habe niemanden auf der Welt, und einzig und allein der Königin könne sie ihre Sorgen erzählen, doch nach einer Weile sei ihr bewusst geworden, dass die Königin gar kein Mingerisch beherrsche und von ihren Worten nichts verstanden habe, und das sei für sie eine herbe Enttäuschung gewesen. In dem Artikel hieß es weiter, die Königin habe zwar ein goldenes Herz, doch wenn die Leute merkten, dass sie nicht Mingerisch könne, seien sie darüber sehr betrübt, und es sei vielleicht kein Zufall, dass die Königin in den letzten Wochen vor allem Viertel aufgesucht habe, in denen Türkisch, Griechisch oder gar Französisch gesprochen werde.

Doktor Nuri las seiner Frau den Artikel in seinem Amtszimmer vor und konnte nicht verhehlen, wie besorgt er war. Ihm galt als ausgemacht, dass dahinter der Überwachungsminister stecke. Die Königin aber in ihrer üblichen Arglosigkeit und Zuversicht entgegnete, es handele sich dabei um eine berechtigte Kritik, und künftig sollten sie öfter in ärmere Viertel fahren, in denen Mingerisch gesprochen werde.

Am folgenden Tag wurde dem Fotografen und den Wächtern mitgeteilt, in Abweichung vom vorhergesehenen Programm würden sie nach Kadir fahren. Da die Königin dort ein paar Wörter altes Mingerisch an den richtigen Stellen anbringen konnte und zwei kleine Mädchen und einen Kutscher (bis hin zu den Stimmen) sehr gelungen nachmachte und damit alle zum Lachen brachte, konnte der Besuch als Erfolg gewertet werden.

Am Tag darauf jedoch waren die beiden in Turunçlar kaum aus dem Landauer gestiegen, als zwei junge Männer, die sich erst zuletzt unter die wartende Menge gemischt hatten, zweimal hintereinander (und zwar so laut, dass es auch die Journalisten mitbekamen) »Minger den Mingerern!« riefen und dann davonliefen. Als die Königin daraufhin ihre Geschenke sichtlich missvergnügt verteilte, sagten die Frauen aus dem Viertel ihr zum Trost, sie solle sich den Unfug der beiden Frechlinge nicht zu Herzen nehmen, doch ihr ging die Sache sehr nahe, und sie schrieb ihrer Schwester, wie ungerecht sie sich behandelt fühle: Seit sie Königin sei, habe sie immerhin Tag für Tag zwanzig Wörter altes Mingerisch gelernt. Außerdem habe sie viel für die Liebe zwischen dem Kommandanten und Zeynep übrig und halte deren Ideale in Ehren. Dass sie in Istanbul geboren sei und die Geschichte der Insel, ihre Kultur und die politischen Gedanken und Persönlichkeiten der diversen Völkerschaften und Stämme nicht genügend kenne, solle im Grund nicht gegen sie, sondern für sie sprechen. Jemand, der von »ganz woanders« abstamme, sei imstande, zu allen den gleichen Abstand zu halten, also am objektivsten zu sein und damit die besten Entscheidungen zu fällen. Ihre Vorfahren hätten das Osmanische Reich nicht dadurch zum größten und mächtigsten Staat der Weltgeschichte gemacht, dass sie den Ländern und Völkern, über die sie regierten, so besonders geähnelt hätten, sondern gerade durch das Gegenteil!

»Dass sie jenen Völkern nicht glichen und ein Volk für sich waren«, wandte Doktor Nuri ein, »hat vielleicht aber auch damit etwas zu tun, dass sie all diese Länder und Insel nun nach und nach verlieren.«

Zwei Tage später erschien in der griechischsprachigen *Neo Nisi* ein Artikel aus der Feder von Manolis, in dem einige Argumente aus dem vier Tage zuvor veröffentlichten Beitrag in *Havadis-i Arkata* beanstandet wurden. »Das Mingerer Volk kann sich sehr wohl selbst regieren und hat das in der Person unseres großen Kommandanten auch bereits unter Beweis gestellt. Was es nicht braucht, sind – wie in armseligen nah- und fernöstlichen Kolonien oft üblich – politische Führer, die nicht einmal die Sprache des Volkes beherrschen, und erst recht braucht es keine Sultanstochter, deren Vater unter der Fuchtel des internationalen Freimaurertums steht.« Manolis ging auch auf die angebliche Beliebtheit der Königin beim Volk ein und erklärte, die Neugier, die sie in Minger auslöse, dürfe man nicht überbewerten, denn eine Sultanstochter, die jahrelang ein Gefangenendasein geführt habe, würde überall auf der Welt bestaunt. Und vor allem dürfe man eines nicht vergessen: »Die osmanische Welt, in der Frauen im Harem leben, als Vögel im Käfig, als Sklavinnen ihrer Ehemänner oder allenfalls als Schmuck ihres Heims, kann nie und nimmer ein Vorbild für die glänzende Zukunft des Mingerer Volkes sein, denn das Mingerer Volk und die Mingerer Frauen sind nunmehr frei!«

»Dieser Manolis hat meinen Vater und mich beleidigt!«, rief Pakize Sultan aus. »Bitte unternehmen Sie etwas dagegen. Ich bin kein Vogel im Harem und keine Sklavin im Käfig, ich bin die Königin. Ich wünsche nicht, dass irgendjemand diesen Artikel zu lesen bekommt.«

»Ja schon, aber wenn ich Ausgaben dieser Zeitung, die sowieso niemand liest, bei ihren drei Austrägern beschlagnahmen lasse, wird die Sache nur noch mehr beredet, das können Sie mir glauben. Vielleicht hat ja Mazhar Efendi den Artikel in Auftrag gegeben, der würde sich dann am meisten freuen.«

»Ich bin die Königin dieses Landes, und dazu hat mich das Volk gemacht! Wenn man nicht mehr auf mich hört, möchte ich keinen Tag länger Königin bleiben.«

»Vor allen Dingen sollten Sie auf Ihren Gatten hören und ihm gehorchen, das ist nämlich ein Gebot des Islams!«, sagte Doktor Nuri schmunzelnd.

Erst ärgerte sich Pakize Sultan, dass ihr Mann die Beleidigung seiner Frau mit einem Scherz und einem Grinsen abtat. Noch mehr aber brachte sie aus der Fassung, dass nicht einmal er auf sie hörte. Ihr Streit zog sich noch eine Weile hin, dann schmollten sie und fuhren zwei Tage lang nirgends hin. Die Regierungsgeschäfte lagen ohnehin in der Hand des Überwachungsministers. Am dritten Tag beschlossen sie, die Besuche, an denen der Königin sehr viel lag, wieder aufzunehmen und ins ruhige, sichere Dantela zu fahren, in eine der schönsten Straßen dort, von der man aufs Meer sah. Die Sekretäre, Beamten, Wächter und Journalisten wurden entsprechend instruiert.

Als sie am folgenden Tag den Landauer besteigen wollten, hielt Mazhar Efendi sie auf. Es gebe Hinweise auf einen geplanten Bombenanschlag, daher sei es das Beste, jene Fahrten vorübergehend einzustellen, egal, in welches Viertel sie gehen sollten.

Als sie wieder alleine waren, sagte die Königin zu ihrem Gatten, sie glaube Mazhar Efendi nicht und sie müsse auch nicht tun, was der Mann ihr sage.

»Ich habe darüber nachgedacht«, erwiderte Doktor Nuri. »Gesetzt den Fall, es kommt – Gott behüte – zu einer ernsten, sofortiges Handeln verlangenden Lage, so würde, sollten wir den Befehl dazu geben, sich ein Teil des Volkes auf unsere Seite schlagen, darunter aber höchstens vierzig, fünfzig heldenhafte bewaffnete Männer. Der Überwachungsminister dagegen braucht nur den Mund aufzumachen, dann gebietet er über ein ganzes Heer von Quarantänesoldaten, Wächtern, Gendarmen, Garnisonssoldaten und Reservisten.«

»Das heißt also, wir sind zurück im Gefangenendasein?«

»Ja, durchaus, aber vergessen Sie nicht, dass Sie die Königin von Minger sind, und wenn das so andauert, wird die ganze Welt Sie allmählich als Oberhaupt eines unabhängigen Staates anerkennen und sich vor Ihnen verneigen. Schon jetzt sind Sie in die Geschichte als die Königin eingegangen, die die entsetzliche Pestepidemie gestoppt hat, bevor sie auf Europa übergreifen konnte. Eigentlich müsste Europa Ihnen dankbar sein.«

So rasch waren also die Tage der Freiheit vorbei, in denen Pakize Sultan nach Belieben ihr Zimmer verlassen, nach Belieben auf der Straße umhergehen und nach Belieben mit der Kutsche in jedes Viertel fahren konnte, um dort die Menschen zu sehen, die Häuser, alles. Schon bald standen vor der Tür zum Gästehaus wie zu Scheich Hamdullahs Zeiten wieder Wächter, diesmal jedoch gar sechs oder sieben, die aber nicht, wie die vorherigen, verschreckt ihre Gewehre auf sie richteten, sobald sie aus der Tür traten, sondern vielmehr sogleich Habacht standen, ihnen aber mit ihrer bloßen Präsenz den Durchgang verwehrten. Den beiden war auch klar, dass die Insel nunmehr von Mazhar Efendi und den anderen Ministern regiert wurde.

In den folgenden zwölf Tagen verließen sie kein einziges Mal ihr Zimmer. Da die Königin in dieser Zeit nichts sah, schrieb sie leider auch ihrer Schwester sehr wenig. Mit Herz und Seele aber dachte sie an die Menschen auf der Insel und in den abgelegeneren Vierteln. In einem Brief, den sie erst nach fünf Tagen fertig brachte, schrieb sie ihrer Schwester, dass sie sich nun für die Krimis interessiere, die ihr Onkel Abdülhamit seit Jahren lese. Ob nicht Hatices Mann, der dem Sultan doch auch schon hinter dem Wandschirm vorgelesen habe, ihr ein paar jener Krimis und ihre Autoren notieren könne?

Wenn sie darüber redeten, wie sie nach Istanbul gelangen konnten, kam Pakize Sultan immer wieder zu dem Schluss, dass dies nur möglich sein, wenn Abdülhamit ihr verzeihe. In den Mingerer Zeitungen erschienen inzwischen leider immer mehr spöttische, herabwürdigende Artikel über sie, in denen am häufigsten die Begriffe Palastfräulein, Osmanin, Haremsfrau, Käfig, Gefangene, Türkin, Kolonie und Freimaurertochter vorkamen.

Am 5. Dezember, also anderthalb Monate nach Eindämmung der Seuche, kam eines Abends Mazhar Efendi zu ihnen ins Gästehaus und erläuterte ihnen, es habe sich eine »Notsituation« ergeben. Die Großmächte hätten beschlossen, die Blockade aufzuheben, und sich darüber mit Abdülhamit verständigt. Noch am selben Abend könnten britische und französische Schiffe einen Landungsversuch unternehmen und es zu Auseinandersetzungen kommen. Niemand in der Kanzlei wolle natürlich, dass die werten Gäste durch internationale Fehden zu Schaden kämen. Nach Einbruch der Dunkelheit würden die beiden daher aus Arkaz in den Norden der Insel gebracht, an einen Ort, den die ausländischen Mächte nicht finden würden und den er vorläufig nicht einmal ihnen beiden mitteilen könne.

Mit dem Landauer würden sie zunächst streng bewacht bis Andin fahren und dort ein Boot besteigen, das sie in ihre neue Unterkunft bringen werde. Binnen zwei Stunden hätten sie sich mitsamt ihrem Gepäck am Eingang der Kanzlei einzufinden.

Wie Pakize Sultan ihrer Schwester später schreiben sollte, waren sie schon nach einer Stunde bereit. Sie fürchteten sich und stellten sich vor, sie würden den Engländern – oder aber den Franzosen – in die Hände fallen, doch konnten jene Nachrichten auch übertrieben sein, denn weder in der Kanzlei noch draußen auf der Straße, als sie schon unterwegs waren, schien etwas Besonderes los zu sein, und sie sahen auch nirgends Soldaten. Zekeriya kutschierte sie gemächlich zur Taşlık-Bucht und dann weiter entlang der Küste im Nordosten der Insel.

Auf der holprigen Straße ging es mal aufwärts, mal abwärts, sie kamen mal bis fast zum Strand hinunter, mal zwischen Weinbergen hindurch. Durchs Kutschenfenster hörten sie die Bäume rauschen, hörten Brunnen plätschern oder einen Igel durchs Laub kriechen. Auf einmal schien der silbrige Vollmond durch die Wolken, und sie kamen sich vor, als seien sie nicht auf dieser Welt, sondern irgendwo über den schwarzen Wolken, in ganz anderen, geheimnisvollen Gefilden.

Schließlich gelangten sie in eine Bucht. Der Mond glitzerte auf dem ruhigen Meer. Als die Kutsche stehen blieb, nahmen sie die unendliche Stille der Welt wahr.

Die im Dunkel wartenden Wächter und Ruderer und die aus den nachfolgenden Kutschen aussteigenden Begleiter waren der Königin und dem Ministerpräsidenten behilflich. An einem nach Muscheln und Algen riechenden Felsen stiegen sie in ein Ruderboot und von dort kurz darauf in ein größeres Boot um, auf das schon ihr Gepäck geladen war. Zwischen den Ruderern erkannten sie in der Finsternis den Sekretär Mazhar Efendis.

Als sie aufs offene Meer hinausruderten, deutete der Sekretär in eine Richtung und sagte, dort sei vor Einbruch der Dunkelheit die *Aziziye* vor Anker gegangen.

Ja, sie hatten richtig gehört, die *Aziziye.* Das Schiff, das sie statt nach China auf die Insel Minger gebracht hatte. Und wo sie Bonkowski Pascha kennengelernt hatten. In einer Mischung aus Beklommenheit und Aufregung sahen sie einander schweigend an. Wie Pakize Sultan in einem Brief schrieb, fühlten sie sich wieder wie Kinder, die man irgendwohin bringt, ohne sie zu fragen.

Kurz darauf wurde im Mondschein die dunkle Silhouette der *Aziziye* sichtbar. Mit raschen Ruderschlägen näherte sich das Boot dem Fallreep des Schiffes.

Im Schlagschatten der *Aziziye* war plötzlich alles ganz dunkel. Doktor Nuri sah, wie ihr Gepäck hinaufgehievt wurde. Als Pakize Sultan gerade den ersten Schritt auf das Fallreep tat, richtete der Sekretär des Überwachungsministers sich im leicht schwankenden Boot auf und rief in staatstragendem Ton: »Verehrte Königin, verehrter Ministerpräsident! Die *Aziziye* wird sie über Alexandria nach China bringen.« Als er auf einmal vom Mond beschienen wurde, verneigte er sich höflich und sagte zur Königin und zu Doktor Nuri: »Das Volk von Minger ist Ihnen auf ewig dankbar!«

Auf diese rühmenden Worte hin stieg die Königin das Fallreep hoch. Der russische Kapitän begrüßte die beiden mit einem förmlichen Lächeln. In allen Kajüten und im Gästesalon, in dem sie mit Bonkowski Pascha zu Abend gegessen hatten, brannte das Licht, als sollten sie daran erinnert werden, dass dies eine ganz andere Welt war. Während Pakize Sultan und ihr Mann sich wieder in der mahagoniverkleideten, verspiegelten und immer noch nach Leder und Staub riechenden Kajüte einrichteten, in der sie viele glückliche Stunden verbracht hatten, lichtete das Schiff den Anker. Sofort stieg Pakize Sultan aufs Deck hinaus. Sie wollte den Blick genießen, den alle Levante-Reiseführer des 20. Jahrhunderts als »unvergleichlich« preisen sollten.

Als die *Aziziye* das sich von Norden nach Süden erstreckende Eldost-Gebirge entlangfuhr, sah Pakize Sultan die spitzen Vulkangipfel. Dann verschwand der Mond zwischen schwarzen Wolken und alles wurde ganz dunkel. Trübe dachte Pakize Sultan, dass sie die Insel Minger wohl nie wiedersehen würde, da erblickte sie auch einmal das fahle Blinken des Arabischen Leuchtturms. Und da kam auch der Mond wieder zum Vorschein, und sie sah die spitzen Burgtürme und dahinter den mächtigen Weißen Berg. Ganz kurz währte das nur, dann verschwand der Mond wieder. Eine Weile blieb Pakize Sultan noch stehen, in der Hoffnung, Minger vielleicht doch noch mal zu erspähen, dann kehrte sie in ihre Kajüte zurück.

JAHRE SPÄTER

Manchem Leser wird nicht entgangen sein, dass ich für Pakize Sultan und Doktor Nuri mehr Verständnis aufbringe als jeder andere. Nun, ich bin die Urenkelin der beiden. Und da ich meine Doktorarbeit an der Universität Cambridge über die Inseln Kreta und Minger in der zweiten Hälfte des 19. Jahrhunderts geschrieben habe, versteht es sich fast von selbst, dass die Herausgabe von Pakize Sultans Briefen an mich herangetragen wurde.

Nach zwanzig Tagen langer, stürmisch verlaufender Überfahrt trafen meine Urgroßmutter Pakize Sultan und mein Urgroßvater Doktor Nuri mit sechsmonatiger Verspätung im Hafen von Tianjin und kurz danach in Peking ein.

Inzwischen hatte der Boxeraufstand, dem der Besuch der osmanischen Delegation galt, mit einem Sieg der internationalen Koalition geendet. Die Großmächte hatten mit Soldaten aus aller Herren Länder die Rebellion des chinesischen Volkes und seiner Armee in einem Blutbad erstickt und Peking tagelang geplündert. Waren ein Jahr zuvor noch Christen auf offener Straße von Chinesen und chinesischen Muslimen ermordet worden, veranstalteten nunmehr französische, russische und deutsche Soldaten unter den Chinesen Massaker. (Gegen die unbarmherzige Gewalt der Besatzungsmächte, an deren Seite auf symbolische Weise auch Abdülhamit stand, erhob lediglich Leo Tolstoi seine Stimme, den Virginia Woolf als den »größten aller Schriftsteller« bezeichnete. Tolstoi bezichtigte den Zaren und den deutschen Kaiser eines Verbrechens am chinesischen Volk.) Die Großmächte nahmen, wie vom Kaiser gefordert, blutige Rache, und zugleich sollten die Mollas der osmanischen Delegation den chinesischen Muslimen Vorträge über islamische Kulturgeschichte und die Friedfertigkeit des Islams halten.

Die Briten waren darüber informiert, was auf Minger vorgefallen war und dass Pakize Sultan und ihr Gatte von Abdülhamit des Vaterlandsverrats geziehen werden konnten, und so ließen sie es gar nicht zu einem Treffen der beiden Nachzügler mit den anderen Mitgliedern der Delegation kommen, die sich bereits wieder auf die Heimreise nach Istanbul vorbereiteten. Von Doktor Nuri erbaten sich die Briten, er solle in von Muslimen bewohnten Landstrichen Chinas über Islam und Quarantäne referieren. Die lebendigen Schilderungen Pakize Sultans in ihren Briefen aus Yunnan, Gansu und Xinjian sind für Kulturhistoriker des Fernen Ostens von unschätzbarem Wert.

Britische und französische Ärzte, die Doktor Nuri von internationalen Konferenzen her kannten und von seinen Vorträgen Wind bekamen, luden ihn ein, mit ihnen in Hongkong zusammenzuarbeiten. Die in der dortigen Kolonie von Engländern aufgebauten Krankenhäuser und Labors gehörten zum Modernsten und Kreativsten, was es weltweit auf dem Gebiet der Pestbekämpfung gab, und zwar sowohl in Bezug auf die Bakteriologie als auch auf Quarantänemaßnahmen. Der Franzose Alexandre Yersin, der 1901 in Indochina im Auftrag des Pariser Pasteur-Instituts damit beschäftigt war, zu Impfzwecken ein Serum herzustellen (was ihm nicht gelingen sollte), hatte sieben Jahre zuvor, also 1894, in Hongkong, allerdings nicht in einem der britischen Krankenhäuser, zu denen er als französischer Staatsbürger keinen Zutritt hatte, den Pestbazillus entdeckt, der später nach ihm als *Yersinia pestis* benannt werden sollte. Durch den 1901 in Minger wütenden Pestbazillus waren seit 1894 in China bereits Hunderttausende von Menschen zu Tode gekommen. Im Tung-Wah-Krankenhaus, in dem Damat Doktor Nuri zu arbeiten begann, kam es wegen der Ignoranz der Bevölkerung teils zu ähnlichen Problemen wie im Theodoropulos- und im Hamidiye-Krankenhaus (so wollten manche Chinesen, und mochten sie noch so krank sein, partout nicht in dieses Krankenhaus, nur weil es ein englisches war), doch in Quarantänefragen herrschte eine etwas andere Auffassung vor.

Doktor Nuri und seine Frau mieteten sich in Hongkong in Victoria ein, einem vorwiegend von Engländern und sonstigen Europäern bewohnten Viertel, in dem man von einem Hügel aus, wie Pakize Sultan in ihrem ersten Brief von dort schreiben sollte, einen ebensolchen Ausblick auf das Meer hatte wie in Istanbul von Çamlıca aus auf den Bosporus. Was nur als Etappe vor einer Rückkehr nach Istanbul gedacht war, sollte sich zu einem fünfundzwanzig Jahre lang währenden Aufenthalt auswachsen.

Der einzige Mingerer, mit dem Doktor Nuri den Kontakt aufrechterhielt, war der vormalige Quarantänedirektor und spätere Gesundheitsminister Doktor Nikos, den er neun Jahre zuvor bei einer Flohplage in Sinop kennengelernt hatte. Aus einem ersten Telegramm von Nikos erfuhr er, es sei der Bevölkerung von Minger lange verheimlicht worden, dass die Königin und der Ministerpräsident die Insel verlassen hätten. Dies sei aus der Hoffnung heraus geschehen, die Engländer doch noch als Schutzmacht zu gewinnen.

Am 6. Dezember wurde durch fünfundzwanzig Böllerschüsse verkündet, dass der Überwachungsminister Mazhar Efendi sich selbst zum neuen Staatspräsidenten ernannt hatte. Am folgenden Tag verfolgten gegen Mittag auf dem früheren Regierungs- und nunmehrigen Minger-Platz knapp siebentausend begeisterte Menschen ein Staatszeremoniell, wie es Minger noch nicht gesehen hatte. Gymnasiasten mit Minger-Fähnchen defilierten vorbei, die Geschäftsleute der Stadt und die schneidigen Quarantänesoldaten grüßten den neuen Präsidenten, und Bauernmädchen aus Bergdörfern tanzten in Folklorekostümen zu Mingerer Musik. Vom Balkon der Kanzlei aus rief Präsident Mazhar, die Republik müsse eine Lebensform sein, und die Freiheit sei ihre Nahrung und einziges Ziel aller auf dem Minger-Platz Versammelten.

Dass ein König oder eine Königin durch einen von Bürokraten oder Militärs geführten Putsch gestürzt und danach eine Republik ausgerufen wurde, kam in jenen Jahren häufig vor, doch selten ging es dabei so geräuschlos und unblutig zu. Mit einem gewissen Sinn für Dramatik haben einige nationalistische und »marxistische« Mingerer Historiker den

Umschwung zu einer »bürgerlich-demokratischen Revolution« hochstilisiert, doch lässt sich mit Bestimmtheit sagen, dass an der Regierungszeit Mazhar Efendis nichts Demokratisches war.

An die nationalistisch angehauchten Reformen Kommandant Kâmils knüpfte Präsident Mazhar nahtlos an. Im ersten Monat wurde unter Federführung des Archäologen Selim Sahir eine aus griechischen und muslimischen Mittel- und Oberschullehrern bestehende Kommission gegründet, die ein spezifisches Mingerer Alphabet erarbeiten und die Mingerer Buchstaben in den Schulen sogleich lehren sollte. Alle Dokumente in sämtlichen Ministerien sollten ab sofort in jenem Alphabet abgefasst werden. Die Durchführung dieser Maßnahme erwies sich jedoch als recht schwierig. Wer einem neugeborenen Kind einen der von Kommandant Kâmil favorisierten Mingerer Namen gab, wurde auf dem Einwohnermeldeamt bevorzugt behandelt, bei griechischen oder türkischen Namen musste man mit Schwierigkeiten rechnen. An allen Geschäften musste der Ladenname obligatorisch in den neuen Buchstaben geschrieben sein. Über jene Reformen gingen die westlichen Staaten und Griechenland hinweg, doch protestierten sie gegen die harte Behandlung, die Präsident Mazhar griechischen Nationalisten angedeihen ließ. Innerhalb kurzer Zeit wurden fast vierzig griechische »Intellektuelle« sowie ein Dutzend Muslime, die zu Hause Türkisch sprachen und türkische Bücher lasen (mehr gab es davon ohnehin nicht) wegen Separatismus in den Burgkerker gesperrt.

Parallel zu dieser Mingerisierungs-Kampagne wurden überall im Land in neuem Elan Tausende von Abbildungen Kommandant Kâmils und Zeyneps aufgehängt. Zum Unterrichtsstoff der Mittelschule gehörte es fortan, darüber Bescheid zu wissen, wie der Kommandant und Zeynep sich kennengelernt, sich verliebt und schließlich dank des Mingerischen geheiratet hatten. *Das Mingerer Alphabet* und *Zeyneps Lesefibel* erfreuten sich großer Beliebtheit. Über all dieser kulturellen und politischen Betriebsamkeit war Präsident Mazhar keineswegs darauf aus, die Regentschaft von Königin Pakize in Vergessenheit geraten zu lassen, sondern ganz im Gegenteil wurde diese in den Mingerer Geschichts-

und Schulbüchern gebührend gewürdigt. Selbst heute noch ist jeder Mingerer stolz darauf, dass einmal eine Sultanstochter »Königin« der Insel gewesen ist und sich am Streben nach Freiheit und Unabhängigkeit beteiligt hat.

Kurz nachdem Pakize Sultan ihre Königskrone genauso wie ihr Vater durch einen internen Putsch verloren hatte, verfasste sie von ihrem Schreibtisch in Hongkong, von dem aus sie einen so herrlichen Ausblick hatte, einen melancholischen Brief an ihre Schwester Hatice. Darin schrieb sie, dass ihr Vater nur dreiundneunzig Tage lang Sultan gewesen sei, sie wiederum hundertundeinen Tag lang Königin (27. August 1900–5. Dezember 1901), dass sie sich frage, ob ihr Vater das eigentlich wisse, und dass sie sich sehr nach ihnen allen sehne. Eigentlich hätte sie froh sein müssen, sich in den Straßen Hongkongs frei bewegen zu können, doch da ihr die Familie so sehr fehlte, vermochte sie leider nicht glücklich zu sein und ihre Sehnsucht nur durch das Briefeschreiben zu stillen.

Noch einsamer aber sollte sie sich in Hongkong fühlen, als ihre Schwester Hatice ein Jahr darauf in einen Skandal verwickelt wurde. Sie verliebte sich nämlich in Mehmet Kemalettin Pascha, den gutaussehenden Ehemann von Abdülhamits Lieblingstochter Naime Sultan (also ihrer Cousine), und einer der Briefe der beiden Liebenden, die über die gemeinsame Gartenmauer hin und her gingen, fiel Abdülhamit in die Hände. Der Sultan ließ den jungen Damat Kemalettin Pascha (den Sohn von Gazi Osman Pascha, einem Helden des Türkisch-Russischen Krieges von 1877–78) sofort von seiner Tochter scheiden, degradierte ihn und versetzte ihn nach Bursa. (Da dies von politischer Bedeutung war, berichtete sogar die *New York Times* darüber, und auch bei Pierre Loti wird es erwähnt.) Die beiden Sultanstöchter Hatice und Naime, von der böse Zungen behaupteten, sie sei hässlich und habe einen Buckel, wohnten in zwei benachbarten Villen in Ortaköy, und über ihre Liebesrivalität wurde im damals noch konservativeren Istanbul hinreichend geklatscht. Der über den jungen Mann verhängte Hausarrest in Bursa war selbstverständlich eine mildere Strafe als die Festungshaft Mithat Paschas in Taif oder ein Aufenthalt in den Gefängnissen von Sinop oder Minger. Für Hatice Sultan hatte Abdülhamit seit jeher etwas übrig, daher bestrafte er sie nicht, doch hatte er ein Auge auf sie, sodass sie nicht so leicht Briefe verschicken und bekommen konnte.

Was über den Skandal getratscht wurde, erfuhr Pakize Sultan nicht von Hatice, sondern von anderen. In Istanbuler Zeitungen hieß es später, nach Gründung der Republik, Hatice habe selbst dafür gesorgt, dass der Sultan an die Liebesbriefe gelangte, denn sie habe ihren Vater rächen wollen, indem sie Abdülhamit Schmerz zufügte. Anderen Gerüchten zufolge habe Hatice dem aus Rumelien stammenden Küchenpersonal der Nachbarvilla in mehreren Apotheken zusammengekauftes Rattengift ausgehändigt, mit dem sie ihre Cousine Naime vergiften sollten, damit Hatice deren Gatten heiraten konnte. Falls dem so gewesen sein sollte, dürfte Sultan Abdülhamit noch einmal darüber sinniert haben, wie jemand mit Arsen getötet werden konnte, ohne dass von dem Gift Spuren hinterblieben.

Pakize Sultan wusste nun endgültig, dass nur ein Gnadenakt ihres Onkels ihr eine Rückkehr nach Istanbul ermöglichen konnte. In einem Brief an Hatice ging sie jedoch auf den Unterschied ein, der zwischen den beiden Schwestern bestand. Als Abdülhamit Hatice kennenlernte, war gerade seine geliebte erste Tochter Ulviye gestorben (sie war beim Spielen mit Streichhölzern verbrannt, die soeben erst erfunden worden waren), und da Abdülhamit noch nicht den Thron bestiegen hatte, tröstete er sich über den Verlust hinweg, indem er sich viel mit der vor Kurzem geborenen Tochter Hatice seines älteren Bruders abgab. Pakize Sultan dagegen war erst auf die Welt gekommen, als ihr Vater im Çırağan-Palast gefangen war, und so hatte Abdülhamit sie als Kind nie gesehen und sie kein einziges Mal auf den Schoß genommen.

Im August 1904 erfuhr Pakize Sultan durch Hatice vom Tod ihres Vaters. Monatelang dachte sie wehmütig daran zurück, wie ihr Vater gerochen hatte, wie er Klavier gespielt und komponiert und dabei einen ganz besonderen Zug um den Mund gehabt hatte. In ihrem Kummer schrieb sie in den darauffolgenden zwei Jahren weniger Briefe, doch ein anderer Grund dafür war 1906 die Geburt ihrer Tochter Melike (meiner Großmutter), durch die sie sehr in Anspruch genommen wurde. Was wir über die Ereignisse der späteren Jahre erzählen werden, stützt sich daher nicht auf Briefe von ihr, sondern auf Archive und Memoiren.

Aber zuerst sei vom Begräbnis des armen Murat V. berichtet. Vielleicht ist in diesem Buch nichts so traurig wie die Bestattung von Pakize Sultans Vater nach achtundzwanzig Jahren Gefangenschaft. Da er mein Ururgroßvater ist, möchte ich darüber nicht als objektive Historikerin schreiben, sondern wie eine emotionale Romanschriftstellerin. Dass das Leben und die kurze Regentschaft von Murat V. so unglückselig verliefen, führte nicht zuletzt dazu, dass die von der Elite zum Zweck einer Stärkung des Osmanischen Reichs ins Werk gesetzten Reformen in puncto Verfassung, Verwestlichung, Freiheit und Parlament zweiunddreißig Jahre lang auf Eis lagen, und als sie schließlich nach Abdülhamits Absetzung durchgeführt wurden, nützten sie nichts mehr, denn nun war es zu spät. Sein reformerisch veranlagter Vater Abdülmecit hatte ihn unter Umgehung seines Onkels Abdülaziz zum Kronprinzen machen wollen und in seinen Sohn, den er aus irgendeinem Grund schon damals einen »Pechvogel« nannte, große Hoffnungen gesetzt. Er ließ ihn Französisch lernen und von den Italienern Lombardi und Guatelli in Musik unterrichten. Wie wir aus den Erinnerungen einer Haremsdame wissen, erkrankte Murat Efendi im Alter von vierzehn Jahren, und es passierte dabei irgendetwas mit seinem Gedächtnis, das sich auch später immer wieder bemerkbar machte.

Der zur Behandlung der Krankheit zurate gezogene neapolitanische Arzt Capoleone (der in Istanbul zugleich politische Verbindungen knüpfen sollte) schlug als Therapie die Einnahme von Wein und Cognac vor, woraufhin in der Villa des Kronprinzen in Kurbağalıdere ein »Weinkeller« eingerichtet wurde. Murat Efendi sollte denn auch sein ganzes Leben lang mit dem Trinken nicht mehr aufhören. Zu Abendgesellschaften mit musikalischer Untermalung empfing er in seiner Villa Dichter, Journalisten und Autoren wie Şinasi, Ziya Pascha und Namık Kemal, lauter Verfechter einer Konstitution und politischer Freiheiten.

In London, wo er die Sache mit der vermeintlichen Vergiftung erlebt und sich mit Kronprinz Edward »angefreundet« hatte, wurde er von diesem dazu aufgefordert, Königin Victoria die Hand zu küssen, und tat dies, ohne sich vor seinem Onkel zu fürchten. Auf der Europareise hatte er auch Napoleon III. kennengelernt und mit ihm danach eine Korrespondenz geführt, die eine fruchtbare Zusammenarbeit in Aussicht stellte. Er war der Ansicht, in Europa hätten die Völker ihre Könige bezwungen, und diese hätten daraufhin einen Schritt zurückgetan. Das Gleiche stellte er sich für die Sultane vor. Dann jedoch wurde er plötzlich selbst Sultan, und was darauf folgte – Komplott, Putsch, die Ermordung seines Onkels – machte Abdülhamit auf Lebzeiten zu einem argwöhnischen Menschen, ihn aber, Murat, ließ es schier verrückt werden. Auf gemeinsamen Beschluss der Führungselite hin wurde er abgesetzt. Während seiner Gefangenschaft in Yıldız sprang er einmal in voller Kleidung in einen Teich, ein andermal versuchte er, durch ein Fenster zu fliehen. Um wieder auf den Thron zu kommen, bemühte er sich später, den Ärzten zu beweisen, dass er seine geistige Gesundheit wiedererlangt habe, doch seine dahingehenden Pläne und seine Versuche, sich entführen zu lassen, hatten lediglich zur Folge, dass er fortan noch strenger überwacht wurde. Es kam vor, dass mitten in der Nacht, während er schlief, auf einmal Männer mit Laternen in der Hand in sein Zimmer platzten, die dann, sobald sie feststellten, dass er tatsächlich »er« war, sich in Ehrbezeigungen gegenüber dem früheren Sultan ergingen und sogleich zugaben, sie seien von Abdülhamit geschickt worden, denn jenem habe man zugetragen, Murat V. sei in Beyoğlu auf der Straße gesichtet worden. Misstrauisch wechselte er darauf immer wieder sein Schlafzimmer. Da er fortwährend von sechzig, siebzig um ihn buhlenden Sklavinnen umgeben war, können »wir Modernen«, wie Henry James sich ausdrückte, uns wohl kaum in seine Lage wirklich hineinversetzen und brauchen ihn vielleicht nicht sonderlich zu bemitleiden. In seinen letzten Jahren verschlimmerte sich sein Diabetes, und auch der Liebesskandal seiner Tochter Hatice, an den er nicht so recht glauben konnte, nahm ihn mit, und noch mehr, dass Abdülhamit mehrmals über Boten fragen ließ, wie er seine Tochter bestrafen solle (was er ja schließlich überhaupt nicht tat). Den Tod des früheren Sultans ließ Abdülhamit über eine kleine Zeitungsmeldung verkünden. Die auf der Galata-Brücke und in Sirkeci versammelte Menschenmenge, die an der Bestattungsfeier in der Neuen Moschee teilnehmen wollte, wurde nicht vorgelassen. Der Leichnam des früheren Sultans wurde mit dem Dampfer *Nahit* aus Çırağan herbeigeschafft und in aller Eile neben dem seiner Mutter begraben, der er zu ihren Lebzeiten jeden Morgen die Hand geküsst und mit der er über Politik gesprochen hatte, wobei sie ihn immer wieder ihren »tüchtigen Jungen« nannte. Auf das Gerücht hin, Murat V. sei gar nicht tot und nach seiner Bestattung werde er wieder aus dem Grab geholt und nach Europa oder wieder auf den Thron gebracht, schickte Abdülhamit nicht nur seine gesamte Regierung zur Beerdigung, sondern auch einen Adjutanten in besonderer Mission. Jener – »dessen auf ewig voller Abscheu gedacht wird« – trat unverfroren an den Toten heran, fuhr ihm mit der Hand in die Haare, zog mit ganzer Kraft daran und ließ erst los, als er völlig sicher war, dass der frühere Sultan tatsächlich nicht mehr lebte.

Am dritten Freitag des Jahres 1905 war Abdülhamit wie üblich zum Freitagsgebet in der Yıldız-Moschee, als in einem Wagen vor der Moschee eine gewaltige Bombe explodierte, deren Knall in ganz Istanbul und bis Üsküdar zu hören war. Da der Sultan gerade in ein Gespräch mit dem Scheichülislam verwickelt war, verließ er die Moschee etwas später als sonst und blieb dadurch von der Wirkung der Bombe verschont. Durch herumfliegende Bombenteile wurden unter der Menschenmenge, die dem Ereignis wie üblich beiwohnte, sechsundzwanzig Personen getötet und zahlreiche verletzt, darunter auch Diplomaten. Auch der Kutscher, in dessen Wagen die Bombe untergebracht war, kam bei der Explosion ums Leben.

Eine Woche später hatten die Polizisten und Folterer des Sultans herausgebracht, dass hinter dem Anschlag armenische Separatisten steckten, die sich in Frankreich und Bulgarien bereits seit Längerem auf das Attentat vorbereitet hatten. Als Hauptverdächtiger wurde ein abenteuerlustiger Belgier namens Edward Joris eingesperrt, der die Bombe bei sich zu Hause aufbewahrt hatte. Der Mann arbeitete in der ersten Filiale für Singer-Nähmaschinen in der Hauptstraße von Beyoğlu und hatte es durch ein ausgeklügeltes Vertriebssystem geschafft, die Nähmaschinen bis in die abgelegensten osmanischen Bergdörfer zu liefern. Der romantische Anarchist wurde zwar zum Tode verurteilt, doch auf Drängen des belgischen Königs hin wurde das Urteil nicht vollstreckt. Nach zwei Jahren im Gefängnis wurde er von Abdülhamit begnadigt und kehrte nach Europa zurück, wo er für den Sultan Spionage betreiben sollte.

Beim Verfassen dieser letzten Seiten des Buches überkommt mich oft der Eindruck, so gut wie jedes politische Ereignis im Osmanischen Reich ab 1901 habe irgendwie auch mit Minger zu tun. Das kann aber auch daher rühren, dass ich mich von der reichen Geschichte unserer kleinen Insel so habe faszinieren lassen, dass ich Minger ganz einfach überall sehe.

Als die britischen, französischen und russischen Schiffe abgezogen waren und die Unabhängigkeit Mingers von keinem Staat anerkannt wurde, wäre es Abdülhamit ein Leichtes gewesen, mit der *Mahmudiye* die Garnison, die Kanzlei, ja ganz Arkaz zu beschießen, so wie das die Engländer in Alexandria gehandhabt hatten, doch er verzichtete darauf. Auf dem Papier war Minger noch immer eine osmanische Provinz, und die Franzosen hätten nur dann Soldaten auf die Insel schicken können, wenn sie sich zuvor mit den Engländern verständigt und eine Auseinandersetzung mit Abdülhamit in Kauf genommen hätten. Weder Abdülhamit noch die osmanische Marine waren darauf begierig, die Insel zu beschießen, sie durch Soldaten zu besetzen und einen neuen Gouverneur hinzuschicken. Sobald es bei einer solchen Aktion zu Widerstand gekommen wäre, hätten die Großmächte mit der Begründung, die Christen zu beschützen (was als Vorwand genauso gut galt wie die Pest), Minger besetzen können, oder aber wie auf Zypern hätten die Engländer sich die Insel gleich ganz angeeignet.

Um die Unabhängigkeit der Insel zu behaupten, bemühte sich Präsident Mazhar nach der Aufhebung der Blockade um eine Politik der Verständigung mit den Anrainerstaaten, insbesondere auch mit dem

Osmanischen Reich. Daneben reformierte er die Organisation des Quarantänebataillons, um eine moderne Armee daraus zu machen. Es wurde eine zweijährige Wehrpflicht eingeführt, und innerhalb von vier Jahren umfasste das Heer zweitausendfünfhundert Mann. Es bestand aus griechischen und muslimischen Männern, die zu Hause Mingerisch sprachen und ihre Treue gegenüber dem neuen Staat überzeugend bekundeten. Ihre innere Stärke bezogen sie natürlich aus dem geradezu poetischen, machtvollen Minger-Nationalismus des Kommandanten, den Präsident Mazhar mit großem Erfindungsreichtum auf der ganzen Insel verbreitete.

Der 28. Juni, an dem der Major vom Balkon des Regierungsgebäudes die Mingerer Unabhängigkeit verkündet hatte, wurde zum Unabhängigkeitstag erklärt (und damit zum arbeitsfreien Tag). Zu den jährlich stattfindenden Feierlichkeiten marschierten Quarantänesoldaten mit Fernmeldemützen auf dem Kopf und Taschen in der Hand von der Garnison bis zum Minger-Platz und intonierten dabei den Marsch »Kommandant, hier sind wir!« und andere neue Mingerer Märsche. Auf dem Platz selbst defilierten sie eine Stunde lang an dem Balkon vorbei, von dem Präsident Mazhar (auf einem von unten nicht sichtbaren hochbeinigen Hocker sitzend) zu ihnen hinuntergrüßte.

Die darauffolgende Aufführung der Mingerer Gymnasiasten wurde immer sehnlichst erwartet (und selbst in europäischen Zeitungen begeistert geschildert). Auch nach Auffassung von Anthropologen ist sie ein wichtiger Bestandteil nicht nur des Unabhängigkeitstags, sondern der gesamten Mingerer Identität.

Auf den Platz kamen 129 Schüler mit jeweils einem großen weißen Schild in der Hand, auf dem in mingerischem Alphabet ein Wort stand. Es handelte sich dabei um die 129 Wörter, die der unsterbliche Staatsgründer Kommandant Kâmil in seinen letzten zwei Stunden im Splendid Palas auf Mingerisch geäußert hatte und die damals von einem Sekretär notiert worden waren. Als die Mädchen und Jungen in ihren Schuluniformen ihre Plätze einnahmen, brach zunächst Applaus aus, dann setzte eine neugierige Stille ein. Welchen schönen Satz würden die Gymnasiasten wohl dieses Jahr bilden, an welchen poetischen Ausspruch erinnern, der dem Kommandanten in seinen letzten Tagen gleichsam von Gott gesandt wurde (»Minger ist mein Paradies, aber es ist deine Seele!«, »Minger den Mingerern!«, »Mein Herz ist auf ewig in Minger!«)? Als die Schüler auf dem Platz rasch und zielsicher ihre Plätze wechselten, brandete wieder Beifall auf, und dem neben seiner Frau auf dem Balkon sitzenden Präsidenten standen die Tränen in den Augen. Leider verhielt es sich so, dass an die zweihundert Personen (hundertfünfzig Griechen und sechzig Muslime), die jenen nationalistischen, republikanischen Geist noch nicht verinnerlicht hatten, sondern hartnäckig an ihrer Verbundenheit mit Griechenland oder dem Osmanischen Reich festhielten, zu diesem Zeitpunkt in der Nähe der Stadt Andin in einem Umerziehungslager festgehalten wurden. Es gab auch Leute, die statt des Lagers lieber beim Straßen- und Brückenbau mitwirkten. Personen (meist wohlhabende Griechen), die nach dem Staatsstreich Präsident Mazhars nach Athen oder Izmir geflohen waren und nicht zurückkehren wollten, wurden mit hohen Steuern belegt, und wer zwar auf Minger lebte, jedoch sein Geld der Regierung zum Trotz außerhalb der Insel, in Athener und Izmirer Banken deponierte, wurde ebenfalls eine Weile zwangsweise im Straßenbau eingesetzt, doch als griechische und europäische Zeitungen »Frondienst auf Minger!« titelten, wurde auf diese Maßnahme rasch wieder verzichtet.

Die Ironie des Schicksals wollte es, dass der Schriftsteller Arthur Conan Doyle, der Erfinder von Sherlock Holmes, damals nach seiner zweiten Verehelichung seine Flitterwochen ausgerechnet da verbrachte, wo unsere Geschichte spielt, nämlich in Istanbul, in Ägypten und auf den griechischen Inseln. In Istanbul verlieh Abdülhamit ihm den Mecidiye-Orden und seiner Frau eine kleinere Auszeichnung. Der englische Admiral Henry Woods (Woods Pascha), der Abdülhamit Dienste als Adjutant leistete, schrieb in seinen Memoiren, er sei Zeuge gewesen, wie Abdülhamit den von ihm so bewunderten Autor endlich kennengelernt habe, doch entspricht das nicht der Wahrheit. Der Sultan erfuhr, Doyle wolle unbedingt den Yıldız-Palast besuchen, doch fürchtete er, der nächste Sherlock-Holmes-Roman würde dann vielleicht im Palast spielen, und so wurden die Orden zwar verliehen, doch die entsprechende Zeremonie wurde unter dem Vorwand des Ramadans abgesagt.

Während Pakize Sultan in den Tagen der Pest manchmal drei bis vier Briefe pro Woche schrieb, sandte sie 1907 von Hongkong aus nur zwei Briefe an ihre Schwester und 1908, als ihr Sohn Süleyman geboren wurde, nur einen einzigen. Zwar beschäftigten sie einen Englisch sprechenden Dienstboten, doch da ihre Kinder ständig krank waren, verlor sie allmählich den Kontakt zur Außenwelt. Sie schrieb, Doktor Nuri sei manchmal zu sporadischen Untersuchungen in Außenbezirken der Stadt unterwegs, doch lasse die Seuche in Hongkong stark nach, und es seien daran weit weniger Menschen gestorben als drei Jahre zuvor.

In jedem der drei Briefe, die sie innerhalb von zwei Jahren schrieb, ging sie auf die von Abdülhamit favorisierten Krimis (mit Sherlock Holmes an der Spitze) ein, von denen ihre Schwester ihr eine Liste gesandt hatte. In einer englischen Bibliothek in Hongkong fand sie die Bücher und las eines nach dem anderen. In ihrem Brief von 1908 gab sie aber ihrer Schwester nicht so deutlich preis wie ihrem Mann, warum sie das eigentlich machte, nämlich um herauszufinden, wie der Mörder von Doktor Ilias hatte verbergen können, dass er sich das Gift in Apotheken und Kräuterläden besorgt hatte. Ihre Zurückhaltung rührte vielleicht daher, dass ihrer Schwester von Abdülhamit verziehen worden war und dieser sie zu Gesellschaften einlud, um damit anzudeuten, dass sie bei der Liebesgeschichte ihrer Cousine die Unschuldige war. Pakize Sultan hätte nach dem Tod ihres Vaters diese Annäherung ausnützen können, um mit Hatice als Vermittlerin beim Sultan eine Reinwaschung ihres Mannes und ihrer selbst vom Verdacht des Vaterlandsverrats zu erwirken, doch sollte sie dergleichen in keinem ihrer Briefe erwähnen. Vielleicht ging sie davon aus, dass Hatice dem Sultan doch nicht so nahestand, dass sie so etwas hätte verlangen können, und gesetzt den Fall, Abdülhamit hätte ihnen verziehen, so hätte sie ihm doch nicht trauen können und die Vergebung noch dazu als Verrat gegenüber ihrem Vater empfunden.

Aus den englischen Zeitungen in Hongkong erfuhr Pakize Sultan dann, dass in Istanbul die Verfassung wieder in Kraft trat und auch das Parlament wieder eröffnet wurde. Ein Umsturzversuch gegen die neue Regierung wurde nach drei Tagen von Truppen aus Saloniki niedergeschlagen. Abdülhamit wurde abgesetzt, auf den Thron folgte ihm sein jüngerer Bruder Reşat. Pakize Sultan und Doktor Nuri konnten sich gut vorstellen, wie in Istanbul wütende Massen aus den Moscheen strömten und Jagd auf freiheitsliebende, reformorientierte Journalisten und Schriftsteller machten, wie zwischen den Truppen aus Saloniki und den Soldaten in den Kasernen von Maçka (in der Nähe des Instituts für Bakteriologie) und Taksim mit Kanonen und Maschinengewehren geschossen wurde, wie drei Anführer der nach der Scharia schreienden Aufständischen auf dem wie immer vollen Eminönü-Platz an modernen, dreischläfrigen Holzgalgen aufgehängt wurden und zur Abschreckung drei Tage lang im Wind baumelten, und wie überall die Schlagworte »Freiheit, Gleichheit, Brüderlichkeit« gerufen wurden, und dazu auch noch »Gerechtigkeit«.

Durch die Ausrufung der Freiheit, die Absetzung Abdülhamits und eine Amnestie für politische Vergehen wurde eine »Rückkehr nach Istanbul« auf einmal wieder zu einer plausiblen Option. Falls sie tatsächlich wieder zurückkehrten, würden sie dann nicht doch wegen der Geschehnisse in Minger zur Rechenschaft gezogen? Im rasch zerfallenden und tief verschuldeten Osmanischen Reich herrschte unter den Beamten ungeheure Verwirrung, und als Doktor Nuri einem Freund in Istanbul Briefe und Telegramme schickte, um zu erfahren, was sich im Hintergrund so abspielte, brachte dieser über einen Bekannten im Justizministerium in Erfahrung, es sei wohl am ratsamsten, heimlich, still und leise zurückzukehren, denn wenn erst Ermittlungen eingeleitet würden, sähen die zuständigen Beamten dies entweder als bequeme Einnahmequelle an Bestechungsgeldern oder aber als törichte Selbstbezichtigung.

Es sagte ihnen aber nicht zu, einfach so wieder in Istanbul aufzutauchen, als sei nichts gewesen. Zwar besaß Pakize Sultan in Istanbul mehrere Liegenschaften, darunter eine Villa am Bosporus, und Doktor Nuri hatte Ansprüche auf seine Bezüge als Beamter und Damat, doch der Gedanke des »Vaterlandsverrats« mochte sich in den Köpfen ihrer Feinde allzu sehr festgesetzt haben. Ihre Anrechte würden sie irgendwann einmal geltend machen können, aber in Hongkong verfügte Doktor Nuri auch jetzt schon über eine üppige Besoldung durch die britische Kolonialverwaltung und seine Beraterfunktion in Quarantänefragen. Noch dazu wollten sie nicht so leicht in Kauf nehmen, sich mit zwei ständig streitenden Kindern im Alter von eins und drei auf eine beschwerliche Überfahrt zu machen, die sich über Wochen hinziehen konnte (und womöglich stand ihnen dann auch noch eine Quarantäne bevor).

Und dann ist da noch etwas, was Pakize Sultan in ihren Briefen nie ausgedrückt hat, ich mir aber so zusammenreime: Sie hing ganz einfach an ihrem Leben dort mit ihrem Mann, ihren zwei lauten Kindern und dem Haus, in dem es nach Dampf, nach Essen und nach Kinderkacke roch. Wäre sie in Istanbul geblieben, hätte sie, von vielen Menschen umgeben, eine bestimmte Rolle innegehabt und ein wohl prächtigeres, aber vermutlich blutleeres Leben geführt, wie eine verwelkende Rose. Sie hatte auch längst begriffen, dass ihr Gatte kein Mensch war, der damit glücklich werden konnte, wie die anderen Damats und Prinzen bei Wohltätigkeitsveranstaltungen herumzustehen, mit denen für Gesundheitseinrichtungen und Stiftungen Geld gesammelt wurde. Mit dem geschützten, zurückgezogenen und von Dienern umgegebenen »Bourgeoisie-Leben«, das sie in Hongkong lebten, waren sie eigentlich recht zufrieden, und dass in Istanbul die Freiheit ausgerufen und Abdülhamit abgesetzt war, reichte ihnen nicht aus, um zurückzukehren und sich dort in Sicherheit zu fühlen.

Von 1909 bis 1913 schrieb Pakize Sultan an ihre Schwester insgesamt elf Briefe, in den sie stets das Gleiche erzählte, nämlich dass es ihr und den Kindern in Hongkong gut gehe, ihr Mann viel arbeite und sie mit dem Haushalt beschäftigt sei und viele Romane lese. Aus den Fragen, die sie stellte, war zu ersehen, dass sie vom Geschehen in Istanbul und in Arkaz so gut wie nichts wusste.

Gestützt auf andere Quellen möchte ich daher einige Ereignisse, die sich dort abspielten, in Kürze darlegen.

Die letzten zehn Jahre des Osmanischen Reiches sind praktisch die Geschichte, wie die Gebiete und Inseln, die auf der Karte im Salon der *Aziziye* noch als osmanisch ausgewiesen wurden, in ungeheurem Tempo verloren gingen.

Nach dem Fall Abdülhamits hörte man in Istanbul nichts so oft wie das Wort »Freiheit«. Pakize Sultans Schwester Hatice Sultan nützte diese Freiheit, um sich gleich als Erstes unter Zahlung einer hohen »Abfindung« von dem Mann scheiden zu lassen, mit dem ihr Onkel sie verheiratet hatte (und von dem auch die Liste mit den Krimis stammte). Der konservative Autor Nahit Sırrı Örik sollte fünfzig Jahre später in einer Artikelserie in der Zeitschrift *Welt der Geschichte* schreiben, was er damals von seinem Vater über den Sohn und die Töchter Murats V. (außer Pakize Sultan) an Gerüchten vernommen hatte, nämlich dass jene von der heiß ersehnten Freiheit nicht allzu sehr profitiert hätten.

Als der Sohn, Prinz Mehmet Selahattin, nach achtundzwanzigjähriger Gefangenschaft den Palast endlich habe verlassen dürfen, sei er tagelang in Istanbul herumgelaufen und habe jedem, dem er irgendwo auf der Straße, an einer Brücke oder auf einem Stadtdampfer begegnet sei, erzählt, wer er sei – darunter auch dem damals dreizehnjährigen Nahit Sırrı. Ferner habe der Prinz darüber nachgegrübelt, wie das schreiende Unrecht der Absetzung seines Vaters zu einem Theaterstück zu verarbeiten sei. Der zu böswilligem Klatsch neigende Autor behauptete auch, der leicht verrückte, doch sehr intelligente und kultivierte Prinz habe sich an Sultan Reşat gewandt und sich bemüht, unter Umgehung seiner Schwestern an angeblich noch ausstehende Gelder seines verstorbenen Vaters zu gelangen, doch der selbst nicht besonders helle Sultan habe ihn nicht ernst genommen.

Tatsächlich manifestierte sich die Freiheit in der Vielfalt der Zeitungen, Zeitschriften und Bücher, die auf einmal erscheinen durften. Nun erst erfuhren die Istanbuler, dass einige der französischen Romane, die sie während der Zeit des »Despotismus« gelesen hatten, eigentlich speziell für Abdülhamit übersetzt worden waren. Mit dem Vermerk »Für Abdülhamit übersetzt« wurden Bücher damals erstmals versehen, und mehr dann noch nach Ausrufung der Republik.

Es stellt sich die Frage, weshalb eigentlich trotz all der Freiheit im Lande jene Romane noch immer in der zensierten Fassung veröffentlicht wurden. Darauf gibt es meiner Auffassung nach mehrere Antworten: 1. Trägheit. 2. Die damaligen Übersetzer waren nicht mehr aktiv und ihre Manuskripte sind verloren gegangen. 3. Die bei Abdülhamit unbeliebte Kritik am Islam oder den Türken war auch den neuen, ach so freiheitsliebenden Machthabern nicht sonderlich genehm. Es sei noch erwähnt, dass die Tradition, missliebige Journalisten und Autoren unter mehr oder weniger direkter Unterstützung des Staates auf offener Straße umzubringen, mit der damaligen »Freiheit« ihren Anfang nahm.

Als 1911 Italien – im Einklang mit England und Frankreich – dem Osmanischen Reich den Krieg erklärte, um Libyen an sich zu reißen, wurde der Verfall des Reiches noch weiter beschleunigt (eigentlich wäre die neue osmanische Regierung ja genauso wie früher Abdülhamit bereit gewesen, in Libyen lediglich eine Fahne zu hinterlassen und das Land als solches sang- und klanglos den Italienern zu übergeben!). Als Kriegstaktik besetzte die italienische Marine, die der osmanischen haushoch überlegen war, erst einmal Rhodos und noch ein paar kleinere Inseln. Den meisten Widerstand im Dodekanes leistete die Garnison von Rhodos. Auf Minger wiederum spielte der umsichtige Präsident Mazhar seine Trümpfe geschickt aus und sicherte der Insel ein neues Statut, das ihm kampflos die Bewahrung der Unabhängigkeit garantierte.

Die Griechen, die auf fast allen von den Italienern besetzten Inseln die Mehrheit bildeten, waren mit ihrem neuen Los nicht unzufrieden, denn die Italiener waren ihnen allemal lieber als die Osmanen, die in ihrem zerbröckelnden Staat keine richtige Ordnung zustande bekamen und auch nach den Tanzimat-Reformen immer noch unter diversen Vorwänden (Ausgleich für den Wehrdienst der Muslime, etc.) von den Christen mehr Steuern erhoben. Auf der kleinen Insel Meis, die zu weit östlich lag, um von den Italienern besetzt zu werden, lud die Bevölkerung (98 % Griechen) die italienische Marine zu sich ein und bat geradewegs um einen Anschluss an Italien.

In dem Krieg, in dem es zum ersten Mal zu Bombardierungen aus der Luft kam, trug das italienische Königreich nach kurzer Zeit den Sieg davon. Im Vertrag von Ouchy wurde Libyen zu Italien geschlagen. Der Dodekanes sollte nach dem Balkankrieg eventuell ans Osmanische Reich zurückgegeben werden. Als nämlich die Balkanstaaten sahen, wie leicht die osmanische Armee zu besiegen war, machten sie unter sich aus, wer welche Gebiete bekommen sollte, und erklärten dem Osmanischen Reich gemeinsam den Krieg. Somit führten auch Griechenland und das Osmanische Reich wieder gegeneinander Krieg. Der in den türkischen Geschichtsbüchern als Tripolis-Krieg firmierende Krieg gegen Italien war verloren worden, so befürchtete die osmanische Führungsriege auch im Balkankrieg eine erneute Niederlage und ahnte bereits, dass bald sämtliche osmanischen Inseln zu Griechenland gehören würden. Somit war es vielleicht besser, sie verblieben vorläufig in der Hand Italiens, das sie eines Tages würde zurückgeben können. Während sich also die osmanischen Truppen aus Libyen gänzlich zurückzogen, bedeutete Istanbul den Italienern, sie könnten den Dodekanes gerne behalten.

Präsident Mazhar wiederum unterzeichnete 1912 mit Italien das »geheime« Abkommen von Chania. In den elf Jahren seit seiner Machtübernahme hatte er diverse liberale, türkei- oder griechenlandfreundliche Kräfte und sonstige Oppositionelle mit Gefängnisstrafen und Arbeitslagern eingeschüchtert und eine schlagkräftige Armee aufgebaut, die er zweimal pro Jahr vom Balkon des Präsidialamts aus an sich vorbeidefilieren ließ. Bilder und Statuen von Kommandant Kâmil waren inzwischen auf Lotteriescheinen und Banknoten über Schuhschachteln und Weinflaschen bis hin zu Feigenpaketen und Bushaltestellen überall zu sehen.

Als Ministerpräsident Mazhar auf Initiative der Briten mit dem einzigen Kriegsschiff der Mingerer Marine zum Abschluss des Abkommens nach Kreta fuhr, erklärte er gegenüber Mitreisenden, nach elf Jahren werde die Unabhängigkeit des Landes endlich von aller Welt anerkannt … Sein Stellvertreter Hadid hatte insbesondere unter den »echten« Mingerern, die zu Hause Mingerisch sprachen, viel Werbung für den Vertrag betrieben.

So wurde im Oktober 1912 die Unabhängigkeit Mingers von Italien offiziell anerkannt. Eigentlich war es nur eine halbe Unabhängigkeit, denn neben der Mingerer Flagge wehte auf dem Präsidialamt auch die italienische. Es wäre Präsident Mazhars Aufgabe gewesen, Proteste Mingerer Nationalisten gegen diese Praktik zu unterdrücken, doch wurden kaum Beschwerden laut. Jedermann war zufrieden, dass keine osmanischen Panzerkreuzer kamen und die Insel beschossen.

Als auch der Balkankrieg verloren ging, wurde die Regierung vom Komitee für Einheit und Fortschritt durch einen Putsch gestürzt. So manches Detail dieses im Volk als »Überfall auf die Hohe Pforte« bekannten Ereignisses erinnert ein wenig an die Geschichte von Arkaz und die Zeit der »Quarantäneregierungen«. Soldaten und Haudegen der Partei stürmten mitten am Tag eine Regierungsversammlung, erschossen den Kriegsminister und zwangen die Regierung zum Rücktritt. Der Hauptinitiator des Putsches, der »Freiheitsheld« Enver Bey, wurde kurz darauf zum Pascha ernannt und ehelichte Naciye Sultan, eine Enkelin Sultan Abdülmecits.

Der von den Putschisten als neuer Regierungschef eingesetzte Mahmut Şevket Pascha, der mit seinen Truppen aus Saloniki Abdülhamit gestürzt hatte, fiel fünf Monate später einem Attentat zum Opfer, als er auf einem Istanbuler Boulevard in einer offenen Kutsche im Verkehr warten musste. Die völlig zerschossene Kutsche, die über keinerlei Panzerung verfügte, ist heute zusammen mit den Revolvern der Mörder, die gefasst und gehenkt wurden, im Kriegsmuseum in Harbiye ausgestellt. Wie der geschichtsversessene Schriftsteller Orhan Pamuk mir einmal verriet, pflegte er das keine fünf Minuten von seiner Wohnung in Nişantaşı entfernte Museum eine Zeit lang jede Woche zu besuchen.

Im Herbst 1913 kündigte sich bei Doktor Nuri ein junger Beamter der britischen Kolonialverwaltung an und suchte ihn dann im Tung-Wah-Krankenhaus auf. Doktor Nuri vermutete, das Gespräch werde sich um

Probleme der Hongkonger Kanalisation oder um Quarantänefragen drehen, doch bald diskutierte er mit dem grünäugigen Kolonialbeamten über die Ergebnisse des Balkankriegs, die er den lokalen Zeitungen entnommen hatte.

Das Osmanische Reich hatte nun auch die letzten Gebiete auf dem Balkan eingebüßt, die vier Jahrhunderte lang in seinem Besitz gewesen waren. In Albanien war es zu einem nationalistischen Aufstand gekommen, der weniger gegen Abdülhamit und das Osmanische Reich gerichtet war als vielmehr prophylaktisch gegen die Großmacht, die bald an seine Stelle treten würde. Die internationalen Mächte erklärten sich bereit, ein von ihnen geführtes »unabhängiges« Albanien zu gründen. (Einig war man sich darüber, dass es mit dem Osmanischen Reich zu Ende ging, nur stellte sich die Frage, wie die einzelnen Gebiete unter den verschiedenen Staaten aufgeteilt werden sollten.) Eine aus Vertretern von sechs Ländern bestehende Kommission wurde schließlich ausersehen, Albanien zu regieren, und an ihrer Spitze sollte ein von den Großmächten erwählter Fürst stehen.

»Es will aber jedes Land seinen eigenen Fürsten als Regierungschef sehen«, seufzte der Beamte. Viele Albaner wünschten sich, da sie in Großbritannien den wirksamsten Schutz sähen, den Sohn von Königin Victoria, Prinz Arthur, Herzog von Connaught und Generalgouverneur von Kanada. Die Deutschen plädierten für ein Mitglied der Familie Hohenzollern. Als Kandidaten hätten sich auch ein rumänischer Fürst und ein Pascha aus der ägyptischen Khediven-Familie gemeldet, der sich mit gefälschten Papieren als albanischer Herkunft ausgewiesen habe.

Obwohl Doktor Nuri schon ahnte, worauf das Gespräch hinauslief, fragte er mit unschuldiger Miene, warum sie über diese Entwicklungen eigentlich redeten.

Darauf sagte der Beamte, der osmanische Außenminister Noradunkyan habe bei den Briten vorgesprochen und darauf verwiesen, angesichts der zu 80 % aus Muslimen bestehenden albanischen Bevölkerung sei es angemessen, dass ein osmanischer Prinz das Land regiere. In der Thronfolge weit oben rangierende Prinzen, die sich noch Hoffnungen machten, eines Tages Sultan zu werden, hätten jedoch den Vorschlag des Komitees für Einheit und Fortschritt, Fürst von Albanien zu werden, bereits abgelehnt. Leider hätten auch andere, wesentlich weiter unten angesiedelte Prinzen trotz ihres müßiggängerischen, leichtsinnigen Lebenswandels keine Anstalten gezeigt, sich für die Sache zu interessieren, höchstwahrscheinlich aus der Annahme heraus, dass auch sonst niemand aus der Familie das Amt übernehmen wolle. Daraufhin sei man übereingekommen, am besten solle einer der bekannten albanischstämmigen Paschas Fürst von Albanien werden. Der Beamte legte eine Pause ein, dann sagte er, das Vereinigte Königreich habe eigentlich keine besonderen Interessen in Albanien. Doch wenn man für dieses schöne, neue Land schon jemanden vorschlagen solle, der sowohl der muslimischen Elite entstamme als auch dem Westen genehm sei, dann denke man weniger an einen gewöhnlichen Prinzen als vielmehr an jemanden wie Pakize Sultan und Doktor Nuri. Und falls die beiden zusagen würden, gebe es im Fürstentum Albanien auch keine Seuchenprobleme mehr.

Doktor Nuri wiederholte daraufhin, was er zwölf Jahre zuvor schon auf Minger Konsul Corc erklärt hatte, nämlich dass in einem muslimischen Land eine Sultanstochter, also jemand aus dem weiblichen Teil der Familie, über keinerlei politische Macht verfüge.

Der Beamte gab zu bedenken, Königin Pakize Sultan sei auf Minger sehr erfolgreich gewesen und der Außenminister des Vereinigten Königreichs sei sich gewiss, dass auch das albanische Volk sie lieben werde.

»Auf Minger hatten wir eine ganz bestimmte Mission«, wandte Doktor Nuri ein. »Wir wollten der Pestquarantäne zum Erfolg verhelfen.«

Da erklärte der Beamte, ohnehin werde Pakize Sultan und dem Doktor bisher nichts Konkretes angeboten, denn bevor die britische Regierung etwas Offizielles vorschlage, müssten die beiden erst anzeigen, dass sie gewillt seien, nach Albanien zu ziehen.

Da dieses Gespräch im letzten der Briefe steht, die wir in Händen haben, sollte etwas näher darauf eingegangen werden, in welchem Ton er verfasst war. Wir lesen aus dem Brief heraus, dass Pakize Sultan den Vorschlag zunächst ernsthaft erwog und die beiden bei Tisch halb im

Ernst, halb scherzhaft darüber diskutierten, wie es wäre, wenn sie mit den Kindern nach Albanien zögen und sie selbst dort Fürstin würde. Was aber meinte Hatice dazu? Pakize Sultan wollte sich wohl nicht so sehr vor ihrer Schwester damit brüsten, sondern es steckt vermutlich eher die Frage dahinter, was man in Istanbul denken würde, sollte der Plan Wirklichkeit werden. In jenem letzten Brief schrieb Pakize Sultan, sie beherrsche kein Albanisch und wolle nicht den gleichen Fehler noch einmal begehen. Dennoch ging sie eines Tages in die Bibliothek und konsultierte dort die gerade aus New York eingetroffene 11. Ausgabe der *Encyclopedia Britannica* aus dem Jahr 1911. In den beiden Albanien gewidmeten Einträgen las sie, dass es sich bei dem bergigen Land um keine Insel handelte und seine Einwohner laut dem antiken griechischen Geschichtsschreiber Strabon hochgewachsen, robust und von ehrlicher Natur seien. Ferner hieß es, das Land gehöre zum »Türkischen Reich«. So träumte sie eine Weile vor sich hin. Ihre damals siebenjährige Tochter Melike sollte sich später erinnern, die Mutter habe zwar gescherzt, sie werde bald die Fürstin von Albanien sein, daneben aber habe sie ganz normal ihren Haushalt versorgt und sich über das faule Dienstmädchen beklagt. Bevor sie zu einer Entscheidung gelangten, stand denn auch eines Tages in den Zeitungen, als albanisches Oberhaupt sei der deutsche Fürst Wiedli Wilhelm eingesetzt worden (der ein halbes Jahr später nach einem muslimischen Aufstand das Land schon wieder verlassen musste). Somit konnten sie diesen vergnüglichen Traum nicht lange träumen.

Wir können nicht mit Bestimmtheit sagen, warum Pakize Sultan ihrer Schwester danach nicht mehr schrieb. Hatice heiratete damals wieder, lebte mit ihrem neuen Mann weiter in ihrer Villa und gebar in rascher Folge zwei Kinder. Unsere Vermutung geht dahin, dass Pakize Sultan ihrer Schwester nicht mehr so vertraute wie früher. Es kann auch sein, dass von ihren seltenen Briefen welche unterwegs verloren gegangen sind.

Als ein Jahr später der Erste Weltkrieg ausbrach, der »Große Krieg«, wie die Istanbuler ihn nannten, befand sich das Ehepaar mit seinen Kindern in Hongkong auf einmal in Feindesland. Aller Wahrscheinlichkeit nach nahmen sie daraufhin die britische Staatsangehörigkeit an. Auf jeden Fall haben die Kolonialbehörden wohl dafür gesorgt, dass die osmanischen Gäste sich in Sicherheit fühlen durften.

Den Krieg verbrachten Pakize Sultan und Damat Doktor in Hongkong, und ihre Verbindung zum Palast in Istanbul riss in dieser Zeit ganz ab. Ob sie damals Gefangene der Engländer oder aber ihrer Befürchtungen und Schuldgefühle waren, wissen wir nicht, doch als mit dem Osmanischen Reich ein Waffenstillstand geschlossen wurde, wollten sie nicht als Parteigänger der Briten angesehen werden. (Als solche galt Pakize Sultans jüngere Schwester Fehime, die in ihrer Villa Empfänge für englische Offiziere gab.) Irgendwie schwebte ihnen ja noch immer vor, eines Tages würden sie doch wieder zurückkehren, ihre Villa in Ortaköy beanspruchen und sich ihre Bezüge auszahlen lassen.

Im November liefen die Kriegsschiffe der britischen, französischen, italienischen und griechischen Siegermächte in Istanbul ein und gingen vor den Bosporus-Palästen vor Anker. So lange war das sechshundertjährige Osmanische Reich um Inseln und Gebiete geschrumpft, bis es schließlich auch Istanbul übergeben musste. Vor dem Çırağan-Palast, in dem Pakize Sultan ihre ganze Jugend verbracht hatte, ankerte der riesige britische Panzerkreuzer *Centurion*. Wenn ich in türkischen Schulbüchern jene Fotos aus den dunkelsten Tagen der Istanbuler Muslime betrachte, frage ich mich immer, ob es wohl Zufall ist, dass der Himmel damals stets voller Wolken war. Der letzte osmanische Sultan, vor dessen Fenster die Schiffe der Großmächte lagen, war nun genauso ein Gefangener wie sein Bruder Murat V. Als 1922 Mustafa Kemal, der spätere Atatürk, die griechische Armee aus Westanatolien vertrieb, verließ der letzte Sultan mit einem britischen Panzerkreuzer seinen Palast und seine Stadt.

1923 wurde in Ankara die Republik ausgerufen, das Kalifat wurde abgeschafft, und im März 1924 wurde die osmanische Herrscherfamilie ausgebürgert und musste innerhalb von drei Tagen die Türkei verlassen. Das heißt, dass 156 Menschen aus der obersten Schicht der bisherigen

Machthaber aus der märchenartigen Palastwelt von Pakize Sultan herausgerissen und mit der Eisenbahn in irgendein europäisches Exil geschafft wurden. Sie mussten auf die Schnelle ihr Hab und Gut verkaufen und durften fortan türkischen Boden nicht mehr betreten, nicht einmal zur bloßen Durchfahrt. Da Pakize Sultan und Doktor Nuri zu jener Elite zählten, verloren sie die Staatsbürgerschaft der Türkischen Republik und mussten jede Hoffnung auf eine Rückkehr nach Istanbul begraben. Es gab keinerlei Hinweis, ob das Einreiseverbot irgendwann einmal aufgehoben würde.

Hatice Sultan hatte sich im zweiten Kriegsjahr auch von ihrem zweiten Ehemann getrennt und folgte diesem nicht ins Exil nach Frankreich, sondern ließ sich mitsamt ihren beiden Kindern und den Briefen ihrer Schwester in Beirut nieder. Sie lebte dort lange von den Unterhaltszahlungen ihres zweiten Mannes, bis jener wegen Antiquitätenschmuggels in die Bredouille geriet und die Zahlungen einstellte. Hatice verbrachte daraufhin in Beirut schwierige Jahre, setzte sich aber dennoch mit ihrer Schwester Pakize nie in Verbindung.

Dass Pakize 1926 mit ihrer Familie Hongkong verließ und nach Frankreich zog, hatte meiner Auffassung nach zwei Gründe. Zum einen identifizierte sie sich in gewisser Weise mit den Ausgebürgerten, deren Anzahl durch freiwillig Mitreisende von ursprünglich 156 auf fünf- bis sechshundert angeschwollen war. Zum anderen war unter den exilierten Prinzen vielleicht ein passender Ehemann für ihre Tochter Melike (meine Großmutter) zu finden.

Da diesbezüglich keine Briefe vorliegen und das Leben Pakize Sultans nach ihrem Umzug nach Frankreich in der Geschichte von Minger keine weitere Rolle spielt, werde ich nur kurz darauf eingehen. Mein Urgroßvater Doktor Nuri fand eine Anstellung in einem Krankenhaus in Marseille und eröffnete später eine eigene Praxis. Sie waren somit in einiger Entfernung von Nizza, wo die meisten Mitglieder des Herrscherhauses sich niedergelassen hatten, und das ersparte ihnen so manchen Klatsch. Auch hielten sie sich damit die Spitzel des türkischen Konsulats in Nizza vom Leib, das einzig und allein gegründet wurde, damit man die Prinzen und Prinzessinnen überwachen und dabei feststellen konnte, ob sie nicht etwa Politik betrieben. Für meine Großmutter Melike wurde indes tatsächlich ein in der Thronfolge weit unten rangierender Prinz gefunden.

Aus jener lieblosen, unglücklichen Ehe wiederum ist 1928 meine Mutter hervorgegangen. Um dem von Streit und Alkohol geprägten Familienleben in Marseille zu entkommen, ging sie als Achtzehnjährige nach dem Zweiten Weltkrieg, wie die meisten Sultansenkel, eine arrangierte Ehe ein, und zwar mit einem reichen Mann muslimischer Herkunft. Die Mutter meines Vaters war Schottin, der Vater ein in London lebender irakischer Geschäftsmann. Durch seine Hochzeit mit einer »osmanischen Prinzessin« erhoffte mein Vater sich einen Platz in der Londoner High Society. Ein halbes Jahr nach der pompösen Hochzeit, bei der meine Mutter mit Schmuck und Geschenken überhäuft worden war, kehrte sie zu ihren Eltern nach Marseille zurück. Nach einer Weile fuhr mein Vater dorthin und konnte sie zu einer Rückkehr nach London bewegen.

In jenen turbulenten Jahren entwickelte meine Mutter eine Neugier für Minger, ja geradezu eine »Liebe« für die Insel, wie sie das selbst später nannte. In ihrer Kindheit hatte ihre Großmutter Pakize Sultan ihr von Minger vorgeschwärmt wie von einem Märchenland und immer wieder halb im Scherz, halb im Ernst erwähnt, sie sei damals dort Königin gewesen. Für meine Großmutter Melike dagegen hatte Minger keinerlei Bedeutung. Wenn für sie überhaupt jemand aus der Familie eine Rolle spielte, dann war das nicht ihre Mutter Pakize, sondern Sultan Murat V. mit seiner sechshundertjährigen osmanischen Tradition! Hätte Melike es geschafft, sich von ihrem Mann zu trennen, wäre sie 1952 sofort nach Istanbul gegangen, denn ab jenem Jahr war den weiblichen Mitgliedern des Herrschaftshauses eine Rückkehr wieder erlaubt.

Hinter dem Interesse meiner Mutter an Minger wiederum steckte der Wunsch, sowohl dem osmanischen Umfeld in der Gegend von Nizza als auch dem »nahöstlichen« Ambiente in London zu entkommen und mit ihrem Mann zusammen in einer eigenen Welt allein zu leben. Dazu kommt, dass Minger 1947 von den Vereinten Nationen offiziell als unabhängiger Staat anerkannt wurde. Da es noch dazu eines der kleinsten autonomen Länder war, wurde selbst in den Boulevard- und Kinderspalten der Zeitungen darüber berichtet, was auch meinen eigenen »Minger-Nationalismus« angeregt haben mag.

Nach der osmanischen Fahne wehte am Regierungsgebäude von 1901 bis 1912 eine Mingerer Fahne, von 1912 bis 1943 eine Mingerer und eine italienische, von 1943 bis 1945 eine deutsche, von 1945 bis 1947 eine britische und ab 1947 wieder die von dem Maler Osgan kreierte Mingerer Fahne. (Im April 1915 wurde der Maler auf Geheiß des Ministerpräsidenten und »Freiheitshelden« Talat Pascha zusammen mit etwa zweitausend armenischen Intellektuellen in einer Nacht-und-Nebel-Aktion aus seinem Haus in Istanbul geholt, und nie wieder hat man von ihm etwas gehört.)

Es ist nicht etwa so, dass der bunte Wechsel der Fahnen auf der Insel zu einer Vielfalt des kulturellen und sonstigen Lebens geführt hätte. In dem halben Jahrhundert, in dem zunächst Präsident Mazhar (1901–1932), danach Präsident Hadid (1932–1943) und schließlich diverse andere Präsidenten, Halbpräsidenten und Gouverneure regierten, wurde in einem fort, noch dazu mit Unterstützung der Italiener und der Deutschen, eine Politik der Mingerisierung betrieben. Die osmanische und die griechische Geschichte der Insel durften nicht mehr gelehrt werden, und manche heldenhaften Türken und Griechen wurden in Arbeitslager gesteckt. Mein dieser Periode gewidmetes Buch *Die Mingerisierung und ihre Folgen*, das mir viel Ärger eintragen sollte, war auf der Insel zwanzig Jahre lang verboten und erschien auch danach nur in einer zensierten Fassung.

Im Sommer 1947, zwei Jahre vor meiner Geburt, fanden meine Eltern nach einer Trennung in Marseille wieder zueinander. Es gelang meiner Mutter, meinen Vater zumindest zu einem längeren Aufenthalt auf Minger zu überreden. (Diesem Erfolg verdanke ich, dass ich Mingerin geworden bin.) Noch bevor der Sommer zu Ende ging, reisten die beiden über Kreta nach Arkaz und mieteten sich im Splendid Palas ein, und zwar ausgerechnet in dem Zimmer, in dem den Erzählungen meiner

Mutter und den Briefen meiner Urgroßmutter zufolge sechsundvierzig Jahre vorher der Kommandant und Zeynep an der Pest gestorben waren. Im Foyer verwies ein Schild darauf, dass der Staatsgründer am Tag der Ausrufung von Freiheit und Unabhängigkeit im Hotel logierte, während im Versammlungsraum im zweiten Stock von Vanyas und einem unbekannten Fotografen der Zeitung *Havadis-i Arkata* geschossene Fotos sowie der Tisch präsentiert wurden, den Mazhar Efendi damals als Stellvertreter des Kommandanten benutzt hatte.

In den Fünfzigerjahren ging meine Mutter an Sommernachmittagen oft mit mir von unserem großen, schön gelegenen Haus in Filizler (früher Flizvos), das mein Vater gekauft und meiner Mutter geschenkt hatte, zum Splendid Palas und spendierte mir dort in der Konditorei Roma ein Eis. Wir setzten uns im Garten der Konditorei an einen Tisch im Schatten der Linden, und wenn wir mit unserem Eis fertig waren und meine Mutter mir den Mund abgewischt hatte, drängte ich manchmal so lange, bis ich wieder in das winzige Museum im zweiten Stock durfte. (Die Vorliebe für Museen teile ich mit Orhan Pamuk.)

Es verzauberte mich regelrecht, die Fotos vom Tag der Unabhängigkeit, von der Menge auf dem Balkon, das Tintengefäß und die Schreibgarnitur des überall in Arkaz abgebildeten Kommandanten zu sehen. Vielleicht verspürte ich schon damals in meinem Kinderherzen, was zwischen Gegenständen und ihrer Geschichte, zwischen dem Geschriebenen und dem Volk für ein tiefer, geheimnisvoller Zusammenhang besteht.

Ich bin in Minger geboren, und selbst wenn ich fern der Insel bin, habe ich sie immer im Hinterkopf, ja dann schärfen sich sogar meine Erinnerungen. Auf dem Heimweg von der Konditorei schlenderten wir manchmal über den Kommandant-Kâmil-Boulevard (den früheren Hamidiye-Boulevard), sahen uns die Schaufenster an und kauften auch hin und wieder etwas. Manchmal gingen wir unter den kühlen Bögen des Istanbul-Boulevards dahin, vorbei am Spielzeuggeschäft Londra, an der Buchhandlung Ada, an der Minger-Bank, bis hinunter zur Bucht.

Dieser zweite Weg gefiel mir besser, denn dann durfte ich immer am Kai stehen bleiben und mir zehn Minuten lang die im Hafen vertäuten und die draußen vor Anker liegenden Schiffe betrachten, ihre Namen lesen und vor mich hin träumen. Zurück nach Hause fuhren wir dann mit einer Droschke. Neben dem Café an der neuen Anlegestelle, wo die Boote an Land gezogen wurden, hätte ich manchmal gerne die Hand ins Wasser gehalten, aber meine Mutter mahnte dann sogleich, ich solle mir nur ja die Schuhe nicht nass machen. Ob Schuhe, Strümpfe oder die Jacke und der Rock, die ich in der Schule trug, alles war immer von bester Qualität und stammte aus Europa. Schon bevor ich eingeschult wurde, hatte ich begriffen, dass ich wegen meiner Mutter sorgfältiger und besser gekleidet war als die anderen Kinder, und ich sagte mir, das habe wohl mit ihren romantischen Vorstellungen von einer osmanischen Familie zu tun.

Schon in der Kindheit war ich gerne in der Menschenmenge am Kai unterwegs, sah den Leuten zu, die zu den Schiffen hasteten oder erleichtert aus dem Zollgebäude kamen, spürte den Schatten, den der Weiße Berg über die ganze Bucht warf, und wie alle Mingerer Kinder fürchtete ich mich vor der Burg, denn dort, unter Räubern und Mördern, musste es furchtbar zugehen. Wie die meisten Mingerer, die sich die Burg nicht anders als entsetzlich dunkel vorstellen können, habe ich sie nur einmal betreten, und auch das nur ganz kurz. Mehr als die Burg selbst beeindruckte mich dabei aber ihr Widerschein auf der spiegelglatten Bucht.

Wenngleich sich meine Mutter gerne wie eine Prinzessin betrug, fragte sie beim Besteigen der Droschke jedes Mal auf Mingerisch (obwohl die meisten Kutscher auch ein bisschen Türkisch sprachen), wie viel es denn bis Filizler koste. Fand sie den Preis angemessen, sagte sie nichts, doch lag er weit über dem üblichen Tarif, machte sie den Mann auf eben jenen aufmerksam, und manchmal besaß ein Kutscher die Frechheit, sich darauf nicht einzulassen, die meisten aber akzeptierten sofort. Da vor dreißig Jahren noch nicht die Touristenherden unterwegs waren, die den Sommer in Arkaz seit geraumer Zeit unerträglich machen, waren die Kutscher auch nicht so »verwöhnt«, wie meine Mutter das ausdrückte, und was den stechenden Geruch nach Pferdekot angeht, der insbesondere an den Haltestellen herrschte, so liebten die meisten

Mingerer diesen geradezu, auch wenn sie es vielleicht nicht offen sagten, und wenn sie irgendwo im Ausland waren, sehnten sie sich danach. Weil jedoch die Straßen nur schwer von Pferdekot freizuhalten waren und die Kutscher sich viele Grobheiten und Disziplinlosigkeiten zuschulden kommen ließen, wurden die bei Touristen so beliebten Droschken 2008 amtlicherseits abgeschafft.

Mit meiner Mutter sprach ich zu Hause Türkisch. Meine Eltern sprachen Englisch untereinander, doch mein Vater war ja meist in London oder sonst irgendwo. Mit den Dienstmädchen, dem Gärtner und den Wächtern (außer einem, der gut Türkisch konnte) sprachen wir Mingerisch. Meine Mutter hatte die Sprache, von der ihre Großmutter anfangs kein Wort verstanden hatte, durch viele Inselaufenthalte allmählich immer besser gelernt, und damit ich über die paar Brocken hinauskam, die ich auf der Straße und in Geschäften aufschnappte, besorgte sie mir, als ich vier war, das *Minger-Alphabet* und *Zeyneps Lesefibel* und brachte mir damit das Lesen und Schreiben bei.

Mit fünf hatte ich eine Freundin namens Rina, die gut Mingerisch sprach und noch dazu die Zustimmung meiner Mutter fand, da sie aus gutem Hause war, und wir beide besuchten uns oft gegenseitig. Mit den Fortschritten im Mingerischen, die ich dabei machte, war es allerdings bald vorbei, denn meine Mutter bemängelte zu Recht, dass Rina so viel fragte: Was mein Vater von Beruf mache, ob er ein Spion sei, wo sein Schreibtisch stehe und ob der zugesperrt sei. Da mein Vater weder mit dem Haushaltswarengeschäft, das er am Istanbul-Boulevard betrieb (immerhin hatte er den ersten englischen Kühlschrank nach Minger geholt), noch auch mit seinem Rosenwasserhandel, für dessen Genehmigung er bei den Behörden viel Zeit hatte aufwenden müssen, nennenswerten Erfolg hatte (und der erste Engländer nach dem Abzug der englischen Soldaten war), hielten viele ihn für einen Spion.

Als Konsul Corc 1932 endlich sein Buch veröffentlichte, bestand meine Mutter darauf, dass es auch im Haushaltswarengeschäft meines Vaters verkauft wurde, doch abgesehen von ein paar Touristen hatte kein Mensch Interesse an dem mit Herzblut geschriebenen Werk. Bei George

Cunninghams Buch *Mingerian History: From Antiquity to the Present – Die Geschichte Mingers. Von der Antike bis zur Gegenwart* (das dazu beitrug, dass ich Historikerin wurde) bedienten sich Mingerer Historiker und der Mingerer Staat sechzig Jahre lang schamlos, ohne in der Regel ihre Quelle zu nennen. Nachdem man das ausgewogene, vor Informationen überbordende Werk ausgenützt hatte, um eine nationale Identität zu formen (Kleidung, Essen, Geschichte), kam eine neue Generation auf, die – von Edward Said beeinflusst – Cunninghams Herangehensweise als »orientalistisch« abwertete und den Autor als einen Spion des britischen Imperialismus mit reichlich exotischen Vorurteilen darstellte. Monsieur Corc besaß eine reiche Sammlung an archäologischen Funden, Figurinen, Minger-Steinen, Fossilien, Vasen, Ölgemälden, Aquarellen, Muscheln, Landkarten und Büchern, und wäre diese in den Wirren des nächsten Krieges nicht auf einem britischen Panzerkreuzer fortgeschafft worden, wäre sie wohl in alle Winde zerstreut worden, anstatt wie einige andere Werke und Gegenstände aus Minger heute im British Museum ausgestellt zu werden. Das schöne Haus, in dem Monsieur Corc mit seiner Mingerer Frau wohnte, ist heute eine Filiale einer internationalen Hähnchenbraterkette, der kleine botanische Garten daneben wurde in einen Parkplatz umgewandelt.

Bis ich 1956 in die Grundschule kam, lernte ich Mingerisch vor allem von den Kindern, mit denen ich am Flizvos-Strand (der noch immer so hieß) gleich unterhalb unseres Hauses spielte. Die Badesaison fällt in Minger mit der Pestsaison zusammen (Ende April bis Ende Oktober), und meine Mutter ging wie eine reiche Europäerin oder ein Filmstar an den Strand, legte sich in ihrem schicken schwarzen, einteiligen Badeanzug im Schatten auf ein Handtuch und las stundenlang in den alten Filmzeitschriften, die mein Vater uns aus London schickte (die Pakete holten wir immer gemeinsam von der Post ab). In ihrer eleganten Korbtasche hatte sie ihre Nivea-Sonnencreme und die schwarze Sonnenbrille, die sie nie aufsetzte, und wenn sie endlich ins Meer ging, kam die beim Friseur Flatros erstandene zartrosafarbene Badehaube zum Einsatz, damit nur ja ihre Haare nicht nass wurden.

Auf der Rückfahrt vom Hafen stellte meine Mutter die Einkaufspakete auf dem Sitz gegenüber ab, ich setzte mich neben sie und wartete schon darauf, dass sie mir den Arm um die Schultern legte, und wenn sie das vergaß, erinnerte ich sie daran. Während die Droschke den Istanbul-Boulevard hinauffuhr, holte meine Mutter manchmal einen in der Konditorei Zofiri gekauften Keks heraus, gab mir die Hälfte davon, den ließen wir uns schmecken und sahen dabei zu den Leuten vor dem Zeitungskiosk, den Teehäusern und den Reisebüros hinaus. Unter anderem mag ich Minger, weil dort eine muslimische Frau allein in eine Droschke steigen und Kekse essen kann, ohne dabei angegafft zu werden.

Am von Palmen und Kiefern gesäumten Kommandant-Kâmil-Boulevard, an dem sich bis zum Ministerpräsidium hinauf die verschiedenen Ämter und Ministerien entlangreihten, vermieden wir es tunlichst, zum Katasteramt und zum Justizministerium hinüberzublicken, denn dort hatten meine Eltern in den ersten Jahren in Minger viel Zeit verloren und herbe Enttäuschungen erleben müssen. Dazu muss gesagt werden: So wahrhaft, wie meine Mutter Minger liebt, hat die Sache doch auch ihren finanziellen Aspekt.

Meine Eltern besaßen Dokumente, die sie, teilweise anhand von Skizzen und Karten, als Eigentümer von größeren Grundstücken auswiesen, die mein Urgroßvater Doktor Nuri als Quarantäneminister und Ministerpräsident und meine Urgroßmutter Pakize Sultan in ihrer dreieinhalbmonatigen Zeit als Königin erworben hatten. Teils waren solche Urkunden anlässlich der Gründung des neuen Staates vom Kommandanten als Gaben verteilt worden, teils entsprachen die offiziell abgestempelten Dokumente den von Beamten errechneten Einnahmen, die der Königin zustanden, und trugen ihre eigene Unterschrift. Die von höchster Stelle unterzeichneten und mit dem ersten Stempel des neuen Staates versehenen Papiere wurden von den Mingerer Amtsleitern, Richtern und Ministern voller Ehrfurcht angefasst, und niemand bezweifelte ihre Echtheit und Gültigkeit.

Damit aber meine Mutter (und diverse Onkel, Neffen und Nichten von ihr, die ihr dazu eine Vollmacht ausstellten) jene Grundstücke tatsächlich in Besitz nehmen, sie verkaufen oder sich darauf niederlassen konnte, mussten die Urkunden zunächst gerichtlich bestätigt werden, der entsprechende Beschluss musste den jeweils zuständigen Katasterbehörden als verbindlich mitgeteilt werden, die daraufhin eingehenden Antworten mussten bewertet werden (meist waren die Grundstücke inzwischen auf andere Namen eingetragen worden), und um gegenüber den neuen Eigentümern und gegebenenfalls deren Vorgängern ihre Ansprüche geltend zu machen und sich als »eigentliche Eigentümer« auszuweisen, mussten meine Eltern reihenweise Prozesse führen.

Wer sich vor mehr als vierzig Jahren in zähem Kampf gegen diverse Banden ein Grundstück unter den Nagel gerissen hatte, später in den Genuss einer Amnestie und damit eines Grundbucheintrags gekommen war und sich auf seinem Besitz ein Häuschen gebaut hatte, der war natürlich nicht erfreut, wenn er plötzlich erfuhr, das Grundstück gehöre gar nicht ihm, sondern es sei zu Zeiten der Staatsgründung von Kommandant Kâmil irgendwelchen Leuten geschenkt worden, die nicht mal ein Wort Mingerisch sprachen. Die neuen Besitzer nahmen das nicht stillschweigend hin, sondern verteidigten sich vor Gericht mit Klauen und Zähnen, sodass die Prozesse sich elendiglich hinzogen. Damit überhaupt ein Verfahren eingeleitet wurde, mussten die Kläger erst beweisen, dass sie wirklich die Personen waren, deren Namen auf den Urkunden standen, und zwar nicht vor den Gerichten des Landes, in dem sie wohnten, sondern entweder in der dortigen Mingerer Botschaft (eine aufwendige Angelegenheit) oder aber vor einem Gericht in Minger selbst. »In der Türkischen Republik haben sie ja die Mitglieder des Herrscherhauses nur deshalb ausgewiesen, damit sie leichter an ihr Hab und Gut kommen konnten!«, sagte in Nizza mein Großonkel Prinz Süleyman Efendi zu meiner Großmutter. »Aber in Minger haben sie zwar alle Osmanen vertrieben, nicht aber Pakize Sultan. Damit ist sie die Einzige, der eine Rückkehr in ihr Land nicht verboten ist. Nutzen Sie das aus!«

Fünfzig Jahre nach der Mingerer Revolution debattierten meine Eltern nach ihrer Ankunft in Minger viel darüber, wie das »auszunutzen« sei. Ich als Kind verstand nicht viel davon, doch da die Gespräche oft genug in Streit ausarteten und mich das sehr mitnahm, wollte ich bis zum Alter von dreißig von diesen Grundstücksangelegenheiten nichts wissen. Hätte ich es nur dabei belassen! Es gibt nämlich Menschen, die meine Leidenschaft für die Mingerer Geschichte und Kultur nicht begreifen und behaupten, ich sei nur nach Arkaz gekommen, um an Grund und Boden zu gelangen.

Ich habe mich in diesem Buch redlich bemüht, mich auf keinerlei persönliche Polemik einzulassen, doch muss ich kurz eines der schmerzlichsten Kapitel meines Lebens erwähnen. Von 1984 bis 2005 wurde mir nämlich die Einreise nach Minger verweigert. Mein Mingerer Pass, auf den ich als geborene Mingerin ein Anrecht habe, wurde von der Mingerer Botschaft in London nicht verlängert. In derselben Botschaft konnte ich auch mit dem britischen Pass, den ich über meinen Vater innehabe, kein Visum für Minger erlangen, und genauso erging es mir in der Pariser Botschaft mit meinem französischen Pass, der mir durch meine Mutter zuteilwurde. Es kam mich sehr, sehr hart an, einundzwanzig Jahre lang die Insel nicht zu sehen, ihre Luft nicht einzuatmen, im Sommer nicht mit meinem Mann und meinen Kindern an den Strand zu gehen, nicht in den Gassen von Arkaz herumzuschlendern und natürlich auch nicht in den Mingerer Archiven arbeiten zu dürfen. Freunde von mir mit Beziehungen zum Mingerer Geheimdienst erläuterten mir, zu der Sperre sei ich gekommen, weil ich mein Buch veröffentlicht, Aufrufe gegen das in den Achtzigerjahren herrschende Militärregime unterzeichnet, die Inhaftierung Intellektueller, Linker und religiöser Eiferer kritisiert und über den Burgkerker Artikel geschrieben hätte, die eine »Verunglimpfung des Mingerer Volkes« darstellten. Andere aber, denen bewusst war, dass der »tiefe Staat« tiefer reicht als nur bis zum Geheimdienst, sahen den eigentlichen Grund darin, dass meine Mutter Erbin meiner Urgroßmutter war, sodass es letztlich um Geld und Gut ging.

Ausländische Historiker, die jahrelang in den osmanischen Archiven über so unerquickliche Themen wie die Massaker an der armenischen, griechischen und kurdischen Bevölkerung geforscht oder etwa herausgefunden hatten, dass hinter bürgerkriegsähnlichen Auseinandersetzungen noch etwas ganz anderes gesteckt hatte, hatten ja auch plötzlich mit ansehen müssen, dass ihnen die Arbeitserlaubnis entzogen wurde. Und obwohl ich Zeuge geworden war, wie diese unerschrockenen, hochanständigen Kollegen gerade wegen ihrer Korrektheit vom türkischen Staat unerbittlich bestraft wurden, erging es mir, als mir vom Mingerer Staat einundzwanzig Jahre lang die gleiche Sperre auferlegt wurde, doch so, dass ich mich nicht nur einsam, sondern irgendwie auch schuldig fühlte.

Als Minger 2008 einen Antrag auf Mitgliedschaft in der Europäischen Union stellte, war es auf einmal nicht mehr so leicht, Oppositionelle einzuschüchtern, und das galt nicht nur für gemäßigte wie mich, sondern auch für hartgesottenere, die man ins Gefängnis gesteckt hatte, für Linke und für Kritiker der Ausraubung türkischer und griechischer Stiftungen. Auf meine Beschwerdebriefe an die Europäische Union und die Verwendung »liberal« gesinnter Minister aus unserem Bekanntenkreis hin (in meinem Land, in dem Beziehungen alles sind, bietet ein hochgestellter Freund immer noch mehr Schutz als die Menschenrechte), wurde mir schließlich wieder ein Mingerer Pass ausgestellt. Mit der nächstbesten Maschine flog ich nach Arkaz, musste aber gleich am Kommandant-Kâmil-Flughafen feststellen, dass ich von Zivilbeamten beschattet wurde. Während ich 2005 in Minger das vorliegende Buch zunächst als ein Vorwort schrieb, wurde bei Freunden oder in Hotelzimmern mein Gepäck immer wieder durchwühlt. Ganz besonders wurmt mich, dass ich nicht nur in den Zeitungen eines Landes, das Mitglied der EU werden wollte, als »türkische« oder (wegen meines Vaters) »englische Spionin« dargestellt wurde, sondern dass die Mingerer Freunde, die ich bei mir übernachten ließ, wenn sie nach London, Paris oder nach Boston kamen, wo ich einen Lehrstuhl habe, dann im Sommer, wenn wir in Minger beim Wein zusammensaßen, das gleiche alberne Spionagezeug von sich gaben und darüber auch noch geschmacklose Witze machten.

Als ich bei einer Konferenz einem von mir sehr geschätzten niederländischen Nahost- und Levante-Spezialisten mein Leid darüber klagte, meinte der nur spöttisch: »So was von ungerecht! Wenn Ihre Freunde

Sie wirklich kennen würden, dann wüssten sie, was für eine glühende Mingerer Nationalistin Sie sind.«

Mir tut es leid, dass ich für den Professor, der wohl meinte, einen gelungenen Scherz zu machen, keine schlagfertige Antwort parat hatte. Aber lassen Sie mich kurz abschweifen, damit ich sowohl ihm als auch meinen Mingerer Freunden und meinen Leserinnen und Lesern das eine sagen kann: Zu Anfang des einundzwanzigsten Jahrhunderts, nach Auflösung der althergebrachten Reiche und Kolonialmächte, ist das Wort »Nationalist« zu einem Begriff für Menschen verkommen, die zu allem, was der Staat ihnen hinwirft, Ja und Amen sagen, die nichts im Sinn haben, als den Mächtigen in den Hintern zu kriechen, und die sich nicht trauen, die Regierung zu kritisieren, und darauf auch noch stolz sind. Zur Zeit des von mir verehrten Majors Kâmil dagegen war »Nationalist« noch ein Ehrentitel für Leute, die gegen Kolonialisten aufbegehrten und sich mit der Fahne in der Hand heldenhaft ins Feuer der Maschinengewehre warfen.

Eine weitere Auswirkung meines langjährigen Einreiseverbots bestand darin, dass meine beiden geliebten Söhne gerade in der Zeit, als sie die Sprache hätten lernen können, auch nicht mehr auf die Insel durften und somit heute kein Mingerisch beherrschen, ja nicht einmal ein Wort dieser zauberhaften Sprache kennen. Ich konnte sie noch so sehr anflehen, doch ihre Muttersprache zu erlernen, bekam von ihnen aber nur zu hören, dass bei uns in der Familie außer meiner Mutter und mir kein Mensch Mingerisch beherrsche, nicht einmal die Königin, und dass selbst ich mich mit ihrer Großmutter auf Türkisch unterhalte. Und ihre eigene Muttersprache sei nicht einmal Türkisch, sondern Englisch. Wenn meine Söhne sich über meine Liebe zu Minger lustig machten, schlug sich – wie ich auch meinem Anwalt erklärte – ihr Vater stets auf ihre Seite, und das hat dazu beigetragen, dass wir uns schließlich scheiden ließen.

Und wenn wir schon beim Thema »Nationalismus und Sprache« sind, möchte ich noch auf einen anderen unglückseligen Tag meines Lebens eingehen. Als 2012 in einem Qualifikationsspiel für die Europameisterschaft das Team des gerade mal eine halbe Million Einwohner zählenden Minger durch einen (eventuell ungerechtfertigten) Elfmeter in letzter Minute die Türkei 1:0 besiegte und damit ausscheiden ließ, wurde mir mein Doppeldasein zwischen meinem schönen Türkisch und meinem schönen Mingerisch zur Qual. Wütende Fans verwüsteten in Istanbul Mingerer Restaurants, Mingerer Konditoreien (wo es die Nusstörtchen gab, die Doktor Ilias zum Verhängnis geworden waren) und sonstige Läden, die in ihrem Namen den Begriff Minger führten. Einige Geschäfte wurden geplündert und zum Teil sogar niedergebrannt. In jener Woche ließ ich mich auf keinerlei Interviews ein, mied jeden Kontakt und sagte mir – wie auch jetzt –, es sei wohl am besten, das alles zu vergessen.

Als ich mit der Herausgabe von Pakize Sultans Briefen beschäftigt war, fragte ich mich oft, was jemand, der 1901 auf den Straßen von Arkaz vor Pest und Gewalt floh und um sein Leben kämpfte, wohl gesagt hätte, wenn er das Arkaz der Fünfzigerjahre gesehen hätte, in dem meine Mutter und ich lebten: Das 1933 fertiggestellte grandiose Mausoleum des Kommandanten, zu dem meine Mutter und ich immer voller Achtung hinüberblickten, wenn wir mit der Droschke über die Kommandant-Kâmil-Brücke fuhren, die an den fünf exponiertesten Stellen der Stadt errichteten Statuen, die den Kommandanten allein oder zusammen mit Zeynep zeigten, und die vielen Minger-Fahnen überall hätten jenem Menschen wohl bestimmt gefallen. Ebenso der Kai aus Minger-Marmor, an den einlaufende Schiffe nun direkt heranfahren konnten, der neue, stabile Wellenbrecher, das moderne Zeynep-Kâmil-Krankenhaus, das riesige Rundfunkgebäude aus Beton und Minger-Marmor im Stil eines typischen Mingerer Holzhauses, die Gebäude der Kommandant-Kâmil-Universität, die hübsche kleine Arkaz-Oper und das Mingerer Archäologie-Museum. Weniger Gefallen würde er an den Hochhäusern entlang dem Kommandant-Kâmil-Boulevard und auf den Hügeln finden, am weißen Betonklotz des Minger-Park-Hotels und an den riesigen Leuchtreklamen für Hotels und Rosenwasser, die auf hohen Dächern angebracht waren, damit man sie von herannahenden Passagierschiffen sehen konnte.

Der Uhrturm, dessen Einweihung für den fünfundzwanzigsten Jahrestag der Thronbesteigung Abdülhamits geplant gewesen war, wurde erst lange nach der Mingerer Revolution fertiggestellt, allerdings an seiner Spitze nicht mit einer Uhr bestückt, sondern mit der Figur der Göttin Mina, die der Archäologe Selim Sahir schließlich geborgen hatte. Da sie große Ähnlichkeit mit der Frau des Kommandanten aufwies, wurde angedacht, sie Zeynep-Statue zu nennen, doch nach der italienischen Besatzung kam der Name Minger-Denkmal auf, und dabei blieb es.

Auf dem Heimweg spürten meine Mutter und ich sehr wohl, wie mächtig zu unserer Linken das Mausoleum von Kommandant Kâmil aufragte, doch sprachen wir darüber weder in der Droschke noch zu Hause. In der Kâmil-Zeynep-Grundschule jedoch, die ich ab 1956 besuchte (sie lag an der gleichen Strecke), waren Bilder davon an jeder Klassenzimmerwand und in jedem Buch, und es wurde auch immer wieder im Unterricht behandelt.

Die von Kommandant Kâmil geäußerten 129 Wörter auf Mingerisch und die Sätze, die man damit bilden konnte, wusste ich schon im Vorschulalter auswendig, sodass ich in der ersten Klasse keine Mühe mit dem Alphabet und dem Lesenlernen hatte. Mithilfe eines kleinen Wörterbuchs, das meine Mutter mir schenkte, lernte ich bis zum Ende des Schuljahres noch etwa zweihundertfünfzig Wörter dazu, die ich weder von Rina noch von den anderen Kindern am Strand je gehört hatte. Nicht wenige meiner Klassenkameraden quälten sich da noch immer mit den Buchstaben ab.

In der zweiten Klasse im Herbst 1957 merkte mein Lehrer rasch, dass ich vor allem vom mingerischen Wortschatz her den anderen weit voraus war, und er setzte mich in die erste Reihe, wo ich jederzeit in meinem kleinen Wörterbuch blättern durfte (ein größeres gab es damals noch nicht). Als eines Tages die Schulrätin unangemeldet ins Klassenzimmer kam, rief unser Lehrer mich auf und fragte mich nach den letzten Wörtern, die ich gelernt hatte. Ich zählte möglichst alte Wörter auf und erklärte ihre Bedeutung: Dunkelheit, Hirsch, Eisberg, Dachrinne,

Schuh, vergebens. Einige davon kannten wohl weder die blond gefärbte Schulrätin noch unser Lehrer.

Als aber die Schulrätin mich aufforderte, mit diesen Wörtern Sätze zu bilden, verstummte ich. Dabei hatte ich vor Augen, wie bei den Unabhängigkeitsfeiern Schulkinder mit Schildern in der Hand fröhlich durcheinanderwuselten, bis jeweils neue Sätze entstanden. Verlegen blickte ich auf die Fotos von Kommandant Kâmil und Zeynep, die an der Tafel hingen. Wie jung und schön die beiden waren! Sie hatten damals in der dunklen Küche jene Sprache gesprochen und dadurch erst das Mingerische und dann ihr Volk vor dem Aussterben gerettet. Dafür war ich ihnen dankbar, und zugleich schämte ich mich.

Auf Mingerisch denken konnte ich allerdings nicht, und auch meine Träume waren auf Türkisch. (Daher schreibe ich auch dieses Buch auf Türkisch.) Auf mein Stottern hin bat die Schulrätin den Lehrer, einen Satz zu bilden, doch auch der kam nicht weit. Er sah hilfesuchend die Schulrätin an, die probierte es daraufhin selbst, aber auch sie brachte den Satz nicht zu Ende.

Das kümmerte sie aber nicht weiter, und sie begann, mir Fragen zu stellen. »Wie hieß der zweite Präsident von Minger?« »Scheich Hamdullah!« »An welches Wort erinnerten sich Zeynep und Kâmil in der Küche zuerst?« »An akva, Wasser!« »Wann wurden Freiheit und Unabhängigkeit ausgerufen?« »Am 28. Juni 1901.« »Wer hat den gepanzerten Landauer gemalt, der damals in der Nacht durch die leeren Straßen fuhr?« »Der Maler Tacettin. Aber die Vorstellung dieses Anblicks stammt vom Mingerer Volk.« Die Schulrätin war von meinen Antworten beeindruckt. »Komm mal her«, sagte sie und küsste mich auf die Stirn. »Wenn der große Kommandant und Zeynep dich jetzt sehen könnten, wären sie stolz auf dich«, sagte sie bewegt. (Das schlichte »Zeynep« hat nichts Abwertendes an sich, so wurde die Frau des Kommandanten in den Fünfzigerjahren genannt, als wäre sie geradewegs eine Legendenfigur.)

Die Schulrätin sah bei ihren Worten das Foto an der Tafel an, dann wandte sich wieder mir zu und sagte: »Königin Pakize wäre auf dieses kleine Minger-Mädchen genauso stolz!«

Da merkte ich, dass die Schulrätin, wie die meisten Mingerer, Königin Pakize für tot hielt und auch nicht wusste, dass ich ihre Urenkelin war.

Als ich meiner Mutter das erzählte, musste sie schmunzeln, dann meinte sie: »Sag ja in der Schule niemandem, dass deine Urgroßmutter in Frankreich lebt!« Jener Satz war nur eines der vielen Rätsel, die ich auch durch jahrelanges Nachdenken nicht aufzulösen vermochte. Ich wähnte dahinter oft einen »metaphysischen« Hintergrund, doch steckten wohl eher politische Befürchtungen dahinter, wie mir nach 2005 klarwurde, als bei jedem meiner Besuche auf der Insel mindestens einmal in meiner Abwesenheit mein Koffer, meine Tasche oder meine Unterlagen durchwühlt wurden, und zwar jedes Mal so offensichtlich, dass ich es nur ja bemerken sollte. Obwohl ich den Anspruch auf die Grundstücke, die mir als Nachkommin der Königin zustanden, damals schon aufgegeben hatte, gingen die heimlichen Durchsuchungen weiter, und mir wurden sogar Dokumente vom Schreibtisch weggestohlen. So bin ich mir auch sicher, dass so manche Seite dieses Buches vor Ihnen schon vom Mingerer Nachrichtendienst (MND) gelesen wurde, den Präsident Mazhar in jungen Jahren gegründet hatte.

Gegen Ende des Jahres 1958 ließ der Lehrer meine Mutter in die Schule kommen und teilte ihr mit, ich sei so begabt, dass es wünschenswert sei, mich auf eine höhere Schule ins Ausland zu schicken. Meine Mutter, die sich ja wünschte, dass ich auf immer eine Mingerin bleibe, hätte daraufhin meinem Vater diese Unterredung leicht verschweigen können, doch war sie selbst der Überzeugung, dass ich lieber außerhalb von Minger zur Schule gehen sollte. Die beiden beschlossen, dass ich zusammen mit meiner Mutter zu meiner Großmutter nach Nizza ziehen und dort erst einmal die Grundschule beenden und Französisch lernen sollte. Nach London sollte ich erst danach gehen, und Englisch beherrschte ich ja schon ziemlich, weil es bei uns zu Hause gesprochen wurde. So kam nunmehr in den Gesprächen zwischen meinen Eltern nicht nur meine Großmutter Melike vor, sondern auch meine Urgroßmutter Pakize, die mal Uroma, mal achtungsvoll Königin genannt wurde, und daneben auch ihr Gatte Doktor Nuri.

Mein stets fröhlicher, umtriebiger Vater schrieb daraufhin der Königin und dem Doktor, ich sei eine Mingerin, auf die sie stolz sein könnten. Eines Tages traf aus Marseille ein Umschlag mit sieben unbeschriebenen Ansichtskarten der Insel aus der Zeit um 1900 ein, ein Geschenk von Uroma Pakize für ihre kleine Mingerin. Später sollte ich erfahren, dass Pakize ihrer Schwester viele dieser Karten geschickt hatte. Mit einem einfachen Fotoapparat, den mir mein Vater geschenkt hatte, zog ich daraufhin los und machte von jedem auf den Ansichtskarten abgebildeten Ort eine Schwarzweißaufnahme, die zeigte, wie es dort 1958 aussah, und ließ sie im Fotostudio Vanyas entwickeln.

Noch bevor ich die Abdrucke abschicken konnte, packte mein Vater in seinem Unternehmungsgeist eine Gelegenheit beim Schopf und sorgte unter allgemeinem Einverständnis großzügig dafür, dass wir uns alle in Genf trafen. Dort sollte nämlich mein Urgroßvater Doktor Nuri, der seit fünfundzwanzig Jahren in Rente war, von der Weltgesundheitsorganisation die »Große Verdienstmedaille« verliehen bekommen. Während ihres Aufenthalts in Genf sollten die Königin und Doktor Nuri von meiner Großmutter Melike und mir betreut werden. Im Hotel Beau Rivage hatte uns mein Vater für eine Woche zwei Zimmer mit schöner Aussicht reserviert.

Genf erschien mir im August 1959 wie eine verzauberte Stadt. Meine Eltern gehörten typischerweise zu den Paaren, die sich immer wieder im Streit trennen und dann wieder versöhnen, und so waren sie froh, mich jemandem anvertrauen zu können, und machten sich danach gleich aus dem Staub. Mich störte das nicht, denn meine Großmutter hatte sich vorgenommen, mit mir zusammen ein paar vergnügte Tage zu verbringen. Fünf Jahre zuvor war bei einem Flugzeugabsturz ihr Gatte Prinz Sait Efendi ums Leben gekommen, und nun wollte sie sich ebenfalls in Nizza niederlassen, um uns nahe zu sein.

Morgens um neun beobachteten meine Großmutter Melike und ich von unserem Zimmer aus, wie die berühmte Fontäne von Genf emporschoss (nachts wurde sie abgestellt), dann verließen wir das Hotel und schlenderten lang durch die Straßen. Meine Großmutter trug die braunen Haare mit einer silbernen Haarnadel zu einem Dutt hochgesteckt und hatte im Gegensatz zu meiner Mutter ihre schwarze Sonnenbrille ständig auf. Hand in Hand fuhren wir mit der Straßenbahn über die Brücke auf die andere Seite der Stadt und suchten Kaufhäuser und Märkte auf. Ich hatte das Gefühl, meine Großmutter wolle Preise vergleichen oder suche etwas Bestimmtes. Wir saßen in Cafés, warfen den weißen Schwänen auf dem See Brot zu oder sahen uns lange die noch hässlicheren und seltsameren Schiffe an. Viel Zeit verbrachten wir auch in Parks. Ich weiß noch, wie meine Großmutter mich ein bisschen auszuhorchen versuchte; ob etwa meine Eltern viel stritten. Sie kam auch darauf zu sprechen, dass ich in einer fernen, merkwürdigen Stadt wohnte, und erzählte schmunzelnd von ihrer eigenen Kindheit in Hongkong. Einmal gingen wir ins Kino, in die Vormittagsvorstellung, dort lief ein für mich »geeigneter« Film (Jacques Tati, *Mon Oncle*). Ein andermal tuckerten wir mit einem Dampfer über den Genfer See. Eigentlich war mir vom ersten Tag an klar, dass wir das alles unternahmen, um die Zeit zu überbrücken, bis meine Urgroßeltern uns empfangen würden.

Wären nicht die insgesamt zwanzig Stunden gewesen, die ich (meinen Berechnungen zufolge) in jener Woche mit meiner Uroma Pakize Sultan und meinem Uropa Damat Doktor Nuri verbrachte, so hätte ich wohl kaum die Kraft aufgebracht, den als »Vorwort« gedachten Text zu dem Buch auszuarbeiten, das Sie in Händen halten.

Die beiden begrüßten mich mit einem Lächeln. Ihr Zimmer war zwei Stockwerke unter dem unseren und verfügte über die gleiche Aussicht (auf den Mont Blanc und die Fontäne), nur duftete es dort nach einer anderen Seife. Sie wirkten fröhlicher als meine Großmutter, und auch mit meinen zehn Jahren merkte ich schon, dass das an dem vertrauensvollen Einverständnis zwischen ihnen lag.

»Schau, Mama«, sagte meine Großmutter zur Königin, »Mîna hat dir aus Minger etwas mitgebracht!«

»Tatsächlich? Das war doch nicht nötig! Dann zeig doch mal her, was es ist.«

Aus einer komischen Hemmung heraus, die aber bald vergehen sollte, brachte ich im ersten Moment wie in einem Traum kein Wort heraus.

»Sie hat fotografiert, wie es in den Dörfern auf Ihren Ansichtskarten jetzt aussieht!«

Dass meine Großmutter, die nie nach Minger gefahren war und sich für die Insel nicht interessierte, von »Dörfern« sprach, wo es doch um Arkaz ging, versetzte mir einen Stich, und auch die Königin und der Doktor waren etwas verwirrt. Meine Großmutter bemühte sich, den beiden zu erklären, was es mit den Fotos auf sich hatte.

»Da hat die kleine Mingerin sich aber Mühe gemacht!«, sagte Doktor Nuri. Er hatte eine sehr weiße, sehr faltige Haut. Von seinem Sessel am Fenster sah er andauernd zum beschneiten Gipfel des Mont Blanc hinaus. Hin und wieder wandte er sich uns zu, doch beim Reden bewegte er kaum den Kopf, als hätte er eine Nackenstarre.

Schließlich fasste ich Mut und hielt der Königin mein Geschenk hin, allerdings steif wie ein Diplomat. Pakize Sultan nahm den Umschlag an sich, legte ihn aber erst beiseite, zog mich energisch an sich, küsste mich auf beide Wangen, dann ließ sie mich auf ihrem Schoß Platz nehmen und drückte mich an sich. Sie war achtzig Jahre alt und machte einen schwachen, zerbrechlichen Eindruck, doch hatte sie starke Arme und eine kräftige Brust.

»Und wann bin ich mal dran?«, protestierte nach einer Weile Dr. Nuri.

Als ich aufstand und zu ihm hinüberging, fiel mir wieder ein, was meine Mutter mir eingeschärft hatte, nämlich dass ich den beiden sofort die Hand küssen sollte. Sie verhielten sich allerdings nicht, als erwarteten sie das von mir. Das Gesicht meines Uropas war so runzelig und seine haarige Nase so riesig, dass mich ein kurzer Schauer durchlief, doch als ich bei ihm auf dem Schoß saß, fühlte ich mich gleich geborgen.

Meine Großmutter merkte, dass ich meine Scheu überwunden hatte, und ließ mich mit den beiden allein. Was ich mit Pakize Sultan und Damat Doktor Nuri in jener Woche in dem Hotelzimmer besprach, möchte ich nicht der Reihe nach erzählen, sondern so, wie es mir über die Jahre hinweg im Gedächtnis verblieb, nämlich nach Themen geordnet.

Ich. Im Gespräch mit den beiden erfuhr ich so einiges über mich selbst. Ob ich mit meinem Leben zufrieden sei? (Ja!) Ob ich Freunde habe? (Ja.) In welcher Sprache ich mit denen spreche? (Auf Türkisch – was stimmte –, auf Mingerisch – was ziemlich übertrieben war.) Ob ich schwimmen könne? (Ja.) Wie ich das Fotografieren gelernt habe? (Mein Vater hatte es mir beigebracht.) Woher ich den Fotoapparat habe? (Den hatte mir mein Vater aus London mitgebracht.) Allmählich begriffen die beiden, dass ich noch nie in London gewesen war, obwohl mein Vater dort als Geschäftsmann arbeitete, und sie schwiegen betroffen. War das nun ein Thema, das mich selbst schon beschäftigt hatte und das ich nur verdrängen wollte, oder wurde mir erst durch die beiden klar, dass mein Vater vor meiner Mutter und mir davonlief?

Ansichtskarten und Fotos. Außer an dem Tag, an dem Doktor Nuri seinen Verdienstorden bekam, verbrachten wir die meiste Zeit damit, uns die Ansichtskarten und die Fotos anzuschauen und darüber zu reden. Ich saß in der Mitte der großen Couch am Fußende des Bettes, und die Königin und der Ministerpräsident links und rechts von mir. Auf dem Schoß hatte ich ein Kissen, auf dem jeweils nebeneinander eine Ansichtskarte und ein von mir siebenundfünfzig Jahre später geschossenes Foto lagen. Am liebsten waren den beiden Aufnahmen von der Art »Vue générale de la baie«, die von der Hamidiye-Brücke aus eine Übersicht über die Stadt boten. Sie erinnerten sich an das alte Arkaz, zeigten auf ein Gebäude, eine Brücke und sagten: »Wissen Sie noch?« Das Gedächtnis von Doktor Nuri hatte stark nachgelassen. Einmal zeigte ich ihm auf einem meiner Fotos das Rundfunkgebäude, doch am nächsten Tag fragte er mich wieder danach und lauschte meiner Antwort, als hörte er sie zum ersten Mal.

Innerhalb von zwei Tagen gingen wir alles durch, was in Arkaz neu gebaut worden war. Manchmal sah ich dabei die riesige, knochige Hand Doktor Nuris an, mit ihren Flecken, Falten und Rissen, und sie kam mir ganz sonderbar, ja erschreckend vor. Umso mehr verwunderte mich, als die Königin eines Tages zu Doktor Nuri sagte: »Schauen Sie mal, der Daumen unserer kleinen Mingerin sieht doch haargenau so aus wie der Ihre.« Dann fiel mir die Ähnlichkeit aber selbst auf. Wir sahen uns nicht nur die Fotos an, sondern redeten auch über andere Dinge. Einmal wandte sich mir die Königin ganz feierlich zu und sagte: »Vielen, vielen Dank für die Fotos, die du uns gebracht hast. Wir haben aber für dich auch ein Geschenk!«

»Nein, Moment, das ist noch nicht so weit!«, wandte Doktor Nuri da ein.

Mingerisch und die Schule. Sehr interessierten die beiden sich dafür, inwieweit der Schulunterricht »tatsächlich« auf Mingerisch abgehalten werde. Ja, manche Schulbücher waren wirklich auf Mingerisch verfasst, doch die meisten Zeitungen und Romane erschienen auf Türkisch oder Griechisch, das gab ich offen zu. Was die blonde Schulrätin sich über die Fortschritte des Mingerischen im Unterricht einreden mochte und an ihre Vorgesetzten so weitergab, entsprach wohl kaum der Realität, das empfand ich so, als ich mit den beiden darüber redete. Königin Pakize merkte aber, wie nationalistisch ihre kleine Mingerin veranlagt war, und wollte mir daher nicht wehtun. Ich wiederum tat ihr nicht weh und erzählte ihr, in den Lehrbüchern der Grundschule werde sie als Tochter eines osmanischen Sultans, als Königin und drittes Staatsoberhaupt lobend erwähnt, und man betone dort auch, wie sie in den furchtbaren Pesttagen alles getan habe, um die Armen zu beschützen. In Wirklichkeit stand in den Schulbüchern nichts davon, und jeder auf der Insel hielt sie für tot.

Bücher und *Der Graf von Monte Christo*. Eine andere Frage im Stil von »Hast du Freunde?« ging mir nie wieder aus dem Kopf. Doktor Nuri fragte mich nämlich: »Liest du Bücher?«

Ich meinte zunächst, er wolle wissen, ob ich mich mit dem Lesen an sich leichttat oder die Nase oft genug in meine Schulbücher steckte. Dann aber merkte ich, dass die Einsicht, keine begeisterte Leserin vor sich zu haben, die beiden ebenso betrübte wie zuvor die Tatsache, dass mein Vater mich nie nach London mitnahm. Doktor Nuri erläuterte, meine Urgroßmutter finde nun wie schon in ihrer Kindheit mehr Gefallen daran, zu Hause einen Roman zu lesen, als auf die Straße zu gehen.

»Das stimmt leider so ganz und gar nicht, Verehrtester, denn natürlich bin ich gerne draußen unterwegs«, konterte Pakize Sultan.

Doktor Nuri fand, dass seine Frau hier etwas empfindlich reagierte, denn eigentlich wollte er mir nur die Freuden des Lesens vor Augen führen. Er wies auf ein dickes, zerlesenes Taschenbuch, das auf dem Nachttisch meiner Uroma lag, *Der Graf von Monte Christo*! »Kennst du das?«

Der Name des Autors war mir bekannt, denn im Winter war im Majestik in Arkaz der Film *Die drei Musketiere* gelaufen, den meine Mutter gesehen, aber für mich nicht geeignet gehalten hatte. Wenn meiner Mutter ein Film gefiel und sie der Meinung war, er sei auch für mich etwas, sah sie ihn sich mit mir ein zweites Mal an.

»Durch die Lektüre dieses Buches hat Pakize Sultan ein Verbrechen aufgeklärt, das viele Jahre zuvor ihr Onkel Abdülhamit in Arkaz hatte begehen lassen!«, sagte Doktor Nuri.

»Nun übertreiben Sie aber! Das war nur eine Hypothese von mir.«

»Ich bezweifle aber keinen Augenblick, dass sie stimmt«, entgegnete Doktor Nuri, wandte mühsam den Kopf und lächelte seine Frau liebevoll an.

Als ich Jahre später bei meinen Recherchen herausbekam, dass Pakize Sultan richtig vermutet hatte, erfüllte mich das mit Stolz. Bei einem Istanbuler Antiquar machte ich ein Exemplar der sechsbändigen Ausgabe von *Der Graf von Monte Christo* ausfindig, die drei Jahre nach der Absetzung Abdülhamits auf Türkisch in arabischer Schrift herausgekommen war. Im 52. Kapitel des Buches, dessen Original erschienen war, als Abdülhamit zwei Jahre alt war, stellt Alexandre Dumas durch seinen Protagonisten Monte Christo unter der Überschrift »Toxikologie« Überlegungen darüber an, wie man jemanden mit Rattengift töten kann, ohne Spuren zu hinterlassen, und es spielt dabei sogar das Thema Orient-Okzident mit hinein. In dem Buch wird darauf verwiesen, dass es für einen Verbrecher ratsamer ist, sich das benötigte Gift nicht in einem einzigen, sondern in mehreren Läden zu besorgen. (Was natürlich auch die Zahl der potentiellen Zeugen erhöht!)

Im dritten Band des 1912 bei der Druckerei Bedrosyan erschienenen Buches, dessen vergilbte Seiten so angenehm dufteten, blätterte ich damals hastig vor bis zum 52. Kapitel, und als ich feststellte, dass dieses tatsächlich fehlte, dachte ich voller Bewunderung und Glück, dass die Jahre, die ich mit Pakize Sultans Briefen verbracht hatte, nicht umsonst gewesen waren.

Die Ausgabe enthielt nicht mal einen Vermerk darüber, dass sie nicht vollständig war. Die aus Reklamegründen vorangestellte Notiz, der Roman sei für Sultan Abdülhamit übersetzt worden, avancierte dadurch zu einem Beweis à la Sherlock Holmes. Vor lauter Aufregung pochte mir das Herz.

Sechzig Jahre zuvor wusste ich von alledem noch nichts, und so fiel mir nichts anderes ein, als zu sagen: »Mit meiner Oma bin ich neulich an einem Uhrengeschäft vorbeigekommen, und im Schaufenster stand der Name Abdülhamit!«

»Haben Sie das gehört?!«

»Wo genau war denn das?«, fragten die beiden aufgeregt.

Das war an unserem letzten Tag, den ich nie vergessen werde. Um ihn aber so richtig zu würdigen, muss ich noch auf ein anderes Thema eingehen.

Die Direktübertragung. Die beiden verließen kein einziges Mal das Hotel, dafür sei es zu heiß, sagte Pakize Sultan. »Doktor Nuri ist auch zu schwach!«

Außer am letzten Sonntag saß mein Urgroßvater, der acht Monate später sterben sollte, nachmittags gerne in der Hotellobby und sah sich auf dem Schwarzweißfernseher dort die Übertragung der Bootsrennen auf dem See an. Die Rennen fanden dort, wo die Rhône dem See entfließt, zwischen zwei Brücken in reichlich bewegtem Wasser statt. Von den beiden Brücken aus verfolgten die Zuschauer, wie immer wieder Boote, die gegen die Strömung anrudern mussten, kenterten und ihre Ruderer ins Wasser purzelten. Wenn ich am Morgen mit meiner Großmutter über die erste Brücke ging, sahen wir auch immer zu.

Noch beeindruckender und gerade übersinnlich aber erschien es mir, wenn wir gleich danach an Cafés vorbeikamen, in denen ständig der Fernseher lief, und wir dort den gleichen Anblick in einer Direktübertragung vor uns hatten. Gerne hätte ich einmal in eine Kamera gewinkt, damit meine Urgroßeltern mich im Fernsehapparat sehen würden. Zum einen aber brachte ich es nicht über mich, diesen kindlichen Wunsch vorzubringen, zum anderen hätten sie wohl auch kein rechtes Verständnis dafür gehabt. Noch dazu wollte ich den beiden nicht gestehen, dass es auf Arkaz noch kein Fernsehen gab.

So kam es, dass ich mich am Nachmittag des letzten Tages, an dem ich das von meinen Urgroßeltern mitgebrachte Geschenk öffnete, in einem schummrigen Zustand zwischen Schein und Realität befand.

Das Geschenk war ein Buch (so dick wie das, das Sie in Händen halten), doch wenn man es aufschlug, klappte einem eine dreidimensionale, ziselierte Ansicht von Minger entgegen. Sie war ungeheuer schön und wirklichkeitsgetreu! Die Stadt, in der ich mein ganzes Leben verbracht hatte, stand in fein säuberlich zurechtgeschnittenen, hintereinander angeordneten Pappelementen vor mir.

Ich begriff sogleich, dass es sich dabei nicht um die Stadt meiner Kindheit, sondern um das Arkaz von 1901 handelte. Die neuen Hochhäuser, die Betonhotels und die Ministerien waren noch nicht darauf abgebildet. Alles andere aber war an Ort und Stelle, bis ins letzte Detail ausgefeilt. Von den vereinzelten Wolken über das Rot der Hausdächer und das Grün der Bäume bis hin zu den Türmen der Burg vermittelte einem die herrliche Szenerie, dass man sich zugleich zu Hause und in einem Märchenland fühlte.

Wo ich auch bin, habe ich Doktor Nuris wunderbares Geschenk stets bei mir. Beim Schreiben des Romans, den Sie soeben fertig lesen, blickte ich immer wieder auf das dreidimensionale Märchenbuch auf meinem Schreibtisch. Wer meinen Roman als zu märchenhaft empfindet, dem möchte ich verraten, was meine zweite hauptsächliche Inspirationsquelle war: Für den »realistischen« Part waren nämlich dreiundachtzig melancholische Schwarzweißfotos zuständig, die der Fotograf Vanyas 1901 auf Anordnung der Königin hin von leeren Gassen der Hauptstadt angefertigt hatte. Als Minger sich 2008 offiziell um eine Aufnahme in die EU bewarb, wurde Rina, meine Freundin aus Kindheitstagen, ins Kulturministerium berufen, und so bekam ich endlich Zugang zu den mir bis dahin verschlossenen Archiven.

Vor dem Papp-Arkaz wies meine Uroma ihren Mann damals als Erstes auf die Burg hin, und dann redeten die beiden ganz eifrig über etwas, das ich nicht verstand. Mich verdross das, denn die Burg war nicht nur der Ausgangspunkt der ganzen Inselgeschichte, sondern für mich ein Ort, den ich doch jeden Tag sah (und in dessen Schatten ich noch heute lebe).

Jahre später, beim Lesen von Pakize Sultans Briefen, sollte ich dahinterkommen, worüber sie damals wohl gesprochen hatten. Meine Uroma hatte ihrem Mann den Hrisopolitissa-Platz, die Apotheke von Nikiforo und die Stelle gezeigt, an der damals die Leiche von Bonkowski Pascha gefunden worden war. Auf dem Papprelief waren sogar die Bäume in den Klöstern des Halifiye-, des Rifai- und des Gülerenler-Ordens zu sehen, von denen in diesem Buch die Rede ist.

»Warst du schon mal in so einem Kloster?«, fragte mich die Königin.

Damals wusste ich nicht einmal, dass diese hinter Mauern verborgenen Orte, für die meine Mutter sich nicht interessierte, überhaupt existierten, und so verneinte ich, ohne mich schämen zu müssen.

Die Gasse, »wo der Esel ins Keuchen kommt«, die Hamidiye-Brücke, die Garnison und die Zollgebäude, alles war deutlich zu sehen, und während die beiden sich das anschauten, redeten sie untereinander weiter. Wenn meine Eltern nicht wollten, dass ich mitbekam, was sie sagten, sprachen sie manchmal in einem seltsamen Englisch miteinander, und ich wurde dann ganz traurig, denn ich hatte Angst, dass ihr Gespräch wieder mal in einen Streit ausarten würde. Da auch nun solch ein Gefühl der Einsamkeit in mir hochstieg, setzte ich mich neben Doktor Nuri.

Die Königin stellte das Aufklappbuch auf ein Beistelltischchen vor ihrem Mann. Als sie das Splendid Palas erwähnten, sagte ich, das sei gar nicht das beste Hotel (nach Meinung meiner Mutter), es gebe bessere

Hotels auf Minger, doch das beste Eis bekomme man in der Konditorei Roma im Splendid Palas, und im zweiten Stock sei das kleine Kommandant-Kâmil-Museum.

Von dem hatten sie noch nichts gehört, und sie wollten von mir alle Details darüber erfahren. Über den Kommandanten wusste ich bestens Bescheid, und so erklärte ich, das eigentliche Museum über den Kommandanten sei in dem Haus untergebracht, in dem der Große Retter geboren und aufgewachsen sei, und ich erzählte, was ich darin alles gesehen hatte.

Da die beiden von meinem Wissen beeindruckt schienen, berichtete ich von dem auf den Ansichtskarten und der Pappansicht noch nicht vorhandenen Mausoleum, das zweimal pro Jahr klassenweise besucht wurde (mit Anwesenheitskontrolle). Ich erwähnte auch, dass ich im Jahr zuvor unter Zuhilfenahme der *Mingerer Enzyklopädie* eine Hausaufgabe geschrieben hatte, und sagte auswendig die Gedichte »Kommandant, oh großer Kommandant« und »Ich bin ein Mingerer« des Dichters Büyük Aşkan auf.

»Bei der ersten Gelegenheit solltest du auch mal nach Istanbul!«, sagte Doktor Nuri da auf einmal.

»Was soll das?«, rief die Königin aus. »Versetzen Sie der kleinen Mingerin doch keinen Dämpfer. Sie hat so brav gelernt und weiß alles.«

Dieses Lob machte mich stolz. Schließlich redeten die beiden über das Thema, über das ich am allermeisten wusste, über den Großen Kommandanten.

»Wäre der Große Kommandant nicht gewesen, so wären wir heute die Sklaven der Türken, der Griechen oder vielleicht der Italiener!«, sagte ich. »Der Kommandant hat die Unabhängigkeit Mingers und die Freiheit ausgerufen und uns auf eine Stufe mit den zivilisierten Nationen erhoben.«

»Bravo!«, rief Pakize Sultan. »Und jetzt zeig uns mal, wo er das getan hat!«

Wie bei der blonden Schulrätin war ich auf einmal ganz gehemmt und hatte nicht einmal die Frage richtig verstanden.

»Schau mal, hier ist der Balkon des Regierungsgebäudes«, sagte meine Uroma. »Was hat der Kommandant dort gemacht?«

Sobald ich die Frage begriff, spulte ich eifrig die Antwort ab.

»Unten auf dem Platz waren Tausende Mingerer zwischen sieben und siebzig versammelt, die aus den entlegensten Dörfern der Insel unter Entbehrungen nach Arkaz gekommen waren. Ihnen rief der Kommandant zu: ›Es lebe Minger!‹«

Vor lauter Aufregung zitierte ich aber die Worte des Kommandanten nicht vollständig. »Und … äh …«, stotterte ich. »In der Hand hielt er eine von Bauernmädchen genähte Minger-Fahne.«

»Da, trink mal ein bisschen was«, sagte meine Uroma und hielt mir das Glas Wasser hin, das auf dem Tischchen stand. Dann nahm sie die kleine Tischdecke in die Hand wie eine Fahne und sagte: »Gehen wir auf den Balkon hinaus, dann fühlst du dich vielleicht besser und es fällt dir wieder ein.«

Meine Uroma küsste ihre kleine Mingerin auf beide Wangen, und ich war sofort beruhigt. Augenblicklich wusste ich auch die Worte des Kommandanten wieder, die ich schon tausendmal gelesen hatte.

So traten wir durch die stets offen stehende Balkontür hinaus, Königin Pakize mit der Fahne in der Hand. Wir schwenkten die Fahne und riefen gemeinsam aus tiefster Inbrunst:

»Es lebe Minger! Es leben die Mingerer! Es lebe die Freiheit!«

2016–2021

Aus Verantwortung für die Umwelt hat sich der S. Fischer Verlag zu einer nachhaltigen Buchproduktion verpflichtet. Der bewusste Umgang mit unseren Ressourcen, der Schutz unseres Klimas und der Natur gehören zu unseren obersten Unternehmenszielen. Gemeinsam mit unseren Partnern und Lieferanten setzen wir uns für eine klimaneutrale Buchproduktion ein, die den Erwerb von Klimazertifikaten zur Kompensation des CO_2-Ausstoßes einschließt. Weitere Informationen finden Sie unter: www.klimaneutralerverlag.de

MIX
Papier | Fördert gute Waldnutzung
FSC® C014496

Erschienen bei FISCHER Taschenbuch
Frankfurt am Main, September 2023

Die Originalausgabe erschien 2021 unter dem Titel »Veba Geceleri«
bei Yapı Kredi Yayınları, Istanbul.

Druck und Bindung: GGP Media GmbH, Pößneck
Printed in Germany
ISBN 978-3-596-70526-9

Orhan Pamuk
Diese Fremdheit in mir

Kann man die falsche Frau heiraten und trotzdem die große Liebe finden?

In seinem neuen Roman erzählt Orhan Pamuk vom schillernden Leben des Verkäufers Mevlut, der Abend für Abend durch die Straßen von Istanbul zieht, in einer Zeit, in der sich die Stadt in eine moderne Metropole verwandelt. Auf der Hochzeit seines Cousins verliebt er sich in die jüngere Schwester der Braut, doch Jahre später wird man ihm die ältere Schwester schicken...
Ein großartiges Familienepos – vor allem aber eine ganz große Liebesgeschichte.

Roman
Aus dem Türkischen von Gerhard Meier
592 Seiten, broschiert